प्राचीन ट्यूटन कहानियाँ

किताबघर प्रकाशन
नयी दिल्ली

प्राचीन ट्यूटन कहानियाँ

रांगेय राघव

ISBN—81-7016-160-6

प्रकाशक
किताबघर प्रकाशन
4855-56/24, अंसारी रोड, दरियागंज
नयी दिल्ली-110002

संस्करण
2014

मूल्य
दो सौ पचास रुपये

मुद्रक
बी० के० ऑफसेट
नवीन शाहदरा, दिल्ली-110032

PRACHEEN TYUTAN KAHANIYAN (Stories in Hindi)
by Rangey Raghav
Price : Rs. 250.00

क्रम

महान ओडीन

असगार्ड का राजा ओडिन अपनी बुद्धि और बल के लिये प्रसिद्ध था। वह ऊँचे कद का भारी भरकम व्यक्ति था और उसे देखकर ही लोगों के दिल श्रद्धा से झुक जाते थे। वह वृद्ध था पर उसकी देह सुंदर और बलिष्ठ थी। उसकी आँखें गंभीर और दाढ़ी सफेद थी जो उसकी कमर तक लटकी रहती। उसे देखकर ऐसा प्रतीत होता था मानो वह जीवन और मृत्यु के विकट रहस्य सदा सोचा करता हो क्योंकि वह हमेशा प्रशांत और गंभीर रहता और व्यर्थ हँसता न था। ज्ञान प्राप्ति के लिये ओडिन ने अपनी एक आँख बलिदान कर दी थी और जब वह युवक ही था तभी उसे उस कठिन परीक्षा से गुजरना पड़ा था।

नीचे की दुनिया में रहने वाला माईमर उन दिनों बुद्धि का साक्षात् देवता माना जाता था। सारे संसार में उससे अधिक ज्ञानी और कोई नहीं था। सभी उसकी बुद्धि का लोहा मानते थे। वह नित्य प्रातःकाल जब सोकर उठता तो अपने ज्ञान के कुएँ से ख़ींचकर उसमें से बुद्धि की पुरानी और मीठी शराब निकालता और उसे गूजाल्नर नामक सींग में भरकर पीता था। यही उसके प्रसिद्ध ज्ञान का रहस्य था और जब यह बात असगार्ड के ओडिन को मालूम हुई तो वह उसी क्षण माईमर के पास कठिन यात्रा करता हुआ जा पहुँचा और उसने उससे प्रार्थना की कि उसे भी वह उस शराब में से अधिक नहीं तो कम से कम एक घूंट पीने को अवश्य दे। माईमर ने यह सुनकर उसे एक बार घूर कर देखा, फिर वह हँसा। उसने ओडिन से कहा : "इसकी एक बूंद भी पाने के लिये हे ओडिन ! तुझे बहुत बड़ा बलिदान करना होगा। अच्छा हो यदि तू व्यर्थ में परेशान न हो। तू अपने देश को लौट जा।"

तब ओडिन ने जिद की और कहा : "हे ज्ञान के भंडार माईमर ! मुझे इस तरह हताश मत कर। बड़े-बड़े कष्टों को झेलकर, भयंकर मार्गों को पार करता हुआ मैं तेरे पास इसलिये आया हूँ कि यहाँ से खाली हाथ ही वापस हो जाऊँ। जो तू मुझसे बलिदान करने के लिये कहता है तो सुन कि यदि मुझे अपनी जान भी देनी पड़ जाय तो भी ज्ञान की वृद्धि के लिये मैं पीछे नहीं हटूँगा। यह मेरा अंतिम निश्चय है कि अब तो मैं यहाँ से तभी असगार्ड जाऊँगा जब तू, जो भी चाहे मुझसे लेकर, मेरे ज्ञान और मेरी बुद्धि को परिपक्व बना देगा," और तब वह अड़कर उसके सामने बैठ गया।

माईमर ने जब उसका दृढ़ निश्चय देखा तो वह बोला : "अच्छा तो एक घूंट की कीमत देगा ?"

"दूंगा," सीना ठोंककर ओडिन ने विश्वास दिलाया। और तब माईमर ने कुछ देर चुप रहकर कुछ सोचा। इस बीच उसने गौर से ओडिन के शरीर का निरीक्षण किया। ओडिन की आँखें बहुत सुंदर थीं। वह इतनी रसीली और आकर्षण से भरी थीं कि ओडिन को स्वयं उन पर गर्व था। परम ज्ञानी माईमर को एक ही नजर में यह बात

मालूम हो गई। उसने इसी कमजोरी पर भरपूर चोट की। वह बोला : "मुझे अपनी एक आंख दे और तब तू मेरे कुएं से वह दुर्लभ मदिरा पी सकेगा जो सभी के लिये अलब्ध और अप्राप्य है ! बोल, देगा ?" उसने ऊंचे स्वर से पूछा। और तब उसके आश्चर्य का ठिकाना नहीं रहा जब उसने देखा कि एक क्षण भी नष्ट किये बिना उस सुंदर युवक ने पलक मारते अपने तीक्ष्ण छुरे से अपनी एक आँख निर्भीक होकर निकाल ली और हथेली पर रखकर उसे माईमर की ओर बढ़ा दिया। न तो वह दर्द से चिल्लाया था और न खून के तेजी से बहने के कारण वह चिंतित ही हुआ था। माईमर ने प्रसन्न होकर उसे महान माना था और तब अपने हाथ से गूजाल्नर में उस विचित्र कुएं से खिंची शराब भरकर उसे पिलाई थी। उसे इससे भी अधिक आश्चर्य तब हुआ था जब एक घूंट में ओडिन उस बड़े सींग में सभी ढेर सारी शराब पी गया था क्योंकि गूजाल्नर को भरकर पी सकना हर एक व्यक्ति की शक्ति के बाहर था। माईमर ने तभी उसे असगार्ड का राजा कहकर संबोधित किया था। और तभी से वह सब लोगों का राजा बन गया था।

उसका यह बलिदान हमेशा-हमेशा के लिये संसार में उदाहरण बन गया। उसी से संसार के मनुष्यों ने सीखा था कि यौवन में कुर्बानियाँ करने से ही जीवन में बाद में यश और बुद्धि प्राप्त की जा सकती है।

चंद्रलोक में जाकर चंद्र के रथ पर चढ़कर ओडिन ने अमृत भी बहुत पिया था। इसके बाद ही उसमें कविता लिखने का गुण पैदा हो गया था।

चंद्र देवता इस मीठी शराब को हमेशा अपने पास रखता था और वह ऐसी पीने की चीज थी कि हर किसी को नहीं मिल सकती थी। वह उसे एक चमड़े के बने घड़े में रखा करता था। एक दिन उस पर आक्रमण करके ह्यूकी और बिल दो दानवों ने उस अमृत से भरे चमड़े के घड़े को छीन लिया। चंद्र देवता मनी यह जानकर जितना दुखी हुआ उससे अधिक डरने लग गया। कारण यह था कि उसके पास यह अमृत विडफ़िनर की धरोहर के रूप में रखा था। विडफ़िनर जिसका दूसरा नाम इवैल्डे और तीसरा नाम स्विगडुर भी था, इस शराब को अपनी औलाद से भी ज्यादा चाहता था और अब जब उसने सुना कि उसी के पुत्र ह्यूकी और उसके साथी गिल ने उसे मनी के पास से छीनकर मनी को बंदी बना लिया है तो वह क्रोध से पागल हो गया। इवैल्डे हैवरगैलमर और ऐलिवंगर नदियों का पराक्रमी रखवाला था और शराब पीने में उससे बढ़कर कोई नहीं था। ऐसे मामलों में वह प्रसिद्ध खिलाड़ी माना जाता था और उसे इस बात का गर्व भी बहुत था। अपने अमृत को खोकर वह इतना दुखी और साथ ही साथ क्रोधित हुआ कि एक दिन बिना कहे-सुने वह अपनी रखवाली करने की चौकी छोड़कर भाग गया। सबसे पहले उसे मनी पर इतना गुस्सा आया कि उसने सीधे स्वर्ग का रास्ता लिया और वहां जाकर उसने मनी को पकड़ कर मार डाला और जला दिया। तब ससार में रात के समय घोर अंधकार छाने लग गया। चारों ओर हाहाकार मच गया। उसके पश्चात् वह वीरतापूर्वक अपने पुत्र ह्यूकी से भिड़ गया। वीरों में श्रेष्ठ ह्यूकी अपने पिता की ललकार सुनकर तलवार को लेकर उसके सामने आ डटा और तब पिता पुत्र

में घोर युद्ध हुआ। ह्यू की इवैल्डे से जीत नहीं सका और घायल होकर गिर गया। इवैल्डे ने उसकी जांघ में इतनी जोर से तलवार मारी कि अंदर उसकी हड्डी भी कट गई। जब वह गिर गया तो झपटकर इवैल्डे ने अपने प्राणों से प्यारी शराब उससे वापस छीन ली। उसके ऐसे व्यवहार से सभी ने उसे दोषी ठहराया और जब इवैल्डे ने देखा कि सभी देवता लोग मिलकर उस पर आक्रमण करने को उद्यत हैं तो वह डरकर अपनी शराब लेकर वहाँ से भागा। उसे अपने बचने की केवल एक ही जगह नजर आई। मुसपुल-हीम नामक देश के भयंकर रखवाले सुरथुर की गहरी घाटियों की ओर वह चला। सुरथुर के प्रबल पराक्रमी बेटे का नाम सुत्तुंग था और वह इतना प्रचंड योद्धा था कि उससे सहज में कोई जीत नहीं सकता था। सुरथुर और सुत्तुंग माईमर, वाना-देवता और आसा-देवताओं के परम शत्रु थे। जब से दुनिया का बँटवारा हुआ था तभी से यह बैर चला आता था। सुरथुर का खानदान भी बहुत बड़ा था और वह सभी देवताओं से घोर शत्रुता रखते थे। इवैल्डे यह सब जानता था। उसने अपने मन में सोचा कि देवताओं से बचने के लिये सुरथुर का स्थान ही सबसे सुरक्षित था। वह अपने शराब के पात्र को लेकर वहाँ जा पहुँचा और जब वह वहाँ पहुँचा तो उसने देखा कि सुरथुर ऊँचे सिंहासन पर बैठा अपने दरबारियों सहित आराम से शराब पी रहा है। ऐसे अच्छे मौके पर पहुँचकर वह मन ही मन बहुत खुश हुआ। उसने सुरथुर को जाकर सलाम किया और कहा : "हे सुरथुर ! तेरी गहरी घाटियों को पार करके मैं तेरी शरण में आया हूँ क्योंकि देवता लोग मेरा पीछा कर रहे हैं। मेरे पास वह शराब है जिसे पीकर पीनेवाला कविताएँ बनाने लगता है और गाना गाने लग जाता है। इसे वे लोग मुझसे छीन लेना चाहते थे। अपने प्राणों की बाजी लगाकर मैं इसे उन दुष्टों से बचाकर यहाँ तेरी शरण में आया हूँ। अब तेरी मर्जी है चाहे मुझे अपने यहाँ शरण दे अथवा देवताओं द्वारा मारे जाने के लिये वापस भगा दे।" इतना कहकर वह उत्तर की प्रतीक्षा में घुटने टेककर उसके सामने झुका बैठा रहा।

सुरथुर का भयानक शरीर वाला पुत्र सुत्तुंग अपने बैरियों के बैरी की बातें सुनकर प्रसन्न हो उठा। उसने अपने ऊँचे सिंहासन पर बैठे ही बैठे उसे अभय दिया और कहा : "हे इवैल्डे-स्विगडुर ! हम तेरी बातों से बहुत खुश हुए हैं। तू निर्भय होकर यहाँ रह सकता है। तुझे पूरी स्वतंत्रता है। हमारे राज्य में तेरा बाल भी कोई बाँका नहीं कर सकेगा। तेरी जब इच्छा हो तभी तू देवताओं पर हमला करके बैर को साध और ऐसे कामों में हम सदा तेरी मदद करेंगे। वैसे तू स्वयं ही महाबली है हम इस बात को पूरी तरह से जानते हैं।

तब इवैल्डे वहीं रहने लग गया और उसने उस विचित्र शराब में से थोड़ी-थोड़ी सुरथुर और उसके पुत्र सुत्तुंग को पिलाई जिसे पीकर वे गाना गाने लग गये। सुरथुर तो इवैल्डे से इतना प्रसन्न हुआ कि उससे अपनी पुत्री गनलैड का विवाह कर दिया।

दिव्यदर्शी ओडिन को यह सभी बातें मालूम हुईं तो उसने सोचा कि चालाकी से उस शराब को सुरथुर के राज्य में घुसकर इवैल्डे से ले लेना चाहिए जिससे वह अमृत

सभी देवता पी सकें और तब ज्ञान और समृद्धि की वृद्धि असगार्ड और पृथ्वी पर हो सके। वह अपने सोने के बने सिंहासन पर चढ़ गया और वहाँ बैठकर उसने अपने नीचे की दुनिया का निरीक्षण किया। शीघ्र ही वह पात्र इवैल्डे के पास सुरथुर की गहरी घाटियों में एक जगह छिपा हुआ रखा दिखाई दिया।

जब वह सुरथुर के देश को चला तो तरह-तरह के विचार उसके हृदय में उठ रहे थे। सुरथुर के स्थान तक पहुँचना आसान नहीं था। खासकर देवताओं के लिये वह मार्ग तो बहुत ही खतरनाक था। नीचे की दुनिया में हैला से भी नीचे अँधेरे में सुरथुर की गहरी घाटियाँ थीं और उन भूलभुलैयाँ डाल लेने वाली अतल घाटियों के मध्य भाग में सुत्तुंग का विशाल भवन था। एक बहुत बड़े पहाड़ को अंदर से पोला कर लिया गया था और यही सुत्तुंग का भवन था। इसमें अंदर जाने का केवल एक ही मार्ग था जिसका रखवाला एक भीषण बौना दानव था। उस भयंकर राज्य का यह कायदा था कि उस बौने को कोई युद्ध में हरा ही नहीं सकता था। उसे जीतकर गुफा में घुस जाना असंभव था। ओडिन ने जब यह मुश्किलें अपने सामने देखीं तो चिंतित हो उठा और किसी भाँति वहाँ पहुँचकर उस अमृत से भरे घड़े को असगार्ड में लाने की युक्ति सोचने लगा।

जब वह रास्ते की तमाम मुश्किलों को पार करता हुआ उस अँधेरी दुनिया में पहुँचा तो उसने भेष बदलकर उस बौने से मुलाकात की। वह बौना था तो बड़ा भयंकर पर ओडिन ने बातों में उसे ऐसा फँसाया कि वह उसका मित्र बन गया। बड़ी रिश्वत देकर उसने उससे सहायता करने का वचन ले लिया। परन्तु अंदर घुसने के लिये एक ही दरवाजा था और सबके सामने उसमें घुसने पर खतरा पैदा हो सकता था। उसने दिव्य शरीर वाले हीमडल से मदद माँगी। बीफ रोस्ट का वह पराक्रमी देवता उसकी मदद करने को फौरन तैयार हो गया और उसने अपने जादू और विचित्र प्रभाव से उस पहाड़ के एक तरफ की दीवाल में एक छेद कर दिया। यह छेद इतना बड़ा बनाया गया था कि ओडिन बाज बनकर उसमें से अंदर घुस गया और चुपचाप अपने उस बौने मित्र के पास जाकर छिप गया।

उस समय भवन के अंदर एक बड़ी दावत हो रही थी। सभी लोग इतनी अधिक मदिरा पीकर नशे से बेहाल हो रहे थे कि किसी को न तो यह मालूम हुआ कि कब और किसने पहाड़ में ऊपर से आरपार छेद कर दिया है और न यह ही मालूम हुआ कि कोई बाज बनकर अंदर आ चुका है। शराब पी-पीकर सभी बक रहे थे और किसी को वास्तविकता का ज्ञान नहीं था। आज सुरथुर की बेटी गनलैंड का इवैल्डे स्विगडुर के साथ विवाह होने वाला था और यह उसी की दावत हो रही थी। जौटन-हीम से भयानक बर्फीले दानव अपने साथी पहाड़ी दानवों को साथ लेकर आये हुए थे और सभी मिलकर खुशी के उत्सव मना रहे थे। ओडिन ने तभी अपना भेष और अपनी शक्ल इवैल्डे जैसी बनाई और तब सदर दरवाजे से होकर वह उस बड़े कमरे (पोली पहाड़ी की गुफा) के अंदर दाखिल हुआ। उसे देखकर सभी ने इवैल्डे ही समझा और बड़ी जोर से चिल्लाकर उसका स्वागत किया। वह जाकर उनके मध्य बैठ गया और उनके साथ ही साथ शराब पीने लगा। उसने उस समय वह काम किया था जिसे और समय में केवल

सुरथुर के पुत्र ही कर सकते थे। सुरथुर के पुत्र मायावी थे और तरह-तरह की मृग-मरीचिका प्रत्यक्ष दिखाकर वह लोगों को फँसाया करते थे और फिर उन्हें मार डालते थे। ओडिन ने आज उन्हीं का मंत्र उन पर चलाया। वह इवैल्डे बना हुआ पूरी सभा को धोखे में डाले हुए था और इस बात का उसे पूरा ध्यान था कि यदि वह बुद्धि और ज्ञान से पूर्ण कोई बात भूल करके भी कर देगा तो वे भयानक दानव तुरंत उसको पहचान लेंगे और फिर बिना मारे नहीं छोड़ेंगे। वह जान-जान कर मूर्खतापूर्ण बातें कर रहा था जैसे कि अकसर इवैल्डे किया करता था। वह दिखावे के लिये शराब भी अधिक मात्रा में पी रहा था क्योंकि इवैल्डे सिद्ध होने के लिये यह आवश्यक था कि वह शराब का पूरा पीने वाला समझा जाय।

अपने ऊँचे सोने के आसन पर बैठा हुआ ओडिन तब उस मीठी शराब को, जो उसे दूल्हा होने के नाते बहुत अधिक मात्रा में दी जा रही थी, सोने के कटोरे में भर-भर कर पीने लगा। थोड़ी ही देर बाद उसे नशा चढ़ गया पर तब भी उसने अपनी जबान पर पूरी तरह से काबू रखा और वह मूर्खता की बातें करता रहा जिससे उसे कोई पहचान न जाय। उसे इस बात का पूरा ज्ञान था कि यदि वह पहचान लिया गया तो निश्चय ही सुत्तुंग उसे जीवित नहीं छोड़ेगा।

थोड़ी देर बाद दुलहिन के भड़कीले कपड़ों से सजी हुई सुरथुर की सुंदरी कन्या गनलैड अपनी सखियों सहित वहाँ आई और उसने जाकर उस नकली स्विगडुर को चोरी से प्राप्त किये गये अमृत को पिलाया जिसकी तलाश में वह इतनी दूर आया था। ओडिन ने खूब ही पिया और जब पीकर मस्त हो गया तो उसने अपनी होने वाली स्त्री को पकड़ कर अपने पास बिठा लिया। उसी दम शादी की रस्में शुरू हो गईं। बड़े ठाट-बाट से शादी हुई। तरह-तरह के बाजे बजाये गये और पवित्र शपथें ली गईं। तत्पश्चात् विवाह की पवित्र अँगूठी को उसने गनलैंड की अनामिका (अँगूठी) में पहना दिया। उसी समय गनलैंड ने शपथ ली और कहा कि वह अपने पति की सदा आज्ञाकारिणी बनकर रहेगी और हमेशा उसके सिवा किसी और पुरुष से नहीं मिलेगी। जब शादी की रस्में इधर हो रही थीं तो उस समय असली इवैल्डे दूल्हा बनकर भड़कती पोशाक पहने सुत्तुंग के उस भवन की ओर आया और जब वह दरवाजे पर पहुँचा तो उसको उस बौने चौकीदार ने अन्दर जाने से रोका। इस पर वह बहुत क्रोधित हुआ क्योंकि वह यह बात जान चुका था कि उससे पहले ओडिन उसी का भेष धरकर गनलैंड से विवाह करने अन्दर जा चुका है। उसे अब भास हुआ कि बौना उसके मार्ग में अड़चन डाल रहा है क्योंकि वह तो अन्दर जाकर असलियत को जाहिर कर देना चाहता था जिससे सुत्तुंग और बर्फीले दानव मिलकर ओडिन को जान से ही मार डालें। वह खड़ा सोच ही रहा था कि क्या करना चाहिए कि इतनी देर में बौने ने जादू से उसके नेत्र बाँध दिये जिससे उस गुफा का असली दरवाजा उसको दिखना बन्द हो गया। बौने ने एक जादू का बनावटी दरवाजा उसे दिखाया और जब उसने उसके अन्दर झाँक कर देखा तो उसे एक बड़े भवन में मेहमान लोग दावत खाते हुए दिखाई दिये और उनके मध्य भाग में उसकी शक्ल और उसी के से वस्त्र पहने हुए ओडिन अपने बगल में गनलैंड को बिठाये दिखाई

दिया। यह सब भ्रम था और उस बौने ने नकली दृश्य उसे दिखाये थे। अब उसका शक बौने पर से एकदम हट गया और वह गनलैड को अन्य पुरुष के साथ देखकर तलवार खींचकर क्रोधपूर्वक उस नकली द्वार में तेजी से भागता हुआ घुस गया। दरवाजा तो केवल एक दृश्य था। जब इवैल्डे उसमें भड़भड़ाकर तेजी के साथ घुसा तो, न तो वह दरवाजा ही रहा और न अन्दर की कोई बात ही सच निकली बल्कि वह उस असली गुफा की बगल के गहरे मृत्यु के गड्ढे में जाकर गिरा और भारी चट्टानों से टकराकर मर गया। किसी को कानोकान पता भी चलने न पाया कि कब असली इवैल्डे आया और कब बौने के धोखे से वह मारा गया।

अन्दर अब शादी की तमाम रस्में पूरी हो चुकी थीं। ओडिन ने कोशिश तो बहुत की पर भूल से एक बार उसके मुँह से कुछ ज्ञान की बातें निकल गई और उन बातों को सुनकर दानवों को उस पर शक हो गया। पर तब सभी इतनी शराब पी गये थे कि नशे ने सभी को व्यर्थ कर दिया था। अधिक सोचने और छानबीन करने की शक्ति किसी में भी नहीं रह गई थी। अब रात भी बहुत बीत चुकी थी।

अब दावत समाप्त हुई तो ओडिन शीघ्र ही अपनी स्त्री, उस दानव की सुंदरी बेटी गनलैड को लेकर सोने के कमरे में चला गया। बाकी तमाम लोग नशे में झूम रहे थे और जो जहाँ पड़ा था वहीं सो गया।

एकांत में पहुँचकर गनलैड ने उसे वह मीठी शराब पिलाई जो वास्तविक इवैल्डे की थी और जिसे वह मनी को मारकर छीन लाया था। उसे पीकर उसने गनलैड से कहा : "हे सुंदरी, यह शराब तो बहुत मीठी और स्वादिष्ट है। भला इसे तुमने कहाँ से पाया ?"

फौरन गनलैड समझ गई कियह उसका पति इवैल्डे नहीं है क्योंकि यदि वही होता तो क्या अपनी ही शराब को न पहचानता ? पर अब क्रोध करना व्यर्थ था क्योंकि विवाह तो हो ही चुका था, लौटा तो जा नहीं सकता था। उसने उससे पूछा : "हे अजनबी ! तुम कौन हो और क्यों इस तरह तुमने धोखा देकर मुझसे विवाह किया है ? निश्चय ही तुम इवैल्डे तो नहीं हो क्योंकि उस हालत में तुम मुझसे ऐसा प्रश्न कभी कर ही नहीं सकते थे।"

ओडिन फँस गया पर तब उसने असलियत छिपाना व्यर्थ समझकर सारी बातें बतला दीं। सब सुनकर गनलैड प्रसन्न हुई और खासकर यह जानकर कि अब वह देवताओं के राजा ओडिन की पत्नी बन गई है वह बहुत गर्व और प्रसन्नता का अनुभव करने लगी। परन्तु यह बात भी वह जानती थी कि उसके पिता और भाई जब यह बात जान जाएँगे तो किसी भी हालत में उसके पति को जीवित नहीं छोड़ेंगे। वह सारी रात अपने पति से प्रेमपूर्वक बातें करती रही।

भोर होने में अभी कुछ समय बाकी था तो ओडिन उठा और उसने अपना भेष बाज की तरह बना लिया। गनलैड ने वह सारी शराब उसको दे दी जिसे उसने अपने पंजों में दबा लिया और अपनी स्त्री की सहायता से वह हीमडलरति द्वारा बनाई गई उस पतली गुफा (रास्ता) में होकर असगार्ड की ओर उड़ गया। वह वायुवेग से उड़ा

चला गया और जब असगार्ड में पहुँचा तो उसके पास अमृत से भरा हुआ वह घड़ा था जिसको पाने के लिये देवता लोग तरसते थे। बिजली की तरह यह खबर पूरे असगार्ड में फैल गई कि राजा ओडिन उस मीठी शराब (अमृत) को सुरथुर की गहरी घाटियों में से ले आया है और तब असगार्ड में खुशी के महोत्सव मनाये जाने लगे।

इधर जब सुबह हुई और सभी दानवों को होश आया तो वे उठे और सीधे दुलहिन के कमरे में जा पहुँचे। रात में गलती से एक बार ओडिन द्वारा ज्ञान की बात का उनको अब ध्यान हो आया था और वे लोग अब जबकि नशा दूर हो चुका था, अपना शक मिटा लेना चाहते थे। पर जब वहाँ उन्होंने गनलैंड को अकेली बैठे ऊपर उस तंग छेद की ओर देखते हुए पाया तो शीघ्र ही वह सारी परिस्थिति समझ गये। उन्होंने गनलैड से पूछा : "दूल्हा कहाँ है ?"

गनलैंड ने कोई उत्तर नहीं दिया और केवल उस छेद की ओर उँगली उठा दी। थोड़ी देर बाद जब गनलैंड ने उन्हें बतलाया कि पिछली रात उसका विवाह देवताओं के राजा के साथ हुआ था और असली इवैल्डे के साथ नहीं तो वे लोग आश्चर्यचकित रह गये और उन्हें क्रोध भी बहुत आया पर अब हो भी क्या सकता था क्योंकि शत्रु तो जा चुका था। इससे भी अधिक दुख उन्हें तब हुआ जब उन्हें मालूम हुआ कि ओडिन अपने साथ असली इवैल्डे द्वारा लाई गई शराब को भी ले गया था। क्रोध से उन्मत्त होकर, उन्होंने उस भाग जाने वाले का नाम बौल्वरकिन अर्थात् बुरा काम करने वाला रख दिया। गनलैंड अब तक चुप बैठी थी। जब वे लोग उसके पति को गालियाँ देने लगे तो उससे न रहा गया और तब वह बोली : "मैं अपने पति के पास असगार्ड जाना चाहती हूँ।"

यह सुनकर सुत्तुंग क्रोध से तमतमाने लग गया। सुरथुर ने चिल्लाकर कहा। "दुश्मन के यहाँ जायगी," और उसकी रोर से पहाड़ थर्राने लगा। पर गनलैंड ने शांतिपूर्वक उत्तर दिया। "वह मेरा पति है। उससे कल ही रात मेरा विवाह हुआ है फिर यदि मैं उसके पास जाना चाहती हूँ तो कौन सा बुरा काम करती हूँ।"

सुरथुर और सुत्तुंग गनलैंड के इस उत्तर को सुनकर इतने नाराज हुए कि उन्होंने उसे उसी गुफा में कैद कर दिया और खुद बाहर हुंकार भरते हुए चले गये। बेचारी गनलैड, विरह की मारी स्त्री, अपने कठोर पिता और दुष्ट भाई के कारण अँधेरी कोठरी में बन्द कर दी गई जहाँ रो-रोकर वह अपना जीवन बिताने लगी।

ओडिन जब असगार्ड में आ गया और चारों तरफ खुशियाँ ही खुशियाँ मनाई जा रही थीं तो भी उसके दिल में इतनी खुशी नहीं थी। अमृत पाने की खुशी तो उसे थी पर बेचारी गनलैंड की याद करके वह दुखी होता था। वह उसकी सुंदर काया और आँखों को भूल नहीं सका था। जब वह उसे छोड़कर चला तो वह उससे बिछुड़ते हुए रोई थी और उसकी वह रोनी आँखें अब भी ओडिन के सामने दिखाई देती थीं; उसने तो उससे धोखे से विवाह किया था पर गनलैंड ने सब कुछ जानकर भी उसे अपना प्यारा पति मान लिया था। ओडिन के हृदय में यह बात रह-रहकर चुभा करती थी।

उधर इवैल्डे स्विगडुर जब पहाड़ से टकराकर मर गया तो उसकी आत्मा ऊपर

उठी और नीफल-हैल में हैला की ओर चली परन्तु जब वह हैला पहुँची तो उसके लिये वहाँ का दरवाजा नहीं खुला। वहाँ की रानी उर्द ने उससे यह कहला दिया कि वह वहाँ की अच्छी आत्माओं के साथ नहीं रखी जा सकती थी क्योंकि वह पापात्मा थी। हैला के जगमगाते हुए पवित्र स्थान में उसे आश्रय नहीं मिला। निराश होकर वह देवताओं के पास गई और उन्होंने उसे चन्द्रमा के लोक में रहने की आज्ञा दी। वहाँ वह आज तक घोर यातना पाती है क्योंकि जो मीठी शराब उसने पी रखी थी और जिसके नशे में वह सदा चूर रहता था वही अब उसके लिये हलाहल विष बन गई है। वह विष अब उसकी आत्मा को रेती की तरह काटा करता है। इसके अतिरिक्त चन्द्रमा उसे हमेशा काँटों से भरे डंडे से पीटा भी करता है क्योंकि उसने उसे मारकर जला दिया था। चन्द्रमा को फिर जीवन मिल गया था और वह फिर जीवित हो उठा था पर तब से वह उसका घोर शत्रु हो गया था और इसी कारण उसे पीटा करता था।

इवैल्डे के पुत्र ह्यू की को मरने के बाद हैला में ऊँचा स्थान रहने को मिला क्योंकि वह मानवों का पूज्य था। बर्फ पर लोहे के लम्बे जूते पहन कर भागने वाले उसे अपना राजा मानते थे क्योंकि वह इस काम में प्रवीण था। सैक्सन लोग उसे हैंगेस्ट कहते और उसकी पूजा करते थे। उसको संसार में कई नामों से पुकारा जाता था। स्लैगफिन, गैल्डर इत्यादि उसके कई अच्छे-अच्छे नाम थे।

ओडिन के पराक्रम से सारा विश्व उसका लोहा मानता था। देश-देशांतर में उसका नाम प्रसिद्ध था और वह कई नामों से पुकारा जाता था। वह सबसे पहला कवि था जिसने गाने का आविष्कार किया था। उसी के द्वार संसार में गान-विद्या फैली थी। उसके उनचास नाम थे और इन नामों से उसकी पूजा होती थी।

ओडिन जब अपने सोने के ऊँचे सिंहासन पर बैठता था तो वहाँ से वह नौओं दुनिया में होने वाली सभी बातों को देख लेता था। अक्सर वह रंग-बिरंगे कपड़े पहिनकर उस सिंहासन पर बैठता था। इंद्रधनुषी रंगों से रँगे हुए धारीदार बहुमूल्य वस्त्रों को पहनकर वह बहुत रोबीला मालूम होता था। सिर पर वह नीली टोपी पहनता था जिसमें भूरे बादलों के समान झलक पैदा होती थी। जब वह असगार्ड से बाहर जाता तो हमेशा चमचमाती हुई धातु की बनी टोपी पहनता था और मनुष्यों की दुनिया में तो वह मामूली ऊनी टोपी पहिने घूमता। अपनी टोपी के चौड़े छज्जे को वह एक ओर झुककर पहनता था क्योंकि इस तरह वह अपनी कानी आँख छिपा लेता था।

एक दिन जब वह अपने सुवर्ण के बने सिंहासन पर बैठा गंभीरतापूर्वक कुछ सोच रहा था। उसी समय दो गिद्ध उड़ते हुए आये और उसके कंधों पर बैठ गये। ओडिन ने उन्हें नहीं उड़ाया बल्कि उन्हें अपना पालतू बना लिया। यह दोनों गिद्ध मामूली परिंदे नहीं थे। उनको पालतू बनाकर ओडिन ने बहुत लाभ उठाया। इनमें से एक का नाम हगिन और दूसरे का नाम मुनिन था। पहला हर बात को गंभीरतापूर्वक सोचता था और दूसरा हर बात को याद रखता था। नित्य प्रातःकाल ओडिन उन्हें संसार की ओर उड़ा देता था। जब सायंकाल वे लौटकर आते तो वह उन्हें अपने कंधों पर बिठा लेता। वहाँ बैठकर वे दिन में देखी तमाम बातों को उसके कानों में चुपचाप कह देते

थे। और इस तरह संसार में होने वाली तमाम बातें उसे मालूम हो जाती थीं। गिद्धों द्वारा सूचना प्राप्त करने के कारण वह गिद्ध देवता के नाम से भी पुकारा जाता था।

ओडिन के पास भेड़िये की नस्ल के दो भयानक कुत्ते भी थे। एक का नाम गैयर था और वह बड़ा लालची था। दूसरे का नाम फ्रेंक था जो बहुत अधिक मांस खाने वाला प्राणी था। गिद्धों का देवता ओडिन रैफनेगुड भी कहलाता था क्योंकि उसकी सभी बातें विचित्र थीं। वह अपने हिस्से का तमाम मांस, जो दावत के समय उसको परोसा जाता था, अपने इन कुत्तों को खिला देता था। उसकी यह विचित्रता थी कि वह कभी खाना नहीं खाता था और केवल मीठी शराब (अमृत) पीकर ही जीवित रहता था।

असगार्ड में सौकत्रैबैक नामक स्थान में एक गहरी और स्वच्छ जल की धारा बहती है और उसी के किनारे परम बुद्धिमती आसा-देवी सागा रहती थी। उस पवित्र जल की धारा में पृथ्वी के गर्भ में से निकल कर प्रकृति के गूढ़ रहस्य बहते हैं। और जैसे-जैसे वह जल आगे बहता जाता है इन्हीं विचारों के कारण वह धारा भी गहरी और चौड़ी होती चली जाती है। यहीं ओडिन सागा के साथ चुपचाप बैठकर गंभीर समस्याओं को सोचा करता था।

ओडिन ही प्रथम व्यक्ति था जिसने संसार में मंत्र बनाये और जादू-टोना को साकार बनाया। उसने यह काम कठोर परिश्रम के साथ पूरा किया था। इसके हेतु पूरी नौ रात्रियों तक वह पृथ्वी के कल्पवृक्ष यागड्रैसिल की ऊँची डालों में उलटा लटका रहा था और वहीं पर लटके हुए उसने दिमाग और विश्व की विचारधाराओं पर गूढ़ चिंतन किया था। माईमर की शराब पीने के बाद, ओडिन भाग्य और मनुष्य के जीवन का संबंध पूरी तरह समझ गया था।

उसने अपने जीवन काल में बहुत से विवाह किये थे। प्रत्येक स्त्री से उसके पुत्र उत्पन्न हुए थे। उसकी स्त्री पृथ्वी का पुत्र थौर था जिसे उसने बिजलियों का देवता बना दिया था। यही वह महाबली मजौल्नर हथौड़े को धारण करने वाला थौर था जिसके असगार्ड में बने हुए भव्य महल का नाम बिलस्कर्नर था और जिसमें पाँच सौ चालीस बहुत बड़े-बड़े कमरे थे और जिसकी छत चमचमाती हुई ठोस चाँदी की बनी हुई थी।

फ्रिग से ओडिन ने एक संसार-प्रसिद्ध और अत्यंत सुंदर पुत्र पाया जो बाल्डर कहलाया। यह फ्रिग वाना-हीम के सेनापति नजौर्ड की बहिन थी और उसकी माँ का नाम नैट था जो स्वयं रात्रि थी। बाल्डर सारे संसार में प्रिय था और उसके समान सुंदर और लोकप्रिय देवता और कोई नहीं था।

ओडिन भविष्य का ज्ञाता था और जो बातें वह नहीं जानता था उन्हें पुरानी चुड़ैलों द्वारा जान लेता था। यदि जीवित चुड़ैल से काम न चलता तो मरी हुई चुड़ैलों और वालाओं (स्त्री ज्योतिषी) की कब्रों पर अकेले ही जाता और जब रात का गहरा सन्नाटा होता तो वह अपने मंत्रों द्वारा उनकी आत्माओं को जगाता और तब उनसे पूछकर सभी बातें जान लिया करता था। इसी प्रकार उसने अपनी मृत्यु के संबंध में भी सब कुछ जान लिया था कि जब सृष्टि का अंत आयेगा तब ऐंगरबोडा और लोक का बड़ा पुत्र फ़नरर भेड़िया उसे मार डालेगा। इसीलिए उसने तब तक के लिये फ़नरर को

दुख के समुद्र के मध्य भाग में स्थित अँधेरे टापू में उसे बाँधकर पटक दिया था।

जब रैग्नोरैक का समय आया तथा देवताओं और सुरथुर की सेनाओं में घोर युद्ध हुआ तब फ़नरर अपने बंधन तुड़ाकर ओडिन पर टूट पड़ा और तब भयानक युद्ध हुआ था। ओडिन सब कुछ जानते हुए भी उससे या मृत्यु से तनिक भी नहीं डरा। वीरतापूर्वक लड़ते हुए उसने फ़नरर को बुरी तरह घायल कर दिया परन्तु बालाओं की भविष्यवाणी को वह झूठा नहीं कर सका। फ़नरर ने आकाश तक अपना जबड़ा खोला और उसमें ओडिन को चबा डाला। इस तरह वह असगार्ड का पराक्रमी राजा उस समय मारा गया जब सृष्टि का ही अंत हो गया था।

दूसरी बार जब फिर सृष्टि हुई और जब ओडिन नहीं रहा तब भी उसका नाम आदर और श्रद्धा से याद किया जाता था क्योंकि उस जैसा बुद्धिमान और पराक्रमी राजा फिर कभी संसार में पैदा नहीं हुआ। वह जीवित और मृतावस्था दोनों ही में महान् था।

दुष्ट लोक

ओडिन असगार्ड का राजा था और बड़ा बुद्धिमान था। उसकी बुद्धि और उसका न्याय प्रशंसनीय था और सभी जगह उसकी बड़ी इज्जत थी। वह बड़ा बहादुर भी था। पर जितना ही वह न्यायप्रिय था उतना ही उसका भाई लोक (एक देवता का नाम) बुरे काम और बुरे विचारों के फैलाने का इच्छुक था। वह हमेशा कुछ न कुछ ऐसी बात सोचता कि जिसका नतीजा बुरा होता और बाद में देवताओं और मनुष्यों में वह खराब बातों का प्रचार करने वाला मान लिया गया और उसी के द्वारा अब ऐसे सभी काम कराये भी जाते क्योंकि अपनी आदत के अनुसार उसे इसमें आनंद आता था।

जब पुराने जमाने में असगार्ड में पूर्ण शांति का राज्य था और असगार्ड का वह स्वर्ण-काल था तब लोक में कोई ऐब नहीं था। वह तब बिल्कुल भोला-भाला था और सब जगह अपनी अच्छाइयों के लिए मशहूर था। वह गोरा पुरुष था और सुंदर, सुडौल, तगड़ी देहवाला था। उसे देखकर सब लोग उससे दबते थे क्योंकि वह राजा-सा मालूम होता था। उसकी बातें, बोलचाल के तरीके और रहन-सहन से सभी खुश थे।

अपने भाई ओडिन और होनर के साथ-साथ उसने भी उनकी मदद तब की जब कि वे पहला आदमी और औरत बना रहे थे। जहाँ ओडिन और होनर ने आदमी और औरत में अपने गुण भरे वहीं लोक ते भी उन्हें अपना गुण दिया। उन देवताओं ने जो कुछ मनुष्य को दिया वह बराबर-बराबर और हिसाब से था। ओडिन ने उसे आत्मा दी जो प्रकृति से ही मनुष्य को हिम्मत, प्रेम, दया और न्याय सिखाती है। होनर ने उसे समझ, याददाश्त और इच्छा दी पर जब लोक का देने का अवसर आया तो उसने उसे देवताओं का-सा रूप दिया और उनमें तृष्णा और लालच भर दी जिससे उनमें बुरे काम की नीयत जाग्रत हो गई और जिससे उनमें कमज़ोरी भी आ गई। इसी कारण उसे लोटुर के नाम से भी मनुष्य पुकारता है। लोक के दिये गुणों से मनुष्य झगड़े की तरफ बढ़ा और ओडिन तथा होनर के गुणों से उसमें शांति की आदत बनी रही। और इन्हीं दोनों विपरीत आदतों से आदमी में हमेशा 'हाँ' और 'न' दोनों ही ख्याल मन में आते हैं।

लोक अपने काम में लगा रहा और जब असगार्ड का स्वर्णकाल खतम हुआ तो उसने मौका पाकर आदमी में ज्यादा ऐब भर दिये और जब जौटन-हीम से तीन दानवियों की आत्माओं से मिलकर बनी एक दानवी आई तो उसे देखकर देवताओं और आदमियों का भोलापन बिल्कुल जाता रहा। यह दानवी देखने में अति सुंदर थी और लुभावनी थी। इसको जब दानवों ने असगार्ड भेजा था तो उसके मन में बेईमानी भरी हुई थी और असगार्ड के नाश करने की ही नीयत से वहाँ भेजी गई थी। यह एक षड्यंत्र था। दानवों में से एक जिसका नाम ग्रेप था, परम सुंदर फ्रियैजा को अपनी स्त्री बनना चाहता था। और इसीलिये उस दानवी को भेजने का उसने भी सब के साथ-साथ ज्यादा राय दी

थी। फ्रियँजा पैदा करने वाली देवी थी और उसी के सहारे संसार और असगार्ड और बाकी सभी जगहों में पैदावार होती थी। वह अपनी सखियों और दासियों सहित दुनिया के वृक्ष यूगड्रेसिल की फलों से लदी डालों के नीचे बैठी रहती थी और आनंद लिया करती थी।

उस भेजी हुई सुंदरी दानवी का नाम गुलवीग-होडर था और वह तीन बार पैदा हुई थी। इस तरह उसमें तीन दानवियों का अंश था और वह औरबोडा ईआर्नविड की चुड़ैल या बुराइयों की माँ, इन सभी नामों से प्रसिद्ध थी। जब वह असगार्ड में आई तो सभी देवता लोग उसकी सुंदरता पर रीझ गये। वह इतनी चतुर और चालाक औरत थी कि जब असगार्ड में आई तो सीधी जाकर फ्रियँजा की दासी बन गई और उसी के साथ रहने लग गई। वह अन्य दासियों के साथ मिलकर असगार्ड की सबसे ज्यादा सुंदर फूलों से ढँकी झाड़ियों के नीचे फ्रियँजा के साथ रहा करती थी और वक्त-ववत पर फ्रियँजा को ऐब की बातें सिखाया करती थी।

उसकी सुंदरता से मोहित होकर लोक ने उससे शादी करनी चाही और एक दिन मौका पाकर उससे कहा : "हे सुंदरी ! मैं तेरे रूप पर मुग्ध हो गया हूँ और तेरे बिना मुझे चैन नहीं आता है, इसलिए मैं तुझसे प्रार्थना करता हूँ कि तू मुझसे विवाह कर ले।"

यह सुनकर वह चालाक स्त्री गुलवीग होडर मुस्कुराई और पूरे ऐब के साथ उसकी ओर तेज़ पर टेढ़ी नज़रों से देखकर कहा : "लोक, मैं खुश हूँ कि तू मुझे इतना चाहता है पर इससे पहले कि मैं तुझे अपनी अनुमति दूँ तू वादा कर कि जो मैं तुझसे कहूँगी तू हमेशा मेरा कहना माना करेगा।" जब लोक ने उससे वादा कर दिया तो उसने उससे विवाह कर लिया। अब गुलवीग उसकी स्त्री हो गई। और उसके साथ उसके घर में रहने लगी।

जब कुछ दिन रहते हो गये और उस स्त्री ने लोक को पूरी तरह से अपने काबू में कर लिया तो एक दिन वह उसे बहकाने लगी और बोली : "मेरे प्यारे लोक ! तू तो सोता रहता है और इतना सुंदर होकर भी अपना असली स्थान नहीं लेता। तेरी बुद्धि और मेरी बुद्धि मिलकर इन सभी देवताओं को नीचा दिखा सकती है। क्यों नहीं अक्लमंदी करता जिससे तू ही देवताओं का राजा बन जाय ? भला तेरा जैसा सुंदर और बुद्धिमान राजा और कौन हो सकता है ?" और वह उस पर अपनी सभी बुराइयाँ और चालाकियाँ आजमाने लगी। वह उसे भी वैसा ही बनाने लगी। खुद वह फ्रियँजा को बुरी बातें सिखाती और उसे बाहरी चमक-दमक दिखाकर बुरी बातों की तरफ ललचाने की कोशिश में लगी रहती और इस फिराक में लगी रहती कि किसी तरह फ्रियँजा अपनी सुरक्षित जगह को छोड़कर असगार्ड से बाहर जाने को राज़ी हो जाय।

एक दिन उसकी इच्छा पूर्ण हुई और असगार्ड की हमेशा से सुरक्षित शांति भंग हो गई जब युद्ध पर युद्ध छिड़ गये। असगार्ड का स्वर्ण-काल हमेशा के लिए खत्म हो गया। अपने बुरे कामों, बुरे विचारों और षड्यन्त्रों द्वारा उसने लड़ाइयाँ कर दीं और हर तरफ हाहाकार मच गया।

जब भी वह कोई बुरी बात करना चाहती हमेशा लोक की मारफत उसे करवाती। उसने पूरे असगार्ड में अशांति फैला दी और आसा-देवताओं की वाना-देवताओं से दुश्मनी करा दी, और लोक के ज़रिये बुरे दानवों से मित्रता करके देवताओं के विरुद्ध भड़का दिया। षड्यंत्र और कुचक्र रचकर उनमें युद्ध करा दिये। वह जितनी ज्यादा बुराइयाँ करती उतनी ही वह अधिक सुंदर होती जाती और उससे लोक को हमेशा अपना बनाये रखती. जो एक तो वायदे के अनुसार और फिर अपनी आदत के अनुसार उसकी बातों को माना करता था।

असगार्ड में तब तक सिवा लोक के और कोई उसके कुचक्रों में नहीं फँसा था। तब तक सभी देवता लोग नेकी के साथ रहते थे और उनकी बड़ी इज्जत भी थी। फ्रियँजा ही एक ऐसी स्त्री थी जो कभी-कभी गुलवीग की आकर्षक बातों में आकर बाहरी दुनिया की बाबत उससे ज्यादा पूछती रहती थी। गुलवीग की बातों ने उसके दिल पर काफी असर किया था और वह कभी-कभी गुलवीग की तरह चालाक और चतुर बनकर दूसरे देशों में आजादी से घूमना चाहती थी। पर अभी वह इतनी हिम्मत नहीं कर सकी थी कि खुलकर उसकी सीखों पर चल सके।

गुलवीग और लोक की जोड़ी इतनी सुंदर थी कि सभी देवता लोग उनकी सुंदरता पर मुग्ध रहते और किसी को कभी यह शक भी नहीं होता था कि वे दोनों कितनी खराब आदतों वाले हैं। गुलवीग हमेशा सजी-सजाई रहती और अपना शृंगार बहुत सुंदर ढंग से किया करती थी। उसने यह आदत फ्रियँजा को भी डाल दी थी। देखादेखी असगार्ड की सभी स्त्रियाँ हमेशा सज-धज कर शृंगार करके रहा करती थीं।

तब तक असगार्ड के चारों ओर की दीवाल नहीं बनी थी। देवता लोगों ने कभी यह जरूरत ही नहीं समझी थी कि चहारदीवारी भी बनानी चाहिए। तब तक स्वर्णकाल था और कभी युद्ध नहीं होते थे, खासकर असगार्ड पर तो हमला करने की किसी को हिम्मत ही नहीं हुई थी। पर अब जब हमले होने लगे थे तो चहारदीवारी बनाना जरूरी समझा जाने लगा था।

लोक के षड्यन्त्र द्वारा, असगार्ड के देवताओं का शत्रु, एक बर्फीला दानव अपना रूप बदलकर, एक बौने का रूप धारण करके देवताओं के पास आया और उसने कहा: "हे देवताओ! मैं तुम्हारा मित्र हूँ। मैं बौना तो हूँ पर बड़ा अच्छा कारीगर हूँ और बड़ी कला के साथ तुम्हारे नगर की चहारदीवारी बना सकता हूँ।"

देवता लोग उसकी बात सुनकर हँस पड़े। 'इतना छोटा सा बौना इतनी बड़ी बात कहता है,' यह सोचकर उन्हें हँसी आ गई तो वह बोला: "मैं दीवार भी बनाऊँगा और साथ-साथ इतने मजबूत मकानात बनाऊँगा जो कैसे भी हमलों से न टूट सकेंगे। बर्फीले दानव और पहाड़ी दानव कोई भी उन्हें नहीं तोड़ सकेंगे। और यह भी पक्की बात मैं कहता हूँ कि यह सब काम मैं एक जाड़े की ऋतु में बनाकर खत्म कर दूँगा।"

अब देवताओं ने देखा कि वह बौना सचमुच ही अपनी बातों पर जोर दे रहा है तो वह भी हँसना छोड़कर उसकी बातें ध्यानपूर्वक सुनने लगे और दीवाल तो उन्हें बनवानी ही थी, इसलिए अब उनमें से किसी एक ने पूछा: "हे बौने! हम तेरी बातों से

खुश हैं और जैसा कि तू कहता है कि तू दीबाल और मजबूत मकानात बना सकता है तो साथ ही साथ यह भी बता कि तू उसके बदले में हमसे मजदूरी में क्या लेगा ?"

बौना कुछ देर को चुप हो गया और फिर बोला : "मैं तमाम चहारदीवारी, पूरे मकानात और यह सभी काम एक जाड़े की ऋतु के अंदर-अंदर बना दूंगा । अगर समय के अंदर न बना सकूं तो मैं कुछ भी मजदूरी नहीं लूंगा और न पाने का हकदार ही रहूँगा—पर यदि कहे अनुसार बना सका तो ···"

"तोऽऽ? ?" बड़े जोर से एक देवता बीच में बोल उठा । पर बौना उसके चिल्लाने से बिना डरे हुए बोला : "तो मैं फ्रियैजा को तुमसे ले लूंगा और उसके साथ-साथ सूरज और चाँद को भी ले जाऊँगा ।"

देवता लोग यह सुनकर नाराज हो गये । पर दीवाल तो बनबानी ही थी । और फ्रियैजा जैसी सुंदरी तथा सूरज और चाँद को भी दे देना उन्हें बिल्कुल पसंद नहीं था । फिर क्या करते ? अब वह आपस में बैठकर सलाह-मशविरा करने लगे । कुछ देवता इसी शर्त्त पर दीवाल और इमारतें बनवा लेना चाहते थे तो कुछ मना करते थे । कुछ ऐसे भी थे जो कुछ निश्चय नहीं कर पाते थे और द्विविधा में पड़े हुए थे । लेकिन सभी दीवाल बनवा लेना चाहते थे । जो एतराज था वह सिर्फ उस मजदूरी देने में था ।

तब लोक ने अपना सुझाब रखा और कहा : "बौने की शर्त्त मंजूर कर लेनी चाहिये, पर उसमें एक शर्त्त अपनी भी लगा देनी चाहिये, वह यह कि सारे काम को नियत समय के अंदर वह खुद अकेला ही करे तथा किसी और मजदूर या मजदूरों की मदद न ले ।" उसकी सलाह से सब देवता चकित होकर पूछने लगे, "इससे क्या होगा ?"

तो वह आँखें चमका कर चालाकी से बोला : "इससे यह होगा कि समय के अंदर न तो अकेले से काम पूरा होगा और न उसे मजदूरी देनी पड़ेगी और जितनी बन जायगी वह दीवाल हमें मुफ्त ही तो पड़ेगी ?"

सब उसकी चालाकी से खुश हुए और उन्होंने बौने को बुलाकर उसे अपनी अनुमति दे दी और कहा : "तुमने जो कहा है हमें मंजूर है पर शर्त यह है कि अकेले तुम ही काम करोगे और दूसरा कोई तुम्हारे साथ नहीं होगा ।"

यह सुनकर बौना बोला : "वैसे मैं अकेला ही करूँगा पर मेरा घोड़ा जिसका नाम स्वैडिलफेयर है उससे मैं जरूर काम लूंगा । उसके अलावा मेरे साथ और कोई न रहेगा ।" बिना जवाब दिये जब देवता फिर चुप रहे तो वह फिर बोला : "वह तो जानवर है, उसे तो साथ रखने की आज्ञा तुम्हें देनी पड़ेगी यदि तुम सब काम करवाना चाहते हो ।" और उसने अपनी बात पर जोर दिया । तब देवताओं ने लोक की तरफ देखा और वह बोला : "अच्छा तू और तेरा घोड़ा रहे । पर याद रखना कोई तीसरा आया तो फिर तुझे कुछ न मिलेगा । हाँ अपने कहे अनुसार वक्त के अंदर काम खत्म हो जाना चाहिये ।"

"मंजूर," बौना बोला ।

"मंजूर," देवता बोले।

"मंजूर," लोक बोला।

सौदा पक्का हो गया। दोनों तरफ से कसमें खाई गई और इस तरह सौदा और भी पक्का मान लिया गया।

काम एकदम शुरू कर दिया गया और एक दिन की भी देरी नहीं की गई। बौने के रूप में उस बर्फीले दानव ने पहले दिन जब जाड़ा शुरू हुआ, नींव तैयार की और रात के समय अपने घोड़े से असगार्ड की तरफ पत्थर खींचकर लाने लगा। प्रातःकाल जब देवताओं ने काफी काम हुआ देखा तो उनके आश्चर्य का ठिकाना नहीं रहा। वे और भी ज्यादा हैरान थे जब उन्होंने देखा कि रातो-रात उस बौने ने कितनी बड़ी-बड़ी पत्थर की चट्टानें इकट्ठी कर ली थीं। उनको जब यह मालूम हुआ कि वह चट्टानें स्वैडिलफेयर घोड़ा खींचकर लाया है तो वे घबराये और शीघ्र ही उन्होंने यह जान लिया कि ज्यादा काम उस घोड़े की बदौलत ही हुआ था।

सारी सर्दी के मौसम में यह बड़ा काम जारी रहा। दिन में वह बौना सब पत्थरों को चिन देता और रात को नये-नये ढोंके और पहाड़ी चट्टानें अपने घोड़े द्वारा खींचकर इकट्ठा कर लेता। विशाल दीवालें इतनी शीघ्रता से उठने लगीं कि देवताओं की उस नगरी के चारों ओर घेरा बन गया और रोज वह घेरा ऊँचा होता जाता। देवता लोग प्रसन्न भी होते जाते थे तो साथ ही साथ उनकी फिक्र भी बढ़ गई थी।

जब जाड़ा खत्म होने को हुआ और गर्मी पास आ गई तब तक काम बहुत ज्यादा खत्म हो चुका था। देवताओं को निश्चय हो गया कि बौना समय से पहले ही अपना काम खत्म कर देगा। इमारतें सब बन चुकी थीं। इतनी मजबूत और इतनी ऊँची थीं कि उन पर हमला करके जीतना असंभव था। दीवाल भी खत्म हो चुकी थी। जब जाड़े के सिर्फ तीन दिन बाकी रह गये तो सब कुछ बनकर खड़ा हो गया, सिर्फ आम दरवाजा रह गया जो कि असगार्ड का दरवाजा होता।

अब सभी देवता एकत्रित हो गये और क्रोध से थरथराने लगे। उन्हें अब फ्रियैजा, सूरज और चाँद जाते नजर आने लगे। वे यह कभी सहन नहीं कर सकते थे। उन्होंने बहस की और कहा: "हम फ्रियैजा और चाँद-सूरज को कभी नहीं देंगे। बौने ने तो काम खत्म कर लिया है, सिर्फ दरवाजा ही तो बाकी है और दिन तीन हैं। वह तो उसे एक ही दिन में बना देगा।" फिर उनमें हुज्जत होने लगी। काम खत्म होने की तो सबकोखुशी थी पर सुंदरी फ्रियैजा को देने में सब एतराज कर रहे थे। आखिरकार वे लड़ने लगे और तब किसी ने कहा: "यह किसकी सलाह से तय हुआ था कि हम परम सुंदरी फ्रियैजा को दे देंगे और साथ ही साथ अपने स्वर्ग से चाँद और सूरज भी हटाकर उस बुरी जगह जौटन-हीम भेज देंगे? कौन था वह?"

तब कोई दूसरा बोला: "लोक की सलाह से।"

तब सभी एक स्वर से चिल्लाये: "निश्चय ही लोक ने हमें धोखा देकर ऐसी शर्त मानने को मजबूर किया था। लोक ही के कारण अब सुंदरी फ्रियैजा और चाँद-

सूरज पर कष्ट आ पड़ा है। लोक हमारा शत्रु है। उसी ने यह समस्या खड़ी की है। वही है, वही है…"

लोक घबराया पर उन्होंने उसे चारों तरफ से घेर लिया और हुंकारने लगे। फिर वे बोले : "अब लोक ही किसी तरकीब से उसके काम में बाधा डालकर उसे तीन दिन के अंदर काम खत्म न करने दे—यही करे इस काम को भी और तब यह अगर उसे रोक देगा तो हमें उसे मजदूरी में फ्रियैजा, चाँद और सूरज नहीं देने पड़ेंगे। और अगर यह नहीं करता तो इसी को पहले मार डाला…"

और उन्होंने लोक को पकड़कर उसके सीने पर नंगी तलवार, हथौड़ा और तरह-तरह के भयानक अस्त्रों से वार करना चाहा। लोक भय से चीत्कार कर उठा। उसने देखा कि यदि वह किसी तरह से उस बौने रूपी दानव के काम में बाधा डालकर उसे तीन दिन में काम खत्म करने से रोक नहीं देता तो वह सचमुच ही मारा जायगा। उसने डरते-डरते कहा : "अपने अस्त्रों को हटाकर म्यान में कर लो। मैं प्रतिज्ञा करता हूँ कि जैसे भी होगा, चाहे जितनी मुसीबत का पहाड़ मेरे ऊपर टूट पड़े, पर मैं, लोक, उस बौने को नियत समय के अंदर काम खत्म नहीं करने दूंगा।"

देवताओं ने अपने अस्त्र हटा लिये और लोक अपने काम की चिंता अपनी स्त्री गुलवीग के पास सलाह करने चला।

उसकी चतुर और चालाक स्त्री ने जब सब बात सुनी तो हँसी, फिर मुस्कुराई और आँखें नचाकर बोली : "यह कौन सा मुश्किल काम है ?"

लोक चकित रह गया और उसने पूछा, "क्यों ?"

"जैसे मेरे पीछे तू," उसकी स्त्री झट बोल उठी। लोक भी बड़ा चालाक था। फौरन समझ गया।

रात्रि के गहन अंधकार में लोक चहारदीवारी के पास गया। उसने देखा कि बौने ने बड़ी सफाई के साथ अपना काम किया है। अब बौना दरवाजा बनाने के लिये आखिरी चट्टान को अपने घोड़े स्वैडिलफेयर द्वारा खींचे ला रहा था। लोक ने देखा कि वह अभी दीवाल से काफी दूरी पर था। 'यदि थोड़ी देर और हो जायगी तो फिर उसे रोकना असंभव हो जायगा,' लोक ने सोचा और अपना काम निश्चित कर लिया। स्वैडिलफेयर मस्त चाल से चला आ रहा था। उसी समय अंधकार में एक कोने से एक घोड़ी निकली और तेजी से दौड़ती हुई स्वैडिलफेयर के सामने आई और बड़ी जोर से हिनहिनाई, फिर उससे नथुने मिलाकर उलटी भागी। स्वैडिलफेयर ने जो घोड़ी देखी तो बस पागल हो गया और अपनी जोत तुड़ाकर उसके पीछे भागा। बौने ने उसे बहुत रोका पर उसके रोके वह किसी तरह भी नहीं रुका। वह बड़ी चट्टान जहाँ की तहाँ पड़ी रह गई।

घोड़ी भागी और घने जंगलों में चली गई। घोड़ा उसके पीछे तेजी से भागा और वह भी घने जंगलों की ओट हो गया। बौना उसे ढूंढ़ता फिरा पर न वह उसे मिलना था न वह उसे मिला। घोड़ी भागती हुई बहुत दूर चली गई और घोड़ा उसके पीछे-पीछे भागता चला गया। इस प्रकार बौने कारीगर का काम रुक गया।

सारी रात बीत गई और कोई काम नहीं हो सका। दूसरा दिन और दूसरी रात भी ऐसे ही बीत गई और काम खत्म न हो सका क्योंकि घोड़ा वापस ही नहीं लौटा। देवता लोग बड़े प्रसन्न हुए कि अब उन्हें उसे मजदूरी नहीं देनी पड़ेगी और सिवा दरवाजे के सब काम भी खत्म हो गया था। भला एक दिन में हो भी क्या सकता था।

जब दानव को मालूम हुआ कि उसके खिलाफ षड्यंत्र किया गया था और घोड़ी भागकर घोड़े को चालबाजी से हटा लिया गया था तो वह क्रोध से पागल हो गया और फौरन अपना बौना रूप छोड़कर अपने असली रूप में आ गया। वह विकराल दाढ़ों वाला महाभयंकर और बड़े डीलडौल वाला बर्फीला दानव असगार्ड में युद्ध करने घुस गया और उसने देवताओं को लड़ने के लिये ललकारा।

जब देवताओं को मालूम हुआ कि वह तो असल में बर्फीला दानव था और उसने बौने का रूप धोखा देने के लिये धरा था, तो वे लोग अत्यंत क्रोधित हुए और अपने वादों वगैरह को भूल गये। ओडिन जो देवताओं का राजा था थौर से बोला : "थौर जाओ और उस दुष्ट दानव को मार डालो।"

फौरन थौर अपने पत्थर के हथौड़े को लेकर उस दानव पर टूट पड़ा। उसके लिये वह दानव बहुत हल्का पड़ता था। उसने जाकर उसे उसकी मजदूरी दी—मजदूरी में उसने फिरयँजा, चाँद और सूरज तो नहीं दिये पर एक हथौड़ा उसके सिर पर ऐसा मारा कि वह वहीं ढेर हो गया और मर गया। जब वह मर गया तो देवताओं ने उसकी लाश को उठाकर खूब घुमाया और फिर उसे नीफल-हीम की अँधेरी गहराइयों में फेंक दिया जहाँ हमेशा दुख और यातना ही वहाँ के रहने वालों को मिला करता है। इस तरह लोक की चालाकियों से असगार्ड की चहारदीवारी और इमारतें इतने कम समय में बन गईं और वह भी सब मुफ्त और देवताओं को उजरत कुछ भी नहीं देनी पड़ी।

जब लोक द्वारा छोड़ी हुई घोड़ी लौटी तो उसके साथ स्वैडिलफेयर और उसका बच्चा भी था जो बादलों की तरह भूरे रंग का था। उसके आठ पैर थे। जब वह बड़ा हुआ तो नौओं दुनिया में उसके समान तेज दौड़ने वाला दूसरा कोई घोड़ा नहीं था। उसका नाम स्लीपनर पड़ा।

यह घोड़ा स्लीपनर ओडिन को अपनी सवारी के लिये दे दिया गया। उसके दांतों पर पवित्र शब्द खुदे हुए थे और उसकी पीठ पर ही बैठकर ओडिन सैर करने जाया करता था। जब शिकार खेलने या आकाश में दूधिया रास्ते से होकर वह जाता तो हमेशा उसकी पीठ पर बैठकर जाता। उन दिनों हवायें अधिक जोर से शोर करती हुई चलतीं और तारे जगमगाते हुए प्रकाश फैलाते थे। जब वह रोशनी स्लीपनर पर पड़ती और हवायें उसके अयालों को उड़ाकर उस पर सवार ओडिन के सीने से उन्हें छुआतीं तो सवार और घोड़ा दोनों स्वर्गीय शोभा देते थे। नित्य ही ओडिन उसकी पीठ पर बैठकर देवताओं के नीचे के देश में बिफ-रौस्ट नामक पुल पर से होकर जाया करता था।

जब वह आसमान में अपने स्लीपनर पर बैठकर जाता तो लोग दुनिया में कहते, "वे दो कौन हैं जो थिंगस्टैंड की ओर जा रहे हैं? उनके दस पैर, तीन आँखें और एक पूँछ है।"

उसका जवाब है कि "ओडिन और स्लीपनर हैं क्योंकि ओडिन के एक आँख है और स्लीपनर की दो, इस तरह तीन आँखें हैं। घोड़े के आठ पैर हैं और ओडिन के दो, इस प्रकार दस पैर हैं और पूंछ तो सिर्फ स्लीपनर की ही है।

यह घोड़ा केवल सवारी का ही मजा नहीं देता था बल्कि इस पर चढ़कर जो घूमता वह कवि भी बन जाता था। इसीलिये ओडिन प्रथम कवि कहलाया और उसने महान कवितायें लिखीं।

लोक और उसकी दुष्टा स्त्री गुलवीग हालांकि अभी थोड़े दिन पहले ही अपने बुरे कामों और अपनी चालाकियों से तकलीफ पा चुके थे, पर आदत के अनुसार फिर भी वैसे ही बने रहे और देवताओं में बुराइयाँ भरने पर आमादा रहे। इस तरह जब बहुत दिन हो गये तो एक दिन असगार्ड के देवताओं पर एक नई मुसीबत आई। गुलवीग और लोक ने उन्हें संकट में डाल दिया। उस ऋतु में जब कि असगार्ड में संकट छाया तो उसके असर से सारी दुनिया में मुसीबत आ गई।

सिफ़ असगार्ड की एक बहुत सुंदरी देवी थी और वह इतनी सुंदर थी कि जो उसे देखता वही ठगा-सा रह जाता। यह देवी थौर की रक्षा में रहा करती थी। थौर बिजलियों का राजा था और बहुत बली था जिससे सभी डरते थे। सिफ से इसी कारण किसी को छेड़छाड़ करने की हिम्मत नहीं पड़ती थी। सिफ पकी फसलों की देवी थी और उसकी सुंदरता और शक्ति उसके घने और बढ़ने वाले बहुत लम्बे सुनहले सिर के बालों में थी। उसके बाल छल्लेदार थे और रेशम से भी अधिक मुलायम थे तथा हमेशा चमका करते थे। जैसे-जैसे वे बढ़ते वैसे-वैसे ही फसलें भी पकतीं और बढ़तीं और वैसे ही वैसे सिफ़ की शक्ति और सुंदरता बढ़ती जाती। उसकी सुंदरता कभी कम नहीं होती थी वरन् हमेशा बढ़ती ही जाती। उसका मांसल शरीर उसके बालों के तेज से जवानी में चमचमाया करता। वह हमेशा जवान रहती थी और उसी के बालों की बढ़न और शोभा में नौओं दुनियाओं की फसलों का बढ़न और पकाव होता था।

जब एक दिन उस तीन दानवियों की आत्माओं से बनी हुई दानवी ने जो कि असगार्ड में सुंदरी युवती बनी हुई थी, सिफ़ के खूबसूरत बालों के घुंघराले छल्लों को देखा तो, नीयत तो उसकी हमेशा ही खराब रहती थी, उसने उन्हें लेना चाहा और लोक से अपनी इच्छा प्रकट की। वह बोली : "लोक, तुम मुझे बहुत प्यारे हो और मैं चाहती हूँ कि जो काम मैं तुमसे अभी करने को कहूँ वह तुम आज ही कर लाओ।"

लोक ने अपनी पैनी निगाहों से देखकर कहा : "बोला मैं हर तरह से तुम्हारा काम करने को तैयार हूँ।"

तब गुलवीग ने कहा : "मुझे सिफ़ के सिर के खूबसूरत बालों के छल्ले चाहिये जो सोने के हैं और जिन्हें प्राप्त करने के लिये मेरा दिल छटपटा रहा है। यदि तुम इससे इंकार करते हो तो फिर आज से तुम्हारा मुझ पर कोई अधिकार नहीं रह जायगा।"

लोक बोला : "घबराती क्यों हो, देखो मैं उन सुंदर छल्लों को अभी लाता हूँ।" वह सिफ की ओर गया और जब उसने देखा कि वह एक फूलों से लदी झाड़ी के नीचे सो रही है तो उसने एक तेज तलवार उठाई और उसके सुंदर छल्लों को काट लाया और घर

जाकर उन्हें गुलवीग को दे दिया। गुलवीग उन्हें पाकर बहुत ज्यादा खुश हुई और उसने लोक को प्यार से बिठाकर उससे मीठी-मीठी बातें को जिससे वह भी बहुत खुश हुआ।

जब सिफ़ जागी और उसने अपने सोने के खूबसूरत छल्लों को कटा पाया तो वह पहले घबरा गई पर बाद में रोने लगी। जब थौर को पता चला तो वह क्रोध से भन्ना उठा। ओडिन ने जब सुना तो वह भी बहुत नाराज हुआ और फिर जैसे-जैसे खबर फैली सभी देवता गुस्सा हुए और चिंतित हो गये। सिफ़ के खूबसूरत सोने के छल्लों के कटते ही सारी दुनिया की फसलें नष्ट हो गईं और हर चीज में कमी आ गई। चारों तरफ दरिद्रता फैलने लगी। सारे विश्व में हाहाकार मच गया।

देवताओं ने सोचा कि यह काम सिवा लोक के और किसी का नहीं हो सकता। इतने ही में फ़्रियैजा ने आकर बतलाया कि सिफ़ की सुंदर लटें तो गुलवीग अपने जूड़े में और गले में बाँधें फिर रही है। बस सबों का विश्वास पक्का हो गया और सभी ने क्रोध में जाकर लोक को घेर लिया और उसे मारने ही वाले थे कि लोक डरकर बोला : "हे देवताओ इतना क्रोध क्यों कर रहे हो ? हटो और मुझे छोड़ो; देखो मैं कितनी जल्दी सिफ़ के लिये नये और बढ़िया बढ़न के छल्ले लाता हूँ। मैं बड़े देवताओं के लिए अच्छे-अच्छे उपहार भी लाऊँगा।"

थौर गरजा : 'नहीं जब तक तू प्रतिज्ञा नहीं कर लेगा हम तुझे नहीं छोड़ेंगे।"

"मैं प्रतिज्ञा करता हूँ कि जो कुछ मैंने कहा है उसे अवश्य पूर्ण करूँगा," झट से लोक ने उत्तर दिया, और तब देवताओं ने उसे छोड़ दिया।

लोक अपनी स्त्री गुलवीग से सलाह करके असगार्ड से बाहर निकला और नीफ़लहीम की नीचे की दुनिया की तरफ चला जहाँ अंधकार, दुख और यातना हमेशा रहा करती है। जब वह वहाँ पहुँचा तो उन सब को छोड़कर माईमर के खजानों की गहरी गुफाओं में वह गया और वहाँ भी उसे ऐब की ही बातें सूझीं। हालाँकि प्राणभय से वह देवताओं का कठिन कार्य करने यहाँ आया था फिर भी उसके दिल में यही भावना उत्पन्न होती थी कि कोई न कोई बुरा काम किया जाय।

माईमर के खजानों के पास उसे उसकी रिआया के जादू करने वाले लुहार और सुनार मिले जो संसार भर में अपने हुनर के लिये मशहूर थे। लोक ने उनसे अपना काम निकालने की सोची पर उसके साथ-साथ उनमें फूट डालकर आपस में लड़ाकर तमाशा देखने की भी उसकी तबियत हो उठी।

उस जगह ऐसे कारीगरों के दो खानदान थे। यह लोग माने हुए कारीगर थे और धातुओं का काम बहुत अच्छी तरह से जानते थे। एक खानदान इवैल्डे के पुत्रों का था और दूसरा सिंड्रे के पुत्रों का था। दोनों ही खानदान बहुत ज्यादा धनवान थे और माईमर के राज्य में इनके घरों में अटूट खजाने भरे हुए थे। वे लोग शांतिपूर्वक देवताओं के मित्र बनकर रहते थे और वक्त आने पर हमेशा उनकी मदद किया करते थे। कभी वे उनके लिये बढ़िया-बढ़िया हथियार बनाकर दिया करते थे तो कभी असगार्ड में जाकर देवताओं के विशाल कमरों और सभा-भवनों को अमूल्य रत्नों से मढ़ देते थे। असगार्ड में जितने भी सुन्दरतम स्थान थे और जितना भी नक्काशी का काम था और जितने भी

भयंकर हथियार देवता लोगों के पास थे वे सब इन्हीं दोनों खानदानों द्वारा बनाये गये थे।

लोक को उनका यह आपस का प्रेमपूर्ण बर्ताव अच्छा नहीं लगा और न केवल उन दोनों खानदानों में ही आपस में बैर-भाव डालने की सोची बल्कि यह भी चाहा कि किसी तरह इन लोगों की देवताओं से भी खटक जाय जिससे आपस में इन सब में विरोध पैदा हो जाय। वह बुरी बात ही सोचता था और यह उसकी प्रकृति थी।

पहले वह इवैल्डे के पुत्रों के पास गया। उनसे उसने लच्छेदार बात की और जब वे उसकी बातों से प्रभावित हो गये तो वह बोला : "तुम लोगों के बराबर दूसरा कोई कारीगर नहीं है। तुम लोग मेरे कहे अनुसार सिफ़ के लिये सोने के बाल बनाओ और उनमें खूबसूरत छल्ले डालो और फिर उनमें ऐसी लचक पैदा करो कि वे हमेशा बढ़ते रहें और चमकते रहें। ठीक सिफ़ के बालों की तरह वह होने चाहिये जो असली की तरह बढ़ा करें।"

उन कारीगरों ने तब अपनी धौंकनी फूंकी और थोड़ी मेहनत के बाद ही उसने जैसे बाल माँगे थे वैसे ही बनाकर उसको दे दिये। यह बिलकुल असली बन गये और सिफ़ को देने लायक थे। फ़िर लोक के कहने से उन्होंने एक भारी और भयंकर भाला भी बना दिया जो लोक ने ओडिन को देने के लिये अपने पास रख लिया। इस भाले का नाम गंगनर था। फिर कारीगरों ने लोक की प्रार्थना पर एक जहाज बनाया जो कमाल की कारीगरी से बनाया गया था। इसका नाम स्किड्ब्लैड्नर था और वह इतना बड़ा था कि उसमें असगार्ड के तमाम योद्धा एक साथ बैठकर युद्ध के लिये जा सकते थे। उसमें सिफत यह भी थी कि जब पानी पर समुद्र में छोड़ दिया जाता तो हल्की और मनचाही हवायें भी उधर से ही चला करतीं जिधर उसे जाना होता। उस जहाज में यह खास बात थी। वह उलटी हवाओं का सामना ही न करता क्योंकि हमेशा हवायें उसके निश्चित पथ की ओर ही चलती थीं। वह जितना बड़ा था उतनी ही आसानी के साथ एक जगह से दूसरी जगह ले जाया जा सकता था क्योंकि वह मुड़ जाता और रूमाल की तरह मोड़कर जेब में रख लिया जाता। यह लोक ने सुनहली सूर्य-किरणों के स्वामी आसा-देवता फ्रे के लिये बनवाया था।

जब लोक असगार्ड वापस लौटा तो उसने सिफ़ को उसके बालों के छल्ले दिये जिन्हें पाकर वह बहुत खुश हुई। ओडिन उस भाले को लेकर जब स्लीपनर पर बैठा कर चला तो उसने खुश होकर लोक की तारीफें कीं और फ्रे को जब बड़ा जहाज दिया गया तो उसकी खुशी का ठिकाना ही न रहा। इस तरह अपने ऊपर आई हुई विपत्ति को हटाकर लोक आजाद होकर फिर गुलवीग के पास गया और उससे चुपचाप सलाहें मिला-कर फिर माईमर के खजाने की तरह चला।

अबकी बार वहाँ जाकर वह अपने मन में कुटिलता भरे हुए, सिंड्रे के पुत्रों के पास पहुँचा और उसने उन्हें चुनौती दी कि वे भी इवैल्डे के पुत्रों की तरह कमाल की कारीगरी और बारीकी का काम करके दिखायें। वह बोला : "मेरे विचार से इवैल्डे

के पुत्रों के समान कारीगरी और कोई नहीं दिखा सकता, न कोई उन जैसी चीजें ही बना सकता है।"

उसको इस प्रकार चिढ़ाते हुए देखकर सिंड्रे का भाई ब्रौक बोला : "यह गलत बात है क्योंकि हम भी बहुत अच्छे कारीगर हैं और हम भी बहुत अच्छी कारीगरी कर सकते हैं ··।"

"पर इवैल्डे के पुत्रों से बढ़िया नहीं," लोक बीच ही में बोल उठा।

"हाँ उनसे भी अच्छी," ब्रौक ने अधीर होकर जवाब दिया।

"हरगिज नहीं," लोक ने उसे चिढ़ाया।

"अगर बना दिया तो ?" ब्रौक ने पूछा।

"तो तुम्हें मैं अपना सिर दे दूंगा," लोक ने इतनी बड़ी शर्त्त लगा दी।

"मंजूर," ब्रौक बोल उठा।

"तो बनाओ," लोक ने आज्ञा दी।

सिंड्रे ने एक बहुत बड़ी लोहसारी और भट्ठी तैयार की। उसके वंश के सभी लोग उसके पास बैठकर अपनी कारीगरी दिखाने का उद्योग करने लगे। लोक वहाँ से हट गया और बाहर आकर उसने अपना रूप एक बहुत बड़ी खून पीने वाली मक्खी का बना लिया और उड़कर उस लोहसारी में घुस गया जिससे वह उनके काम में बाधा डाल सके। अब वह पूरे जोश के साथ मक्खी बनकर भनभनाने लगा।

जब कारीगरों ने काम शुरू किया तो सबसे पहिले सिंड्रे ने एक लोहे की नाल भट्ठी में रख दी और फिर अपने भाई ब्रौक से कहा कि वह धौंकनी भरता चला जाय और तब तक उसे भरकर चलाता जाय जब तक कि काम खत्म न हो जाय। ब्रौक ने ऐसा ही किया और अपने काम में बड़ी फुर्ती दिखलाई। पर उसी समय जब कि वह अपने काम में लगा हुआ था, और वह काम भी ऐसा कि जिसमें हुनर दिखाना था, एक बड़ी खून पीने वाली मक्खी आकर उसके हाथ पर बैठ गई और उसे काटने लगी वह उसका खून चूसने लगी। ब्रौक को बहुत तकलीफ हो रही थी और उसने कई बार चाहा कि काम रोक कर उसे उड़ा दे पर काम यदि एक पल को भी रुकता तो सारी कारीगरी का असर जाता रहता और इतनी सब मेहनत बेकार हो जाती। इसलिए उसने बहुत ज्यादा तकलीफ को झेलते हुए भी अपना काम जारी रखा और धौंकनी चलता रहा और तब तक चलाता रहा जब तक कि सिंड्रे ने लोहसारी की बड़ी भट्ठी में से एक कमाल का बनैला सुअर न निकाल लिया जिसके बाल सोने के थे और चमक रहें थे। यह पूरा जानवर ठोस सोने का बना हुआ था और बिजली की तरह चमकने लगा। इसकी कारीगरी ऐसी थी कि देखने वाला एकदम वाह-वाह कह उठता था।

उसके बाद सिंड्रे ने दूसरी बार भट्ठी में बहुत-सा सोना और रखा। उसकी आज्ञा पाकर ब्रौक फिर धौंकनी चलाने लगा। पर जब काम का बीच आया और सोना भट्ठी के अन्दर गल गया और ढलाई-गढ़ाई का समय आया तभी वह बड़ी मक्खी आकर उसकी गर्दन पर बैठी और उसने और भी ज्यादा खून खींचा। ब्रौक पीड़ा से कराह उठा और उसका हाथ उसे बार-बार उड़ाने को उठना चाहता था पर वह मजबूर था क्योंकि

जैसे ही वह हाथ उठाता कि धौंकनी छूट जाती और वैसे ही सोना भट्ठी में बिखर जाता तब सारी मेहनत बिगड़ जाती। काम जारी रहा और लोक मक्खी बना हुआ उसे बुरी तरह काटता हुआ खून चूसने लगा। कभी-कभी तो वह दुख इतना असह्य हो उठता कि ब्रौक से बर्दाश्त होता और वह तय कर लेता कि अब तो काम छोड़कर इसे उड़ा ही देना चाहिये पर फिर उसने अपना जी बहुत ही ज्यादा कड़ा कर लिया और धौंकनी चलाता ही रहा। सिंड्रे ने भट्ठी में से एक जादू की सोने की अँगूठी निकाली। इसका नाम ड्रौपनर रखा गया जिसे ड्रौपर भी कहते हैं। यह एक कमाल की अँगूठी थी और इसमें अनेक गुण थे।

अबकी बार सिंड्रे ने भट्ठी में बहुत-सा साफ लोहा रखा। उसे गरम करने के लिये ब्रौक ने जब धौंकनी पर हाथ रखकर चलाया तो उसने देखा कि अब मक्खी वहाँ नहीं रही। वह खुशी-खुशी धौंकनी चलाने लगा। जब काम का बीच आया और लोहा लाल हो गया और सिंड्रे उसे बनाने लगा, एकदम वही मक्खी भन्नाकर आई और अबकी बार ब्रौक की आँखों के बीच में बैठ गई और इतने जोर से काटा कि ब्रौक दर्द से चीख उठा और खून बहने लग गया जिससे उसकी आँखें भी बन्द होने लगीं। ब्रौक ने बहुत साहस किया और उस पीड़ा को भी सहन कर गया पर जब मक्खी ने उसे उस घाव पर दुबारा काटा तो उससे नहीं रहा गया और उसने एक बार अपना हाथ धौंकनी पर से हटाकर उस मक्खी को उड़ा दिया। जैसे ही उसने हाथ हटाया वैसे ही सिंड्रे ने उसे घूरा और इस तरह उसकी निगाह भट्ठी से एक क्षण को अलग हो गई। जैसे ही सिंड्रे ने भट्ठी की तरफ दूसरी बार नजर घुमाई तो उसने देखा कि एक भारी और सुंदर हथौड़ा भट्ठी के अन्दर तैयार हो गया है। उसने उसे पकड़ कर बाहर निकाल लिया। वह बहुत भारी सुंदर और अद्भुत शक्तिवाला हथौड़ा था पर उसका हत्था जरा छोटा था। उस एक क्षण में जब सिंड्रे की निगाह हटी थी तभी हत्था छोटा पड़ गया। लोक के उस उपद्रव के कारण यह अद्भुत हथियार हत्थे पर से थोड़ा बिगड़ गया। उसे केवल थौर ही उठा सकता था।

जब तीनों सामान तैयार हो गये तो सिंड्रे ने ब्रौक से कहा : "अब भट्ठी बुझा दे और लोहसारी बंद कर दे," तभी लोक अपना असली रूप धरकर अन्दर आ गया। उसे देखकर सिंड्रे बोला : "मेरी इन तीनों चीजों का मुकाबला इवैल्डे का कोई पुत्र नहीं कर सकता। इस तरह का सामान बनाना उनकी शक्ति के बाहर है।"

ब्रौक उन चीजों को लेकर असगार्ड चला और उसके साथ-साथ लोक भी गया।

जब ब्रौक ने देवताओं के सामने वह तीनों कमाल के सामान रखे तो वे बैठकर आपस में सलाह करने लग गये। उन्हें यह तय करना था कि किसके बनाये हुए सामान श्रेष्ठ थे। इवैल्डे के पुत्रों के बनाये हुए सामान और सिंड्रे के बनाये हुए सामान सामने बराबर-बराबर रख लिये गये और विचार होने लगा। बड़े देवताओं ने मिलकर तीन न्यायाधीश इस मामले पर फैसला देने के हेतु नियुक्त किये। ओडिन, थौर और फ्रे, यह तीनों न्यायाधीश बने।

इवैल्डे के पुत्रों द्वारा निर्मित वस्तुएँ और सिंड्रे के खानदान वालों द्वारा बनाये गये

सामानों में अच्छा, बुरा या कौन बढ़िया है ऐसा कहना बड़ा मुश्किल पड़ रहा था। क्योंकि दोनों के ही बनाये सामान एक-से और बढ़िया थे। लोक की बन आई थी क्योंकि जो फूट वह आपस में डालना चाहता था उसके शुरू होने का समय अब आ गया था। वह खूब जानता था जिस पक्ष को देवता लोग अच्छा कहेंगे उसके दूसरे पक्ष वाला यानी हारने वाला पक्ष देवताओं का और जीतने वाले पक्ष का दुश्मन हो जायेगा।

देवताओं ने हर एक चीज की भूरि-भूरि प्रशंसा की पर सिंड्रे के बनाये सामानों को उन्होंने श्रेष्ठ कहा क्योंकि वही उनके ज्यादा काम के थे। ड्रौपनर जो सोने की अँगूठी थी, जादू की थी और उसमें पैदा करने की शक्ति भरी थी। हर नवीं रात को उसमें से आठ उसी के बराबर की सोने की अँगूठियाँ निकल कर गिर जाती थीं; वह एक ऐसी अँगूठी थी जो निरंतर जंजीर के छल्ले बनाती चली जाती थी और इसीलिये बहुत मूल्यवान समझी गई। वह देवताओं के राजा ओडिन को मिली जिसने उसे इवैल्डे के पुत्रों द्वारा निर्मित गंगनर भाले के साथ अपने पास हिफाजत से रख लिया। ओडिन के उस भाले की नोक पर कसमों के मंत्र पढ़े गये थे जो जब फेंका जाता तो तारों के बीच में अद्भुत प्रकाश के साथ चमकता।

उसके इस भाले से बड़े-बड़े योद्धा और पराक्रमी पुरुष भी दबते थे।

फ्रे को वह सोने का बनैला सुअर दिया गया जिस पर चढ़कर वह स्वर्ग और समुद्र के ऊपर आनन्द के साथ घूमता। नौओं दुनिया में सिवा ओडिन के घोड़े स्लीपनर के वह सब घोड़ों से तेज भागता था और अंधकार से पूर्ण स्थानों में अद्भुत रूप से चमका करता था। जब फ्रे उस पर बैठकर सुबह या शाम के वक्त निकलता तो स्वर्ग के उस सौंदर्य में उस बनैले सुअर के बाल सूर्य के प्रकाश के समान चमक फैलाते थे।

इन सब भेंटों से बड़ी भेंट वह भारी लोहे का हथौड़ा था जिसका नाम मजौल्नर था और वह बिजलियों के देवता महाबली आसा-थौर को मिला जिसे केवल वही उठाकर लड़ सकता था। इसमें केवल एक खराबी थी कि उसका हत्था जरा छोटा था जो लोक के परेशान करने के कारण और मक्खी बनकर काटने के कारण ब्रौक के धौंकनी रोक देने से हो गया था। इस तरह उस महान वस्तु में भी लोक ने एक कसर रहने दी। इसमें एक गुण था। जब थौर उस हथौड़े को फेंककर किसी के मारता तो हथौड़ा अपने आप वापस उसके हाथों में आ जाता था।

जब देवताओं ने इस तरह सिंड्रे की प्रशंसा की और उसको तथा उसके वंशजों को इवैल्डे के पुत्रों से श्रेष्ठ बतलाया तो इवैल्डे के पुत्र देवताओं और सिंड्रे से बहुत अधिक नाराज हुए। उन्होंने देवताओं से बदला लेने की कसम खाई। लोक के मन की हो गई क्योंकि उसने उनमें लड़ाई करा ही दी।

अब ब्रौक ने लोक को पकड़ा और बोला: "तूने कहा था कि यदि हम लोग इवैल्डे के पुत्रों से अच्छे सामान बना देंगे तो तू हमें अपना सिर देगा। देख हम जीत गये हैं और बड़े देवताओं ने फैसला भी सुना दिया है इसलिए अब मैं तुझसे बदला लूँगा। ला अपना सिर और मैं उसे काटे लेता हूँ क्योंकि अब वह मेरा है।"

लोक ने कोशिश की कि ब्रौक मान जाय और उसका सिर छोड़ दे पर जब वह

नहीं माना और उसका सिर लेने पर तुल गया तो वह बोला : "तो ले मुझे ले ले," और गायब हो गया। उसके पास बहुत तेज चलने वाले जूते थे। वह उन्हें पहिन कर आकाश और समुद्र के ऊपर तीव्र गति से चल सकता था। इस समय वह उन्हीं को पहन कर गायब हो गया था। अब तो वह कारीगर बेहद क्रोधित हुआ और महाबली थौर से जाकर बोला : "हे थौर तेरे न्याय को कौन नहीं जानता ? मैं तेरे पास न्याय के लिये आया हूँ, इसलिए तू न्याय कर। लोक ने मुझसे अपने सिर की शर्त हारी है और जब मैं उसका सिर चाहता हूँ तो वह भाग गया है। इसलिए उसे पकड़ कर मुझे दे," सुनते ही थौर चला। चूंकि वह जीता नहीं जा सकता था इसलिए लोक उसके ललकारते ही ठहर गया। थौर उसे पकड़ कर ले आया और ब्रौक के सुपुर्द कर दिया।

"तेरा सिर मेरी संपत्ति है," ब्रौक चिल्लाकर लोक से बोला और उसने चाकू निकाल कर उसकी गर्दन पर रखा।

तब लोक को चालाकी सूझी। वह झट बोल उठा : "मेरा सिर तो सचमुच ही तेरी संपत्ति है पर यह चाकू यहाँ से हटा क्योंकि मेरी यह गर्दन तेरी नहीं है।"

बात जँच गई और लोक की चाल चल गई। ब्रौक रुक गया और उसने देवताओं से जाकर न्याय माँगा। देवताओं ने सभा में बैठकर सलाह की और अन्त में फैसला सुनाया : "सिर तो तेरा ही है पर तू लोक की गर्दन नहीं छू सकता क्योंकि वह तेरी नहीं है।"

तब तो ब्रौक बहुत ही अधिक क्रोध में थरथराने लगा पर वह क्या करता ? गर्दन तो वह लोक की काट नहीं सकता था। उसने सोचकर कहा : "अच्छा तो मैं इसके होंठ सिये देता हूँ क्योंकि इन्हीं में से होकर तो बुरी बातें यह निकालता है।"

उसे ऐसा करने से कोई नहीं रोक सका क्योंकि शर्त्त हारने के साथ ही सिर तो उसकी संपत्ति मान ही ली गई थी। उसने अपना चाकू निकालकर लोक का होंठ काटना चाहा पर चाकू मोटा निकला और उससे होंठ कट ही नहीं सका तो वह चिल्लाया : "काश, मुझे अपने भाई सिंड्रे का सुआ मिल जाता।"

जैसे ही उसने यह कहा कि सुआ उसके पास आ गया और उसने उसे संतोष से उठा लिया और लोक का मुँह सी दिया। लोक घबरा कर बैठा ही रह गया।

जब ब्रौक वहाँ से चला तो असगार्ड के तमाम देवताओं को कोसता हुआ गया। वह गुस्से से पागल हो रहा था। लोक की चाल दोनों तरफ चल गई थी। अब सिंड्रे के वंशज और साथी भी देवताओं के खिलाफ हो गये थे क्योंकि जब ब्रौक ने लोक का सिर माँगा था तो उन्होंने उसके खिलाफ फैसला सुनाया था। इवैल्डे के पुत्र तो पहले ही उनके खिलाफ हो चुके थे और आपस में दोनों वंशों की लड़ाई भी हो गई थी।

इवैल्डे के पुत्रों ने बर्फीले दानवों से मेल मिलाकर और असगार्ड में रहने वाले देवताओं के विरुद्ध भयंकर युद्ध की घोषणा कर दी और असगार्ड को तबाह कर देना चाहा।

इवैल्डे ने दो स्त्रियों से विवाह किया था। वह बागी था और हवएलैमर और ऐलिवेगर की नदियों का रखवाला था। उसकी पहली स्त्री का नाम सौल था जोकि

सूर्य की देवी मानी जाती थी। उसकी पुत्री ईडुन, ब्रैगी की स्त्री बनी थी, और पुत्रियाँ हंस कन्यायें थीं जो नजौर्ड के पश्चिमी तट पर मधुर गाना गाती रहती थीं।

इवैल्डे की दूसरी स्त्री 'एक दानवी थी जिसका नाम ग्रीप था और उसके तीन पुत्र थे। यह तीनों पुत्र कारीगर बने। पहला थजासेवोलेंड था जिसने विश्वविजयी तलवार बनाई थी। दूसरा ओरवेंडिल-ईगिल था जो प्रसिद्ध तीरंदाज था। तीसरे का नाम ईदी था जो ह्यूकी, हैंगैस्ट, गैल्डर और गैल्डिग इन सभी नामों से प्रसिद्ध था। इसी ग्रीप ने जब इवैल्डे को छोड़कर एक दूसरे दानव से विबाह कर लिया तो उससे उसके दो पुत्रियाँ उत्पन्न हुई थीं जिनका नाम फैंजा और मैंजा पड़ा। यही दुनिया की चक्की को चलाया करती थीं।

इन सबों ने मिलकर और बर्फीले दानवों को साथ लेकर असगार्ड पर हमला किया था और जाड़ों का भयानक युद्ध इसी लोक के बुरे कामों के कारण हुआ था।

यह तमाम काम हुआ किया और साथ ही साथ गजब यह हुआ कि गुलवीग चुड़ैल जो सुंदरी बनी हुई थी बराबर सुंदरी फ्रियैजा को लालच दिखाती रही और ऐब सिखाती रही। एक दिन उसे घुमाने के बहाने असगार्ड से बाहर फुसलाकर ले गई जहाँ पहले से छिपे हुए दानव बेली ने उसे पकड़ लिया। यह बेली ग्रेप का बाप था और बहुत भयानक दानव था जो बुरी तरह भेड़िये जैसा चिल्लाता था। वह इस सुंदरी को पकड़कर जौटन-हीम ले गया और वहाँ उसने उसे अपने मजबूत किले के अंदर बन्द कर दिया। इस तरह असगार्ड पर दो मुश्किलें एक साथ आ गईं। पहली यह कि युद्ध शुरू हो गया और दूसरी यह कि फ्रियैजा गायब हो गई। इस तरह लोक के ऐबों से असगार्ड पर आफत पर आफत आती चली गई।

लोक का धोखा

थौर लोक की हर बात का विश्वास कर लिया करता था। लोक उसके साथ सचमुच ही कई युद्धों में गया था और हमेशा उसने उसके बड़े-बड़े काम किये थे। एक बार जब उसका हथौड़ा मजौल्नर खो गया था तो लोक ने ही उसका पता लगाया था। पर एक बार लोक की बातों में आकर उसे बहुत संकट का सामना करना पड़ गया।

फ्रियैजा परम सुंदरी आसा-देवी के पास चाँदी की बनी हुई एक बाज की तरह उड़ने की पोशाक थी। उसे जो पहिन लेता था वह आसमान में उड़ सकता था। जब थौर का हथौड़ा खो गया था तो उसने वह फ्रियैजा से माँगकर लोक को दे दिया था कि वह उड़कर जाय और उसका हथौड़ा कहाँ है, यह जाँच करके लाये। तब से वह पोशाक लोक के पास ही थी और फ्रियैजा ने उससे उसे वापस माँगा न था।

शौक में आकर लोक उसे रोज पहिन लेता और आकाश में उड़ता फिरता था। एक दिन जब वह ऐसे ही बाज बना उड़ रहा था तो उसे जौटन-हीम के एक तरफ एक किला दिखाई दिया। यह किला दानवों के राजा गीरौड का था जो बहुत बड़ा और मजबूत था। लोक उड़ता हुआ जब पास आया तो उसे गीरौड की परम सुंदरी बेटी नीचे खड़ी हुई दिखाई दी। वह इतनी कोमलांगी और सुंदरी थी कि लोक उसे उसी दम से चाहने लग गया और उसने सोचा कि किसी तरह उसे अपनी स्त्री बनाना चाहिये। पर गीरौड इतना जबरदस्त दानव था कि लोक उससे माँगकर या लड़कर उसे प्राप्त नहीं कर सकता था। पर लोक अपने मन के विचार को किसी पर प्रकट नहीं करता था। नित्य उड़कर वहाँ पहुँचता और उस दानव की सुंदरी बेटी को देख आता था। जितना ही वह उसे देखता था उतना ही वह उसे ज्यादा चाहने लग गया था।

एक बार उसने उड़ते हुए देखा कि गीरौड के किले में मेहमान लोग आये हुए थे और बड़ी दावत हो रही थी। दानव की सुंदरी बेटी भी मेज पर बैठी मेहमानों से बातचीत कर रही थी। लोक अपने को रोक नहीं सका और किले की एक खिड़की पर जाकर उतरा और वहीं बैठ गया। एक नौकर ने उसे उतरते हुए देख लिया और वह चुपके-चुपके जाकर खिड़की के अंदर की तरफ दुबक कर खड़ा हो गया पर लोक को यह पता ही नहीं लगा। वह वहाँ बैठकर मेहमानों की और खासकर उस दानव की बेटी की बातों को बड़े ध्यान से सुनने लगा। वह यह भी जाँच करने की कोशिश कर रहा था कि कहीं वह लड़की किसी और आदमी को तो नहीं चाहती है।

नौकर पहले तो सिर्फ बाज जानकर कौतूहलवश उसे पकड़ने आया था पर पास जाकर उसने जब देखा तो उसे कुछ शंका हो गई कि असली बाज नहीं है और उसने जो देखा कि वह ध्यानमग्न होकर अंदर की बातों को सुन रहा है और किसी ओर उसका ध्यान नहीं है तो उसने हाथ बढ़ाकर लोक को झपट कर पकड़ लिया। लोक ने छूटने का

बहुत प्रयत्न किया पर नौकर काफी ताकतवर था, उसने उसकी एक भी नहीं चलने दी और उसे सब तरफ से दबाकर, खिड़की बन्द करके उसे बादशाह गीरौड के पास ले गया। रास्ते में लोक ने उससे चिड़ियों की आवाज में कहा : "मुझ परिंदे को पकड़कर तुझे कौन सी बहादुरी का इनाम मिलेगा ? तू मुझे इतना मत दबा क्योंकि मेरा दम घुट रहा है ।"

पर उस नौकर ने उससे कहा : "तू मुझे मामूली परिंदा नहीं मालूम होता बल्कि तू कोई आसा-देवता मालूम होता है जो परिंदा बनकर यहाँ का भेद लेने आया है । मैं तुझे कभी नहीं छोड़ सकता।"

नौकर लोक को बादशाह गीरौड के सामने ले गया। बादशाह ने जो बाज़ की आँखें देखीं तो उनमें लोक की चालाक आँखें दिखीं और उसने उसे पहचान लिया और बोला : "मैं बादशाह गीरौड, सब बातों का जानने वाला हूँ। मैं तुझे पहचान गया हूँ कि तू आसा-देवता लोक है। अब मुझे तू कुछ दे तभी मैं तुझे छोड़ूँगा।"

लोक कुछ नहीं बोला, और उसने अपने पंखों और पंजों को खूब फटफटाया; चोंच से खूब प्रहार किया कि किसी तरह छूट जाय पर उस नौकर ने उसके पंजों को खूब मजबूती के साथ पकड़ लिया और छोड़ा नहीं। लोक जब थक गया तो ढीला होकर उस नौकर के हाथों में झूल गया।

गीरौड ने उससे फिर पूछा कि वह बदले में उसे क्या देगा पर लोक कुछ नहीं बोला। तो गुस्से से उसे सजा देने की खातिर उसे एक बक्स में बन्द कर दिया और उसे वहाँ तीन महीने बन्द रखा। अब तो लोक के बुरे हाल हो गये। वह रोने-चिल्लाने लगा। तब नौकर ने जाकर गीरौड से कहा : "हे बादशाह, वह बाज़ अब बोलने को तैयार है और रो रहा है।"

बादशाह आया और उसने बक्स खोलकर लोक को निकाला और देखा कि वह इतना रो रहा है कि उसके पंख वगैरह सब आँसुओं से भीग गये हैं। वह उससे बोला : "बता तेरा असली नाम क्या है ?"

"मेरा नाम तुमने ठीक ही कहा था—मैं लोक ही हूँ," लोक ने फौरन जवाब दिया।

तब बादशाह ने कहा : "मुझे अपने छूटने के बदले में क्या देगा ?"

लोक बोला : "मेरे पास इस समय क्या है जो मैं तुझे दे सकता हूँ !"

गीरौड ने कुछ देर तक सोचा फिर कहा : "मैं तुझे छोड़ सकता हूँ अगर तू सौगंध खाकर प्रतिज्ञा करे कि जो काम मैं तुझसे करने को कहूँ उसे तू जरूर करेगा। मगर हाँ, ध्यान रखना कि सौगंध खाकर पलट मत जाना नहीं तो नतीजा अच्छा नहीं होगा। याद रखना कि मेरा नाम गीरौड है और मैं वादा करके पलट जाने वालों को जिंदा नहीं छोड़ता।"

तब लोक ने सीने पर हाथ रखकर कसम खाई और कहा : "मैं कसम खाकर कहता हूँ कि जैसे तू कहेगा वैसे ही काम करूँगा।"

"फिर कह, फिर कह, तीन बार कह," गीरौड बोला। और तब लोक ने तीनों

बार वैसे ही कहा। तब गीरौड बोला : "आसा-थौर तेरा कहना मानता है और कभी तेरे कहे के खिलाफ कोई काम नहीं करता। वह तुझ पर पूर्ण विश्वास करता है। इसलिए तू जा और असगार्ड से थौर को यहाँ जौटन-हीम में मेरे इस मजबूत किले में ला। पर देखना काम इतना ही नहीं है। काम यह है कि थौर जब आये तो अपना हथौड़ा मजौल्नर, अपनी कमर की जादू की पेटी और अपने लोहे के दस्ताने लेकर न आये। वह इन सबको वहीं छोड़ आये," दानव यह कहकर लोक का मुँह देखने लगा। वह थौर को किसी न किसी तरह अपने काबू में करना चाहता था पर उसके हथौड़े, पेटी और दस्तानों से घबनाता था, इसलिए उसने उसे बिना उन चीजों के बुलाने की सोची कि जब थौर आयेगा तो खाली हाथ उस पर फौरन काबू कर लेगा।

लोक ने वादा किया कि ऐसा ही होगा और गीरौड ने उसे छोड़ दिया। छूटकर उसने आजादी की साँस ली और अब वह उड़ा और असगार्ड वापस आकर सब लोगों से मिला। फ्रियैजा से जब वह मिला तो उसने उससे अपनी बाज़ की पोशाक वापस माँग ली जो उसे उसी वक्त देनी पड़ गई।

जब वह थौर से मिला तो उसने बड़ी चालाकी से उसे बतलाया और कहा : "हे बिजलियों के देवता, तेरा नाम दूर-दूर तक मशहूर है और सभी जगह लोग तुझसे डरते हैं। अभी थोड़े दिन हुए मैं फ्रियैजा के बाज़ के कपड़े पहिन कर जौटन-हीम की तरफ चला गया था। वहाँ मुझे दानवों का राजा गीरौड मिला जो बड़ा अच्छा राजा है। उसने मेरी बड़ी तारीफें कीं और कहा कि थौर जैसा बहादुर और दूसरा कोई भी नहीं है। उसने तुझे दावत खाने बुलाया है और कहा है कि उसे तेरे मजौल्नर, कमर की जादू की पेटी और लोहे के दस्तानों से बड़ा डर लगता है, इसलिये दावत में तुझे बिना इन चीजों के ही बुलाया है क्योंकि तब मित्र बनकर वह बिना डरे तेरा स्वागत कर सकेगा। गीरौड का किला बड़ा सुंदर और मजबूत है और पहाड़ों पर न होकर हरी-भरी घास के मैदानों के बीच समतल जमीन पर बना हुआ है। इसलिए यदि तू उसकी दावत स्वीकार करे तो तेरी उसकी मित्रता भी हो जायगी और सैर भी हो जायगी।

थौर ने खुश होकर रजामंदी दे दी और लोक को साथ में लेकर फौरन जौटन-हीम की तरफ रवाना हो गया। साथ में उसने अपना हथौड़ा मजौल्नर, अपनी कमर की पेटी जो कसने के लिये उसे ताकत देती थी और अपने लोहे के दस्ताने, तीनों ही चीजें उसने लोक के कहे अनुसार नहीं लीं। सारे दिन वे चलते रहे और जब शाम हुई तो ऐलिवेगर समुद्र के किनारे एल्फ-हीम नामक स्थान में जा पहुँचे जहाँ इवैल्डे दानव के लड़के रहते थे। उसी जगह एक भयानक जंगल के बीच में एक दानवी रहती थी जो कि देवताओं के प्रति प्रीति रखती थी। वह उनकी भलाई करने में खुश होती थो। उसका नाम ग्रिड था। वह देवता के राजा ओडिन के पुत्र वीडार की माँ भी थी। वीडार हमेशा चुप रहता था पर ताकत उसमें इतनी थी कि सिवा थौर के उससे मुकाबला और कोई नहीं कर सकता था। उसके पास एक जूता था जो बहुत ही मजबूत और बड़ा था। जूते का तल्ला लोहे जैसा कठोर था और उस समय तक जितने जूते बने थे और फट गये थे उन सबके निकले हुए तलों को मिलाकर बनाया गया था। ग्रिड का यह पराक्रमी पुत्र इसलिए

पैदा हुआ था कि जब उसका पिता ओडिन मारा जाय तो वह मारने वाले से उसका बदला ले। यह निश्चित था कि ओडिन एक दिन रैंग्नारौक नामक स्थान पर मार दिया जायगा और तब यही वीडार अपने पिता की हत्या का बदला लेगा और मारने वाले फ़नरर नामक भेड़िये का जबड़ा फाड़कर उसे मार डालेगा और जब वह उसे मारेगा तब उस भेड़िये का साथी सैंटर भी उसे अपनी आग बरसाने वाली चाबुक से नहीं रोक सकेगा क्योंकि प्रकृति के सुनसान मैदान में उस जंगल के देवता को मार ही नहीं सकता।

ग्रिड जो वीडार की माँ थी, पक्की जादूगरनी भी थी और उसके पास एक जादुई रोअन के पेड़ की डाल थी जो उसने छील-छालकर चिकनी बना रखी थी और वह ग्रिडारवोल्ड कहलाती थी।

जब थौर उसके पास से होकर लोक को साथ में लेकर आगे बढ़ा जा रहा था तो उसने थौर को रोका और कहा : "हे थौर, तू मुझे नहीं जानता पर मैं तुझे जानती हूँ। तू आसा-देवता है और बिजलियों का मालिक है। मैंने तेरे पराक्रम के बाबत भी सुन रखा है और यह भी जानती हूँ कि सिवा मेरे और ओडिन के बेटे वीडार के और सभी लोग तेरी ताकत का लोहा मानते हैं। वीडार जरूर तेरे बराबर है पर वह तो हमेशा चुप रहता है और किसी से लड़ता-झगड़ता नहीं, न वह किसी से बोलता ही है क्योंकि वह तो अपने पिता ओडिन की हत्या, जब भी वह होगी, का बदला लेने को ही पैदा हुआ है। मैं तुझे अपने बेटे की तरह प्यार करती हूँ, इसलिए तू अकेला मेरे साथ इस जंगल की एक तरफ चल और मैं तुझे अपने बेटे से मिलाऊँगी।"

लोक वहीं रह गया और थौर अकेला ही उस दानवी के साथ जंगल के एक ओर चला गया। ग्रिड ने निराला पाकर थौर से कहा : "थौर तुम मुझे बहुत प्यारे हो और इसलिए मैं तुम्हें लोक से अलग ले आई हूँ कि तुम्हें आने वाले खतरे से आगाह कर दूँ क्योंकि यह बातें लोक के सामने कहने की नहीं हैं। मैंने जो लोक के सामने तुम्हें वीडार से मिलाने का बहाना किया वह सिर्फ इसलिये कि लोक को उन बातों का पता न चले जिन्हें मैं तुम्हें बतलाने वाली हूँ। वीडार तो हमेशा खामोश रहता है भला उससे मिलकर तुम क्या करोगे?" ग्रिड ने उसे लोक की सब झूठी बातें बतलाईं और उन्हें सुनकर थौर को बहुत चिंता हो गई। उसको गहरे सोच में डूबा देखकर वह बोली : "यह सच है कि तुम्हारा रास्ता खतरों से भरा पड़ा है और तुमने मजौलनर, अपनी शक्ति की पेटी और लोहे के दस्ताने न लाकर भारी गलती की है। गीरौड बड़ा खतरनाक, चालाक और धोखेबाज दानव है और अपनी धूर्तता में वह भेड़िये की तरह है। वह जब तुम्हें इस तरह बिना हथियारों के देखेगा तो जरूर तुम्हें गिरफ्तार करके सतायेगा। पर अब जब तुम मुझसे मिल ही लिये हो तो मैं तुम्हारा पूरा इंतजाम कर दूँगी और तुम्हें पूर्ण शक्तिवान बनाकर ही भेजूंगी।"

तब ग्रिड ने उसे ग्रिडारवोल्ड नामक जादू का डंडा दिया और साथ में एक शक्ति बढ़ाने वाली पेटी भी दी जो उसकी पेटी जैसा ही काम करती थी। इसके अलावा उसने उसे एक जोड़ी लोहे के दस्ताने भी दिये और कहा : "अब कोई फिक्र मत करो और अपने रास्ते बहादुरी से आगे बढ़ो।"

थौर ने लोक को आवाज दी और जब वह आ गया तो दोनों आगे चल पड़े। जब वह चला तो इवैल्डे के सभी लड़के उससे आकर मिले और थौर ने उन सभी को अपने साथ ले लिया। अब सभी जौटन-हीम की तरफ बढ़े।

अब सभी मिलकर यात्रा करते हुए सही-सलामत वीमूर के पास पहुँच गये जो कि एलिवैगर में गिरने वाली सबसे बड़ी नदी थी। घने बादल उनके ऊपर से जा रहे थे और आसमान से ओले बरसने लग गये। जिस जगह से ये लोग जा रहे थे वह पहाड़ों और घने जंगलों वाली थी जब कि लोक ने हरियाली मैदान की भूमि बतलाया था। पानी की तेज धारायें उमड़-उमड़ कर बह रही थीं जिनके अंदर चुपचाप खतरनाक भँवर पड़ते थे। थौर को अब ग्रिड की बातों का विश्वास हो चला था और उसे लोक की चालाकी का पता लग गया। पर उसने उससे कुछ कहा नहीं क्योंकि उसने देखा कि लोक का चेहरा वैसे ही डर के मारे सफेद हो रहा था।

अब वीमूर को पार करना था और पार जाने को कोई नाव थी नहीं। थौर ने थोड़ी देर खड़े होकर सोचा फिर हिम्मत से आगे बढ़ा। उसने ग्रिड की दी हुई शक्ति बढ़ाने वाली पेटी कमर में बाँधी और उसे खूब कसकर अपनी शक्ति बढ़ा ली। फिर उसी के दिये हुए लोहे के दस्ताने पहिने और हाथ में वह जादुई डंडा लेकर नदी में कूद पड़ा। उसके पीछे-पीछे बाकी सब नदी में कूदे। इस यात्रा में ओरवैंडिल तीरंदाज भी थौर से कुछ ही समय पूर्व आकर मिल गया था क्योंकि उसने भी अपने मित्र थौर को बिना हथियार जो जाते देखा तो उसकी मदद करने अपना तीर-कमान लेकर आ गया था।

जब ये लोग पानी में तैरते, रास्ता काटते हुए आगे बढ़ने लगे तो पहाड़ों से भीमगर्जन करती हुई बर्फ की बड़ी-बड़ी चट्टानें नीचे गिरने लगीं जिससे पानी का बहाव बहुत तेज हो गया और पानी की सतह बहुत ऊँची हो गई।

इतना दबाव पानी का बढ़ा कि आगे जाना बहुत मुश्किल हो गया और इवैल्डे के सभी लड़के बड़े खतरे में पड़ गये। तब उन्होंने अपने-अपने भाले बर्फ की चट्टानों में गड़ा दिये और आगे बढ़ने को जोर लगाया। जब लोहे के भाले जाकर सख्त बर्फ पर लगे तो बड़ी जोर की आवाज हुई जो पानी के शोर के साथ मिलकर और भी खतरनाक बनकर गूँजने लग लग गई। हिम्मत से सभी चले जा रहे थे।

और तभी एक मोटी धार बढ़ी और इतनी फूली कि ऊपर उठती गई। अब थौर व उसके साथी आधा रास्ता पार कर गये थे। यह धार इनसे सीधी टकराने लगी और उसका जोर इतना ज्यादा बढ़ा कि वह इन्हें वापस फेंके दे रही थी और डुबोने का प्रयत्न कर रही थी। एकदम वह धार फट गई और पानी इतनी ऊँचाई पर चढ़ा कि देवता थौर के कंधे-कंधे आ गया। बाकी सभी बहकर थौर से जा लगे। थौर ने मौके का खतरा देखकर सबसे गहरी जगह अपने लिये पहले से ही रख ली थी और वह सभी की मदद करना चाहता था। तभी ओरवैंडिल के पैर उखड़ गये और वह भँवर में आने ही वाला था कि थौर ने उसे सहारा दिया और ओरवैंडिल चीते की तरह लपका और थौर के कंधों पर जा बैठा और वहीं फिर खड़े होकर उसने अपना धनुष खींचकर उस पर तीर चढ़ा लिया और उसे झुकाकर लड़ने को तैयार हो गया कि जो कोई भी सामने आता

उसे वह तीर से मार डालता। लोक और बाकी सबों ने उस ग्रिड की दी हुई पेटी को पकड़ लिया जो थौर की कमर से बँधी थी। और तब इतना बोझा उठाते हुए भी बिजलियों के पराक्रमी देवता ने किनारे जाने को कदम आगे बढ़ाया। बहुत जोर लगाकर वह किनारे के पास जा पहुँचा और इस तरह सभी पानी की उस भयंकर धार से पार लग गये। वहाँ पहुँच कर थौर ने देखा कि मोटी पानी की धार जहाँ से शुरू होती है वहाँ गीरौड की एक बेटी खड़ी थी जिसका नाम गजाल्प था। पहाड़ के उस ऊँचे हिस्से पर खड़ी हुई वही पानी की धार को मोटी और तेज कर रही थी और बीच-बीच में बर्फ की मोटी-मोटी चट्टानों को भी नीचे फेंक रही थी कि उन सबसे डूबकर थौर और उसके सभी साथी रास्ते में ही मर जायँ। थौर को जो गुस्सा आया तो उसने एक पहाड़ की चट्टान उठाकर उस लड़की के मारी जो जाकर उसके बड़ी जोर से लगी क्योंकि थौर का निशाना बड़ा सच्चा था। गजाल्प की पीठ टूट गई और वह गिर गई। जैसे ही वह गिरी कि पानी की तेज धार भी बंद हो गई और इस तरह थौर ने उस चुड़ैल को जीता। अब थौर किनारे के बिलकुल पास आ गया और एक रोअन के पेड़ की झुकी डाल के सहारे झूल गया और किनारे की सूखी जगह पर चढ़ गया। उसने वहाँ से अपने सभी साथियों को ऊपर खींच लिया। उस समय चूँकि रोअन की डाल के सहारे थौर पानी के बाहर निकला था, इसलिए आज भी 'थौर की मुक्ति करने वाली रोअन थी' यह कहावत प्रचलित है।

तब थौर अपने लोगों को लेकर सामने के पहाड़ की सीधी चढ़ाई पर चढ़ने लगा। जब बिजलियों का देवता ऊपर चढ़ने लगा तो बिजलियाँ कड़कने लगीं और ऊपर से बड़ी-बड़ी चट्टानें लुढ़क-लुढ़क कर नीचे आने लगीं। पर थौर और उसके साथी रुके नहीं, चढ़ते ही गये। और तब उनका मुकाबला करने कई दानव आ गये जो कि यगड्रैसिल नामक दुनिया के रक्षक पेड़ को तोड़ने जा रहे थे। दानव आते ही थौर और उसके साथियों पर भयानक तरीके से टूट पड़े। थौर ने बड़ी बहादुरी से युद्ध किया और दानवों से भिड़ गया और जो रोअन का अपना डंडा लेकर वह उन पर टूटा तो दानवों में भगदड़ मच गई। जिधर थौर टूट पड़ता उधर ही दानवों की सेना काई की तरह फट जाती। ओरवेंडिल अपने बाणों से तीर पर तीर के अचूक वार किये जा रहा था जिससे कट-कट कर दानव गिर रहे थे। अब थौर ने उन्हें घेरकर मारना शुरू किया और उन्हें इतना मारा, इतना मारा कि सभी को भुर्ता बना दिया। बहुत से दानव वहीं मर गये और जो बचे थे वह सिर पर पैर रखकर पीछे भागे। भागते हुए दुश्मनों का पीछा थौर ने बड़ी बहादुरी से किया और ओरबेंडिल पीछे से अचूक तीर मारने लगा। उन्होंने दानवों को दौड़कर पकड़ लिया और थौर ने एक-एक कर सभी को मार डाला।

जोश के साथ थौर के साथी बढ़े चले गये और गीरौड के क़िले तक जा पहुँचे। वहाँ उनको दानवों के एक बहुत बड़े झुंड ने आकर घेर लिया और यह दानव जिनमें बर्फीले दानव और पहाड़ की गुफाओं में रहने वाले भयंकर दानव, सभी शामिल थे और वे इतना चिल्ला रहे थे कि पहाड़ की गुफाएँ प्रतिध्वनित होने लगीं और चारों तरफ हाहाकार मच गया, पर थौर तनिक भी नहीं डरा। वह गुस्से से भर गया और उसने

ग्रिड की दी हुई पेटी को कसा, लोहे के दस्ताने और ऊपर चढ़ाये और अपने डंडे को लेकर वह कूदकर उन पर टूट पड़ा और उन्हें ऐसे मारने लगा जैसे कि आदमी पके खेत को हँसिये से काट लेते हैं। उसने दानवों के शरीरों के टुकड़े उड़ा दिये। एक दानव को उठाकर दूसरे दानव पर दे मारा जिससे दोनों मर गये और वह शेर की तरह उस बकरों के झुण्ड पर टूट पड़ा और उसकी मार से उनमें हाहाकार मच गया। ओरवेंडिल भी अपने तीरों से अलग उन्हें मारे डाल रहा था। लोक ने भी कई दानव अपनी तलवार से काट डाले और थौर के तो कहने ही क्या थे! उस झुण्ड में से बहुत कम दानव बचे, बाकी सभी मारे गये और जो बचे वे बुरी तरह घायल होकर पहाड़ों की अँधेरी गुफाओं में जा छिपे।

अब मैदान साफ हो गया और थौर गीरौड के मजबूत किले के अंदर फाटक तोड़कर घुस गया। जो बीच में आया उसे मौत के घाट उतारता हुआ वह गीरौड को ढूँढ़ने लगा। गीरौड आया और उसने लोक को आग्नेय नेत्रों से देखा पर लोक बोल उठा : "गीरौड तू मुझे झूठा नहीं कह सकता क्योंकि तू खुद देख ले कि थौर के पास इस समय मजौल्नर, उसकी कमर की पेटी और उसके दस्ताने नहीं हैं और यही मेरा तुझसे वादा था। अब मैं शर्त्त से बरी हुआ।"

गीरौड ने आग से लाल एक भाला लकड़ी के एक बड़े खंभे की ओट से थौर की तरफ ताक कर फेंका। इस भाले में आग की लपटें उठ रही थीं पर जैसे ही वह थौर के पास आया कि उसने उसे ग्रिड के दिये हुए दस्तानों के रास्ते ही में पकड़ लिया और लपक कर ओरवेंडिल के सिर के ऊपर से उसी भाले को तानकर गीरौड की तरफ फेंक दिया। वह भाला इतनी तेजी से छूटा कि लकड़ी के उस खंभे को पार करता हुआ गीरौड के शरीर में घुस गया और फिर उसको छेदता हुआ, किले की मोटी दीवाल को पार करता हुआ बाहर जाकर जमीन में बहुत गहराई तक जा गड़ा। इस तरह गीरौड छिदकर मर गया। उसको मरा देखकर उसकी सेना के सभी दानव थौर और उसके साथियों से आ जुटे। उस समय युद्ध का वह भयानक दृश्य उत्पन्न हो गया कि रोंगटे खड़े हो गये। इतना भयानक शोर और कोलाहल मचा कि सारे किले की नींव हिल गई और साथ ही जब आसमान में बिजली गरजी तब तो अनर्थ की हद ही हो गई। दानव चट्टानों से और किले के किवाड़ों, फाटकों से लड़ रहे थे पर थौर का जब प्रहार होता तो मौत ही मौत नजर आती। वह जिधर मारता हुआ निकल जाता उधर ही लाशों से मैदान पट जाता और इसी तरह देर तक लड़ने के उपरांत गीरौड की सारी सेना नष्ट हो गई। सभी मर गये। थौर और उसके साथी विजयी होकर हर्ष मनाने लगे। जब थौर असगार्ड वापस चला तो उसके डर से पृथ्वी काँपकर सिकुड़ गई और पहाड़ गूंजे, समुद्र थर्राया। बादल गरजे और बिजलियाँ कड़कीं और असगार्ड में खुशी की लहरें उठने लग गईं।

फ़नरर भेड़िया

लोक बहुत ऐबी देवता था। जब असगार्ड में सुंदरी फ्रियैजा को बहका कर ले जाने के लिये और हर तरह से उसे तबाह करने की नीयत से दानव गायमर की स्त्री एंगरबोडा अपना रूप बदल कर आकर रहने लगी थी और उसने वहाँ अपना नाम गुलवीगहोडर बतलाया था तो उसके रूप पर मोहित होकर लोक ने उससे विवाह कर लिया था। वह एंगरवोडा लोहे के वन की रहने वाली थी और एक भयंकर चुड़ैल थी जो जादू-टोना भी जानती थी। जब इसने फ्रियैजा को बहका कर असगार्ड के बाहर ले जाकर अपने भाई बेली को दे दिया तो असगार्ड में आसा-देवताओं को उस शक हुआ और तब उन सबों ने मिलकर उसे आग में जला डाला। पर चूँकि वह बुराई की जड़ थी और बुराई कभी नहीं मर सकती, इसलिए उन लोगों के मारने से न मरी और अपने घर, उस लोहे के वन में आकर रहने लग गई थी। लोक से उसकी तीन संतानें पैदा हुई थीं और अब वह उन्हीं को पाल-पोस कर बड़ा कर रही थी क्योंकि वह चाहती थी कि वे बड़े होकर उसका बदला आसा-देवताओं से लें।

ओडिन, जो दुबारा वाना-देवताओं के बुलाने से, असगार्ड का राजा हो गया था, उसने अपने ज्ञान से यह सब जान लिया और वह समय रहते ही होडर की संतानों को खत्म कर देना चाहता था जिससे आगे चलकर वह उसे तथा और देवताओं को परेशान न कर सकें।

ऐंगरबोडा की यह संतान राक्षसी थी। पहला एक भेड़िया था जिसका नाम फ़नरर था। दूसरा जौर्मुङ्गार्ड एक साँप था जो मिडगार्ड का साँप कहलाता था और तीसरी एक लड़की थी और उसका नाम हैल था। इन्हीं तीनों द्वारा दानवी बौने उत्पन्न हुए थे जो गुफाओं में रहते थे और भयानक काम किया करते थे।

देवताओं ने इकट्ठे होकर सलाह करना शुरू किया और जब उन्हें यह बात मालूम हुई कि यदि ये तीनों दानव वक्त से खत्म नहीं किये जाते हैं तो आगे चलकर भेड़िया फ़नरर तो ओडिन को मार डालेगा, मिडगार्ड के साँप से थौर को भयंकर युद्ध करना पड़ेगा और हैल अपनी सेना लेकर देवताओं और मनुष्यों के विरुद्ध संग्राम करेगी। तब सभी ने यह निश्चित किया कि पहले हर्मोड जाकर, उन दुष्ट दानवों को, जो अभी छोटे थे असगार्ड में जैसे भी हो वैसे ले आये फिर जो करना होगा यहीं कर लेंगे। हर्मोड लोहे के वन में गया और एक-एक कर उन तीनों बच्चों को गिरफ्तार करके असगार्ड में ले आया।

जब ओडिन ने वह साँप देखा तो गुस्से से भर उठा और उसने उसे उठाकर असगार्ड की चहारदीवारी के बाहर फेंका। वह साँप बच्चा तो था पर अब भी बहुत लंबा और भारी था। ओडिन के फेंकने से दीवाल के बाहर नहीं गया बल्कि समुद्र में जा

गिरा जहाँ वह एकांत में दिन ब दिन बढ़ने लगा। जब वह पूरा बढ़ गया तो उसने मनुष्यों की दुनिया को अपनी कुंडली में लपेट लिया और समुद्र की गहराई में अपनी पूंछ को अपने मुँह में लेकर रहने लगा। जब कभी वह हिलता समुद्र में भारी हलचल मच जाती और ज्वार-भाटे उठते, साथ ही समुद्र के किनारों पर पानी चढ़ जाता था।

हैल देखने में बहुत ही घृणित लगती थी। उसका आधा शरीर कच्चे मांस की लोथ जैसा दिखाई देता था और बाकी आधा सड़ा हुआ था जिसको देखते ही सब लोग आँखें फेर लेते थे। उसमें से बदबू भी बहुत बुरी आती थी। उसके साथ बातचीत भी नहीं की जा सकती थी क्योंकि वह हमेशा बुरी बातें ही करती थी। उसे जो ओडिन ने देखा तो गुस्से से वह आगबबूला हो गया और उसे उठाकर जोर से असगार्ड के बाहर फेंका। वह समुद्र के पार, आकाश के शून्य को पार करती हुई नीफल-हीम के अँधेरे में जाकर गिरी और जब बड़ी हुई तो उस अँधेरी और मैली जगह की रानी हो गई।

उसकी उस नगरी का नाम हैल हीम था जिसकी चहारदीवारी बहुत ऊँची थी और उसके दरवाजे बड़े मजबूत और ठोस थे। यही नगरी हैल की मनचाही जगह थी। इस नगरी को एलवीडनर भी कहा जाता था क्योंकि सारे तूफान भी यहीं रहते थे।

रानी हैल से सभी डरते थे और जिस किसी देवता या मनुष्य को उसके यहाँ मजबूरन जाना पड़ता था वह डरता हुआ वहाँ जाता और बड़ी मुश्किल से उसे देख पाता था। हैल अपने नौकरों-चाकरों सहित वहाँ रहती थी जहाँ हमेशा धूमिल अँधेरा छाया रहता और सभी चीजों पर मिट्टी छाई रहती थी। हैल की इच्छा को उसके नौकर लोग पूर्ण करते और उसे खुश रखते थे। उसके पुरुष नौकर का नाम डिले अर्थात् देरी करने वाला था और वही दुनिया में अच्छे कामों को जल्दी नहीं होने देता था। उसकी नौकरानी का नाम स्लोनैस अर्थात् धीरे काम करने वाली था और वह दुनिया में हर काम को धीरे-धीरे ही होने देती थी, जल्दी नहीं होने देती थी। हैल की खाने की मेज पर भूख निवास करती थी और उसके चाकू का नाम भूख से मरना था। वह इसी चाकू से दुनिया के लोगों को मारती थी। हैल के घर में देहली की जगह शून्य का गहरा गड्ढा था और उसके बिस्तर का नाम चिता था। उसके सोने के कमरे में गुस्सा और मजबूरी लटका करते थे।

दुनिया में जो बुरा काम करता था वह एलविडनर भेजा जाता था और वहाँ उसे हैल कठोर यातनायें दिया करती थी। खास तौर पर जब जंग से भागे हुए सिपाही और धोखेबाज आदमी उसके पास भेजे जाते तो वह उन्हें सता-सताकर घोर यातनाएँ देती थी और मारती थी।

तीसरी बार हर्मोड जब लोहे के वन से लौटा तो उसके साथ लोक और एंगरबोडा का बड़ा पुत्र था जो एक बलिष्ठ भेड़िया था और जिसका नाम, जैसा कि ऊपर कहा जा चुका है, फ़नरर था। भेड़िया अभी बच्चा था पर बहुत सुंदर शरीर वाला था। जब ओडिन के सामने उसे रखा गया तो उसने उसे नहीं मारा और उसे असगार्ड में ही रखकर पालने लगा। भेड़िया स्वतंत्रता से वहीं घूमा करता था और देवता लोग

उसे पालते थे। धीरे-धीरे वह इतना बड़ा और भयानक हो गया कि उसको देखकर सभी को बहुत डर लगता था और उसके पास तब हर कोई जाते डरता था। केवल महाबली देवता टायर ही उसके पास जाता और उसको खाना खिलाया करता था। जब वह भेड़िया बड़ा होकर गुर्राने लगा और खूँखार लगने लगा तो एक दिन ओडिन ने उसे देखा और सोचा कि अब इसको खत्म कर देना चाहिये वरना यह उसी को खा जायगा। भेड़िया इस तेजी से बढ़ रहा था कि उसके शरीर और बल को देखकर असगार्ड में आतंक छा गया था और सभी देवता अपनी-अपनी जान के लिये डरने लगे थे।

जब सनसनी काफी फैली तो देवता लोगों ने सलाह-मशविरा किया और एक मजबूत लोहे की जंजीर बनाई जिसका नाम लेडिंग रखा। टायर उस जंजीर को लेकर फ़नरर के पास गया जो उस जंजीर को देखते ही समझ गया कि वह उसे बाँधने के लिये लाई गई है। पर फिर भी उसने कोई मुकाबला नहीं किया और चुपचाप शांत रहा। टायर ने उसे उससे बाँध दिया और देवता लोग निश्चिंत हो गये। पर फ़नरर ने अब उस जंजीर को खड़े होकर तोड़ने के लिये जोर लगाया और जो एक करारा झटका अपनी मोटी गर्दन से मारा कि जंजीर टुकड़े-टुकड़े होकर दूर जा गिरी और वह फिर आजाद होकर घूमने लग गया। अबकी बार छूटकर वह और भी असाधारण रूप से बढ़ा और खतरनाक और खूँखार हो गया।

अब देवताओं ने अपने लुहारों से दूसरी उससे भी मजबूत जंजीर बनाने को कहा और लुहारों ने अपनी सारी कला लगाकर मजबूत लोहे की एक और मोटी जंजीर बनाई जिसका नाम डरोभी रखा गया और यह लेडिंग से दुगुनी मजबूत थी। टायर ने उसे उठा लिया और फ़नरर को उससे बाँधने चला। भेड़िये ने उसे गुर्राकर देखा। तब टायर बोला : "अगर तू इस डरोभी को भी तोड़ देगा तब तो निश्चय ही हम तेरी शक्ति को महान समझेंगे।"

फ़नरर ने जब से लेडिंग को तोड़ा था तब से अब तक वह बहुत बड़ा और तगड़ा हो गया था पर वह डरोभी की मजबूती जानता था। उसने डरते-डरते वह जंजीर अपने पिछले पैरों में बंधवा ली और टायर ने जब उसे खूब कसकर बाँध दिया तब तो देवता लोग बेहद खुश हुए। उन्होंने समझ लिया कि फ़नरर अब कभी न छूट सकेगा। फ़नरर अब खड़े होकर जंजीर से लड़ने लगा और उसने बड़ा जोर लगाया पर जंजीर नहीं टूटी। तब वह जमीन पर लेट गया और उसने पूरा जोर लगाया। जब उसने करवट ली तो डरोभी के टुकड़े-टुकड़े हो गये और तब फ़नरर धूल फटफटाकर फिर आजादी के साथ घूमने लगा। अब वह और भी ज्यादा खतरनाक और ताकतवर होने लगा। देवताओं पर उसके कारण चिंता सवार हो गई। बल्कि चिंता से भय अधिक था। वह उस भेड़िये के नित्य बढ़ते हुए शरीर को देखते और भय से काँपते थे, क्योंकि फ़नरर दो बार मजबूत मोटे लोहे की जंजीर तोड़ चुका था। देवता उसकी ओर से निराश हो गये थे कि अब वह कभी नहीं बाँधा जा सकेगा।

ओडिन, जिसकी बुद्धि प्रसिद्ध थी, गहरे सोच में पड़ गया और उसने बहुत सोचने के बाद एक युक्ति निकाली। उसने हर्मोड को अपना घोड़ा स्लीपनर देकर

कहा : "हे हर्मोड तुम वीर हो। तुम वही काम करो जो मैं तुमसे करने को कहता हूँ। तुम मेरे इस अद्भुत घोड़े पर बैठकर तेज चाल से नीचे की दुनिया में चले जाओ और वहाँ जाकर काले रंग के बौने कारीगरों से मेरा हुक्म कह सुनाओ कि वह जितनी जल्दी हो सके एक मजबूत डोरी ग्लीप्नर बनवा कर ले आओ। उनसे कहना कि इस ग्लीप्नर में वह नहीं टूटने वाली और निगल जाने वाली शक्ति भर दें। जब वह इसे बनाकर तैयार कर दें तो एक पल भी वहाँ रुके बिना सीधे उसे लेकर यहाँ चले आओ।"

हर्मोड उछलकर स्लीपनर पर चढ़ गया और आकाश में तैरता हुआ शीघ्र नीचे की दुनिया में जा पहुँचा। वहाँ उसने ओडिन की आज्ञा उन कारीगरों को सुना दी।

कारीगरों ने ओडिन की आज्ञा का फौरन पालन किया और उन्होंने एक रस्सी बनाई जो रेशम की भाँति चिकनी और हवा से भी हल्की थी। जब वह नीचे गिराई जाती तो बिलकुल आवाज नहीं होती थी। बड़ी कारीगरी से वह बनाई गई थी और ऐसी मजबूत थी कि चाहे जितना जोर लगाकर खींची जाती तो भी नहीं टूटती थी। वह छः चीजों को मिलाकर बनाई गई थी। यह सभी ऐसी थीं जो कहीं नहीं पाई जाती थीं और उन कारीगरों ने वह चीजें पैदा करके फिर जोड़ी थीं। यही कमाल था—उन चीजों को अकेले में और अँधेरे में मिलाया गया था। वह छः चीजें विचित्र थीं : पहाड़ की जड़, रीछ की नस, मछली की साँस, बिल्ली के पंजों की आवाज, औरत की दाढ़ी, चिड़ियों का थूक।

इन छः चीजों के मिलने से वह विचित्र और कभी न टूटने वाली, हवा से हल्की, रेशम से चिकनी और बिना रंग वाली रस्सी बनी और उसको लेकर हर्मोड बड़ी तेजी के साथ स्लीपनर को भगाता हुआ असगार्ड वापस आया। जब ओडिन ने उसे देखा तो बहुत खुश हुआ और उसने उसे बहुत धन्यवाद दिया और उसकी प्रशंसा भी की।

अब ओडिन ने सब देवताओं के साथ जाकर फ़नरर को चुनौती दी और फिर सब लोगों को लेकर वह नोफ़ल-हीम की गहराइयों में एक समुद्र की खाड़ी के बीच स्थित टापू पर पहुँचा। यह खाड़ी भयंकर थी, उसका नाम परम दुख था और वहाँ अँधेरा रहता था। उस टापू पर घने पेड़ों की छाया रहती थी जो कभी साफ नहीं दिखती थी। उन पेड़ों की जड़ों में ही गर्म पानी के फव्वारे थे और वहाँ हर तरफ दुख ही दुख फैला हुआ था।

वहाँ पहुँचकर फ़नरर को वह डोरी ग्लीप्नर दिखलाई गई और तब सभी देवताओं ने एक के बाद एक उस डोरी को खींचकर तोड़ देना चाहा पर वह किसी से नहीं टूटी। थौर जो महाबली था उससे भी वह नहीं टूटी।

ओडिन ने फ़नरर से कहा : "हे फ़नरर सिवा तेरे इसे कोई नहीं तोड़ सकेगा।"

फ़नरर ने उत्तर दिया : "ऐसे मामूली डोरी को तोड़कर भला मुझे कौन सा बड़ा नाम मिल सकेगा ? इसलिए मैं इस पर अपना जोर दिखाकर अपना नाम बदनाम नहीं करना चाहता।"

तब ओडिन ने फिर कहा : "हे फ़नरर, तू कोशिश कर और मैं तुझे विश्वास दिलाता हूँ कि इस पर बल आजमाने से तेरा नाम बदनाम नहीं होगा।"

तब उस भेड़िये ने जलते हुए भयंकर नेत्रों से देखते हुए कहा : "और अगर इस डोरी में जादू वगैरह भरा हुआ है तो मैं इसे कभी अपने पैरों में बाँधने की आज्ञा नहीं दे सकता ।"

देवता लोगों ने उसकी बात उड़ा दी और अपनी बात पर ही जोर देते हुए कहा : "यह डोरी सचमुच ही बहुत हल्की है । फ़नरर इसे फूंक से ही उड़ा देगा और तोड़ देगा क्योंकि इसने तो मोटी-मोटी लोहे की जंजीरें तोड़कर पटक दी हैं—फ़नरर के लिये यह कोई बड़ा काम नहीं है ।"

इस बात का भेड़िये ने कोई जवाब नहीं दिया और वह सिर्फ उन्हें घूर-घूर कर जलती हुई आँखों से देखता रहा । ओडिन ने कहा : "अगर ओ फ़नरर ! तू इस डोरी को नहीं तोड़ सकेगा तो फिर देवता लोग समझेंगे कि तुझसे डरने का कोई कारण नहीं है क्योंकि तब तू कोई ऐसा बहुत बड़ा बली नहीं माना जायगा और तब उस हालत में भले ही तुझे खुला छोड़ा जा सकेगा क्योंकि तू किसी का बिगाड़ ही क्या सकेगा ?"

तब भेड़िये ने ढिठाई से उत्तर दिया : "मैं बाँधे जाने से बहुत डरता हूँ और बधा रहना कभी पसंद नहीं करता । और अगर मैं बँधकर अपने बंधन तोड़ सकूँ तो यह भी जानता हूँ कि तब तुम लोग मुझे नहीं खोलोगे । फिर भी यदि मैं इस पतली डोरी से बँध जाऊँ और इसे न तोड़ सकूँ तो भी मेरा जीना व्यर्थ है और अगर मैं अपने को इस बंधन से बँधने ही न दूँ तो तुम लोग मुझे कायर और डरपोक कहोगे यह भी मैं जानता हूँ । इसलिए मैं बँध तो इससे जाऊँगा पर मेरी एक शर्त्त है । यदि कोई एक देवता अपना एक हाथ मेरे मुँह में रख दे तब मैं अपने को इस डोरी से बंध जाने दे सकता हूँ । क्योंकि यदि तुमने मुझसे कोई धोखा किया है और इस डोरी में जादू वगैरह भर दिया है तो मैं उस देवता का हाथ चबा जाऊँगा ? यह तुम्हारी तरफ से ईमानदारी की जमानत होगी ।"

अब सभी देवता लोग घबराये और एक दूसरे का मुँह ताकने लगे । जमानत भी खतरनाक थी और उसका बाँधा जाना भी बहुत जरूरी था । पर किसी की हिम्मत उसके मुँह में हाथ डालने की नहीं हो रही थी । सभी परेशान थे ।

तभी बहादुर टायर आगे बढ़ा । वह कभी डरना जानता ही न था । उसने उस भेड़िये के भयंकर जबड़े के बीच अपना दाहिना हाथ घुसा दिया । भेड़िये ने तब देवताओं को इशारा किया और देवताओं ने उसे उस पतली डोरी से उसके पिछले पैरों को कसकर बाँध दिया जिससे वह उठकर खड़ा ही न हो सके । जब वह पूरी तरह से बँध गया और देवताओं को पूरा इतमीनान हो गया तो वे लोग दूर जा खड़े हुए और उसे देखने लगे कि देखें अब क्या करता है ।

भेड़िया बड़ी जोर से अपनी जगह हिला और उस रस्सी को तोड़ने के लिये जोर लगाने लगा पर जैसे-जैसे वह उसे तोड़ने को जोर लगाता वैसे ही वैसे उसको क्रोध चढ़ता जाता क्योंकि वह टूटती ही न थी । उसने अपने जबड़े में टायर का हाथ अब भी दबा रखा था ।

उसने प्राणपण से छूटने का प्रयत्न किया पर वह उस डोरी की एक गांठ भी ढीली न कर पाया, न कोई फंदा ही सरका।

वह क्रोध से तड़प रहा था। उसने कभी अपनी बगल लेटकर और कभी पीठ से लेटकर अपनी सारी ताकत लगाकर जोर-जोर के झटके दिये पर डोरी टूटने के बजाय और कड़ी हो गई। गुस्से में भरकर उसने टायर का हाथ दबाकर अपने जबड़े के अंदर काटा और उसमें अपने भयानक और नुकीले दाँत घुसा दिये। टायर के हाथ से धारा सा खून बहने लगा। जब उसकी सारी शक्ति समाप्त हो गई और वह डोरी उससे नहीं टूट सकी और उसने समझ लिया कि अब वह उसे नहीं तोड़ पायेगा तो उसने टायर का हाथ चबाकर कलाई पर से तोड़ दिया और वह उस गुस्से से भरा हुआ, खा गया।

अब देवताओं को पक्का विश्वास हो गया कि भेड़िया नहीं छूट सकेगा। सब लोग उसे ऐसे पड़ा हुआ देखकर जोर से हँस पड़े। केवल टायर नहीं हँसा।

अब देवताओं ने उस डोरी का एक छोर एक मजबूत फांसी लगाने की जंजीर से कसकर बाँध दिया। इस जंजीर का नाम गैल्गजा था और उसे एक काली बड़ी चट्टान से देवताओं ने बाँधकर चैन की साँस ली। डोरी के दूसरे छोर को थवीती नामक पहाड़ से बाँध दिया गया। इस तरह जब दोनों ओर से डोरी खिंचकर कस गई तो वह भेड़िया हिलडुल भी नहीं सका। पर वह अब भी अपना जबड़ा चलाता था और उस डोरी तथा जंजीरों को काटने को लपकता था। यह देखकर देवताओं ने उसके मुँह में एक बड़ी तलवार घुसेड़ दी जो जबड़े के आरपार होकर मुँह के अंदर तालू से जा लगी। उस भेड़िये का मुँह इतना बड़ा था कि जब तलवार की नोक उसके तालू में लग रही थी तो इधर जबड़े के नीचे मूठ अंदर तक समा गई थी। अब भेड़िये का मुँह चलाना भी बंद हो गया। उसकी लड़ाई अब समाप्त हो गई और वह निश्चेष्ट होकर पड़ा रहा। पर चुप नहीं रहा। उसने बहुत जोरों से बहुत ही बुरी तरह से भूँकना और चिल्लाना शुरू किया जिससे पूरा टापू और नीफल-हीम इत्यादि सब गूँजने लगे। और अब झाग और थूक उसके मुँह से बुरी तरह नीचे गिरने लगा और गिरता रहा। उससे एक बड़ी और तेज नदी वौन बनी और बह निकली।

और उस टापू पर जहाँ दुख ही दुख फैला हुआ था देवताओं ने एक बड़ा कुत्ता गार्म बाँध दिया जिससे कि वह वहाँ चौकीदारी करे और यदि फ़नरर खुल जाय तो भूँककर फौरन उन्हें सूचना दे। यह कुत्ता गार्म बहुत बड़ा और चौकस था और चंद्रमा को खा जाने वाले कुत्ते हेटमानागार्म से भी ज्यादा खतरनाक और खूँखार था।

आगे बहुत दिन बाद एक दिन लोक ने अपनी बुरी आदत के कारण टायर से छेड़खानी की और जब टायर नाराज हुआ तो उससे कहा : "हाथ तो खा लिया तेरा मेरे बेटे ने, अब मुझसे अकड़ेगा तो समझ कि मैं तुझे समूचा ही खा जाऊँगा।"

यह सुनकर टायर ने कहा : "मेरा तो एक हाथ ही नहीं है पर तेरा तो, ओ बदजात लोक! कहीं नेकनाम ही नहीं है। तेरे नाम पर सब थूकते हैं और यह सबसे बुरी बात है। तेरा लड़का भेड़िया बँधा पड़ा है और उसके हाल बहुत बुरे हैं। सुन ले। और वह वहाँ तब तक पड़ा-पड़ा तड़पा करेगा जब तक कि दुनिया का अंत नहीं होगा।

जानता है कि वह कहाँ है ? वह दुख से भरी खाड़ी के मध्य स्थित एकांत टापू में है।"

तब लोक ने क्रोधित होकर झूठ बोला और कहा : "तेरी पत्नी मुझसे प्रेम करती है।"

इसे सुनकर पेश्तर इसके कि टायर कुछ कहे, वाना-देवता फ़्रे चिल्ला उठा : "चुप रह बदमाश, वरना तेरे हक में अच्छा नहीं होगा। तेरा बेटा भेड़िया वौन नदी के मुहाने पर बँधा पड़ा है और मैं उसे देख रहा हूँ। अगर तूने अपनी बकवास बंद नहीं की तो तू भी वहीं बाँधकर पटक दिया जायगा।

तब लोक ने फ़्रे से कहा : "बड़ी लंबी-चौड़ी बनाता है तू फ़्रे ! गायमर को तो अपनी विश्वविजयी तलवार दे दी और उसकी लड़की गर्ड को मोल लाया है और अब बढ़-बढ़ कर बात बनाता है।"

जब फ़्रे के नौकर बाई गूवर ने यह सुना तो वह बहुत क्रोधित हो उठा। फ़्रे जो दुनिया की फसलों का देवता था तो उसका यही नौकर चक्की में जौ को महीन पीसा करता था और उनकी भेंटें स्वीकार करके फ़्रे को दिया करता था जो भक्ति से फ़्रे पर जौ चढ़ाते थे। वह बोला : "ओ दुष्ट कौए ! यदि मैं श्रीमान् फ़्रे होता तो तुझे इस चक्की में रखकर बालू से भी महीन पीस देता और तेरे हाथ-पैरों को तोड़-मरोड़ कर फेंक देता।"

लोक यह सुनकर घृणापूर्वक हँसा और बोला : "यह कौन चक्की के नीचे से गुनगुनाया ? कौन सा बच्चा है यह जो मेरे सामने बोलने का साहस कर रहा है ?" और उसने होंठ बिचका लिये।

"मैं हूँ बाई गूवर," वह नौकर तब गरजा, "मैं देवताओं और मनुष्यों द्वारा शक्तिवान् माना जाता हूँ। तुझे तो अभी पीस डालूँगा।"

और तब लोक ने उसे डाँटकर कहा : "चुप रह। शायद तेरी शामत आई है क्योंकि तू नहीं जानता कि मैं लोक कितना बली हूँ। तुझे मैं पल भर में मार डालूँगा। तू काम भी अपना ठीक नहीं करता है और लोगों को ठीक तरह से बराबर-बराबर खाना भी नहीं बाँटता है। मुझे सब मालूम है। और तेरी स्त्री दासी बेला बहुत गंदी और बदसूरत है जो हमेशा मैली और धूल से भरी रहती है। मैं सब जानता हूँ कि तेरी क्या असलियत है।"

फ़्रे ने यह सब जब सुना तो लोक को बाई गूवर से कहकर पकड़वा लिया और उसे बँधवा कर उसके बेटे भेड़िये के पास ही चट्टान से बँधवा दिया जहाँ वह उस दुख की खाड़ी के मध्य उस टापू पर पड़ा-पड़ा भेड़िये का भूंकना रात-दिन सुना करता था। कुत्ता गार्म अब भेड़िये और लोक दोनों की रखवाली करता था।

टायर जिसकी बहादुरी के कारण फ़नरर जैसा भयानक भेड़िया बाँध दिया गया था अब बहुत आदर पाने लगा। उसका पिता ओडिन उस पर गर्व करता था और उसने उसे अपनी इच्छा पूरी करने वाली 'वैलैकरी' कन्याओं का स्वामी बना दिया जो युद्ध-

भूमि में तलवार से मरे लोगों की आत्माओं को स्वर्ग के वालहाल में आनंद देने लाया करती थीं।

टायर बहुत बहादुर था और सैक्सन लोग उसकी बहुत पूजा करते थे और उसे सैक्सनट कहकर पुकारते थे। जब युद्ध होता था तो योद्धा उसका नाम ओडिन के साथ-साथ याद करते थे और जब युद्ध हो चुकता तो जीते हुए लोग दुश्मन बंदियों को जीवित जलाकर टायर की भेंट चढ़ाते थे। पृथ्वी सूर्य की भाँति चमकने वाली उसकी तलवार का मंदिर बना था जिस पर उसकी स्तुति के मंत्र खुदे हुए थे। टायर ने यह अपनी तलवार मनुष्यों की प्रार्थना पर खुद ही उनको दे दी थी।

शीतकाल का युद्ध

लड़ाई के बाजे बजने लगे और सभी ओर आतंक फैल गया। अब जाड़ों के युद्ध की घोषणा हो गई थी और उसकी खबर जब फैली तो नौओं दुनिया काँप गईं। सारे विश्व में हाहाकार मच उठा। मिडगार्ड हिल गया और स्वर्ग में खलबली मच उठी। जब लड़ाई का कोलाहल असगार्ड पहुँचा तो वहाँ की दीवालें हिल उठीं और काँपते हुए देवताओं ने देखा कि जमीन हिलने लग गई है। असगार्ड में जमीन हिली कि सारे विश्व में भूकम्प आ गया। देवता, दानव और आदमी त्राहि-त्राहि करने लग गये। भयंकर समय उपस्थित हो गया था।

जब इवैल्डे के लड़कों ने देवताओं से मित्रता का नाता तोड़कर उनके शत्रुओं से अपना साथ जोड़ लिया और इस तरह उन भयानक बर्फीले दानवों के साथ होकर वे देवताओं से ही लड़ने को खड़े हो गये तो दो भयंकर दानवियों—फेंजा और मैंजा—ने दुनिया की चक्की का हत्था पकड़कर इतनी ज़ोर से घुमा दिया कि वह बिगड़ गई और और इस तरह सारे विश्व में विनाश का खतरा फैल गया। अब कोई कायदा, तरीका या शांति से रहने का ढंग ही न रहा और अंधाधुंध सब काम होने लगा। कोई किसी की नहीं मानता था। मित्र शत्रु बन गये और शत्रु मित्र बन गये। उसी समय दक्षिण के तूफानी दानवों ने झुंड के झुंड दल बाँधकर देवताओं और उनके मित्रों से लड़ने के लिये उपद्रव करना शुरू कर दिया।

वाना-देवता नजौर्ड ने जब यह नाश का समय और हालचाल देखा तो उसने चाहा कि वह देवताओं और इवैल्डे के पुत्रों का राजीनामा करा दे जिससे किसी तरह यह प्राण-लेवा लड़ाई बंद हो जाय। उसका खुद का बेटा फ्रे उस समय एल्फ-हीम नामक स्थान में राजा था और वहाँ सूरज की चमक का देवता था और अभी लड़का ही था। इस कारण वह वहाँ के रहने वाले इवैल्डे के पुत्रों का मुहताज था जो कि बहुत जबरदस्त थे। वाना-देवता ने सोचा कि अगर युद्ध हुआ तो उस हालत में उसके लड़के फ्रे को इवैल्डे के पुत्र अवश्य ही मार डालेंगे, इसीलिए उसने लड़ाई खतम कराने की और भी कोशिश की।

जब वाना-देवता इस विचार को लेकर चला तो उसके साथ बजौर्नोहोडर भी गया। यह बहुत अच्छे देवता बाल्डर का सगा भाई था और तब तक अंधा नहीं हुआ था। बाल्डर का लड़का फोरसैटे भी उनके साथ गया और उसने भी बीचबचाव करने की ठानी क्योंकि अपने पिता की तरह वह भी झगड़ों को मिटाने में बड़ा न्याययुक्त माना जाता था। बड़े से बड़े झगड़ों को और मनमुटावों को वह अपनी अच्छी बोली और चतुर भाषण के असर से दूर कर देता था। यह उसको देवताओं की देन थी।

पर जब ये तीनों चले तो रास्ते में ही इन्हें मालूम हो गया कि जब तक कि ये

पहुँचकर झगड़ा मिटाने की कोशिश करते इतने में ही वाना-देवता के पुत्र फ्रे को पकड़ कर इवैल्डे के लड़कों ने बेली—भयंकरता से भूँकने वाले—को दे भी दिया है। बेली बहुत ही भयानक शरीर वाल था और उसने फ्रे को पकड़ कर थ्राल नामक खतरनाक गुफा में बंद कर दिया था।

बजौर्नोहोडर यह सब सुनकर गुस्से से आग बबूला हो गया और उसने अपना धनुष उठाया और इवैल्डे के दोनों लड़कों—वोलेंड-थजासे और ईगिल-ओरवेंडिल—को मार डालना चाहा। पर यह काम इतना आसान नहीं था क्योंकि ओरवेंडिल खुद एक बहुत बड़ा और अच्छा तीरंदाज था। ओरवेंडिल को इसी कारण एवो भी कहा जाता था। इससे पहले कि होडर उस पर तीर मारता, ओरवेंडिल ने अपने तीर से उसके धनुष की डोरी काट डाली। अब होडर को बड़ा क्रोध आया और उसने अपने धनुष की प्रत्यंचा को बाँधकर ठीक किया। इसी बीच ओरवेंडिल ने उसको दूसरा तीर मारा जो उसकी उँगलियों के बीच से होकर निकल गया और कोई चोट नहीं लगी। होडर ने अब भी ओरवेंडिल की बहादुरी की परवाह नहीं की और उससे लड़ने का इरादा बनाये रखा कि उसके खिचे हुए धनुष की डोरी को ओरवेंडिल के तीसरे तीर ने फौरन काटकर होडर का दूसरा प्रहार भी बेकार कर दिया। अब डोरी बँध नहीं सकती थी क्योंकि दो बार कट कर बहुत छोटी हो गई थी। इस तरह होडर हार गया और शर्मिन्दा हुआ।

हारकर शांतिदूत वापस जाने को मुड़े और इवैल्डे के पुत्रों ने अपनी उत्तर दिशा की यात्रा जारी रखी।

थजासेवोलेंड जो इवैल्डे का पुत्र था, देवताओं का घोर विरोधी हो गया और उसके दिल में उनसे बदला लेने की भावना इतनी ज्यादा जोर पकड़ गई कि वह अपनी लोहसारी में गया, वहाँ उसने आग जलाई और तब तक उसे दहकाया जब तक उसने भयंकर रूप धारण न कर लिया। जब आग सोने की तरह दहकने लग गई तो उसने उसमें लोहा पिघलाया और कई खास तरीकों को काम में लाकर उसने एक विश्व-विजयी तलवार बनाई। यह ऐसी तलवार बनी कि उससे पहले कभी वैसा कोई हथियार बना ही नहीं था। वह स्वर्ग में चमकते हुए सूरज की तरह चमचमाती थी और सारे विश्व में ऐसी कोई चीज नहीं थी जिसे वह विश्व-विजयी तलवार न काट सकती हो।

बिजलियों के देवता थौर के मशहूर हथौड़े मजौल्नर से भी ज्यादा खतरनाक यह तलवार थी। मजौल्नर को सिंड्रे के लड़कों ने बनाया था पर इवैल्डे के लड़के की बनी हुई विश्व-विजयी तलवार से वह कम प्रभावशाली था। जो कोई इस तलवार से लड़ता तो निश्चय था कि वह बिजलियों के देवता को भी फौरन काबू में ले लेगा। इस भयंकर तलवार के बल पर थजासेवोलेंड ने निश्चय किया कि वह सभी देवताओं को हराकर असगार्ड को अपने नीचे कर लेगा और फिर वहाँ अपना राज्य फैलाकर सभी देवताओं को अपना गुलाम बनाकर रखेगा। उसने एक जादू का छल्ला बनाया और उसे घुमाया। जब वह घूमा तो उसमें अपने आप छल्ले में छल्ला, छल्ले में छल्ला इस तरह कई छल्ले जुड़ गये और एक जंजीर बन गई। इस जंजीर से वह हवा को बाँध लेता था। अब

थजासेवोलेंड इतना जबर्दस्त हो गया कि उससे कोई नहीं जीत सकता था। उसके नाम से ही देवता लोक काँपने लग गये।

उसी जमाने में गंभीर रहने वाला आदमी माईमर-निदहाद जिसे नार्वे भी कहते हैं और जो बाँधने वाले के नाम से भी प्रसिद्ध है, कहीं से घूमता हुआ उसी तरफ आ निकला और जब उसे पता लगा कि थजासेवोलेंड ने एक ऐसी विश्व-विजयी तलवार और उसके साथ के छल्ले भी तैयार किये हैं तो वह अपने नौकर थजासेवोलेंड से मन ही मन बहुत नाखुश हुआ क्योंकि वह स्वयं देवताओं का भक्त और मित्र था। उसने देखा कि उसका नौकर बागी हो गया है और उसने एक बार सोचा भी कि चलकर उसे डाँटे-फटकारे पर फिर जब उसका ध्यान उस विश्व-विजयी तलवार की ओर गया तो उसके द्वारा होने वाले भयानक नतीजों को सोचकर प्रत्यक्ष में थजासे के खिलाफ होना उसने मुनासिब नहीं समझा। वह चुपचाप वुल्फडेल की ओर चला जो नीफल-हीम में एक जगह थी जहाँ थजासेवोलेंड ने अपनी बड़ी लोहसारी बनाई थी। वहाँ पहुँचकर उसने वहाँ पर मौजूद जादूगर लोहार को पकड़ लिया और उसे जंजीरों से बाँध दिया। उसने वह तलवार और जादू का छल्ला जिसमें सात सौ छल्ले और जुड़ रहे थे—ये सब चीजें अपने कब्जे में कीं और दूर ले जाकर चुपचाप नदी की कौंधनी पहनने वाले हेला को दे दीं जिसने उन्हें अपनी गहरी गुफाओं में छिपा दिया। यहाँ उसका अपना भी खजाना गड़ा रहता था और उसका लड़का उसकी रखवाली करता था। इस तरह वह सबसे अच्छा और मजबूत हथियार बहुत दिनों तक उस गुफा में छिपा पड़ा रहा। उसे बहुत बाद में चंद्रमा के कहने से चमकने वाले स्विपडेग ने निकाला था जो कि बहादुरों का सिरताज माना जाता था पर इस बीच में तो न जाने कितने भयंकर युद्ध हो गये और कितने प्रचंड योद्धा अपने गर्व में मारे गये।

जाड़े के युद्ध में दानवों और इवैल्डे के पुत्रों से लड़ने वाला जबर्दस्त देवता हाफ-डान था जो थौर का पुत्र था और प्रचंड योद्धा था। उसका दूसरा प्रसिद्ध नाम मेन्नस भी था।

जब हाफ-डान पैदा हुआ था तो बहुत अपशकुन हुए थे जिससे यह मालूम हो गया था कि आगे चलकर उसका यश कितना फैलेगा और उसे कितने कष्टों का सामना करना पड़ेगा। उस समय बाज चीखे थे, बिजलियाँ कड़की थीं और महाबली थौर की परछाईं उस पर पड़ी थी जिसमें वह पैदा हुआ था। नौर्न लोग आये थे और उन्होंने कच्चे धागों को बटकर उसका तावीज बनाया था। सोने के तारों को गूँथकर और बुनकर उन्होंने एक जाल बनाया था जिसे चंद्रमा के नीचे बाँध दिया था। उस जाल के दोनों किनारों को पूर्व और पश्चिम दिशाओं में छिपा दिया था। एक भाग्यवान डोरा उन्होंने उत्तर की ओर कर दिया था जहाँ जौटन-हीम था और जहाँ दानव रहा करते थे। भविष्य के ज्ञाता-देवता उर्द ने कहा था कि वह धागा हमेशा उसी ओर रहेगा। अर्थात् आगे चलकर हाफ-डन हमेशा जौटन-हीम के दानवों के खिलाफ रहेगा और जीवन भर युद्ध करता रहेगा। उसके द्वारा इतनी नर-हत्या होगी कि दुनिया लाशों से पट जायगी।

भूखे गिद्धों ने खुशी में चिल्लाना शुरू कर दिया और चिल्ला-चिल्लाकर एक

दूसरे को बुलाते हुए इकट्ठे होने लगे क्योंकि उन्हें इस बात की खुशी हो रही थी कि उन्हें आदमी का गोश्त और खून पिलाने वाला पैदा हो गया था। उन्होंने इस बात की खुशी मनाई कि शीघ्र ही उनके लिये युद्ध-भूमि में दावत तैयार मिला करेगी। गिद्धों ने इसी विषय पर गीत बनाये और गाते फिरते थे।

जब हाफ-डान की माँ ने उनका गाना सुना तो उसको बहुत भय हुआ और वह आने वाले बुरे समय से डरने लगी। उस समय घर में दो तलवारें थीं जो कि शापग्रस्त थीं और बुरे शकुन वाली थीं। उसने उन्हें जमीन के अंदर गहरा गाड़ दिया कि जब हाफ-डान जवान हो तो उसे वह न मिलें।

पर जो भाग्य में लिखा होता है वह किसी उपाय से न कभी रुका और न रुक सका। हाफ-डान ने शीघ्र ही अपनी युद्ध करने की प्रकृति को दिखाना शुरू कर दिया। जब वह लड़का ही था तभी एक दिन भीमकाय (बहुत बड़े शरीर वाला) रीछ से वह जा भिड़ा और उसे मार डाला।

उसकी माँ ने जब यह सुना तो भीतर से उसका हृदय काँप उठा। एक दिन जब हाफ-डान ने वह तलवार, जो छिपी रखी थी, कहीं से निकाल ली और उससे अपनी दूसरी माता के पुत्र को लड़कर मार डाला, तो वह बहुत घबरा गई। सबसे अधिक आश्चर्य की बात तो यह थी कि हाफ-डान को पता भी नहीं लगा कि मरने वाला उसी का भाई था। उसकी माँ ने तब तलवार को फिर छिपा दिया और कहा कि दोष उस बुरी तलवार का था।

अपने पिता से हाफ-डान ने परिंदों की विद्या सीख ली थी। वह चिड़ियों की बोली जानता था जिससे उसे युद्ध में बड़ा फायदा होता था। जब खतरा होता तभी चिड़ियाँ चहक कर उसको पहले से आगाह कर देतीं और इस तरह वह अपने शत्रुओं की सारी बातें जान जाता।

जब वह बड़ा हुआ और बुद्धिमान हुआ तो साथ ही साथ उसके बल की प्रशंसा सभी जगह होने लग गई। वह प्रचंड योद्धा बना और सभी उसका लोहा मानते थे। तब वह घर से निकल पड़ा और उसने अपने जीवन निर्वाह के लिये काम ढूंढ़ना शुरू किया। एक दिन उसे एक परम सुंदरी स्त्री मिली जिसका नाम सिगने-ऐलवीग था। वह जवान थी और सभी को जो भी उसके साथ या संपर्क में रहते थे, जवान रखती थी क्योंकि वह खुद ही जवानी की शराब थी। हाफ-डान उस पर इस कदर रीझा कि उसने विवाह कर लिया। यह स्त्री सुंदरी, हंसिनी की चाल चलने वाली थी और इवैल्डे के पुत्र ओरवेंडिल की स्त्री ग्रोआ की बहिन थी। ग्रोआ लोगों को जवानी की ओर बढ़ाती थी क्योंकि वह बढ़न की मालकिन थी और हंस की चाल चलने वाली सुंदरी सिगने-ऐलवीग उसे अपना रस पिलाकर हमेशा जवान बनाये रखती। चूंकि हाफ-डान इवैल्डे के पुत्र से हमेशा मित्र का सा बर्ताव रखता था पर जब ओरवेंडिल और उसका भाई देवताओं के विरुद्ध बर्फीले दानवों के साथ मिल गया तो वह उनके खिलाफ हो गया और उनसे देवताओं की ओर से लड़ा।

महाबली थौर और उसके पुत्र हाफ-डान ने तब बर्फीले दानवों से और इवैल्डे

के पुत्रों से घोर युद्ध किया। यह युद्ध मिडगार्ड की सीमा पर हुआ था और बर्फीले दानवों ने यह चाहा था कि वह उस भूमि-भाग को जीतकर अपने नीचे कर लें और वहाँ के रहने वालों को अपना दास बना लें। उनका राजा उस समय फ्रोस्टे दानव था जिसके साथ मदद पर फजालार-सुत्तुंग अग्नि का दानव भी जोर लगा रहा था। वह सुत्तूर की गहरी घाटियों से आया था। जब वे दक्षिण की ओर बढ़े तो हाफ-डान ने भयंकर युद्ध किया और इतनी मारकाट की कि उनका आगे बढ़ना असंभव हो गया और वे भागे। उनकी सेना में खलबली मच गई और भगदड़ मच गई। हाफ-डान ने उन्हें बिल्कुल उत्तर तक भगा दिया। उसके बाद हाफ-डान आगे बढ़ा और स्वेरिन के ऊँचे पहाड़ पर पहुँचा। वहाँ उसे सिगब्रिग मिला जो हथियारों से लैस होकर अपनी सेना सहित उस पर टूट पड़ा। सिगब्रिग बड़ा जबर्दस्त लड़ाकू था और उसने हाफ-डान को चारों ओर से घेरकर हमला किया था और तरह-तरह के हथियारों से वहाँ उसे मार डालने का प्रयत्न करने लगा। पर हाफ-डान भला कब रुकता ? वह सीधा सिगब्रिग पर झपटा और भयंकर लड़ाई लड़ी। खून की नदी बह गई, पृथ्वी लाशों से पट गई और लाल हो गई। भूखे गिद्धों के टोल के टोल उस लड़ाई के मैदान में हँस-हँस कर दावत खाने लग गये। आदमी के गोश्त और खून को पीकर वह हाफ-डान की प्रशंसा के गीत गाने लग गये। जब हाफ-डान दुश्मनों को मारता तो बड़े-बड़े पहाड़ अपनी जगह से हिल-हिलकर टूट.जाते और भयंकर गर्जन करते हुए बिखर जाते। आसमान में बिजलियाँ कड़कने लगतीं और नौओं दुनिया उसके शोर से गूँज उठतीं। हाफ़-डान का रूप उस समय बहुत विकराल हो गया था और उसके प्रहार के सामने कोई भी नहीं बच पाता था। अब वह सीधा सिगब्रिग के सामने लड़ता हुआ जा पहुँचा और उससे भिड़ गया। सिगब्रिग ने उसके ऊपर मूसल खींचकर मारा जिसे उसने रास्ते में ही अपने तीर से काट डाला। फिर वह तलवार लेकर सिगब्रिग पर टूट पड़ा और उसे एक ही हाथ में काट डाला। सिगब्रिग, उसकी स्त्री और ग्रोआ का पिता था, और युद्ध में चूंकि वह देवताओं के खिलाफ लड़ रहा था इसीलिए हाफ़-डान ने उसकी हत्या कर दी। उसने फिर अपनी स्त्री की बहिन ग्रोआ को पकड़ कर गिरफ्तार कर लिया और अपने साथ ले आया। उसको उसने बहुत नीचा दिखाया, साथ ही उसके लड़के स्विपडैग को भी पकड़ लाया।

इस युद्ध में हाफ़-डान के साथ ओडिन की स्वर्गीय रोशनी दिखाने वाली सुंदर अप्सरायें भी गई थीं जो बिजली की भाँति चमकतीं और ज्योति फैलाती थीं। उनके तेज से स्वर्ग रात्रि में भी अपूर्व सौंदर्य से जगमगाता रहता था। उन्हें दुनिया में आदमी लोग उत्तर की रोशनी कहकर पुकारते थे।

जब हाफ़-डान जौटन-हीम की सीमा के पास आया तो उसे ओरवैंडिल-ईगिल, जो इवैल्डे का पुत्र था और हाफ-डान की स्त्री की बहिन का पति भी था, का घर मिला। वह भी शत्रुओं की ओर था, इसलिए हाफ़-डान ने रिश्तेदारी की कोई फिक्र न करते हुए उसका मकान चारों तरफ से घेर लिया। ओरवैंडिल भी बड़ा भारी तीरंदाज था और लड़ने के लिये खड़ा हो गया। भयंकर युद्ध हुआ पर हाफ़-डान ने उसे भी हरा

कर पकड़ लिया। ओरवैंडिल उससे हार गया और शर्म से नीचा देखता हुआ बंदी बना उसके सामने खड़ा था।

हाफ़-डान ने ओरवैंडिल की तीरंदाजी का बाबत बहुत कुछ सुन रखा था कि उसका निशाना बड़ा अचूक है। अब उसने उसकी तीरंदाजी देखनी चाही। उसने सुना था कि ओरवैंडिल बहुत दूर एक लकड़ी पर रखे हुए सेब को तीर से काट सकता था। उसने हुक्म दिया : "हे ओरवैंडिल, हमने सुना है कि तुम बड़े अच्छे बाण चलाने वाले हो और तुम्हें उसका बड़ा गर्व भी है। तुम सदा से अपनी तीरंदाजी की डींग भी बहुत हाँकते आये हो। आज हम तुम्हारा कमाल देखना चाहते हैं। तुम्हारे लड़के स्विपडैग के सिर पर एक सेब रख दिया जायगा और तुम उससे बहुत दूर खड़े होकर अपने तीर से पार कर दो। यदि तुमने सेब को दो टुकड़े कर दिया तो हम तुम्हें सचमुच का तीरंदाज समझेंगे और इस बात का तुम्हें विश्वास दिलाते हैं कि तब तुम्हें आजाद भी कर देंगे।

ओरवैंडिल बहुत दुखी हुआ क्योंकि जरा सा भी निशाना चूकने पर उसी के तीर से उसका लड़का मारा जाता पर वह करता भी क्या, वह तो बंदी था। उसको हुक्म मानना पड़ा। जब स्विपडैग आगे लाया गया तो वह उसके पास गया और बोला : "मेरे प्यारे बेटे ! तू बिलकुल मत डरना क्योंकि तीर तो तेरे सिर के ऊपर होकर सेब को काटेगा। वह तेरे बिल्कुल नहीं लगेगा। तू जरा भी मत घबरा क्योंकि तू मुझे बहुत प्यारा है और मैं तेरा दुख नहीं देख सकता। हिम्मत रख कि तेरा बाप कैसा अच्छा तीर चलाता है।"

उसने अपने बेटे को इसलिए हिम्मत दिलाई कि कहीं वह घबराकर निशानेबाजी के वक्त हिल न जाय और फिर जब मौका आ गया तो उसने स्विपडैग को पीछे की तरफ मुँह करके खड़ा कर दिया जिससे वह उसे धनुष खींचते देखकर डरे नहीं। उसके सिर पर सेब रख दिया गया।

ओरवैंडिल आकर अपनी जगह पर खड़ा हो गया और उसने तीन तीर हाथ में लिये। हाफ़-डान ने कहा : "तैयार !" तो वह तैयार हो गया और उसने झुकाकर अपना धनुष खींचा और उस पर एक तीर चढ़ाकर निशाना साधा।

एक आँख बंद करके उसने ऐसा निशाना साधा कि जब तीर धनुष से छूटा तो सीधा जाकर स्विपडैग के सिर पर रखे सेब के बीच में लगा और उसके दो टुकड़े करता हुआ आगे निकल गया। चारों तरफ उसकी प्रशंसा होने लगी और हाफ़-डान ने स्वयं उसे बढ़कर बधाई दी। स्विपडैग को पता भी न लगा कि कब तीर छूटा और कब उसके सिर से सेब कटकर नीचे गिर गया था। ओरवैंडिल का नाम फैल गया और शर्त्त के अनुसार हाफ़-डान ने उसे आजाद कर दिया। जब ओरवैंडिल छूट गया तो हाफ़-डान ने उससे पूछा : "तुमने तीन तीर क्यों उठाये थे ?"

ओरवैंडिल फीकी हँसी हँसा और बोला : 'पहला तीर स्विपडैग के सिर पर रखे सेब को काटने के लिये था। अगर वह सेब को न लगकर लड़के के लग जाता तो मर ही जाता पर उस हालत में मैं दूसरे तीर से तुझे मार देता और इससे पहले कि मुझे तेरे आदमी पकड़ कर मारते, तीसरे तीर से मैं खुद मर जाता—इसलिए मैंने यह तीन

तीर हाथ में लिये थे। परन्तु अब क्योंकि पहले तीर से ही सेब कट गया और काम पूरा हो गया तो यह बाकी तीर फालतू बच रहे हैं।"

हाफ़-डान उसके जवाब को सुनकर बहुत खुश हुआ और तब उसने ओरवैंडिल को आजाद करके जहाँ चाहे चले जाने को कहा।

हाफ-डान ने उसे तो छोड़ दिया पर पहले जो उसकी स्त्री ग्रोआ को स्वेरिन के पहाड़ से पकड़ कर लाया था उसे उसने नहीं छोड़ा। उसे अपने ही पास रखा। ग्रोआ दुख के दिन काट रही थी और हाफ़-डान के यहाँ से निकल आना चाहती थी पर वह उसे आने नहीं देता था। हाफ़-डान ने एक दिन अकेले में उसे अपनी स्त्री बना लिया। उससे एक पुत्र पैदा हुआ जिसका नाम गुडहौर्म रखा गया। इसके पश्चात् हाफ़-डान ने उसे छोड़ दिया और वह शर्म से मरी जाती थी। बहुत ज्यादा शर्मिन्दा करके जब उसको छोड़ दिया गया गया और वह अपने पुत्र स्विपडैग के साथ वहाँ से निकाल दी गई तो वह अपने पति ओरवैंडिल के पास आ गई। लेकिन उसका दिल अब बिल्कुल टूट गया था और अपने अंतिम दिनों को पहुँच गई थी। जब वह मरने लगी तो अपने बेटे स्विपडैग को अपने पास बिठाकर बोली : "मेरे प्यारे बेटे, अब मैं मरने वाली हूँ क्योंकि मेरे जाने का वक्त आ गया है। हाफ़-डान ने तेरे पिता की हत्या की है और मुझे भी जिंदगी भर बहुत ज्यादा दुख दिया है इसलिए मेरा दिल टूट गया है और बार-बार रोता है···" उसने इतना ही कहा था कि स्विपडैग रोने लग गया और उसकी हिचकियाँ बँध गईं। उससे अपनी माँ का दुख और मौत नहीं देखी गई। ग्रोआ ने स्नेह से उसके सिर पर हाथ फेरा और कहा : "इतना मत घबरा मेरे बच्चे क्योंकि तू मर्द है और मर्द बच्चे नहीं रोते। मरना तो सभी को होता है इसमें रोने की कौन सी बात है। तू हमेशा जीवन भर कभी हिम्मत मत हारना और बड़ी से बड़ी मुसीबतों को भी हँस-हंस कर झेलना। अगर कभी मृत्यु भी सामने आकर खड़ी हो तब भी हिम्मत मत हारना और यदि तू ऐसे रहेगा तो तेरा मुकाबला दुनिया भर में कोई नहीं कर सकेगा। तेरी शक्ति सबसे अधिक पूजनीय होगी। यदि कभी जीवन में तुझे मेरी सलाह की जरूरत पड़े तो तू मेरी कब्र पर आ जाना और मुझे जगाना। मैं उठकर तेरे पास आ जाऊँगी और तेरी मदद करूँगी।"

इतना कहकर ग्रोआ मर गई और स्विपडैग अपनी माँ के दुख में रोता रहा। अभी वह छोटा था पर उसने अपनी माँ का दुख देखा तो उसके हृदय में बदले की भावना पैदा हो गई और उसने प्रतिज्ञा की कि बड़ा होकर वह जरूर अपनी माँ का बदला हाफ़-डान से लेगा और सारी दुनिया पर राज करेगा—पर तब तक हाफ़-डान को इन बातों का कुछ पता ही न था। वह तो अपने बल के गर्व और अधिकार में हमेशा अकड़ कर रहता।

विश्वविजयी खड्ग

थजासेवोलेंड देवताओं द्वारा युद्ध में मारा गया गया। जब उसकी बेटी स्केड को यह मालूम हुआ तो वह क्रोध से काँपने लग गई और उसने देवताओं से अपने बाप की मौत का बदला लेने की ठानी। उसने अपना विचित्र जंजीरों का बना हुआ कवच और सिर पर चमचमाता हुआ लोहे का टोप और अपने प्रसिद्ध भाले को हाथ में लिया। जहर में बुझे हुए तीर अपने तरकश में लगाये और अपने बाप की मौत का बदला लेने अपने घर से निकल पड़ी। तेजी से वह असगार्ड की तरफ चली। उस समय उसकी हिम्मत देखने काबिल थी।

जब वह असगार्ड की चहारदीवारी के बाहर पहुँची तो उसने कई तीर अपने धनुष पर चढ़ाकर असगार्ड के अंदर फेंके और फाटक के रक्षकों को ललकारा और कहा : "असगार्ड में जो कोई बहादुर हो वह मुझसे लड़ने बाहर आ जाय।" वह हिम्मत से और लड़ाई की पोशाक से सजी हुई थी। उसकी अपनी सुंदरता भी अद्वितीय थी। इस समय वह देखने में बहुत ही अच्छी मालूम हो रही थी। देवताओं ने जो उस सुंदरी स्त्री को लड़ने के लिये तैयार देखा तो उसके रूप, लावण्य और साथ ही साथ बहादुरी को देखकर ठगे से रह गये। उनमें से किसी ने भी नहीं चाहा कि इतनी सुंदर स्त्री को युद्ध में मारा जाय। वे लोग आपस में सलाह-मशविरा करने लगे। देर तक विवाद करने के बाद उन सभी ने यह कहा कि उसका लड़ने के लिये ललकारना बिल्कुल न्याययुक्त था। फिर वे सब असगार्ड के बाहर आये और उससे मीठी-मीठी बातें करने लगे और राजीनामा करने को कहने लगे। उन्होंने उससे कहा : "हे सुंदरी! तेरे यौवन और रूप को देखकर भला कौन ऐसा है जो तुझ पर रीझ न गया हो? भला किसमें इतना साहस है जो तुझ जैसी अपूर्व सुंदरी से लड़कर तुझे घायल करे? हम सब तो तेरे रूप से वैसे ही हारे बैठे हैं, इसलिए अब तू हमसे क्यों लड़ना चाहती है?"

यह सुनकर स्केड ने अपना भाला ऊपर उठाकर पतले किन्तु जोर के स्वर में कहा : "मुझसे डरते हो कायर देवताओ! यदि तुम नहीं लड़ना चाहते हो तो उस आदमी को मेरे सुपुर्द करो जिसने मेरे पिता को मारा है और उसे मैं खुद अपने हाथ से मार कर बदला ले लूंगी।" और उसने अपना सुंदर हाथ उठाकर उन्हें चुनौती दी।

जैसे ही उसने यह कहा, चालाक लोक कूदकर उसके सामने आ गया और एकदम नाचने लग गया। उसने पैर में घुंघरू बाँध रखे थे और वह विचित्र प्रकार से कूद-कूद कर हावभाव दिखाते हुए फुर्ती से नाचने लग गया। सभी लोग चकित रह गये और वह सुंदरी दानवी भी लड़ाई भूलकर उसका अजीब नाच देखने लग गई। जब नाचते-नाचते वह घूमा तो एक बकरी कूदकर घेरे में आ गई और वह भी उसके साथ-साथ नाचने लग गई। अब तो सभी हँसने लग गये और स्केड भी मुस्कुराने लग गई। तभी लोक ने

चूमकर उसका चक्कर लगाया। नाचते-नाचते देर हो गई तो वह झुका और स्केड से बोला : "हे सुंदरी, मैं तुझे प्रेम करता हूँ, तू मुझसे शादी कर ले।"

उसने यह कहा ही था कि बकरी रोने लग गई और उसका रोना देखकर सभी जोर से हँसे और स्केड भी हँस दी और उसका क्रोध गायब हो गया। अब वह प्रतिशोध की भावना भूल गई। देवता लोग उसका स्वागत करते हुए उसे असगार्ड के अंदर ले गये। उस सुंदरी स्त्री को साथ में रखकर सभी बहुत खुश हो रहे थे।

तब रात हो गई और स्वर्ग पर छायायें गिरने लगीं और आकाश में तारे चमचमाने लगे। तब ओडिन ने स्केड से कहा : "वह देख सुंदरी! तेरे पिता की आँखें सितारे बन गई हैं और आकाश में चमक रही हैं। वह हमेशा तुझे देखा करेंगी। तेरे पिता का यश बढ़ गया है क्योंकि वह सितारा बन गया है। अब तू हम पर बिल्कुल क्रोध मत कर।"

स्केड ने सिर उठाकर आकाश में स्थित दो चमकते तारे देखे और उनमें अपने पिता की आँखें चमकती देखीं। वह प्रसन्न हो गई। तब ओडिन फिर बोला : "तू अब असगार्ड में देवताओं के साथ रह सकती है, तुझे आज्ञा है कि तू यहीं रहा कर। और तू चाहे जिस एक देवता को अपना पति चुन सकती है। पर जब तू पति चुनेगी तो तेरी आँखें बाँध दी जायँगी और इस तरह बाँधी जायँगी कि तू सिर्फ सामने खड़े हुए लोगों के केवल पैर ही देख सके। और तब पैरों को देखकर ही तू जिसे चुनेगी उसी से तेरा विवाह हो जायगा।"

इकट्ठे हुए देवताओं की ओर स्केड ने आश्चर्य और प्रसन्नता के साथ देखा और जब उसकी निगाहें खूबसूरत बाल्डर पर पड़ीं तो वह वहीं ठहर गईं। वह उसी को चाहने लग गई। उसने अपने मन में उसी को अपना पति चुनना निश्चय कर लिया।

जब उसकी आँखें ऊपर से बाँध दी गईं और वह पैरों को ही देख सकती थी तो उसने एक पैर देखा जो बाकी सबों से बहुत सुंदर था और स्केड ने समझा कि वह अवश्य ही सुंदर पुरुष बाल्डर का पैर होगा और उसने हाथ फैलाकर उसी व्यक्ति को आलिंगन में बाँध लिया और वह चिल्लाकर बोली : "हे सुंदर पुरुष, मैं तेरी स्त्री बनती हूँ।"

और जब उसने अपनी आँखें खोलीं तो वह देखकर स्तम्भित रह गई और उसका दिल धड़कने लगा क्योंकि वह पैर जिसे इसने बाल्डर का समझ के वर चुना था उसका नहीं निकला। उसने नजौर्ड को अपने आलिंगन में ले रखा था।

नजौर्ड भी सुंदर था और रोब-दाब से जँचता था और वह गर्मियों में समुद्रों का राजा होता था और एईगिर द्वारा चलाये तूफानों को रोकता था। वह बहुत प्रतापी और बलवान माना जाता था। जब बर्फीला दानव गायमर पूर्व दिशा से बर्फ से कँटीले तूफान छोड़ता तो वह उन्हें भी अपने बल और प्रभाव से नष्ट कर देता था। पर उसे पति रूप में पाकर स्केड बहुत पछताई क्योंकि उसे वह बिल्कुल पसंद नहीं था।

पर अब हो भी क्या सकता था क्योंकि शर्त्त के अनुसार वही उसका चुना हुआ था और वह वाना-देवता तब उसका पति बना। उनका विवाह बहुत धूमधाम के साथ हुआ। असगार्ड में बहुत खुशियाँ मनाई गईं। विवाह के बाद नजौर्ड अपनी सुंदरी पत्नी

स्केड को साथ लेकर नोआटन जहाँ नजौर्ड का घर था, वहाँ चले गये। वहाँ जब स्केड पहुँची तो बहुत दुखी हुई। समुद्र के शोर से और पहाड़ों पर चिड़ियों के चहकने से उसे नींद नहीं आती थी और वह दुखी रहा करती। उसे अपना पति तो बिल्कुल ही पसंद नहीं था।

वह भागकर अपने स्थान थ्राईम-हीम के जंगलों में पहुँच जाना चाहती थी जहाँ गरजते हुए झरने और ऊँचे-ऊँचे पहाड़ और चौड़े मैदान उसे रह-रहकर याद आते। वह भागकर उन मैदानों में पहुँचकर शिकार करना चाहती जैसा कि वह हमेशा करती आई थी। सबसे अधिक दुखदायी उसका बाल्डर के प्रति प्रेम था और वह अपने प्यारे के लिये रोती रहती। पर वह कहीं नहीं जा सकती थी, न अपने पति को छोड़कर बाल्डर के पास ही जा सकती थी, वह बहुत ज्यादा दुखी हो गई।

और इसी बीच एक दिन फ्रे पर दुख का पहाड़ फट पड़ा। एक दिन जब वह घमंड में अपने आपको बहुत बड़ा समझने लगा तो ओडिन के सोने के बड़े सिंहासन पर चढ़ गया और वहाँ बैठकर उसने सब दुनिया को देखा। उसे बड़े-बड़े अजीब दृश्य दिखाई दिये और वह उन्हें देखकर आश्चर्यचकित रह गया। उसने पश्चिम, पूर्व और दक्षिण की तरफ बार-बार गर्दन घुमाकर देखना प्रारंभ किया और जितना ही वह देखता उतना ही वह अचंभे में पड़ता जाता था। जब वह इन दिशाओं को देख चुका तो उत्तर की ओर जहाँ दानव रहते थे अपनी गर्दन घुमाई और वहाँ उसने प्रकाश फैलता हुआ देखा जो कि उज्ज्वल और स्फटिक की भाँति निर्मल था और जिससे स्वर्ग, आकाश और समुद्र जगमगा रहे थे। एक सुंदरी कन्या अपने घर का दरवाजा खोले बाहर झाँक रही थी और वह इतनी कोमल और आकर्षक कामिनी थी कि जो उसे देखता वह ठगा-सा रह जाता। वह स्वर्गीय सौंदर्य लिये हुए लंबी स्त्री थी और उसकी बाँहें चाँदी की भाँति चमक रही थीं। फ्रे ने उसे देखा तो हतप्रभ-सा रह गया और उस पर वह रीझ गया, पर जब दूसरे ही क्षण वह कन्या हटकर उसकी निगाहों से ओट हो गई तो फ्रे का हृदय भारी हो गया और वह अत्यंत दुखी हो गया। इस प्रकार ओडिन के सिंहासन पर बैठने का दंड उसको मिला और प्रेम में दुख को प्राप्त हुआ।

फ्रे अपने घर चला आया। वह दुख से बेहाल हो रहा था। वह उस दानव कन्या, जिसका नाम ग्रेड था और जो गायमर की बेटी थी, के प्रेम में ऐसा पागल हो गया कि न तो अब किसी से बोलता था, न हँसता और न खाना खाता, न पानी पीता। ग्रेड के प्रेम में भूखा-प्यासा वह मौन होकर अपने घर के अँधेरे में पड़ा रहता।

जब अन्य देवताओं ने उसकी यह दशा देखी तो वे आश्चर्य करने लगे कि आखिर वह ऐसा चुप होकर लंबी-लंबी आहें क्यों भरता है। पर पूछने से न तो किसी को कुछ बतलाता ही था, न बोलता ही था, बस अपने पागलपन में लंबी आहें भरा करता। उसकी ऐसी विह्वल दशा देखकर सभी देवता दुखी हुए क्योंकि वह वाना-देवता सभी को बहुत प्यारा था।

अब फ्रे घर से बाहर न निकलता और हमेशा अपने आप बोला करता। कभी-कभी अपने आप हँसा भी करता। उसकी ऐसी दशा देखकर सभी देवता घबराये और

कारण जांचने की नीयत से उसके पास जाते कि क्यों वह ऐसा हो गया है। पर वह तो किसी से बोलता ही न था। आखिरकार उन्होंने मिलकर सलाह-मशविरा किया और उसके पिता नजौर्ड को संदेश भेजा कि फ्रे की हालत प्रेम के कारण बुरी हो रही है और उसे देखने वह शीघ्र आ जाय।

खबर पाते ही नजौर्ड अपनी नवविवाहित युवती सुंदरी पत्नी स्केड को साथ लेकर असगार्ड आया और उसने फ्रे से उसके दुख का कारण पूछा पर फ्रे ने किसी भी बात का जवाब नहीं दिया और जैसा था वैसा ही बना रहा। तब सब लोग दुख से भरे हुए वहाँ से हट गये और फिक्र करने लगे।

नजौर्ड स्विपर्गेंड से बोला : हे स्कर्नर ! (स्विपर्गेंड को असगार्ड में इसी नाम से बुलाया जाता था) तू हमेशा तेजी से चमकता रहता है और इसीलिए श्रेष्ठ पुरुष है। तू अति बलवान है और साथ ही साथ बुद्धिमान भी है। मैं तुझसे प्रार्थना करता हूँ कि तू फ्रे के पास जा और उसके दुख के कारण को जान ले और वही उपाय कर जिससे वह पुनः आनंद में हँसता-बोलता रहा करे।" ऐसा कहकर उसने याचना भरी दृष्टि से उसे देखा।

स्कर्नर ने जब यह सुना तो वह जाहिरा तो कुछ नहीं बोला पर अपने मन में बहुत झुंझलाया। उसके मन में इस झगड़े में पड़ना व्यर्थ लग रहा था। वह फ्रे के मामलों में दखल नहीं देना चाहता था। एक बार जब वह घर से अपनी माँ ग्रोआ का बदला लेने निकला था तो उसकी सौतेली माँ सिथ ने उससे फ्रियँजा को बेली दानव के मजबूत किले से छुड़ा लाने को कहा था और वह इस काम के लिये बहुत अनमना हो गया था। इसी तरह फ्रे के पास आज उसके पिता नजौर्ड के कहने से वह काफी अनमना होकर गया। जब वह फ्रे के पास पहुँचा और उसने उसे चुपचाप विरह की आग में जलते हुए और दुख पाते देखा तो हिम्मत के साथ बोला : "हे वाना-देवता फ्रे ! तुमने और मैंने पुराने समय से साथ रहकर इकट्ठी तकलीफें उठाई हैं और हमेशा हर चीज को बाँट कर खाया है। अब भी हमें एक दूसरे के प्रति विश्वास को कायम रखना चाहिए और एक दूसरे से कुछ भी नहीं छिपाना चाहिए। इसलिए हे मित्र, बतलाओ कि तुम्हें वह कौन सा ऐसा दुख है जिससे तुम्हारी ऐसी दयनीय हालत हो रही है कि न तो तुम खाते हो, न पीते हो और न बोलते ही हो।"

उसकी बात सुनकर फ्रे बोला : "हे स्कर्नर ! मेरे प्यारे मित्र मैं, कैसे बतलाऊँ, मेरी समझ में नहीं आ रहा है। स्वर्ग के ऊपर सूर्य की देवी उज्ज्वल प्रकाश फैला रही है पर मुझे यह सब अच्छा नहीं लगता।"

"क्यों नहीं अच्छा लगता ?" स्कर्नर ने उससे फिर पूछा और उसे बताने को मजबूर किया तो वह बोला : "मेरे दोस्त, अब मैं तुम्हें बतलाता हूँ जब तुम मुझे इतना मजबूर कर रहे हो। उत्तर दिशा की ओर जहाँ दानव रहते हैं वहाँ एक परम सुंदरी कन्या ग्रेड रहती है जो गायमर की बेटी है। वह सौंदर्य की देवी है और उसकी सुंदरता से प्रकाश फैला करता है जिसके तेज से स्वर्ग, आकाश और समुद्र सभी जगमगाते हैं। उसकी बाँहें चाँदी की तरह चमकती हैं और उसके इस अद्भुत सौंदर्य ने मुझे घायल कर

दिया है। मैंने जब से उसे देखा है उसे पाने के लिये बेचैन और बेहाल हो उठा हूँ। पर मैं यह जानकर और भी ज्यादा दुखी हूँ कि उसे मैं पा नहीं सकता। मेरा यह प्रेम मुझे दुख के समुद्र में डुबोकर मार ही डालेगा क्योंकि यदि मैं उसे लाना भी चाहूँ तो भी न कोई देवता, न कोई बौना यह सहन कर सकेगा कि वह यहाँ लाई जा सके। किसी को भी हमारा साथ रहना स्वीकार नहीं होगा। इसलिए हे मित्र ! अब तो निश्चय है कि एक न एक दिन इस प्रेम के कारण मैं मर जाऊँगा। सुख की अब कोई संभावना नहीं रही है।" इतना कहकर वह शांत हो गया और फिर दुख और विरह में जलने लगा।

स्कर्नर उसके पास से चलकर सीधा वहाँ पहुँचा जहाँ देवता लोग बैठे फ्रे की हालत पर चिंता कर रहे थे। वहाँ पहुँचकर वह बोला : "वाना-देवता फ्रे के दुख का कारण मैंने मालूम कर लिया है।"

"क्या है ? भला क्या है ??" उत्सुकता से सभी देवता लोग बोल उठे। स्कर्नर बोला : "उत्तर में जौटन-हीम है और वहाँ दानव रहते हैं यह तो हम सभी जानते हैं···" और उसने अपने चारों ओर देखा मानो वह सब की स्वीकृति ले रहा हो। फिर बोला : "वहाँ गायमर नाम का बड़ा पराक्रमी दानव रहता है। उसकी कन्या का नाम ग्रेड है और वह इतनी गजब की खूबसूरत स्त्री है कि उसके सौंदर्य के प्रकाश से स्वर्ग, आकाश और समुद्र सभी चमक उठते हैं। वह कद की लम्बी है और उसकी बाँहें चाँदी जैसी हैं। सूर्य-किरणों का देवता फ्रे उसके प्रेम में पागल हो उठा है और उसके बिना वह कभी ठीक नहीं हो सकेगा।"

"पर वह तो दानवी है, यहाँ असगार्ड में वह फ्रे के साथ कैसे रह सकती है," कई देवताओं ने शंका उठाई।

"और यही दुख फ्रे को और भी खाये जा रहा है," स्कर्नर बोला : "पर यह निश्चय है कि बिना सुंदरी ग्रेड को पाये वह मर जावगा और उसके साथ-साथ सूर्य-किरणें···"

"नहीं, नहीं ऐसा मत कहो," देवता लोग बीच ही में बोल उठे। वे घबरा गये थे और फ्रे का अहित सहन नहीं कर सकते थे। तब पंचायत जुड़ गई और देर तक वाद-विवाद होता रहा। अंत में यही तय रहा कि फ्रे की खुशी के लिये ग्रेड को असगार्ड में रहने की आज्ञा प्रदान कर दी जाय। उन्होंने स्कर्नर से कहा : "हे स्कर्नर, हम नहीं चाहते कि हमारा अच्छा मित्र फ्रे दुख से मर जाय। हम जानते हैं कि यदि वह सुंदरी दानवी उसको न मिली तो बह उसके विरह में तड़प-तड़प कर मर जायगा और तब सूर्य-किरणें भी उसी के साथ खत्म हो जायेंगी। इसलिए हम इस बात के लिये सहमत हैं कि ग्रेड को फ्रे यहीं ले आये और सुखपूर्वक रहे। अब तुम शीघ्र ही गायमर दानव के निवास स्थान को जाओ और हमारी आज्ञा से उसकी पुत्री परम सुंदरी ग्रेड को अपने साथ लाओ और उसे फ्रे को दे दो। कहीं ऐसा न हो कि तुम्हारे आने में देर हो जाय और फ्रे विरह में ही मर जाय। इसलिए तुम उसे पूर्ण विश्वास दिलाकर जाओ क्योंकि वह तुम्हारा पुराना मित्र है, इसलिए वह तुम्हारे आश्वासन पर जरूर भरोसा कर सकेगा। इस समय एक पल की भी देरी किये बिना तुम फौरन चल दो।"

स्कर्नर सीधे फ्रे के पास पहुँचा और उसने जब फ्रे ने यह जाना कि देवताओं ने ग्रेड को असगार्ड में ले आने की आज्ञा दे दी है तो वह काफी खुश हुआ और हिम्मत से उठा और अपनी विश्वविजयी तलवार जो उसी के पास रहती थी, स्कर्नर को दी कि वह उसे यात्रा में अपने साथ रखे। स्कर्नर उसे पाकर बहुत खुश हुआ। उसी समय ओडिन आ गया और उसने उसे अपना घोड़ा स्लीपनर चढ़ने को दिया और कहा : "इस पर चढ़कर तू आग और स्वर्ग सभी के पार जा सकेगा।" जब स्कर्नर चलने लगा तो उसको दुलहिन को भेंट में देने के लिए वह विचित्र सोने की अँगूठी ड्रौपनर दी गई जो हर नवीं रात्रि को अपनी ही जैसी आठ और सोने की अँगूठियाँ पैदा करती रहती थी और जिसके द्वारा अनगिनत छल्ले बनते चले जाते थे। ईडुन की पेटी में से उसे ग्यारह हमेशा जवान रखने वाले सेब भी दुलहिन के वास्ते दिये गये जिसे उसने होशियारी के साथ रख लिया। एक जादू का डंडा जिससे सभी दुश्मन दबाये जा सकें चलते-चलते स्कर्नर ने अपने साथ ले लिया।

इतने सामानों से लैस होकर स्कर्नर स्लीपनर की पीठ पर सवार होकर चला। स्लीपनर उसे लेकर आकाश मार्ग से आगे बढ़ा और वायु-वेग से भागने लगा। उसने विश्वविजयी तलवार म्यान से बाहर निकाल ली और उसे घुमाता हुआ चला जा रहा था। वह भयानक तलवार जब झटके खाती तभी उसमें से बिजलियाँ निकलतीं और भयंकर निनाद करके आकाश को गुंजा देतीं, नीचे समुद्र थर्रा रहे थे और उनमें भीमवेग से ज्वार-भाटे आ रहे थे पर स्लीपनर चला रहा था। खतरनाक पहाड़ों पर से होता हुआ वह आगे बढ़ा जा रहा था। रास्ते में उसे अँधेरी घाटियाँ मिलीं जो अथाह गहरी थीं और भयावनी गुफायें भी मिलीं जिनमें खूँखार और प्रचंड दानव रहते थे। पर स्कर्नर उनसे नहीं डरा और न अपने रास्ते जाने से ही रुका। वह चलता गया और आखिरकार गायमर के किले के पास जा पहुँचा। उस किले के चारों ओर आग की खाई थी जिसमें भयंकर आग जल रही थी और उसकी लपटें आसमान तक उठ रही थीं। किले के दरवाजे की रक्षा खूनी जंगली कुत्ते कर रहे थे जो अपनी विकराल दाढ़ें निकालकर बादलों की गरज के समान भूंकते रहते थे।

किले से हटकर एक चट्टान पर एक चरवाहा अकेला बैठा था। उसको अकेला पाकर स्कर्नर ने उससे पूछा : "इन भयानक खूनी कुत्तों को चुप कराने का कौन-सा तरीका है। यदि तुम जानते हो तो बतलाओ, क्योंकि मुझे दानव गायनर की लड़की से मिलना है।"

चरवाहे ने उसे ऊपर से नीचे तक आश्चर्य से देखा और कहा : "हे परदेशी, तुम कहाँ से आ रहे हो जो ऐसी बातें करते हो ? यह जगह बहुत खतरनाक है और कोई भी ग्रेड तक नहीं पहुँच सकता। अगर तुमने अंदर जाने का प्रयत्न किया तो तुम्हारी मृत्यु निश्चित है क्योंकि दिन और रात कभी पहरा ढीला नहीं होता और गायमर की लड़की किसी से नहीं मिलती।"

पर स्कर्नर उसकी बातों से डरा नहीं, उलटा हँसा और बोला : "हमारा भाग्य हमारे जन्म के समय ही लिख दिया गया है; ओ चरवाहे ! तू भला इन बातों को क्या

समझेगा ? जो हमें करना होता है वह हम कर ही गुजरते हैं। उससे हमारा छुटकारा भी नहीं होता। इस किले में मैं जरूर घुसूंगा और देख कि मेरा रास्ता कोई नहीं रोक सकेगा।"

वह इतने जोर से बोला कि उसकी आवाज किले के अन्दर पहुँची और ग्रेड ने उसे सुन लिया। सुनकर वह बेचैन हो उठी। उसे आश्चर्य हो रहा था कि कौन-सा ऐसा साहसिक पुरुष आ गया था जो इतनी हिम्मत की बातें बिना डरे हुए उसके किले के सामने ही कह रहा था। उसने फौरन एक दासी से कहा : "देख तो बाहर कौन शोर मचा रहा है ?"

इतने में स्कर्नर को जोश चढ़ा तो उसने ओडिन के उस कमाल के घोड़े स्लीपनर को एड़ लगाई और वह बहादुर घोड़ा आग की खाई और भूंकते हुए शिकारी कुत्तों को पार करता हुआ उछल कर किले के फाटक पर जा पहुँचा। उसी समय ऐसा भयानक धमाका हुआ कि सारे किले की नींव हिल उठी। चरवाहे ने जो ऐसा दृश्य देखा तो वह वहाँ से भागा और उसने डर के मारे मुड़कर भी नहीं देखा।

ग्रेड की भेजी हुई नौकरानी जब किले के फाटक पर जांच करने आई तो उसे वहाँ एक बहादुर घुड़सवार को देखकर बड़ा अचंभा हुआ और वह उसे देखकर डरी भी बहुत। वह फौरन वापस भागी और उसने अपनी मालकिन से जाकर कहा : "एक प्रचंड घुड़सवार फाटक पर खड़ा है और किले में घुसना चाहता है। उसने घोड़े पर बैठे ही बैठे आग की खाई पार कर ली है और शिकारी कुत्तों की परवाह नहीं की है। वह किले का फाटक फौरन खोलने को कह रहा है," और वह हाँफती हुई ग्रेड का मुँह आज्ञा के लिए देखने लगी।

"तब तू जल्दी जा और उसे अंदर ले आ। उसको बाहर रोकना ठीक नहीं है। और हाँ, सुन। जब वह अंदर आ जाय तो उसके लिये पुरानी और मीठी शराब पीने को दे। जिससे वह अपनी थकान मिटा सके। मालूम होता है कोई बड़ा बहादुर आया है।"

नौकरानी भागी-भागी वापस आई और उसने किले का बड़ा फाटक खोल दिया। स्कर्नर बड़ी शान के साथ अंदर घुस गया।

लंबे और घुमावदार रास्तों से नौकरानी स्कर्नर को ग्रेड के महल में ले गई। स्कर्नर ने देखा कि उसका महल बहुत बड़ा और मजबूत बना हुआ है और बहुत ऊँचा है। जब वह ग्रेड के सामने पहुँचा तो उसने उसे एक घुटने पर झुककर सलाम किया। उसने देखा कि ग्रेड बहुत सुंदरी स्त्री थी और फ्रे का उससे प्रेम करना भी उसने ठीक ही समझा। कुछ देर उसे गौर से देखने के बाद ग्रेड धीरे से बोली : "हमारे इस किले में हर कोई नहीं घुस सकता क्योंकि यह बहुत जबर्दस्त किला है। तुम कौन हो ? तुम क्या कोई आसा-देवता हो या कोई पराक्रमी बौने हो या फिर कोई बुद्धिमान वैन हो जो इतनी बहादुरी के साथ इतने खतरों का सामना करते हुए अकेले ही यहाँ आ गये हो ? जरूर ही तुम कोई पराक्रमी पुरुष हो जो तुम्हारा साहस इतना बढ़ा है।" ग्रेड ने उसकी ओर आश्चर्य मुद्रा से देखा।

स्कर्नर बोला : "हे सुंदरी, मैं तुम्हें देखकर बहुत ही ज्यादा खुश हुआ हूँ। तुम्हारी सुन्दरता ने मुझे मुग्ध कर दिया है। जैसा तुमने समझा हे तो मैं न तो आसा-देवता हूँ, न बौना हूँ और न कोई वाना-देवता ही हूँ। मैं तो वाना-देवता फ्रे का दूत हूँ। फ्रे तुम्हें बहुत प्रेम करता है और यही मैं तुम्हें बतलाने आया हूँ। उसने मेरे हाथ तुम्हारे लिये जादू की अँगूठी ड्रौपर भेजी है। इसे तुम ले लो और उससे विवाह करने की रजामन्दी दे दो।"

ग्रेड यह सुनकर नाराज हुई और उसने स्कर्नर द्वारा दिखलाई गई किसी भेंट को स्वीकार करने से साफ इन्कार कर दिया और कहा : "अपनी जानबूझ में और जब तक जिंदा हूँ, मैं फ्रे से कभी विवाह नहीं कर सकती।"

तब स्कर्नर ने अपने कपड़ों के अंदर से वह अद्भुत अँगूठी ड्रौपनर निकाली जिसमें से हर नवीं रात को उसी प्रकार की आठ और सोने की अँगूठियाँ निकलती रहती थीं। स्कर्नर ने जब उस अँगूठी के सभी गुण बताये और कहा : "हे सुंदरी ! यह अँगूठी जब छल्ले बनाती है तो उसकी चमक से आँखें मिच जाती हैं और यह अँगूठियों का निकलना कभी बंद नहीं होगा और छल्ले पर छल्ले ही बनते ही चले जाते हैं। यह अँगूठी बड़ी कीमती और कमाल की है। इसे तू ले और फ्रे को अपना पति बना ले।"

ग्रेड यह सुनकर झल्ला पड़ी और ऊँचे स्वर में हाथ हिलाकर बोली : "मुझे तुम्हारी कोई अँगूठी नहीं चाहिए। ऐसी चीजें मुझे लालच में नहीं डाल सकतीं क्योंकि मेरे पिता के पास भी बहुत धनराशि है। हमारा खजाना भी बेशकीमती जवाहरात और सोने से भरा पड़ा है। मेरे ऐश्वर्य के सामने भला यह अँगूठी क्या चीज है।" उसने हँसकर स्कर्नर की ओर से उपेक्षापूर्वक मुँह दूसरी तरफ फेर लिया।

उसके इन शब्दों को सुनकर स्कर्नर को अत्यंत क्रोध चढ़ आया और उसका सारा शरीर ऐंठ कर कठोर हो गया। क्रोध से उसकी आँखें लाल हो गईं और वह अपने आपे से बाहर हो गया। उसने फौरन अपनी म्यान से अपनी विश्वविजयी तलवार बाहर निकाल ली। तलवार का बाहर निकलना था कि ग्रेड की आँखें चौंधियाँ गईं और उसकी विचित्र चमक से बंद हो गईं। नंगी तलवार को आगे बढ़ाता हुआ स्कर्नर बढ़कर ग्रेड के पास पहुँच गया। उस समय वह विकराल लग रहा था और उसको देखकर ऐसा लगता था मानो वह उसी समय ग्रेड का खून कर देगा। ग्रेड के पास जाकर वह जोर से बोला : "दानव की बेटी ! घमंड मत कर। फ्रे को ठुकराना तेरे हक में अच्छा नहीं होगा। तू चाहे जितनी सुन्दरी हो पर फ्रे को ठुकराने की हिम्मत तू भला कैसे कर सकती है। फ्रे परम पराक्रमी और रूपवान है। उससे विवाह करने को हर स्त्री लालायित रहती है। यदि तू फिर भी नहीं मानी और इन्कार ही करती रही तो देख !" और तब उसने तलवार की धार को छुआ और बोला : "इस धारदार विश्वविजयी तलवार से मैं तुझे अभी मार डालूँगा।"

स्कर्नर को, जब वह यह सब कह रहा था, पूरा विश्वास हो गया था कि उसकी धमकी से ग्रेड जरूर डर जायगी और फ्रे को वह वर लेगी पर उसके आश्चर्य का ठिकाना

नहीं रहा जब उसने देखा कि ग्रेड जो अभी तक बैठी थी उठकर खड़ी हो गई और बड़े गर्व के साथ हंसकर बोली : "स्कर्नर ! ज्यादा घमंड न कर और मुझे डराने का प्रयत्न न कर। न तो मैं तेरी धमकी में आ सकती हूँ और न तुझसे डरती ही हूँ। न जबर्दस्ती से और न धमकियों से ही तू मुझसे फ्रे के साथ विवाह कर लेने की स्वीकृति पा सकता है। मेरा पिता महाबली गायमर है और शायद तू उसे जानता नहीं है जभी इतना बढ़-बढ़कर बातें कर रहा है—कान खोलकर सुन ले कि वह बड़ा पराक्रमी दानव है और जब उसे तेरी धृष्टता की बातें मालूम होंगी तो वह तुझे कड़ी से कड़ी सजा देगा। उसके पास हजारों तरह के हथियार भी हैं और उसके साथ युद्ध करके कोई नहीं जीत सकता। इससे अच्छा होगा कि पेश्तर इसके कि मेरा पिता आये तू यहाँ से जैसे भी हो भाग कर दूर निकल जा। इसी में तेरा कल्याण है। जा मैंने तुझे माफ कर दिया। और हाँ, सुन, आयंदा यहाँ आने की हिम्मत कभी न करना···"

फिर वह अपने आप बड़बड़ाई : "जाने ऐसे कितने फ्रे और स्कर्नर मेरे पीछे लगे फिरते हैं, हुँ ! !"

बस अब स्कर्नर के सहन की सीमा टूट गई। वह गुस्से से थर-थर काँपने लग गया। आँखें अंगारों की तरह जलने लग गईं और उनमें से भयंकर चिनगारियाँ निकलने लगीं। वह भयानक तरह से गर्जन करने लगा और उसके उस गर्जन से सारे किले की नींवें हिल उठीं और दीवालें काँपने लग गईं। ग्रेड भी उसके इस रूप को देखकर घबराकर दो कदम पीछे हट गई। तब वह गर्ज कर चिल्लाया : "नादान लड़की ! तू मुझे जानती नहीं है तभी जो जुबान पर आया उसे तूने बिना सोचे-समझे बक दिया है। सुन और समझ ले कि मेरा नाम स्विपगैड है और मैं स्वर्ग में स्कर्नर के नाम से प्रसिद्ध हूँ। कौन है ऐसा जो मेरा लोहा नहीं मानता ? मुझे जीतना साक्षात् मौत को जीतना है। मैंने युद्धों में पृथ्वी लाशों से पाट दी है। मैंने यह महाभयंकर युद्ध किये हैं कि जिनका वर्णन सुनकर ही लोगों के रोंगटे खड़े हो जाते हैं। जब मैं अपनी विश्वविजयी तलवार को लेकर दुश्मन पर टूटता हूँ तो बीच में यदि पहाड़ भी आ जाय तो वह भी मेरे प्रहार से चूर-चूर होकर बिखर जाते हैं। मेरी हुंकार से आकाश और पृथ्वी, स्वर्ग और समुद्र सभी थर्रा उठते हैं। मैंने महाबली हाफ़-डान को युद्ध में मार डाला है। बिजलियों का देवता महाबली और भयंकर थौर भी मेरी शक्ति से परास्त होकर युद्ध से भाग गया था···तेरा बाप गायमर तो···"

अब स्कर्नर ने मुँह बिचका कर चुटकी लेते हुए कहा : "उसको तो मैं तलवार के एक ही हाथ में मार डालूँगा। वह तो बूढ़ा है। मेरे सामने आ ही नहीं सकता क्योंकि उसकी क्या मजाल जो मेरे सामने खड़ा हो ? तूने जिस अपने बाप का घमंड किया है वह व्यर्थ है क्योंकि मुझसे अब तुझे कोई नहीं बचा सकता।"

ग्रेड ने समझा था कि स्कर्नर की गर्जना सुनकर अवश्य ही गायमर जहाँ कहीं भी होगा वहीं से क्रोध में भरा हुआ आ जायगा और फिर उसे उसकी उद्दण्डता के लिये दण्ड देगा। पर जब वह नहीं आया और इतनी देर हो गई तो वह घबराई और स्कर्नर से दूर हट गई वह डरने लगी।

स्कर्नर ने अट्टहास किया और उसके उस घोर शब्द से सारा किला गूंजने लग गया। फिर वह उससे बोला : "और लड़की ! तुझे " उसने एक लड़की उसकी ओर दिखाकर कहा, "तो मैं इस जादू के डंडे से ऐसा कर दूंगा कि तू भी याद करेगी कि स्कर्नर से अकड़ने का क्या नतीजा होता है।"

ग्रेड डर से कांपने लग गई। थोड़ी देर चुप रह कर अपने गुस्से को काबू में करने के बाद स्कर्नर फिर बोला : "इस डंडे से मैं तुझे हराऊंगा। इससे तेरा दिल गमगीन हो जायगा और तेरी सारी खुशियाँ हमेशा के लिये खत्म हो जायँगी, तेरी सारी इच्छायें और जीवन का उल्लास दबा दिया जायगा। फिर जिंदगी भर तू कभी हँस नहीं सकेगी और खुशी से तू महरूम हो जायेगी। इसकी बदौलत तुझे मैं नीफ़ल-हीम में जा पटकूंगा और वहाँ से तू फिर कभी बाहर न आ सकेगी। जानती है नीफ़ल-हीम में क्या होता है?" उसने ग्रेड से पूछा पर जब ग्रेड ने केवल सिर हिलाया तो वह बोला : "वहाँ पहुँचकर कोई सुंदर नहीं रह जाता। न देवता, न मनुष्य, किसी की सुंदरता वहाँ नहीं रह पाती। वहाँ पहुँचकर तेरे इस सौंदर्य को न कोई देवता ही देखकर मुग्ध होगा न कोई मनुष्य न कोई दानव ही। और··" अब स्कर्नर थोड़ी देर के लिये चुप हो गया और ग्रेड को ध्यानपूर्वक देखने लगा जो अपने भाग्य में होने वाली सब बातों को सुनकर पीली पड़ती जा रही थी और सिकुड़कर बैठी थी। ग्रेड ने अपने मन में निश्चय जान लिया कि अब यदि उसने एक बार भी फ्रे से विवाह का प्रस्ताव ठुकराया तो बस स्कर्नर फौरन उसे नीफ़ल-हीम के दुखभरे स्थान में ढकेल देगा।

स्कर्नर ने जो उसकी यह हालत देखी तो वह आगे बढ़ा और उसके पास पहुँच कर धीमे पर दृढ़ स्वर से बोला : "···और नीफ़ल-हीम भयानक स्थान है। वहाँ दानवों की आत्मायें रहती हैं। उन्हें वहाँ दुनिया की चक्की में पीसा जाता है। जब तू वहाँ जायेगी तो तुझे प्रेम करने वाला कोई नहीं मिलेगा, न तुझे प्रेम करने का कोई अधिकार ही मिलेगा। तुझसे कोई हमदर्दी भी न सकेगा। और तुझे हमेशा अकेला ही रहना पड़ेगा और घोर दुख हमेशा सिर पर टूटा करेगा। इसी तरह गमगीन हालत में अकेली रहकर बहुत लंबा जीवन काटना पड़ेगा। वहाँ तेरा विवाह नहीं होगा और यदि कभी हुआ भी तो एक तीन सिर वाले बदसूरत दानव से होगा। तेरे कभी संतान नहीं होगी। कभी बच्चे तुझे नहीं मिलेंगे। जीवन की चहल-पहल तेरे लिये हमेशा-हमेशा के लिये खत्म हो जायेगी। तुझे कभी एकांत नहीं मिलेगा और निरन्तर रात-दिन तुझे किसी अज्ञात आत्मा की आँखें अपलक घूरती रहेंगी। तुझे एक पल को स्वतंत्रता नहीं मिलेगी। तेरे हर काम, चलने-फिरने, उठने-बैठने, खाने-पीने और हर काम को वे आँखें देखा करेंगी। उन आँखों में नफ़रत और क्रूरता होगी। बीफ़-रोस्ट के पहरेदार हीमडल को बर्फीले दानव नफरत की निगाहों से देखते हैं और ट्रौल लोग ओडिन के भेड़िये रूपी कुत्तों को भारी नफरत से देखा करते हैं। जो आँखें तुझे देखेंगी उनमें इन आँखों से भी हजार गुनी नफरत भरी होगी। और सबसे खतरनाक बात तब होगी जब भयानक और बदनाम दानव तुझे हमेशा घेरे रहेंगे और कभी चैन नहीं लेने देंगे। बुरी जादूगरनियाँ तुझे पहाड़ों पर तेरी कमर तोड़कर, झुका देंगी " इतना कहकर स्कर्नर चुप हो गया।

ग्रेड अपनी जगह पर बैठी काँप रही थी। उसे पसीना आ रहा था और वह डर से मूर्च्छित होने को हो गई। जब स्कर्नर चुप हुआ तो उसने अपनी आँखें खोलीं और स्कर्नर को घूरते देखकर वह चिल्लाई। स्कर्नर उसकी हालत देखकर मन ही मन हँसा और फिर बोला : "अभी और सुन, क्योंकि खास बातें तो अब आयेंगी। जो आत्मा को दुख में डुबोती है वह मौर्न तुझमें आकर समा जायगी। जहाँ तुझे मैं यातना सहने भेजूँगा वहाँ बीमारी के दानव रहते हैं और वे सब तुझे घेर कर तेरे कष्टों को नित्य बढ़ाते रहेंगे। पागलपन के दानव टोप और मिर्गी के दानव ओप का तुझ पर निरन्तर हमला हुआ करेगा। तुझे रात-दिन कभी चैन नहीं मिलेगा। खाने के लिये सड़ा मांस और पीने के लिये जहर मिलेगा। रोज सुबह दर्द से कराहती हुई और जमीन पर घिसटती हुई तुझे पहाड़ की ऊँची चोटी पर चढ़ना पड़ेगा जहाँ से तुझे हैला का वैभव दिखाई देगा। पर तू चाहे जितनी कोशिश करे, वहाँ तक कभी नहीं पहुँच सकेगी और फिर-फिर कर तुझे उसी दुख की गार में रहना पड़ेगा।"

स्कर्नर ने वह जादू का डंडा ऊपर उठासा और उससे ग्रेड को मारने के लिये खड़ा हो गया और बोला : "देख, फ्रे को इन्कार करने का नतीजा देख। मैं तेरी हालत ऐसी कर देता हूँ कि तू भी हमेशा याद करती रहे कि महाबली स्कर्नर से धृष्टता से पेश आने का नतीजा क्या होता है ?"

तभी ग्रेड ने ऊपर हाथ उठाकर चिल्लाकर उससे काँपती आवाज में कहा : "ठहरो, ठहरो स्कर्नर, ऐसा न करो और जो कहा है उसे एकदम पूरा करने पर ऐसे मत तुल जाओ। ठहरो और मुझे कुछ समय दो और इस बीच यह पुरानी और मीठी शराब जो मेरी नौकरानी लाई है, इसे पीकर शांत होओ। इतना क्रोध अच्छा नहीं हुआ करता। मैंने कभी जीवन में एक बार भी नहीं सोचा था कि मुझे एक वाना-देवता से प्रेम करके उसकी स्त्री बनना पड़ेगा।"

पर स्कर्नर इन सब बातों से शांत नहीं हुआ और कड़क कर बोला : "नहीं मैं तेरी लुभावनी बातों में नहीं आऊँगा। मैं तेरी दी हुई शराब भी नहीं पीऊँगा। पहले तू मुझे जवाब दे कि फ्रे से विवाह करेगी या नहीं।"

ग्रेड बोली : "अच्छा तो तुम मेरा संदेशा लेकर फ्रे के पास जाओ और कहो कि मैं उससे विवाह करने को तैयार हूँ पर मेरी शर्तें उसको और तुमको माननी पड़ेंगी।" और वह उत्तर की प्रतीक्षा में चुप हो गई। इन मधुर शब्दों को सुनते ही स्कर्नर खुश हो गया और एकदम उसका रूप बदल गया। वह भयानकता अब नहीं रही और उसकी आँखों में प्रेम बहने लगा। और वह हँसी से फूला नहीं समाता था। वह बोला : "हाँ, हाँ, शर्तें कहो।" ग्रेड बोली : "आज के बाद नौवीं रात्रि के समय मैं फ्रे से विवाह करूँगी और तब फ्रे खुद आकर मुझसे विवाह करे और मुझे साथ ले जाय···और ··"

"हाँ, हाँ और ···" उत्सुकता से स्कर्नर बोला।

"और तब फ्रे अपने हाथों से मेरे पिता को यह जो तेरे हाथ में विश्वविजयी तलवार है इसे दे देगा," दृढ़ता के साथ ग्रेड बोली।

"अर्थात् यह तलवार तेरे पिता गायमर की हो जायगी," स्कर्नर ने बात साफ की।

"हाँ, और मैं फ्रे की हो जाऊँगी," ग्रेड ने बात और भी साफ कर दी।

अब स्कर्नर उसके पास से फौरन हटा और किले के फाटक की तरफ तेजी से भागा और वहाँ एक ही छलांग में अपने चौड़े स्लीपनर पर सवार हो गया। स्लीपनर उसे वायुवेग से आकाश मार्ग से लेकर उड़ा। उसे अब इतनी जल्दी पड़ रही थी कि वह एक क्षण भी नष्ट नहीं करना चाहता था। उसने स्लीपनर के एक एड़ कसकर लगाई जिससे वह और भी दुगुनी तेजी से उड़ने लगा और शीघ्र ही उसे असगार्ड में ले आया।

जब स्कर्नर फ्रे के पास पहुँचा तो उसने देखा कि वह अधमरा होकर पृथ्वी पर पड़ा था और लंबी-लंबी साँसें ले रहा था और हर घड़ी उसी की राह देख रहा था। स्कर्नर को देखते ही वह उठ बैठा : और उत्सुकता से पूछ बैठा : "कहो स्कर्नर, मेरे दोस्त, क्या हुआ ?"

"वह रजामन्द है," एकदम स्कर्नर ने उसको दिलासा देने के लिये कह दिया। यह सुनते ही फ्रे उठकर खड़ा हो गया और एकदम स्फूर्ति से भर गया और खुशी से नाचने लगा।

तब स्कर्नर ने कहा : "आज के बाद नौवीं रात्रि के समय ग्रेड तुम्हारी स्त्री बनेगी और तुम्हें इतने दिन और उसकी प्रतीक्षा करनी होगी।"

"हाय, अभी नौ दिन बाकी हैं," कहकर वह फिर दुख से बैठ गया।

"और ग्रेड के बाप को बदले में विश्वविजयी तलवार भी देनी पड़ेगी," स्कर्नर ने कहा।

"बहुत अच्छा, बहुत अच्छा," धीरे से फ्रे बोला, "पर ग्रेड के बिना तो एक दिन भी लंबा है और दो दिन तो जैसे बरसों हो गये हों फिर भला मैं यह नौ दिन कैसे काटूंगा। तुम हालांकि आधी ही रात में सब समाचार ले आये हो पर फिर भी यह समय मुझे महीनों जैसा लगा था। अब तो नौ लंबे दिन और आठ लंबी रातें काटनी पड़ेंगी।"

स्कर्नर ने उसे हिम्मत रखने को कहा और अपने घर को चला गया। असगार्ड में देवता लोगों को जब सब बातें मालूम पड़ीं तो सभी को ग्रेड के आने की बात तो अच्छी लगी पर साथ ही साथ इस तरह से विश्वविजयी तलवार हाथ से निकल जाना बुरा मालूम हुआ।

फ्रे बड़ी मुश्किल से दिन बिता रहा था और उसे एक-एक दिन कई-कई वर्षों जितना लम्बा प्रतीत हुआ और आखिरकार जब अवधि समाप्त हुई तो वह बड़ा हौसला लेकर खुशी से नाचता हुआ ग्रेड के पास पहुँचा और उसने गायमर को वह तलवार भेंट की। गायमर ने अपनी बेटी ग्रेड उसे दी और उसका विवाह कर दिया। फ्रे की खुशी का अब ठिकाना न रहा और वह बार-बार ग्रेड की सुन्दरता देख-देखकर प्रेम में झूमने लग गया। उसे लेकर ओडिन के घोड़े स्लीपनर पर बैठकर असगार्ड वापस आ गया।

इस तरह असगार्ड के खिलाफ बनाई गई तलवार जो चालाकियों से असगार्ड में ही आ गई थी, अब एक बार फिर असगार्ड से बाहर चली गई। फ्रियंजा के प्रेम ने जब

स्विपगैंड को मोहित कर लिया था और जब वह उसकी स्त्री बन गई थी तभी से स्विपगैंड ने असगार्ड से शत्रुता छोड़ दी थी और वहीं रहने लग गया था। विश्वविजयी तलवार उसी की थी और उसके साथ तब असगार्ड में ही रह गई थी जो बाद में फ्रे को दे दी गई थी। अब वह ग्रेड के प्रेम के खातिर फिर बाहर चली गई।

इस तलवार को वापस पाने के लिये दानव बहुत कोशिश कर रहे थे और गायमर की स्त्री गुलवीग-होडर तो खासकर इसी फिराक में रहती थी। वह अर्नवीड की भयानक चुड़ैल अब भी सुंदरी का रूप धारण करके असगार्ड में लोक की स्त्री बनकर रहती थी। उसका काम ही बुराइयाँ पैदा करना था।

कहावत प्रसिद्ध थी कि जब ओडिन भविष्य में कभी गनलैंड के साथ जुल्म करेगा तब उस गलती का बदला लेने के लिए सुरथुर इसी विश्वविजयी तलवार को लेकर असगार्ड पर हमला करेगा और इसीलिये वह तलवार असगार्ड के कब्जे से बाहर निकल गई थी।

और जब फ्रे अपनी नई स्त्री ग्रेड को लिये बैठा था तो लोक ने उसे छेड़ा और कहा : "ड्रौपर जैसे खजाने और विश्वविजयी तलवार देकर तुमने गायमर से उसकी लड़की ग्रेड मोल ले ली है। हा! हा!! और जब सुरथुर और उसके पुत्र लोहे के जंगलों में तेरे विरुद्ध युद्ध को आयेंगे तब देखूंगा ओ अभागे! कि उनसे तू तब किस प्रकार युद्ध करेगा। तब तू रोयेगा कि हाय अपना अस्त्र तो मैं एक स्त्री के पीछे खो बैठा।"

पर उस समय फ्रे ने लोक की बात की कोई परवाह नहीं की और क्रोधित होकर लोक पर एक पत्थर खींच कर मारा। लोक चला गया। फ्रे और ग्रेड हँस-हँसकर पेड़ की छाया में विश्राम करते हुए आनन्द मनाने लगे।

थजासे की मृत्यु

लोक की बदमाशी और चालाकियों के कारण आये दिन असगार्ड में एक न एक मुसीबत आती ही रहती थी। जिस प्रकार उसकी स्त्री गुलवीग-होडर की चालाकियों से फ्रियैजा असगार्ड से हटाकर, उसके भाई बेली चिल्लाने वाले के पहाड़ी किले में बंद कर दी गई थी उसी तरह जब एक दिन देवी ईडुन असगार्ड से गायब हो गईं तो वहाँ हाहाकार फैल गया। ईडुन जवान देवी थी और अत्यंत सुंदरी थी और उसी के पास वह सोने के सेब के फल थे जिनके कारण सभी जगह जवानी फैली रहती थी। यह सेब निरंतर जवानी बनाये रखने वाले थे। ईडुन उन्हें हमेशा अपने एक बंद ढकोले में बाँधकर रखती थी और जब वह उसमें से एक फल निकालती तो अपने आप ही अंदर एक फल पैदा हो जाता और इस तरह जवानी फैलाई जाती और कभी खर्च भी न होती और सदा वैसी की वैसी ही बनी रहती थी। इन्हीं सेबों के कारण देवता लोग अमर बने हुए थे और अब जब ईडुन गायब हो गई थी तो सभी बड़ी जल्दी-जल्दी बुड्ढे होने लग गये।

हुआ यह था कि एक दिन ओडिन, लोक और होनर—तीनों देवता इकट्ठे किसी यात्रा पर निकले। ह्वर गेल्मर और ऐविलेगर नदियों के पार वे लोग इवैल्डे के पुत्रों के देश में जाकर उनसे मिलकर झगड़ा खत्म कराने की नीयत से वहाँ जा रहे थे।

उधर थजासे-वोलैंड बाज के कपड़े पहन कर माईमर के कारागार से उड़कर भाग आया था और उसने जो इन लोगों को अपने देश की ओर जाते देखा तो वह छिपकर इनकी प्रतीक्षा करने लगा। जब शाम हुई और अँधेरा छा गया तब देवता लोग एक ओक के पेड़ों से घिरी घाटी में आराम से लेट गये। उन्होंने अपने से थोड़ी दूर पर कुछ रीछों को चरते देखा। उन्हें भूख तो बड़े जोरों से लग ही रही थी, बस वह उठे और उन्होंने एक रीछ को फौरन मार डाला और आग जलाकर उसको भून लिया। जहाँ ये लोग बैठे थे उसी जगह थजासे-वोलैंड का बनाया हुआ एक जादू का डंडा पड़ा था जो उसने देवताओं से और उनमें भी खास तौर से लोक से बदला लेने के लिये बनाया था। उसको अब लोक ने ही चुपचाप उठाकर अपने पास रख लिया।

थोड़ी देर बाद एक बहुत बड़ा बाज आकाश में उनके ऊपर मँडराता हुआ नीचे आया। देवता लोग उसके बड़े कद और उसकी आँखें देखकर फौरन पहचान गये कि वह थजासे-वोलैंड ही था जिसके राज्य की भूमि में उस समय वे लोग बैठे थे। आग पर जो रीछ रखा हुआ था बड़ी देर भूनने के बाद भी नहीं पका और न आसानी से काटा ही जा सका। इस बात को ओडिन फौरन समझ गया कि उस रीछ पर थजासे-वोलैंड ने जादू कर दिया है और तभी वह पकता नहीं था। उसने उस बड़े बाज से कहा : "ओ आभूषणों के बनाने वाले ! तू ऐसा क्यों करता है ?"

थजासे-वोलैंड बोला : "इसलिये कि मैं अपना हिस्सा चाहता हूँ।"

ओडिन को थजासे की कोई चालबाजी मालूम नहीं थी इसलिये उसके कहने से वह फौरन खाना बाँटने पर तैयार हो गया। अब थजासे-वोलेंड नीचे आ गया और भुने हुए रीछ के पास आकर बैठ गया। जब खाने का बँटवारा होने लगा तो थजासे ने सबसे बड़ा हिस्सा माँगा। उसने इतना ज्यादा हिस्सा माँगा कि उसका टुकड़ा ओडिन, लोक और होनर तीनों के टुकड़ों से भी दुगुना था। इस पर झगड़ा हो गया। जब थजासे नहीं माना तो गुस्से से लोक ने उसको वह जादू का डंडा मार दिया। उस डंडे का थजासे के शरीर में लगना था कि बस लोक फँस गया। वह डंडा एक तरफ से लोक के हाथ में चिपक गया और दूसरी ओर उसे थजासे ने अपने पंजों में कस लिया। लोक ने अपनी मुट्ठी खोलकर उसे छुड़ाना चाहा पर मुट्ठी न खोल सका और अब झपटकर थजासे (बाज) आसमान में उड़ा और लोक उसके साथ लटकता चला गया। उड़ता हुआ थजासे ऊपर आसमान में पहुँच गया और लटका-लटका उसके साथ बहुत ऊँचाई पर जा पहुँचा। अब थजासे नीचे आने लगा क्योंकि लोक बहुत भारी था और उसके बोझ के कारण थजासे नीचे झुकता चला आया। वह ओक के पेड़ों के ऊपर से उड़ा जा रहा था। जब उसने ऐसा किया तो नीचे लटके लोक के शरीर में बार-बार ओक से टक्कर लगने लगी और उसके इतनी चोटें लगीं कि वह दर्द से चीखने लगा और छूटने का निष्फल प्रयत्न करने लगा।

वह बहुत डरा और गिड़गिड़ाने लगा और उसने थजासे से कहा : "हे थजासे ! तू जो चाहे मुझसे ले पर मुझे छोड़ दे, क्योंकि अब मुझसे पेड़ों की चोटें नहीं सही जाती हैं।"

थजासे बोला : "चाहे जो माँग लूं ?"

"हाँ माँग ले," फौरन लोक बोला।

"तो मुझे मेरी बहिन ईडुन दे जिसे तू देवताओं के पास उस समय ले गया था जब हम सब इवैल्डे के पुत्र देवताओं के मित्र थे। अब क्योंकि देवता लोग मेरे शत्रु हो गये हैं, मैं ईडुन को वापस चाहता हूँ, बोल ला देगा उसे ?"

लोक तो मुसीबत में पड़ा ही था। बोला : "हाँ, मैं वायदा करता हूँ कि मैं चुपचाप तुझे ईडुन को वापस कर दूँगा पर इस समय मेरे प्राण बचा।"

थजासे ने उसे नीचे लाकर पृथ्वी पर छोड़ दिया और तब वह ओडिन और होनर के साथ असगार्ड को चला गया। वहाँ जाकर उसने चुपचाप ईडुन को बहकाया और उससे बोला : "ईडुन, तुम्हारी जैसी सुंदरी हमेशा असगार्ड की चहारदीवारी में ही बंद रहे यह बात ठीक नहीं है। इसलिये तुम्हें कभी-कभी बाहर भी घूमने जाना चाहिए। मेरे साथ चलो तो तुम्हें जौटान-हीम तक घुमा लाऊँ।"

उस दिन तो ईडुन नहीं गई पर उसी समय से उसके मन में घूमने जाने की इच्छा उत्पन्न हो गई।

थोड़े दिनों बाद जब एक दिन फिर लोक ने उसे छेड़ा तो वह फौरन चलने को तैयार हो गई और रात के अँधेरे में वह लोक के साथ असगार्ड के बाहर चली। जब वह वहाँ से दूर चली आई तभी थजासे उसके पास आ गया और लोक वहाँ से चुपचाप खिसक

आया। थजासे अपनी बहिन ईडुन को वहाँ से ले गया और लोक ने असगार्ड में जाकर ऐसा भाव दर्शित किया जैसे वह कुछ जानता ही न था।

आखिरकार जब असगार्ड में बुढ़ापा छाने लगा तो देवता घबराये और ईडुन को ढूंढ़ने लगे। सभी को लोक पर शक हुआ और उन्होंने उसे पकड़ कर कहा कि यदि वह शीघ्र ही ईडुन को वापस नहीं लायेगा तो वे उसे जान से मार देंगे। अब लोक बहुत घबराया और उसने प्राण बचाने के लिये कहा : "मैं वायदा करता हूँ कि ईडुन को शीघ्र ही, जहाँ भी वह होगी, वापस ले आऊँगा। यह सच है कि मैंने ही ईडुन को उसके भाई थजासे के पास ले जाकर छोड़ दिया है।"

और उस जमाने में, जब ईडुन असगार्ड में नहीं रही, तब वहाँ बड़ी-बड़ी मुसीबतें आईं। असगार्ड के साथ-साथ मिडगार्ड में भी दुख छा गया। देवता लोग उसके न रहने से बुड्ढे होने लगे और उत्तर से ठंडी हवायें चलने लगीं और वहाँ से बर्फीले दानव दक्षिण की ओर दल के दल बाँधकर आने लगे और तूफान छोड़ने लगे। यह बातें वे खूब जानते थे कि देवताओं का रक्षक हाफ-डान तो मर ही गया था और जब ईडुन चली गई थी तो उनकी शक्ति और भी कम हो गई है। मनुष्यों की दुनिया में भी वे बर्फ के तीर मारने लगे जिससे मनुष्य और जीव-जन्तु मरने लग गये, फसलें नष्ट हो गईं। स्वर्ग में खलबली मच गई। दीर्घकाय भेड़िये सूर्य और चन्द्रमा के बहुत करीब उन्हें खाने के लिये पहुँच गये। उर्द के फव्वारे से दुनिया के पेड़ यागड्रॅसिल को गर्मी पहुँचनी भी बंद हो गई और वह भी सूखने लग गया। जौटन-हीम में खुशी की लहर छा गई और जगह-जगह उत्सव मनाये जाने लगे। दानव लोग शराब पीकर जोर-जोर से बदला लेने के गाने गाने लगे। उनके गाने असगार्ड में भी सुनाई देते थे जिन्हें सुन-सुनकर देवता लोग जो नित्य बुड्ढे हो रहे थे डर कर काँपते। अब देवताओं ने समझा कि शीघ्र ही उनका अंत आ गया था। उन्होंने सोच-विचार कर माईमर के यहाँ दूत भेजे कि वहाँ जाकर नोर्न्स अर्थात् नजूमियों से देवताओं के भविष्य के बारे में पूछ आयें।

ईडुन जो जवानी की देवी थी, उसके चले जाने से असगार्ड में बहुत दुख फैल गया। जौटन-हीम के दानवों के भाले अब उनकी ओर और मनुष्यों की ओर उठ गये थे और मिडगार्ड में हाहाकार फैल गया।

अब लोक सीधे जौटन-हीम पहुँचा और जब थजासे कहीं बाहर गया था उस समय वह उसके घर में घुसा और ईडुन को अकेला पाकर उस पर उसने जादू चलाया और उसे एक सुपारी बनाकर अपने परों में छिपा लिया। लोक इस समय फ्रियैजा के चिड़िया बन कर उड़ने की पोशाक पहने हुए था। जब वह उड़ा और असगार्ड की ओर चला तो उसने ईडुन को अपने पंजों में दबा लिया। पर लोक बड़ा चालबाज था। उसने चलते-चलते तरकीबों से थजासे को बतला दिया कि वह ईडुन को उड़ाये लिए जा रहा है। जब थजासे को मालूम हुआ तो वह क्रोध में भर गया और बाज बनकर उसने उड़ते हुए लोक का पीछा तेजी से किया। लोक बहुत तेजी से उड़ा और हवा में तैरता हुआ असगार्ड की ओर भागा। थजासे इतनी तेजी के साथ उड़ा कि वह लोक के बिलकुल करीब आ गया। पर अब तक लोक असगार्ड की चहारदीवारी के

के अंदर आ चुका था । वह तो असगार्ड में घुस गया, पर थजासे जब चहारदीवारी के ऊपर उड़ा तो उसकी खाई में जलने वाली आग की लपटों ने ऊँचे उठकर उसे जला दिया जिससे उसके पर जल गये और वह बुरी तरह घायल होकर असगार्ड के अंदर गिर गया । उसके गिरने से बड़ा भारी शब्द हुआ और तब थौर ने अपने हथौड़े से उसे वहीं मार डाला । इस तरह थजासे-वोलेंड, जिसने विश्वविजयी तलवार बनाई थी, थौर के हाथों मारा गया । ईडुन के असगार्ड वापस आ जाने से देवता लोग फिर जवान बन गये और सभी जगह आनन्द छा गया । असगार्ड, मिडगार्ड और मनुष्यों की दुनिया में जवानी छा गई और जौटन-हीन से बर्फीले तूफान भी बंद हो गये, दानवों का उपद्रव भी बंद हो गया ।

लोक की शैतानी से जो इतना दुख फैला था वह थजासे की मृत्यु से खत्म हुआ । लोक की चालों से ही वह कारीगर मृत्यु को प्राप्त हुआ ।

भयंकर हाथ

एक लम्बे अर्से से जब असगार्ड पर एक के बाद एक मुसीबत आती रही तो देवता लोगों ने आश्चर्य किया कि आखिर वह कौन सा कारण था जिसके रहते झगड़े पर झगड़ा खड़ा होता ही चला जाता है और शांति कायम नहीं रहती। वे सभी इकट्ठे बैठकर कारण ढूंढ़ने का प्रयत्न करते हुए आपस में सलाह-मशविरा करने लगे। उन्होंने यह भी ढूंढ़ना चाहा कि वह कौन था जिसकी बुरी सलाहों में आकर परम सुंदरी फ्रियैंजा बहक कर असगार्ड से बाहर चली गई।

देर तक बातें होती रहीं और सभी को शक हुआ कि हो न हो यह काम लोक की स्त्री गुलवीग-होडर का है। यह लोहे के जंगलों की चुड़ैल थी और बुराइयों की खान थी। भयानक दानव गायमर की वह स्त्री थी और असगार्ड में सुंदरी स्त्री का रूप धारण करके लोक की स्त्री बनी हुई थी। वह असगार्ड में फ्रियैंजा की सखी बनी रहती थी और मौका देखकर उसे बुरी बातें सिखाया और ललचाया करती थी। उसे औरबोडा और ऐंगरबोडा भी कहा जाता था। गायमर, जिसके पास फ्रे के द्वारा विश्वविजयी तलवार पहुँच गई थी, अब बड़ी ठसक से रहा करता था। गायमर और इसी गुलवीग-होडर की पुत्री का नाम ग्रेड था जिसको गायमर ने फ्रे को स्त्री रूप में देकर उससे वह तलवार ली थी। गुलवीग के लड़के का नाम बेली था जो बुरी तरह चिल्लाने में प्रसिद्ध था और उसे लोग बेली हाऊलर भी कहते थे। इसी बेली को फ्रे ने मार डाला था। इसी गुलवीग होडर ने उस तलवार को पा लेने के लिए बड़े-बड़े प्रयत्न किये थे और जब उसके पति गायमर ने आखिर बेटी देकर उसे पा लिया तब तो उसकी खुशी का ठिकाना ही न रहा।

उसने अपना 'सखी का काम' इतनी अच्छी तरह पूरा किया था कि बुरा करते हुए भी वही फ्रियैंजा की सबसे ज्यादा विश्वस्त मालूम होती थी। उसने ऐसा सुंदर रूप धारण किया था कि उसकी भोली सूरत देखकर कभी किसी को उस पर शक नहीं होता था। उसने फ्रियैंजा के बड़े-बड़े काम भी ऐसी चतुरता से पूरे किये थे कि वह उससे बहुत ज्यादा खुश थी। फ्रियैंजा ने एक बार उसे पृथ्वी पर आदमियों के ऊपर मेहरबानी करने भी भेजा था और तब उसने उसका काम इतनी सफलतापूर्वक किया था कि फ्रियैंजा का उस पर पूर्ण विश्वास हो गया था।

एक बार आदमियों में एक राजा और रानी रहते थे। उनको साथ-साथ रहते बहुत समय बीत गया पर उनके कोई संतान नहीं होती थी। दुखी होकर उन्होंने देवी फ्रियैंजा से प्रार्थना की और उसके नाम पर बलि भी दी। प्रसन्न होकर फ्रियैंजा ने ओरबोडा से कहा : "गुलवीग, तू कौआ बन जा और पृथ्वी की ओर नीचे उड़ जा।" और तब उसे सब बातें समझा दीं।

गुलवीग कौआ बनकर उड़ी और याग्ड्रैसिल कल्पवृक्ष में से पैदा करने का बीज लेकर सीधी उस रानी के पास पहुँची और उसे उसने वह बीज देकर कहा : "देवी फ्रियैंजा की कृपा से तू पुत्रवती होगी। ले यह बीज खा ले।" वह रानी गर्भवती हो गई और थोड़े महीनों के बाद उसके एक सुन्दर पुत्र उत्पन्न हुआ था जिससे राजा-रानी बहुत खुश हुए।

गुलवीग सफलतापूर्वक जब असगार्ड वापस आई तो उसका नाम फैल गया और उसकी कद्र बढ़ गई।

वह उन भेड़ियों की माँ थी जो निरन्तर सूर्य और चन्द्रमा का पीछा किया करते हैं, वह पूर्वी तूफानों को छोड़ने वाली चुड़ैल थी और अपनी आँधियों से पश्चिमी समुद्रों के राजा एईगिर के मौत के जबड़े में बड़े-बड़े जहाजों को बहाकर पहुँचा देती थी और जिसके तूफानों में उसका भयानक संगीत मिला रहता था, असगार्ड में काफी दिनों तक धोखाधड़ी करती हुई बुराई का विष फैलाती रही और अब जब पकड़ ली गई तो देवताओं ने उसके साथ सख्ती के साथ पेश आने की सोची।

फ्रियैंजा को बहकाने वाली गुलवीग-होडर को वे लोग देखकर गुस्से से बकने लगे। जब उन्हें पता चला कि इसी दुष्टा औरबोडा ने अपने विषैले जादू द्वारा असगार्ड की हवा तक दूषित कर दी है जिसके कारण सभी देवता और नीचे पृथ्वी पर मनुष्य धोखे में पड़े रहते हैं तो उनके गुस्से का ठिकाना ही न रहा। लोक जब बुराइयाँ पैदा करता था तो उनको बढ़ावा देने के लिये यही चुड़ैल देवताओं और मनुष्यों के दिलों में ऐब पैदा किया करती थी।

देवताओं के ऊँचे थिंगस्टैड में जब यह बात हो ही रही थी कि किस प्रकार गुलवीग को दण्ड दिया जाय, तभी थौर अपना भारी हथौड़ा मजौल्नर लेकर क्रोधपूर्वक कूद पड़ा और उसने जाकर गुलवीग-होडर औरबोडा को पकड़ लिया। वह गहरी घाटियों में छिपी बैठी थी पर थौर ने उसे ढूंढ़कर निकाल ही लिया। थौर ने उसके सिर पर अपना मजौल्नर दे मारा। वह जाकर उसके सिर पर इतने जोर से लगा कि वह एक बार बड़े जोर से चीखी और नीचे गिर गई। आज उसे इतनी सारी बुरी बातों की सजा मिली थी। तब देवताओं ने वालहाल में एक बहुत बड़ी चिता बनाई और उसमें उसका शरीर जला डाला। उन्होंने अपने-अपने भालों को औरबोडा के शरीर में घुसाकर उसके शरीर को ऊपर उठा लिया और उस चिता की ऊँची लपलपाती लपटों में उसे ऊपर ही भालों पर जलाया। वे तब तक खड़े-खड़े उसे जलाते रहे जब तक वह जलकर बिलकुल राख नहीं हो गई। जब वह राख होकर बिखर गई तो सब वापस लौटे पर जैसे ही वापस लौटे, औरबोडा की राख उड़कर इकट्ठी हुई और एक झटके के साथ वह फिर जीवित होकर उठ बैठी। ओडिन ने मुड़कर देखा तो वह भागी जा रही थी। स्लीपनर पर बैठकर वह उसके पीछे भागा। औरबोडा और तेज भागी पर स्लीपनर ने जाकर उसके सिर पर अपनी टाप से प्रहार किया और फिर वह गिर गई। देवताओं ने उसे फिर जला दिया पर वह फिर जी उठी। इसी तरह उसे तीन बार जलाया गया और वह तीनों बार जीवित हो उठी। अबकी बार देवताओं ने उसे जलाकर उसकी राख दूर-दूर बिखेर दी पर इस

बार उसका दिल अधजला रह गया था। दिल जीवन का घर होता है। लोक ने उसे देखा तो झटके से उस अधजले दिल को वह मुँह में डालकर निगल गया। इस तरह औरबोडा का बुरा दिल लोक में समा गया। वह उसके वाद और भी ज्यादा-ज्यादा बुराइयों में भाग लेने लग गया। बुराइयों की दानवी होडर फिर भी मारी नहीं जा सकी। वह अबकी जाकर लोहे के वन में सजीव हो उठी जहाँ वह हमेशा रहेगी। देवताओं के क्रोध और बदला लेने की भावना से दूर वह वहीं रहने लगी। पर असगार्ड में वह न घुस सकी।

औरबोडा-गुलवीग-होडर अब अपनी बेटी ग्रेड के पास गईं। ग्रेड अपने पति फ्रे के साथ रहती थी। और फ्रे था पराक्रमी वाना-देवता। चूंकि वे लोग अब उसके रिश्तेदार हो गये थे, गुलवीग ने वहाँ जाकर आसा-देवताओं के खिलाफ उन्हें लड़ने के लिये उभाड़ा और कहा कि : "तुम लोग मेरे रिश्तेदार हो और मुझे जब आशा-देवता लोग इतना कष्ट दे चुके हैं तो यह तुम्हारा कर्त्तव्य है कि तुम मेरी तौहीन का बदला लो।" हालांकि वाना लोग भी आसा-देवताओं की तरह ही उससे व उसकी जादूगरी से डरते और नफरत करते थे पर फिर भी ग्रेड की वजह से उसकी चिकनी-चुपड़ी बातों में आ ही गये। वे लोग अब आसाओं से झगड़ने लगे कि उन्होंने गुलवीग-होडर को जलाया तो कैसे और क्योंकर जलाया। उधर से आसा लोग भी झगड़ा करने लगे और औरबोडा के दोषों को खोल-खोलकर चिल्लाने लगे। वह जितनी ही सफाई देते उतना ही वाना लोग और अकड़ते जाते। इसी तरह जब बहुत देर हो गई और शोर होता रहा तो ओडिन से देखा न गया और क्रोध से वह लाल हो गया। उसने अपना भाला खींच कर दोनों पक्षों के बीच में फेंका। बस फिर क्या था, भाला जो बीच में पहुँचा तो एकदम खामोशी छा गई। अब न वाना वोलते थे न आसा ही। भाले का इशारा साफ था कि बातों का युद्ध खत्म हो गया और अब जो वानाओं में दम है तो आ जायँ, अस्त्रों का युद्ध प्रारंभ हो गया है।

कमबख्त औरबोडा के ऐबों से इस तरह वाना-देवताओं और आसा-देवताओं में युद्ध छिड़ गया और थोड़ी ही देर बाद दोनों तरफ से लड़ाई के बाजे बजने लग गये।

उसी समय पृथ्वी पर भी मनुष्यों का एक बहुत बड़ा युद्ध छिड़ गया जो कि पृथ्वी के महायुद्ध के नाम से आज तक प्रसिद्ध है।

सारे विश्व में इस प्रकार फूट डालकर युद्ध कराने में सफल होकर गुलवीग-होडर बहुत प्रसन्न हुई। लोहे के वन में रहने वाली, ठंडे दिल वाली वह चुड़ैल जब खुश हुई तो उसने अपने पति गायमर (जिसे एगथर भी कहते हैं) के साथ हँस-हँसकर नाचने लगी। एगथर भी खुशी से उसका साथ दे रहा था क्योंकि विश्वविजयी तलवार का वह अब खुद मालिक था। जब कयामत के दिन बदला लिया जायगा तब सुरथुर का भेजा हुला फजालर-सुत्तुंग (गायमर) एगथर के पास, हैला के लाल मुर्गे का भेष धारण करके जायगा, और उससे वह विश्वविजयी तलवार ले लेगा और फिर ओडिन से उसके जुल्मों का बदला लेगा। औरबोडा यह सब जानती थी और खुश थी कि कभी न कभी ओडिन अपने घमंड के कारण जरूर मारा जायगा। वह उसे अपना सबसे बड़ा दुश्मन मानने लग गई थी।

जब युद्ध छिड़ गया और वाना और आसा लोग आपस में लड़ने को तैयार हो गये तो नजौर्ड के सेनापतित्व में वाना लोग असगार्ड छोड़कर बाहर चल दिये। जब सब लोग असगार्ड से बाहर आ गये तभी स्केड ने नजौर्ड से कहा : "मैं, स्केड, अब तेरी स्त्री बनकर न रहूँगी।" उसे अपना पति बिलकुल पसंद नहीं था। वह उससे पीछा छुड़ाने को बहुत दिनों से मौका ढूंढ़ रही थी। अब तक असगार्ड में रहकर आसा-देवताओं के सामने ऐसा कहने में डरती थी क्योंकि उसे उन लोगों का भय था। अब जब उसने देखा कि आसा और वाना तो लड़ ही गये, फिर तो उसमें नई हिम्मत आ गई और उसने नजौर्ड को फटकार दिया।

एक लंबे अर्से से वह अपने पिता थजासे-वोलेंड के देश थ्राईम-हीम के जंगलों में जाना चाह रही थी क्योंकि यहाँ समुद्र के किनारे जहाँ नजौर्ड उसे रखना था उसे बिलकुल अच्छा नहीं लगता था और ज्वार-भाटों के शोर से उसे रात को नींद भी नहीं आती थी। थ्राईम-हीम के ऊँचे-ऊँचे और खामोश जंगल, फैले हुए मैदान और ओक के घने जंगलों के लिये वह तड़पा करती थी। अब उसे जो मौका लगा तो नजौर्ड को छोड़कर वह अपने उसी स्थान की ओर चल दी।

उसके कई बार जिद करने पर नजौर्ड ने उसे केवल नौ दिन और नौ रात के लिये ही उसके पिता के देश भेजा था और उसके बाद उसे फिर वहीं समुद्र के किनारे शोरगुल में ले आया था। अब जो वह आजाद होकर थ्राईम-हीम गई तो फिर नजौर्ड के पास कभी नहीं लौटी। इसके बाद जब कभी चाँदनी रात होती और आकाश में उसके पिता थजासे-वोलेंड की आँखें चमकती होतीं तो स्केड पैर में लंबे-लंबे जूते पहन कर बर्फीले पहाड़ों पर ऊपर से नीचे तक वायुवेग से फिसला करती और उसी जोर में नीचे से ऊपर चढ़ जाती और घने जंगलों और बर्फीले मैदानों में भालू और भेड़ियों का शिकार अपने तीरों और भालों से दौड़-दौड़ कर किया करती। इस तरह वह इतनी खुश रहती कि नजौर्ड के पास वापस जाना तो उसने कभी ठीक नहीं समझा।

नजौर्ड की स्त्री तो गई पर आसा लोगों से युद्ध तो बाकी था। उसने हिम्मत से काम लिया और वह वानाओं को लेकर बढ़ा। नजौर्ड बड़ा प्रचंड योद्धा था। वह घोर युद्ध करने लगा। ओडिन और आसा-देवता लोग अब भारी दुख मनाने लगे और विश्वविजयी तलवार जो उनके हाथ में आकर भी वापस चली गई थी उसके लिये बहुत अफसोस करने लगे। फिर भी आसाओं के योद्धा बड़ी बहादुरी और चकित कर देने वाले साहस से लड़े। थौर जो महाबली बिजलियों का देवता था बड़े जोरों से मारकाट कर रहा था पर जब उसका हथौड़ा ही टूट गया तो वह अपना पराक्रम दिखाने में असमर्थ हो गया। फिर भी असगार्ड को बचाने के लिए उसने और टायर ने जान लड़ाकर घमासान युद्ध किया। लोक ने अपनी दुष्टता अब भी नहीं छोड़ी और उसने मौका पाकर होनर को पकड़ लिया। उसने सोचा कि इस तरह वानाओं का वह शासक बन जायगा। पर वानाओं को जब पता लगा तो उन्होंने लोक को खूब पीटा और होनर को छुड़ा लिया।

नीचे की दुनिया का मालिक माईमर, सदा से आसा-देवताओं का भक्त था और उन्हें खुश करने का प्रयत्न किया करता था। वानाओं को यह बात मालूम थी। वह शीघ्र

वहाँ पहुँचे और उन्होंने माईमर को पकड़कर उसका सिर काट डाला और उसे चमड़े में लपेटकर उन्होंने ओडिन के पास भेज दिया और कहलाया : "देख तेरे मित्र का सिर हमने काट डाला है।"

ओडिन उस सिर को देखकर बहुत दुखी हुआ और रोया। फिर उसने उस सिर में मरहम लगागा और उस कटे घाव को अच्छा करने लगा। जब घाव पुर गया तो ओडिन ने पवित्र मंत्रों से उस सिर का गा-गाकर अभिषेक किया। जब उसने उसके ऊपर अपने सब जादू-टोने कर लिये तो वह सिर बोलने लग गया। माईमर अपनी बुद्धि और विशेष ज्ञान के लिये हमेशा से मशहूर था और अब ओडिन उस सिर से बोला करता और उससे ज्ञान प्राप्त किया करता था क्योंकि माईमर के मुकाबले में ज्ञानी और कोई नहीं था। जिस प्रकार पुराने लोगों से नये लोग बुद्धिमानी की सलाहें लेते हैं उसी तरह ओडिन उस सिर से हमेशा सलाह लेता।

उधर वानाओं ने क्या किया कि माईमर जैसे बुद्धिमान की खाली जगह पर होनर को जा बिठाया और उसे नीचे की दुनिया का मालिक बना दिया पर वह था अदूरदर्शी और कमअक्ल। भला वह माईमर का सा काम कैसे कर सकता था। पर न तो उसे इस बात की फ़िक्र थी और न वह आगे के लिये कुछ निश्चित ही करता था कि बुद्धिमानी की बातें कैसे की जायें। इस तरह इस युद्ध के कारण नीचे की दुनिया का प्रबन्ध बिगड़ गया और यह सब जानकर औरबोडा बहुत खुश हुई क्योंकि उसे तो लड़ाई-झगड़े, बदइंतजामी और जितनी भी बुरी बातें पैदा होती थीं उन सभी बातों में आनन्द आता था।

परन्तु अबकी बार आसा-देवताओं के भाग्य में जीतना नहीं लिखा था। असगार्ड के बाहर जब शत्रुपक्ष इकट्ठा होकर खड़ा था और अस्त्रों की खड़खड़ाहट हो रही थी और चारों ओर से युद्ध की हुंकारें आ रही थीं, असगार्ड के मुख्य दरवाजे के अंदर ओडिन के पराक्रमी योद्धा इकट्ठे हो रहे थे।

एक शाम जब सब तरफ सन्नाटा था, आसाओं ने चुपचाप असगार्ड का दरवाजा नीचे की ओर खोला और सीधा फैला दिया और जब वह चारों तरफ बहने वाली आग की नदी पर पुल की तरह बिछ गया तो ओडिन उस पर से होकर बाहर निकला। वह अपने घोड़े स्लीपनर पर चढ़ा हुआ भाला ताने आगे बढ़ा। उसका विचार था कि वाना लोग निश्चेष्ट होंगे और इस तरह अचानक हमला करके वह उसे जीत जायगा। पर उसका यह इरादा पूरा नहीं हुआ क्योंकि नजौर्ड जो बड़ी देर से छिपा हुआ बैठा था और जिसने दरवाजा खुलते, नीचा होते और अंदर से ओडिन को स्लीपनर पर बैठकर बाहर निकलते भी देखा था, एकदम खड़ा हो गया और उसने ओडिन पर भयानक तरीके से हमला किया। जैसे ही उसने हमला किया वैसे ही ओडिन एकदम पीछे की ओर लपका और एक ही छलाँग में पुल पार करके असगार्ड में वापस आ गया। आसाओं ने जो यह सब देखा तो फौरन पुल नीचा किया और ओडिन को अंदर ले लिया। पर इस मुड़ामुड़ी और बचाव में उसका स्लीपनर घोड़ा दरवाजे के बाहर ही रह गया। उसके हाथ से निकल जाने के कारण आसाओं में बहुत दुख फैल गया और वे शोक मनाने लगे। पर

तब अँधेरा छा गया और रात आ गई थी इसलिए कुछ किया नहीं जा सकता था । पर उन्होंने मन में समझ लिया कि उनका कमाल का घोड़ा तो अब गया ।

पर जब दूसरे दिन सुबह उजाला फैला और फाटक के बाहर आसाओं ने स्लीपनर को अकेले खड़े हुए पाया तो वे बहुत खुश हुए और उन्होंने फौरन फाटक नीचा किया और उसे पुल की तरह बिछाकर उस घोड़े को नगर के अंदर कर लिया । जब वे उसे अंदर ला रहे थे तो उन्होंने दूर नदी में नजौर्ड के कपड़े तैरते हुए देखे और उन्हें यह देखकर पक्का विश्वास हो गया कि नजौर्ड तो नदी में डूब मरा और उन्हें युद्ध की आशंका जाती रही क्योंकि उन्होंने समझा कि वानाओं का सेनापति तो मर ही गया था । वह निश्चिंत होकर फाटक से हट गये और कुछ तो अपने-अपने घरों को भी चले गये और आनन्द मनाने लगे । पर किसी को भी यह पता नहीं लगा कि नजौर्ड तो स्लीपनर के साथ कब का असगार्ड में दाखिल हो चुका था । वह जिसे मरा हुआ समझ कर बेफिक्र हो रहे थे वह मरा नहीं था बल्कि उन्हीं का नाश करने के लिये असगार्ड के अंदर घुस चुका था ।

जब रात हो गई थी तो उस अँधेरे में वह स्लीपनर पर चढ़कर नदी के किनारे गया था । वहाँ उसने अपने नौकर को मारकर उसके शरीर पर अपने राजसी ठाटबाट के कपड़े लपेटकर उसे नदी के खलबलाते खतरनाक पानी में फेंक दिया था और इस तरह पानी के ऊपर उठती हुई आग की लपटों से बचता हुआ स्लीपनर की पीठ पर बैठकर वह असगार्ड की दीवाल को पार कर गया था और आसा-देवताओं के ऊँचे थिंगस्टैड महल में छिप गया था और उसने घोड़े को तब फिर बाहर भेज दिया था । सबेरा हुआ, आसाओं ने स्लीपनर को लेकर अंदर खुशियाँ मनाईं और बेफिक्र होकर घूमने लगे तथा मौज मनाने लगे तो वह भी उनकी तरफ से निश्चित हो गया और मौका देखने लगा ।

जब देवता लोग अपने-अपने घरों में जाकर आराम करने लगे तभी वह चुपचाप बाहर निकला और लुकता-छिपता सीधा फाटक की तरफ चला । वहाँ पहुँचकर उसने जो सन्नाटा देखा तो अपनी भारी और मजबूत युद्ध की कुल्हाड़ी घुमाकर फाटक पर दे मारी । इतनी जोर से वह फाटक में लगी कि अर्राकर वह टूट गया और नीचे तख्ते की तरह झूल गया और खाई पर पुल बन गया जिस पर एकदम वाना लोग भागते हुए चढ़ आये और शोर मचाते हुए असगार्ड में घुस गये । भारी शोर मचा और हर जगह तोड़-फोड़ और मार-काट शुरू हो गई । नजौर्ड ने अपनी उसी भारी कुल्हाड़ी से भीषण युद्ध किया । आसा लोग जो तैयार नहीं थे युद्ध में शीघ्र ही हार गये हालाँकि उन्होंने जहाँ तक उनसे बन पड़ा डटकर युद्ध किया ।

नजौर्ड का यह युद्ध अद्वितीय था और उसका रूप भी उस समय ऐसा भयानक और डरावना हो गया था कि उसे देखकर सभी डरने लग गये थे । उसके इर्द-गिर्द फ्रे और उल लड़ रहे थे । सिथ के इस पराक्रमी पुत्र उल का युद्ध भी बहुत दुर्धर्ष था और उसकी चपेट में जो आता वह बचकर नहीं जाता था । फ्रियैजा का प्यारा पति और उल का भाई स्विपगैड भी उनके साथ ही आसाओं से युद्ध कर रहा था । सुंदरी फ्रिंग ने

कमाल किया। रही तो वह असगार्ड में ही पर उसने वानाओं का पक्ष बड़ी जोर से लिया क्योंकि वह उसके अपने आदमी थे।

और इस तरह से जब वाना लोगों ने असगार्ड जीत लिया तो आसा देवता असगार्ड छोड़कर भागने लगे। ओडिन तेजी से अपने घोड़े स्लीपनर पर बैठकर भागा। थौर ने अपने सोने के गरजते रथ में अपने दोनों बकरों को जोड़ा और अपने सभी खिदमतगारों को उसमें चढ़ाकर रथ बड़ी तेजी से खुद भगाकर ले चला। आसा-देवता दुखी मन से असगार्ड को वानाओं के हाथ छोड़कर भाग चले। इस तरह वह स्वर्गीय नगर वानाओं के नीचे आ गया और उसकी बदौलत वे लोग सारी दुनिया के अधीश्वर बन गये।

वानाओं ने तब उल को अपना प्रधान बनाया और तभी से मनुष्य लोग उसके नाम पर बलि देने लगे और उसकी पूजा होने लगी। तभी दुनिया में बुरे आदमी ज्यादा-ज्यादा बलि देकर हैला की सुंदर नगरी में अपनी आत्माओं के लिये जगह पक्की करने लग गये। वाना लोग आसाओं की तरह न्यायशील तो थे नहीं। जो उन्हें ज्यादा बलि देता उसी से प्रसन्न होकर उसकी आत्मा को हैला भेज देते थे चाहे वह कितना ही बुरा मनुष्य क्यों न हो।

जब इधर असगार्ड में युद्ध हो ही रहा था तो उधर मिडगार्ड में एक भीषण युद्ध उठ खड़ा हुआ था। हाफ़-डान के वंशजों ने स्विपगैंड के वंशजों से बदला लेने की भावना से भारी युद्ध छेड़ दिया था। मिडगार्ड में इस युद्ध से चारों ओर हाहाकार फैला हुआ था। पुरानी दुश्मनी अब अपना प्रचण्ड रूप दिखा रही थी।

जब पहले एक समय स्विपगैंड से युद्ध करते समय हाफ़-डान बुरी तरह घायल हो गया था और उसकी मदद को आये हुए थौर को भी विश्वविजयी तलवार के सामने से भाग जाना पड़ा था तो उस समय स्विगपैंड ने शत्रुपक्ष की बड़ी पिटाई की थी और उनकी सेना को तितर-बितर कर दिया। हाफ़-डान के दो पुत्र थे और वे तब बच्चे थे। एक का नाम हैडिंग था और वह हाफ़-डान की पहली स्त्री सिगने-एलवीग का पुत्र था। दूसरी स्त्री ग्रोआ से जो पुत्र था उसका नाम गुडहौर्म था। जब हाफ़-डान मरा तो ये बच्चे बहुत कष्ट पाने लगे और तभी थौर जो उनका दादा था उन्हें देखकर बहुत दुखी हुआ और उसने उन्हें अपने साथ ले लिया। वह उन्हें लेकर जौटन-हीम गया और वहाँ उसने वैगन-हौफ्ड नामक दानव को हैडिंग को दिया और कहा: "हे दानव इस बच्चे को तू पाल-पोस कर बड़ा कर और इसे युद्ध की सभी बातें सिखा जिससे आगे चलकर यह प्रचण्ड योद्धा बन जाय।"

फिर वह हाल्फे नामक दूसरे भयानक दानव के पास गया और उसकी सुपुर्दगी में गुडहौर्म को छोड़ा और वैसी ही बातें हाल्फे को समझाईं। उन्हें इस तरह सुपुर्द करके वह इतमीनान के साथ वापस चला गया।

अब जबकि असगार्ड वानाओं के हाथ में आ गया था और आसा लोग भाग गये थे तो लोक ने उनका विश्वासपात्र बनकर फायदा उठाना चाहा। हैडिंग के खानदान के लोग वानाओं से नफरत करते थे इसलिए लोक ने उस (हैडिंग) को फँसाना

चाहा। इस तरह उसने वानाओं को खुश करना चाहा।

इसी बीच एक दिन जब कि हैडिंग जिसे सैक्सन लोग हडिंग्स भी कहते थे जंगल में अकेला घूम रहा था तो उसके पास एक बहुत बड़े घोड़े पर चढ़ा हुआ एक जबर्दस्त ऊँचा आदमी आया जो बुड्ढा था और जिसके एक आँख थी। पास आकर उसने हैडिंग को उठाकर अपने घोड़े पर बिठा लिया। फिर उसे अपने बहुत बड़े चोगे से बिलकुल लपेट कर उढ़ा दिया और घोड़े को ले भागा। हैडिंग चुपचाप बैठा रहा और जब घोड़ा उसे लेकर तैरता हुआ वायुवेग से आगे बढ़ा तो उसको यह जानने की इच्छा बड़े जोर से हुई कि देखें यह घोड़ा कहाँ जा रहा है। उस बड़े कपड़े के चोगे में एक छेद था। हैडिंग ने उसमें आँख लगाकर जो नीचे की तरफ झाँका तो डरकर, चीख मारकर उस घुड़सवार से लिपट गया। उसने देखा कि घोड़ा उसे लिये बादलों में होकर आकाश में उड़ा चला जा रहा था और नीचे दूर-दूर तक गहरा और छोर न दिखने वाला समुद्र फैला हुआ था। उस भयानक स्थान में अपने को देखकर हैडिंग जो उस समय तक लड़का ही था, डर गया और उसके मुँह से डरकर चीख निकल गई। उस बूढ़े सवार ने उससे कहा : "हैडिंग ! अब तू नीचे मत झाँक।"

यह बूढ़ा आदमी ओडिन था और अपने बढ़िया घोड़े स्लीपनर पर सवार होकर हैडिंग को लोक से बचाने आया था। वह उसे वहाँ ले गया जहाँ असगार्ड से निकल जाने के बाद आसा-देवता लोग छिपकर रहते थे।

वहाँ ले जाकर हाफ़-डान के उस लड़के हैडिंग को ओडिन ने शिक्षा देनी शुरू की—ऐसी शिक्षा कि आगे चलकर वह एक बहुत बड़ा योद्धा बन सके और लोगों का राजा बने। उसको खड़ा करके उसके ऊपर उसने मंत्रों को गा-गाकर उसका अभिषेक किया और उसके ऊपर जादू का असर चढ़ा दिया कि यदि कभी आगे चलकर वह जंजीरों से बँध जाय तो उसकी जंजीरें फौरन कटकर गिर जायँ। उसने उसको कमाल का वह अमृत भी पिलाया जिसे लीफनर की आग कहते थे। इसके पीने से हैडिंग में अपूर्व शक्ति भर दी और उसे प्रचण्ड वीर बना दिया। इतना ताकतवर और बहादुर वह बन गया कि उस जैसा कोई नहीं था। ओडिन ने जब उसे देखा तो वह प्रसन्न होकर उससे बोला : 'अब हैडिंग तू तैयार हो जा क्योंकि अब मैं तुझे युद्ध करने के लिये भेजूंगा," और ओडिन उसकी तरफ से बेफिक्र हो गया क्योंकि उसे उसकी शक्ति का पूरा भरोसा था।

एक दिन हैडिंग ओडिन के घोड़े स्लीपनर पर बैठकर जब अपने घर वैगन हौपडे दानव के यहाँ आ रहा था तो रास्ते में जंगल में लोक ने उसे अपने जाल में धोखे से फँसा लिया। जब वह जाल में बुरी तरह फँस गया और हिलडुल भी न सका तो लोक ने उसे मजबूत जंजीरों से एक पेड़ में बाँध दिया और उसे जंगल में अकेला छोड़ दिया कि उसे जंगली जानवर वगैरह मारकर खा जाएँ। उसकी रखवाली करने के लिये लोक ने कई पहरेदार भी लगा दिये।

जब हैडिंग इस तरह बँधा खड़ा था तो उसे अपने गुरु ओडिन की याद आ गई और उसकी याद आते ही हिम्मत भी आ गई। अब उसने ओडिन के सिखाये हुए जादू के

गाने गाना शुरू किया और इतनी अच्छी तरह से गाया कि पहरेदार धीरे-धीरे सब बेहोश होकर सो गये। तभी एक भयानक भेड़िया जंगल में आ निकला और शिकार बँधा देखकर उस पर टूट पड़ा। भेड़िये ने उसके शरीर को फाड़कर खा जाना चाहा और वह शीघ्र ही हैडिंग तक पहुँचना चाह रहा था। दूर से भेड़िये को अपनी ओर आता देखकर हैडिंग ने फौरन आजाद होने के गाने गाये जिनके जादू के असर से उसकी हथकड़ी-बेड़ी और जंजीर कटकर गिर गईं और जमीन पर गिरकर एकदम गायब हो गईं। अब हैडिंग ने उस भेड़िये पर हमला किया और उसे टुकड़े-टुकड़े करके फेंक दिया। फिर उन पहरेदारों को जान से मारकर अपना रास्ता लिया।

वहाँ से सीधा चलकर वह दानव वैगन हौपडे के स्थान को चला और वहाँ पहुँचकर वह अपनी जाति के आदमियों को इकट्ठा करके मजबूत दल बनाने लगा। स्विपगैड से बदले की भावना उसके दिल में हर घड़ी पक्की होती जाती थी। शीघ्र ही उसने एक बड़ी सेना तैयार कर ली और कूच का डंका बजाया। पर उसी समय एक अड़चन और आई।

वैगन हौपडे की लड़की जवान थी और उसका नाम था हाईग्रेप। वह हैडिंग पर जी जान से फिदा थी। वह उससे बहुत प्रेम करती थी और उसने हैडिंग को जाने से रोका और कहा: "हे मेरे हैडिए, मैं तुम्हें प्यार करती हूँ। तुम मुझे छोड़कर कहीं मत जाओ," और उसने बहुत आजिजी की, साथ ही उसे रोकने का हर तरह से प्रयत्न करने लगी। हाईग्रेप का शरीर बहुत बड़े आकार का था। जब वह खड़ी होती थी तो उसका सिर आकाश में तारों तक पहुँच जाता था पर उसमें एक गुण और था, वह यह कि जब वह चाहती अपना रूप बदल लेती थी। ज्यादातर वह साधारण स्त्रियों का सा ही रूप और आकार बनाकर रहती थी। अब उसने अपना रूप एक अत्यंत सुन्दरी औरत का सा बनाया और हैडिंग को रिझाने की कोशिश करने लगी। पर उसकी यह सब मेहनत बेकार थी क्योंकि हैडिंग उससे प्रेम नहीं करता था बल्कि उससे घृणा करता था और उसके रोके किसी तरह भी रुकता नहीं था। उसको तो उस वक्त बस युद्ध की सनक सवार थी और वह तो दुश्मन की गर्दनें काटने को आतुर हो रहा था।

आखिरकार जब हाईग्रेप ने देखा कि उसका चहेता हैडिंग किसी तरह भी नहीं रुकेगा तो वह उसकी खुशामद करने लगी और उसे अपने सुंदर रूप से मोहित करती हुई बोली: "हे हैडिंग! तुम बहुत बहादुर हो और युद्ध में तुम अवश्य ही स्विपगैड को मार डालोगे। यदि मुझे तुम अपने साथ रखो तो मैं तुम्हारे बहुत काम आ सकती हूँ। कम से कम इतना काम करने का अख्तियार तो मुझे दे ही दो···" और उसने आँखों में आँसू भरकर उससे प्रार्थना की तो हैडिंग ने उसे साथ चलने की इजाजत दे दी। अब हाईग्रेप को बड़ी खुशी हुई और उसने अपना रूप मर्द का-सा बनाया और साथ चल दी। मर्द योद्धा बनकर वह बहुत जँची।

हैडिंग और उसका भाई गुडहौर्म अपनी सेना और हाईग्रेप सहित असगार्ड की ओर तेजी से बढ़ा। जब वह वहाँ पहुँच गया तो असगार्ड का दरवाजा बंद था। वह उसके सामने खड़ा होकर सिंहनाद करने लगा। जब असगार्ड में स्विपगैड का नाम युद्ध के लिये

बार-बार ललकारा जाने लगा तो स्विपगैड बाहर आया और उसने जो हैडिंग का सुंदर रूप और शरीर का गठन देखा तो वह उस पर रीझ गया और उसने उससे संधि करनी चाही। उसने हाफ़-डान के पुत्रों की बहादुरी की तारीफ की और उन दोनों को उसने भेंट में राज्य देने चाहे। गुडहौर्म उसकी बातों से बहुत खुश हुआ और स्विपगैड ने उसे डेन लोगों का राजा बना दिया। ग्रोआ और हाफ़-डान का पुत्र गुडहौर्म तब अपने राज्य को चला गया। पर हैडिंग उसकी भेंटों को ठुकराकर दूर जा खड़ा हुआ और क्रोध से गर्जने लगा और उसने कहा : "मैं दुश्मन की दिखाई नजरें नहीं लेना चाहता। मैं ऐसी नजरों पर लात मारता हूँ। धिक्कार है उसे जो दुश्मनों की मीठी बातों में आकर अपना उद्देश्य भूल जाता है।" और उसने नफरत से स्विपगैड को फटकार दिया। फिर उसने चिल्लाकर एक हाथ में नंगी तलवार उठाकर प्रतिज्ञा की और कहा, "जब तक मैं हैडिंग, हाफ़-डान का पुत्र अपने पिता हाफ़-डान की मृत्यु का बदला न ले लूंगा तब तक न तो अपने बाल कटाऊँगा न दाढ़ी।" और क्रोध से भनभनाता वह वहाँ से चल दिया।

जब उसके बाल बढ़ गये तो वह बहुत सुंदर, मुलायम और लंबे हुए और उसके सारे शरीर पर घने पर मुलायम बाल उग आये और इसी कारण से उसे बालों वाला हैडिंग कहा जाने लगा। उसको अपने भाई गुडहौर्म से बैर हो गया था क्योंकि उसने शत्रु स्विपगैड की भेंट स्वीकार कर ली थी। और उसका मित्र हो गया था।

स्वीडन में रहने वाले अपनी जाति के लोगों को तब हैडिंग ने इकट्ठा किया और स्विपगैड और उसके मित्रों से लड़ने को भेजा और खुद न जाकर अपने भाई गुडहौर्म के विरुद्ध युद्ध छेड़ दिया। गुडहौर्म भी अपनी सेना सहित उससे आ भिड़ा और भयानक युद्ध होने लगा।

लोक जो कि बुराइयाँ करने में अब माहिर हो गया था उसने जब दोनों भाइयों को लड़ते देखा तो वह बहुत खुश हुआ और उसने उनके बीच पड़कर उन्हें ज्यादा से ज्यादा लड़ाया। हैडिंग के पास वह अंधा बन कर जाता और गुडहौर्म द्वारा कही गई बातों को और भी बढ़ा-चढ़ाकर उससे कहकर उसका गुस्सा बढ़ाता और गुडहौर्म के पास वह जाता तो उसकी सेना का संचालन करता और हैडिंग की खूब बुराई करता।

इस तरह दोनों भाइयों में घमासान युद्ध होता रहा, जमीन लाशों से भर गई, खून की नदी बहने लगी और युद्धभूमि पर गिद्ध मँडराने लगे। चारों तरफ हाहाकार मचने लगा। गुडहौर्म की ओर से उसका पालने वाला दानव हाल्फ़े लड़ा और हैडिंग की तरफ से उसका पालने वाला वैगन हौफ्डे दानव जो कि बहुत भयंकर था वह लड़ा। स्विपगैड की स्कैंडिनेविया की जाति डेन लोगों से लड़ी। और हर घड़ी युद्ध की भयंकरता बढ़ती ही जाती थी।

युद्ध की आखिरी रात को हैडिंग के पक्ष के लोगों ने देखा कि भयानक और वहुत बड़े शरीरों वाले दानव हवा में ऊपर लटककर भयंकर युद्ध कर रहे थे। वे सब बिलकुल गंजे थे और रात में उनकी गंजी खोपड़ियों पर तारों की रोशनी जब पड़ती तो वह चमकने लगते थे। वे सब हाल्फे के साथ के विकराल दानव थे और बहुत ही बुरी रत वाले थे। उनमें पशुओं की-सी वीभत्सता और डरावनापन भरा हुआ था। इन

दानवों का प्रहार अचूक था और उसकी चपेट में कोई जीवित नहीं बचता था। युद्ध इतना भयंकर हो उठा था कि मरने वालों की चिल्लाहट से आकाश गूंज उठा था। पर हाल्फ़े के साथी दानवों ने आखिर शत्रुपक्ष को मार-मार कर मैदान मार ही लिया और हैडिंग का पक्ष हार कर भाग गया।

जब सवेरा हुआ तो लोक ने चालाकी से गुडहौर्म की सेना को आगे बढ़ाया और एकदम शत्रु पर हमला बोल दिया। वह इतना चालाकी और धोखेबाजीपूर्ण हमला था कि हैडिंग की सेना जो बची थी वह सब मारी गई और जिस तरह रात को हाल्फ़े जीता था उसी प्रकार हैडिंग की सेना का पूरी तरह संहार करके गुडहौर्म जीत गया। पूर्वी स्वीडन के लोग मारे गये और जो बचे थे वे भाग गये और हैडिंग जंगल में अकेला भाग कर निराश हो गया और जब थक गया तो घने पेड़ों की छाया में एक चट्टान पर बैठकर रोने लगा। तभी हाईग्रेप जो उसकी प्रिया थी और जिसने पूरे युद्ध में उसकी बहुत मदद की थी और हर बार उसे बचाती आई थी, उस जंगल में उसके पास जा पहुँची और उसको रोता देखकर उसे दिलासा देने लगी। उसने उसे पुचकारा और हिम्मत बाँधी और एक बार जब वह फिर चला तो उसके साथ-साथ छाया की तरह चल दी। अब दोनों साथ ही साथ रहते थे और जो भी मुसीबत आती थी उसे इकट्ठे झेलते और जो कुछ खाते तो बाँटकर खाते। उन पर बहुत मुसीबतें पड़ीं और कभी-कभी तो घिर जाते और बहुत ज्यादा दुख पाते थे। हाईग्रेप के साथ से हैडिंग को बड़ा सहारा मिला था और वह उसको अपने पास में हमेशा पाकर उस दुख की पीड़ा में भी सुखपूर्वक रहता था।

परंतु उसके भाग्य में हाईग्रेप का साथ लिखा नहीं था। एक रात जब वे बहुत थके हुए थे और जंगल में चले जा रहे थे तो बहुत दूर उन्हें एक रोशनी दिखाई दी। उसको देखकर उन्होंने रात काटने की इच्छा से उस तरफ कदम बढ़ाये। तेजी से उस तरफ दोनों जाने लगे और जब वहाँ पहुँचे तो उन्होंने देखा कि एक अकेला मकान जंगल के किनारे खड़ा था। ये लोग उस मकान में घुस गये और अंदर जाकर देखा तो भौचक्के रह गये। मकान का मालिक मरा हुआ पड़ा था और उसके संबंधी लोग उसकी अंतिम क्रियायें करने में व्यस्त थे।

हैडिंग ने रात में आराम पाने की आशा बिलकुल छोड़ दी। उसने अपनी साथिन से कहा : "इस स्थान पर आकर तो हमने गलती की। भला यहाँ हमें क्या आराम मिलेगा ?"

"हमें आराम तो इस समय नहीं मिलेगा," फौरन हाईग्रेप ने उत्तर दिया, "पर इस मुर्दे की जबानी हमें अपने भविष्य के बारे में काफी पता चल सकता है।"

"वह कैसे ?" हैडिंग ने आश्चर्य से पूछा।

हाईग्रेप ने कहा : "तुम देखे जाओ कि मेरी तरकीबों से किस तरह यह मुर्दा बोलने लग जाता है।"

उस दानव की बेटी ने लकड़ी का छोटा टुकड़ा उठाकर उसमें जगह-जगह मंत्र फूंक कर जादू भर दिया और जब उसने देखा कि वह लकड़ी का टुकड़ा अभिमंत्रित हो गया है तो फौरन उसे हैडिंग के हाथ में देकर बोली : "लो प्यारे दोस्त ! अब इस लकड़ी

के टुकड़े को इस मुर्दे की जीभ के नीचे लगा दो और फिर देखो क्या होता है।"

हैंडिंग ने वह टुकड़ा लेकर उस मुर्दे की जीभ के नीचे लगा दिया। मुर्दा हिलने लगा। सब हैरान थे।

जो आत्मा उसे छोड़ चुकी थी उसको उस लकड़ी के टुकड़े के कारण फिर जबर्दस्ती उस मुर्दे के शरीर में घुस कर बोलना पड़ा तो वह बहुत नाराज हुई। बजाय इसके कि वह हैंडिंग और हाईग्रेप को उनके भविष्य के बारे में कुछ बतलाये वह उन्हें गालियाँ देने लग गई और इतने भयानक स्वर में बोली कि सभी डरकर काँपने लगे। वह आत्मा उस (आदमी) मुर्दे के शरीर में घुसकर विकराल स्वर में बोली : "जिसने मुझे मंत्रों द्वारा नीचे की दुनिया से वापस आने को मजबूर किया है उसका नाश होगा। जिस दानव ने बेल से बाहर आत्माओं को निकाला था वही दानव उस स्त्री का नाश करे जिसने मुझे जबर्दस्ती यहाँ बुलाया है।"

और वह आत्मा यह कहकर फिर नीचे की दुनिया को चली गई। मुर्दा फिर चुप पड़ गया।

अब हैंडिंग और हाईग्रेप डर के मारे वहाँ से सिर पर पाँव रखकर तेजी से भागे और बहुत दूर जाकर एक घने जंगल में पेड़ों की ओट में छिप गये। एक तंग झाड़ी में ऊपर से पत्ते बिछाकर उन्होंने सोने के लिये स्थान बनाया और वहीं छिपकर लेट गये। डर के मारे दोनों के प्राण मुँह पर आ रहे थे और आवाज नहीं निकलती थी।

आधी रात हुई और चारों तरफ मौन का-सा सन्नाटा छा गया तो उसी वक्त दूर से एक खड़खड़ाहट की आवाज पास आती हुई सुनाई देने लगी, हैंडिंग और हाईग्रेप एक दूसरे से लिपट गये और खामोश पड़े रहे। आवाज बढ़ती गई और फिर इनके छिपे हुए स्थान पर आकर एक भारी चीज टकराई। ये लोग डरकर दूर छिटक कर खड़े हो गये और जो कुछ उन्होंने देखा उससे उनके मुँह से चीख निकल गई।

हैंडिंग की हालत बहुत बुरी हो गई थी और वह डर के मारे काँप रहा था। उसने देखा कि एक बहुत बड़ा काला हाथ आगे बढ़ा चला आ रहा है जिसकी उँगलियाँ फैली हुई हैं और लोहे की बनी हुई हैं, वह हाथ अपने शिकार को पकड़ने के लिये तैयार है। वह भाग कर हाईग्रेप के पीछे हो गया। हाईग्रेप ने उसे हिम्मत रखने को कहा और कहा : "मैं तुम्हारी मदद करूँगी पर तुम इतना घबराओ मत।"

हाईग्रेप ने अपना असली रूप धारण किया और अब यह आकाश में टँके तारों के बराबर ऊँची और भयानक देह वाली हो गई और अपने प्रेमी को बचाने आगे बढ़ी। काला हाथ अब पास आ चुका था। झपट कर हाईग्रेप ने वह हाथ अपनी दानवी शक्ति लगाकर कलाई पर से मजबूती के साथ पकड़ लिया। उसकी शक्ति काफी थी और उसके द्वारा पकड़े जाने से वह काला हाथ वहीं रुक गया पर छूटने का प्रयत्न करने लगा। तब दोनों में इतना अधिक बल का प्रयोग होने लगा कि यदि उस समय कोई पहाड़ भी उनके बीच में आ जाता तो उसका भी चूरा हो जाता।

जब काले हाथ को हाईग्रेप ने कसकर पकड़ लिया तो वह हैंडिंग से बोली : "अब तुम इस हाथ को अपनी तलवार से काट डालो।" हैंडिंग ने तलवार से उस पर वार किया

पर वह थोड़ा-सा कट कर रह गया। हैडिंग बार-बार उस पर तलवार के हाथ मारता रहा और उसकी तलवार भयानक शब्द करती हुई उस हाथ के कड़े गोश्त से टकराती और फिर प्रतिध्वनित होती। पर हाथ जड़ से नहीं कट पाया। अब तक हैडिंग उसे जगह-जगह घायल कर चुका था और उन घावों में से खून बह निकला पर जब हैडिंग ने गौर किया तो उसने देखा कि उन घावों में से खून तो कम निकला पर जहर ज्यादा निकला था।

इतना खून और जहर बहते देखकर हाईग्रेप ने समझा कि उस हाथ में अब इतनी शक्ति नहीं रही होगी और इसी खयाल से उसने अपनी पकड़ ढीली कर दी। बस यही गजब हो गया और जैसे ही वह काला हाथ ढीला पड़ा उसने बिजली की तरह झपट कर हाईग्रेप का शरीर लपेट में ले लिया और फिर दबाया। हाईग्रेप ने छूटने का बहुत प्रयत्न किया, पर वह लोहे का पंजा तो ऐसा गड़ा कि मांस में घुस गया और फिर हड्डियों को दबाने लगा। हाईग्रेप ढीली पड़ने लगी पर फिर भी भयानक संघर्ष कर रही थी। उस पंजे ने दबाकर उस दानव कन्या की हड्डियाँ चूर-चूर कर दीं। और तब हाईग्रेप ढीली पड़कर झूल गई। वह मर गई थी। तब वह काला हाथ एकदम गायब हो गया और उसके गायब होते ही हाईग्रेप का मुर्दा शरीर पृथ्वी पर धड़ाम से जा गिरा और उससे बड़ा भयानक शब्द हुआ जो जंगल में फैलकर दूर-दूर पहाड़ों से टकराया और फिर आकाश में गूँज उठा।

हैडिंग अपनी प्रिया की मरी हुई विशाल देह पर बैठकर दुख से रोने लगा पर शीघ्र ही वह वहाँ से उठा और एक ओर चला। वह अब भारी मुसीबत में पड़ गया था क्योंकि उसे चारों तरफ से कई भयानक दानवों ने घेर लिया था। रात्रि के गहरे अंधेरे में वह दानवों के भय से थर-थर काँपने लगा।

पर उसकी हालत की बाबत जब ओडिन को पता चला कि हैडिंग पर मुसीबतें छा रही हैं तो उसने उस पर दया करके उसकी मदद के लिये लाईफिर को भेजा। यह लाईफिर ऊपर से नीचे तक बिजली की तरह चमकता था। असलियत में यही हीमडल था जो इस समय मनुष्य की देह धर कर लाईफिर नाम से भेजा गया था कि जाकर उस बियाबान और भयानक जंगल में हैडिंग की जान बचाये। उसको हैडिंग आवारा की तरह घूमते हुए मिला और जब एक दूसरे ने आपस में देखा तो दोनों मित्र बन गये। फिर उन्होंने एक दूसरे के पैरों को अपने खून अपने खून से धोया। जैसे ही हीमडल का खून हैडिंग के पैरों में लगा वैसे ही वह हवा में उड़ने लगा। अब हैडिंग उस खतरे से निकल गया और हीमडल के साथ ओडिन के पास चला गया।

शीघ्र ही हैडिंग भय से मुक्त हो गया और सेना तैयार करने लगा। और अबकी बार पूर्व दिशा से विशाल सेना लेकर युद्ध के लिये चला।

उसका साहस और बल देख और सुनकर उसके शत्रु दूर-दूर तक थर्राने लगे। जब स्विपगैड ने सुना कि अबकी बार हाफ़-डान का वीर पुत्र हैडिंग उससे बदला लेने पूर्व दिशा से बढ़ा चला आ रहा है तो उसने अपनी जाति के लोगों को इकट्ठा किया और उन्हें युद्ध के लिये ललकारा और प्रोत्साहित किया। वह असगार्ड के बाहर निकल

आया और उसने अपने आदमियों से डेनमार्क के लोगों को मदद देने के लिये हुक्म दिया क्योंकि वे लोग भी हैडिंग के विरुद्ध लड़ रहे थे। डेनमार्क में स्विपगैड का प्रतापी पुत्र असमंड राज करता था क्योंकि उसने मनुष्यों के साथ रहना ही पसन्द किया था। वहाँ के लोग स्विपगैड को इंग के नाम से पुकारते थे। उन्होंने इंग की जय बोली और तब असमंड अपने पिता की मदद करने के लिये खड़ा हो गया।

हैडिंग का नाम अब दूर-दूर तक फैल गया था और उसकी बहादुरी का डंका चारों ओर पिट चुका था। उसने इसी बीच हैड्वैनस राजा को युद्ध में परास्त किया था। इस लड़ाई में हैडिंग ने बड़ी चतुराई और बहादुरी से काम लिया था। हैड्वैनस के पास बड़े लड़ाका योद्धा थे और उसकी नगरी बड़े मजबूत परकोटे से रक्षित थी। उसका किला भी बड़ा जबर्दस्त था। अगर लड़ाई लड़ी जाती और कोई तरकीब काम में न लाई जाती तो युद्ध बहुत दिनों तक होता। हैडिंग ने बड़ी चतुराई से काम लिया क्योंकि उसे जीतने की बड़ी जल्दी थी।

उसने नगर में रहने वाली सभी चिड़ियों को पकड़ लिया और उनके परों में धीमे जलने वाली बत्तियाँ बाँधकर उन्हें नगर की ओर उड़ा दिया। जब तक वह नगर में उड़कर पहुँचीं आग तेज जलने लग गई थी और जब वे अपने घोंसलों में पहुँचीं तो सारे नगर और दीवारों पर आग लग गई। तेज हवा चली तो आग ने भयंकर रूप धारण कर लिया और इमारतें धू-धू करके जलने लगीं। अर्रा कर बड़े-बड़े दरवाजे गिरने लगे, चारों तरफ हाहाकार मच गया। लोग घबराकर इधर-उधर भागने लगे और उनके साथ योद्धा भी भागे और पहरेदार, दर्बान, सिपाही सभी आग बुझाने का प्रयत्न करने लगे। ऐसे में जबकि नगर के अंदर खलबली मच रही थी और चारों ओर हाहाकार फैल रहा था, सभी व्यवस्थायें बिगड़ी हुई थीं; नगर और किले के फाटकों को सूना पाकर हैडिंग ने अपने विकराल योद्धाओं सहित प्रचण्डता से आक्रमण कर दिया और भीषण मारकाट करता हुआ, किले का फाटक तोड़ता हुआ आगे बढ़ा।

एक तो वैसे ही लोग आग से घबरा रहे थे। अब जब हैडिंग ने हत्या शुरू की तो सारा नगर थरथराने लगा और भय से काँप कर लोग भागने लगे। पर तब हैडिंग के सिपाहियों ने उन्हें घेर-घेर कर उनकी हत्या की। सारा नगर लाशों से पट गया और पृथ्वी उनके रक्त से लाल हो गई। किले से निकल कर हैड्वेनस राजा भागा तो पकड़ लिया गया और हैडिंग के सामने पेश किया गया। हैडिंग को उसने बहुत धन और सोना नजर में दिया और अपने प्राणों की भिक्षा माँगी। वह सोना और धन लेकर हैडिंग ने उसके प्राण नहीं लिये और उसे छोड़ दिया।

उसकी इस जीत ने हैडिंग का नाम चारों तरफ बड़ी जल्दी फैला दिया था। स्विपगैड ने उसके मुकाबले के लिये एक बहुत बड़ी सेना तैयार की और पूर्व दिशा की ओर बहुत बड़े जहाज पर बैठकर उससे लड़ने चला। यह जहाज समुद्र में चला। वह बहुत बड़ा था और उसमें तीन हजार प्रचण्ड योद्धाओं सहित स्विपगैड आगे बढ़ा। इस जहाज का नाम ग्नोड था। जब वह बीच समुद्र में पहुँचा तो ओडिन ने उसे डुबोना चाहा और उसमें छेद कर दिया। पर स्विपगैड था ग्रोआ का पुत्र और ग्रोआ बढ़न की

मालकिन थी। उसने अपने पुत्र पर जादू से रक्षा का कवच चढ़ा दिया था, इस कारण समुद्र उसका कुछ बिगाड़ नहीं सकता था। इसीलिये जहाज नहीं डूबा। स्विपगैड समुद्र से डरता भी नहीं था। उसे तो बस आसा-देवताओं की ओर से धोखा रहता था और उन्हीं से वह डरता भी था। आसा लोग भी उसे खत्म करना चाहते थे क्योंकि एक लंबे समय से वह युद्ध समाप्त नहीं होने दे रहा था और युद्ध से अब सभी उकता गये थे। उन्होंने मिलकर सलाह की और ओडिन ने उसको शाप देकर जादू से ऐसा किया कि वह तो समुद्र का अजदहा बन गया और उसका ग्नौड उन तीन हजार सिपाहियों सहित समुद्र में डूब गया। अब वह अजदहा भूरी चट्टानों के नीचे दबे बहुत बड़े खजाने की रक्षा समुद्र की गहराइयों में बैठकर किया करता।

हैडिंग ने जो उसका (स्विपगैड का) इस तरह अंत सुना तो वह बड़ा खुश हुआ। और उसने अपना मन समझाया कि उसके पिता हाफ़-डान की मृत्यु का बदला दुश्मन को अच्छी तरह मिल गया।

फ्रियैजा जो स्विपगैड की पत्नी थी, उसे यह मालूम ही नहीं पड़ा कि कब उसका पति ओडिन के शाप से इस तरह समुद्र में अजदहा बन गया और जब वह कई दिन तक लौटकर असगार्ड नहीं आया तो वह उसकी चिंता में दुखी रहने लगी। स्विपगैड जब भी उसके पास आता था तो हमेशा उसका चेहरा तेज से चमका करता था और वह अपनी प्रिया से प्रेमपूर्वक मीठी-मीठी बातें किया करता था। अब जो कई दिनों से यह सब फ्रियैजा को नहीं मिला तो वह बहुत उदास हो गई। जब ज्यादा दिन हो गये तो उसे भय मालूम होने लगा और शंकाओं ने उसके मन को घेर लिया। उसने जाँच करना शुरू कर दिया और शीघ्र ही जब उसे मालूम हुआ कि ओडिन के गुस्से और शाप के कारण उसके प्यारे पति को दुख झेलना पड़ रहा है तो वह दुख से रोने लगी। जब वह रोई तो उसकी सुन्दर आँखों में से आँसू गिरने लगे। जो आँसू पृथ्वी पर गिरता वह सोने का ढेला बन जाता था और जो समुद्र में गिरता वह अंबर बन जाता।

अब वह असगार्ड से अपने प्यारे पति को ढूँढ़ने चल दी और मिडगार्ड पहुँची। वहाँ पहाड़ों, मैदानों, झीलों और नदियों के किनारे रोती हुई चली। जो भी उसे मार्ग में मिलता उसी से अपने प्यारे पति के बारे में पूछती थी कि स्विपगैड उन्हें कहीं मिला तो नहीं था। वह बराबर रोती रही, उसके आँसू ढुलक कर पृथ्वी के कोने-कोने में सोना बनकर फैल गये और विशाल समुद्रतटों पर अंबर बनकर बिखर गये। वह अपने पति के प्रति वफादार थी और हमेशा दुखी रहती थी क्योंकि उसे अभी तक वह मिला नहीं था। उसका सुन्दर रूप और जवानी देखकर सभी उस पर मोहित हो जाते थे पर जब उसे रोते देखते तो सभी को उसे देखकर बहुत दुख होता था।

घूमते-घूमते आखिरकार वह समुद्र के किनारे जा पहुँची और वहाँ थककर बैठ गई। वह तब भी रो रही थी और आँसू गिर-गिरकर अंबर बन रहे थे। देर तक चुपचाप बैठने के बाद वह जोर से चिल्लाने लगी और रो-रोकर स्विपगैड का नाम बार-बार लेकर पुकारने लगी। वह बोली : "हे मेरे प्यारे पति ! तुम कहाँ हो ? मैं तुम्हें ढूँढ़-ढूँढ़

कर बेहाल हो चुकी हूँ और मुझे तुम्हारे बिना कुछ अच्छा नहीं लगता है। तुम्हारे बिना मेरा जीवन व्यर्थ हो गया है। हे मेरे प्यारे पति! हे स्विपगैड! हे स्कर्नर! हे इंग! तुम जहाँ भी हो मेरे पास आओ और मुझसे प्रेम की बातें करो। मैं तुम्हें पाने के लिये बेचैन हो गई हूँ। आओ! जाओ!"

वह दहाड़ें मार कर रोने लगी। उसी समुद्र के अंदर स्विपगैड अजदहे के रूप में रहता था। वह उस समय भूरी चट्टानों की ओट में लेटा हुआ था और खजाने की रखवाली कर रहा था। उसने जो वह रोने की आवाज सुनी तो फौरन अपनी प्रिया फ्रियैंजा की आवाज को पहिचान गया। जब उसने उसे दुख से विह्वल होकर रोते सुना तो वह बेहाल हो गया और एकदम अपनी काँटेदार विकराल पूँछ हिलाता हुआ तेजी से किनारे आया। उसके पानी से बाहर निकलते समय बहुत शोर हुआ और फ्रियैंजा ने उसे देख लिया। पहले तो वह उसे देखकर डरी पर जब उसने गौर से देखा तो वह उसे पहचान गई क्योंकि इस अजदहे की आँखें नहीं बदली थीं। वह ठीक स्विपगैड की आँखों की ही तरह थीं और वह वैसी ही काली और सुन्दर थीं। फ्रियैंजा तब उस अजदहे से लिपट गई और रोने लगी। उसे उसको देखकर जरा भी नफरत या भय नहीं हुआ क्योंकि वह तो स्विपगैड की आत्मा से प्रेम करती थी। वह इतनी रोई कि वह जगह उसके आँसुओं से सोने से भर गई। उसको रोते देखकर वह अजदहा भी रोने लगा और उसके बड़े-बड़े आँसू गिरने लगे। तब फिर फ्रियैंजा ने उसे सांत्वना दी और सब सोने के आँसू अजदहे के खजाने में सरका दिये। अब उसका खजाना सचमुच ही बड़ा हो गया। फ्रियैंजा ने बहुत कोशिश की कि स्विपगैड अजदहे का रूप छोड़कर फिर से अपना असली रूप पा ले पर वह ऐसा नहीं कर सकी क्योंकि वह तो ओडिन का शाप था और भला ओडिन के शाप को कौन मेट सकता था।

इसी तरह फ्रियैंजा अब उसी अजदहे के पास रहने लग गई और असगार्ड वापस जाना ही भूल गई। एक दिन जब वह समुद्र के अंदर उसे पुचकारने और सांत्वना देने गई तो उसके गले का प्रसिद्ध और अमूल्य सोने का कण्ठा लहरों के अन्दर से चमकने लगा और उसकी चमक इतनी अधिक थी कि सब तरफ प्रकाश फैल गया और समुद्र का वह हिस्सा चमकने लग गया और जल के अन्दर का अँधेरा बिलकुल जाता रहा। जब उस कण्ठे में आग की लपटें निकलीं तो समुद्र का पानी उबलने लगा और उस जगह गर्मी छा गई। फ्रियैंजा ने उसे अपने पति के वियोग में उतार कर वहीं एक भूरे पत्थर के नीचे रख दिया और उसे अपनी आखिरी यादगार बनाकर अजदहे को दे दिया।

इत्तिफाक से उसी दिन हैंडिंग घूमता हुआ उसी समुद्र के किनारे आ निकला और कपड़े उतार कर समुद्र में नहाने की सोची। मौसम सुहावना था और वह समुद्र के जल में कूद पड़ा। पर जब उसका शरीर जलने लगा और उसने देखा कि उसके चारों तरफ पानी खौल रहा है और बहुत ज्यादा गर्मी छा रही है तो उसे बड़ा आश्चर्य हुआ। तभी उसने एक ओर से एक बदसूरत और विशालकाय अजदहे को समुद्र के अन्दर से अपनी ओर आते देखा जो वहाँ के प्रकाश से चमचमा रहा था। उसने झपटकर अपनी भारी तलवार निकाल ली और भयंकरता से उस अजदहे पर हमला किया। अब भयानक

लड़ाई शुरू हो गई। अजदहे ने अपनी काँटेदार पूँछ फटकार कर उसे बारंबार मारा और उसने तलवार के कई हाथ मारे। पर हैंडिग में बड़ी ताकत थी और फिर ओडिन ने जादू से उस अजदहे को काट डाला और ज़ब वह मर गया तो हैंडिग ने अपने आदमियों को आज्ञा दी कि उसके शरीर को वह उसे उसके डेरे पर ले जायें।

जब हैंडिग वहाँ से चला तो थोड़ी देर बाद अपने डेरे पर पहुँचा और तब तक मरा हुआ अजदहा भी वहाँ पहुँचाया जा चुका था। वह जाकर आराम करने के लिये बैठा ही था कि सामने से एक परम सुन्दरी स्त्री आई और वह चमक रही थी और इतनी ज्यादा शुभ्र, तेज ओर सुन्दरता वाली थी कि हैंडिग उसे देखकर बोल भी न सका। चुपचाप मुग्ध नेत्रों से उसे घूरता रहा। उस स्त्री के बाल सुनहले, आँखें नीली और समुद्र की सी थीं। हैंडिग को मालूम नहीं था कि वह आसा-देवी फ्रियैंजा ही थी। वह उसे देखता ही रह गया।

फ्रियैंजा ने जब समुद्र में अपने प्यारे अजदहे को नहीं पाया तो उसे आशंका हुई और वह किनारे आकर उसे ढूँढ़ने लगी। वहाँ उसे घसीटने के चिह्न जो दिखे तो वह उन्हीं निशानों के पीछे-पीछे यहाँ आ पहुँची थी। अब जो उसकी निगाहें मरे हुए अजदहे पर पड़ीं तो वह हाय कहकर गिर पड़ी और दुख से बेहोश हो गई। हैंडिग ने दौड़ कर उसे सँभाला और होश में लाने की चिंता करने लगा।

वह उठ बैठी और अजदहे से लिपटकर फिर रोने लगी। उसके आँसू पृथ्वी पर गिरे तो सोने के ढेले बन गये। उसने आग्नेय नेत्रों से हैंडिग को देखा और वह गुस्से से भर गई। उसने खड़े होकर उसे भरपूर शाप दिया और कहा: "तूने मेरे पति स्विपगैड को मारा है तो सुन ले कि तू असगार्ड के देवताओं के कोप से सताया जायगा। युद्धभूमि में और भागदौड़ में हमेशा ही तुझ पर उनके कोप का दुख बरसा करेगा। और समुद्रों में कहीं अंत न होने वाला तूफान तेरे पीछे लगा रहेगा। तू जहाँ भी जायगा दुख तेरा पीछा कहीं नहीं छोड़ेगा। हड्डी कँपा देने वाली सर्दी तुझे सतायेगी और तुझे वहाँ जलाने को आग नहीं मिलेगी। तेरे मवेशी के झुण्ड सब मर जायँगे। तुझे सभी मनुष्य नफरत करेंगे जैसे कि वह ताऊन से करते हैं और तू दुनिया से जब जायगा तो मैला-कुचैला, रोगग्रस्त होगा। तूने असगार्ड के देवता को मारा है जो शापग्रस्त होकर यहाँ रहता था और इसका नतीजा तुझे भुगतना पड़ेगा। तूने मेरे पति को जो मारा है तो जब तू आकाश में जायगा तब दानव तुझ पर टूट पड़ेंगे और तुझे मारेंगे। तू हमेशा-हमेशा दुख पाता रहेगा जब तक तू वाना-देवताओं को खुश नहीं कर लेगा।"

यह कहकर फ्रियैंजा अपने पति (अजदहे) की लाश को लेकर चली गई। हैंडिग अब तक चुप खड़ा था अब वह डरकर काँपने लगा। इतनी कयामत का शाप सुनकर वह घबरा गया और डरने लगा कि कहीं वह सब सच न हो जाय। पर वह तो आखिर देवी ही ने कही थी। झूठी कैसे जाती ? हैंडिग पर उसी दम से मुसीबतें आनी शुरू हो गईं। तूफानों के बीच वह समुद्र में फेंक दिया गया और जब मुश्किल से किनारे पर आकर लगा तो वहाँ अनजान मनुष्यों ने उससे घृणा की और उसे दूर-दूर रखा जैसे वह ताऊन की बीमारी से ग्रस्त हो। पृथ्वी पर और आकाश में भी उसका पीछा मुसीबतों ने

नहीं छोड़ा और जो-जो बात फ्रियैंजा ने कही थी वह सभी एक-एक करके सच होती गईं।

परेशान आकर उसने वाना-देवता फ्रे की पूजा की और उसे काले-काले आदमियों की बलि दी। तब खुश होकर फ्रे ने उसका शाप हटाया और उसे उन भारी मुसीबतों से बचाया।

इसके बाद भी हैडिंग हमेशा फ्रे का भक्त रहा और हर साल उसको बलि देता था। उनके वंश में फ्रे की पूजा हमेशा होती रही और हैडिंग के बाद उसके लड़कों ने और उनके बाद उनके लड़कों ने और इसी तरह वंश परंपरा तक उनके यहाँ फ्रे की पूजा होती रही।

उधर जब हैडिंग ने स्विपगैड (अजदहा) को मारा था और उसकी लाश को लेकर चला गया था तो उस समुद्री बड़े खजाने को लोक ने जो कि दूर से यह सब देख रहा था अब पास आकर लूट लेना चाहा। वह खजाने के साथ-साथ खासकर फ्रियैंजा के उस दमकते 'गले के हार' को चुराना चाह रहा था और तभी वह सील मछली बनकर समुद्र की गहराइयों में घुसा। पानी में घुसते ही उसने दूर से ही उस दमकते हार को देखा जिसमें जवाहिरात जगह-जगह पर जड़े हुए थे और जिसमें से तेज निकल रहा था।

पर हीमडल ने लोक को बदनीयती से जाते देख लिया था और वह भी सील मछली का रूप धरकर उसके पीछे-पीछे तेजी से समुद्र के अन्दर चला गया। समुद्र की गहराइयों में जहाँ थोड़ा प्रकाश था, हीमडल ने लोक को पकड़ लिया और तब एक को दूसरे ने घूर कर देखा। लोक ने हीमडल को और हीमडल ने लोक को पहचान लिया। अब दोनों में भयानक युद्ध शुरू हुआ। एक दूसरे पर वे लोग लंबी काँटेदार पूँछों से तीव्र प्रहार कर रहे थे।

पर हीमडल आखिर लहरों का पुत्र था और अजेय था। जल के अन्दर उससे कोई नहीं जीत सकता था। उसने लोक को भूरी चट्टान पर दे मारा और फिर उसे अपने शरीर से दाबा। लोक घबरा गया और जगह-जगह घायल हो गया फिर मुश्किल से जो छूटा तो सीधे किनारे की ओर जान बचाकर भागा। जब किनारे आ लगा तो आकाश मार्ग से भाग गया। हीमडल उस खजाने फ्रियैंजा के गले के हार का मालिक बन गया। उसने उसे हिफाजत से रख दिया और तब तक उसे रखे रहा जब तक कि वह आसा-देवताओं के साथ एक बार फिर असगार्ड में नहीं आ गया।

हैडिंग अब तक सारी मुसीबतों से मुक्ति पा चुका था और अब फिर से युद्ध करने को तैयार हो गया था। इसी बीच उसका मुकाबला एक दिन स्विपगैड के पोते हैनरी से हो गया। हैडिंग ने उसे सलाम करने को कहा तो हैनरी अकड़ गया और लड़ने को खड़ा हो गया। हैडिंग ने क्रोधित होकर उसके सिर पर अपनी तलवार दे मारी जिससे वह उसी जगह कटकर गिर गया और फौरन मर गया। जब यह बात हैनरी के पिता, असमंड, जो कि स्विपगैड का पुत्र था, ने सुनी तो वह आगबबूला हो गया और क्रोध से काँपते हुए हाथ में नंगी तलवार लेकर शपथ ली कि वह उस योद्धा को जरूर मार डालेगा जिसने उसके पिता और पुत्र दोनों को मार डाला था।

ओडिन ने देखा कि अब हैडिंग की मदद करनी चाहिए जिससे वह असमंड को

जीत सके। उसने तब अपने हैडिंग को युद्ध के नये तरीके सिखाने शुरू किये और उसकी सेना को आगे से पतला और पीछे से चौड़ा करके मैदान में खड़ा किया। इस तरीके से सेना में नई शक्ति उत्पन्न हो गई और हैडिंग की सेना का प्रहार बिकराल हो गया। इससे उसे विजय प्राप्त हुई और उसे यह युक्ति इतनी ज्यादा पसंद आई कि वह बाद में कई युद्धों में ऐसे ही लड़ता था और उसके बाद उसके वंशज भी उसी युक्ति का प्रयोग करते रहे।

असमंड से जब युद्ध हो रहा था तब हैंडिंग ने बहुत पराक्रम दिखाया। जब युद्ध भयानक हो उठा तब असमंड का बल इतना अधिक हो गया कि हैडिंग को उसका दबाव अखरने लगा। असमंड की द्वेष की भावना और बदले की नीयत इतनी उग्र हो रही थी कि उसकी भुजाओं में अपार शक्ति पैदा हो गई थी। उसका गुस्सा इतना अधिक था कि उसके सामने ठहरना कठिन हो रहा था। ओडिन ने जो हैडिंग की मुश्किल देखी तो वह उसकी मदद करने के लिये भागा।

उसी समय वाना-देवताओं ने असमंड की मदद की। और उन्होंने अपनी इच्छा से हैडिंग की सेना पर घना कोहरा और बादल छा दिये और फिर उन्हें तेज तूफानों से पीछे ढकेलना शुरू किया। तूफान के साथ तीर की तरह मेंह भी बरसने लगा और हैडिंग की फौज में खलबली मच गई।

उसकी ऐसी हालत देखकर ओडिन ने थौर से कहा कि वह हैडिंग की मदद करे। थौर तब एक काले बादल पर सवार होकर भागा और उसने मेंह, पानी और तूफान को छिन्न-भिन्न करके बिखेर दिया और उन्हें पहाड़ों के पार फैला दिया। फौरन अँधेरा हट गया और सूर्य की चमकती रोशनी खिल उठी। सारा तूफान गायब हो गया।

हैडिंग की सेना में उत्साह भर गया और वह बहादुरी से लड़ती हुई आगे बढ़ी। भयंकर मार-काट मच गई। पर तभी असमंड हैडिंग के पास आ गया और घोर युद्ध करता हुआ फिर उसे दबाने लगा। तब हैंडिंग ने आसा-देवताओं से मदद के लिये प्रार्थना की। असमंड ने अब अपनी ढाल तो पीठ पर पटक ली थी और दोनों हाथों से अपनी बड़ी तलवार पकड़ कर जोर से घुमाने लगा था। उसने जो इस तरह दुश्मन पर हमला बोला तो उनमें भगदड़ मच गई। वह अपनी तलवार से दुश्मनों को काट-काट कर ढेर लगाने लगा। अब वह हैडिंग के करीब आ गया और उससे लड़ने को लालायित होकर और भी तेजी से बीच में खड़े दुश्मनों का सफाया करने लगा।

उसे इस तरह बढ़ता देखकर हैंडिग घबराया पर तभी ओडिन अपने घोड़े स्लीपनर पर भयंकर दानव वैगन हौफ्डे को लेकर उसकी मदद को आ पहुँचा। उसने वैगन हौफ्डे को एक योद्धा का रूप देकर उसे हैडिंग की बगल में खड़ा कर दिया और उसके हाथ में लड़ने के लिये हैडिंग को बचाने के लिये और एक टेढ़ी तलवार दे दी।

असमंड अब बिल्कुल पास आ गया था और दानव के हाथ में जो टेढ़ी तलवार देखी तो वह गुस्से से चिल्लाया : 'ओ दानव ! चाहे तू कितनी भी टेढ़ी तलवार से लड़ ले पर यह देख मेरी छोटी तलवार और यह मेरा भाला···" और उसने अपने अस्त्र

ऊँचे उठाकर उसे झटके के साथ दिखलाये और फिर उसी ऊँचे स्वर में कहा : "इनसे आज तेरी मृत्यु निश्चित है" और फिर वह हैडिंग से बोला : "और तुझे तो ओ हैडिंग ! तू चाहे अपने आप को ढाल से कितना ही बचाने की कोशिश कर ले पर तू मेरे हाथों से आज बचकर नहीं जा सकता। मैं तेरा भाला नीचे झुका दूंगा और तुझे इतना शर्मिन्दा करूँगा कि कहीं तुझसे अपना मुंह भी नहीं दिखाया जा सकेगा। आ देख मेरी ताकत देख।"

और भयंकर शोर करता हुआ वह उस पर टूट पड़ा। उसी समय वैगन हौफ्डे ने आगे बढ़कर उसके प्रहार को झेल लिया और उससे भिड़ गया। जब वैगन हौफ्डे से असमंड लड़ रहा था उसी समय ताक कर हैडिंग ने अपना भाला उस पर पूरे बल लगाकर फेंका जो असमंड के शरीर के आरपार निकल गया और तब असमंड पृथ्वी पर गिर गया। उसके शरीर में बहुत बड़ा घाव हो गया था और वह भाले से अब भी छिदा हुआ पड़ा था। अपनी सारी शक्ति लगाकर असमंड उठा और उसी घायल अवस्था में उसने अपना भाला उठाया और ताक कर हैडिंग की ओर फेंका। पर हैडिंग सामने से हट गया और वह भाला उसके पैर में जाकर जोर से लगा। असमंड बिना बदला लिये हुए ही मर गया। पर उसका परम शत्रु और उनके पिता और पुत्र को और अब उसको भी मारने वाला हैडिंग हमेशा के लिये लँगड़ा हो गया।

जैसे ही असमंड मर कर युद्धभूमि में गिरा उसके पक्ष के लोग भागने लगे और हैडिंग जीत गया। उसकी सेना के लोगों ने असमंड के लोगों को मार-काट कर और लूट कर भगा दिया। मैदान साफ हो गया। हैडिंग विजयी होकर सूर्य की भाँति चमकने लगा।

असमंड की लाश को तब बड़ी शान और धूमधाम के साथ दफनाया गया। उसकी स्त्री गुनहिल्ड रानी उसे बहुत प्यार करती थी। जब उसने सुना कि उसका पति मर गया है तो उससे दुख नहीं झेला गया और उसने अपने पति की तलवार से अपनी गर्दन काट ली और मर गई। उसको भी उसके पति के साथ ही दफना दिया गया। जब उन्हें कब्र में उतारा गया तो दोनों लाशें एक दूसरे से लिपटी हुई थीं। उनकी मौत से उनकी जाति में बहुत मातम मनाया गया और कई दिनों तक दुख से कोई किसी से नहीं बोलता था।

युद्ध इतने अधिक हो चुके थे कि सर्वत्र लोगों की शक्ति कम हो गई थी और सभी युद्ध के नाम से घबड़ा उठे थे।

पर अभी शांति स्थापित नहीं हो पाई थी। और झगड़ा फिर खड़ा हो गया। बर्फीले दानवों और पहाड़ी दानवों ने आपस में संधि की और यह तय किया कि असगार्ड पर हमला करके उसे जीत लिया जाय। उनकी मदद के लिये सुरथुर की गहरी गुफाओं में रहने वाले दानव भी तैयार थे। उन लोगों की सेनायें भी युद्ध करने के लिये तैयार होने लगीं।

असगार्ड में इस समय जो वाना-देवता थे अब काफी कमजोर हो गये थे और उन दानवों का मुकाबला किसी तरह भी नहीं कर सकते थे। उनमें अपने इन भयानक शत्रुओं के कुचक्रों को मिटाने की शक्ति भी नहीं थी।

ओडिन को अपनी बुद्धि से इन सब बातों का पता लग चुका था। वह उन सब दानवों की चालें भी काटना जानता था और वह यह भी जानता था कि यदि स्वर्ग असगार्ड को दानवों ने जीत लिया तो निश्चय ही देवता लोगों और पृथ्वी के मनुष्यों पर भारी संकट आ जायगा। वह अपने तेज घोड़े स्लीपनर पर चढ़ा और असगार्ड की ओर चला। वानाओं ने अब अपनी गलती महसूस की और वह ओडिन को फौरन अपने पास बुला लेने को आतुर हो उठे। उन्हें उस महाबली और महाबुद्धिमान ओडिन राजा की याद सताने लगी जिसे उन्होंने भगा दिया था। उसने उन लोगों से पहिले ही कह रखा था कि दानव उन पर एक दिन जरूर हमला करेंगे।

डल जो वानाओं का असगार्ड में राजा बन बैठा था अब थौर के पास गया और उससे सलाह करने लगा। बिजलियों के देवता ने प्रशंसा के शब्दों में आसा लोगों की मित्रता का विश्वास उसको दिलाया। और जब उल की दिलजमई हो गई तो वह असगार्ड वापस आ गया और उसने वहाँ वानाओं से सब बातें कहीं। वानाओं ने खुश होकर ओडिन को वापस बुलाने के लिये कहा तब वह बहुत प्रसन्न हुआ।

शीघ्र ही वानाओं ने ओडिन को इज्जत के साथ असगार्ड में वापस बुलाया और फिर राजा बनाया। उस ठोस सोने के सिंहासन पर वह बैठकर बहुत रोबीला दिखने लगा।

इस तरह से आसा-देवताओं और वाना-देवताओं का झगड़ा मिट गया और फिर सब लोग प्रेमपूर्वक साथ-साथ रहने लगे। परन्तु यह बात सभी जानते थे कि जव रगनारक अर्थात् कयामत का दिन आयेगा तब सुरथुर बदला लेने आयेगा और तभी वानाओं को असगार्ड छोड़कर चला जाना पड़ेगा।

जब असगार्ड में फिर से आसा-देवता वापस आ गये और ओडिन राजा बन गया तो उसने युक्तियों द्वारा दानवों की सारी चालें काट डालीं और युद्ध में उन्हें बहुत मारा। बहुत से दानव मार डाले गये और बहुतों को कड़ी से कड़ी सजा दी गई। जो बचे थे उन्हें जौटन-हीम वापस भगा दिया गया।

इसके बाद सर्वत्र शांति स्थापित हो गई और असगार्ड, मिडगार्ड तथा पृथ्वी में आनंद छा गया। सभी जगह लोग लड़ाई के नाम से नफरत करने लगे क्योंकि लड़ते-लड़ते सभी थक गये थे।

ओडिन को जब लोहे के बन की चुड़ैल के जादू और बुरे कारनामों की याद आई तो उसने आम हुक्म निकाला कि कोई भी ऐसा काम न करे और जो करेगा वह सजा पायेगा। जो बुरे आदमी वानाओं के काल में ज्यादा बलि देकर हैला में अपने लिये जगह मुकर्रर कराते थे अब वह ऐसा नहीं कर पाते क्योंकि इस किस्म की कुर्बानियाँ भी ओडिन ने हुक्म से बंद करा दीं। उसने आज्ञा दी कि केवल अधिक बलि देकर कोई भी मनुष्य देवताओं के नीचे थिंगस्टैड तक नहीं पहुँच सकेगा। और जो योद्धा हमेशा उसके साथ अब तक रहे थे और ज्योति फैलाने वाली उसके साथ रहने वाली कन्याओं द्वारा उसके सामने लाये जाते थे उन्हें अब ओडिन ने असगार्ड में बुलाकर बसा लिया कि वह वहाँ वाल्हाल स्वर्ग का आनंद भोग सकें।

इस तरह विश्व का प्रथम युद्ध समाप्त हुआ पर लोक द्वारा फैलाये हुए सब ऐबों का अभी अंत नहीं आया था। उसकी इन बुराइयों के कारण दुख फैलता ही रहा। उसने मौका देखकर एक दिन माईमर को मार डाला।

जब माईमर का बध हो गया तो बुद्धि का फव्वारा सूना पड़ गया और वहाँ कोई रखवाला नहीं था। इसी कारण याग्ड्रैसिल जो कि संसार का कल्पवृक्ष था वह भी सूखने लगा क्योंकि तब उसमें रस आना बंद हो गया था। उसके कई पत्ते झड़ गये और उसकी डालियाँ भी सूखने लगीं।

माईमर के सात लड़के थे और जब वह उस बुद्धि के फव्वारे की रक्षा करने के लिये गये तो लोक ने उन्हें जादू द्वारा अनंत निद्रा में सुला दिया। वे सातों भाई अपने सोने के बने विशाल कमरे में बेहोश होकर सो गये और उनके आसपास उनका अगाध धन और खजाना पड़ा रहा। बीच में सिंड्रे-डवालिन लेटा था और उसके इर्द-गिर्द उसके भाई लेटे हुए थे। यह सातों भाई बदलती हुई ऋतुओं के मालिक थे पर अब बेहोश पड़े थे।

और जब दुनिया से कई मनुष्य हैला को गये तो उन्होंने भी इन्हें वैसे ही बेहोश सोते देखा था। वे डर के मारे उस कमरे में दाखिल नहीं होते थे न वहाँ की संपत्ति को ही हाथ लगाते थे क्योंकि यह बात सभी को ज्ञात थी कि जो कोई भूले-भटके भी उनके कपड़ों में भी हाथ लगा देगा या उस अगाध धन को चुराना चाहेगा तो उसका हाथ फौरन गलकर गिर जायगा। माईमर के सातों पुत्र अपनी राजसी पोशाकों को और कीमती आभूषणों को पहनकर उस अगाध संपत्ति के बीच उस सोने के बने बड़े कमरे में लेटे ही रहे।

जब रैंगनौरक का दिन आयेगा और देवताओं का अंत आयेगा तब हीमडल अपना नरसिंहा जोर से फूंकेगा जिससे बादलों की सी गरज निकलेगी और उस शब्द को सुनकर माईमर के वे सातों पुत्र उठकर बैठ जायेंगे और दीवाल पर टँगी अपनी प्रचंड तलवारों को लेकर संसार का संहार करने आखिरी लड़ाई पर जायँगे। वह तलवारें ऐसी होंगी कि उनको केवल वही चला सकेंगे और उनकी चोटों से कोई बच भी नहीं सकेगा।

दुलहिन थौर

थ्राईम बड़ा जबर्दस्त दानव था। वह बहुत लंबा-चौड़ा और बलवान था और उसके पास दानवों की बहुत बड़ी सेना थी। एक दिन वह आसमान के रास्ते जा रहा था तो उसे असगार्ड के पास जंगल में परम सुंदरी युवती दिखलाई दी जो इतनी अच्छी लगती थी कि देखने वाला उसे देखता ही रह जाता था। वह युवती जवान थी और बहुत हृष्टपुष्ट थी। जब थ्राईम ने उससे नीचे उतरकर पूछा कि वह कौन है और कहाँ की रहने वाली है तो उसने कहा : "मेरा नाम फ्रियँजा है और मैं आसा-वंश की देवी हूँ। मेरी जैसी सुंदरी नौ दुनियाओं में भी नहीं है और मैं आजाद रहती हूँ।"

तब थ्राईम ने उससे कहा : "हे सुंदरी फ्रियँजा ! मैंने जब से तुम्हें देखा है तभी से मैं तुम्हारे ऊपर मुग्ध हो गया हूँ। अब सिवा तुम्हारे मुझे कुछ और अच्छा नहीं लगता इसलिए तुम मेरे साथ चलो और मेरे राज्य में आराम से रहो। वहाँ चलकर मुझसे ब्याह कर लो और मेरी रानी बन जाओ। मैं बहुत बड़ा बादशाह हूँ और बहुत पराक्रमी हूँ। मैं धरती के अंदर मीलों घुस सकता हूँ और मुझसे लड़कर अभी तक कोई नहीं जीता है। मेरे साथ रहने से तुम्हें कोई तकलीफ नहीं होगी।"

हँसकर फ्रियँजा ने उसे फटकार दिया और कहा : "मूर्ख, मुझसे शादी करना चाहता है, तू भाग जा नहीं तो आसा-थौर से कहकर मैं तुझे फौरन मरवा डालूँगी। भला इसी में है कि इसके पहले कि थौर यहाँ अपने हथौड़े मजौल्नर को लेकर आये, तू भाग जा और फिर कभी इधर वापस मत आना।"...

थ्राईम दुखी होकर अपने देश चला गया क्योंकि उसे थौर की ताकत के बारे में सब कुछ मालूम था। वह जानता था कि जब थौर अपने मजौल्नर को घुमायेगा तो उसके सामने कोई नहीं ठहर सकेगा। पर दिल में किसी-न-किसी तरह आसा-देवताओं से बदला लेने की तरकीबें सोचने लगा और इसी धुन में लगा रहा कि किसी भी तरह हो सुंदरी फ्रियँजा से ब्याह करके ही रहेगा।

बहुत दिनों से वह देवताओं के खिलाफ कुचक्र रचने लग गया और हमेशा उनका बुरा सोचता और करता। आखिर में उसने अपने कुचक्र को इतना तेज कर लिया कि थौर को और सभी देवताओं को उसका नतीजा भुगतना पड़ा क्योंकि उन्हें उसकी चालों का पता ही तब चला जब थौर लोक को साथ लेकर जौटन-हीम से लौट रहा था। रास्ते में रात के समय एक पेड़ के नीचे दोनों सो गये। आधी रात के समय थौर एकाएक जागा तो उसने देखा कि उसका हथौड़ा मजौल्नर उसके पास नहीं है। वह घबरा गया और क्रोध से भन्ना गया। उसने सब जगह ढूंढ़ा पर हथौड़े का कहीं पता नहीं चला। घबरा कर उसने अपनी लाल दाढ़ी नोच ली और सोचने लगा। उस पर एक अज्ञात भय सवार

हो गया क्योंकि बिना उस हथौड़े के वह बहुत कमजोर हो गया था और दानवों का मुकाबला नहीं कर सकता था।

जब आसा-लोक जागा तो थौर ने उससे कहा : "मेरी बात सुनो क्योंकि मैं तुम्हें वह बात बतलाता हूँ जो न किसी स्वर्ग में न पृथ्वी में सुनी है—सुनो ! मेरा मजौल्नर खो गया है।

यह सुनकर लोक बहुत डरा। उसको डरते हुए देखकर थौर और भी डरा और अब दोनों भागकर असगार्ड जा पहुँचे। वहाँ जाकर वे सीधे फ्रियँजा के घर पहुँचे। थौर ने उससे कहा : "हे फ्रियँजा सुंदरी ! क्या तुम मुझे अपने बाज़ के कपड़े दे सकती हो ? क्योंकि मेरा मजौल्नर हथौड़ा खो गया है। इसलिए वह पहनकर मैं उसे ढूंढ़ने जाना चाहता हूँ।"

फ्रियँजा ने मधुर मुस्कान के साथ उत्तर दिया : "हालाँकि वह चाँदी का बना हुआ है फिर भी मैं तुमको उसे जरूर दे दूंगी। बल्कि वह अगर सोने का भी बना हुआ होता तो भी तुमको मैं उसे जरूर ही देती।"

उसने वह बाज़ के कपड़े उसको दे दिये। थौर ने वह लेकर लोक को दिये और वह उन्हें पहनकर आसमान में उड़ गया। वह शीघ्र ही असगार्ड से बहुत दूर जौटन-हीम के परले छोर पर उत्तर दिशा में जा पहुँचा। वह रुका नहीं और उड़ता चला गया और आखिर में वह वहाँ एक बहुत ऊँचे पहाड़ पर पहुँचा जहाँ दानवों का बादशाह थ्राईम बैठा हुआ अपने कुत्तों को लिये सोने के तार बटकर जंजीरें बना रहा था और कभी-कभी अपने घोड़े के सोने के अयालों को प्यार से सहला देता था।

जब उसने बाज़ के पंखों पर उड़ते हुए लोक को देखा तो बोला : "आसा-देवता लोग कैसे हैं और उनकी देवियाँ कैसी हैं ? तुम यहाँ इतनी दूर अकेले कैसे आये हो ?"

लोक ने अपने पंख समेटे और उन पर गिरी हुई बर्फ को झाड़कर बैठते हुए कहा : "देवता सभी दुखी हैं और देवियाँ भी सब दुखी हैं। क्या तुमने बिजलियों के देवता थौर का हथौड़ा चुराकर छिपा दिया है ?"

थ्राईम यह सुनकर खूब हँसा और वह इतनी जोर से हँसा कि जगह-जगह पर पहाड़ों से बर्फ गिर गई, फिर उसने ढीठपन से जवाब दिया : "इसमें शक ही क्या है ? मैंने ही उसे छिपा दिया है। धरती में पहाड़ों के नीचे नौ मील की गहराई पर मैंने मजौल्नर को छिपा दिया है। और मैं उसे कभी नहीं वापस करूँगा।"

तब लोक घबराकर बोला : "ऐसा मत करो हे बादशाह ! क्योंकि उसकी थौर को बड़ी आवश्यकता है।"

थ्राईम फिर जोर से हँसा और अपना बड़ा सिर हिलाने लगा। बोला : "थौर को उसे कभी नहीं दूँगा क्योंकि मुझे मालूम है कि उसकी उसको बड़ी जरूरत है। मैं यह भी जानता हूँ कि बिना मजौल्नर के थौर कुछ नहीं कर सकता इसलिए और भी नहीं दूँगा।"

तब लोक बोला : "क्या कारण है जो तुम मजौल्नर को छिपाये बैठे हो और उसे थौर को नहीं देते।"

बादशाह ने तब उत्तर दिया : "दे सकता हूँ, पर एक शर्त पर," और उसने लोक के मुंह की तरफ देखा।

लोक बोला : "वह शर्त क्या है जल्दी बोलो।"

"वह शर्त यह है···" थ्राईम धीरे से बोला, "परम सुंदरी आसा-देवी फ्रियँजा को मेरे हवाले करो, क्योंकि मैं उसे अपनी पत्नी बनाना चाहता हूँ," और वह अपने हवाई घोड़े के सोने के अयालों को सूंतने लग गया और चुप हो गया।

लोक यह सब सुनकर फिर उड़ा और शीघ्र ही असगार्ड में आ गया। थौर उसकी प्रतीक्षा किले के कँगूरों पर बैठा कर रहा था। जब लोक आसमान में उड़ता हुआ उस किले पर आकर उतरने ही वाला था तभी वह चिल्लाकर बोला : "हे लोक ! क्या तुमने अपना काम पूरा कर लिया ? मुझे नीचे उतरने के पहले ही जल्दी बतलाओ क्योंकि जो बात बैठकर कही जाती है वह कम महत्त्व की होती है और जो आराम से बैठकर या लेट कर कहता है वह निश्चय ही झूठ बोलता है क्योंकि तब वह मन में गढ़ता जाता है और कहता जाता है।

लोक ऊपर ही से बोला : "जो जानना चाहिए था वह सब मैंने मालूम कर लिया है। हे थौर ! तुम्हारा हथौड़ा ले जाने वाला दानव थ्राईम है जो जोट्नस का राजा है। वह सुदूर उत्तर में रहता है। उसके पास दानवों की बहुत बड़ी सेना है। वह बहुत बली है और उसके कुत्ते सोने की जंजीरों में बँधते हैं। उसके घोड़े के अयाल सोने के हैं। वह हवा से तेज चलता है। थ्राईम ने तुम्हारा मजौल्नर छिपा दिया है। जानते हो कहाँ ? सुनोगे ?"

"जल्दी बोलो," थौर ने अधीर होकर कहा। लोक बोला : "उसने उसे पहाड़ों के नीचे भूमि के अन्दर नौ मील की गहराई पर कहीं गाड़ दिया है और उसने खुद मुझसे कहा है कि उसने ही ऐसा किया है।"

"मैं उसे मार डालूँगा," थौर क्रोध से चिल्ला उठा।

"पर मारोगे किस चीज से," लोक फौरन बोला, "मजौल्नर के बिना क्या कर सकते हो ?"

"हाय, अब मैं क्या करूँ," थौर ने दुखी स्वर में कहा।

लोक ने फिर कहा : "ओर···"

"हाँ और क्या···" बीच ही में थौर बोल उठा।

'और यह कि वह तुम्हें उस हथौड़े को नहीं देगा।"

"हाय···" थौर ने टूटे दिल से कहा।

"घबराओ मत, क्योंकि एक शर्त उसने कही है," लोक बोला।

"जल्दी बोलो लोक, जल्दी—वह शर्त क्या है," जोश से थौर चिल्लाया।

"वह यह कि फ्रियँजा आसा-देवी, सुंदरी को वह चाहता है और उसे अपनी स्त्री बनाना चाहता है। उसे फ्रियँजा दे दो, अपना मजौल्नर ले लो···"

"पर यह क्या संभव हो सकेगा ? फ्रियँजा क्यों जाने लगी !" थौर ने चिंतित स्वर से कहा। तो लोक बोला : "पूछ तो लो।"

वे दोनों सुंदरी फ्रियैंजा के पास गये। थौर अज्ञात भय से कांप रहा था। वह इतना अधीर हो रहा था कि बहुत ही शक्तिहीन हो गया था। बिजलियों के उस पराक्रमी देवता को सबसे बड़ा डर इस बात का लगा हुआ था कि कहीं बर्फीले दानवों को यह पता न चल जाय कि थौर का मजौल्नर चोरी चला गया है—अगर उनको पता लग गया तो वे फौरन असगार्ड पर हमला बोल देंगे और उसे जीत लेंगे। धड़कते हुए कलेजे से वह फ्रियैंजा के पास पहुँचा और बोला : "हे फ्रियैंजा, तुम जल्दी तैयार हो जाओ क्योंकि हमें जौटन-हीम जाना है। शादी के अच्छे-अच्छे कपड़े और जेवर पहिन कर शृंगार कर लो क्योंकि वहाँ का दानव राजा थ्राईम तुमसे शादी करना चाहता है।"

"उस मूर्ख दानव से मैं शादी करूँ," आश्चर्य से फ्रियैंजा ने थौर का मुँह देखा। तब थौर बोला : "हे सुंदरी, असगार्ड की भलाई के लिये तुम उसे वर लो क्योंकि उसने मेरा हथौड़ा मजौल्नर जमीन के अन्दर नौ मील की गहराई में गाड़कर कहीं छिपा दिया है और बिना हथौड़े के मैं कर क्या सकता हूँ ? शीघ्र ही यदि यह बात फैल गई कि थौर के पास अब मजौल्नर नहीं है तो उत्तर से बर्फीले और भयानक दानव असगार्ड पर हमला करके इसे मिट्टी में मिला देंगे। इसलिये तुम जल्दी तैयार होकर मेरे साथ जौटन-हीम चलो और वहाँ थ्राईम को पति रूप में मानकर रहो।"

फ्रियैंजा क्रोध से लाल हो गई और उसने भन्नाकर गले का चमचमाता हुआ सोने का कंठा तोड़कर फेंक दिया। वह कंठा जो उसकी सुंदरता में चार चाँद लगाता था। वह चिल्लाई : "नहीं मैं कभी नहीं, जाऊँगी जौटन-हीम। न मैं उस थ्राईम से शादी ही करूँगी। मैं प्रेम में पागल होकर रहना अधिक पसन्द करूँगी और थ्राईम की स्त्री कभी नहीं बन सकती," उसने साफ इन्कार कर दिया।

थौर निराश होकर दुख से बैठ गया। लोक ने सलाह दी : "ऐसे काम नहीं चलेगा। कोई न कोई उपाय तो करना ही होगा। चलो देवताओं को इकट्ठा करें और उनसे कहकर मजौल्नर ढूंढ़कर वापस लाने की सलाह करें।"

दोनों घूम-घूम कर सभी देवताओं के पास गये और थिंगस्टैड में सभी को बुलाया। शाम के समय सभी देवता सभा में इकट्ठे हुए। उसी समय सब देवताओं की स्त्रियाँ विंगोल्फ हाल में एकत्रित होकर फ्रियैंजा के भाग्य के बारे में सलाह-मशविरा करने लगीं।

जब सब बैठ गये तब थिंगस्टैड के परम बुद्धिमान राजा हीमडल सामने आये। वह अपने तेज से चमक रहे थे और भविष्य को देख सकते थे। वह ऊंचे आसन पर बैठ गये तो बाकी सभी देवता अपने-अपने आसनों पर बैठे और दरबार शुरू हुआ। थौर ने मजौल्नर खोने की बात सभी को बतलाई। लोक बोला : "मुसीबत सामने खड़ी है, अगर कोई उपाय जल्दी नहीं ढूंढ़ा गया तो उत्तर से बर्फीले दानव हमला कर देंगे। अभी तो उनको मालूम नहीं है पर जब वे जान जायेंगे कि मजौल्नर खो गया है फिर उनका भय जाता रहेगा और असगार्ड पर मुसीबत आ जायगी। हे हीमडल ! तुम बहुत बुद्धिमान हो और चालाक भी हो, तुम ही क्यों नहीं कोई तरकीब बतलाते ?"

थौर बोला : "यदि फ्रियैंजा चली जाती तो मजौल्नर मिल जाता पर वह जाती ही नहीं है," और उसने अफसोस की आह भरी।

लोक बोला : "लेकिन उसमें तो हमारी हतक है कि हमारी लड़की बिना मर्जी के उस दानव को दे दी जाय और हथौड़ा वापस लिया जाय। इस तरह सौदा करके मजौल्नर को वापस लाना ठीक नहीं है।"

तब तक देवताओं की स्त्रियाँ भी आ गईं। उनमें से एक बोली : "नहीं फ्रियैंजा को उस दानव के पास हम नहीं जाने देंगी। इसमें तो असगार्ड का नाम गिरता है कि औरत को सामने रखकर थौर ने, जो बिजलियों का राजा है, अपना हथौड़ा वापस लिया।"

दूसरी बोली : "मर्द हो तो लड़कर अपना हथियार वापस लाओ।"

"पर इससे तो काम चलेगा नहीं। अव्वल तो लड़ें काहे से फिर यदि लड़ें भी तो हथौड़ा तो छिपाकर रख दिया गया है वह तो बतलाने से ही मिलेगा," थौर ने धीरे से कहा। बात फिर सोच-विचार में पड़ गई। सभी अपनी-अपनी कहने लगे। थौर के कुछ साथी देवताओं ने कहा : "हर्ज क्या है, फ्रियैंजा चली ही क्यों नहीं जाती?"

"नहीं, कभी नहीं जाऊँगी, नहीं-नहीं-नहीं," पतली आवाज में रोते हुए जोर से फ्रियैंजा चिल्लाई। उसको रोते देखकर सभी का दिल दहल गया। तब एक और देवी बोली : "इतने मर्दों के रहते एक स्त्री को देकर मजौल्नर वापस आया तो व्यर्थ है तुम्हारी सबकी जिन्दगी।"

थौर क्रोध से काँपने लग गया और चिल्लाकर बोला : "ठीक है। नहीं जायगी फ्रियैंजा—कभी नहीं जायगी। मैं बिना मजौल्नर के ही थ्राईम से लड़ने जाता हूँ और···"

"और क्या? तुम जाकर कर ही क्या लोगे," लोक बीच में बोल उठा।

सभी समस्या को हल करना चाहते थे पर किसी को कुछ सूझ ही नहीं रहा था। तभी मेघ गंभीर ध्वनि में हीमडल बोला जिसे बोलते सुनकर सभी चुप हो गये। दरबार में सन्नाटा छा गया। वह बोला : "घबराने की कोई बात नहीं है। मैंने ऐसी तरकीब सोच ली है कि न तो फ्रियैंजा जाय और बिना रुकावट के राजी-राजी मजौल्नर भी वापस आ जाय।"

उसने सब लोगों पर अपनी बात का असर देखने के लिये फिर सब तरफ देखा। सभी उत्सुकता से खड़े हो गये थे और उसका मुँह देख रहे थे। पर वह बड़ी देर चुप रहा और लोग उसकी इस हमेशा की आदत से उकता गये। यह उसकी आदत थी कि चाहे जितनी महत्त्वपूर्ण बात हो पर वह हमेशा ही बहुत धीरे-धीरे सुनने वालों को तरसा-तरसाकर बतलाता। पर इस वक्त उसे टोकने का मौका नहीं था, इसलिए अधीर होते हुए भी थौर चुप ही रहा। हीमडल फिर धीरे-धीरे बोला : "फ्रियैंजा के शादी के कपड़े पहिन कर खुद थौर जाय। वह औरत का भेप धर ले। फ्रियैंजा के गले का सोने का कंठा भी पहन ले क्योंकि जो उसे पहनता है वह उसकी सुंदरता को चार चाँद लगा देता है। थौर की कमर में बजती हुई चाबियों का गुच्छा बाँध दिया जाय जिसे वह चलते वक्त हिलाता रहे और आवाज करता रहे। उसके बालों को सूँतकर चिपका दिया जाय।

उसकी छाती पर बहुत-सा कपड़ा गोल करके बांध दिया जाय और बड़ी-बड़ी फूल की मालायें बाँध दी जायँ । फिर वह फ्रियँजा बनकर थ्राईम के पास जाय ।"

थौर यह सुनकर विरोध करने लगा और बोला : "नहीं, नहीं यह ठीक नहीं होगा । मैं औरत नहीं बनूंगा । इसमें तो मेरी तौहीन होगी और मुझे देखकर सभी देवता लोग हँसेंगे । मैं कभी औरत नहीं बनूंगा । कोई और उपाय सोचो ।"

"और कोई उपाय नहीं है," हीमडल ने फौरन मोटी आवाज में फैसला दे दिया । थौर हीमडल से बहुत नाखुश हुआ और दुबारा विरोध करने ही वाला था कि लोक बोल उठा : "थौर तुम चुप रहो, फिजूल विरोध उठाकर काम में रुकावट मत डालो । तुम अच्छी तरह जानते हो कि यदि तुम्हारा हथौड़ा नहीं मिला और बर्फीले दानवों को इस बात का पता लग गया तो बस वह एकदम हमला बोलकर असगार्ड पर बर्फ का पहाड़ बना देंगे । इससे अच्छा यही है कि तुम झटपट फ्रियँजा के कपड़े पहन लो और जौटन-हीम को रवाना हो जाओ ।"

निदान थौर चुप हो गया । फ्रियँजा आगे आई और थौर को अपने साथ हाथ पकड़ कर ले गई । घर जाकर उसे अपने कपड़े पहनाये और अपना सुन्दर सोने का कंठा उसके गले में बांधा जिसे पहनकर वह औरतों का-सा सुंदर सलोना हो गया । फ्रियँजा ने उसके बालों को सूंतकर औरतों का-सा जूड़ा बना दिया और वाकी बाल लटकाकर गूंथ दिये । थौर की विशाल छाती पर कपड़ा गोल-गोल बाँधकर फूल मालाओं से उसे ढँक दिया और उसे हर तरह से औरत का-सा बना दिया । सबके ऊपर दुलहिन की पोशाक पहना दी । अब थौर जौन्टस के राजा थ्राईम की मँगेतर के रूप में खड़ा हुआ । सबों को उसे देखकर हँसी आ रही थी पर कोई उसके डर से हँसा नहीं । लोक ने अपनी मर्जी से उसकी दासी के कपड़े पहने और वह दासी जँचने लग गया । अब थौर और लोक जौटन-हीम को रवाना हो गये । बाहर आकर थौर अपने सोने के रथ पर लोक को साथ लेकर चढ़ गया और बकरे उस रथ को लेकर उड़े । बड़ी तेजी से रथ चला जा रहा था । बड़े-बड़े पहाड़ हिलने लगे और स्वर्ग से अग्नि-वर्षा मिडगार्ड पर होने लगी । थौर का रथ हवा की तरह तेज उड़ता हुआ चला । थौर के कपड़े उड़ने लगे तो लोक ने उन्हें पकड़ा और थौर मे कहा : "यह मत भूलो कि तुम औरत बने हुए हो । जरा औरतों का-सा ही बर्ताव रखना ।"

थौर बोला कुछ नहीं केवल सिर हिलाकर स्वीकृति दी । जब जौटन-हीम थोड़ी दूर रह गया तो उन्होंने इस रथ को एक जगह सुनसान पाकर रोक लिया और उसे पेड़ों की आड़ में खड़ा कर दिया । फिर दोनों पहाड़ पर चढ़ने लगे ।

थ्राईम उस समय पहाड़ की चोटी पर बैठा था और अपने हवाई घोड़े के सोने के अयाल सहला रहा था । उसके शिकारी कुत्ते सोने की बनी बड़ी-बड़ी जंजीरों से बंधे हुए भूँक रहे थे ।

जब थौर और लोक औरतों का भेष धारण किये हुए पहाड़ पर पहुँचे तो वह उन्हें देखकर बहुत खुश हुआ । थौर ने अपना मुंह कपड़े से ढँक लिया था, इसलिये थ्राईम ने पूछा : "तुम कौन हो ?"

"यह फ्रियैंजा है और मैं इनकी दासी," पतली आवाज में लोक ने जवाब दिया।

बादशाह खुशी से नाच उठा। वह बोला : "आओ, आओ फ्रियैंजा आओ। तुमने बहुत अच्छा किया जो आ गई, मैं तो तुम्हारी बाट जाने कब से देख रहा हूँ। अब तुम आ गई हो तो मेरी खुशी का कोई ठिकाना नहीं रहा। तुमको अपनी पत्नी बनाकर मैं बहुत खुशकिस्मत हो जाऊँगा। मैं तुम्हें बहुत समय से चाहता हूँ पर पहले तुमने जो मुझसे इन्कार कर दिया था तो मैं बहुत निराश हो गया था पर अब तुमने मुझ पर बड़ी कृपा की है, यह मेरा अच्छा भाग्य है। आओ, तुम्हारा स्वागत है। अब तुम यहाँ रानी बनोगी।"

फ्रियैंजा के भेष में थौर चुप रहा। तब दानव चिल्लाकर बोला : "उठो, मेरे दानवो उठो! दावत की तैयारी करो, खुशियाँ मनाओ, नाचो और गाने गाओ, क्योंकि परम सुंदरी आसा-देवी फ्रियैंजा आज मेरी पत्नी बनने आई हैं।"

जब शाम हुई और थ्राईम के सामने उसके बाड़े में उसकी तगड़ी-तगड़ी लाल-लाल गायें और काले बैल हाँक कर लाये गये तो वह बहुत खुश हुआ क्योंकि सभी के सींग सोने से मढ़े हुए थे। वह गर्व से बोला : "मेरे पास बेशुमार दौलत है। मैं जो चाहता हूँ वही मेरा हो जाता है। मेरी इच्छा से हर चीज मेरी हो जाती है। अब तक सिर्फ एक कमी थी और वह आज पूरी हो गई। मेरे पास फ्रियैंजा नहीं थी, आज वह भी मिल गई।"

फिर नौकर फ्रियैंजा (थौर) को किले के अन्दर ले गया और जब वह अन्दर चला गया तो उसने अपने पास केवल अपनी दासी (लोक) को रखा, बाकी सबों को अपने कमरे से निकाल दिया।

रात को दावत शुरू हुई। मेज के एक तरफ थौर (फ्रियैंजा) बैठा और उसके पास लोक (दासी) बैठा। थ्राईम उन्हें बैठा देखकर खुशी से पागल हो रहा था। जब खाना आया तो थौर जो बहुत भूखा था खाने पर टूट पड़ा और उस समय भूल गया कि वह दुलहिन बना हुआ था, इसलिए उसे कम खाना चाहिए। वह एक पूरा बैल खा गया और ऊपर से आठ केंकड़े भी खा गया। मिठाइयाँ उसने सब साफ कर दीं और तीन बड़े मटके पुरानी शराब से भरे पी गया। यह सब दानवों की स्त्रियों के लिये बनाये गये थे जो वह अकेला ही खा गया।

उसका खाना देखकर थ्राईम आश्चर्य से भर गया और तब वह चिल्लाकर बोला : "किसी ने आज तक दुलहन को इतना खाना खाते देखा है? मैंने आज तक किसी औरत को नहीं देखा जो फ्रियैंजा जैसा खाना खाती हो या जो इतनी ज्यादा शराब पीती हो?"

लोक अब घबराया। पर वह चालाक था। उसको डर लगा कि कहीं थौर का भेद न खुल जाय। वह फौरन बोला : "आठ दिन तक हे दानव! फ्रियैंजा ने उपवास किया है क्योंकि वह जौटन-हीम आने के लिये इतनी उतावली थी कि खाना तक नहीं खाया। वह तुझे इतना अधिक चाहती है।"

यह सुनकर थ्राईम खुश हो गया और उसने लोक को इनाम में सोने का एक

बर्तन दिया जिसे उसने इज्जत से रख लिया। तब दानव उठा और थौर की ओर चला। उसके मुँह से हलका घूंघट उठाकर उसका चुम्बन लेने को झुका पर जैसे ही उसने देखा वह झट हट गया और उस कमरे के दूसरी तरफ जाकर चिल्लाकर बोला : "फ्रियैंजा की आँखें इतनी चमकदार और भयानक क्यों हैं। वह तो ऐसे जल रही हैं मानो अंगारे हों।"

तब लोक ने फिर चालाकी से उत्तर दिया : "आखिर कहना ही पड़ा, तो सुनो, फ्रियैंजा तेरी याद में पागल है और तुझसे मिलने के लिये वह आठ दिन और आठ रात सोई नहीं है। वह जौटन-हीम आने को इतनी उतावली थी।"

थ्राईम फिर खुश हो गया। थ्राईम की बहिन आई और बोली : "मैं आपकी इज्जत करती हूँ" और उसने झुककर थौर के औरतों वाले लटकते कपड़ों को चूमा और बोली : "मेरे भाई को पहनाने के लिए जो सोने की अँगूठी आप लाई हैं वह मुझे दे दीजिये। यदि आप मेरी मुहब्बत लेना चाहती हैं तो उसे मुझे दे दीजिये और मैं ही उसे अपने भाई को दूँगी।"

पर थौर जो कि अब तक बहुत उकता गया था और गुस्से से भनभना रहा था चुप ही रहा और उसने उसको कुछ नहीं दिया।

थ्राईम ने कहा : "अब शादी हो जानी चाहिये क्योंकि देर करने से फायदा ही क्या है ?"

लोक बोला : "शादी के पहिले असगार्ड के देवताओं से दोस्ती का सबूत तुमको देना होगा और जो बात ठहर गई है उसे पूरा करना होगा। थौर का जो हथौड़ा मजौल्नर है उसे लाकर दुलहिन की गोद में रखकर ही फ्रियैंजा शादी करेगी।"

थ्राईम चिल्लाया : "मजौल्नर को फौरन पृथ्वी के गर्भ से ऊपर निकाल लेना चाहिये। इसलिए फौरन ऐसा हो।"

थौर मन ही मन हँसा परन्तु वह चुप रहा और अपनी हँसी को रोके रहा और मजौल्नर के आने की बाट देखने लगा।

थोड़ी देर बाद एक नौकर ने मजौल्नर लाकर उसकी गोद में रख दिया और अब थौर का दिल खुशी से नाच उठा। उसने उसकी मूठ को कस कर पकड़ा और एकदम अपना घूँघट उतार कर फेंक दिया। अपने घुटने मोड़कर औरतों के कपड़े उतार कर फेंक दिये और हथौड़ा लेकर दानवों पर टूट पड़ा। थ्राईम भौचक्का रह गया और भागने भी नहीं पाया था कि थौर ने उसे मजौल्नर के एक ही वार में मार डाला। वह कूद कर उस बड़े कमरे के दरवाजे की तरफ गया और उसने उसे बंद कर दिया जिससे एक भी दानव बाहर न भाग जाय। अपने बादशाह को मरा हुआ देखकर और कमरे में बंद पाकर सभी दानव डर से चिल्लाने लगे और जब थौर हथौड़ा लेकर उन पर ऐसे टूट पड़ा जैसे बिल्ली चूहों पर टूट पड़ती है, तब तो वे रोने लगे और उसके हथौड़े की चोट से नीचे गिर-गिर कर मरने लगे। थौर ने उन्हें घेर-घेर कर मारा और वह इतने जोश से हथौड़ा चला रहा था कि उसके एक-एक प्रहार से तीन-तीन दानव मर जाते थे। उसने सब दानवों को चुन-चुनकर मार डाला और जब सभी मर गये तो उनकी लाशों पर खड़ा होकर वह बड़े जोर से गरजा और जब बिजलियों का देवता गरजा तो सभी बिजलियाँ

कड़कने और गरजने लग गईं। सारी दुनिया में भूकम्प आ गया, पहाड़ हिलने लगे और जगह-जगह से धरती फट गई। असगार्ड में थिंगस्टैंड पर बैठे हुए हीमडल को पता चल गया कि थौर ने थ्राईम को मार डाला।

थौर दानवों के खून से नहाता हुआ लोक के पास आया जो एक तरफ खड़ा था और जिसने अपने दासी के कपड़े उतार कर फेंक दिए थे। तभी थ्राईम की बहिन जिसने फ्रियैजा रूपी थौर से सोने की अँगूठियाँ माँगी थी, मेज के नीचे से निकल कर भागी। थौर ने उसे पकड़ लिया और घुमाकर उसे एक हथौड़ा ऐसा मारा कि उसका सिर धड़ से अलग होकर दूर जा गिरा। कहाँ तो उसने थौर से खजाना माँगा था और मिली उसे हथौड़े द्वारा मौत। थौर ने थ्राईम के पूरे खानदान को मार डाला, उनमें से कोई बाकी नहीं बचा।

इसके बाद अपने रथ पर बैठकर थौर और लोक असगार्ड वापस चले। समुद्र, हवा और भयानक पहाड़ों पर होते हुए उन्होंने अपना रास्ता पार किया। आकाश में वह तारों के बगल से तेज निकलकर चला जाता और वह काले पहियों का अद्‌भुत सोने का रथ जब चला जा रहा था तो उसके (थौर) भय से पहाड़ काँपने लगे, समुद्र थर्राने लगा पृथ्वी पर जगह-जगह आग लग गई।

विजयी थौर जब असगार्ड पहुँचा तो सबने उसे सम्मानित किया क्योंकि खोया हुआ मजौल्नर मिल गया था और पहाड़ों का राजा थ्राईम मारा जा चुका था।

पत्थर का दानव

उन दिनों जब थौर पूर्व दिशा में ट्रौल लोगों से युद्ध में फँसा हुआ था, एक दिन ओडिन अपने हवाई घोड़े पर चढ़कर असगार्ड से दूर सैर करने निकला। उसका घोड़ा बहुत खूबसूरत था। ओडिन जब उस पर सवार होकर निकला तो बहुत जँचता था। घोड़ा उसको लेकर हवा की तेज चाल से पृथ्वी, समुद्र और आकाश सभी मार्गों में विचरने लगा। ओडिन ने उसकी लगाम जौटन-हीम की तरफ मोड़ दी थी और वह उस तरफ ही हवा में तैरता हुआ चला जा रहा था।

पत्थर के दानव हरंगनर ने, जो कि जौटन-हीम की तरफ ही रहता था जब ओडिन को हवा में आते देखा तो चिल्लाकर बोला : "यह कौन सुंदर पुरुष मेरी तरफ आ रहा है ? उसके सिर पर चमकते हुए सोने का अद्भुत मुकुट है। वह समुद्रों और आकाश में तैरता हुआ चला आ रहा है। उसका घोड़ा सचमुच ही कितना तेज है—मालूम होता है कोई महापुरुष आ रहा है ?"

ओडिन ने यह सब बातें सुन लीं और उस पत्थर के विशाल और महाबली दानव से अपनी तारीफ सुनकर वह फूल गया। शीघ्र ही उस दानव के पास उतरा और जब वह उतरा तो उस समय तक दानव उसकी और उसके घोड़े की तारीफ कर ही रहा था। हवा से उतरते ही घोड़े पर बैठे ही बैठे वह गर्व के साथ बोला : "सारे जौटन-हीम में स्लीपनर के मुकाबले दूसरा घोड़ा नहीं है। यह मेरा घोड़ा सब घोड़ों में श्रेष्ठ है।"

सिर्फ इतना कहकर उसने घोड़े की लगाम खींची और उसे मोड़कर असगार्ड वापस चला। अबकी बार वह घोड़ा उसे हवा से भी तेज चाल से वापस ले चला। तब वह पत्थर का दानव हरंगनर चिल्लाया और इतनी जोर से चिल्लाया जैसे कोई बड़ा पहाड़ टूटकर गिर गया हो। वह बोला : "तुम्हारा घोड़ा तेज तो जरूर है लेकिन मेरा पतले पैरों का गोल्ड फ्लैक्स (सोने के अयालों वाला) घोड़ा इससे भी तेज जाता है।"

उसने चिल्लाकर यह कहा और कूद कर अपने गोल्ड-फ्लैक्स की पीठ पर चढ़ गया। हवा की चाल को मात करता हुआ आसा-देवता का वह पीछा करने लग गया। उसने अपने घोड़े को खूब भगाया। जब घोड़ा भाग रहा था तो उसका पेट जमीन को छू रहा था और उसके सोने के अयाल हवा में उड़कर पत्थर के दानव की छाती से लग रहे थे। उसकी पूँछ जो सोने के बालोंवाली थी वह ऊपर उठ रही थी। बहुत ही तेज वह भागा पर ओडिन को न पकड़ सका। हरंगनर रुका नहीं, उसे भगाता ही गया। बिजली की तेजी से आगे बढ़ता ही गया क्योंकि उसके मन में यह इच्छा उत्कट होकर उसे जलाये दे रही थी कि वह किसी भी तरह स्लीपनर के सवार को हरा दे। घोड़ा उड़ा जा रहा था और इतनी दूर जा पहुँचा कि उसे पता भी नहीं चला कि वह असगार्ड में आ पहुँचा।

ओडिन के घोड़े के लिए गिराये पुल पर होकर असगार्ड के विशाल फाटक से वह भी नगर में घुस गया।

ओडिन पहले पहुँच चुका था और जब सभी देवताओं ने उसके पीछे-पीछे हरंगनर को अपने घोड़े पर आता देखा तो उन्होंने उसका बहुत स्वागत किया। हरंगनर ने वहाँ पहुँचकर यही उनसे कहा भी था कि उसे मेहमान बनाकर उसका स्वागत किया जाय। वे उसे लेकर दावत खिलाने अपने बड़े कमरे में ले गए और उसकी दावत बड़े शान के साथ की गई। हरंगनर भूखा था और उसने बहुत-सा मांस और मिठाइयाँ पलक मारते साफ कर दीं। उसके बाद उसको पुरानी शराब पिलाई गई जो बहुत स्वादिष्ट थी। जिन बड़े बर्तनों से थौर शराब पीकर अपनी थकान मिटाया करता था वही पात्र उसके (हरंगनर के) सामने रखे गये और फ्रियैंजा उन्हें भर-भर कर उसको देती गई। हर एक बड़े बर्तन की शराब जैसे-जैसे फ्रियैंजा भरती जाती थी, हरंगनर एक ही घूंट में पी जाता। इसी तरह फ्रियैंजा उसे पिलाती गई, और वह पीता गया। उसने इतनी ज्यादा शराब पी ली कि शीघ्र ही उसके नसों में वह भर गई और उसकी आँखें लाल होकर चमकने लगीं, सचमुच ही वह नशे में चूर हो गया। जब वह नशे में झूमने लगा तो उसकी जुबान खुल गई। वह शेखियाँ मारने लग गया और चिल्लाकर बकने लग गया। वह अकड़ कर चिल्लाया : "यह बड़ा कमरा वालहाल मेरा होगा···इतने बड़े कमरे को मेरा ही होना चाहिए क्योंकि सिवा मेरे और कोई इसमें रहना क्या जाने ? यह योद्धाओं का कमरा है ··मैं इसे उठाकर जौटन-हीम ले जाऊँगा !" सब हँसने लगे पर उसे कोई ध्यान नहीं था और वह तो अपने नशे में ऊटपटाँग बक रहा था।

और भी अधिक आनन्द मनाने के लिए फ्रियैंजा उसे अब और ज्यादा से ज्यादा शराब पिलाने लगी। थौर के उन पात्रों को जैसे ही वह खत्म कर देता वैसे ही वह फौरन फिर भर देती।

हरंगनर बकने लगा : "ओह, मैं कहाँ आ गया हूँ। मैं पत्थर का दानव ! सबसे जबर्दस्त हूँ। मैं इस असगार्ड को तबाह कर दूंगा और इसकी दीवालें और महलों को पलक मारते में ढहा कर असगार्ड में पत्थरों का ढूह लगाऊँगा—कोई मुझे नहीं रोक सकेगा क्योंकि मेरे समान बली और है ही कौन ?"

पर फ्रियैंजा तब भी नहीं रुकी और उसने उसको और भी ज्यादा शराब पिलाई। हरंगनर चिल्लाकर बोला : "नगर के अन्दर जितने भी देवता लोग हैं उन सब को मैं मार दूंगा। मैं आसा-वंश को मिटा दूंगा—हाँ, मिटा दूंगा।"

तभी फ्रियैंजा ने उसकी ओर मुस्कुराकर देखा, थोड़ी शराब उस बड़े प्याले में और ढाली। एकदम हरंगनर चिल्ला उठा : "मैं सबको मार दूंगा। बस, सिर्फ सुंदरी फ्रियैंजा और सिफ़ को छोड़ दूंगा, इन्हें नहीं मारूंगा।"

फ्रियैंजा फिर उसे पिलाती ही गई, वह बोला : "हा-हा ! असगार्ड की सारी शराब आज मैं पी जाऊँगा, सब पी जाऊँगा—हा-हा ! कुछ भी नहीं छोड़ूंगा। देवताओं के लिए कुछ भी नहीं छोड़ूंगा। देखता हूँ फिर यह कहाँ से पीयेंगे।"

इसके बाद वह देवताओं को खुले आम गालियाँ देने लगा। अब उसकी सभी हरकतें बहुत बुरी हो गईं।

देवता लोग उसके बर्ताव से उकता गये और उसकी शेखीखोरी से चिढ़े भी बहुत। पर उन्हें उसका सामना करने की हिम्मत नहीं हुई। उन्होंने थौर को याद किया। थौर एकदम उनके बीच में आ गया। देवता लोग उसे अपने बीच में आया देखकर खुशी से नाच उठे और सभी ने उसका बहुत स्वागत किया। वे उस समय हरंगनर को भूल गये।

थौर आगे बढ़ा और उसने देखा कि उसके बर्तनों में हरंगनर शराब पी रहा था। उसका शरीर मारे गुस्से के लाल हो गया और उसकी भौं काली होकर बीच में जुड़ गईं। उसने अपना मजौल्नर जोर से पकड़ लिया जिससे उसके हाथ सफेद हो गये। वह क्रोध से थरथर काँपने लग गया। अब वह सब देवताओं की तरफ मुड़ा और उसने गरजकर पूछा : "इस नीच जौटन (जौटन-हीम का रहने वाला) को किसने आज्ञा दी कि हमारे असगार्ड की पवित्र शराब पिये? और वह भी मेरे पीने के बर्तनों में इसने पीने की हिम्मत कैसे की? सबसे बड़ी बात यह कि फ्रियैजा तो उसे ढाल-ढाल कर इस तरह पिला रही है मानो वह देवताओं का आदर कर रही हो। यह नीच इतनी ऊँची सीढ़ी पर कैसे बिठाया गया? यह कोई देवताओं का मेहमान तो है नहीं?" वह गुस्से के मारे गरजने लगा। उसकी आँखों से चिनगारियाँ निकलने लगीं। उसके भयंकर नाद को सुनकर सभी काँप गये और हरंगनर ने भी उसकी ओर मुड़कर देखा तो उसकी आँखों में शैतान घर किये हुए था। वह बोला : "मैं यहाँ ओडिन का बुलाया हुआ आया हूँ और इसलिए देवताओं का मेहमान हूँ। मेरी जोवन-रक्षा का भार इस समय ओडिन पर ही है।"

"तुम जब यहाँ से जाओगे तब तुम्हें पता लगेगा कि यहाँ का निमंत्रण तुम्हें कितना महँगा पड़ा है," थौर गुस्से से गुर्राया।

अब हरंगनर को डर लगा और उसके दिल में डर समा गया। वह डर के मारे होश में आने लगा और उसका नशा काफी कम हो गया। वह बोला : "मैं इस समय बिना कोई हथियार लिए तेरे देश में आया हूँ और यदि ऐसी हालत में तू मुझे मार देगा तो हे बिजलियों के देवता, याद रख कि तेरी बहुत बदनामी होगी। और अगर तू अपना बल दिखाना ही चाहता है और सबूत देना चाहता है कि बड़ा बली है तो आ जा मुझसे लड़ ले क्योंकि मैं तुझसे लड़ने में नहीं डरता। पर यहाँ नहीं। तू मेरे राज्य की सीमा पर आ जाना और तब हथियार लेकर मैं भी वहीं आ जाऊँगा फिर हम लड़ेंगे।" उसने उसे जोश चढ़ाया और देखा।

पर थौर ने कोई जवाब नहीं दिया और उसे हिकारत की निगाहों से ऐसे देखा कि जैसे वह उसे उसी समय मारने को तैयार हो रहा हो। तब वह दानव बहुत डरा और अफसोस करता हुआ घबराकर बोला : "अफसोस, मैं यहाँ बिना हथियार के चला आया; हाय! जाने मैं क्यों इस तरह चला आया? हाय! अगर मैं अपनी पत्थर की ढाल और लकड़ी की गदा लेता आता तो भला मुझसे कौन लड़ने की हिम्मत करता? अब तो जौटन-हीम से उन्हें कैसे लाऊँ?" फिर एकदम थौर की ओर मुड़कर बोला :

"थौर सुन ले कि यदि तूने मुझे इस तरह बिना हथियार के मार डाला तो मैं तुझे बहुत बड़ा डरपोक समझूँगा और हमेशा के लिए लोग तुझे नीच आदमी समझने लगेंगे···" फिर उसने साँस ली और कहा : "मैं तुझसे ताल ठोंक कर कहता हूँ कि हिम्मत है तो किसी अलग द्वीप में चल और मुझसे युद्ध कर—फिर तू देखेगा कि तू मुझसे लड़कर कितना पछतायेगा। पर तब हम दोनों ही हथियार लेकर लड़ेंगे।"

इसके पहले थौर को इस तरह लड़ने की चुनौती कभी नहीं मिली थी। किसी को इतना साहस ही नहीं हुआ था कि उससे इतना खुलकर लड़ने को कहे। अलग द्वीप में कहने का मतलब यह था एक-एक चोट बराबर-बराबर बारी-बारी से दोनों एक दूसरे पर करें और क्योंकि थौर को चुनौती दी गई थी इसलिए उसको यह अधिकार था कि पहली चोट वह खुद कर सकता था। इस तरह की लड़ाई में दोनों पक्ष एक-एक ढाल पकड़ने वाला साथी रख सकते थे। हरंगनर यही चाहता था। थौर ने भी सब सोच-समझकर अपनी अनुमति दे दी और उस समय उसने हरंगनर को चुपचाप चला जाने दिया।

हरंगनर जौटन-हीम सही सलामत पहुँच गया और उसने वहाँ जाकर होने वाली लड़ाई का जिक्र सभी दानवों से किया। पूरे देश के दानव सब एकत्रित हुए और इसी विषय पर वाद-विवाद करने लगे। गंभीरतापूर्वक सभी ने इस बारे में सोचा। सभी यह चाहते थे कि थौर की पिटाई हो और वह युद्ध में मार दिया जाय। हरंगनर उनका सबसे बली और जबर्दस्त बहादुर लड़ाका था और वे यही चाहते थे कि इस युद्ध में वह ही जीते। वे बहुत डर रहे थे कि कहीं अगर बिजलियों का देवता हरंगनर से जीत गया तब तो वह सभी दानवों को मार डालेगा और उन पर आफत ढा देगा।

पहाड़ी इलाके गजौटनगार्ड के किनारे थोड़ी दूर पर एक टापू था और यही हरंगनर का घर था। वहीं जौटन-हीम के दानवों ने मिट्टी का एक दानव बनाया जिसकी ऊँचाई नौ मील की बनाई। उसके एक कंधे से दूसरे कंधे की चौड़ाई तीन मील थी। वह देखने में बहुत भयंकर मालूम होता था। उसके दाँत बड़े विकराल और बाहर निकले हुए थे। उसका नाम मौक्कर-काल्फी रखा गया और उसके सीने में एक घोड़ी को मार कर उसका जिंदा दिल लगा दिया गया। जब वह जीवित हो गया और उसमें जान आ गई तो उसको थौर के दुश्मन हरंगनर का ढाल पकड़ने वाला नियुक्त किया गया।

हरंगनर स्वयं एक विकराल योद्धा था। वह कभी किसी से नहीं डरता था। वह बहुत बड़े कद का दानव था और सभी उससे डरते थे। उसका हृदय पत्थर का बना हुआ था और उसका सिर भी ठोस पत्थर का ही था। उसकी ढाल बहुत मोटी और चौड़ी थी। उसके सीधे हाथ में उसका बड़ा लकड़ी का हथियार (गदा) था जो वह अपने कंधे पर उठाये रखता। जब वह लड़ता तो अंधा होकर लड़ता और अपने दुश्मन का खातमा पलक मारते कर देता। उसके पूरे प्रहार को झेलना हँसी-खेल नहीं था। वह प्रचंड योद्धा था।

लड़ाई के मैदान की तरफ थौर चला। उसका ढाल उठाने वाला उसका सच्चा सेवक थजाल्फे था जो उसके धनुर्धारी मित्र ओरवेंडिल का बेटा था। वह तेज चलने में

प्रसिद्ध था और इसीलिए वह लड़ाई के मैदान में थौर से बहुत पहले पहुँच गया। उसने वहाँ देखा कि हरंगनर खड़ा है और लड़ाई के हथियारों से लैस है और उसका ढाल पकड़ने वाला दानव मौक्कर-काल्फ़ी नौ मील ऊँचा और तीन मील चौड़ा है। हरंगनर को अपने हाथ की बड़ी ढाल के पीछे किये हुए वह उसकी रक्षा कर रहा है। वह हरंगनर के पास गया और बोला : "यह बड़ी ढाल जो मौक्कर-काल्फ़ी पकड़े हुए है सामने से तेरी रक्षा कर रही है पर फिर भी तू खतरे से बाहर नहीं है क्योंकि हे हरंगनर सुन ले कि तेरा दुश्मन थौर जमीन के अन्दर ही अन्दर तुझ पर हमला करने चला आ रहा है।"

यह सुनकर हरंगनर ने मौक्कर-काल्फ़ी की ढाल को नीचे की तरफ झुका दिया और खुद उसके ऊपर खड़ा हो गया और फिर अपने दोनों हाथों से अपना भयंकर अस्त्र पकड़ कर सँभाल लिया। वह हर घड़ी तैयार था कि कब थौर आये और वह उसे मार डाले।

पर मौक्कर काल्फ़ी ने जो सुना कि बिजलियों का परम पराक्रमी देवता आ रहा है तो उसका घोड़ी का दिल दहल गया और वह डरकर थरथर काँपने लग गया और उसके शरीर से पसीना बहने लगा जो बाढ़ बनकर बहने लगा।

और तभी तड़ाक शब्द हुआ और भयानक बिजली कड़की। चारों तरफ क्षण भर को घोर प्रकाश फैल गया जिसमें हरंगनर ने देखा कि थौर उसका शत्रु अपनी काली भौं को गुस्से से मिलाये हुए अपने हथौड़े को घुमाता हुआ उसकी तरफ तेजी से बढ़ा चला आ रहा है। हरंगनर रुका नहीं। उसने उसकी प्रतीक्षा नहीं की कि जब वह पास आ जाएगा तब मारेगा। उसने अपना भयानक हथियार उठाया और पूरी शक्ति लगाकर उसे थौर के हथौड़े मजौल्नर पर फेंका। वह चाहता था कि इस तरह जब मजौल्नर उसके हाथ से छूट कर गिर जायेगा तब वह दौड़कर थौर को दबा लेगा। पर उधर थौर भी तैयार था। वह हरंगनर की चाल को समझ गया और उसने अपना हथौड़ा घुमाकर हरंगनर की तरफ ऐसे फेंका कि वह रास्ते में उसके फेंके हुए लकड़ी के हथियार को काटता हुआ आगे चला जाय और हरंगनर के शरीर में जोर से लगे। उधर से हरंगनर का डंडा आया और इधर से मजौल्नर चला था। हवा में दोनों बड़े जोर से टकराये। दोनों के टकराने से भयंकर आग निकली जो चकाचौंध करती हुई चमकी और सारे स्वर्ग और समुद्रों पर फैल गई। घनघोर शब्द हुआ और हजारों बिजलियाँ कड़कने लगीं। पूरा आसमान बिजलियों से थर्राने लगा। सभी तरफ घोर हाहाकार छा गया। मजौल्नर की चोट से हरंगनर का फेंका हुआ लकड़ी का हथियार चूर-चूर होकर बिखर गया और उसका हिस्सा नीचे पृथ्वी पर गिरा जो आज तक फ्लेट पहाड़ी के नाम से प्रसिद्ध है। उस लकड़ी का एक बड़ा टुकड़ा आसा-थौर के माथे में घुस गया जिससे वह गिर गया और बेहोश हो गया।

उधर मजौल्नर उस लकड़ी के हथियार को तोड़ता हुआ आगे जाकर हरंगनर के पत्थर के बड़े सिर से टकराया जिससे वह चूर-चूर हो गया और वह दानव उसी दम मर गया। पर जब वह गिरा तो उसका एक पैर थौर के ऊपर गिर गया जो उसकी गर्दन के ऊपर पड़ा जिससे थौर बाहर नहीं निकल सकता था।

नौ मील ऊँचे तीन मील चौड़े दानव मौक्कर काल्फ़ी से थजाल्फ़े भिड़ गया। वह घोड़ी के दिल से तो बना ही था फौरन डर गया और थजाल्फ़े से फौरन ही उसने हार मान ली। थजाल्फ़े जो तेज चलने में उस्ताद था उसने उस मिट्टी के बड़े दानव को मार डाला। अब उसने अपने मालिक थौर को उस संकट से छुड़ाना चाहा और उसकी गर्दन पर पड़े उस पत्थर के दानव का पैर जोर लगाकर एक तरफ खींचा पर वह उससे टस से मस भी नहीं हुआ। हार कर उसने आसा-देवताओं को नाम ले-लेकर याद किया और जैसे ही उनका नाम आता गया वे लोग उस युद्ध-भूमि की तरफ रवाना हुए और वहाँ पहुँचकर जब उन्होंने यह देखा कि थौर नीचे पड़ा है और उसकी गर्दन पर उस भयानक दानव का पैर पड़ा हुआ है तो उन्होंने बारी-बारी से अपनी सारी शक्ति लगाकर उस पैर को हटाने की चेष्टा की, पर आश्चर्य था कि किसी के भी जोर से वह पैर न हिल सका और बदस्तूर थौर के गले पर ही पड़ा रहा।

इसके बाद सभी देवतागण आये और सभी ने उस पैर को उठाने के लिये खूब कोशिश की पर किसी से वह नहीं हिल सका।

तब एक कमाल हुआ और थौर का लड़का मैग्नी आया। उसकी माता का नाम जार्नसाक्सा था जो दुनिया की चक्की में लोहों को पीसा करती थी। वह चुड़ैल थी। यह मैग्नी अभी केवल तीन रात पहले ही पैदा हुआ था और बहुत छोटा था पर उसमें शक्ति बहुत थी। उसने आकर उस पत्थर के दानव का पैर उठाकर अपने बाप की गर्दन से हटा कर एक तरफ को फेंक दिया। जब उसने ऐसा कर दिया तब वह बोला : "अफसोस जो मैं इतनी देर बाद आया। काश मैं पहिले ही आ जाता तो इस दुष्ट हरंगनर का सिर घूंसे से चूर कर देता।"

जैसे ही थौर के गले के ऊपर से बोझ हटा वह उछल कर खड़ा हो गया और उसने अपने बेटे मैग्नी को अपने सीने से लगा लिया और बहुत प्रेम से उसे कस लिया और बोला : "ओ मैग्नी तू बड़ा बहादुर है, मैं तुझसे बहुत खुश हूँ। मैं तुझे हरंगनर का घोड़ा गोल्डफ्लैक्स दूंगा जिसके अयाल और पूंछ के बाल सब सोने के हैं। तू उस पर सवारी करना क्योंकि वह बड़ा बढ़िया घोड़ा है।"

यह सुनकर ओडिन थौर से बहुत नाखुश हुआ और उससे उसने कहा : "बहादुर और तेजस्वी दानव का हवाई घोड़ा तूने एक चुड़ैल की औलाद को देकर अच्छा नहीं किया, कितना अच्छा होता यदि इसे तू अपने मालिक मुझे देता।" ओडिन क्रोध से भर गया और अपने वंश के सभी देवताओं को साथ लेकर असगार्ड चला गया। थौर इस युद्ध में जीत तो गया पर उसके माथे में एक चोट उस लकड़ी के घुसने से आ गई जो कभी ठीक नहीं हुई। वह लकड़ी का बड़ा टुकड़ा उसके माथे से बाहर नहीं निकल पाया और उससे थौर बहुत दुखी हो गया और हमेशा दर्द से कराहा करता था।

थौर का अपमान

थौर को उस समय बहुत दिनों तक युद्ध करना पड़ा जब इवैल्डे दानव के पुत्रों ने असगार्ड पर हमला कर दिया। यह जाड़ों का युद्ध बहुत भयानक हुआ जिसमें थौर ने अपने हथौड़े मजौल्नर को इतना घुमाया कि उसके द्वारा की गई हत्या से सारी दुनिया थर्रा गई और इतना खून बहा कि सभी समुद्र लाल हो गये। जब थौर विजयी होकर असगार्ड के फाटक में घुसा तो देवताओं और उनकी स्त्रियों ने उस पर फूलों की वर्षा की और उसका भव्य स्वागत किया। इसके बाद वह कुछ दिनों के लिये दानवों का उपद्रव शांत करने के लिये जौटन-हीम की तरफ चला गया। जब वह वहाँ से लौटा तो अपने तीरंदाज दोस्त ओर-वैंडिल के यहाँ आकर रुका क्योंकि वह अपना रथ और उसमें जोते जाने वाले बकरों को हमेशा उसी के यहाँ छोड़कर आगे जाता था। जब वह उन्हें वापस लेने आया तो उसने देखा कि ओरवैंडिल पर भारी मुसीबत आई हुई है क्योंकि बर्फीले दानवों ने उस पर चारों तरफ से हमला कर रखा था जो कि उसे जिंदा पकड़ कर ले जाना चाहते थे। ओरवैंडिल-ईगिल अपने धनुष से निरंतर लड़ तो रहा था पर दानव उससे ज्यादा ताकतवर थे, इसलिये वह बराबर हार रहा था।

थौर ने जब यह देखा तो उसने अपने मित्र की मदद की और अपने मजौल्नर को मजबूती से पकड़ कर उन दानवों पर पिल पड़ा और शीघ्र ही उसे पता लगा कि सभी दानव उसके डर से भाग गये हैं। तब वह आराम से बैठ गया और खाने की फिक्र में लगा। ओरवैंडिल और उसने तब बकरे काटकर खा लिये और उनकी हड्डियाँ उनकी खालों में भर दीं। जब सुबह हुई तो उन खालों पर हाथ फेर कर थौर ने उन्हें जिंदा कर लिया। अबकी बार जिस बकरे की एक टाँग पहले थजाल्फ़े की गलती से टूट गई थी, उसे थौर ने सीधा करके जोड़ दिया था। जब बकरे फिर से जिंदा हुए तो उनमें से कोई भी नहीं लँगड़ाता था।

थौर को यह मालूम था कि बर्फीले दानवों ने बहुत दूरी पर घेरा डाल रखा है और जैसे ही वह चला जायगा तो वे ओरवैंडिल पर फिर हमला बोल देंगे, इसलिये उसने सोचा कि ओरवैंडिल को छिपाकर यदि वह वहाँ से निकाल ले जाय तो दानव देखते ही रह जाएँ और इस तरह उसका मित्र मुश्किलों से बच जायगा। उसने एक तरकीब की और एक बड़ी डलिया में बहुत सा मांस भरा और उसके अंदर ओरवैंडिल को छिपा दिया। फिर उस डलिया को उठाकर अपने कंधे पर रख लिया और चल दिया। जब वह ऐल्विगर में होकर गुजरा तो वहाँ पानी बहुत गहरा था। जब थौर कंधे तक पानी में डूब गया और उस डलिया मे भी एक छेद में होकर पानी घुसने लगा तो ओरवैंडिल ने अपने पैर के पजे से उस छेद को अंदर से ढँक लिया और पानी को रोका। उसी समय दूर से देखते हुए बर्फीले दानवों ने जादू किया और ओरवैंडिल की उस टाँग के पंजे को बर्फ

बनाकर जमा दिया। थौर ने देखा कि वह तो बर्फ की हो गई तो उसने उसे पकड़ कर आसमान की ओर जोर से फेंक दिया और वह तेजी से ऊपर चढ़ी और आसमान में पहुँचकर वहीं ठहर गई। फिर चमकने लग गई। वह तारा बनकर आज भी ओरवैंडिलस्-हो के नाम से आसमान में चमकती है। इस तरह ओरवैंडिल एवो सितारे के नाम से मशहूर हो गया।

जब थौर अकेला रह गया तो उसने अपने मजबूत बकरे अपनी गाड़ी में जोते और तेजी के साथ आकाश-पानी, और जमीन पर होता हुआ थ्रेड-वार्ग नामक स्थान की ओर बढ़ा। वहाँ पहुँचकर उसने सिथ से कहा : "हे सिथ, तू मेरे माथे में घूसे हुए हरंगनर के हथियार के लकड़ी के इस टुकड़े को निकाल दे क्योंकि इससे मुझे बड़ी तकलीफ हो रही है।"

सिथ ने बहुत कोशिशें कीं पर किसी तरह वह टुकड़ा बाहर नहीं निकल सका। माथे के बहुत अन्दर तक वह टुकड़ा घुस गया था और थौर को दर्द से बहुत ज्यादा तकलीफ होती थी। वह दर्द से बुरी तरह कराहा करता था। निदान वह अपने घर वापस आ गया। वहाँ उसे ग्रोआ मिली।

यह ओरवैंडिल-ईगिल की पत्नी थी और वह अपनी मर्जी से थौर के यहाँ आकर रहती थी क्योंकि जब उसका पति ओरवैंडिल बर्फीले दानवों से युद्ध करने लग गया था तो वह उस समय यहाँ चली आई थी। वह बहुत अच्छी स्त्री थी और जादू करना बड़ा अच्छा जानती थी। वह अपने जादू से हर चीज की बढ़न को रोक सकती थी और बढ़न की मालकिन के नाम से प्रसिद्ध थी। वह जब चाहती अपने जादू से पहाड़ों को हिला देती और वेगवती पानी की धाराओं को वहीं जमा देती और हिलने से रोक देती थी। बर्फीले दानवों द्वारा जो लोग घायल हो जाते और शक्तिहीन हो जाते थे उन्हें वह अपने जादू से दोबारा फिर ताकतवर बना देती और जिन जगहों को दानव उजाड़-बिगाड़ देते थे उनको फिर से सुंदर रूप देना और ठीक करना यह ग्रोआ का ही काम था।

जब उसने देखा कि थौर दर्द से बेहाल है तो वह उसके पास आई और उसने कहा : "हे बिजलियों के देवता, तू दर्द से इतना परेशान है कि मुझसे तेरा दुख देखा नहीं जाता। तेरे माथे में जो गहरा घाव है और उसके अंदर जो लकड़ी का बड़ा काँटा घुसकर तुझे इतना दुख दे रहा है उसे मैं अभी निकाले देती हूँ और जब तक मैं गाना गाऊँ और जादू करूँ तू चुपचाप बैठा रह और प्रतीक्षा कर कि तेरी सारी तकलीफें दूर हो जायँ।"

थौर फौरन राजी हो गया और उसके सामने बैठ गया। ग्रोआ ने उस पर अपने गाने गाये। पहले उसने उसे अपने जादू के वश कर लिया और उसे झुमाने लगी। देर तक जब ऐसा किया तो जादू द्वारा थौर के माथे का दर्द एकदम गायब हो गया। वह गाती रही और तब थौर ने महसूस किया कि उसके माथे में घुसा हुआ वह टुकड़ा ढीला होकर हिलने लग गया है।

थौर यह देखकर बेहद खुश हुआ और उसके दिल में हूक उठी। उसने सोचा कि अवश्य ही यह स्त्री जब मेरा दर्द मिटायेगी तो वह उसको कोई बड़ी इनाम देगा।

ग्रोआ जादू करती रही और गाना गाती रही। जब वह टुकड़ा उसके माथे के अंदर बिलकुल ढील हो गया और उसके माथे का दर्द जाता रहा और जबकि वह टुकड़ा माथे से बाहर निकल कर नीचे गिरने ही वाला था कि थौर का दिल खुशी से नाच उठा और ग्रोआ को खुश करने के लिये वह फौरन बोल पड़ा जिसे सुनते ही ग्रोआ का गाना बंद हो गया और वह चुप हो गई।

थौर खुशी से पागल हो गया और उसने ग्रोआ के सामने उसके पति की बड़ी तारीफें कीं और यह भी बतलाया कि किस तरह उसने उसकी मदद की जबकि वह अकेला ही बर्फीले दानवों से लड़ रहा था। ग्रोआ उसकी बातों को इतने ज्यादा ध्यान से सुनने लग गई और इतनी खुश हुई कि अपना जादू का गाना बिलकुल ही भूल गई और इस तरह उसके जादू का असर टूट गया। जैसे ही जादू का असर जाता रहा वैसे ही वह टुकड़ा फिर सख्त होकर थौर के माथे के अंदर पहले की तरह घुस गया और अंदर जा लगा। चूंकि अब ग्रोआ का जादू एक बार बीच में ही टूट गया उससे दुबारा नहीं हो सका और वह उस टुकड़े को फिर नहीं निकाल सकी। थौर के माथे में फिर वही भयानक दर्द चालू हो गया और आज तक वह दर्द बदस्तूर है। थौर की शक्ति उस दर्द से दिनों-दिन कम होती चली गई। जरा सी जल्दबाजी और जल्दी इनाम देने की गलती के कारण आसा-थौर को हमेशा-हमेशा के लिये घोर यातना सहनी पड़ी।

उसके बाद से थौर थकता ही चला गया और उसका पराक्रम भी कम हो गया। उसके कारनामे गजब के थे और उसकी धाक बहुत कम समय तक बनी रही।

ऐसे ही समय एक दिन देवता ओडिन पूर्व दिशा की ओर गया। उसने दूर से देखा कि माथे के दर्द से परेशान थौर अपना सिर पकड़े हुए जौटन-हीम से चला आ रहा है। उसने थौर की हँसी उड़ाकर आनंद लेना चाहा। पहले जब थौर मजोल्नर लेकर निकलता तब ओडिन भी उसका सत्कार करता और उसे मानता था। पर अब तो वह बेचारा दर्द से हमेशा कमजोर रहता फिर भला ओडिन को क्या डर था ?

ऐलिवैगर बहुत गहरा था और ओडिन एक नाव लेकर उसके किनारे खड़ा हो गया। उसका भेष इतनी अच्छी तरह बदला हुआ था कि कोई उसे पहचान नहीं सकता था। यहाँ खड़े होकर वह थौर की प्रतीक्षा करने लगा।

जब थौर ऐलिवैगर के किनारे आया तो उसने उस सफेद लंबी दाढ़ी वाले मल्लाह से कहा : "तू मुझे अपनी नाव से उस पार पहुँचा दे।"

सुनकर ओडिन ने उसको हाथ के इशारे से मना कर दिया और कहा : "जा, जा, बड़ा आया ऐलिवैगर पार करने वाला," तब थौर को बड़ा गुस्सा आया और जैसे-जैसे उसका गुस्सा बढ़ा वैसे-वैसे उसके माथे का दर्द और भी भयानक होकर बढ़ गया और वह चक्कर खाकर वहीं बैठ गया तब ओडिन वोला : "यदि तू थौर है तो अपना पराक्रम क्यों नहीं दिखाता ? कोई नया काम या करतब क्यों नहीं दिखाता ?"

थौर ने कोई जवाब नहीं दिया और सिर पकड़ कर बैठा रहा। पर जब वह मल्लाह बहुत ज्यादा बक-बक करने लगा तो वह क्रोध से भरकर बोला : "ओ मूर्ख

मल्लाह, क्यों तू मेरे मुँह लगकर मौत को बुलावा दे रहा है ? खबरदार अब जो तू मेरे सामने एक शब्द भी बोला।"

पर उस मल्लाह को कोई परवाह ही नहीं थी और उसने बिजलियों के देवता की हर बात का मजाक उड़ाया। तब थौर चिल्लाया : "अरे मल्लाह ! तेरी जबान बड़ी पतली और ओछी है, पर याद रख कि अगर मैं तुझे मारने टूट पड़ा तो यह तेरी कुछ मदद नहीं करेगी। अगर मैंने एक बार भी मजौल्नर से मार दिया तो निश्चय ही तू भेड़िये से भी ज्यादा चिल्लाने लग जायगा।"

मल्लाह यह सुनकर ढीठपन से हँस दिया और बोला : "अरे जा, जा अपना काम कर और भला चाहे तो कुछ काम किया कर और भागा-भागा जा और अपने घर पहुँच जा क्योंकि वहाँ जाकर ही तुझे पता लगेगा कि सिर्फ तुझे कतई नहीं चाहती बल्कि किसी और से प्रेम करती है।"

थौर यह सुनकर गुस्से से आगबबूला हो गया और वह चिल्लाकर अपने दर्द के बीच रुक-रुककर बोला : "अरे मल्लाह ! ···क्या तू जानता है···कि तेरे शब्दों···से मुझे कितना दुख होता है ? तू सचमुच ही···बड़ा डरपोक···है जो···इतनी झूठ··· इतनी आसानी से बोलता है···"

तब ओडिन बोला : "मैं झूठ नहीं बोल रहा हूँ बल्कि बिलकुल सच कह रहा हूँ कि सिर्फ़ तुझे प्रेम नहीं करती, और किसी और के प्रेम में फँसी हुई है। तू लौटने में व्यर्थ देर कर रहा है। क्यों नहीं जल्दी अपने रास्ते चला जाता ? अच्छा होता यदि तू सबेरे ही यात्रा को चल देता और जल्दी घर पहुँचकर अपनी आँखों से, जो मैंने कहा है, उसे देख पाता।"

"देर तो तू कर रहा है बदमाश," थौर ने गरज कर कहा। ओडिन मुस्कुराया और बोला : "मेरा जैसा नाचीज भी कहीं महान् आसा-देवता को रोक सकता है ! उसके काम में देर कर सकता है ?"

तब थौर बोला : "व्यर्थ की बकवास बंद कर और नाव इधर ले आ और यदि तू मुझे उस पार लगाकर मेरा कहना मानेगा तो याद रख कि मैं तेरा मित्र हो जाऊँगा।"

"अरे चला जा, जा," ओडिन ने हिकारत से हाथ हिलाकर जवाब दिया, "पार तो तुझे मैं कभी नहीं उतारूँगा।"

तब थौर ने धीमे से उससे विनय के स्वर में कहा : "तब मुझे रास्ता ही बतला दे जिधर से मैं चला जाऊँ और घर पहुँच जाऊँ क्योंकि नाव में तो तू पार लगाने से इन्कार कर ही चुका है।"

ओडिन ने अपना सिर हिलाया और फिर बोला : "वैसे मैं तुझे इसके लिये भी साफ इन्कार कर सकता हूँ पर खैर तुझे बतलाये देता हूँ। तू थोड़ी दूर सीधा जा फिर बाईं तरफ जा और फिर थोड़ी दूर जाकर दाहिनी तरफ जा फिर थोड़ी दूर जाकर तुझे एक जगह मिलेगी जहाँ कोई आदमी नहीं रहता। वहाँ तुझे तेरी माँ मिलेगी और वह तुझे ओडिन के राज्य में पहुँचा देगी।"

"बदमाश···" थौर ने कहा, "अब तेरी बातचीत खत्म हो गई क्योंकि तूने मेरी बात की हँसी उड़ाई है और न तो मुझे ऐलिवैंगर के पार लगाया है न रास्ता ही बतलाया है लेकिन मैं लीप्टर के पवित्र जल की सौगंध खाकर कहता हूँ कि जब भी तू मुझे दुबारा मिलेगा मैं तुझे सजा दिए बिना नहीं छोड़ूँगा।"

ओडिन मुस्कुराया और बोला : "जा, जा, और तुझे दानव खा जायँगे।"

थौर वापस चला गया, और वह गुस्से से भन्ना रहा था। उसने यह कभी न जाना कि उसका मजाक उड़ाने वाला और नीचा दिखाने वाला ओडिन ही था।

स्विपगैड का प्रतिशोध

इवैंल्डे के पुत्र ओरवेंडिल की स्त्री ग्रोआ जब मर गई तब उसने परम सुन्दरी सिथ से विवाह कर लिया। सिथ ने जब एक पुत्र को जन्म दिया तो ओरवेंडिल बहुत खुश हुआ और उसका नाम उल रखा। जब उल बड़ा हुआ तो बड़ा जबर्दस्त योद्धा बना और अपने भाई स्विपगैड के साथ रहने लगा।

स्विपगैड अब पूरा जवान हो चुका था और उसके पराक्रम की चर्चा दूर-दूर तक होने लगी। वह बहुत सुन्दर पुरुष था और बहुत ही गजब का बलवान था। रह-रहकर उसके मन में हाफ-डान से अपनी मां ग्रोआ का बदला लेने की भावना उठा करती। एक दिन जब उसकी यह इच्छा बहुत ज्यादा बढ़ गई तो वह हाफ-डान से युद्ध करने घर से निकल पड़ा। पर उसी समय उसकी सौतेली मां सिथ ने उसे रोका और उससे कहा : "मेरे प्यारे बेटे स्विपगैड! तू अब प्रचंड योद्धा हो गया है और तुझे देखकर मुझे बहुत खुशी होती है, मैं तुझसे जो कहूँगी क्या तू उसे करेगा?" और उसने उसकी तरफ प्रेम और उत्सुकता से देखा। तब उसने फौरन जवाब दिया : "तुम जो कहोगी मैं वही करने को तैयार हूँ।"

"वायदा कर," सिथ बोली।

"मैं सौगंध खाकर कहता हूँ," उसने सीने पर हाथ रखकर कहा। तब सिथ बोली : "तू जौटन-हीम जा और सुन्दरी फ्रियैजा और आसा-देवता फ्रे को दानवों से छुड़ाकर ला जिन्होंने उन्हें मजबूत किले के अन्दर बंद कर रखा है।"

स्विपगैड ने उससे, "बहुत अच्छा ऐसा ही करूँगा," कहकर अपना पीछा छुड़ाया पर जब सिथ खुश होकर लौट गई तो उसने सोचा कि 'शायद यह मुझे फँसाना चाहती है और इसके मन में मेरे खिलाफ कोई बात छिपी हो जो यह मुझे ऐसी जगह भेजना चाह रही है जहाँ से लौटना मेरे लिये असंभव हो जाय।' तब वह गहरे सोच में पड़ गया और उसने किसी से इस बारे में अच्छी सलाह लेनी चाही। फौरन उसे ग्रोआ की याद आ गई और वह उसी वक्त घर से निकल पड़ा। रात्रि का भयानक अँधेरा चारों ओर फैल रहा था पर वह डरा नहीं और बढ़ता गया और जब वह ग्रोआ की कब्र पर पहुँचा उसने वहाँ उस कब्र पर झुककर हाथ फैलाकर चिल्लाकर कहा : "हे मेरी प्यारी माता जागो! क्योंकि तुमने मुझसे वादा किया था कि मेरी मुसीबत में तुम मेरी मदद करोगी। आज मैं बड़ी गहरी बात तुमसे पूछने आया हूँ और मुझे बतलाओ कि मैं क्या करूँ क्योंकि सिवा तुम्हारे मुझे और कौन बतला सकता है कि क्या ठीक है और क्या नहीं।"

हैला (मृत आत्माओं के रहने की जगह) में बैठी हुई ग्रोआ की आत्मा ने जब अपने बेटे की आवाज सुनी तो वह उठी और कब्र के अन्दर आई और वहाँ से बोली :

"ऐ मेरे बेटे स्विपगैंड ! तुझसे जो सिथ ने कहा है वह ठीक कहा है । इसमें कोई धोखे की बात नहीं है । तुझे बहुत लंबे सफर पर जाना ही पड़ेगा और बड़ी-बड़ी कठिनाइयाँ तेरे सामने आयेंगी । बाद में तू फ्रियैंजा को छुड़ाकर लायेगा । पर याद रख कि जो तावीज किस्मत का तेरे गले में बँधा है उसे कभी न उतारना क्योंकि वह सदा तेरी रक्षा करेगा और तुझे सही रास्ता बतलायेगा ।"

इसके बाद उसने कब्र के अन्दर से जादू के गाने गाये और वह उस पर आकर फैल गये । ग्रोआ ने उन गानों से उसकी रक्षा की जिससे उस पर भविष्य में कोई खतरा न आने पाये और यदि कोई चोट या घाव हो जाय तो फौरन अच्छा हो जाय । अगर वह कभी गिरफ्तार हो जाय तो उन गानों से छूट भी जाय । उसने गाने और भी गाये और आने वाले सभी खतरों को रोक दिया जिससे वह आसानी के साथ गहरी नदियों, समुद्रों और बीहड़ वनों को पार कर सके और जो भी मुसीबतें उस पर आएँ उन सभी को वह पार करता हुआ बेधड़क आगे बढ़ता चला जाय ।

इतना सब करने के बाद ग्रोआ की आत्मा हैला को वापस चली गई ।

स्विपगैंड खड़ा-खड़ा रोता रहा और चिल्लाया : "माँ तू कहाँ चली गई ? हाय ! तेरे बिना मैं कितना बेसहारा हूँ ।"

और तभी फिर कब्र से आवाज आई—ग्रोआ वापस आ गई और बोली : "मेरे बेटे तू इतना मत घबरा क्योंकि तेरे दुख से मुझे हैला में शांति नहीं मिलती," फिर उसने नौ गाने और गाये और बेटे पर वह स्वर बिखेर दिये । फिर बोली : "अब मैंने सब जादू-टोने कर दिये हैं । अब तू नीफ़ल-हीम और माईमर की गुफा में बेधड़क घुस जा; तेरा कोई नुकसान नहीं होगा ।"

आवाज बंद हो गई और लंबी आह भरकर ग्रोआ हैला को चली गई । स्विपगैंड अब संतुष्ट दिखाई देता था । उसकी रक्षा सभी तरह से कर दी गई थी। अब वह दानवों की युद्धभूमि की तरफ बढ़ा । उसके मन में यह इच्छा प्रबल हो उठी कि पहले वह अपने दादा इवैल्डे की मृत्यु और अपनी माँ ग्रोआ की बेइज्जती का बदला ले और जब यह काम कर चुके तब उसके बाद फ्रियैंजा को छुड़ाने जाय । वह दानवों के पास गया और उनका सेनापति बनकर एक बहुत बड़ी भयानक सेना तैयार की और फिर वह हाफ़-डान से जा भिड़ा ।

बड़ा भयंकर युद्ध हो रहा था जिसमें मरने वालों की गिनती ही न थी । उधर स्विपगैंड था तो इधर हाफ़-डान । दोनों ही अपूर्व वीर थे और प्रचंड योद्धा थे । जब वह लड़े तो धरती काँप गई और युद्धभूमि से खून की नदी बहने लग गई । गिद्ध आदमियों का खून पी-पीकर खूब मोटे हो गये और उन्हें गोश्त इतना ज्यादा मिला कि वह खाते-खाते थक गये । पर युद्ध जारी रहा । स्विपगैंड ने बड़ी बहादुरी दिखलाई और वह सीधा आगे बढ़ा कि हाफ़-डान से द्वन्द्व-युद्ध करे पर उसी समय वह हाफ़-डान के आदमियों के द्वारा पकड़ लिया गया और बंदी बना लिया गया । वह छूटने के लिये बहुत छटपटाया पर छूट न सका । उसे पकड़ा जानकर बाकी सब दानव उत्तर की ओर डरकर भाग गये ।

हाफ़-डान ने जो स्विपगेंड को अपने सामने बंधा हुआ खड़ा देखा तो उसकी बहादुरी और सुन्दरता पर मोहित हो गया और उसने उससे कहा : "मैं तेरी बहादुरी पर मुग्ध हूँ और तेरी तारीफ करना चाहता हूँ। तू सचमुच ही बड़ा भारी योद्धा है और तू सुन्दर पुरुष भी है। मैं चाहता हूँ तुझ जैसे वीर पुरुष को अपना दोस्त बना लूँ। तू मेरा दोस्त बन जा और फिर मेरे साथ चल और हम दानवों से युद्ध करेंगे और उनके साथ जो इवैल्डे के लड़के थजासे-वोलेंड और ओरवेंडिल भी लड़ रहे हैं, उनसे भी हम युद्ध करेंगे—बोल तेरा क्या इरादा है ?"

स्विपगेंड ने नफरत से थूक दिया और मुंह बिगाड़कर बोला : "सुन ले हाफ़-डान तू इतना नीच आदमी है कि मेरे जैसे आदमी का दोस्त होने के काबिल नहीं है। मैं तुझ जैसे बुरे मनुष्यों से मित्रता कभी नहीं कर सकता। फिर जो तू मुझसे मेरे पिता ओरवेंडिल के साथ लड़ने को कहता है तो यह तेरी कुबुद्धि है जो तू ऐसा सोचता है। भला कौन बेटा अपने बाप से लड़ सकता है। इवैल्डे मेरा दादा था और उसकी मृत्यु का बदला भी मुझे तुझसे लेना है। मुझे तुझसे अपनी मां ग्रोआ की आबरू बिगाड़ने का भी बदला लेना है। मैं तुझे इसी युद्ध में मार डालता पर धोखे से मैं पकड़ा गया तो तू यह मत समझ कि मैं तेरे सामने झुक जाऊँगा जा और तेरी मर्जी जो आए सो कर, पर मैं तुझे कभी भी अपना मित्र नहीं बना सकता।"

अब तो हाफ़-डान को बहुत अधिक क्रोध आया और उसने आज्ञा दी : "मार डालो इस दुष्ट को अभी।"

इससे पहिले कि सिपाही लोग उसे मारते, उसके साथी ने कहा : "हे हाफ़-डान ! इस तरह मारने से तो इसे कुछ तकलीफ नहीं होगी, फिर यह तो लड़ाई में हारा हुआ है और इसलिये तलवार से मारने योग्य नहीं है। इसको यदि बियाबान जंगल में किसी पेड़ से अकेला बाँधकर छोड़ दिया जाय तो निश्चय ही इसे जंगली जानवर वगैरह फाड़कर खा जायेंगे और यह उसी लायक है भी कि तकलीफ पाकर भूखा-प्यासा मर जाय।"

और तब हाफ़-डान बोला : "ऐसा ही हो।"

वह जंगल में पेड़ से बाँध दिया गया और सभी उसे अकेला छोड़कर चले गये। जब वह अकेला रह गया तब उसने अपनी मां ग्रोआ के कहे हुए गानों में से याद करके एक जादू का गाना गाया और जैसे ही आधा गाना समाप्त हुआ था कि जंजीरें जिनसे वह बंधा हुआ था ढीली पड़ने लगीं पर उसका ध्यान इधर नहीं था। वह तो गाने में मस्त हो रहा था। जब उसने गाना समाप्त करके देखा तो उसके सारे बंधन खुलकर हवा में उड़ गये थे। वह आजाद हो गया। वह बहुत खुश हुआ और एक तरफ को चला। पर जब वह रास्ता उसे पता नहीं लगा तो वह लौटा और फिर इधर से उधर भटकने लगा। वह बिलकुल अकेला था और उसे कहीं भी कोई नहीं मिला। न दुश्मन ही कोई मिला, न कोई दानव ही मिला और न उसे कोई रास्ता ही मिला। अब वह बहुत घबराया। महीनों उसे उस बीहड़ जंगल में घूमते-घूमते हो गये। तब एक दिन अपने स्वर्गीय पथ पर जाते हुए चन्द्रमा ने उसे देखा और जब स्विपगेंड ने उसे घुटने

टेककर सिजदा किया तो वह प्रसन्न हो गया और बोला : "तेरे चाचा थजासे-वोलेंड ने ने एक बड़ी मजबूत तलवार बनाई थी जिसका नाम विश्वविजयी तलवार रखा था और वह ऐसी तलवार थी कि उसका मुकाबला कभी कोई नहीं कर सकता था। वह थौर के मजौल्नर को भी मात देती थी। उससे बढ़कर हथियार सारी दुनिया में नहीं है। वह अब माईमर की गुफा में छिपाकर रख दी गई है। उसे तू जाकर जब लायेगा तभी तू अपने दुश्मनों को हरा सकेगा। हैला के दरवाजे के दरबान को यदि तू जीत ले और पकड़ ले तो माईमर की गहरी गुफा में बड़ी आसानी से घुसकर उस तलवार को ला सकेगा।"

इतना कहकर चन्द्रमा अपने रास्ते चला गया। स्विपगैड हिम्मत से चला और हवरगलमर के पहाड़ों के पास और उनके ऊपर अनजान, सुनसान और बिना रास्तों के स्थानों में होकर आगे बढ़ने लगा। वहाँ भयानक गुफायें थीं जिनमें विकराल और नर-भक्षक दानव अपने शापग्रस्त खजानों को रखा करते थे और उनकी हिफाजत किया करते थे। वह उन सबके बराबर होकर आगे चला। जब वह बर्फीले स्थानों पर जमी हुई बर्फ पर होकर चला तो सर्दी इतनी फैल रही थी कि स्विपगैड को साँस लेना भी कठिन हो गया। इतनी सर्दी पड़ रही थी कि ऐसा लगता था जैसे खून ही जम जायगा। और साथ ही साथ जब बर्फीले तूफान चलते तो उसकी चाल धीमी पड़ जाती और आँखें बंद हो जातीं। पर वह हिम्मत नहीं हारा और आगे बढ़ता ही गया। सामने बर्फ के ढूह पड़े थे जिन्हें पार करना टेढ़ी खीर थी पर वह जोर लगाकर उन्हें भी लाँघ गया। अब पहाड़ सीधा खड़ा था और आगे बढ़ने के लिये स्विपगैड को उस सीधी चढ़ाई पर चढ़ना था। वह धीरे-धीरे ऊपर चढ़ने लगा। रास्ते में उसे बारीक और बर्फ के बने रास्तों से जाना पड़ा जिनके नीचे हजारों हाथ नीचा गड्ढा होता और ऐसे खतरनाक दर्रे पड़ते थे कि जरा-सा पैर फिसलते ही उसका काम तमाम हो जाता। कभी-कभी रास्ते में दो पहाड़ों की चोटियाँ हल्की बर्फ की चादर से बनी हुई पगडंडी से जुड़ी होतीं और उन्हें पार किये बिना आगे बढ़ा नहीं जा सकता था।

वह इन तमाम जगहों को जहाँ भय सजीव होकर घूमता और निवास करता और जहाँ जान का खतरा हर घड़ी रहता, पार करता हुआ स्विपगैड हिम्मत बाँधता हुआ आखिरकार हैला के किनारे जा ही पहुँचा। उसने जाकर देखा कि वहाँ सुन्दर भूमि पर फूल खिल रहे हैं और खुशबू चारों तरफ फैल रही थी। उसका मन उस उत्तम चमकती जमीन को देखकर प्रसन्न हो गया।

पर अभी रास्ते की मुश्किलें खत्म नहीं हुई थीं। जब वह और आगे चला और वह फूलों से लदी जगह अब और आगे नहीं रही तो वह एक गहरी घाटी में पहुँचा जहाँ हैला के एक शिकारी कुत्ते ने उसका पीछा किया और बुरी तरह भौंकने लगा। वह भागा और दूर निकल गया और तब वह धारदार लोहे के हथियारों से भरी नदी के किनारे पहुँचा। इसमें पानी के बजाय यह पैनी खतरनाक चीजें ही बहतीं और जो कोई भूलकर इसमें कूद पड़ता वह वहीं कटकर टुकड़े-टुकड़े हो जाता था। इस पर एक सोने का बना हुआ पुल था जिस पर चढ़कर इसे पार किया जाता था। स्विपगैड इस पुल पर निडर होकर पार निकल गया। जब वह वहाँ पहुँचा तो उसने एक पत्थर का बहुत बड़ा

दरवाजा देखा जो हैला में घुसने का दरवाजा था और हैला की चहारदीवारी के बीच में बना था। एक भयंकर और मजबूत सिपाही उसकी रक्षा करता हुआ खड़ा था जो स्विपगैंड को देखते ही उस पर टूट पड़ा। स्विपगैंड ने अपनी तलवार निकाल ली और उससे घोर युद्ध किया। अंत में द्वारपाल मारा गया और स्विपगैंड विजयी हुआ। उसने हिम्मत की और उस बड़े पत्थर के दरवाजे को खोला और हैला के अन्दर घुस गया। जहाँ माईमर और आत्मायें रहती थीं। यह आत्मायें अभी दोबारा पैदा नहीं हुई थीं। और जब तक वह दुनिया में नहीं जातीं यहीं रहतीं, इसलिये हैला आत्माओं का देश कहलाता था।

अपनी माँ ग्रोआ के जादू के गानों से सुरक्षित स्विपगैंड अब हैला में अन्दर घुस गया और आत्माओं के बीच में होता हुआ वह माईमर की गहरी गुफा में पहुँचा जहाँ उसका बड़ा खजाना छिपा हुआ था। वह बहुत ही चुपचाप आगे बढ़ रहा था और जरा भी आवाज नहीं कर रहा था, यहाँ तक कि उसने अपनी छाया भी नीचे नहीं पड़ने दी क्योंकि उसे डर था कि संभव है उससे माईमर का लड़का मिमिगस जो वहाँ पहरे पर था जाग न जाय और फिर डर का पहाड़ों में सिकुड़ कर बैठ न जाय। उस हालत में गुफा का दरवाजा बंद हो जाता और स्विपगैंड की सारी मेहनत बेकार हो जाती। मिमिगर सो रहा था। स्विपगैंड ने उसे एकदम जाकर धर दबाया और मजबूत जंजीरों से उसे बाँध दिया जिससे वह उठ भी न सका और वहीं पड़ा रहा।

अब स्विपगैंड ने झपटकर दीवाल पर टँगी वह विश्वविजयी तलवार और उसके साथ के छल्ले को उठा लिया जिसको थजासे-वोलैंड ने बनाया था और जिसको हाथ में लेकर युद्ध करने वाला कभी हार नहीं सकता था, तलवार की चमक से उनकी आँखें मिच गईं और उसे पाकर वह बहुत खुश हुआ। अब उसने जल्दी से वापस लौटने की सोची। जिस रास्ते से आया था उसी से वह वापस चल दिया। पहाड़ों के भयानक मार्गों; घनी और अंधकारपूर्ण गुफाओं और जान के खतरे के स्थानों में फिर होता हुआ स्विपगैंड अपना खजाना लेकर नीचे की दुनिया हैला से वापस आ गया।

जब वह अपने घर उस चमचमाती और दुनिया को जीतने वाली तलवार को लेकर पहुँचा तो उसकी खुशी का ठिकाना नहीं रहा। पर अब उसने एक क्षण भी रुके रहना स्वीकार नहीं किया और शीघ्र ही घर से निकल पड़ा। उसने जाकर हाफ़-डान से युद्ध की घोषणा कर दी क्योंकि उसके दिल में बदले की इच्छा ने जड़ इतनी जोर से पकड़ ली थी कि उसे चैन नहीं आता था।

उसने फिर नये सिरे से हाफ़-डान से युद्ध छेड़ दिया। जब यह समाचार असगार्ड में पहुँचा और देवताओं ने जब सुना कि स्विपगैंड हैला में घुसकर माईमर की गहरी गुफा में से वह विश्वविजयी तलवार और उसके जोड़ के छल्ले को ले आया है तो सभी देवता लोग डरे। उन्हें ऐसी आशा नहीं थी कि स्विपगैंड उस भयानक और अमोघ अस्त्र को इतनी खतरनाक जगह से ला सकेगा। पर जब यह ले आया था तो उनका डरना वाजिब ही था। सभी देवता डर से काँपने लग गये और उस थजासे-वोलैंड के बनाये अस्त्र को कोसने लगे। तब परम पराक्रमी थौर अपने प्रतापी और भारी हथौड़े मजौल्नर

को उठाकर अपने पुत्र हाफ़-डान की मदद करने युद्ध में चल दिया। देवताओं ने खुशी से उसकी जय बोली।

युद्ध जब छिड़ा तो नौओं दुनिया काँप गईं। समुद्र सिकुड़ कर छोटा हो गया, स्वर्ग और सारा विश्व उसके धमाके से हिल उठे। इतना घोर युद्ध हुआ कि जैसा आज तक कभी नहीं हुआ। स्विपगैड ने अपने शत्रुओं को गिन-गिन कर हाफ़-डान के सामने ही मौत के घाट उतार दिया। हाफ़-डान ने बहुतेरा जोर लगाया पर उसके सामने एक न चली। तभी एक तीर ओरवैंडिल ईगिल, जो स्विपगैड का बाप था, ने छोड़ा जो हाफ़-डान के जोर से घुस गया और वह घायल होकर गिर पड़ा। पर तभी प्रबल पराक्रमी योद्धा आसा-देवता और बिजलियों का राजा थौर अपना हथौड़ा मजौल्नर लेकर युद्ध के बीच में आकर डटकर खड़ा हो गया और हाफ़-डान की तरफ से लड़ने लगा। उसने दुश्मन को दबाया और उसके भारी हथौड़े की निरंतर चोटों से मैदान साफ हो गया, भयंकर से भयंकर दानव मर-मरकर गिरने लगे। अपने बीच का रास्ता लाशों से पाटता हुआ, घोर गर्जन करता हुआ वह आगे चला और जब गरजा तो आकाश में बिजलियाँ कड़कने लगीं और समुद्र थर्रा उठे, बड़े-बड़े पहाड़ हिल गये। पर स्विपगैड इन सब बातों से डरने वाला नहीं था। इतने ही में थौर उसके सामने आ गया। अब स्विपगैड और थौर का आपस में घोर युद्ध होने लगा। थौर का हथौड़ा स्विपगैड की तलवार के सामने नहीं ठहर सका। थौर के हथौड़े को सिंड्रे ने बनाया था पर स्विपगैड की तलवार जिसे थजासे-वोलेंड ने अपनी लोहसारी में तैयार किया था, उससे ज्यादा मजबूत थी। जब स्विपगैड ने घुमाकर वह दिव्य ज्योति वाली तलवार उसके मजौल्नर पर मारी तो वह हत्थे पर से अलग होकर दूर जा गिरा और थौर अब निहत्था रह गया और जब स्विपगैड उसे मारने आगे बढ़ा तब थौर लड़ाई के मैदान से भाग गया। उसने भागते-भागते अपने घायल पुत्र हाफ़-डान को भी अपने साथ ले लिया। इस तरह दोनों बाप बेटे स्विपगैड से हारकर भाग गये। स्विपगैड विजयी हुआ और उसने युद्ध जीतकर घोर गर्जन किया।

इस तरह देवताओं का फैसला गलत हो गया। उन्होंने यह कह रखा था कि सिंड्रे और उसके खानदान के लोगों की लोहसारी इवैल्डे के वंशजों की लोहसारी से हमेशा अच्छी रहेगी। पर अब इवैल्डे के वंशजों का हथियार ही बड़ा रहा।

हाफ़-डान अपनी चोटों से मर गया और इस तरह से स्विपगैड का बदला पूरा हुआ। थौर जो भागा तो सीधा असगार्ड पहुँचा जहाँ देवता लोग बैठे थे कि अब स्विपगैड आया, अब आया। उन्हें डर लगा हुआ था कि अगर वह आ गया तो अपनी विश्व-विजयी तलवार से सबको मारकर असगार्ड को वीरान कर देगा। स्विगपैड ने हाफ़-डान को मारकर चैन की साँस ली और उसका दिल खुशी से नाचने लगा क्योंकि उसने अब अपने सबसे बड़े शत्रु को मारकर अपने दादा इवैल्डे और अपनी माँ ग्रोआ के दुख का बदला ले लिया था।

बेली का हल्ला

जब महाबली स्विपगैंड ने युद्ध में हाफ़-डान को घायल कर दिया और उसके पिता थौर का हथौड़ा उसके हाथ से छुड़ा दिया तो थौर हाफ़-डान को उठाकर युद्धभूमि से भाग गया। हाफ़-डान मर गया और स्विपगैंड विजयी होकर अपनी दूसरी माँ सिथ के पास वापस आ गया। वहाँ पहुँचकर उसने सिथ से कहा : "हे माता ! अब मैं तेरे कहे अनुसार परम सुंदरी देवी फ्रियैजा और देवता फ्रे को बेली के पास से छुड़ाने जाऊँगा और शीघ्र ही वापस आ जाऊँगा।" वह जाने की तैयारी करने लगा। उसने अपने साथ अपने सौतले भाई उल को ले लिया। वह दानवों के देश जौटन-हीम की ओर चला। जाने से पहले सिथ ने उन दोनों के लिए तीन साँप मारकर खाना बनाया जिसे खाकर उन्होंने लंबे सफर पर जाने का भी इन्तजाम पूरा कर लिया। इस जादू के भोजन का अधिक भाग स्विपगैंड ने खुद खाया।

अब वे दोनों चले। रास्ते में उन्हें बड़े भयानक मार्ग से जाना पड़ा। ऊँचे-ऊँचे पहाड़ों और निर्जन जंगलों में होकर वे लोग आगे बढ़े और उन्हें खतरनाक दानव जगह-जगह मिले। पर वे डरे नहीं आगे बढ़ते ही गये। अब वे जादू के समुद्र के किनारे जा पहुँचे और इसे उन्हें पार करना था। इस समुद्र में भयानक तूफान गरजते थे और इसकी लहरों में भँवर और जाल पड़ते थे, इसका पार करना असंभव था। और तभी दूर समुद्र में से तूफानी दानव अपना भयंकर रूप धारण कर इनकी ओर झपटता हुआ आया। पास आकर उसने स्विपगैंड और उल पर खतरनाक तरीके से हमला किया पर स्विपगैंड ने उसे पकड़कर दे मारा। स्विपगैंड की शक्ति अपार थी और उसके सामने वह दानव यों ही गिरकर मर गया। ग्रोआ के जादू के मन्त्रों से सुरक्षित स्विपगैंड और उल ने उस समुद्र को पार किया। वे आगे बढ़ते चले गये और एक बंदरगाह के पास जा पहुँचे। वहाँ पहुँचकर पास ही उन्हें बेली चिल्लाने वाले का किला दिखाई दिया। वह किला बहुत ऊँचा और बड़ा था और आसानी से जीता नहीं जा सकता था। इसी किले में बेली ने परम सुंदरी देवी फ्रियैजा और वाना-देवता फ्रे को बन्द कर रखा था।

किले के फाटक पर स्विपगैंड और उल को बेली के तीन पुत्र मिले और उन सभी का नाम ग्रेप था। इनमें से एक कवि था जो फ्रियैजा से शादी करना चाहता था। उसने इनको देखकर डाँटकर चले जाने को कहा और झगड़ा खड़ा कर दिया। वह बोला : "जहाँ से आये हो वहीं फौरन वापस चले जाओ वरना समझ लो कि तुम्हारी खैर नहीं है।"

स्विपगैंड ने उसकी ओर नफरत से देखकर कहा : "जा, जा और अपना काम कर, नहीं तो अभी मार डालूंगा।" और उसने अपनी विश्वविजयी तलवार म्यान से बाहर निकाल ली।

बड़ी चखचख हुई और आखिर में स्विपगैंड से डरकर वे तीनों दानव दरवाजे से

हट गये और उसका रास्ता छोड़ दिया।

स्विपगैड उल के साथ किले के अन्दर दाखिल हुआ और फ्रियँजा तथा फ्रे को ढूंढ़ने लगा। दानवों ने जो देखा कि यह तो उनके बंदियों को छुड़ाने आया है तो सामने आकर खुलकर इससे लड़ने की हिम्मत तो उनको पड़ी नहीं और अब उन्होंने भयानक जानवरों की तरह भूँकना, चिल्लाना और गुर्राना शुरू किया। वे बहुत बुरी तरह से चिल्लाये कि सारा किला गूँज उठा। इसके बाद उन्होंने तूफानी देवता के समान गला फाड़-फाड़कर हल्ला मचाया और उनका शोर और उपद्रव इतना बुरा और खतरनाक सुनाई पड़ता था कि सिवा स्विपगैड जैसे बहादुर के और लोग तो डरकर भाग जाते। पर स्विपगैड और उस पर उस चिल्लाने से कोई असर नहीं पड़ा।

किले के भीतरी हिस्से में एक चौक में उन्हें फ्रियँजा और फ्रे मिले जिन्हें चारों ओर से दानव पहरेदारों ने घेर रखा था। स्विपगैड आगे बढ़ा। उसने उस उदास हुई सुंदरी को सलाम किया और उसका हाथ चूमकर अभिवादन किया। उसी समय उदास होते हुए भी फ्रियँजा ने मन में समझ लिया कि वह स्विपगैड की स्त्री बनेगी।

पर दानवों ने फ्रियँजा और फ्रे पर जादू कर रखा था और उन्हें सब कुछ भुलाने वाली औषधि भी पिला रखी थी जिससे उन्हें कुछ याद नहीं रहता था और यातना और अतृप्ति भी उनके जीवन में हाहाकार मचाया करते थे। वह सदा उदास और थके हुए से रहते थे। फ्रे तो इतना शर्मिन्दा हो गया था कि न तो वह वहाँ से छूटना चाहता था और न कभी उसे भविष्य में सुख पाने की आशा रह गई थी। फ्रियँजा दुख से भरी रहती थी और पीली पड़ गई थी। उसका हृदय नफरत से भरा रहता था और वह मर जाना चाहती थी जब सोचती कि कहीं उसका विवाह जबर्दस्ती ग्रेप (बेली के कवि पुत्र) के साथ न कर दिया जाय। उसके सिर पर लटकते सुनहले घुंघराले बाल अब बुरी तरह खींचकर उसके माथे पर बाँध दिये गये थे और उनकी कोमलता और चिकनाई का स्थान रूखेपन ने ले लिया था। वह अब उन्हें कंघे से काढ़ती तो थी पर अपनी पहिली सुंदरता को नहीं पाती थी। उसके आँखों में दुख के आँसू हमेशा भरे रहते थे और निगाहों में शून्यता छा गई थी। जादू से वह एकदम गुमसुम-सी रहती थी। दुष्ट बेली ने उसे ऐसा ही दण्ड दिया था।

जब स्विपगैड और उल उसके पास आये तो उस कैदखाने से छूटने के खयाल से भी वह खुश नहीं हुई और उसके हृदय में प्रसन्नता का जरा भी स्पंदन नहीं हुआ और वह ठंडा और बिना उत्साह के ही निश्चल रहा। वह स्विपगैड और उल से बोली भी नहीं।

उस समय बेहद ठंड पड़ रही थी और चारों ओर बर्फ गिर रही थी। स्विपगैड और उल तब बेधड़क होकर किले के सबसे बड़े कमरे में घुस गये जहाँ दानव इकट्ठे होकर बेली के साथ बुरी तरह हल्ला मचा रहे थे। इस कमरे में खूब आग जल रही थी। स्विपगैड और उल ने उस आग के पास बैठकर खूब तापा और अपनी ठण्ड दूर की। दानव उन्हें देखकर चुप हो गये और वह किला जो उनके चिल्लाने से गूंज रहा था था अब एकदम शांत हो गया। स्विपगैड ने कहा : "हे बेली ! अब तू हमें कुछ खिला

क्योंकि हमें भूख लगी है। और यदि तू हमें नहीं खिलायेगा···"

"अभी लो···" बेली ने चिल्लाकर बीच में ही उत्तर दिया। और तब दावत की योजना बंनने लगी। भुना हुआ गोश्त सभी को खाने को परोसा गया और शराब हाथोहाथ बाँटी गई। फ्रे एक ऊँचे आसन पर बैठा था, पर वह पीला पड़ रहा था और दानवों के साथ स्विपगैड और उल बैठकर खाने-पीने लगे। थोड़ी देर बाद ही दानव शराब के नशे में चूर होकर जोर-जोर से गाने लग गये। और जब गा चुके तो स्विपगैड और उसको घूरने लगे पर उन्होंने उनकी जरा भी परवाह नहीं की। दानवों के दिलों में इन दोनों योद्धाओं के विरुद्ध बैर की आग लग रही थी और वह इन्हें खतरनाक निगाहों से घूर रहे थे। फिर बात-बात पर वह इनसे झगड़ा करने लगे और धीरे-धीरे यह झगड़ा भयंकर हो उठा। अब हाथापाई और हथियारों की नौबत आ गई। ग्रेप जो फ्रियँजा को अपनी स्त्री बनाना चाहता था उसने स्विपगैड पर भयानक हमला किया पर इससे पहले कि वह उस तक पहुँचता, उल ने अपनी तलवार से उसे रास्ते ही में काटकर फेंक दिया। वह वहीं मर गया। अब खुलकर लड़ाई शुरू हो गई। दानवों ने मिलकर स्विपगैड और उल पर भीषण हमला कर दिया और ये भी अपनी तलवारें निकालकर वीरतापूर्वक अद्भुत युद्ध करने लगे। शीघ्र ही इन दोनों ने वह कमरा दानवों की लाशों से पाट दिया और तब जो शोर मचा तो सारा किला हिल गया। दानवों के खून से किला भर गया। और जब खून से रँगी तलवारें उठकर स्विपगैड और उल ने दानवों की लाशों पर खड़े होकर घोर निनाद किया तो बाकी के सभी दानव जो बचे थे सिर पर पैर रखकर वहाँ से भाग गये।

स्विपगैड और उल ने फ्रियँजा से भाग चलने को कहा। वह उनके साथ चल दी पर फ्रे को वे लोग नहीं मना सके। उसने कहा कि वह इतना अधिक शर्मिन्दा था कि असगार्ड में दुबारा मुंह नहीं दिखा सकता था।

जब स्विपगैड फ्रियँजा को लेकर चला तो वह उससे वोली भी नहीं और न उसने उसकी तरफ आँख उठाकर ही देखा। वह उसकी ओर थोड़ी भी आकर्षित नहीं हुई।

स्विपगैड ने उसे उठाकर जादू का वह फैला हुआ बड़ा समुद्र पार किया और ऊँचे पहाड़ों पर अपने पिता ओरवेंडिल के घर की ओर मुड़ा जहाँ उसकी सौतेली माता सिथ उसकी प्रतीक्षा कर रही थी तब भी फ्रियँजा ने कैद से छूटने की कोई खुशी जाहिर नहीं की और न उससे बोली। उसने उसकी तरफ आँख उठाकर देखा भी नहीं और न उसे अपना छुड़ाने वाला मानकर उसकी ओर कृतज्ञ ही हुई।

यह देखकर स्विपगैड गुस्से से लाल हो उठा और उसने उसे वहीं बियाबान पहाड़ी जंगल में अकेला छोड़ दिया और खुद आगे बढ़ गया। जब वह अकेली रह गई और उसके साथ कोई नहीं रह गया तो उदास तो वह थी ही, वह एक तरफ चल दी और चलते-चलते एक ऐसे निर्जन स्थान में पहुँची जहाँ एक दानवी की माँद थी। वहाँ जाकर उसने देखा कि कई दानवियाँ उस गुफा के अंदर रहती थीं। एक दानवी ने उसे पकड़ लिया और खा जाता चाहा पर फिर सोचा कि क्यों न इसे दासी बनाकर रख लिया जाय। और तब उसने उसको दासी बना लिया और उससे अपनी बकरियाँ चराने को कहा।

फ्रियैजा अब बकरियाँ चराने लग गई।

स्विपगैड दूर निकल गया और उसे फ्रियैजा की याद आई तो उसका सारा गुस्सा उड़ गया और वह वहीं से उलटा लौटा और उसे ढूंढ़ने लगा।

ढूंढ़ते-ढूंढ़ते उसे फ्रियैजा मिल गई। वह उस दानवी की बकरियाँ चरा रही थी। स्विपगैड ने उससे कहा : "चलो मैं तुम्हें लेने आया हूँ।"

वह बकरियों को वहीं जंगल में छोड़कर फिर उसके साथ चल दी। स्विपगैड से रास्ते में कई दानवियों ने युद्ध किया पर उन सबको मारता हुआ वह फ्रियैजा को लेकर आगे बढ़ा। जब उस दानवी को मालूम हुआ कि उसकी दासी अपने प्रेमी के साथ भाग गई है तो वह पीछे-पीछे चली। स्विपगैड और फ्रियैजा लोहे के लंबे जूते पहने तेजी के साथ पहाड़ों की बर्फ पर फिसलते, भागे चले जा रहे थे। पीछे से वह चुड़ैल भी बदला लेने चली आ रही थी। बड़ी गहरी होड़ लग रही थी। इसी तरह आगे-आगे स्विपगैड और फ्रियैजा और पीछे-पीछे वह चुड़ैल भागते रहे। अब चुड़ैल की रफ्तार बढ़ गई और उनके बीच का फासला कम होता जा रहा था। तभी स्विपगैड फ्रियैजा को लेकर पहाड़ के पार निकल गया और जैसे ही वह चुड़ैल आगे बढ़ी कि पहाड़ के पीछे से सूरज ऊपर चढ़ आया और जैसे-जैसे उसकी रोशनी उस चुड़ैल पर पड़ी वह वहीं पत्थर की चट्टान बन गई और समुद्र के किनारे वह चट्टान बनी अब भी खड़ी है।

अब जब स्विपगैड और फ्रियैजा आजाद हो गये तो अबकी बार स्विपगैड ने यह बात पक्की तरह समझ ली कि फ्रियैजा उसका एहसान मानकर उसको धन्यवाद जरूर देगी। पर उस देवी ने अब भी उसकी ओर न देखा न बोली और न कोई एहसान ही माना। स्विपगैड तो यह जानता न था कि फ्रियैजा पर जादू का बुरा असर हो रहा था जिसके कारण वह ऐसी हो रही थी, वह तो सचमुच ही उसे कृतघ्न समझ रहा था। वह केवल यह चाहता था कि वह उसकी ओर एक बार प्रेमपूर्ण नेत्रों से देख लेती। पर जब फ्रियैजा ने उसकी ओर नहीं देखा तो वह गुस्से से जल-भुन गया। उसने उसे एक बार गौर से देखा और फिर उसे एक जंगल में छोड़कर अपने पिता ओरवैंडिल के घर की ओर चल दिया। फ्रियैजा जब फिर अकेली रह गई तो पहाड़ों में भटकने लगी। जब देर तक वह ऐसे ही भटक-भटककर ऊब गई तो उसने अपना भेष चिड़िया का सा बना लिया और आकाश में उड़ गई। पहाड़ों और नदियों को पार करती हुई ओरवैंडिल के घर जा पहुँची। वहाँ जाकर उसने अपना स्वरूप फिर बदल लिया और सिथ जो ओरवैंडिल की दूसरी पत्नी थी उसके सामने जाकर खड़ी हुई। सिथ ने उसे नहीं पहचाना। वह उससे बोली : "मैं एक गरीब और आश्रयहीन औरत हूँ। मेरा कोई घर नहीं है और बहुत सताई हुई हूँ। कृपा करके तुम मुझे आसरा दो।"

सिथ को उस पर बहुत दया आई, उसने उसे प्रेमपूर्वक अपने यहाँ रख लिया और भोजन खिलाया। अब वह वहीं रहने लग गई।

कुछ दिनों बाद स्विपगैड अपने घर आया और उसने जो फ्रियैजा को देखा तो कहा : "यह तो मेरी है क्योंकि बेली, चिल्लाने वाले दानव, के यहाँ से इसे मैं ही छुड़ाकर लाया था और फिर जब रास्ते में इसे दानवियों ने पकड़ लिया था तब वहाँ से भी इसे

मैंने छुड़ाया था।"

सिथ ने पूछा : "पर यह है कौन ?"

"यही वह देवी है जिसे तुमने छुड़ाने को मुझे भेजा था," स्विपगैड बोला।

"कौन फ्रियैजा ?" सिथ ने उत्सुक होकर पूछा।

"हाँ फ्रियैजा," स्विपगैड ने दृढ़ स्वर से कहा।

"तभी तो यह इतनी सुंदरी है पर न जाने क्यों यह इतनी मलिन और खोई-खोई सी रहती है !" सिथ ने आश्चर्य से कहा।

स्विपगैड तब बोला : "यह मेरी है, मैं इससे विवाह करूंगा।"

"मैं भी यही चाहती हूँ," खुशी-खुशी सिथ बोली।

बड़े ठाटबाट के साथ स्विपगैड का विवाह फ्रियैजा के साथ किया गया। एक बहुत बड़ी दावत दी गई और पवित्र शपथें ली गईं। बहुत उत्सव मनाया गया। परन्तु इन सबके बावजूद फ्रियैजा वैसी ही खोई-खोई-सी रहती आई। जब स्विपगैड और फ्रियैजा विवाह मण्डप से अन्दर गये तो उस समय फ्रियैजा के हाथ में एक जलती हुई मोमबत्ती थी। वह स्विपगैड के सामने चुपचाप खड़ी रही और स्विपगैड को उस समय भी उसका चुप रहना खल गया। मोमबत्ती जलती रही और किसी को उसका ध्यान नहीं रहा। जब वह जलकर खत्म हो गई और उससे फ्रियैजा की उँगलियां जलीं तो उसने उसे झटककर दूर फेंक दिया। जैसे ही उसकी उँगलियाँ जलीं फौरन उसी पल दानवों का किया हुआ जादू दूर हो गया और वह बिलकुल ठीक हो गई। स्विपगैड को अब वह देखकर प्यार से मुस्कुरा उठी और उसने उसे प्रेम भरी निगाहों से देखा और हँसकर उससे मीठी-मीठी आवाज में बोलने लगी। उस समय उसे उँगलियाँ जलने के दर्द से अधिक दिल में दर्द हो रहा था और वह स्विपगैड के प्रेम में जल रही थी। उसने उससे कहा कि वह उसकी बहादुरी से बहुत खुश थी और उसने उसे दानवों से जो छुड़ाया था उसके लिए वह उसकी आभारी थी। अब स्विपगैड को अपनी मेहनत का इनाम मिल गया था और वह बहुत खुश हुआ परन्तु जैसे ही वह फ्रियैजा की ओर बढ़ा कि वह उसके सामने से गायब हो गई। घर से बाहर होकर उसने अपनी चिड़िया की पोशाक पहन ली और असगार्ड की ओर उड़ गई। और जब वह वहाँ पहुँची तब भी पहले की भाँति पवित्र और सुंदर थी। उसे फिर अपने बीच में पाकर देवताओं ने खुशी में उत्सव मनाये।

इधर स्विपगैड अकेला रह गया और उस सुंदरी देवी के प्रेम में पागल हो उठा। उसने अपनी प्रसिद्ध और भयंकर विश्वविजयी तलवार उठाई और असगार्ड की ओर फ्रियैजा को पाने की आशा में चल पड़ा।

इस बीच फ्रियैजा उसके प्रेम में डूबी हुई असगार्ड में उसके आने की प्रतीक्षा कर रही थी और देवता लोग भी विश्वविजयी तलवार के कारण उसकी बाट जोह रहे थे।

स्विपगैड को अब फ्रियैजा के बिना एक पल भी भारी मालूम होता था और न दिन में उसे चैन मिलता न रात में आराम और उसका हृदय उसके प्रेम में हर वक्त जला

करता था। उसकी माता ग्रोआ का किया हुआ रक्षा का जादू उस पर अब भी मौजूद था और उर्द देवी भी यह चाहती थी कि वह शीघ्र असगार्ड पहुँच जाय। लम्बी यात्रा करता हुआ, बड़ी-बड़ी कठिनाइयों का सामना करता हुआ वह आगे बढ़ा। वह चलते-चलते हैला तक जा पहुँचा और ऊँचे पहाड़ों की चोटियों को पार करता हुआ, घने तूफानों और कोहरों को काटता हुआ वह बीफ-रोस्ट नामक पहाड़ की जड़ तक जा पहुँचा। और जब वहाँ से वह देवताओं के पुल पर चढ़कर चला तो उसे चमकते शरीर वाले संतरी हीमडल ने दूर से देखा। उस समय स्विपगैड अपूर्व सौन्दर्य लिये हुए था। उसके बगल में विश्वविजयी तलवार चमचमा रही थी और उसके कंधे से विजयी कवच भी लटक रहा था। पर हीमडल ने उसे देखकर कोई रोकटोक नहीं की क्योंकि यह ओडिन की आज्ञा थी कि फ्रियैजा के उस प्रेमी को कहीं न रोका जाय ताकि वह असगार्ड के फाटक पर बिना रोके ही पहुँच सके।

स्विपगैड बढ़ता चला गया और तब दूर से उसे पवित्र नगर की झाँकी दिखाई दी। वह उसकी सुंदरता को देखकर ठगा-सा रह गया। जब वह चहारदीवारी के पास पहुँचा तो उसे ओडिन मिला। पर उसने उसे नहीं पहचाना। जब स्विपगैड ने ओडिन को सलाम किया तो रूखेपन से ओडिन ने कहा : "यह भिखारियों के आने का स्थान नहीं है। जहाँ से तुम आये हो वहीं वापस चले जाओ।"

तब स्विपगैड ने कहा : "आने के रास्ते में बहुत कोहरा होने के कारण मैं भीग गया हूँ और बहुत थका हुआ हूँ, इसलिए असगार्ड वालों को चाहिए कि वह मेरी खातिर करें।"

यह सुनकर ओडिन ने उसे फिर मना कर दिया और असगार्ड के अन्दर नहीं जाने दिया। पर उसने जो उस सुन्दर युवक के ठाटबाट और तेज देखा तो अबकी बार पहले की भाँति रूखे स्वर से नहीं बोला परन्तु कुछ धीमे स्वर से यह बातें कहीं।

तब स्विपगैड ने चिल्लाकर कहा : "मैं यहाँ से कभी वापस नहीं जा सकता क्योंकि यहाँ की सुन्दरता ने मुझे मोहित कर लिया है और अवश्य ही अब मैं असगार्ड में ही शांति पाने के लिये और आराम करने के लिये रहूँगा।"

ओडिन ने उसे गौर से देखा और पूछा : "पर तुम हो कौन ?"

"मेरा नाम," स्विपगैड ने उत्तर दिया, "जाड़ा है और मेरे पिता का नाम बड़ा जाड़ा है और उसके पिता का नाम बर्फीला जाड़ा है।"

अब स्विपगैड को असगार्ड के दरवाजे के अन्दर से वहाँ की सुन्दरतम वस्तुएँ दिखने लग गई थीं। उसने दरवाजे से थोड़ी ही दूर पर स्थित सोने का बना हुआ चमचमाता महल देखा, जिसमें देवताओं की सभा होती थी। इसके बगल के महल में फ्रियैजा रहती थी और यह महल भी ठोस सोने का बना था और उसमें जगह-जगह जवाहरात जड़े हुए चमचमा रहे थे। उसने अपनी प्रिया फ्रियैजा को भी देख लिया जो खुशी की चट्टान पर बैठी थी और वह चट्टान फूलों से लदी हुई थी। मनुष्यों की दुनिया में प्रार्थना करने वाले भक्तों को यह चट्टान अच्छी तन्दुरुस्ती देती थी। फ्रियैजा के आसपास उसकी सहेलियाँ बैठी थीं। ईल सखी घावों को शीघ्र पुराने वाली थी

हैलिफ अपनी कृपा से शरणागतों की रक्षा करती थी। बजौर्ट अपने तेज से चमकती थी और ब्लिड स्वर्गीय सुन्दरी थी तथा फ्रिड गोरी और हृष्टपुष्ट नारी थी। यह सभी फ्रियैजा की सहेलियाँ थीं और मिडगार्ड में रहने वाले स्त्री-पुरुषों की प्रार्थना करने पर उन पर प्रसन्न होकर कृपा किया करती थीं। जब वे लोग इन्हें कुर्बानियाँ देते तो शीघ्र ही ये अपना असर दिखलाती थीं। फ्रियैजा उनसे घिरी चुपचाप बैठी थी जैसे किसी के आने की प्रतीक्षा में बैठी हो। वह अत्यंत सुन्दर लग रही थी। उसकी नीली आँखें और सुनहले बाल हवा में उड़ रहे थे। देवी फ्रियैजा प्रेम से विह्वल स्त्रियों की माताओं की और उनके बच्चों की रक्षक थी, पर इस समय वह अपने ही प्रियतम के प्रेम में खोई हुई बिना हिले-डुले पत्थर की सुन्दर प्रतिमा बनी बैठी थी। अपने गले में उस आभूषणों को चाहने वाली सुन्दरी ने बौनों द्वारा बनाया गया सोने का चमचमाता हुआ कण्ठा पहन रखा था और उसमें आसमान के चमकते जवाहरात जड़े थे और सुगंधित फूलों की खुशबू बसी हुई थी और इस हार को पहनकर वह कई गुनी और सुन्दर प्रतीत होती थी। वह उस समय खुशी की चट्टान पर बैठी थी और उस पर दुनिया का कल्पवृक्ष यगड्रैसिल छाया किये हुए था। स्विपगैड मंत्रनुग्ध सा यह सब देख रहा था। उसको इतना अचंभा हो रहा था कि वह खुद हैरान था। कल्पवृक्ष में जादू के फल लटक रहे थे और उसकी डाल पर गोल्डकूंब नाम का मुर्गा बैठा हुआ अपने ठोस सोने के बने परों को खुजा रहा था।

जब स्विपगैड ने अपनी निगाह वहाँ से हटाकर असगार्ड के फाटक पर डाली तो वहाँ उसने भयानक भेड़ियों की नसल के दो कुत्ते देखे जो रात-दिन उस दरवाजे की रक्षा किया करते थे। जब एक सोता तो दूसरा जागता रहता और इस तरह दरवाजा कभी सूना नहीं रहता था। उनमें बड़ी शक्ति थी और वह बड़े-बड़े दानवों को जान से मार सकते थे। रात के अँधेरे में डाका डालने वाले बौनों को आकाश मार्ग से जाकर पकड़ लाते थे और मार डालते थे।

अब स्विपगैड का वास्तविकता की ओर ध्यान गया और उसने उस बुड्ढे (ओडिन) से पूछा : "क्या असगार्ड में कोई अजनबी चाहे तो घुस सकता है ?"

"कोई नहीं घुस सकता," ओडिन ने उत्तर दिया, "सिवा उस वीर पुरुष के जिसके पास विश्वविजयी तलवार है।"

और तब अपनी खुशी को दबाते हुए स्विपगैड ने पूछा : "और यह कुत्ते क्योंकर चुप हो सकते हैं ?"

तब ओडिन ने उत्तर दिया : "कोई उन कुत्तों से बचकर आगे नहीं जा सकता जब तक कि उन्हें गोल्डकुंब नामक मुर्गे का मांस न खिला दिया जाय।"

"और," स्विपगैड ने फिर पूछा, "वह मुर्गा जो यगड्रैसिल पेड़ पर बैठा हुआ है, मारा कैसे जाय ?"

तब ओडिन बोला : "यह एक बड़ी जटिल बात है। गोल्डकुंब केवल एक तलवार से मारा जा सकता है और वह है विश्वविजयी तलवार। यह तलवार हैला की गहरी गुफाओं के अन्दर रखी है और उसका पहरेदार किसी को भी अन्दर नहीं जाने देता

जब तक कि उसे इसी गोल्डकुंब के पैर की हड्डी न दी जाय और बिना तलवार के यह नहीं मारा जा सकता और बिना इसके मरे तलवार नहीं मिल सकती। इसलिये यह काम असंभव है।"

तब स्विपगैंड ने अपने उछलते कलेजे को पकड़ कर पूछा : "क्या कोई भी असगार्ड के अन्दर जाकर सुन्दरी देवी फ्रियैजा से नहीं मिल सकता ?"

"सिवा स्विपगैंड के और कोई अन्दर जाकर फ्रियैजा से नहीं मिल सकता," ओडिन ने कहा।

"तब खोल दो फाटक," स्विपगैंड चिल्ला उठा, "क्योंकि मैं ही स्विपगैंड हूँ और मेरे पास विश्वविजयी तलवार है," और उसने उस तलवार को म्यान से निकालकर दिखाया जो रोशनी पड़ते ही चमकने लग गई थी। अब वह बेधड़क पुल पर होकर आग की खाई को पार कर गया और आग की एक लौ भी उसके शरीर को नहीं लगी। जब वह दरवाजे के पास पहुँचा तो फाटक एकदम खुद-ब-खुद पूरे खुल गये और उन कुत्तों ने उसे प्यार से सूंघा और कूं-कूं करते हुए उसका स्वागत करने लग गये। वह असगार्ड में घुस गया; चारों ओर से देवता उसका स्वागत करने लगे। खुशी की चट्टान पर फूलों से लदी बैठी फ्रियैजा ने उसे दूर से देखा और जब उसे पूर्ण विश्वास हो कि वही उसका असली प्रेमी है तो वह दौड़कर उसके पास आई और चिल्लाकर बोली : "मेरे प्यारे प्रेमी ! मैं तुम्हारा स्वागत करती हूँ। तुम्हें देखकर अब मेरे हृदय की प्यास बुझ गई है क्योंकि तुम्हारे बिना मैं बहुत बेचैन रहती थी। इस चट्टान पर रात-दिन बैठकर मैंने निरंतर बहुत दिनों तक तुम्हारे आने की प्रतीक्षा की है। और अब जब तुम मुझे ढूँढ़ते हुए यहाँ आ गये हो तो मेरी सारी मनोकामनायें पूरी हो गई हैं। अब तुम हमेशा मेरे साथ रहो।" और उसने प्रेम से लिपटा लिया। स्विपगैंड यह सुनकर बहुत खुश हुआ और तब उसने अपनी स्त्री को प्यार से उठा लिया। वह फिर वहीं रहने लग गया और जो विश्वविजयी तलवार देवताओं का नाश करने के हेतु थजासे-वोलैंड से बनाई थी उसी को बगल में लटकाये स्विपगैंड फ्रियैजा के प्रेम के कारण अब देवताओं का मित्र और हितैषी बनकर उन्हीं के नगर असगार्ड में रहने लग गया।

लोक की चालाकियाँ काट दी गईं क्योंकि अब तो स्विपगैंड फ्रियैजा का पति हो चुका था और इस तरह जो लड़ाई इवैल्डे के पुत्रों और देवताओं के बीच डाल दी थी अब नहीं रही और उन लोगों में अब इस रिश्ते के कारण प्रेम उत्पन्न हो गया।

इसके बाद स्विपगैंड ने अपनी सौतेली माँ सिथ और उसके पुत्र उल को भी असगार्ड में ही बुला लिया। थजासे-वोलैंड की आँखें तो आकाश में तारे बनकर चमकती थीं ही पर जब ओरवेंडिल ईगिल मरा तो वह भी सितारा बना दिया गया जो आकाश में हरदम चमका करता था।

नजोर्ड ने जब सुना कि स्विपगैंड के साथ फ्रियैजा तो बेली चिल्लाने वाले के यहाँ से चली आई थी पर उसका पुत्र फ्रे नहीं आया था तो वह सीधा जौटन-हीम पहुँचा और उसने दानवों को युद्ध में हराकर उसे उनके हाथों से छुड़ाया। अब फ्रे पर किया हुआ जादू हट गया और फ्रे ठीक हो गया। ठीक होकर उसने जो असलियत पहचानी तो इसे

बेली चिल्लाने वाले पर बहुत ही अधिक क्रोध हो आया और उसने वहीं दीवाल पर टँगे एक हिरन की सींग को उठाकर बेली पर भयानक हमला किया और उसे मार डाला। जब वह नजौर्ड के साथ असगार्ड वापस आया तो बहुत खुशी मनाई गई। फ्रे ने जब स्विपगैंड और फ्रियैजा की जोड़ी देखी तो वह बहुत खुश हुआ और उसने उन्हें दुआयें दीं। स्विपगैंड ने उसे अपनी विश्वविजयी तलवार भेंट में दे दी। और तब असगार्ड में बहुत समय तक सुख और शांति बनी रही।

फ्रियैजा स्विपगैंड के साथ मौज में रहती थी पर उसकी दासी औरबोडा गुलवीग-होडर अभी उसके पास मौजूद थी पर किसी ने उसे अभी तक उसकी दुष्टता का दण्ड नहीं दिया था।

धनुर्धर बीओवुल्फ़

देवताओं ने मनुष्य बनाये और सबसे पहले जो स्त्री-पुरुष बनाये उनका नाम एम्ब्ला और अस्क रखा। उनको उन्होंने स्वर्गीय जीवनदान दिया। पर तब तक वह पेड़ों की खोहों में रहते थे और प्रकृति के मुकाबले में जिंदा रहने के काबिल नहीं हुए थे क्योंकि कमजोर थे। तब तक वे लोग नंगे रहते थे। जब एक दिन समुद्र के किनारे ओडिन के सामने वे खड़े हुए तो उन्हें अपनी हीनता और नंगेपन का ज्ञान हुआ। वे बहुत ही अधिक लज्जित हुए और छिपने की कोशिश करने लगे। ओडिन ने उन पर दया की और उन्हें स्वर्ग के दिव्य वस्त्र (कपड़े) पहनने को दिये। अब वह स्त्री-पुरुष उन कपड़ों को पाकर बहुत खुश हुए और उन्हें अपने ऊपर गर्व भी होने लगा। वे लोग जाकर मिडगार्ड में बस गये जहाँ उनकी संतानें पैदा हुईं और कालांतर में संतानों की संतानें और फिर उनकी संतानें पैदा हुईं। इसी तरह आदमी पैदा होते चले गये और बहुत हो गये। फिर उनके नगर, गाँव वगैरह भी बस गये। तब उन लोगों की आयु बहुत होती थी और आदमी लोग जीते बहुत थे पर उनमें कोई ऐब नहीं था। सब लोग प्रेमपूर्वक शांति के साथ रहते थे क्योंकि वह सभी भोलेभाले और नेक तबीयत के थे।

बहुत समय बाद ओडिन के एक पुत्र हीमडल ने बच्चे का रूप धारण करके मनुष्यों के पास जाकर उनकी बहुत मदद की। समुद्र के तूफानों की रानी रैन की नौ पुत्रियाँ थीं जो दुनिया की चक्की चलाती थीं और जब उन्हें खेल सूझता तो पहाड़ों से बड़ी-बड़ी चट्टानें उठाकर गहरे समुद्र में फेंक-फेंक कर तमाशा देखती थीं; इन्हीं नौ दानवियों से जब ओडिन ने विवाह किया तो नौ कन्याओं ने मिलकर एक पुत्र को जन्म दिया और उसका नाम हीमडल रखा गया। यह बड़ा तेजस्वी पुत्र था और हमेशा चमका करता था। जब वह बड़ा हुआ तो ओडिन ने उसे माईमर के बुद्धि के फव्वारे से उठाकर ज्ञान की शराब पिलाई और तभी से हीमडल बड़ा पराक्रमी और बड़े ज्ञानवाला बन गया।

ओडिन ने तब उससे कहा : "मनुष्यों की भलाई के लिये तू बच्चा बन जा," और हीमडल फौरन बच्चा बन गया। ओडिन ने उसे उठाकर एक खूबसूरत कड़ीदार पाल के जहाज में लिटा दिया और उसे नर्म बिछौने में लपेट दिया। उसके सिर के नीचे सोने के अनाज की तकिया लगा दी। यह भेंट फसलों के देवता फ्रे ने दी थी। उसके बाद उस बच्चे के चारों ओर बहुत बड़ा खजाना रखा गया और उनके ऊपर युद्ध करने के तरह-तरह के हथियार, कवच, औजार इत्यादि जो असगार्ड में ही तैयार किये गये थे, रखे गये और वह जहाज स्टिगैंडे द्वारा समुद्र में एक ओर बहा दिया गया। जहाज समुद्र के बीच लहरों के थपेड़े खाता हुआ बहने लगा और आगे बढ़ने लगा।

एक दिन सुबह जब सूर्य चमकीला होकर साफ आसमान के बीच चमक रहा

था और सुहावनी धूप खिली हुई थी, सिडीलैंड नामक देश में जहाँ समुद्र का किनारा काफी ऊँचा था, लोगों ने पश्चिम दिशा से दूर समुद्र के अन्दर एक सुन्दर जहाज को अपनी ओर आते देखा। उस समय सूरज की रोशनी में उस जहाज की सोने की कड़ी चमचमा रही थी और वह समुद्र की नीली लहरों पर जगमग स्वर्ग की नौका के समान शोभायमान हो रहा था। यह लोग मनुष्य थे और आदि मानव अस्क और मानवी एम्ब्ला की संतानों में से थे। सब लोग आश्चर्यचकित होकर किनारे की ओर खड़े होकर आते हुए जहाज को देखने लगे और जब वह जहाज किनारे से आकर लगा तो इन लोगों ने डरते-डरते उसे किनारे के पत्थरों से बाँध लिया पर जब देर तक उस जहाज के अन्दर से कोई नहीं निकला तो उन्होंने मिलकर सलाह-मशविरा किया और उस पर चढ़ गये। वहाँ जहाज के अन्दर उन्होंने एक खूबसूरत बच्चे को सुनहरी तकिया के सहारे लेटा और साथ में अपार धन देखा तो वे लोग बहुत खुश हुए और उन्होंने उसे गोद में उठा लिया। वे लोग उसे अपने गाँव में ले आये और पालने लगे। वह बच्चा उन लोगों के राजा के यहाँ पलने लगा। उस जहाज में इतना अधिक धन था कि उससे वह सारी जाति धनवान हो गई और उन्होंने अपने उस गाँव को नगर बना दिया और वहाँ ठाठ से रहने लगे। उन्हें तभी से खेत बोकर अन्न उपजाना और आग पैदा करने की तरकीब भी मालूम हो गई।

जब वह बच्चा बड़ा हुआ और जवान तथा समझदार बना तब वह उस जगह का राजा बना। वह बहुत पराक्रमी भी थाऔर दूर-दूर तक उसका नाम फैल गया था। उससे उसकी प्रजा डरती थी और उसने हमलावर दुश्मनों को कई बार मारकर भगा दिया था। समुद्र के पार बसने वाले लुटेरे जो आज तक बार-बार यहाँ हमला करते थे अब ऐसी मार खाकर भागे कि डर के मारे फिर यहाँ आने का उन्होंने नाम भी नहीं लिया।

अब उसका नाम शिल्डे था और वह इसी नाम से प्रसिद्ध हो गया। शिल्डे के पुत्र का नाम बीओवुल्फ़ था। जब वह भी जवान हुआ तो बड़ा बलवान हुआ और उसकी धाक जम गई। उसने अपने सरदारों को मूल्यवान चीजें भेंट दीं और उनसे बहुत अच्छा बर्ताव किया जिससे सभी उसके भक्त हो गये और उसके लिये जी-जान से मरने के लिये तैयार हो गये।

जब शिल्डे बहुत बुड्ढा हो गया और मृत्यु के करीब पहुँचा तो उसने इच्छा प्रकट की कि उसे उसी जहाज में उसी सुनहले तकिये के सहारे लिटाकर समुद्र में बहा दिया जाय जिसमें वह जब बच्चा था, वहकर आया था। उदास हृदयों से उसके सरदारों ने उसे उस जहाज में लिटा दिया और उसके चारों ओर अपार धनराशि रख दी और उसके सोने पर पर जगमगाते हुए रत्न रख दिये। विचित्र प्रकार के अस्त्रों से जहाज भर दिया गया और जहाज के ऊपर सुनहरा झंडा फहराया गया। अन्त में जब शिल्डे वहाँ लेटा-लेटा मर गया तो रोते हुए उसके सरदारों ने उस जहाज का लंगर उठा दिया और उसे समुद्र में बहा दिया। वे लोग आँखों में आँसू भरे उस जहाज को किनारे पर खड़े होकर तब तक देखते रहे जब तक कि वह समुद्र में दिखाई दिया और जब वह लहरों के बीच

छिप गया तो दुखी मन से अपने घरों को वापस चले गये । उसके बाद किसी को कुछ भी मालूम नहीं हुआ कि वह जहाज कहाँ गया ।

बीओवुल्फ़ अब वहाँ के लोगों का जो अब मिल्डिंग्स कहलाने लगे थे, राजा हो गया । उसकी प्रजा उससे बहुत प्रेम करती थी और सभी उसका आदर करते थे । उसके पुत्र का नाम हीलफ़डिन था जो प्रसिद्ध योद्धा था । उसने अपना राज्य खूब बढ़ाया और अपनी प्रजा को सदा सुख दिया । उसके चार पुत्र थे । बड़े का नाम हेरोगर था, वह सेनापति बना । हरोथगार दूसरा था, वह अपने पिता के मरने के बाद वहाँ का राजा बना । तीसरे का नाम हाल्गा था और वह बहुत अच्छा आदमी था । चौथी एक लड़की थी जो स्वीडन के एक राजा की स्त्री बनी । उसका नाम ऐलान था ।

हरोथगार बड़ा जबर्दस्त राजा था और उसने अनेक बड़े-बड़े युद्धों में विजय प्राप्त की । उसके साथ इतने जवान युद्ध करने को आ पड़े कि धीरे-धीरे वह एक विशाल वाहिनी का स्वामी हो गया और तब उसके नाम से शत्रु लोग थर्रा उठते थे । कभी किसी को साहस नहीं होता था कि उस पर आक्रमण करे ।

हरोथगार ने एक बहुत बड़ा पक्का भवन बनवाया । उसमें बैठकर वह अपने सेनापतियों सहित दावत खाया करता था । जब यह भवन बनवाया जा रहा था जो जगह-जगह से हजारों कारीगर इसे बनाने आये और जब वह बन चुका तो इतना ऊँचा और बड़ा बना कि वैसा दूसरा भवन तब तक न किसी ने देखा था और न सुना ही था । ऊपर से वह भवन सींग की तरह पतला हो गया था और वह इतना सुन्दर बना था कि जो उसे देखता वही उसकी भूरि-भूरि प्रशंसा किया करता था । उस भवन का नाम हीओरोट रखा गया और उसके चारों ओर आग जला करती थी जिनकी लपटें बहुत ऊपर आसमान में लपलपाया करती थीं ।

हरोथगार अपने सरदारों सहित उसमें बैठकर बहुत आनन्द मनाया करता था, सभी खूब शराब पीकर दावत खाते थे । उसके दरबार में कवि लोग अपनी कवितायें सुनाते थे और गाना भी गाते थे । बड़े-बड़े तारों के बाजे बनाये जाते और इतनी जोर से गाने गाये जाते थे कि दूर-दूर तक उनकी ध्वनि जाती । एक कवि ने देवताओं की स्तुति गाई थी जिसमें उसने प्रकृति कैसे हुई और चाँद-सूरज की रोशनी पृथ्वी पर किस तरह आई, फूल-पत्ते कैसे पैदा हुए, यह सब गाकर सुनाया था । चारों ओर आनन्द ही आनन्द दिखाई देने लगा था ।

उस भवन से दूर एक नरभक्षक (आदमी खाने वाला) और खतरनाक दानव रहता था । उसका डीलडौल बहुत ही बड़ा था और वह बहुत बलवान था । वह अँधेरे में रहता था । जब हीओरोट में बजने वाले बाजों की और कवियों के गानों की आवाज उसने सुनी तो वह बहुत नाराज हुआ क्योंकि यह सब उसे अच्छा नहीं लगता था । वह एकांत और शांति चाहता था, जब यह शोरगुल उसने सुना तो वह उन लोगों से बदला लेने को तैयार हो गया । उसका नाम ग्रेडल था । वह रात के अँधेरे में कीचड़ वगैरह गंदी जगहों में घूमा करता था । वह उस जाति का था जिस जाति को खुदा ने अँधेरे में ही रहने का हुक्म दे रखा था । वह केन का वंशज था और यह बात तो प्रसिद्ध थी कि

केन ने जब एबल की हत्या कर दी थी तब उसे यह शाप मिला था कि वह और उसके वंशज कभी उजाले में न रह सकेंगे। दानव, बौने, समुद्री दानव और बदसूरत दानव यह सभी उसी केन के वंशज थे और खुदा की मर्जी से सभी अँधेरे में ही रहा करते थे।

एक बार आधी रात गुजर जाने पर ग्रेंडल चुपचाप उस भवन में आया। उस समय सभी शराब पीकर मस्त होकर बेहोश पड़े सो रहे थे। ग्रेडल ने जो उन्हें बेफिक्र और सुखपूर्वक सोते देखा तो वह क्रोध से लाल हो गया और तब चुपचाप उसने उन योद्धाओं में से तीस आदमियों को उठा लिया और बिना आवाज किये भवन से बाहर आ गया और खुशी से उछलते हुए अपनी माँद में गया। वहाँ जाकर उसने उन तीसों को मारकर खा लिया। उन्हें खाकर वह बहुत खुश हुआ और फिर दिन भर आराम से अपनी अँधेरी माँद में सो गया।

उधर जब सुबह हुई और इतने आदमी गायब थे तो हल्ला मच गया। सब लोग घबराये हुए दौड़-दौड़कर उन्हें ढूंढ़ने लगे पर जब उन्हें कोई नहीं मिला तो शोक फैल गया। बहादुर राजा हरोथगार स्वयं बड़ा परेशान था और साथ ही साथ बहुत दुखी भी था पर जब उसने खून से बना हुआ रास्ता देखा जिससे कि ग्रेंडल उन तीस आदमियों को ले गया था। (ग्रेंडल ने उन आदमियों को दाँतों से पकड़कर उठाया था, इसलिये जब वह उन्हें उठाकर ले गया था तो खून टपका था) तब उसका माथा ठनका और वह एक अज्ञात भय से अन्दर ही अन्दर काँप गया। उसका हृदय अब दुख और शंका से भर गया था।

दूसरी रात जब ग्रेंडल फिर आया तो उसने और भी आदमियों की हत्या की और उन्हें उड़ाकर ले गया और जो उस भवन के भीतरी हिस्से के अन्दर छिपकर सो गये थे वही उसकी चपेट से बच गये। ग्रेंडल बड़ा खतरनाक दानव था और हत्या करने के बाद कभी पछताता नहीं था बल्कि उसका हौसला बढ़ता ही जाता था।

इसी भाँति ग्रेंडल रोज रात को आता और हरोथगार के सैनिकों को उठाकर ले जाता और वह बारह वर्षों तक इस तरह हत्या करता रहा। राजा हरोथगार बहुत अधिक दुखी रहता था। इस बीच उसने सभी कोशिशें कर लीं कि किसी प्रकार यह नरहत्या बंद हो। उसने गाने वालों को दूर-दूर भेजा जो गा-गाकर लोगों को उसका दुख सुनाते थे और चाहते थे कि ऐसा शूरवीर आगे आए जो उस दानव को मार डाले। हरोथगार ने कई देवताओं की मूर्तियों के सामने बहुत-बहुत प्रार्थनायें कीं पर इन सब बातों से वह दानव नहीं रुका और उसी तरह हत्यायें किया करता।

एक दिन एक छोटे सरदार का बहादुर बेटा आगे आया और उसने प्रतिज्ञा की कि वह उस दानव को मार डालेगा जिसने इतने वर्षों से न जाने कितने लोगों को खा लिया था। उसका नाम पुराने बादशाह की तरह बीओवुल्फ़ ही था और वह उस समय मनुष्यों में सबसे बड़ा वीर और शक्तिशाली भी था, देखने में भी बड़े डीलडौल वाला और सुन्दर था। उसने अपने नौकर से चिल्लाकर कहा : "जल्दी से मेरे वायुयान को ठीक कर दे और मैं उस पर चढ़कर हंस की चाल से शीघ्र राजा हरोथगार के पास जाऊँगा क्योंकि इस समय उसे वीर पुरुषों की जरूरत है।"

बीओवुल्फ़ ने तब अपने साथ जाने के लिये अपने साथियों में से चौदह वीर छाँटे और उन सब को अपने जहाज पर चढ़ा लिया और एक ऐसा आदमी भी साथ ले लिया जो समुद्र के बीच उसे ठीक रास्ता बतला सके। अब वह हरोथगार की मदद के लिये पूर्ण उत्साह के साथ चल पड़ा। योद्धाओं ने जहाज के अंदर अपने हथियार, कवच वगैरह रख दिये और तब पूरा जोर लगाकर वह जहाज को फेन से भरे समुद्र के अंदर ले चले। हवा भी उनके लिये ठीक तरह से चली और वह उसी के इशारे से पालों को तान रात भर यात्रा में लगे रहे और जब सुबह हुई तो उन्होंने समुद्र का ऊँचा कगार देखा और बड़े-बड़े ऊँचे पहाड़ देखे और उन्होंने तब समझ लिया कि वह हरोथगार के देश में आ पहुँचे हैं। उनकी यात्रा खत्म हो गई थी।

वे लोग कूदकर किनारे पर चढ़ गये और जहाज वहीं किनारे पर बाँध दिया गया। जब वे चले तो उनके कवच, औजार और हथियार आपस में टकराकर भयानक शब्द पैदा करने लगे और उन्होंने खुदा का शुक्र अदा किया कि उनकी यात्रा बिना खतरे के ही पार हो गई थी।

आगे बढ़ने पर थोड़ी देर बाद उन्हें शिल्डिग राज्य का समुद्री किनारे का रखवाला मिला जिसने उन्हें देखकर अपना भाला उनकी तरफ ताना और जब उसे देखकर ये लोग खड़े हो गये तो वह इन्हें घूर-घूरकर देखने लगा और गंभीर स्वर से बोला : "समुद्री मार्ग से आने वाले तुम लोग कौन हो ? तुम लोग इतने अस्त्र-शस्त्रों को लिये और कवच पहने यहाँ क्यों आये हो ? यह डेनमार्क देश है और हम यहाँ समुद्री डाकुओं को नहीं उतरने देते हैं। यदि तुम लोग डाकू हो और बुरी नीयत से आये हो तो समझ लो कि मौत तुम्हारे सामने खड़ी है। पर क्योंकि मैंने आज तक इतने उजाले में और बहादुरी के साथ कभी किसी को आते नहीं देखा है, मैं खयाल करता हूँ कि तुम लोग डाकू नहीं हो बल्कि कोई और हो। पर निश्चय ही तुम लोग परदेशी हो क्योंकि तुम हमारा मित्र (वह पहचानने का शब्द जो मित्र लोग आपस में एक दूसरे से मिलने पर प्रयोग में लाते हैं और एक दूसरे को पहचान लेते हैं) शब्द नहीं जानते हो, इसलिये अब मेरे लिये यह बहुत जरूरी बात है कि मैं जान लूं कि तुम लोग हमारे देश के लोगों के शत्रु हो अथवा मित्र हो। यह जो तुम्हारे साथ बीच में है और यह इसे देखने से ही पता चलता है कि इसने अपना अधिकांश समय युद्धों में ही बिताया है, यह देखने में ऊँचे वंश का मालूम होता है। अब तुम लोग शीघ्र ही बता दो कि तुम कौन हो और जब तक तुम लोग यह बात मुझे नहीं बतला दोगे तब तक तुम आगे नहीं बढ़ सकते। यह मेरी आज्ञा है। और फिर झगड़े से फायदा भी क्या है, मैं तुमसे समझा-समझाकर ही कह रहा हूँ कि मुझे अपने बारे में बतला दो जिससे सारे शक दूर हो जायँ।"

उसकी बात सुनकर बीओवुल्फ़ बोला : "हम लोग जीट जाति के हैं और हैगिलैक के मित्र हैं। मेरे पिता ईओग्थों को कौन नहीं जानता ? वह मशहूर बहादुर और सरदार था। आज के सभी बुद्धिमान मनुष्य उसको श्रद्धा से याद करके सिर नवाते हैं। अब सुनो कि जब हमें पता चला कि तुम्हारे राजा हरोथगार जो कि हील्फ़डिन का पुत्र है और जो अपनी प्रजा का पालक है, को इस समय बहादुर आदमियों की जरूरत है, तो

हम उसकी मदद करने के लिये इतने लंबे और भयानक रास्ते को पार करके यहाँ आये हैं। अब तुम हमार आगे-आगे चलो और अपने राजा के पास हमें शीघ्र पहुँचा दो। जिस मतलब से हम यहाँ आये हैं वह शायद तुम समझ ही गये होगे और बेहतर यही है कि वह बात यहाँ न कही जाय और पोशीदा ही रहे पर यदि तुम उसे जानना ही चाहते हो तो सुनो। हमसे यह कहा गया है और अगर यह सच है कि रात को कोई भयानक दानव यहाँ आकर पक्के भवन में से आदमियों को पकड़ कर ले जाता है और खा जाता है तो उसी को मारने हम यहाँ आये हैं। अब तुम शीघ्र ही हमें अपने राजा के पास ले चलो जिससे हम लोग मिलकर दुश्मन को मारने का जल्दी से जल्दी कोई प्रबन्ध करें।"

उसकी बातें सुनकर समुद्री तीर का वह रक्षक अपने घोड़े पर बैठा-बैठा ही निर्भीक स्वर से बोला : "तुम्हारे बोल बहुत बड़े हैं पर जब तुम्हारे मुकाबले पर हमारा कोई ढाल वाला सैनिक खड़ा होक युद्ध करने लगेगा तब तुम्हारी असलियत का भी पता चल जायगा। चूँकि अब तुम हमारे मित्र बनते हो तो चलो मैं तुम्हें राजा हरोथगार के पास पहुँचाये देता हूँ। अपने कवच और अस्त्रों को ठीक कर लो और मेरे पीछे-पीछे चलो। तुम्हारे जहाज की रक्षा मेरे सिपाही लोग यहाँ कर लेंगे जिससे जब तुम यहाँ से वापस जाओ तो वह तुम्हें ठीक हालत में मिले। यह जो तुम्हारा सुन्दर सरदार है इसके बारे में तो मुझे यकीन है कि चाहे जितना बड़ा युद्ध ही क्यों न हो पर यह कभी घायल भी नहीं हो सकता··"

और तब वह लोग साथ-साथ चले और शीघ्र ही हरोथगार के बनवाये हुए उस बहुत ऊँचे और सुनहली छतवाले भवन के पास पहुँच गये। तब वह समुद्री तीर का रक्षक उनसे बोला : "देखो सामने वह बड़ा भवन है। अब तुम लोग वहाँ चले जाओ। मुझे तो अब जल्दी है, वापस जाना है क्योंकि मुझे समुद्री तीर की दुश्मनों से रक्षा करनी है। खुदा तुम्हारी इच्छाओं को पूरी करे ! यही मेरी दुआ है।"

और वहीं से लौटकर चला गया। तब बीओवुल्फ़ और उसके साथी उस भवन में पहुँचे। उस वक्त समुद्र के सफर से वे इतना ज्यादा थक गये थे कि खड़े भी नहीं रह सके। उन्होंने फौरन अपने कवच वगैरह उतारे और उन्हें अपनी ढालों के साथ वहाँ चौकियों पर रख दिया और भाले वगैरह दिवालों के सहारे टिका दिये। फिर सब लोग चौकियों पर सो गये। खूब सोकर जब उठे तो उनकी थकान जा चुकी थी और वे एकदम ताजा हो गये थे, तभी उनके पास राजा हरोथगार का एक दूत आया और बोला : "तुम लोग कौन हो और कहाँ से आये हो ? निश्चय ही तुम लोग वीर मालूम होते हो क्योंकि इतनी हिम्मत से आने वाले अपरिचित लोगों को आज तक मैंने कभी नहीं देखा है। अगर यह ठीक है कि तुम हमारे राजा हरोथगार से मिलने के लिये आये हो तो मेरा विचार है कि तुम गरीबी और भूख की वजह से नहीं बल्कि अपनी बहादुरी और ऊँचे खयालों के कारण आये हो !" और उसने उनकी ओर प्रश्नसूचक निगाहों से देखा।

तब बीओवुल्फ़ ने अपने आने का कारण उससे कहा और कहा कि शीघ्र ही वह राजा से मिलना चाहता है।

उस दूत का नाम वुल्फ़गार था। वह हरोथगार के पास गया और बीओवुल्फ़

तथा उसके चौदह साथियों के आने की इत्तिला दी ।

राजा ने वुल्फ़गार से यह सुनकर कहा : "हे मेरे विश्वासी नौकर ! तू जा और फौरन बीओवुल्फ़ और उसके साथियों को मेरे पास ले आ, क्योंकि उनके आने की खुश-खबरी सुनने के बाद अब मैं उनसे मिलने के लिये अधीर हो उठा हूँ ।"

वुल्फ़गार गया और बीओवुल्फ़ और उसके साथियों सहित राजा के सामने ले आया। बीओवुल्फ़ ने देखा कि राजा ह्रोथगार के सिर के सभी बाल सफेद हो गये थे और वह बुड्ढा हो गया था, फिक्रों से लदा हुआ । वह अपने सरदारों सहित दरबार में बैठा था । उसने जाकर उसको सलाम किया और घुटने टेककर उसके सामने बैठ गया। राजा उठा और उसने प्रेमपूर्वक बीओवुल्फ़ को उठाया और अपने पास बिठाया, जब सभी लोग बैठ गये और पूर्ववत् दरबार में शांति छा गई तो राजा बोला : "मैंने अपनी जवानी में सुना था कि बीओवुल्फ़ नाम का वीर पुरुष अपने मित्रों की मदद करने में बड़े से बड़े खतरे में भी चला जाता है । मैंने यह भी सुना था कि उसके हाथों में तीस आदमियों की ताकत है और वह खुदा का भेजा हुआ एक दिन मेरी मदद के लिये जरूर आयेगा जब मेरे राज्य में दुष्ट ग्रेंडल हत्याओं से आतंक फैला देगा···।" फिर उसने गौर से उसकी तरफ देखा और बोला : "क्या तुम्हीं वह बीओवुल्फ़ हो ?"

बीओवुल्फ उठकर खड़ा हो गया और बोला : "हाँ, मैं ही वह बीओतुल्फ़ हूँ । मैंने अपनी जवानी में बड़े-बड़े भयानक दुश्मनों से भीषण युद्ध किया है और हमेशा विजय पाई है । खतरनाक यात्रायें भी मैंने की हैं । मेरे देश में जब दुष्ट ग्रेंडल की चर्चा हुई तो लोगों ने मुझसे कहा कि मुझे अवश्य जाकर उसे मारना चाहिए। वे लोग इस बात को खूब जानते हैं कि मेरे हाथों में अपार बल है । मैंने वीडर लोगों से भयानक बदला लेकर उनके पाँच योद्धाओं को पकड़कर बाँध दिया था । मैंने दानवों के झुंड-के-झुंडों का सफाया किया है और रात में भी मैंने समुद्री दानवों को मारा है । अब मैं इस ग्रेंडल दानव से अकेला ही लड़ूँगा और उसे उसकी बदमाशी की सजा दूँगा···उसे मैं इतना मारूँगा कि वह भी याद करेगा···"

उसकी जोरदार आवाज, सुंदर वेश और प्रतिज्ञा सुनकर राजा ह्रोथगार और उसके दरबारी लोग उसकी प्रशंसा करने लगे । स्त्रियों ने उसकी तरफ प्रेमपूर्वक देखा और उस पर फूल फेंके ।

बीओवुल्फ़ पुनः बोला : "अब मैं तुमसे यह प्रार्थना करना चाहता हूँ कि इस बड़े हाल में आज रात से मैं ही अपने साथियों सहित रहूँगा । हमारे साथ और कोई यहाँ न रहे क्योंकि जब रात को ग्रेंडल आयेगा उससे हम लोग ही युद्ध कर लेंगे और हम तुम्हारे आदमियों को अब और अधिक नहीं मरवाना चाहते ।"

राजा ने यह बात स्वीकार कर ली और कहा : "हे बीओवुल्फ़ ! एक बात और भी सुन लो कि ग्रेंडल पर हथियारों का कोई भी असर नहीं होता और न वह उनसे डरता ही है ।"

बीओवुल्फ़ गर्व से मुस्कुराया और बोला : "मेरे हथियारों से तो वह टुकड़े-टुकड़े हो जाएगा पर मैं उसे निहत्थे ही मारूँगा । मेरे हाथों में बल है और उसके जैसे नीच

दानव के लिये यदि मैं हथियारों की मदद लूं तो उसमें मेरी तौहीन भी है।"

राजा हरोथगार ने उसकी सभी बातें सहर्ष स्वीकार कर लीं और तब एक लंबी चौकी उस भवन की एक तरफ की दीवाल के सहारे उन लोगों के बैठने के लिये डाली गई जिस पर वे लोग अपने चमकते हुए कवचों को पहनकर बैठ गये। उनको चमकती हुई सुनहली शराब पिलाई गई। उनकी इज्जत के लिये गाने गाये गये और कवियों द्वारा अच्छी-अच्छी कविताएँ कहीं गईं। बहादुर डेन और वीडरों ने उनको हर तरह से सम्मानित किया।

बड़ी खुशी मनाई गई और बड़ा उत्सव हुआ। हरोथगार ने अपनी रानी से कहा : "तुम भी बीओवुल्फ़ को उत्साहित करो।"

रानी ने बीओवुल्फ़ को अपने हाथ से शराब पिलाई और तब उस भवन में हँसी और गाने के फव्वारे निकलने लगे और काफी शोर मचता रहा। हरोथगार उठकर सोने चला। जाते-जाते वह बोला : "प्यारे बीओवुल्फ ! अब तुम ही मेरी इज्जत का खयाल रखो। अपनी ताकत का डंका चारों ओर बजाओ और दुश्मन से सावधान हो जाओ क्योंकि वह बहुत खतरनाक है और ऐसों से होशियार रहना ही बुद्धिमानों का काम है।"

इसके बाद वह चला गया और उसके साथ सभी दरबारी गये और जाते हुए उन्होंने भी बीओवुल्फ़ और उनके साथियों को सलामें कीं और उन्हें ग्रेंडल के विरुद्ध उत्साहित किया।

जब सब लोग चले गये और सिर्फ वही लोग वहाँ रह गये तब बीओवुल्फ़ ने अपना कवच इत्यादि सभी खोल दिया और हथियार भी उतार दिये। जब वह बिस्तर पर लेटा तो अपने साथियों से बोला : "ग्रेंडल से मैं कोई कमजोर नहीं हूँ और इसलिये मैं उससे बिलकुल नहीं डरता। मैं उसे अपनी तलवार से मार सकता हूँ पर इस तरह मैं उसे नहीं मारूँगा। मैं उसे निहत्थे ही मार डालूंगा। यदि मैं हथियार, ढाल, तलवार उस पर चलाऊँ भी तो वह तो हथियार चलाना जानता ही नहीं है और गोकि वह काफी हिम्मत वाला है और मेरे मुकाबले पर भी खड़ा होने की हिम्मत करता है पर फिर भी मेरी शक्ति के सामने उसका जिन्दा रहना असंभव है। मैं आज खुदा के नाम पर प्रतिज्ञा करता हूँ कि मैं बीओवुल्फ़ जीट उस दानव ग्रेंडल को खाली हाथों से मारूँगा। आगे जीतना-हारना तो मौके पर ही देखा जायगा।"

वह तकिये पर सिर रखकर लेट गया। और उसके सभी साथी थोड़ी ही देर में सो गये क्योंकि वे बहुत थक गये थे। जब रात हुई और अँधेरा छा गया तब ग्रेंडल चुपचाप उस भवन में दाखिल हुआ। उस समय उसने देखा कि सभी सो रहे थे और वह बड़ा खुश हुआ।

बीओवुल्फ़ और ग्रेंडल

जब अंधेरा हुआ तो ग्रेंडल हरोथगार के उस बड़े भवन की ओर चला और रास्ते की कीचड़ और दलदल को पार करता हुआ बिना शब्द किये वहाँ पहुँचा और जब वह उस भवन की काली छायाओं में जाकर, छिपकर, खड़ा होकर उन ऊँची दीवालों में से अंदर झाँककर देखने लगा तो प्रसन्नता से उसके मुंह से एक किलकारी निकल गई जिसने उसे फौरन ही रोक लिया। उसे सामने कई आदमी सोते दिखाई दिये और वह उनके मांस को खाने के लिये उतावला हो उठा। वह बड़ा पापी था और हत्या करने से डरता नहीं था।

वह दुबकता हुआ उस भवन के दरवाजे पर पहुँचा जो अंदर से मजबूती के साथ बंद था और उसमें लोहे की मोटी सलाखें आड़ी लग रही थीं; पर उसके लिये तो यह रुकावटें कुछ थी ही नहीं क्योंकि उसने अपने मजबूत हाथों से उन्हें पकड़कर एक ही झटके से तोड़कर दूर फेंक दिया। अब रास्ता खुला हुथा था और वह दानव जो रुकावटें देखकर क्रुद्ध हो गया था अब भनभनाता हुआ उस भवन में घुसा। उस पक्की जमीन पर वह खामोशी से कदम बढ़ाता हुआ आगे बढ़ा। उस समय उसकी आंखें आग की तरह जल रही थीं और अँधेरे में खतरनाक तरीके से चमक रही थीं। पास आकर उसने उन योद्धाओं को नींद में बेखबर सोते देखा तो उसका हृदय खुशी से भर उठा और उसने उसी समय यह निश्चय किया कि वह उन सबको एक के बाद एक उसी रात खा लेगा। परन्तु उसे मालूम नहीं था कि आज की रात उसके लिये कठिन रात्रि थी।

बीओवुल्फ़ पड़ा हुआ जाग रहा था पर वह बिना हिले-डुले चुपचाप लेटा था और ग्रेंडल को मालूम नहीं हुआ कि वह सो नहीं रहा था। और तब बीओवुल्फ़ ने देखा कि ग्रेंडल ने फुर्ती के साथ एक आदमी को उठा लिया और पलक मारते उसको मार डाला और उसका गोश्त चबाकर उसका सारा खून पी लिया। इसके बाद उस आदमी के हाथ-पैर सहित सारी लाश को वह निगल गया।

बीओवुल्फ़ उस फुर्ती को देखकर हैरत में आ गया।

अब ग्रेंडल दूसरे आदमी की ओर अपने खतरनाक और खून से सने पंजों को आगे बढ़ाता हुआ झुका। पर अब जिसकी ओर वह झुका था वह आदमी स्वयं बीओवुल्फ़ ही था जो जागा पड़ा था। जैसे ही ग्रेंडल ने उसे उठाना चाहा वैसे ही बीओवुल्फ़ ने ग्रेंडल का हाथ पकड़ लिया और इससे पहले कि ग्रेंडल सँभले पलक मारते वह उठा और उससे भिड़ गया। उसने ग्रेंडल को इतनी जोरों से पकड़ा कि वह घबड़ा गया और दर्द से कराह कर उस भवन से भागने का प्रयत्न करने लगा। उसने आज तक ऐसी मजबूत पकड़ कभी नहीं झेली थी और तब झटके देकर अपने आपको छुड़ाने का निष्फल प्रयत्न करने लगा। बीओवूल्फ़ ने उसे इतना दबाया कि उसकी अंगुलियाँ ग्रेंडल

की बाँह में धँस गईं और गोश्त में गड्ढे पड़ गये। खून बहने लगा। ग्रेंडल के दिल में आतंक और भय छा गया और वह किसी भी तरह छूटकर अपनी जाति के दानवों के पास भाग जाना चाहता था। पर वीर बीओवुल्फ़ से छूट कर भाग जाना अब उसने असंभव समझ लिया जब देखा कि उसकी पकड़ तो कड़ी पड़ती ही चली जाती थी। ग्रेंडल की आँखों के सामने अँधेरा छा गया और उसने समझ लिया कि मौत सामने खड़ी है। वह अब अपने मन में पछता रहा था कि उस रात वह आया ही क्यों ! तभी उसने भयानक धक्का बीओवुल्फ़ को दिया पर भला उससे बीओवुल्फ़ का बिगड़ता भी क्या ! बीओवुल्फ़ ने जो उसे पकड़ कर मरोड़ा तो ग्रेंडल आह कहकर गिर पड़ा और जब गिरा तो लुढ़कने लगा और इस तरह भागने की तरकीब करने लगा। पर बीओवुल्फ़ पहले से ही सतर्क था और जैसे ही ग्रेंडल गिरा कि वह भी उसके ऊपर अपनी भारी देह सहित गिर गया और उसने अपनी पहले से भी अधिक मजबूती कर ली। फिर भी बीओवुल्फ़ उठा और उसने ग्रेंडल को घसीटकर खड़ा किया और उस पर दूसरे हाथ से प्रहार करने लगा। उसके बल के सामने ग्रेंडल डर के मारे चिल्लाने लगा और जब उस पर थप्पड़-घूंसे पड़ते तो वह दर्द से बेहाल होकर चिल्लाता। वह खींचातानी करके किसी तरह एक बार अपने आपको छुड़ा लेना चाहता था। पर बीओवुल्फ़ ने उसे नहीं छोड़ा। वह बीओवुल्फ़ की शक्ति देखकर भयभीत होकर अब उससे प्राण-दान माँगने लगा पर उसने जो अब तक इतनी नर-हत्या की थी और बीओवुल्फ़ को देखते-देखते उसके साथी को खा लिया था इसलिये बीओवुल्फ़ को उस पर तनिक भी दया नहीं आई और उसने उसे नहीं छोड़ा। वह उसे जोर से मारने लगा। उसके भयानक प्रहारों से पीड़ित होकर ग्रेंडल चिल्लाने लगा। और तब इतना शोर हुआ कि वह भवन उसकी चीत्कारों से गूंजने लगा तभी बीओवुल्फ़ के सभी साथी जाग गये।

बीओवुल्फ़ को अपनी शाम को की हुई प्रतिज्ञा याद आई और उसने क्रोध में भरकर ग्रेंडल को इतना दाबकर मरोड़ा कि वह नीचे जा पड़ा। अब तो उसके साथियों ने अपनी तलवारें निकाल लीं और वह लोग बड़ी बहादुरी के साथ ग्रेंडल पर टूट पड़े पर ग्रेंडल का शरीर तो जादू द्वारा सुरक्षित था ओर उस पर हथियारों का कोई असर नहीं होता था। भवन के बाहर डेन लोग अपने घरों में थरथर काँप रहे थे क्योंकि उस भीषण कोलाहल से अब तक सभी जाग चुके थे।

बीओवुल्फ़ और ग्रेंडल का युद्ध बड़ी भयंकरता से हो रहा था और इतनी जोर से धक्कामुक्की हो रही थी कि सारी इमारत हिलने लगी। ऐसा मालूम होता था कि वह गिर जाएगी। पर डेन लोगों को आश्चर्य तब हुआ जब उन्होंने देखा कि बावजूद उस भयानक युद्ध के वह भवन वैसा ही खड़ा रहा और गिरा नहीं। उस भवन की लकड़ी लोहे की मजबूत कीलों से जड़ी गई थी और सिवा आग के उसे और कोई तोड़ भी नहीं सकता था। बस आग ही उसे जलाकर खाक कर सकती थी।

ग्रेंडल एकदम बड़ी जोर से चिल्लाया और उसके चिल्लाने को सुनकर डेन लोग काँपने लग गये पर बीओवुल्फ़ ने अपनी पकड़ और भी अधिक मजबूत कर ली। वह किसी भी हालत में उसे भागने नहीं देना चाहता था। इधर ग्रेंडल की मृत्यु पर सभी

लोग खुशी मनाने को तैयार बैठे थे।

ग्रेंडल दुख से कराह रहा था और तभी उसका कंधा फट गया और उसमें से खून के फव्वारे बह निकले। बीओवुल्फ़ ने हाथ और जोर से खींचा तो कंधे की नसें फटीं फिर मांस फटा और घाव चौड़ा होता गया, गोश्त बाहर निकल पड़ा और ग्रेंडल बेबस होकर बुरी तरह चिल्लाता हुआ रोने लगा। उसने समझ लिया कि बस अब जीवन समाप्त होना चाहता है।

बीओवुल्फ़ ने जो फिर उसे खींचा तो उसकी पूरी बाँह कंधे पर से उखड़ गई और उस हाथ को अपने पकड़ने वाले के हाथ में छोड़कर ग्रेंडल जी-जान लेकर भागा और भागते हुए दर्द के कारण भयानक चीत्कार करता जाता था। वह ऐसा भागा कि उसने कभी मुड़ने का नाम नहीं लिया और उसका उखड़ा हुआ हाथ अब भी बीओवुल्फ़ के हाथों में दबा हुआ था।

इस तरह बीओवुल्फ़ की प्रतिज्ञा पूरी हुई और डेन लोगों की मन की इच्छा भी पूरी हो गई। इसके बाद वह भवन धोकर साफ कर दिया गया और जब डेन लोग उसमें घुसे तब उन्हें उसकी छत से लटकते हुए ग्रेंडल का मजबूत हाथ दिखाई दिया जिसको बीओवुल्फ़ ने वहाँ लटका दिया था। वह हाथ लोहे की भाँति कठोर था और उसके पंजे बड़े भयानक थे। भवन के बाहर जो खून के दागों से रास्ता बन गया था। उसी रास्ते जब बहादुर लोग घोड़ों पर चढ़कर आगे बढ़े और समुद्र के किनारे पहुँचे तो उन्होंने देखा कि उसके खून से सारा समुद्र ही लाल हो गया था और पास ही में अपनी माँद में ग्रेंडल मरा हुआ पड़ा था। उसकी पाप से भरी आत्मा को हैला ले जा चुकी थी।

जब घुड़सवार वहाँ से लौटे तो उन्होंने ग्रेंडल के अंत की बात सबको बतलाई और तब बहुत बड़ा खुशी का उत्सव मनाया गया। बीओवुल्फ़ को सबसे बड़े वीर की तरह माना और इज्जत दी। उन्होंने कहा : "बीओवुल्फ़ जैसा योद्धा सारी दुनिया में और कोई नहीं है।" उसके सम्मान में खेलकूद हुए। घोड़े दौड़ाये गये, बाजे बजाये गये और गायकों ने उसकी प्रशंसा में गीत गाये। पहले जमाने में अजदहों को मारने वाले सिगमंड और वौलसंग जैसे वीरों से भी उसकी बहादुरी अधिक मानी गई और उसे कंधों पर उठाकर खुशी में नाचते हुए डेन लोग उस भवन में गये। वहाँ राजा हरोथगार और उसकी रानी ने उसका भव्य स्वागत किया। सब लोग बैठकर शराब पीने लगे और दावत होने लगी। राजा हरोथगार ऊँचे स्वर से बोला : "हे बीओवुल्फ़ ! तेरा यश हमेशा-हमेशा अच्छे लोगों द्वारा गाया जायेगा क्योंकि तूने हमारे इतने बड़े शत्रु को मार कर हम पर बहुत बड़ा उपकार किया है। मैं तुझे अपने पुत्र के समान प्रेम करता हूँ।"

बीओवुल्फ़ ने उठकर उसे बहादुरी से सीना तानकर सलाम किया और बोला : "काश, हे राजा हरोथगार ! तुमने मुझे उससे लड़ते हुए देखा होता ! वह तो हाथ छोड़ कर यहाँ से भाग गया और अपनी माँद में जाकर मर गया, पर चाहता तो मैं यह था कि वह भाग न पाता और तब मैं उसे यहीं इसी भवन में मार डालता।"

जब राजा हरोथगार ने उस भयानक ग्रेंडल का टँगा हाथ देखा तो वह बोला : "निश्चय ही इसे कोई हथियार नहीं काट सकता था। क्योंकि यह तो लोहे से भी ज्यादा

कठोर है। यह तो बीओवुल्फ़ के ही पराक्रम का फल है कि ऐसा भयानक दानव मारा जा सका।"

राजा ने बीओवुल्फ़ को भरी सभा में भेंटें दीं, उसने उसे एक सोने का झंडा, कवच और जवाहरात जड़ी तलवारें दीं, लड़ाई के आठ घोड़े दिये जिनमें से एक की पीठ पर राजा हरोथगार की खुद की जीन-लगाम कसी थी। उस जीन में जवाहरात जड़े थे और वह रोशनी में जगमगा रही थी। राजा ने बीओवुल्फ़ के साथियों को भी भेंट में एक-एक सुनहरी मूठ की तलवार दी और जो एक साथी ग्रेंडल द्वारा खा लिया गया था उसके हर्जाने में कई मन सोना बीओवुल्फ़ को दिया।

आखिर में रानी ने अपने पति को सोने के कटोरे में शराब भरकर पिलाई और जब उसने उसे पी लिया तो उसी कटोरे में शराब भरकर उसने बीओवुल्फ़ को भी दी। उसने उसे सोने के दो दस्ताने दिये और एक सोने का हार और जवाहरात जड़ा हुआ कण्ठा दिया जिसकी चमक से देखने वालों की आँखें मिच गईं। बीओवुल्फ़ ने सबको धन्यवाद दिया। दावत खत्म हो गई। तब सब लोग उस भवन से बाहर चले गये और बीओवुल्फ़ तथा उसके साथी जाकर राजा के महल में सो गये। उस भवन में केवल कुछ डेन ही रह गये थे जो वहीं चौकियों पर सो गये। उन्होंने अपने कवच और हथियार पास ही दीवाल पर टाँग दिये थे कि यदि राजा रात्रि के समय आवश्यकता पड़े तो वह उन्हें फौरन पहन ले। वह सभी बहादुर आदमी थे।

उधर जब ग्रेंडल मर गया और उसकी माँ ने उसे पड़े देखा तो वह दानवी शोक और क्रोध से पागल हो उठी और उसके मन में बदला लेने की भावना ने इतना ज्यादा जोर पकड़ा कि उसने उसी समय प्रतिज्ञा की कि बिना बदला लिये वह एक पल भी चैन नहीं लेगी। वह अपने रहने के स्थान में इधर-उधर फुंफकारती हुई चक्कर लगाने लगी और उसके घूमने से वहाँ की पानी की ठंडी धारायें कट-कट कर भँवरें बनकर ऊपर आने लगीं।

जब रात का अँधेरा छा गया तो वह अपनी माँद, जो समुद्र के तह में थी, उसमें से निकली और कीचड़ पार करती हुई चली। देर तक चुपचाप तेजी के साथ चलते हुए वह उस भवन हीओरौट में पहुँची। उसके उसमें घुसते ही चारों ओर आतंक फिर फैल गया। यह भयंकर दानवी अपने पुत्र ग्रेंडल से ताकत में जरा भी कम नहीं थी। पर उसी समय भवन में सोये हुए योद्धा जाग उठे और जो उन्होंने एक स्त्री को देखा तो उनकी हिम्मत बढ़ गई और वे लोग उठकर उस पर झपटे। पर तब तक वह दानवी उनके बिलकुल पास आ चुकी थी और इसलिये कवच तो वह पहन भी नहीं सके और सिर्फ तलवार लेकर ही उस पर टूट पड़े। उसने जो देखा कि लोग जाग गये हैं और वह पहचान ली गई है तो वह भागी पर जाते-जाते सबसे पास में अभी तक पड़े एक योद्धा को अपने मजबूत पंजों में उठा लिया और फिर उसको अपने भयानक जबड़े में दबाकर भाग गई। यह योद्धा राजा हरोथगार का खास आदमी था। वह बहुत ही साहसी और वीर था और युद्ध में राजा की ढाल लिये रहता था। उसका नाम ऐईशचिर था, वह बड़ा मशहूर आदमी था। उसका यश एक समुद्र से दूसरे समुद्र तक लोगों द्वारा गाया जाता

था। उसके इस प्रकार दानवी द्वारा मारे जाने से हीओरोट में हाहाकार मच गया।

वृद्ध राजा हरोथगार के दुख का ठिकाना न रहा जब उसको मालूम हुआ कि उसका प्यारा सेनापति रात के समय दुष्ट ग्रेंडल की माता द्वारा मारा गया। सभा में वह सिर लटकाये रोता हुआ बैठा रहा। उसके दुख को देखकर उसके सभी सरदार दुखी थे। पूरी सभा में मातम छाया हुआ था। किसी का साहस नहीं होता था कि कुछ बोले। एक अज्ञात भय ने सबों को बेचैन कर दिया था। तभी उस मौन को भंग करते हुए एक ओर से रानी चिल्लाती हुई आई और बारीक पर तेज आवाज में रोती हुई हरोथगार से बोली : "इस तरह अगर सभी लोग रोने लग जायेंगे तो इस दुख से बचने का कोई उपाय नहीं निकलेगा। शीघ्र ही किसी को भेजकर पराक्रमी बीओवुल्फ़ को बुलाओ और उससे सहायता की प्रार्थना करो।"

राजा ने बीओवुल्फ़ और उसके साथियों को बुलवाया। बीओवुल्फ़ जब दरबार में अपने साथियों सहित आया तो उसकी वेशभूषा और पराक्रम अत्यंत शोभनीय थे। उसके सुनहरे कपड़े, भारी और खतरनाक हथियार उसके पद और शौर्य का परिचय दे रहे थे। जब वह मरदानी चाल चलता हुआ निर्भीक होकर दरबार में घुसा तो उसके पैरों की धमक से भूमि पर बिछे लकड़ी के तख्ते गूंजने लगे। राजा हरोथगार ने उसकी ओर प्रशंसनीय दृष्टि से देखा और उसका हृदय आशा से भर गया। बीओवुल्फ़ ने खड़े होकर राजा का अभिवादन किया। उसके पीछे उसके साथी खड़े थे। बीओवुल्फ़ बोला : "हे राजा, तुम कैसे हो और रात तुम्हारी कैसी गुजरी? दुष्ट ग्रेंडल तो मर ही गया। मैं आशा करता हूँ कि तुम्हें और तुम्हारी प्रजा को अब चिंता करने का कोई कारण नहीं रह गया है।"

यह सुनकर राजा हरोथगार ने एक लंबी साँस ली और दुखी मन से धीरे-धीरे कहा : "डेनमार्क के रहने वालों का सुख ही मेरा सुख है और यदि वह सुखी नहीं है तो फिर भला मैं किस प्रकार संतोष मना सकता हूँ। कल रात उस नीच दानव ग्रेंडल की मौत का बदला लेने के लिये उसकी माँ यहाँ चुपचाप आई थी और ऐईशचिर जो कि मेरा मंत्री, मेरा गुरु, और मेरा खास आदमी था, उसको उसने धोखे से मार डाला जब वह सो रहा था। उस दानवी ने उसको अपने भयानक पंजों में जकड़कर दाँतों से फाड़ डाला, फिर उसका सिर काट दिया और उसका शरीर ऊपर उठाकर उसका खून पी गई। वह जब से मरा है तब से मेरे हाथ-पैर शिथिल हो गये हैं और अब मेरी जीने की तनिक भी इच्छा नहीं रह गई है।"

दरबार में सन्नाटा छाया हुआ था। बीओवुल्फ़ स्तब्ध होकर सारा हाल सुन रहा था। राजा थोड़ी देर चुप रहने के बाद एकाएक उठकर खड़ा हो गया और हाथ ऊँचा करके पागलों की भाँति बीओवुल्फ़ को देखकर बड़ी जोर से चिल्लाया : "तुमने ग्रेंडल को मारा था जिसने बारह वर्ष तक मेरे आदमियों की निर्मम हत्यायें कीं पर जानते हो इसका बदला मुझे क्या मिला? उसकी माँ ने मेरे दरबार का अनमोल हीरा मुझसे छीन लिया। ऐईशचिर, मेरा प्यारा ऐईशचिर मुझसे छिन गया। अब इसका बदला लेना बाकी है और वह तुम जैसा बहादुर ही ले सकता है।"

बीओवुल्फ़ अपनी प्रशंसा सुनकर जोश से लाल हो गया। उसकी रगों में खून तेजी के साथ दौड़ने लगा पर वह बोला कुछ भी नहीं और जब हरोथगार ने उसकी ओर याचना भरी दृष्टि से देखा तो उसने अपने सीने को अपनी दाहिनी हथेली से तीन बार ठोंका और तेजी के साथ दरबार से चला गया। दरबार समाप्त हो गया। शाम के समय राजा हरोथगार उसके पास गया और बोला : "हे बीओवुल्फ़, तेरी वीरता की चर्चा डेनमार्क के घर-घर में हो रही है। मैं तुझे इस समय तेरे दुश्मनों की कुछ बातें बताने आया हूँ। समुद्र के किनारे पहाड़ों की एक ऊँची और भयानक चट्टान के बीच से एक झरना नीचे एक भयानक गड्ढे में गिरता है। इसी गड्ढे से नीचे की दुनिया में जाया जा सकता है और एक ओर उसी में होकर समुद्र की गहराई में पहुँचने का मार्ग भी है। अन्धकारपूर्ण रात्रि में यह गड्ढा और झरना अग्नि की तरह चमकता रहता है। वहाँ कोई भी नहीं पहुँच सकता। यदि कोई साहस भी करे तो अज्ञात शक्तियों द्वारा खींचकर मार दिया जाता है। वही वह माँद है जिसमें ग्रेंडल और उसकी माँ एक बहुत लंबे समय से रहते चले आते थे। यह बात हम सभी डेन लोग जानते हैं पर कभी किसी का साहस उस माँद में घुसने का नहीं हो सका है। इस माँद का भीतरी हिस्सा वही गहरा समुद्र है जहाँ जाकर कोई जीवित नहीं बचता। जब उसमें ज्वार-भाटे उठते हैं, भयंकर तूफान छूटते हैं और बादल आकाश में गरजते हैं तो सारी हवा गीली हो जाती है। उसी समय जब बिजली कड़कती है और समुद्र के चौड़े सीने पर थपेड़ा मारती है तो चारों तरफ हाहाकार मच जाता है और तभी असगार्ड में देवता लोग रोते हैं। ऐसे भयंकर समय में ग्रेंडल की माँ खुशियाँ मनाती हुई समुद्र के किनारे आकर नाचती है और निर्दयतापूर्वक मनुष्यों का शिकार करती है। हे वीर पुरुष, तू वहाँ जाने का रास्ता नहीं जानता पर मुझे आशा है कि साहस द्वारा तू वहाँ जल्दी पहुँच सकेगा।"

बीओवुल्फ़ हमेशा की तरह निडर था। वह बोला : "दोस्त के काम न आना और फिर भी जीना वृथा है। हे राजा तू इतना दुखी मत हो। आज अपने दिल पर और काबू कर ले और देख कि मैं इस ग्रेंडल की माँ को कितनी निर्दयता से मारता हूँ। चाहे वह पृथ्वी के अंदर छुप जाय, चाहे पहाड़ी जंगलों में खो जाय और चाहे समुद्र की अतल गहराइयों में डुबकी लगा जाय पर अब उस दुष्ट ग्रेंडल की वह हत्यारी माँ अब मेरे हाथ से नहीं बच सकती।"

राजा हरोथगार अपने घोड़े पर चढ़कर अपने साथियों सहित बीओवुल्फ़ और उसके साथियों को दानवी के गिराये हुए खून से बने रास्ते से होता हुआ समुद्र तीर पर उन भयानक पहाड़ों के बीच में जा पहुँचा। जब वे लोग पेड़ों से आच्छादित भूरी चट्टान पर पहुँचे तो नीचे समुद्र का पानी जोर से भँवरें बना रहा था और खून से लाल हो रहा था। चट्टान की चोटी पर ऐईशचिर का सिर एक भाले पर टँगा हुआ था। बीओवुल्फ़ समझ गया कि यहीं कहीं वह दानवी रहती होगी। नीचे पानी की चपल तरंगों में विषैले सर्प और भयानक समुद्री अजदहे तैर रहे थे। बीओवुल्फ़ ने उन्हें देखकर लड़ाई का नरसिंघा बजा दिया। उसी समय एक कोने से कई समुद्री दानव पानी के अंदर भागे पर बीओवुल्फ़ ने ताककर एक तीर एक दानव के ऐसा मारा कि वह

वहीं मर गया। डेन लोगों ने उस दानव को अपने भालों से छेद दिया और किनारे खींच लिया। उसका भयंकर रूप और आकार देखकर सभी लोग आश्चर्य करने लगे।

बीओवुल्फ़ ने तब अपना कवच पहना। हरोथगार के खिदमतगार अनफर्थ ने उसे तब तेज फलक वाली तलवार हरंटिंग दी। यह तलवार लोहे और युद्धभूमि में गिरे हुए खून को मिलाकर बनाई गई थी। इसमें भयंकर सर्प और अंजीर का विष बनाते समय मिलाया गया था और युद्ध में इसका वार कभी खाली नहीं गया था। बीओवुल्फ़ हरंटिंग को पाकर बहुत खुश हुआ और उसने उसके तेज और चमचमाते हुए फलक को चूम लिया। अब वह पानी के उस गहरे गड्ढे में उतर चुका था।

और इससे पहले कि वह गोता लगाता वह चिल्लाकर राजा से बोला : "मैं जा रहा हूँ और बदला लेकर जब लौटूंगा तब मेरा और हरंटिंग का यश संसार भर में फैल जायगा। यदि मैं मर गया तो उस हालत में अभी से बिदा। यदि मैं न लौटूं तो मेरे साथियों और मेरे इनामों को हाइजीलाक के राजा के पास सकुशल पहुँचा देना क्योंकि मैं उसी की प्रजा हूँ।"

और तब पानी में बहुत जोर का धमाका हुआ और लहरें ऊँची उठ गईं। जब फिर समुद्र शांत हुआ तो बीओवुल्फ़ वहाँ नहीं था। वह समुद्र के अंदर जा चुका था।

चौबीस घंटे बीओवुल्फ़ पानी के अंदर नीचे की ओर तीव्र गति से चलता रहा, तब उसके पैरों के नीचे समुद्र का तला आ ही गया। वहाँ घनघोर अँधेरा था। ग्रेंडल की माँ वहीं अपनी माँद में पड़ी थी। उसने पड़े ही पड़े अपनी उँगलियों के नाखूनों से बीओवुल्फ़ को पकड़ लिया। उसके नाखून लोहे की तरह मजबूत थे और जब बीओवुल्फ़ के शरीर में लगे तो इतना भयानक शब्द हुआ मानो बादल आसमान में टकरा गये हों और वह शब्द समुद्र से ऊपर हरोथगार और उसके साथियों ने जब सुना तो आशंका से उनका हृदय थर्रा गया। पर वह लोग बीओवुल्फ़ का अहित सोचना भी नहीं चाहते थे। इस कारण सभी चुप रहे।

ग्रेंडल की माँ ने बीओवुल्फ़ को दबाकर मार डालना चाहा पर वह ऐसा न कर सकी। उसके लोहे के कवच ने दानवी की एक न चलने दी। इसी कवच से टकराकर वह भयंकर शब्द हुआ था। तभी समुद्री दानवों ने अपने तेज दाँतों से उस पर हमला किया और उसे इस तरह घेर लिया कि वह अपनी तलवार भी म्यान से बाहर नहीं निकाल सका। दानवी अब उसे अपनी माँद के अंदर घसीटती हुई ले चली और यहाँ वह आश्चर्यचकित रह गया जब उसने देखा कि माँद अंदर से उजाले में चमक रही है। एक विचित्र आग वहाँ जल रही थी जिससे पानी का वह अतल तल चमचमा रहा था। उस प्रकाश में जब बीओवुल्फ़ ने देखा कि एक स्त्री ने ही अकेले उसे घसीट कर माँद के अंदर ला पटका है तब उसे बड़ी शरम आने लगी। क्रोध में भरकर उसने अपनी तलवार से उस दानवी पर भयंकर आक्रमण किया और उसके सिर पर इतनी जोर से चोट की कि तलवार बज उठी। पर दानवी के सिर में तलवार थोड़ी भी नहीं घुसी और न कोई घाव ही हुआ। युद्ध में पहली बार वह तलवार हरंटिंग व्यर्थ साबित हुई। बीओवुल्फ़ ने उसे फेंक दिया और वह जो साठ आदमियों का बल अपनी बाँहों में रखता था अब खाली

हाथों उस दानवी से भिड़ गया। क्रोध से काँपते हुए उसने ग्रेंडल की माँ को कंधा पकड़ कर ऊपर उठा लिया और फिर नीचे पटक दिया। पर तभी दानवी बिजली की फुरती से उठी और उसने उसे पंजों से जकड़ लिया। अमानुषी शक्ति लगाकर उसने बीओवुल्फ़ को इतना दबाया कि वह जो इतना थक चुका था नीचे गिर गया। दानवी झपट कर उसकी छाती पर चढ़ बैठी। अपने चौड़े फलक के और खून से भीगे छुरे से दानवी ने अपने पुत्र की मृत्यु का बदला लेने के लिये हाथ उठाकर भरपूर वार उसके हृदय पर किया और बीओवुल्फ़ उस चोट से मर गया होता यदि उसने जाते समय अपना विचित्र कवच न पहना होता। छुरा टूट कर अलग जा गिरा और बीओवुल्फ़ झपट कर उठ खड़ा हुआ। तभी उसकी निगाह उस उजली गुफा के कोने में रखी हुई एक भयंकर तलवार की ओर गई जो इतनी बड़ी और भारी थी कि साधारण दुनिया का आदमी उसे उठा भी नहीं सकता था। उसका फलक बीस हाथ चौड़ा था। अस्त्रों में श्रेष्ठ उस तलवार को बीओवुल्फ़ ने झपट कर उठा लिया और क्रोध से पागल होकर फिर उस दानवी पर टूट पड़ा। दानवी उसे देखकर डरी और भागी। पर बीओवुल्फ़ ने घुमाकर जो तलवार मारी तो उसका सिर भुट्टे की तरह कट गया और उसकी छल्लेदार हड्डियाँ समुद्र के पेंदे में बिखर गईं। दानवी का शरीर नीचे गिर गया और तब इतना खून बहा कि सारा समुद्र लाल हो गया। बीओवुल्फ़ खून से भीगी तलवार लेकर प्रतिशोध में गरजने लगा। तभी उसकी बड़ी माँद में स्वर्गीय उजाला फैल गया और उस वीर ने उस प्रकाश में माँद के एक तरफ ग्रेंडल के मुर्दा शरीर को देखा जिसका एक हाथ कंधे पर से गायब था। बीओवुल्फ़ ने उस तलवार से उसके शरीर को जगह-जगह से फाड़ डाला और उसका सिर काट दिया। अब वह समुद्र के पेंदे में स्थित उस माँद का स्वामी हो गया।

समुद्र के ऊपर किनारे पर खड़े हुए योद्धाओं ने बहुत देर तक बीओवुल्फ़ की प्रतीक्षा की। हरोथगार ने जब समुद्र की लहरों को खून के रंग से लाल होते देखा तो वह और उसके साथी सभी भय से काँप गये। वह समझे कि बीओवुल्फ़ मारा गया।

उनको उसके लौटने की कोई आशा न रही और उन्होंने यह निश्चय समझ लिया कि उस भेड़िये के स्वरूप वाले दानवों से रक्षित ग्रेंडल की माँ ने उसे फाड़ डाला होगा। तैंतीस घंटे बाद भी जब वह नहीं लौटा तो डेन लोग राजा हरोथगार के साथ दुखी हृदय लिये वहाँ से अपने घरों को लौट आये। बीओवुल्फ़ के साथी जीट लोग भी अब अपने साथी को जिंदा देखने की आशा छोड़ बैठे परन्तु फिर भी वह गये नहीं और उन खूनी लहरों को देखते रहे।

बीओवुल्फ़ उस तलवार को लेकर ऊपर वापस चला तो उसका फलक जो बीस हाथ चौड़ा था बर्फ की तरह गलने लगा। उसने आश्चर्य तो बहुत किया पर उसकी सोने की मूठ को पकड़े रहा। दानवी के शरीर में से जो खून और विष निकला था उसकी गर्मी से सारा जल उबलने लगा था और उस गर्मी से वह फलक भी बर्फ की तरह पिघला जा रहा था। बीओवुल्फ़ ने ग्रेंडल के भयानक सिर को उठा लिया और तेजी के साथ वह समुद्र में ऊपर की ओर उठा। जब वह किनारे पर आया तो उसके साथियों ने उसे देखकर हर्ष से जयध्वनि की और उस वीर पुरुष को दौड़कर बारी-बारी से छाती से लिपटा

लिया। सभी लोग खुशियाँ मनाने लगे। उन लोगों ने झटपट बीओवुल्फ़ का कवच ढीला करके उतरवा दिया और नगर की ओर चले। उनके हृदय जीत की खुशी में नाच रहे थे और वह विजय के उल्लास में कदम मिलाते हुए जब नगर के अंदर पहुँचे तो डेन लोगों ने जयध्वनियों से उनका स्वागत किया। इतना शोर उठा कि सारा आकाश काँप गया। ग्रेंडल का भारी और विकराल सिर जो कि भाले पर टँगा हुआ था, दूर से चमक रहा था और जो उसे देखता घृणा से उस पर थूक देता था। जय-जयकार करती हुई भीड़ राजा हरोथगार के बड़े भवन हीओरौट की ओर चली और जब वहाँ पहुँचे तो बीओवुल्फ़ और उसके साथी बहादुरी के साथ मजबूत कदमों से पृथ्वी को हिलाते हुए अंदर घुस गये जहाँ हरोथगार के दरबारी आनंद में बैठे हुए शराब पी रहे थे। ग्रेंडल का सिर पृथ्वी पर जोर से पटक दिया गया और घसीटा गया। सभी दरबारी और हरोथगार की रानी उस भयानक सिर को देखकर स्तब्ध रह गये।

बीओवुल्फ़ ने उस सोने की मूठ को हवा में तीन बार घुमाया और राजा हरोथगार से कहा : "हे राजा, मैंने तुम्हारे शत्रुओं का संहार कर दिया है। अब तुम और तुम्हारे डेन लोग बेफिक्र होकर हीओरौट में मौज की बहारें ले सकते हैं। रात के भयानक अँधेरे में उन्हें सताने कोई न आयेगा," और तब बीओवुल्फ़ ने मूठ को चौथी बार घुमाया और राजा हरोथगार को उसे भेंट में दिया। राजा ने जैसे ही उसे हाथ में लिया वैसे ही उसमें से एक फलक निकल आया जो एक हाथ चौड़ा था। हरोथगार उसे पाकर बहुत खुश हुआ और उसकी मूठ की बनावट निश्चय ही किसी अच्छे बौने कारीगर के हाथ की थी। उसके ऊपर पुरानी कथायें खुदी हुई थीं।

बहुत समय पहले एक बार गरजते समुद्र ने दानवों के देश को घेर लिया था। देवताओं ने ही दानवों को उस समुद्र के द्वारा घिरवाया था। जौटन-हीम के रहने वाले बर्फीले दानवों का उत्पात उस समय इतना बढ़ गया था कि असगार्ड, मिलगार्ड और मनुष्यों की दुनिया तीनों ही उनसे आतंकित हो उठी थीं।

ओडिन ने तब समुद्र को आज्ञा दी कि जौटन-हीम को घेर लो। भयंकर ज्वार-भाटे उठने लगे और समुद्र की भीम लहरों ने जौटन-हीम पर चारों ओर से हमला बोल दिया। थजासे-वोलेंड जो इवैल्डे बौने कारीगर का बेटा था, उसने उस समय इस तलवार को बनाया था और इसमें दानवों के शत्रुओं की आत्माओं को लोहे के साथ गलाते वक्त मिला दिया गया था। प्रसिद्ध वाना-देवता नजौर्ड जो चमकने वाले देवता फ्रे का बाप था, उसने इस तलवार को लेकर दानवों का संहार किया था। जिन दानवों ने बहुत उपद्रव किया था उन्हें मौत के घाट उतार दिया गया। बहुतों को भयंकर दण्ड दिये गये और इस प्रकार वह युद्ध समाप्त हुआ था। टायर देवता ने तब उस तलवार की मूठ पर सारी गाथा सोने के पत्तर पर लिखकर चढ़ा दी थी। यह वही तलवार थी जो बाद में लोक और उसकी चुड़ैल पत्नी गुलबीग-होडर ने नजौर्ड के पास से चुराकर ग्रेंडल के पुरखों को दे दी थी जिसे उसने समुद्र की गहराइयों में छिपा दिया था। अब वह राजा हरोथगार के हाथ में थी जिसकी सोने की मूठ पर बना हुआ सुनहला साँप अब भी अपनी जीभ लपलपा रहा था। राजा हरोथगार उसे पाकर बहुत खुश हुआ। वह अपने तख्त

पर खड़ा होकर भरी सभा में बोला : "बीओवुल्फ़, तुम्हारे ऊँचे वंश को कौन नहीं जानता। तुम्हारा यश और तुम्हारा नाम संसार में सर्वश्रेष्ठ है और सभी जगह प्रकाश की तरह फैला हुआ है फिर भी तुम्हारी सादगी और भलमनसाहत इतनी अधिक है कि तुम्हें देख कर सभी को आश्चर्य होता है। जब तक पृथ्वी कायम रहेगी समुद्र से समुद्र तक तुम्हारी कीर्ति सदा उज्ज्वल रहेगी। मैं हमेशा-हमेशा के लिये तुम्हारा दोस्त हूँ और रहूँगा और इस दोस्ती पर मुझे सदा गर्व रहेगा। मैं सदा यही चाहूँगा कि तुम डेनमार्क के लोगों की शक्ति बने रहो।"

राजा ने बीओवुल्फ़ को शासन सम्बन्धी अच्छी बातें भी बतलाईं। उसने कहा कि यदि वह अपने दरबारियों को अच्छी-अच्छी भेंटें देता रहेगा तो समय पर वह सभी उसके लिये प्राण देते रहेंगे। उसके बाद एक बहुत बड़ी दावत दी गई जिसमें बीओवुल्फ़ ने समुद्री डेन रखवाले को एक सोने की मूठ की तलवार भेंट में दी। ह्रोथगार के दिये हुए कवच, हथियार, खजाने और घोड़े यह सभी बीओवुल्फ़ के जहाज में लाद दिये गये और जब दावत समाप्त हुई तब बीओवुल्फ़ और उसके साथी जहाज में जा बैठे और उसका लंगर उठा दिया गया। डाँड़ घूमे और पाल में हवा भरी तो बीओवुल्फ़ ने मस्तूल पर चढ़कर जहाज को समुद्र में छोड़ दिया। लकड़ी चरचराई और जहाज आगे बढ़ा। समुद्र की छाती को काटता हुआ वह जहाज जीट लोगों के देश को पहुँचा तो किनारे से कुछ ही दूर उसकी लकड़ियाँ फिर एक बार जोर से चरचराईं और बिखर गईं। अपार ऐश्वर्य से भरा हुआ वह जहाज समुद्र की अतल गहराइयों में डूबने ही वाला था कि विशाल बाहु बीओवुल्फ़ एकदम जल में कूद पड़ा और जहाज की फैलती हुई लकड़ियों को अपनी मजबूत भुजाओं से सँभालता हुआ ऊँचे कगारे की तरफ घसीट लाया। अब कोई भय नहीं था। पृथ्वी पर कदम रखते ही जीटों ने जयजयकार किया और अपने बीओवुल्फ़ को कंधों पर उठा लिया।

जब राजा हाईगिलाक के सामने वे लोग पहुँचे और बीओवुल्फ़ ने उस सोने की झूल से अलंकृत चार अद्भुत युद्ध के बलिष्ठ घोड़े भेंट में दिये तो राजा ने उससे खुश होकर उसके कंधे पर अपना हाथ रख दिया और उसकी वीरता की प्रशंसा की। बीओवुल्फ़ ने राजा हाईगिलाक की रानी हाईगत जो परम सुन्दरी थी उसको ह्रोथगार की रानी का दिया हुआ रत्नजड़ित सोने का कण्ठा और तीन घोड़े भेंट में दिये। रानी ने प्रसन्न होकर उसे शाहजादे का खिताब दिया और राजा से कहकर उसे अतुल धन, भूमि और सोने की मूठ की तलवार इनाम में दिलवाई।

बीओवुल्फ़ का ऐश्वर्य और यश समुद्र से समतुल तक जीट और डेन लोगों के देश में सूर्य के प्रकाश की भाँति फैल गया जिसे सुनकर दुष्ट दानव और अजदहे भयभीत रहा करते।

बीओवुल्फ़ तब शान्तिपूर्वक अपने मित्रों सहित शराब पिया करता।

बाल्डर का प्रतिशोध

सैक्सन लोगों से युद्ध करते समय हौडब्रौड एक भीमकाय सैक्सन योद्धा द्वारा जब मारा गया तो उसकी सेना भाग खड़ी हुई। सैक्सन सैनिकों ने खून से भीगी तलवार घुमाते हुए उनका पीछा किया और इतनी हत्याएँ कीं कि दूर-दूर तक भूमि लाशों से पट गई। उस समय हौडब्रौड का पुत्र होथर बच्चा था।

हौडब्रौड के परम मित्र राजा गेवार ने यह समाचार सुना तो वह बहुत दुखी हुआ। फौरन ही उसने अपने सैनिक होथर की रक्षा के लिए तेज घोड़ों पर रवाना कर दिये। जब सैनिक वहाँ पहुँचे उस समय सैक्सन लोग हौडब्रौड के शिविर में आग लगा रहे थे। झपट कर वे लोग आगे बढ़े और उन्होंने तलवार के बल पर सैक्सन सैनिकों से होडब्रौड के छोटे बच्चे को छुड़ा लिया और उसके बाद उसे अपने घोड़ों पर बिठाकर राजा गेवार के पास जा पहुँचे। गेवार ने पुत्र को प्रेम से छाती से लगा लिया और तब वह उसे अपने बच्चों के साथ पालने लगा। होथर अब राजकुमारों की तरह ठाटबाट से पलने लगा। वह बड़ा होनहार बालक था। उसके अजीब करतबों को देखकर देखने वाले दाँतों तले उँगली दबा लेते थे। उस छोटी उम्र में ही वह मुश्किल से मुश्किल निशाना धनुष-बाण से मार लेता था। जब वह बड़ा हुआ तो छरहरे शरीर का बड़ा पराक्रमी योद्धा बना। वह ऊँचे कद का था पर देखने में बहुत सुन्दर मालूम होता था। उसके भुजदण्ड लम्बे और कठोर थे। गेवार के सभी पुत्रों में वह बलिष्ठ और वीर था। चमड़े के दस्ताने हाथों में पहनकर लड़ने में और हर खेल में वह सबसे आगे रहता था। समुद्री पक्षी के समान वह तीर की तरह चौड़ी नदियों को तैर कर पलक मारते पार कर लेता था। होथर इस सबके अलावा बहुत अच्छा संगीतज्ञ था। जब वह गाता तो तन्मय होकर सुनने वाले उसके पीछे-पीछे चलने लगते थे। जब वह वाद्यों को छेड़ता तो सुरीली तानों से वायुमंडल झूमने लग जाता। हार्प के तारों को अपनी लंबी, पतली उँगलियों से इस दक्षता के साथ वह बजाता था कि उसके शत्रु भी उस मधुर संगीत को सुनकर उससे बैर करना भूल जाते थे। उसकी बाँसुरी की तानों को सुनकर नवयुवतियाँ दूर-दूर से उसकी ओर भागी चली आती थीं और उसको घेरकर बैठ जाती थीं। होथर का यह कमाल था कि वह स्वर-लहरियों के उतार-चढ़ाव से श्रोताओं को जब चाहे रुलाता और जब चाहे हँसाता था।

राजा गेवार की एक पुत्री थी जिसकी सुन्दरता को देखकर चाँद भी शरमाता था। हृष्ट-पुष्ट यौवन से उसका शरीर स्वर्ण की भाँति दमकता था। उसके नेत्र समुद्र की भाँति नीले और गंभीर थे जिन पर लंबी-लंबी पलकें उसके सौंदर्य को द्विगुणित करती थीं। उसके सुनहले और रेशम की भाँति नरम केश घुटनों तक लटकते थे जिन्हें वह दो लंबी वेणियों में गूँथकर कंधे के आगे लटकाये रहती थी। उसकी छटा अद्‌भुत थी। और

जो उसको देखता वही उस पर मोहित हो जाता था। उसका नाम नाना था।

होथर नाना को हृदय से प्रेम करता था। और वह भी उस सुन्दर पुरुष को हृदय से चाहती थी। जब होथर उसे अपने आलिंगन में बाँध लेता तो वह विभोर हो उठती थी।

एक बार नाना अपनी सखियों सहित नदी के जल में क्रीड़ा कर रही थी। देर तक क्रीड़ा करने के बाद जब उसकी सखियाँ जंगल में इधर-उधर घूमने-फिरने लग गईं तो वस्त्रों को उतारकर वह नदी तीर पर बैठकर स्नान करने लगी। उसकी देह से यौवन इतना प्रस्फुटित हो रहा था कि जो उसकी ओर देख लेता अपनी दृष्टि दूसरी ओर नहीं हटा सकता था। आकाश में चलते हुए सूर्य ने जब उसकी ओर देखा तो आगे बढ़ना भूल कर ठिठककर वह वहीं खड़ा हो गया और उसके सुडौल अंगों से फैलते यौवन को निर्निमेष नेत्रों से देखने लगा। इसी बीच ऐंगरवोडा से भयानक और भूखे भेड़िये ने सूर्य पर हमला किया। जब वह बिल्कुल पास आ गया तो सूर्य को अपनी गलती अनुभव हुई और वह लज्जित होकर प्राणों के भय से काँपता हुआ रथ को तेजी से हाँककर आगे बढ़ा। परन्तु ओडिन का सुन्दर पुत्र बाल्डर आकाश में ठहर कर नाना की सुन्दरता का रसास्वादन करने की इच्छा करता हुआ वहीं देर तक उसे घूरता रहा क्योंकि वह सूर्य की भाँति शत्रुओं द्वारा परेशान नहीं था। वह स्वतंत्र था और चाहे जहाँ आ-जा सकता था। नाना के सुन्दर शरीर और उसकी दिव्य ज्योति को देखकर वह पागल हो उठा। जब तक वह नहाती रही वह उसे देखता रहा और जब वह चली गई तो बाल्डर उदास हृदय से असगार्ड लौट आया। उसको न अब दिन में चैन मिलता था न रात को आराम। विरह के दुख के कारण उसे दिन में सूर्य का प्रकाश और रात में चाँदनी से भरी हुई चमचमाती पृथ्वी, सब कुछ नीरस मालूम होती थी। उस सुन्दरी की याद में वह लंबी-लंबी आहें खींचा करता था। वह उसे पाने के लिए लालायित हो उठा था। परन्तु जब उसे एक दिन मालूम हुआ कि नाना का प्रेमी राजा गेवार का दत्तक पुत्र है जिसका नाम होथर है तो वह अत्यंत क्रोधित हुआ क्योंकि यह बात उसको स्पष्ट दिखाई देने लग गई थी कि नाना को पाने के रास्ते में होकर जरूर रोड़ा अटकाएगा। एक साधारण मानव द्वारा अपना मार्ग रोके जाने की संभावना उसे बेचैन कर उठी थी। वह किसी भी तरह उसे अपने मार्ग से हटाने को तैयार हो गया। उसने निश्चय किया कि वह होथर को मार डालेगा।

सुन्दर होथर को बाल्डर के इरादों का शीघ्र पता चल गया परन्तु नाना का अपने प्रति प्रेम देखकर उसने इस बात की तनिक भी परवाह नहीं की। वह जान गया था कि उसकी प्रिया नाना को पाने के लिए बाल्डर किस प्रकार विरह की अग्नि में जल रहा था।

फिर भी वह अपने शत्रु से नहीं डरा क्योंकि उसे अपनी शक्ति पर काफी भरोसा था।

एक दिन घोड़े पर चढ़कर बियाबान जंगल में वह शिकार खेलने अकेला ही गया। चलते-चलते वह जंगल के बहुत घने हिस्से में पहुँच गया। उसी समय घने कोहरे ने

सारे जंगल को ढंक लिया और इतना अँधेरा छा गया और ऐसी घबराहट फैली कि वृक्षों पर बैठे पक्षी उस असहाय अवस्था में जोर से कलरव करने लगे। होथर भी घबराकर अपना मार्ग भूल गया और इधर-उधर भटकने लगा। उसी समय बंसी की तान सुनकर वह एक ओर चला। धीमे-धीमे प्रकाश में कदम बढ़ाता हुआ वह थोड़ी ही दूर गया होगा कि सामने एक गुफा में उसे उजाला दिखाई दिया। होथर बड़ा निडर था। उस अंधकार भरे जंगल में उस अनजान गुफा में वह धड़धड़ाता हुआ घुस गया और सामने ही उसे कई सुन्दर स्त्रियाँ बैठी दिखाई दीं। एक से एक सुन्दरता में बढ़ी-चढ़ी सुनहले और काले केशों वाली वे स्त्रियाँ कई थीं और आपस में हँसी-मजाक कर रही थीं। होथर उन्हें देखकर मंत्रमुग्ध सा हो गया और जब उन सुन्दरियों में सबसे बड़ी स्त्री जो मालकिन मालूम होती थी, उससे उसका नाम लेकर बोली, तब तो उसके आश्चर्य का ठिकाना ही न रहा। उसने चकित स्वर में उनसे पूछा : "हे सुन्दरियो, तुम कौन हो ?" यह सुन कर वे बोलीं : "हम ओडिन की इच्छा-कन्यायें वेलैकरीज़ हैं। संसार के सब युद्धों में हम हार-जीत निश्चित करती हैं। जिस पक्ष को हम जिताना चाहती हैं उसी की ओर से अदृश्य रूप में हम दूसरे पक्ष से युद्ध करती हैं। हे होथर ! तुझे देखकर हम बहुत खुश हुई हैं, इसलिए तेरी सहायता करने के विचार से हमने ही जंगल में कोहरा फैलाकर तुझे यहाँ बुलाया है। तेरी प्रिया नाना जब एक दिन नदी तीर वस्त्रों को उतारकर स्नान कर रही थी उस समय उसकी नग्न देह को और अपूर्व सौन्दर्य को देखकर बाल्डर उस पर मोहित हो गया था। तब से बाल्डर नाना को पाने के लिए सब तरह के प्रयत्न कर रहा है। उससे तुझे बचकर रहना चाहिए क्योंकि अपने निश्चय के अनुसार वह मुझे भी मार डालना चाहता है···"

"यह कौन सी नई बात तुमने मुझे बतलाई है," होथर हँसकर बोला, "यह बात तो मैं पहले से ही जानता था। परन्तु मैं किसी से नहीं डरता हूँ। यदि आवश्यकता पड़ी तो मैं बाल्डर से युद्ध भी करने को तैयार हूँ।" यह सुनकर वह स्त्रियाँ उतावली होकर बोलीं, "इसी को मना करने के लिए तो हमनें तुझे यहाँ बुलाया है। बाल्डर देवता है और उससे युद्ध करना अपनी मृत्यु को बुलाना है।"

इसके बाद उन्होंने उसे एक दिव्य कवच दिया और कहा : "यह कवच तलवारों से तेरी रक्षा करेगा। जब बाल्डर से तेरा युद्ध होगा उस समय हम तेरी ही मदद करेंगी। इसलिए हे सुन्दर होथर ! तू चिंतित मत हो और वीरतापूर्वक अपने देश को लौट जा तथा सुखपूर्वक अपनी प्रिया के साथ जीवन व्यतीत कर।"

हवा का एक झोंका आया जिससे होथर की आँखें मिच गईं। जब उसने आँखें खोलीं तो वह सुन्दरियाँ, वह गुफा, कोहरा और घना जंमल अब अदृश्य हो चुके थे। उसने अपने को एक चौड़े मैदान में खड़े पाया जहाँ की पृथ्वी ऊसर और कठोर थी। चारों तरफ एक भी पेड़ दिखाई नहीं देता था। आश्चर्यचकित होकर होथर अपने घर लौट आया। उसने राजा गेवार को सारी बातें कह सुनाईं। राजा उसकी बातें सुनकर चिंतित हो उठा। होथर पर आने वाले संकट को सुनकर उसके माथे पर बल पड़ गये। वह होथर को बहुत प्रेम करता था और उस पर कोई खतरा नहीं आने देना चाहता था।

उसी समय होथर बोला : "नाना मुझे बहुत चाहती है। उसके बिना मेरा जीवन भी भी अधूरा है। हे राजा ! मैं तुमसे प्रार्थना करता हूँ कि तुम मुझे आज्ञा प्रदान करो जिससे मैं तुम्हारी सुन्दरी पुत्री से विवाह कर सकूं।" यह सुनकर राजा गेवार उसी चिंतित स्वर से बोला : "मुझे इससे बड़ी खुशी और क्या होगी कि मैं अपनी प्यारी पुत्री का विवाह तुम जैसे योग्य पुरुष के साथ कर दूं, परन्तु मुझे बाल्डर से बहुत भय लगता है। ओडिन और फ्रिग का वह पराक्रमी बेटा जब मेरे पास नाना को विवाह में माँगने आयेगा उस समय कहा यदि उससे मैंने कि उसका विवाह तो मैं होथर से कर चुका हूँ तो निश्चय ही क्रोध में भरकर वह मुझे जिन्दा नहीं छोड़ेगा। कहाँ हम पृथ्वी के मानव और कहाँ वह असगार्ड का पराक्रमी देवता। मैं यह बात भी जानना हूँ कि बाल्डर केवल मुझको मारकर ही शान्त न होगा बल्कि मेरे तमाम देश को अपनी क्रोधाग्नि में जलाकर भस्म कर डालेगा। वह बहुत प्रतापी देवता है। कोई भी अस्त्र उसे घायल नहीं कर सकता। जादू के मंत्रों द्वारा उसका शरीर रक्षित है। संसार के तो क्या सारे विश्व के दिव्य अस्त्र उसके शरीर पर पड़ते ही व्यर्थ हो जाते हैं। केवल एक तलवार है जिससे बाल्डर मर सकता है। लेकिन जिस अँधेरी गुफा में वह सुरक्षित रखी हुई है वहाँ तक पहुँचना साधारण मनुष्यों का काम नहीं है। सुदूर उत्तर में जौटन-हीम से भी आगे भयानक पर्वत और मृत्यु की गहरी घाटियों को पार करके वहाँ जाना पड़ता है। घोर अन्धकार में स्थित वहाँ बर्फ से ढका हुआ एक ऊँचा पहाड़ है जो इतना सीधा और चिकना है कि उस पर चढ़ना साक्षात् मृत्यु को निमंत्रण देना है। उस पहाड़ की चोटी पर मृत्यु के जबड़े की तरह खुली हुई एक गुफा है। केवल उस स्थान पर उज्ज्वल प्रकाश रहता है। वह एक लकड़ी के जादूगर की गुफा है। उसका आधा शरीर मनुष्यों जैसा और आधा शरीर बकरे जैसा है। वह माईमिंग के नाम से प्रसिद्ध है। उस जगह इतनी सर्दी पड़ती है कि खून भी जम जाता है।"

राजा गेवार इतना कहकर चुप हो गया। चिंता से उसके माथे की रेखाएँ उभर आई थीं क्योंकि उसे विश्वास था कि न तो वह तलवार मिल सकती थी और न बाल्डर का खतरा दूर किया जा सकता था। उसी समय म्यान से तलवार निकालकर होथर ने उसको सलाम किया और दृढ़ स्वर में कहा : "मैंने निश्चय कर लिया है कि मैं माईमिंग के पास जाकर उस विचित्र तलवार को अवश्य लाऊँगा क्योंकि यदि मैं बाल्डर को मार कर अपनी प्रिया नाना को न पा सका तो मेरा जीवन व्यर्थ है।"

राजा गेवार ने जब उसका निश्चय सुना तो वह बहुत प्रसन्न हुआ परन्तु साथ ही साथ उस पर आने वाले खतरों की याद करता हुआ वह चिंता से व्याकुल हो उठा। वह बोला : "हे पुत्र, तेरी वीरता देख-देखकर मेरा रोम पुलकित हो उठा है। तूने अपने पिता हौडब्रोड़ का और मेरा नाम उज्ज्वल कर दिया है। हे पराक्रमी होथर ! मैं तुझे वहाँ की और भी बातें बता दूं क्योंकि उनसे मेरे मनोरथ में सहायता मिलेगी। माईमिंग के पास एक ऐसी अँगूठी है जो सचमुच ही प्राप्त करने योग्य है। जो उसका स्वामी होता है वह अँगूठी उसके खजाने को सदा ऐश्वर्य से भरा रखती है। जब तू अभीष्ट तलवार पर कब्जा कर ले तो उस अँगूठी को भी लाना न भूलना। उसे माईमिंग अपने बायें हाथ की

बीच की अंगुली में पहने रहता है। रास्ते में इतनी बर्फ मिलेगी कि पैदल चलना दुष्कर हो जायगा। इसलिये लोहे के बने बिना पहियों के रथ में बारहसिंहे जोतकर ही यात्रा करना। अपने साथ छोटा-सा तम्बू भी लेते जाना। गुफा के बाहर उसे ऐसे स्थान पर गाड़ना जहाँ से उसकी छाया माईमिंग पर न पड़े क्योंकि यदि छाया उस प्रकाश में गुफा के द्वार पर पड़ती रही तो वह लकड़ी का जादूगर कभी बाहर नहीं निकलेगा और उसके बाहर निकले बिना मनोरथ पूर्ण करना असम्भव होगा।"

बारहसिंहों से जुते हुए रथ में बैठकर अस्त्र-शस्त्रों से सुसज्जित होकर होथर चल पड़ा। भयानक रास्तों को पार करता हुआ जहाँ इतनी सर्दी पड़ती थी कि साँस लेना भी दुर्लभ होता था और पहाड़ों की ऊँची चोटियों को लाँघता हुआ बहादुरी के साथ आखिरकार गेवार के कहे अनुसार माईमिंग की गुफा के सामने जाकर उसने अपना तंबू गाड़ दिया। उन दिनों रात चाँदनी थी, इसलिये जहाँ भी वह तम्बू गाड़ता वहीं से छाया पृथ्वी पर पड़ती थी। छाया देखकर माईमिंग गुफा के बाहर नहीं निकलता था। इसी तरह प्रतीक्षा करते-करते होथर उकता गया। समय बिताना भी उसके लिये कठिन हो गया। एक-एक पल वर्षों जैसा प्रतीत होने लगा, परन्तु प्रतीक्षा करने के सिवा और कोई चारा नहीं था। आखिरकार जब अँधेरा पखवाड़ा आया तो रात घनघोर और निस्तब्ध होकर उस निर्जन पर्वत में भयानक मालूम होने लगी, और प्रकाश की एक रेखा भी कहीं से नहीं झलकी तो माईमिंग गुफा के बाहर निकला। उस समय चारों तरफ इतना अँधेरा था कि हाथ को हाथ दिखलाई नहीं देता था। होथर का तम्बू अंधकार में दिखलाई नहीं देता था। छाया का तो अब प्रश्न ही नहीं था। जो कुछ थोड़ा-बहुत प्रकाश था वह गुफा के अन्दर था। जब माईमिंग बाहर आया तो पीछे के प्रकाश से उसकी घनी काली छाया होथर के तम्बू पर पड़ी जिससे वह उसे बिल्कुल ही न दिख सकी। जब वह पास आ गया उसी समय फुर्तीला होथर अपना तेज भाला लेकर उस पर झपट पड़ा और शीघ्र ही उसे अपने काबू में कर लिया। तत्पश्चात् होथर ने उसे मजबूत रस्सों से बाँध दिया। नंगी तलवार लेकर उसकी छाती पर रखता हुआ कड़ककर होथर बोला : "हे लकड़ी के जादूगर! मेरे बन्धन से अब तू कभी छुटकारा नहीं पा सकता। यदि तूने मेरा विरोध किया तो समझ ले कि मैं तुझे आरी से काट-काट कर तेरे शरीर को लकड़ी का बुरादा बना दूंगा। मैं तेरे मनुष्य और बकरे जैसे शरीर को अलग-अलग कर काट कर फेंक दूंगा। भाले की नोक से तेरी आँखें कुरेद कर निकाल लूंगा। तलवार से तुझे जगह-जगह काट कर घोर यातना दूंगा। अगर तू जीवन चाहता है तो शीघ्र मुझे बाल्डर को मारने वाली तलवार और धनवान बनाने वाली अँगूठी दे दे।"

असहाय अवस्था में बँधे हुए माईमिंग ने उस तलवार और उस अँगूठी से अपने जीवन को अधिक मूल्यवान समझा। उसने सोचा कि तलवार और अँगूठी तो वह उसे मारकर भी ले जायगा तो क्यों नहीं राजी-राजी उसे वह चीजें लेकर अपने प्राण बचा लिए जायँ। वैसे ही पड़े-पड़े तब उसने होथर को तलवार और अँगूठी गुफा के अन्दर जहाँ रखी थी जाकर ले लेने को कहा। खुशी से उछलता होथर तब उस गुफा के अंदर गया और उसने उस अद्भुत तलवार और अँगूठी पर कब्जा कर लिया। वचन के

अनुसार माईमिंग को बंधन से खोलकर फिर वह वापस लौटा। अबकी बार उसके हृदय में इतना उत्साह भरा था कि उसे रास्ते की मुश्किलों का पता तक न चला। शीघ्र ही वह गेवार के महल को वापस आ गया। भरे दरबार में उसने अपनी यात्रा की पूरी कथा राजा गेवार और उसकी सुंदरी पुत्री नाना को सुनाई। इतनी छोटी उम्र के नौजवान की इतने साहस से भरी हुई कठिन यात्रा का वर्णन सुनकर सुनने वालों ने दाँतों तले उँगली दाब ली। होथर का यश चारों ओर फैल गया और सभी ओर उसको सम्मान की दृष्टि से देखा जाने लगा। नाना अपने प्रेमी की वीरता पर खुशी से फूली नहीं समाती थी और उसका पिता गेवार अब चिंता से मुक्त हो गया था।

सैक्सनों के राजा गिल्डर ने जब यह सुना कि गेवार के पालित पुत्र होथर ने माईमिंग को बाँधकर उसे लूट लिया है तो वह क्रोध से पागल हो उठा क्योंकि वह माईमिंग का मित्र था। उसने शीघ्र ही अपनी सेना को इकट्ठा किया और होथर का नाश करने को निकल पड़ा। माईमिंग से जो खजाना होथर ने लूटा था उसको प्राप्त करने के लिए वह इतना उतावला हो रहा था कि नंगी तलवार हवा में घुमाता हुआ, वायुवेग से घोड़ा भगाता हुआ शीघ्रातिशीघ्र गेवार के राज्य में पहुँच जाना चाहता था। इधर गेवार जादू भी जानता था। जैसे ही गिल्डर सैक्सनी से चला उसकी अपनी विद्या द्वारा उसका पता चल गया। उसने शीघ्र होथर को बुलाया और उसे युद्ध करने की सारी रीतियाँ और युक्तियाँ समझा दीं। प्रेम से उसे अपने पास बिठाकर वह उसकी प्रशंसा करते हुए बोला : "पहला हमला तुम मत करना, गिल्डर को करने दो, और जब वह थक जाय तो उस पर शेर की तरह टूट पड़ो। यदि यह माफी माँगे और प्राण-दान के लिए याचना करे तब तनिक भी विचलित न होते हुए उनकी बोटी-बोटी काट कर फेंक दो। यही हमारी राजनीति और युद्धनीति है। एक बार छूटकर शत्रु कभी चित्र नहीं बन सकता। शत्रु को छोटा कभी मत समझो और जब भी मौका देखो उसकी हत्या कर दो। उसको जीवित ही मत छोड़ो कि कभी आगे चलकर वह तुमसे भी ज्यादा शक्तिशाली बन सके।"

होथर ने उसके हाथ चूमे और तब अपनी सेना लेकर समुद्र तीर पर जाकर गिल्डर की प्रतीक्षा करने लगा। थोड़ी ही देर बाद गिल्डर अपने भयानक सैक्सन योद्धाओं को लेकर लड़ाई के मैदान में आ डटा। वे लोग भाले फेंकने में प्रसिद्ध थे। आते ही उसके हिंसक सैनिकों ने भालों से मेघ के समान होथर की सेना पर वर्षा की। होथर की आज्ञानुसार उसके बलिष्ठ योद्धाओं ने जरा भी उतावलापन नहीं दिखलाया। अपनी चौड़ी ढालों से वह अपनी रक्षा करने लगे और सिकुड़कर पृथ्वी पर बैठ गये। सैक्सन लोगों ने यह देखकर समझा कि उनके प्रबल प्रहार से शत्रु के हाथ-पाँव ढीले हो गये हैं और वह लड़ने के योग्य नहीं रहे हैं। यह देखकर उन्होंने खुशी से जयजयकार किया। गिल्डर का सुनहरा झंडा आकाश में ऊँचा तानकर उन्होंने वज्रघोष किया और तब अपने बाकी बचे हुए तमाम भाले भी होथर की सेना के ऊपर फेंक दिये। जब होथर ने देखा कि शत्रु अपने तमाम हथियार हाथ से खो चुका है तो बिजली की तेजी से उछल कर वह अपने घोड़े पर जा बैठा और उसने नरसिंघ फूंका। उसके सैनिक उठकर

एकदम खड़े हो गये और उन्हीं भालों से सैक्सन लोगों को घायल करते हुए बाज की तरह शत्रुओं पर टूट पड़े। उनका आक्रमण इतना प्रबल था कि सैक्सन लोग उसे सह न सके। गिल्डर ने उन्हें बहुत प्रोत्साहन दिया परन्तु तब तक वह इतने ज्यादा मारे जा चुके थे कि अब उनका सँभलना असंभव हो चुका था। भगदड़ मच गई थी, सैक्सन-लाशों से युद्धभूमि पट गई थी, उनके रक्त से सारा समुद्र तीर लाल हो चुका था। गिल्डर ने अब जीने की आशा छोड़ दी थी। भागा हुआ, अपने जहाज के मस्तूल पर चढ़ गया और वहाँ से वह ताँबे से मढ़ी चमचमाती हुई एक लाल ढाल को सूर्य की ओर फिराकर होथर की ओर इशारा किया कि वह युद्ध बंद कर देना चाहता है। उसको देखकर होथर ने नगाड़ा बजवा दिया और साथ ही युद्ध बंद हो गया। उठी हुई तलवारें अब नीची हो गईं। हत्या बंद हो गई। सैनिकों ने गिल्डर को बाँधकर होथर के सामने ला खड़ा किया। वह प्राण-भय से गिड़गिड़ा रहा था। उसने होथर के पैरों पर अपना सोने का मुकुट रख दिया और प्राणों की भीख माँगी। होथर बड़े इतमीनान से खड़ा था। उसको देखकर ऐसा मालूम होता था जैसे वह न तो क्रोधित ही था और न वह बदला ही लेना चाहता था। मुस्कुराते हुए उसने गिल्डर की ओर देखा और उसे अपना मित्र बना लिया। राजा गेवार ने जो उसे शत्रु को क्षमा न करने का उपदेश दिया था उस पर उसने ध्यान न दिया। वह जितना वीर था उतना ही नरम दिल का भी था। उसने अपनी शक्ति और प्रेम से पराक्रमी गिल्डर को जीत लिया।

हैलोगैलेन्ड का राजा हैल्गी होथर का बड़ा पक्का मित्र था। वह फिन् और जार्मीयन लोगों के राजा क्यूज की सुन्दरी लड़की थोरा से भी प्रेम करता था। हैल्गी बड़ा पराक्रमी राजा था परन्तु उसमें एक ऐब था जिसके कारण वह चाहते हुए भी अपने मन की बात दूसरों पर प्रकट नहीं कर सकता था। वह बहुत जबर्दस्त हकला था और इसी कारण वह अपनी प्रेमिका के पास जाकर मनोहारी प्रेम भरे शब्द कहकर उसे अपनी ओर आकर्षित नहीं कर सकता था। वह इस ऐब के कारण यहाँ तक शर्माता था कि अपने महल में भी जहाँ तक होता, बिना बोले ही काम चलाता और इशारों से ही आज्ञा प्रदान किया करता था। उसने राजा क्यूज़ के पास अपने चतुर दूतों को भेजा था और उसने प्रार्थना भी की थी। वह अपनी सुन्दरी पुत्री थोरा का विवाह कर दे। राजा क्यूज़ यह सुनकर हँस दिया और अपने उन दूतों को फटकार दिया। वह बोला : "यह हकला हैल्गी बोलकर जब अपना ही काम नहीं चला सकता तो फिर मेरी प्यारी पुत्री से विवाह करके उसे कैसे सुख दे सकेगा। निश्चय ही वह इस विवाह के लिए अयोग्य है। मैं हकले, गूंगों के साथ अपनी लड़की का विवाह वहीं करूँगा।"

दूतों द्वारा अपना यह अपमान सुनकर हैल्गी को बहुत दुख हुआ, परन्तु वास्तविकता तो वह जानता ही था। हकला तो वह था ही, इसमें झूठ भी क्या था और उस पर उसका कोई काबू नहीं था। निराश होकर उसने चुप पड़ जाना ही बेहतर समझा परन्तु वह इस तरह भी बहुत दिन तक न रह सका। सुन्दरी थोरा की मनमोहिनी सूरत उसकी आँखों के सामने नाचने लगी और उसे पाने के लिए आतुर हो उठता था। विरह की अग्नि में जलता हुआ हैल्गी अब और अधिक सहन नहीं कर सका, उतने निश्चय

किया कि चाहे कुछ भी हो जाय, वह थोरा को प्राप्त करके ही रहेगा। उसे अपना अकेलापन तब खलने लगा। उन्हीं दिनों जब वह इस तरह परेशान हो रहा था उसने सुना कि सैक्सनों का राजा गिल्डर युद्ध में मारा गया है। गिल्डर का नाम सुनते ही उसके मारने वाले, अपने परम मित्र होथर का नाम उसे याद आया और उसका हृदय आशाओं से भर उठा। शीघ्र घोड़े पर चढ़कर अपने अंगरक्षकों सहित राजा गेवार के महल में जाकर वह होथर से मिला। होथर उस समय आराम से लेटा हुआ नाना के बारे में सोच रहा था क्योंकि अब बाल्डर को मारने वाली तलवार भी उनके पास थी। वह शीघ्रातिशीघ्र उस सुन्दरी से विवाह कर लेना चाहता था। ऐसे समय में जब प्रेम से उसका हृदय द्रवित हो रहा था, हैल्गी ने जाकर दुख भरे स्वर में अपने विरह की गाथा उसे सुनाई। उसने कहा : "हे मित्र होथर तुम वीर हो। तुम जो चाहते हो अपनी इच्छानुसार कर लेते हो। किसी प्रकार तुम मेरी प्रिया थोरा को मुझसे विवाह करने को राजी कर सको तो जीवन भर मैं तुम्हारा आभारी रहूँगा। मैं शपथपूर्वक कहता हूँ कि मैं पूरा जीवन तुम्हारी सेवा में बिताने को तैयार रहूँगा। बड़ी दूर से मैं पूरी आशा लेकर तुम्हारे पास आया हूँ। तुम मेरे पुराने मित्र हो। मेरी मदद करो।"

उस भावावेश में होथर अपने मित्र की प्रेम के कारण बिगड़ी हुई हालत देखकर द्रवित हो उठा और उसने उठकर हैल्गी को अपनी छाती से लगा लिया और कहा : "मेरे दोस्त हैल्गी, मैं तेरी मदद करने के लिए जी-जान से तैयार हूँ। मैं इसी दम क्यूज़ की राजधानी ओर अपनी सेना सहित कूच करूँगा। मैं तुझे वचन देता हूँ कि यदि थोरा को जीतकर तेरे लिए न ला सका तो जीवित लौटकर अपने देश नहीं आऊँगा।"

एक बहुत बड़े जहाजी बेड़े को लेकर होथर समुद्री मार्ग से नार्वे की ओर चला। उसने अपने मन में यह दृढ़ निश्चय कर लिया था कि जो स्त्री बातों से नहीं पसीजी थी उसका दर्प अब तलवार के जोर से चूर्ण करना होगा। तेज़ तूफानों में अपने ऊँचे पालों को तानकर होथर बेड़े को बढ़ाये चला जा रहा था। लंबे-लंबे दाँतों से उनके बलिष्ठ मल्लाह नावों को समुद्र की उत्तुंग लहरों को काट करखे रहे थे।

उसने क्यूज़ पर भयानक हमला कर दिया। उसकी रणबाँकुरी तलवारों के सामने फिन् और जार्मीयन लोग ज्यादा देर तक ठहर न सके। जब क्यूज़ के सामने होथर पहुँचा तो उसने धाराप्रवाह शब्दों में अपने मित्र हैल्गी का थोरा के प्रति आदर्श प्रेम सुन्दरता के साथ वर्णन किया। उसने कहा : "हे क्यूज़, हैल्गी तेरी पुत्री थोरा को बहुत प्रेम करता है। उसके बिना उसका जीवन व्यर्थ है। मैं चाहता हूँ कि मेरी आज्ञा मानकर शीघ्र इस विवाह होने की तू अनुमति दे।"

क्यूज़ होथर की शक्ति को अब पूरी तरह जान चुका था। वह जानता था कि अब मना करने का मूल्य उसका अपना सिर होगा। परन्तु वह चालाक था। उससे आखिरी दाँव लगाकर वह बोला : "विवाह मेरा नहीं होना है। उससे थोरा का संबंध अधिक है। यदि मैं अपनी अनुमति दे दूं तो यह सरासर अन्याय होगा। बिना कन्या से पूछे मै हाँ या ना कुछ नहीं कह सकता। तू विजेता है, चाहे तो मुझे मार सकता है परन्तु थोरा का हृदय जीतने के लिए यह बात तुझे उसी से पूछनी होगी।"

होथर ने तब थोरा को बुलाने के लिए संदेश भेजा। अब तक की सारी बातों को वह पहले ही सुन चुकी थी। अपने पिता क्यूज़ पर आई हुई मुसीबत को वह किसी भी तरह टालने को तैयार हो गई। वह उस भवन में आई और उसने देखा कि प्रचंड योद्धा होथर नंगी तलवार हाथ में लेकर विचार मुद्रा में सिंहासन पर बैठा है और उसका पिता क्यूज़ होथर के पैरों के पास जमीन पर सिर झुकाये बैठा हुआ दुख के आँसू बहा रहा है। थोरा बहुत सुन्दरी कन्या थी। जितना ही उसका सौन्दर्य था उतना ही उसका आत्म-सम्मान भी था। वह अपने पिता क्यूज़ को बहुत प्यार करती थी। हंस की चाल चलती हुई वह सुन्दरी सिंहासन की ओर चली तो होथर उसके रूप से आकर्षित होकर उसकी ओर देखता ही रह गया परन्तु जब उसे ध्यान आया कि वह उसके मित्र की प्रेयसी थी तो उसने उसकी ओर से अपनी आँखें फेर लीं। उसने कठोर स्वर में हैल्गी से विवाह करने के लिए कहा। एक बार तो थोरा का आत्मसम्मान भड़क उठा और वह उसे मना करने वाली ही थी कि उसकी निगाहें अपने पिता क्यूज़ पर ठहर गईं। थोड़ी देर वह सोचती खड़ी रही। आत्मसम्मान और पिता के जीवन—इन दो बातों में से उसे एक चुननी थी। देर तक उसके हृदय में द्वन्द्व चलता रहा और चुपचाप शून्य की ओर देखती हुई खड़ी रही। तत्पश्चात् मोह ने आत्मसम्मान को हरा दिया। उसने हैल्गी की रानी बनना स्वीकार कर लिया। होथर यह सुनकर बहुत खुश हुआ। उसने क्यूज़ को फौरन आजाद कर दिया। और तब बहुत खुशियाँ मनाई गईं। होथर उसको लेकर बड़ी धूमधाम के साथ हैलोगेलेन्ड पहुँचा। अधीर हृदय से होथर के लौटने की प्रतीक्षा में बैठे हुए हैल्गी ने जब अपनी अभीष्ट सिद्धि की बात सुनी तो वह खुशी से नाचने लग गया। उसने होथर से गले मिलकर उसको धन्यवाद दिया और अपनी सोने की मूठ की तलवार होथर के कमर में बाँध दी। तत्पश्चात् थोरा से विवाह कर लिया।

इस बीच में जब कि होथर नार्वे गया हुआ था, अर्द्ध-आसा-देवता बालडर दल-बल सहित गेवार के राज्य पर चढ़ आया और मौका देखकर उसने राजा गेवार को धर दबाया। राजा गेवार को होथर का उस वक्त वहाँ न होना खल गया। परन्तु तब वह कर भी क्या सकता था। निदान वह बालडर की शरण में बैठ गया। जिस तरह होथर ने राजा क्यूज़ से उसकी लड़की थोरा अपने मित्र हैल्गी के लिये माँगी थी उसी तरह बाल्डर ने अब गेवार से उसकी पुत्री सुंदरी नाना को अपने लिये माँगा। राजा गेवार भी बड़ा चतुर था। उसने भी वही उत्तर दिया जो क्यूज़ ने दिया था। और तब नाना दरबार के भवन में बुलाई गई। जब वह आई तो उसकी दिव्य ज्योति और स्निग्ध सुंदरता को देखकर एक लंबे समय से विरह की अग्नि में जलता हुआ बालडर अब अपने आपको न रोक सका और शीघ्र उस ऊँचे सोने के सिंहासन पर से नीचे कूद पड़ा। घुटने टेककर मधुर शब्दों में वह सुंदरी, नाना से बोला : "हे सुंदरी मैं बालडर बहुत दिनों से तेरे प्रेम में जल रहा हूँ। तेरे बिना मेरा जीवन अकेला और सूना-सूना रहता है। जब मैं असगार्ड में रहता हूँ तो तेरा सुंदर चेहरा मेरी आँखों के सामने हमेशा घूमा करता है। तू संसार की सर्वश्रेष्ठ सुंदरी है। एक दिन जब तू नदी-तीर पर वस्त्रों को उतार कर नहा रही थी तो अचानक उस समय मैंने तेरे शरीर को देख लिया था। मैं तुझसे सत्य कहता

हूँ कि तेरी जैसी सुन्दर स्त्री असगार्ड में भी नहीं है। मैं उसी दम से तुझे पाने की कामना करता हुआ तेरे विरह की प्रबल अग्नि में जल रहा हूँ। हे कोमलांगी ! आज्ञा दे कि मैं तेरा प्रेम पाकर अब तुझसे विवाह कर सकूँ।" और उसने याचनाभरी दृष्टि से नाना की ओर देखा।

अब तक नाना चुपचाप खड़ी हुई उसकी धारा-प्रवाह प्रेम भरी वाणी सुन रही थी। अब वह बोली : "हे बाल्डर, पवित्र स्थान असगार्ड का रहने वाला तू पूज्य देवता है। संसार में रहने वाले एक साधारण मानव की बेटी से जो तू विवाह करना चाहता है, यह बात तुझे शोभा नहीं देती। मुझे तू क्षमा कर क्योंकि मैं तेरे योग्य अपने आपको नहीं समझती। इसके अतिरिक्त एक बात और है…"

फिर चुप होकर उसने गहरी साँस ली। बाल्डर चुपचाप उसे घूर रहा था। नाना मन ही मन मुस्कुराई। फिर बोली : "देवताओं का प्रेम क्षणिक होता है। ताजा फूल को वह एक बार सूँघकर दूसरी बार नहीं सूँघते। मैं एक साधारण मानव स्त्री सदा ही नवयुवती बनी नहीं रह सकती। तुम्हारे पास असगार्ड में ईडुन की जवानी के सेब के फल मौजूद हैं जिनसे तुम्हारा यौवन कभी नहीं ढलता, परन्तु इस मृत्युलोक में हमारे पास ऐसे कोई फल नहीं हैं। तीसरी बात और भी है और वह यह है कि तुम देवता लोग प्रेम के मामलों में प्रतिज्ञा को आखीर तक नहीं निभाते। और आखिरी बात यह है कि हे बाल्डर ! मैं तुम्हें थोड़ा भी नहीं चाहती। तुम्हारे प्रति मेरे हृदय में प्रेम का स्रोत तो क्या, नन्ही सी धार की बूंद भी नहीं है।"

इतना कहकर नाना क्रोध से तिलमिलाती, पैर पटकती हुई उस भवन से बाहर चली गई। निराश होकर बाल्डर अपने दल-बल सहित वहाँ से वापस चला गया।

जब होथर क्यूज़ के यहाँ से हैल्गी के यहाँ होता हुआ गेवार के पास वापस पहुँचा तो उस समय कई नये राजाओं से मित्रता हो जाने के कारण उसकी शक्ति बहुत बढ़ गई थी। जब राजा गेवार ने बाल्डर के हमले की सारी बातें उससे कहीं तो वह क्रोध से थरथराने लगा। उसने बाल्डर की उद्दण्डता और उसके बुरे व्यवहार की उसे सजा देने का निश्चय किया। उसने शीघ्र अपने मित्र हैल्गी को बुलवाया। योग्य दूतों को भेजकर राजा गिल्डर को भी मंत्रणा के हेतु निमंत्रण दिया और जब लोग आ गये तो तीनों ने बैठकर निश्चय किया कि किस प्रकार वह शत्रु से बदला लेंगे। होथर ने कहा : "मेरे दोस्तो इस देवता को दण्ड देने के लिये मेरा मन छटपटा रहा है। मेरी प्रिया नाना से जो उद्दण्डता उसने की है उसका मजा मैं उसे शीघ्र चखा देना चाहता हूँ।"

इसके बाद तीनों ने निश्चय किया कि शत्रु पर आक्रमण कर देना चाहिये। शीघ्र ही एक जंगी बेड़ा तैयार किया गया। होथर, हैल्गी और गिल्डर की सेनाओं से भरे हुए जहाज बाल्डर से बदला लेने के लिये चल पड़े।

और तब अद्वितीय युद्ध शुरू हुआ। एक ओर देवता लोग थे तो दूसरी ओर मृत्युलोक के साधारण मानव। बाल्डर अकेला नहीं था। उसके साथ ओडिन और थौर भी थे। उनकी विशाल वाहिनी जब पृथ्वी पर चली तो उसकी धमक से भूकम्प आने लगे। अपने दिव्य कवचों को पहने और विचित्र अस्त्र-शस्त्रों से सुसज्जित होकर देवता

लोग मानवों पर प्रबल प्रहार करने लगे। इधर मानवों की सेना होथर, हैल्गी जैसे प्रचंड धनुर्धरों के संरक्षण में उत्कट साहस के साथ लड़ रही थी। एक ओर से होथर वैलेकरीज द्वारा दिया गया दिव्य कवच पहनकर देवताओं की सेना को अपने प्रचंड पराक्रम से दबा रहा था तो दूसरी ओर अपनी घनी काली भौंहों को क्रोध से जोड़े महाबली थौर अपने हथौड़े से मानवों की सेनाओं का संहार कर रहा था। जोर बराबर था। परिस्थिति विकट थी और भारी हथौड़े को घुमाता हुआ थौर बिजली के स्फुरण की भाँति युद्धभूमि में कभी यहाँ तो कभी वहाँ घूम-घूम कर शत्रुओं की ढालों को तोड़ता हुआ भयानक नर-हत्या कर रहा था। उसकी मार से शीघ्र ही युद्धभूमि मनुष्यों की लोथों से पट गई। उसी समय ओडिन ने ऊँचे स्वर से थौर का जयजयकार किया। सेना ने उसे दोहराया और उस वज्रघोष से आकाश कांपने लगा। थौर क्रोध से हुंकारता हुआ वज्र की तरह गर्जा और दूसरी ओर मानवों की सेना पर झपटा। मानवों की सेना में खलबली मच गई और जब होथर ने देखा कि अब उसकी सेना का अनुशासन भंग होने वाला है तो घोड़ा भगाते हुए वह स्वयं थौर के सामने आ डटा। सांसारिक अस्त्रों को छोड़कर अब उसने माईमिंग से ली हुई तलवार म्यान से बाहर निकाल कर ऊँचे स्वर में थौर को ताड़ना देते हुए कहा: "स्क्राइमर के दस्ताने में छिपकर काँपने वाले और बकरों की सवारी करने वाले थौर, आज मैं तेरा घमंड चूर-चूर कर दूंगा। मैं होथर हौडब्रौड का बेटा शपथपूर्वक आज तुझसे कहता हूँ कि मैं तुझे और तेरे साथियों को, यदि तुम युद्ध-भूमि में अन्त तक डटे रहे, तो निश्चय ही मारकर हैला में उर्द के पास भेज दूंगा।"

उसका प्रचंड पराक्रम और अपूर्व साहस देखकर मानवों की अव्यवस्थित सेना का साहस दुगुना हो गया और तब शीघ्र ही पूर्ण व्यवस्था और अनुशासन उनमें लौट आया। बड़ी वीरता के साथ हाथों में नंगी तलवारें लेकर वह शत्रुओं पर अर्रा कर टूट पड़े। थौर होथर की बातें सुनकर आपे से बाहर हो चुका था। उसने घुमा कर अपना हथौड़ा उसकी ओर फेंका। फुर्ती के साथ होथर ने माईमिंग की तलवार से उसके हथौड़े को बीच से काट डाला। अब थौर निहत्था रह गया। उसके दिल में डर समा गया और जब उसने विकराल होथर को अपनी ओर बढ़ते हुए देखा तो वह भागा। उसको भागते देखकर उसके साथी ओडिन और बाल्डर भी डर कर उसके पीछे-पीछे भागे। अपने स्वामियों को भागते देखकर सारी सेना के पैर उखड़ गये और जब देवता भागे चले जा रहे थे तब होथर की सेना ने तेज घोड़ों पर बैठकर उनका पीछा किया और उनकी इतनी हत्या की कि इधर जब समुद्र तीर उनकी लाशों से भरा पड़ा था, हैला की रानी उर्द उनकी आत्माओं का प्रबन्ध करते-करते थक गई थी। होथर की सेना ने तब खूब लूट की और देवताओं के सारे जहाज, अस्त्र-शस्त्र और कवच इत्यादि अपने कब्जे में कर लिये। मैदान साफ हो गया। होथर जीत गया। नगाड़े बजने लगे और खुशियाँ मनाई गईं। युद्ध जीत कर होथर प्रसन्न चित्त से अपने शिविर की ओर लौटा। वह आज बहुत खुश था। खासकर इसलिये कि उनका प्रतिद्वन्द्वी बाल्डर आज उससे हार कर भाग गया था। रक्त से भीगे हुए कपड़े और रक्त से ही चुहचुहाती हुई तलवार को लेकर जब वह लौट रहा था तो उस समय सोच रहा था कि जब वह राजा गेवार के यहाँ जाकर

अपनी विजय की सारी बातें कहेगा तब उसकी प्रेयसी नाना किस प्रकार वह सब सुनकर उसके हृदय से लगकर उसकी वीरता की प्रशंसा करेगी। परन्तु जब वह अपने शिविर में पहुँचा तो उसने देखा कि उदास सैक्सन योद्धाओं के बीच उसका प्रिय मित्र राजा गिल्डर मरा पड़ा है। हैल्गी ने उसे बतलाया कि बाल्डर ने उसे धोखे से मार डाला था। यह सुनकर होथर क्रोध से होंठ काटने लगा और उसने तलवार उठाकर प्रतिज्ञा की कि वह बाल्डर को मार कर अपनी जान से थी ज्यादा प्यारे गिल्डर की मौत का बदला लेगा। इसके बाद गिल्डर की लाश से लिपट कर वह बच्चों की तरह रोने लगा।

एक बहुत बड़ी चिता बनाई गई। बाल्डर के टूटे हुए जहाज को तोड़ कर लकड़ियों का ढेर लगा दिया गया। होथर की आज्ञानुसार उसकी सेना के मरे हुए योद्धाओं की लाशों को इकट्ठे उस बड़ी चिता में लिटा दिया गया। गिल्डर की लाश सब लाशों के ऊपर लिटा दी गई। होथर ने चिता पर चढ़कर अन्तिम बार अपने मित्र के होंठों को चूमा और तब नीचे उतर कर मरे हुए लोगों की आत्माओं को आदर के साथ स्मरण किया और नंगी तलवार से आकाश की ओर हाथ उठाकर उन्हें सलाम किया। इसके बाद चिता में आग लगा दी गई। लकड़ियाँ धू-धू करके जलने लगीं। शीघ्र ही पूरी चिता जल उठी और आग की लपटें आकाश में लपलपाती हुई ऊँची उठकर चमकने लगीं। बहादुरों की अन्तिम क्रिया जब पूर्ण हो गई तो होथर उदास हृदय से अपने शिविर में चला गया। पाँचवें दिन जब वह चिता ठंडी पड़ गई तब राजा गिल्डर की भस्मी इकट्ठी की गई और श्रद्धापूर्वक पृथ्वी में एक बड़े गड्ढे में वह गाड़ दी गई। होथर ने अपने मित्र की पवित्र स्मृति में उस स्थान पर एक बहुत बड़ी यादगार बनाई। घोड़े पर चढ़ा हुआ गिल्डर पत्थर की एक बड़ी मूर्ति में अंकित कर दिया गया। होथर ने उसके सामने घुटने टेककर सिजदा किया। काले कपड़े पहन कर कई दिनों तक उसका मातम मनाया गया।

जब होथर राजा गेवार के यहाँ लौटकर आया तो उसके स्वागत में नगाड़े बजाये गये और सुंदरी नाना ने अपने कोमल हाथों से उस पर फूलों की वर्षा की। सारे नगर में उत्सव मनाये गये। राजा गेवार ने होथर का भव्य स्वागत किया और ठीक मौका समझ कर अपनी पुत्री नाना का विवाह धूमधाम के साथ उससे कर दिया। हैल्गी और उसकी स्त्री थोरा भी इस विवाह में शामिल हुए। थोरा ने होथर और नाना की जोड़ी की बहुत प्रशंसा की। उसने नाना को अपने आलिंगन में लेकर बार-बार चूमा। शीघ्र ही नाना और थोरा एक दूसरी की प्रिय सहेलियाँ बन गईं। होथर ने हैल्गी और थोरा को बहुमूल्य भेंटें दीं और इस तरह उनका प्रेम और मित्रता और भी गाढ़ा हो गया। होथर अब स्वीडन का राजा बन गया। वह अपनी सुंदरी रानी नाना को लेकर अपने राज्य में आनन्दपूर्वक रहने लगा।

जितनी प्रशंसा संसार में होथर की होती थी, बाल्डर का उतना ही मजाक उड़ाया जाता था और इन्हीं कारणों से उसका जीवन दुखपूर्ण हो गया था। क्रुद्ध होकर बाल्डर ने उस पर एक विशाल वाहिनी लेकर फिर हमला कर दिया। अबकी बार समुद्री युद्ध न था बल्कि पैदल और घुड़सवार कठोर भूमि पर प्रतिशोध की हुंकारों से रक्त के प्यासे होकर खड्गों से लड़ रहे थे। भयानक युद्ध हुआ और होथर हार गया। बाल्डर ने उसकी

सेना को घेरकर कत्लेआम करा दिया। होथर अपनी रानी नाना को लेकर भागा और गेवार के यहाँ जाकर उसने शरण ली। वह जो साधारण मनुष्य बनकर कभी नहीं हारा था अब राजा बनकर हार गया था। राजा गेवार ने अपनी पुत्री और जमाता को सप्रेम आश्रय दिया।

जीलेन्ड और स्वीडन पर अब बाल्डर का अधिकार हो चुका था। युद्ध के थोड़े ही समय पश्चात् बाल्डर की सेना प्यास के कारण घबड़ा उठी। दूर-दूर तक कहीं भी पानी नहीं दिखाई पड़ता था। जब बाल्डर को यह मालूम हुआ तो अपने चाँदी के तेज घोड़े पर बैठकर उस मैदान के बीच उसने घोड़े को दौड़ाया। बाल्डर देवता था। उसने जहाँ से घोड़ा भगाया वहीं-वहीं घोड़े की टापों से पृथ्वी में कुएँ खुद गये। प्यासे सैनिक ने तब उनमें से पानी पीकर अपनी प्यास बुझाई। जीलेन्ड और स्वीडन तब से देवताओं के अधिकार में रहे और अब वहाँ कोई सांसारिक राजा नहीं रहा था।

परन्तु अपने शत्रु होथर को भगाकर भी बाल्डर सुखी न रह सका। नाना के प्रेम ने उसे बेहाल बना दिया था। जब वह जागता रहता तो उसे ऐसा मालूम होता था जैसे सुंदरी नाना उसे देखकर उपेक्षा के भाव से उसकी ओर से मुँह फेर कर बैठ गई है। अब उसे सूर्य का उजाला भी बुरा मालूम होने लगा था। रात्रि के अन्धकार में जब वह सोने का प्रयत्न करता तो नाना की प्रेमाग्नि उसे जलाया करती थी। और जब वह सो जाता तो स्वप्न में नाना अपने कँटीले नेत्रों से उसकी ओर कटाक्ष करती हुई उसे बुरी तरह से सताती थी। वह बहुत दुखी हो उठा था। उसके प्रेम ने उसे जलाकर खाक कर दिया था। वह सदा चिंता से युक्त रहता और नाना ही नाना के बारे में सोचकर रोया करता। आखिरकार वह इतना क्षीण और दुबला हो गया कि चलना-फिरना भी उसके लिये असंभव हो गया और तब सोलह घोड़ों से जुते हुए रथ में उसे लिटाकर कभी-कभी बाहर निकाला जाता था। उसकी ऐसी हालत देखकर देवताओं ने चिन्ता प्रकट की कि ऐसे ही कहीं वह मर न जाय। असगार्ड का राजा ओडिन शीघ्र अपने कक्ष में गया और उसने माईमर के कटे हुए सिर से बाल्डर को बचाने का उपाय पूछा। माईमर के सिर ने तीन साँपों के जहर से जादू का भोजन बनाने की पूरी विधि ओडिन को बताकर कहा कि यदि वह खाना बाल्डर खाता रहेगा तो कभी न मर सकेगा।

यह वही समय था जब उपसाला नामक स्थान के पास बाना देवता नजोर्ड के वीर पुत्र फ्रे ने नरबलि की प्रथा फिर से चालू करके उसे आत्मा की शान्ति के लिये एक अच्छा मार्ग बतलाया था।

उधर होथर ने अपने शत्रु को बीमार देखकर स्वीडन पर आक्रमण करके उसे फिर जीत लिया। अब बाल्डर केवल जीलेन्ड का राजा रह गया था जहाँ के रहने वाले डेन लोग उसकी सेवा में सदा तत्पर रहते थे।

प्रतिशोध की अग्नि होथर के हृदय में अब भी जल रही थी। अपने अपमान का बदला बाल्डर से लिये बिना उसे चैन नहीं आता था। एक बड़ी सेना लेकर वह फिर बाल्डर से भिड़ने चल दिया।

कठोर नाविकों और बलिष्ठ मल्लाहों को लेकर अपने जंगी बेड़े से समुद्र की चौड़ी

छाती चीरता हुआ और क्रोध से हुंकारता होथर जीलेन्ड की ओर चला। भयंकर वेग से वहाँ पहुँचकर उसने बाल्डर की सेना पर आक्रमण कर दिया। बाल्डर ने जब शत्रु का आक्रमण सुना तो वह स्वयं अपने बड़े रथ पर बैठकर युद्धभूमि के बीच में आ डटा। उसकी सेना ने अबकी बार होथर की सेना को चारों ओर से घेरकर ऐसी मार-काट की कि घिरे हुए होथर के सैनिक कट-कट कर धराशायी होने लगे और उनकी चीत्कारों से आकाशमंडल गूँज उठा। होथर जीटलेन्ड की तरफ भाग गया और वहाँ से अपने राज्य स्वीडन में जाकर उसने अपनी जान बचाई। विजयी बाल्डर की सेना ने अपने स्वामी का नाम लेकर जयघोष किया और नगर में वापस आकर उत्सव मनाये गये।

होथर अब हृदय से दुखी था और जीवन से उकता गया था। निरन्तर हारों से उसका दिल टूट गया था। अब तो उसकी वह हालत हो गई थी कि सभ्य पुरुषों के बीच बैठकर उनके मधुर वार्तालापों में भी उसे आनन्द नहीं आता था। जीवन नीरस प्रतीत होने लगा था। सुन्दरी नाना उसे समझाती और मनोरंजक बातों से उसका जी बहलाना चाहती। परन्तु बाल्डर से हारकर होथर का जी अब किसी बात पर नहीं लगता था। अब उसे एकान्त इतना प्रिय हो गया था कि वह कई-कई दिन निर्जन स्थानों में अकेला घूमा करता था। एक दिन अपने लोगों से बिदा लेकर शीघ्र वापस लौट आने को कहकर वह जंगलों में चला गया। वहाँ बहुत दिनों वह भटका किया और उदास हृदय लेकर वह कभी-कभी तो इतना निराश हो जाता कि अपने जीवन का अन्त ही कर देना चाहता था। स्वीडन की प्रजा उससे इसलिए नाखुश थी कि वह उसके बीच रहकर उनकी रक्षा का भार अपने ऊपर न लेकर इधर से उधर व्यर्थ भटका करता था। नाना को वह उसके पिता गेवार के यहाँ छोड़ गया था जहाँ उदास होकर सुंदरी अपने पति के वापस आने की प्रतीक्षा किया करती थी।

इसी तरह दिन गुजरते गये। एक दिन होथर घने जंगलों के बीच घूमता हुआ एक गहरी गुफा में जा पहुँचा। गुफा के अन्दर उज्ज्वल प्रकाश फैला हुआ था। एक बार तो होथर के दिल में आया कि वहीं से लौट चलें, परन्तु फिर कुछ सोचकर वह आगे बढ़ गया और गुफा के भीतरी भाग की ओर चला जहाँ से प्रकाश फूट-फूट कर बाहर निकल रहा था। होथर ने वहाँ जाकर देखा कि ओडिन की वही कन्यायें वैलेकरियाँ वहाँ बैठकर आपस में धीरे-धीरे फुसफुसाकर बातें कर रही हैं। उन्होंने उसकी ओर आश्चर्य से देखा और असमय उसके वहाँ आने का कारण पूछा। होथर ने उन्हें अपने दुख की सारी गाथा कहकर सुनाई। वह बोला : "धिक्कार है तुम्हें ओ वैलेकरियो, क्योंकि तुमने अपने वचन का पालन नहीं किया। तुमने मुझसे वादा किया था कि बाल्डर से युद्ध के समय अदृश्य रूप में तुम मेरी मदद करोगी ·· देखो मैं तो हार गया···"

सुंदरियाँ यह सुनकर स्तब्ध होकर उसका मुँह देखने लगीं। वे बोलीं : "हे होथर, जितना दुख बाल्डर पर पड़ा है उतना यदि तुझ पर पड़ा होता तो तू निश्चय ही पागल हो गया होता। जंग की जीत वास्तविक जीत नहीं हुआ करती। वह तो मौका होता है और फिर उस जीत का जो क्षणिक होती है असर भी थोड़ा ही होता है। तू तो दो बार युद्ध हारकर ही निराश होकर पागलों की भाँति बियाबान जंगलों में घूमता फिरता

है। उधर देख। तुझे बाल्डर की हालत जब मालूम पड़ेगी तब तू जानेगा कि कैसी-कैसी कठोर यातनाओं को उसे सहना पड़ रहा है। तेरी स्त्री नाना के प्रेम में असफल होने के कारण उसका हृदय फट गया है। वह इतना कृश हो गया है कि यदि ओडिन द्वारा विचित्र जादू का भोजन उसको न खिला दिया जाता तो निश्चय ही वह मर जाता। अब यदि तू उसे मारना चाहता है तो उसके इस विचित्र जादू के भोजन पर युक्तियों से अथवा शक्तियों से जैसे भी बने अपना काबू कर ले जिससे कि उसकी शक्ति एकदम से कम हो जाय और वह परिणामस्वरूप मर जाय। इतना हम तुझे अभी विश्वास दिलाये देती हैं कि आने वाले युद्ध में तेरी विजय निश्चित है…इस तरह से हमसे भला-बुरा मत कह…"

उनकी बातें सुनकर होथर का गया हुआ धीरज फिर वापस आ गया। वह खुशी-खुशी आशा की चमचमाती हुई झलक दूर क्षितिज के पार देखने लगा। वह अपने देश स्वीडन को वापस आ गया। उसकी प्रजा उसको देखकर प्रसन्नता से झूम उठी, चारों ओर आनन्दोत्सव मनाये जाने लगे। होथर ने शीघ्र ही एक विशाल वाहिनी तैयार की जिसका निरीक्षण वह स्वयं प्रातःकाल से मध्याह्न तक करने लगा। गुप्त दूत भेजकर उसने बाल्डर की शक्ति का भेद भी काफी जान लिया और जब उसकी तैयारियाँ पूरी हो गईं तो अपने जंगी बेड़े में अपनी सारी सेना को लेकर वह जीलेन्ड की ओर चल पड़ा। वहाँ पहुँचते ही वह शत्रु पर टूट पड़ा। भयानक युद्ध होने लगा। लाशों से भूमि पट गई। खून से जमीन लाल हो गई। मरे हुए योद्धाओं की लाशों पर गिद्ध और कौए मँडराने लगे। ताजा खून और मांस की गंध से उन्मत्त होकर सैनिक लोग शत्रु पक्ष का निर्मम रूप से संहार कर रहे थे। चील-कौए मुर्दों को फाड़-फाड़कर बीभत्सता से खा रहे थे। बहुत दिनों तक युद्ध होता रहा परन्तु अभी तक जीत-हार का निश्चय नहीं हो सका था क्योंकि दोनों पक्ष का बल समान था।

इसी प्रकार एक दिन सूर्यास्त के बाद, जब युद्ध बन्द हो चुका था होथर अपने शिविर में पड़ा हुआ जाग रहा था। रात्रि गहरी और अन्धकारपूर्ण थी। हाथ को हाथ दिखाई नहीं देता था। ऐसे समय को उपयुक्त समझ कर वह चुपचाप अपने शिविर से निकलकर भेष बदल कर शत्रु पक्ष की ओर चला। मार्ग में उसे तीन स्त्रियाँ जाती दिखाई दीं। वह जानता था कि यही वह स्त्रियाँ हैं जो बाल्डर के लिए वह विचित्र जादू का भोजन तैयार करती हैं। तेज कदमों से उसने उनका पीछा किया। जब उन स्त्रियों ने किसी अजनबी द्वारा अपना पीछा होते देखा तो वह घबड़ाकर भागीं। होथर ने भी भागकर उनका पीछा किया और उन्हीं के साथ-साथ गीली घास पर भागता हुआ वह उनके रहने की जगह पहुँच गया। उन स्त्रियों ने उससे पूछा कि वह कौन था। वह बोलीं : "देखने में तू हमारा शत्रु मालूम होता है, परन्तु तुझे देखकर हमें आश्चर्य होता है। क्योंकि यदि तू वास्तव में हमारा शत्रु भी है तो इतना साहस करके हमारे पीछे-पीछे यहाँ पर कैसे आ सका !"

यह सुनकर होथर ने उत्तर दिया कि वह तो घूमता-फिरता एक गवैया है। स्त्रियों ने उसको एक सारंगी (लायर) बजाने को दी। होथर ने उसे लेकर जब बजाया

तो उसकी मधुर स्वर-लहरियों से सारा वातावरण झूमने लग गया। संगीत विद्या में उस अजनबी को ऐसा पारंगत देखकर वह स्त्रियाँ स्तंभित रह गईं। इसके पश्चात् होथर ने सारंगी की खूँटियों को विचित्र प्रकार से उमेठा और जो फिर उसके तारों को छेड़ा तो ऐसा मधुर संगीत निकला कि सुनने वालों पर जादू का असर फैल गया। वह तीनों स्त्रियाँ अब उसके जादू से प्रभावित हो गईं, यहाँ तक कि जब वह बाल्डर के लिए भोजन बनाने लगीं तो उसको भी होथर से छिप कर नहीं बनाया। होथर ने देखा कि उनके पास तीन सांप थे जिनको उन्होंने मिट्टी के पात्र में रखकर तेल में उबाला और जब उनका मांस पक गया तो उसमें उन्हीं तीनों साँपों का विष धीरे-धीरे मिला दिया। यही वह भोजन था जिसे खाकर बाल्डर इतना दुबला होकर भी मरता नहीं था। उन स्त्रियों में से एक ने उसमें से थोड़ा सा हिस्सा होथर को खाने को दिया परन्तु तब ही दूसरी स्त्री ने उसे रोका। वह बोली: "हे सखी, यदि यह व्यक्ति शत्रु पक्ष का है तो इसको ऐसा बलिष्ठ भोजन देकर इसकी शक्ति को बढ़ाने से हमारा काफी नुकसान होगा। दूसरी बात यह भी है कि अपने स्वामी बाल्डर के दिव्य भोजन को इस प्रकार साधारण लोगों को खिलाने से हम मालिक के प्रति वफादार नहीं कही जा सकेंगी। इसलिए उचित यही है कि इसे इस विचित्र भोजन में से थोड़ा-सा भी हिस्सा न दिया जाय।"

संगीत का जादू इस स्त्री पर सबसे कम हो सका था और इसीलिए वह अब तक इसका विरोध कर रही थी। इसी बात से उन तीनों में अब झगड़ा हो गया क्योंकि बाकी दोनों स्त्रिों पर उसका जादू पूरी तरह से चल चुका था। देर तक वादविवाद होने के बाद पहिली स्त्री खामोश हो गई और हार कर उसने भी बाकी दोनों का कहना मान लिया। होथर को प्रेमपूर्वक उस विचित्र भोजन में से थोड़ा-सा खिलाया गया जिसे खाते ही वह अद्‌भुत शक्ति का अनुभव करने लगा। इसके पश्चात् उन स्त्रियों ने बार-बार जिद्द करके उससे कई बार गवाया। एक चमचमाती हुई सुनहरी कमर की पेटी उन्होंने उसे दी जिसमें थौर की पेटी के समान यह गुण था कि जो कोई उसे अपनी कमर में कस लेता था वह युद्धभूमि में सदा विजय को प्राप्त करता था। होथर उसे पाकर बहुत खुश हुआ। प्रसन्न वदन लिए वह वहाँ से जब लौटा तो रास्ते ही में उसे बाल्डर एक ओर जाता हुआ मिला। उसने चुपचाप तलवार निकालकर अपने शत्रु की बगल में उसे मूठ तक घुसा दिया। बाल्डर बड़े जोर से चीत्कार करते हुए भूमि पर गिर पड़ा और मरणावस्था को प्राप्त हुआ। होथर भाग कर अपने शिविर में जा पहुँचा। वहाँ पहुँचकर शीघ्र ही अपने सेनापतियों को एकत्रित किया और उसने बाल्डर की मृत्यु का समाचार कहा। खुशी से नाचते हुए योद्धाओं ने शत्रु की मृत्यु पर आनन्द मनाया। होथर के शिविर में जगह-जगह उत्सव मनाये जाने लगे और आनन्द का स्रोत फूट निकला। जब इधर ऐसी खुशी मनाई जा रही थी, उधर मृत्यु के इतना निकट पड़ा हुआ बाल्डर मुँह से रक्त गिराता हुआ अपनी आखिरी घड़ियाँ गिन रहा था। उसके शिविर में भयानक शोक फैला हुआ था और रुदन की चीत्कारें आकाश को फाड़े दे रही थीं।

रात्रि बीत गई। प्रभात की लालिमा ने नये दिन को निमंत्रण दे दिया। सघन बनों में चिड़ियाँ चहचहाने लगीं। युद्ध फिर प्रारंभ हो गया। बाल्डर अभी मरा नहीं था

और पड़े-पड़े अपने शिविर में मरना नहीं चाहता था। उसने अपने सैनिकों को आज्ञा दी कि उसे एक बड़े रथ पर लिटाकर युद्ध के मध्य भाग में युद्धस्थल को ले जाया जाय जहाँ वह मर कर वीरगति को प्राप्त हो सके। होथर उसके अद्भुत साहस को देखकर दंग रह गया। साथ ही वह भयानक युद्ध करता हुआ बाल्डर के पास पहुँच कर उसका अन्त कर देने को भी लालायित हो उठा। परन्तु बाल्डर की सेना के प्रचंड पराक्रम के सामने उसकी एक न चली। वह बाल्डर तक पहुँच ही नहीं पाया।

जब संध्या हुई और अन्धकार छाने लगा तो युद्ध फिर थम गया और बाल्डर अपने शिविर में लेटा-लेटा अपनी प्राणप्रिया नाना को याद करता हुआ दूसरे दिन होने वाले युद्ध की प्रतीक्षा करने लगा। परन्तु उसी समय अपनी शैया के पास उसने एक स्त्री को खड़े देखा। विरह की यातनाओं से पीड़ित और अब रक्त के बह जाने से अत्यन्त शक्तिहीन बाल्डर ने शिविर के अन्दर उस धूमिल प्रकाश में एक स्त्री की आकृति को अपने पास अकेली खड़ी देखकर समझा कि यह उसकी प्रेयसी नाना ही थी। क्षीण और दुर्बल स्वर से वह बोला : "हे सुंदरी, तुम्हारा स्वागत है।"

स्त्री की आकृति यह सुनकर और आगे बढ़ी और जब वह उसके बिलकुल पास पहुँच गई तो बाल्डर घबड़ा गया क्योंकि वह नाना नहीं थी। वह स्त्री अपलक नेत्रों से उसकी ओर घूर रही थी। वह सुंदरी अवश्य थी परन्तु कठोर दिखाई देती थी। ऊपर से नीचे तक काले वस्त्रों से आच्छादित, कमर में सोने की चमचमाती पेटी और वक्षस्थल पर मणि-माणिक्य और वज्रखचित स्वर्ण के बहुमूल्य और सुन्दर आभूषण पहने हुए गंभीर मुद्राओं वाली वह स्त्री साधारण स्त्रियों से बिलकुल विपरीत मालूम होती थी। बाल्डर ने उससे पूछा : "हे सुंदरी, तुम कौन हो जो इस रात्रि के अन्धकार में इस विकराल युद्ध-भूमि में, इस तरह आभूषणों से अलंकृत होकर अकेली ही मेरे शिविर में आई हो ?"

यह सुनकर वह स्त्री पतले परन्तु कर्कश स्वर से बोली : "हे बाल्डर, मैं तुझसे कहने आई हूँ कि ठीक इस समय कल मैं फिर आऊँगी और तुझे अपना मेहमान बनाकर अपने साथ ले जाऊँगी। हे बाल्डर मेरा निवासस्थान उज्ज्वल प्रकाश में स्थित है। स्वर्ण-मय सिंहासन पर मणि-माणिक्यों से लदे हुए स्वर्ण के ही ठोस महलों में वहाँ तेरी प्रतीक्षा हो रही है। मेरा नाम ओसर्पाइन है जो नाना तुझे यहाँ नहीं मिल पाई तो उसकी आत्मा तुझे वहाँ अवश्य मिलेगी।"

बाल्डर ने लेटे ही लेटे धीमे स्वर से कहा : "हे हैला की रानी उर्द ! कल रात्रि मैं तेरी प्रतीक्षा करता रहूँगा और जब तू आयेगी तब इस विकृत और क्षीण देह को छोड़ कर तेरे साथ हैला को चलूँगा। मेरी कंचन जैसी काया को ऐसी हालत में पहुँचाने वाली वह कठोर सुंदरी नाना निश्चय ही मुझे जीवन-भर सताती रही है। उसको न पाकर मेरी अतृप्त आत्मा यदि तेरे राज्य में भी अतृप्त ही रही तो हे उर्द, मैं तुझे ही उसका दोषी ठहराऊँगा।"

दूसरे दिन सायंकाल जब युद्ध रुका और रात हो गई तो निश्चित समय पर बाल्डर मर गया और उसकी उज्ज्वल आत्मा को स्वयं उर्द लेने आई। जीलेन्ड में हाहा-कार छा गया क्योंकि उसकी प्रजा उससे बहुत प्रेम करती थी। सारे जीलेन्ड में घोर दुख

छा गया। उसकी अन्तिम क्रिया बहुत धूमधाम से हुई। बाल्डर का शरीर एक पहाड़ के शिखर पर गहरे गड्ढे में गाड़ दिया गया और उसके ऊपर एक बहुत बड़ी शानदार कब्र बनाई गई। कब्र के पास ही एक भव्य यादगार बनाई गई जिसमें असंख्य धनराशि पृथ्वी के गर्भ में गाड़कर बाल्डर के प्रति श्रद्धा और प्रेम का प्रदर्शन किया गया। सारे जीलेन्ड में बहुत दिनों तक मातम छाया रहा।

सैकड़ों वर्ष बाद जब राजा हैरल्ड की सेना एक बार उस जगह से निकली तो उन्होंने बाल्डर की इस यादगार को तोड़कर उसमें से धन और रत्नों को निकाल लेना चाहा था। परन्तु जैसे ही उस यादगार की पहली सीढ़ी को तोड़ा गया तो उसके अन्दर से बड़े जोर से घड़घड़ाहट का शब्द हुआ और तब उस टूटी हुई सीढ़ी के छेदों से जल की सहस्र धारायें अन्दर से फूटकर बाहर निकल पड़ीं। धारायें इतनी तेज बहीं कि चारों ओर जल ही जल फैल गया और तूफान आ गया। हैरल्ड और उसकी सेना जल-विप्लव से घबराकर भाग गई। उसके पश्चात् कभी किसी ने बाल्डर की कब्र से छेड़छाड़ करने का साहस नहीं किया।

होथर अब निष्कंटक राज्य करने लगा था। अब वह स्वीडन और जीलेन्ड दोनों देशों का राजा हो गया था। वह अपनी सुंदरी स्त्री नाना के साथ आनन्दपूर्वक अपने राज्य में रहने लगा। एक दिन जब उसको मालूम हुआ कि नाना के पिता गेवार को गन्नो नामक जार्ल जाति के एक योद्धा ने उसके महल में आग लगाकर जिन्दा ही जला डाला है तो वह दुख से उदास हो गया। उसकी स्त्री नाना अपने पिता की मृत्यु पर बहुत रोई और उसने होथर को उसकी मृत्यु का बदला लेने के लिए प्रेरित किया। क्रोध में भरकर होथर ने एक बड़ी सेना लेकर जार्ल लोगों के देश पर हमला बोल दिया। और अपनी भुजाओं के पराक्रम से गन्नो को जीवित पकड़ लिया और नाना के सामने बाँध कर पटक दिया। तत्पश्चात् नाना की आज्ञानुसार एक बहुत बड़ी चिता पर गन्नो को जबर्दस्ती चढ़ाया गया और जीवित जला दिया गया। गन्नो का झंडा भी उसी जलती चिता में फेंक दिया गया और उसके स्थान पर होथर का सुनहरा झंडा जार्ल देश पर फहराने लगा।

बाल्डर की मृत्यु से असगार्ड में देवता लोग बहुत दुखी हुए। ओडिन अपने उस सुंदर पुत्र की मृत्यु सुनकर बहुत दुखी हुआ। वह बोला : "बाल्डर प्यासा ही मर गया है, उसकी मृत्यु का बदला उस दुष्ट होथर से लेना ही होगा।"

वह पैगम्बरों के पास गया और उनसे इस प्रतिशोध के बारे में पूछा। वह बोला : "हे पवित्र आत्माओ ! तुमसे मैं भविष्य के बारे में पूछता हूँ क्योंकि मैं जानता हूँ तुमसे कुछ छिपा नहीं है। मुझे बतलाओ कि सुंदर बाल्डर की मृत्यु का बदला किस प्रकार लिया जा सकेगा और होथर को कौन मारेगा ?" यह सुनते ही पैगम्बर लोग उसके सामने से अदृश्य हो गये और उसी दम उसके पीछे एक ऊँचा पहाड़ गूँज उठा जिसके अन्दर से मेघ गंभीर ध्वनि में किसी ने कहा : "हे ओडिन, रुथीनिया के राजा की सुंदर पुत्री ऋण्डा से तेरा एक पुत्र उत्पन्न होगा जो सारे संसार में बो के नाम से प्रसिद्ध होगा। वह होथर का नाश करेगा और तब सुंदर बाल्डर की मृत्यु का प्रतिशोध पूरा होगा।"

चिन्ता से मग्न होकर ओडिन तब ऋण्डा को अपनाने की चेष्टा करने लगा। रुथीनिया के रहने वाले लोग प्रचंड योद्धा थे। उनका राजा बहुत पराक्रमी और प्रसिद्ध था। ऋण्डा उसकी अकेली पुत्री थी जो अद्वितीय सुंदरी भी थी। वह बड़ी हठी और गर्वीली थी। राजा उसे बहुत प्यार करता था क्योंकि ऋण्डा का लालन-पालन बड़े लाड़-प्यार से हुआ था। इसलिए उसकी आदत में उद्दण्डता प्रत्यक्ष दिखाई देती थी। रूप, यौवन के गर्व के कारण अपने सामने वह किसी को गिनती ही नहीं थी। उसकी प्रजा उसके एक इशारे पर मर मिटने के लिए सदा तत्पर रहती थी। ओडिन ने अपना रूप और भेष बदला और रुथीनिया के राजा के यहाँ जाकर नौकरी कर ली। राजा ने उसे रिसाले का जमादार बना दिया। जमादार बनकर उसने अपनी योग्यता इतनी अच्छी तरह दिखाई कि सेना के अन्य उच्च पदाधिकारी उसकी वीरता की प्रशंसा करने लगे। उन्हीं दिनों रुथीनिया पर शत्रुओं का आक्रमण हो गया। उनसे लड़ने के लिए जब रुथीनिया की सेना तैयार हो रही थी तब अकेला ओडिन अपना भाला और नंगी तलवार लेकर भिड़ गया। अपने प्रचंड पराक्रम और शौर्य से उसने शत्रु की सेना को छिन्न-भिन्न कर दिया और जब वह भाग गये तो विजयी होकर शत्रु के रक्त से भीगा हुआ राजमहल में उस समय वापस आया जिस समय रुथीनिया की सेना राजाज्ञा से युद्ध के लिय प्रस्थान कर रही थी। उसको देखकर सभी आश्चर्यचकित रह गये और उसने जब रक्त की बूंदों से चुहचुहाती हुई तलवार को ऊपर उठाकर जोर से कहा : "हे रुथीनिया के रहने वालो! अब तुम्हारे जाने की कोई आवश्यकता नहीं रही, क्योंकि शत्रु भाग चुका है। मैंने अकेले ही उसकी सेना को मार कर भगा दिया है।"

राजा यह सुनकर आश्चर्य करने लगा और तब उसने उसके सम्मान में झंडे को आसमान में ऊँचा फहराया और ऊपर की ओर एक सौ धनुर्धरों को एक पंक्ति में खड़ा करके एक साथ बाण दक्षिण की ओर छुड़वाये। इसके पश्चात् वह उसे अपने महल में ले गया और एक बहुत बड़ी दावत दरबारियों को दी। बहुमूल्य रत्न और वस्त्रादिक उसने जमादार को इनाम में दिये। ओडिन ने ठीक मौका देखकर उससे उसकी पुत्री ऋण्डा को माँगा। राजा ने सहर्ष स्वीकृति दे दी परन्तु कहा कि ऋण्डा की मर्जी के बिना यह काम न हो सकेगा। ऋण्डा से पूछने की आज्ञा उसने ओडिन को दे दी।

परन्तु उस हठीली स्त्री को प्राप्त करना कोई आसान काम न था। ओडिन उसके पास गया और उसके रूप-लावण्य और यौवन को देखकर मद से विह्वल होकर उसने गुलाबी कपोलों को चूमना चाहा। ऋण्डा तो पहले अपने सेवक का ऐसा साहस देखकर अचंभे से देखती रह गई। परन्तु जब उसे वास्तविकता का ध्यान हुआ तो न केवल उसने उसे फटकारा ही बल्कि जूता लेकर उसको मारा भी। जब इससे भी उसका क्रोध शान्त न हुआ तो वह उसके ऊपर टूट पड़ी और सक्रोध उसने उसकी दाढ़ी नोच ली। दुखी होकर ओडिन उसके पास से लौट आया। राजा के पूछने पर उसने सारा हाल कह सुनाया। सब कुछ सुनकर उसने उससे समवेदना प्रकट की परन्तु उसे अपने बेटी से कुछ कहने का साहस नहीं हुआ। दुखी होकर ओडिन उसकी नौकरी छोड़कर चला गया।

पूरे एक वर्ष बाद राजा के दरबार में वह फिर गया, और इस बार एक चतुर

सुनार बन कर गया। उसने काँसे के अति सुंदर आभूषण राजा को भेंट किये। राजा ने उस विचित्र कारीगरी से खुश होकर उसे बहुत सोना इनाम में दिया। तब वह ऋण्डा के पास गया और उसको उसने एक बहुमूल्य बाजूबन्द और कुछ अँगूठियाँ नजर कीं। ऋण्डा ने खुश होकर उन्हें ले लिया पर जब ओडिन आगे बढ़ा और उसने उसके सुंदर हाथों को पकड़ना चाहा तो फौरन उसे पहचान कर वह क्रोध से लाल हो उठी और अब की बार उसने उसे खुद न पीटकर अपने दासों द्वारा जूतों से पिटवाया। दर्द से कराहता हुआ ओडिन राजा के पास जाकर रोया और राजा को उसने धमकी भी दी। राजा जानता था कि ऋण्डा से तो प्रेम के कारण वह पिट लेता था परन्तु वैसे वह उसके और उसकी पूरी सेना के लिए अकेला ही काफी था। वह अपने मन में डरा और अपनी पुत्री ऋण्डा के पास जाकर उसने उससे कुछ कहा-सुना भी। परन्तु गर्वीली ऋण्डा ने साफ जवाब दे दिया। वह बोली : "यह गन्दा सुनार इतना वृद्ध है कि इसके साथ विवाह करके मैं अपने यौवन को नष्ट नहीं कर सकती। शायद इस व्यक्ति ने अपना रूप दर्पण में कभी नहीं देखा है। इससे विवाह तो क्या मैं इसकी ओर देखने में भी घृणा मानती हूँ।"

राजा चुप हो गया और ओडिन निराश होकर लौट आया।

तीसरी बार ओडिन एक सुंदर नवयुवक योद्धा के रूप में ऋण्डा के पास गया। वह उसको देखकर खुश हुई परन्तु जैसे ही वह उसके पास पहुँचा उसकी आँखों को देखकर वह उसे पहचान गई और फिर उसे मारकर भगा दिया। अब ओडिन ने दूसरा रास्ता पकड़ा। चौथी बार जादू के जोर से उसे अपने बस में करना चाहा। एक पेड़ की छाल पर उसने वशीकरण के कुछ मंत्र लिखे और उसे ऋण्डा के शरीर पर फेंक दिया। शरीर से लगते ही ऋण्डा पर जादू हो गया और वह खतरनाक तरीके से पागल हो गई। उस पागलपन में उसने अपने सारे वस्त्र फाड़ डाले और केशों को नोचती हुई नंगी होकर इधर से उधर भागने लगी। उसकी दासियों और सहेलियों ने बड़ी मुश्किल से उसे रोका और पकड़कर उसको शैया के पायों से बाँध दिया क्योंकि वह अब मारपीट भी करने लग गई थी।

ऐसे समय में ओडिन एक चुड़ैल का रूप धारण करके उसके पास गया और कहा : "ऋण्डा को मैं ठीक कर सकती हूँ। इसके लिए यह परम आवश्यक है कि यह मेरे साथ इस जगह अकेली छोड़ दी जाय।"

फौरन उठकर सब लोग बाहर चले गये। उसको देखते ही ऋण्डा की उछल-कूद बन्द हो गई और वह निश्चल होकर पलंग पर सीधी पड़ी रही। ओडिन ने अपने जादू द्वारा उसका पागलपन तो दूर कर दिया परन्तु उसकी देह को हिलने-डुलने न दिया। अब उसने अपना असली रूप धारण कर लिया। ऋण्डा ने उसकी ओर देखा और घृणा से निगाहें फेर लीं। ओडिन ने उससे कहा : "हे सुंदरी ऋण्डा ! तेरे प्रेम में मैं एक लंबे समय से दुखी रह रहा हूँ परन्तु जब-जब मैंने तुझसे प्रणय की याचना की है तूने मेरे साथ बहुत कठोर बर्ताव किया है। क्योंकि तू स्त्री है और फिर मेरी प्रेयसी इसीलिए मैं वह सब अपमान चुपचाप सहन करता रहा हूँ। निश्चय ही तुझे मालूम नहीं है कि मैं कौन हूँ। अन्यथा एक साधारण मानव की कन्या होकर बाईजेंटियम के राजा ओडिन का इस

तरह अपमान करके निर्भयतापूर्वक तू न रह सकती थी। बोल क्या तू मेरी स्त्री होना अब भी पसन्द करेगी या नहीं···?"

ऋण्डा ने यह सुनकर अपनी आँखें मीच लीं और तब धीरे-धीरे बोली : "जिसकी एक आँख न हो, जिसकी दाढ़ी बर्फ की तरह सफेद हो, और जिसका मुख झुर्रियों से भरा हुआ हो, उस बाईजेंटियम के राजा ओडिन की ओर आँख उठाकर देखने में भी मैं अपना अपमान समझती हूँ। यौवन की उमंगों से थपेड़े लेता हुआ मेरा यह सुंदर स्वर्णिम शरीर मैं तुझ जैसे वृद्ध को सहर्ष कभी समर्पित नहीं कर सकती। चाहे देवताओं का पराक्रमी राजा मुझे मार ही क्यों न डाले ?"

ओडिन यह सुनकर हँसा और बोला : "सुंदरी तुझे अपने यौवन पर बड़ा गर्व है परन्तु मैं इसी यौवन को पलक मारते जर्जर वृद्ध अवस्था में परिणत कर दूंगा और तब तेरे शरीर की खाल शिथिल होकर नीचे लटक जायगी। तेरे मुख में अब तो मोतियों की तरह दाँतों की पंक्तियाँ हैं वह सब टूट कर नीचे गिर जायँगी और तब तू दन्तविहीन भयानक प्रतीत होने लगेगी। तेरे नेत्रों की ज्योति तुझसे छीन कर मैं तुझे अन्धी बना दूंगा। तेरे सुचिक्कण सुगंधित पिंगल केश श्वेत और रूखे हो जायँगे और जादू के जोर से मैं तुझे पागल कर दूंगा। तू इसी अवस्था में पूरे सौ वर्ष जियेगी और तेरे जीवन में अतृप्त यातना और दुख, यही सदा तुझे मिलते रहेंगे। मैं जैसा कह रहा हूँ बिलकुल वैसा ही कर दिखाऊँगा। मैं तुझे एक मौका और देता हूँ कि तू अंतिम बार सोच-समझ कर जवाब दे।"

यह सुनकर ऋण्डा डर गई और तब उसने उसे आत्मसमर्पण कर दिया। वह बोली : "हे बाईजेंटियम के राजा ! तेरी शक्ति प्रबल है। वास्तव में तुझसे कोई नहीं जीत सकता। क्रोध से अंधा होकर तूने जो मुझे ऐसी भयानक धमकी दी है तो यह उचित नहीं है। तू जबर्दस्ती मुझसे विवाह तो कर सकता है क्योंकि जो परिणाम विवाह न करने से होगा वह तो तू अभी बतला ही चुका है। परन्तु उसको मैं प्राप्त नहीं होना चाहती। अब इससे पहले कि मैं तेरी स्त्री बनूं मैं जानना चाहती हूँ कि ऐसा कौन-सा कारण है कि जिसने तुझे इस वृद्धावस्था में मेरा यौवन उजाड़ देने को मजबूर किया है ··?"

ओडिन बोला : "सुंदरी ! तुझसे जो मेरा पुत्र उत्पन्न होगा वह देवताओं में श्रेष्ठ बाल्डर की मृत्यु का बदला होथर से लेगा। इसलिए मैं तुझे अपनी स्त्री बनाना चाहता हूँ। इसके अतिरिक्त जो तुझे अपने यौवन पर इतना गर्व है तो सुन ले कि देवताओं में श्रेष्ठ सारे विश्व के राजा ओडिन का पौरुष अपराजित है। तू उससे कभी नहीं जीत सकेगी।"

इतना कहकर ओडिन ने बैठे ही बैठे अपना भाला सामने के पहाड़ पर खींचकर मारा और ऋण्डा देखती ही रह गई जब पलक मारते वह भाला पहाड़ को आर-पार करता निकल गया। वह आश्चर्यचकित रह गई। अंत में उसने विवाह की स्वीकृति देने से पहिले ओडिन से कहा : "तेरे पराक्रम और पौरुष के बारे में अब मुझे कोई शक नहीं रह गया है। परन्तु तेरा वृद्ध रूप, श्वेत दाढ़ी, और कानी आँख यह सब मुझे तुझसे प्रेम

करने से रोकती हैं। इनको देखकर लाख कोशिश करने पर भी मेरा हृदय तेरे लिये घृणा से भर उठता है। चाहे सारी दुनिया में इस रूप के कारण तुझे श्रद्धा और भक्ति मिलती हो परन्तु मुझे तेरी आँख का गड्ढा और झुर्रियों से भरा तेरा चेहरा अत्यंत घृणास्पद मालूम होता है। इसलिये मेरी तुझसे एक प्रार्थना है और वह यह कि जब भी तू मेरे पास आये तभी दिव्य शरीर वाले जवान हीमडल का सा रूप धारण कर लिया कर।"

ओडिन ने जब उसकी प्रार्थना स्वीकार कर ली और तुरंत इच्छानुसार दोनों नेत्रों से पूर्ण दिव्य ज्योति वाले हीमडल के यौवन को प्राप्त कर उसने ऋण्डा से विवाह किया तब ऋण्डा ने खुशी-खुशी उसे आत्मसमर्पण कर दिया। ओडिन ने उससे विवाह करके सारे राज्य में खुशी मनाने की आज्ञा दी।

कुछ दिनों बाद गर्भ धारण करके ऋण्डा ने एक पुत्र को जन्म दिया जो संसार में बो के नाम से प्रसिद्ध हुआ।

अपनी स्त्री ऋण्डा और बो को लेकर जब वह बाइजेंटियम पहुँचा तो देवताओं ने क्रोधित होकर उसे मारकर भगा दिया। उन्होंने कहा: "तूने जादू और टोने का प्रयोग करके एक युवती का अपहरण किया है और अब अपना असली रूप धारण करने में भी जब तू हिचकता है तो तू हमारा राजा नहीं हो सकता।

ओडिन अपनी स्त्री और बच्चे को लेकर भाग आया और उसके स्थान पर औलर बाइजेंटियम का राजा बना। परन्तु वह योग्य राजा नहीं था और राज्य की व्यवस्था भली प्रकार नहीं कर पाता था। उसके पास एक हड्डी थी जिस पर भयानक मंत्रों से उसने जादू कर रखा था।

उसको लेकर वह समुद्र को बिना जहाज के ही पार कर लेता था। जब राज्य की व्यवस्था बिलकुल बिगड़ गई और देवताओं की शक्ति दिनो-दिन घटती गई, आये दिन शत्रु हमला करने लगे, उनकी सुंदर स्त्रियों को साधारण मानव पकड़-पकड़ कर ले जाने लगे, तब उन सबों ने मिलकर ओडिन को ही वापस बुला लेना उचित और न्याययुक्त समझा। पूरे दस वर्ष के बाद ओडिन जब वापस आया तो देवताओं ने उसका भव्य स्वागत किया। औलर स्वीडन की ओर भाग गया जहाँ एक साधारण डेन नवयुवक ने उसे मार डाला और उसके मांस को भून कर कुत्तों को खिला दिया।

ओडिन अब पहले से भी अधिक प्रतापी और पराक्रमी होकर निष्कंटक राज्य करने लगा। देवताओं और मनुष्यों में उसका सम्मान बहुत बढ़ गया। राज्य में पूर्ण व्यवस्था स्थापित हो गई। अब शत्रु बाईजेंटियम की ओर देखने में भी डरते थे।

जब बो बड़ा हुआ तो ओडिन ने उसे बालडर की मृत्यु का बदला लेने के लिये सेना सहित होथर के विरुद्ध युद्ध करने को भेजा। ऋण्डा का यौवन अब भी अपराजित था और ओडिन उससे अब भी हीमडल के सुंदर रूप में ही मिला करता था।

बो और होथर में घमासान युद्ध हुआ जिसमें होथर मारा गया। परन्तु बो भी इतना घायल हो गया कि उसके सैनिक उसे ढालों पर उठाकर वापस लाये। जब वह मर गया तो रुथीनिया के सैनिकों ने धूमधाम से उसकी अंतिम क्रियायें कीं। एक बहुत

बड़ी कब्र में उसे गाड़ा गया और उस पर एक बहुत ऊँची यादगार बनाई गई जिससे उसका यश सदा अमर रहे। पूरे देश में उसकी मृत्यु से दुख छा गया और बहुत दिनों तक मातम मनाया गया।

होथर की मृत्यु के बाद स्वीडन का राजा उसका बेटा रोरिक बना।

उधर जब ऋण्डा ने अपने बेटे की मृत्यु का हाल सुना तो वह बहुत दुखी हुई। रोती हुई सीधी ओडिन के पास पहुँची। उस समय ओडिन अपने असली रूप में बैठा राज्य संबंधी कुछ कार्य कर रहा था और बहुत व्यस्त था। उसने जो उसे रोता देखा तो वह घबरा गया और उसी रूप से उसे सांत्वना देने उसके पास आया। हीमडल का सौंदर्य और उसका रूप धारण करना वह भूल गया। एक तो ऋण्डा पुत्रशोक से पहले ही दुखी थी और अब जो अपने पति का यह रूप उसने देखा तो वह उस पर बरस पड़ी। चिल्लाकर वह बोली : "दुष्ट बुड्ढे ! अब मैं तेरी वासनामयी बातों में नहीं आने की। जिसलिये तूने मुझसे विवाह किया था वह कार्य पूर्ण हो चुका है। तेरे और मेरे पुत्र ने होथर से बालडर की मृत्यु का बदला ले लिया है। पैगम्बरों के कहे अनुसार अब तेरा मुझसे कोई काम नहीं रह गया है। फिर भी यदि तू मुझे अपने पास रोके रखना चाहता है तो यह वासनापूर्ण तेरा निश्चय कभी पूर्ण न हो सकेगा। दूसरी बात यह कि विवाह के समय तूने मुझे वचन दिया था कि अपनी इस कुरूप अवस्था में तू कभी मेरे सामने न आएगा। और अब जो तूने मेरी कही बात की अवहेलना की है तो सुन ले कि अब मैं तेरी स्त्री बनकर तेरे पास रहने को एक क्षण भी तैयार नहीं हूँ। मैं जा रही हूँ।"

बड़े जोर से पैरों से पृथ्वी को धमकाती हुई, हाथों को झटकाती हुई वह उसे छोड़कर चली गई। अपमान के आँसू बहाता हुआ ओडिन चुपचाप बैठा रह गया क्योंकि अब ऋण्डा को रोकना उसकी सामर्थ्य के बाहर था। उधर जो रोरिक ने एक दिन ऋण्डा को समुद्र तीर पर नहाते देखा तो उसके उत्कट यौवन को देखकर वह पागलों की तरह उसके प्रेम का दीवाना हो गया परन्तु बालडर की तरह उसे निराश नहीं होना पड़ा। जिस प्रकार सुंदरी नाना ने बालडर को मना कर दिया था उस तरह ऋण्डा ने होथर के पुत्र रोरिक को नहीं रोका, उलटे रोरिक के यौवन और रूप को देखकर वह स्वयं विचलित हो उठी और उसी अवस्था में उसके गले में हाथ डालकर उसका प्रणय सहर्ष स्वीकार कर लिया। ओडिन ने सब कुछ सुना पर वह चुप रह गया।

सिगमंड की तलवार

सिगर्ड एक भयानक योद्धा था। उसके पिता का नाम सिगमंड था जिसकी वीरता की गाथायें गर्मी के सुहावने दिनों में पेड़ों से झूलती हुई डेनमार्क की सुंदरियाँ गाया करती थीं। सिगमंड के पिता का नाम वौलसंग था। युद्धभूमि में उसकी तलवार बिजली की भाँति चमकती थी। वौलसंग का पिता रैरिर, सीग का बेटा था और सीग स्वयं ओडिन का पुत्र था।

एक बार सीग बर्फ से ढके हुए मैदानों में भयंकर जाड़े के दिनों में शिकार खेलने गया। उसके साथ स्कैंडी का सेवक ब्रिडी भी था। ब्रिडी प्रसिद्ध धनुर्धर और माना हुआ शिकारी था। दोनों ने मिलकर दिन भर खूब शिकार खेला परन्तु संध्या समय जब सीग ने देखा कि उससे अधिक जानवर ब्रिडी ने मारे हैं तो वह क्रोध से भर गया और तब उसने अपनी तलवार से ब्रिडी को ही मार डाला। इस तरह उसने अपने से अधिक शिकार करने वाले का स्वयं शिकार करके उस पर जीत हासिल की। उसने उसका शरीर बर्फ के अंदर छिपा दिया और अकेला ही वापस लौट आया। परन्तु स्केडी को यह भेद शीघ्र ही मालूम हो गया। उसने उसे लोगों के बीच में उसके कुकर्म के लिये बहुत जलील किया। तत्पश्चात् शीघ्र अपने देश से वह भगा दिया।

ओडिन ने जब अपने पुत्र की ऐसी दुर्दशा सुनी तो वह उसकी मदद पर आ खड़ा हुआ। उसने उसे कई जंगी जहाज और एक काफी बड़ी फौज लड़ने के लिये दी जिसमें प्रचंड वीर और योद्धा भरे हुए थे। उनको लेकर सीग ने अनेकानेक युद्ध किये। धीरे-धीरे उसका यश दूर-दूर तक फैल गया। हूण लोगों के देश में वह राज्य करने लगा। जब तक वह जवान रहा उसके खड्ग के प्रहार के सामने कोई जीवित न रह सका। उसका अखंड प्रताप दिशाओं में फैल गया। परन्तु जब वृद्धावस्था को प्राप्त हुआ तो उसके राज्य में जगह-जगह बलवे होने लगे। शासन का सूत्र काफी ढीला हो गया। यहाँ तक कि उसकी रानी के भाई लोग भी उसके विरुद्ध षड्यंत्र करने लगे। इसी सिलसिले में एक युद्ध हुआ जिसमें अपने रिश्तेदारों द्वारा ही वह मारा गया। उसके मरते ही हूणों ने विप्लव मचा दिया। चारों ओर अराजकता और अशान्ति मृत्यु बनकर नाचने लगी। मरने वालों की भयानक चीत्कारें और दारुण वेदना असह्य हो उठी। मनुष्य के जीवन का कोई मूल्य ही न रहा।

अपने पिता की मृत्यु के समय रैरिर राजधानी में उपस्थित नहीं था। वह घोड़े पर चढ़कर जंगलों में शिकार करने गया हुआ था।

जब वह लौटकर आया और उसने इस अराजकता को देखा तो उसके क्रोध का पारावार न रहा। उसने अपनी सेना को ललकारा और तब सारे राज्य में तलवार के जोर से शान्ति स्थापित की। बलवाइयों को उसने कठोर दण्ड दिये। उनके कटे हुए

सिरों को भालों से छेदकर नगर-नगर फिरवाया। विद्रोही नायकों को भालों से गोद-गोद कर मरवा डाला। जब उसके नाम से सम्पूर्ण राज्य में आतंक छा गया तो उसके सेनापतियों ने उसके नाम की दुहाई चारों ओर फेरी। सबकी गर्दनें बलपूर्वक झुकाई गईं। जो न झुकीं उन्हें कंधे से अलग करके झुकाया गया। उसने अपनी माता के भाइयों को पकड़वा लिया और उन्हें जिंदा गड़वा कर उन पर भूखे शिकारी कुत्ते छोड़ दिये। अपने पिता की मृत्यु का बदला उसने इस भीषणता से लिया। उसके अत्याचारों और हत्याओं की याद कर शत्रु थर्रा उठे। अब हूण लोगों में विद्रोह के नाम पर सारी हलचल बंद हो गई। रैरिर कठोर शासन करने लगा। सीग से भी अधिक पराक्रमी बनकर रैरिर ने अपना राज्य दूर-दूर तक फैला लिया। हूण सरदार की पिंगल केशों वाली सुंदरी कन्या के साथ उसने विवाह किया और सुखपूर्वक रहने लगा। इसी प्रकार वर्षों बीत गये।

राजा ररिर के महल में सदा उदासी छाई रहती थी। कभी हँसी-भरी किलकारी सुनाई नहीं देती थी। रैरिर और उसकी स्त्री दुखी थे क्योंकि उनके कोई संतान नहीं थी। उन्होंने सारे देवताओं से प्रार्थनायें भी कीं परन्तु उनका मनोरथ पूर्ण न हो सका। रैरिर के राज्य के बाहर एक बुड्ढा फकीर रहता था। हूण कुमारी एक दिन संध्या समय अपनी सखियों सहित उस फकीर के पास पहुँची और उसने फकीर से पुत्र की कामना की। फकीर ने उसकी ओर दया से देखा और कहा : "जब चन्द्रमा पूर्ण हो और आकाश के मध्य में आकर चमकने लगे उस समय तुम और तुम्हारा पति दोनों घुटनों के बल बैठ कर देवी फ्रियँजा से पुत्र की कामना करो। तुम्हारा मनोरथ पूर्ण होगा।"

जब पूर्णिमा आई और चन्द्रमा पूर्ण ज्योति से आकाश के मध्य में चमकने लगा तो रैरिर और हूण कुमारी ने देवी फ्रियँजा का ध्यान किया और उसकी पूजा की। असगार्डं यें याकड्रं सिल (कल्पवृक्ष) की घनी छाया में सखियों और दासियों सहित बैठी हुई स्कर्नर की प्रेयसी, परम सुंदरी देवी फ्रियँजा पृथ्वी पर रैरिर और उसकी पत्नी की प्रार्थना सुनकर द्रवित हो उठी।

उसने अपनी दासी रीमनर को जो कि एक दानव की पुत्री थी, आज्ञा दी कि वह तुरंत उस कल्पवृक्ष से उत्पत्ति की शक्ति प्रदान करने वाला एक फल लेकर कौए का भेष धारण करके पृथ्वी की ओर उड़ जाय और हूण कुमारी को खाने को दे। उसने यह भी कहा कि इस भाँति वह गर्भवती हो जायेगी।

रीमनर और कोई नहीं बल्कि वही ऐंगरबोडा थी। उसने फ्रियँजा द्वारा दिये गये आदेशों का तुरन्त पालन किया। रानी गर्भवती हो गई। परन्तु यह गर्भ साधारण नहीं था। स्वर्ग में उगे हुए कल्पवृक्ष के बीज से वह रानी गर्भवती हुई थी। सात वर्ष तक रानी गर्भ धारण किये रही तत्पश्चात् बच्चा पैदा हुआ। माता के गर्भ से जब वह पृथ्वी पर गिरा और उसके शरीर पर पश्चिम दिशा से बहने वाली उष्ण वायु लगी तो वह एकदम 18 साल जैसा सुंदर और बलिष्ठ युवक बन गया। पैदा होते ही उसने भयंकर गर्जन किया जिससे पहाड़ों की गुफायें गूँज उठीं, आकाश में बिजलियाँ कड़कने लगीं। वौलसंग पैदा हो गया था। उसके पैदा होते ही रैरिर पछाड़ खाकर गिरा और

मर गया । तुरन्त वौलसंग रैरिर के सिंहासन पर बैठा । प्रजा के भीषण जय-जयकारों से आकाश और पृथ्वी काँपने लगे ।

वौलसंग अपने समय का प्रचंड और पराक्रमी राजा था । सुदूर देशों में उसके खड्‌ग के प्रताप की गाथायें सुनकर शत्रु काँप उठते थे । वह अपनी प्रजा का बहुत प्रेम-पूर्वक पालन करता था । उसने अपने रहने के लिये एक बहुत बड़ा महल बनवाया जिसके बीचोबीच एक ओक का पेड़ उग आया । बाद में यही पेड़ इतना बड़ा हो गया कि दूर-दूर से दिखाई देने लगा था । वौलसंग ने उसका नाम ब्रेनस्टौक रखा जिसकी घनी डालियाँ महल को छत के ऊपर लहराया करती थीं । वौलसंग की स्त्री का नाम लजौर्ड था और वह भी एक पराक्रमी दानव की बेटी थी । कहा जाता था कि देवी फ्रियँजा ने ही वौलसंग को उस स्त्री से विवाह करने के लिये बाध्य किया था । वौलसंग के दो पुत्र और एक पुत्री हुई । पहला पुत्र सिगमन्ड था जिसकी जुड़वाँ बहिन का नाम सिगनी था । सिगमन्ड पराक्रमी और साहसी था । वह जितना वीर और बलिष्ठ था उतनी ही उसकी बहिन सिगनी सुंदर और कोमल अंगों वाली थी ।

उन दिनों गौट लोगों का राजा सिगीर अपने पराक्रम के लिये प्रसिद्ध था । उसने वौलसंग के पास सूचना भेजी कि वह उसकी पुत्री सिगनी से विवाह करना चाहता है । वौलसंग ने उसका प्रस्ताव स्वीकार कर लिया और फिर बड़ी धूमधाम के साथ सिगीर को अपने यहाँ बुलाकर अपनी पुत्री का विवाह उसके साथ कर दिया । वौलसंग ने एक बहुत बड़ी दावत दी जिसमें गौट योद्धा और वौलसंग के सरदार लोगों ने मिलकर वर और वधू को बहुत बधाइयाँ दीं । बेहतरीन मांस और मीठी मदिरा से अतिथियों का सत्कार किया गया । सुंदरी नर्तकियों के नृत्य और गायन से सभामंडप में आनन्द का स्रोत बहने लगा । मदिरा के नशे में चूर सभी लोग आनन्द में झूमने लगे । उसी समय एक ऊँचा वृद्ध पुरुष कमरे के अन्दर आया । वह बहुमूल्य वस्त्र पहने हुए था । भूरी टिपकियों वाला गहरा नीला उसका चोगा पीछे लटक रहा था । वह सफेद चुस्त पाजामा पहने हुए मजबूत कदमों से अन्दर की ओर आया । उसके सिर पर एक बहुत बड़े छज्जों वाला टोप था जिसे उसने झुकाकर आँखों के ऊपर पहन रखा था । उसकी एक आँख जिसे वह अपने टोप के छज्जे से छिपाने का निष्फल प्रयत्न कर रहा था । उसके पैरों में जूते नहीं थे । वह नंगे पैर था परन्तु हाथ में एक चमचमाती हुई लम्बी तलवार थी । वह सीधा चलकर ब्रेनस्टौक नामक उस बड़े ओक के पेड़ के पास पहुँचा । सब लोग उसे आश्चर्यचकित होकर देख रहे थे । परन्तु बोला कोई भी नहीं । आने वाला भी खामोश था । उसने पलक मारते ही एक ही झटके में वह तलवार ओक के तने में मूठ तक घुसा दी । उसका ऐसा पराक्रम देखकर उपस्थित योद्धागण अचंभे से देखते रह गये । तत्पश्चात् वह वृद्ध गंभीर वाणी में उनसे बोला : "ब्रेनस्टौक से इस तलवार को खींचकर बाहर निकालने वाले को मैं यही तलवार तोहफे में दूंगा । जो भी कोई इसे प्राप्त करेगा वह व्यक्ति अज्ञेय और शूरवीर माना जायगा क्योंकि इस तलवार के समान अच्छा और कोई अस्त्र संसार में नहीं है ।"

इतना कहने के बाद वह वृद्ध पुरुष भाप के समान उनकी आँखों से ओझल हो

गया। वह ओडिन था परन्तु उसे कोई आदमी नहीं पहचान सका था। उसके चले जाने के बाद हतबुद्धि से बैठे हुए योद्धाओं में एक बार फिर प्रज्ञा सी लौट आई और तब वह लोग एक-एक करके उस ओक में गड़ी हुई तलवार को पकड़कर बाहर खींचने का प्रयत्न करने लगे। सिगीर के सैनिक और वौलसंग के वीर योद्धा सभी उसे खींच-खींचकर रह गये क्योंकि वह तलवार न तो खिची और न बाहर निकली। जब सब लोगों को यह विश्वास हो गया कि वह उनके प्रयत्न से बाहर नहीं निकलेगी तो वे लोग झुंझलाकर उठे और उसे कोई जादू का तमाशा कहकर अपनी कमजोरी को छिपाने लगे। उसी समय वौलसंग का बड़ा बेटा सिगमन्ड अपनी कुर्सी से उठा। उसने अपने मजबूत दाहिने हाथ से उस मूठ को पकड़ लिया और फिर सब लोगों के देखते-देखते एक ही झटके में तलवार को पेड़ से बाहर खींच लिया। उसका अद्‌भुत पराक्रम देखकर सबों का सिर उसके सामने झुक गया। सिगमन्ड ने वह तलवार अपनी कमर में बाँध ली।

राजा सिगीर यह देखकर मन ही मन बहुत नाखुश हुआ क्योंकि उस तलवार की चमक पर खुद रीझ गया था और उसे अपने लिये चाहता था। उसने सिगमन्ड से कहा : "मैं तुम्हें अतुल धन दूंगा। मुझे यह तलवार दे दो।" सिगमन्ड हँसा और एक बार दाहिने हाथ से उस तलवार को हवा में घुमाकर दुबारा कमर में खोंसता हुआ बोला : "यदि तुम मुझे अपने खजाने का सारा सोना भी दो तो मैं इस तलवार को नहीं दे सकता। इसे मैंने अपने बल से प्राप्त किया है।"

उसके इस उत्तर को सुनकर सिगीर मन ही मन जल उठा। वह कुछ नहीं बोला। वह बहुत नाखुश था क्योंकि उसे सिगमन्ड का इस प्रकार बोलना घृणापूर्ण मालूम हुआ। मन ही मन उसने यह निश्चय किया कि किसी न किसी प्रकार वह सिगमन्ड का नाश करेगा। परन्तु वह जानता था कि बिना धोखे के सिगमन्ड को मारना संभव नहीं है। वह उस समय चुप रह गया।

दूसरे दिन सुबह ही उसने वापस जाने की तैयारी की हालांकि अभी शादी की तमाम रस्में खत्म भी नहीं हुई थीं। इसलिये वौलसंग ने उसे रोकना चाहा परन्तु वह आवश्यक कार्य बतलाकर चल दिया। चलते समय उसने बहुत अधिक कृत्रिम प्रेम दिखलाया और उन्हें (वौलसंग सिगमन्ड इत्यादि को) तीन महीने बाद अपने राज्य में आने का निमंत्रण दिया। वौलसंग ने उसका निमंत्रण स्वीकार करके उसे आने का वचन दिया। जब सिगीर अपनी स्त्री सिगनी को लेकर चला तो अपने घर वालों से बिछुड़ने पर बहुत रोई। यदि उस समय उसका पिता उसे थोड़ा भी सहारा दे देता तो निश्चय ही वह अपने पति को छोड़ देती। सिगीर उसे लेकर अपने राज्य को चला आया।

तीन महीने बीत गये तो वौलसंग अपने पुत्रों और योद्धाओं को लेकर गौटलैंड की ओर चला। तीन जंगी जहाजों पर सज-धज कर वे लोग समुद्री मार्ग से चले। मार्ग में अनुकूल हवायें चलीं जिनसे जहाज तीव्र गति से रास्ता तय करते हुए जाने लगे। भीगी हुई मिट्टी की सुगंध से सुवासित एक शाम वह गौटलैंड के किनारे जा लगे। उसी समय छद्मवेश धारण किये हुए सिगनी उनके पास आई और उसने अपने पिता वौलसंग से चुपचाप कहा : "हे पिता, तुम शीघ्रातिशीघ्र यहाँ से वापस चले जाओ

क्योंकि मेरे पति ने तुम सबको मारने के लिये एक बहुत बड़ी सेना तैयार कर रक्खी है। तुम्हारे साथ केवल इस समय दो-तीन सौ आदमी हैं जो इस समय उस सेना के हजारों प्रचंड सैनिकों का मुकाबला नहीं कर सकेंगे। इसलिए बेहतर है कि तुम भाग जाओ। मेरी बात पर विश्वास करो और यह बात निश्चय समझो कि तुम्हारे साथ तुम्हारा जामाता धोखा कर रहा है।"

वौलसंग ने सुना और तब घृणा से विकृत मुँह बनाकर वह बोला : "पुत्री, मैंने सैकड़ों युद्धों में बीरता दिखाई है। और सदा जीत मेरी तलवार की ही होती रही है। मैंने अपने यौवन में कभी शत्रु का भय नहीं किया तो वृद्धावस्था में क्या मैं शत्रु के भय से भागकर अपने यश और कीर्ति को धूल में मिला दूं ? नहीं, कभी नहीं··· मनुष्य केवल एक ही बार मरता है और जब उसकी मृत्यु आती है तो लाख प्रयत्न करके भी वह बच नहीं सकता। मैं लौटूंगा नहीं बल्कि आगे बढ़ूंगा। आवश्यकता पड़ने पर लड़ूंगा भी चाहे मारा ही क्यों न जाऊँ। तब कोई यह न कह सकेगा कि मुसीबत आने पर वौलसंग डरकर भाग गया या उसने शत्रु से संधि की प्रार्थना की···पुत्री, जीवन हँसकर मरने के लिये है, रोकर रहने के लिये नहीं।"

सिगनी ने अपने पिता की ओजस्वी वाणी सुनी और गर्व से उसका सिर ऊँचा उठ गया। तत्पश्चात् वह बोली : "हे पिता मुझे आज्ञा दो कि मैं अब से तुम्हारे ही साथ रहूँ क्योंकि मैं तुमसे धोखा करने वाले अपने पति के पास वापस जाना नहीं चाहती।"

वौलसंग ने उत्तर दिया : "ऐसा नहीं हो सकता। जल और उसमें रहने वाली मछली अलग-अलग नहीं हो सकती। पत्नी को वहीं रहना चाहिये जहाँ उसका पति हो। तुम जाओ और अपने पति के पास ही रहो।"

दूसरे दिन प्रातःकाल वौलसंग अपने पुत्रों और योद्धाओं सहित अस्त्र-शस्त्रों से सुसज्जित होकर सिगीर के महल की ओर चला। उस समय वह और उसके साथी सभी मरने के लिये तैयार थे। जब वह सिगीर के महल पर पहुँचे तो हजारों योद्धा नंगी तलवारें लेकर उन पर टूट पड़े। उन्होंने चारों ओर से वौलसंग और उनके साथियों को घेरकर कत्लेआम करना शुरू कर दिया। वौलसंग और उनके साथी बड़ी बीरता से लड़े और उन्होंने शत्रु की लोथों से पृथ्वी को पाट दिया। वह रुधिर से भीगे हुए खड्गों को उठाकर विद्युत की भाँति घुमाते हुए शत्रु पक्ष पर जब टूट पड़ते, तो काई सी फट जाती और पृथ्वी सहस्र धाराओं से रक्त पीती। भयानक संग्राम होता रहा। उनके उस अपराजित शौर्य से घबराकर सिगीर की सेना के पैर उखड़ गये और वह भागे। उस भगदड़ में सिगीर गिर गया और सिंह की भाँति झपटते हुए वौलसंग ने उसे उठने का प्रयत्न करते हुए उसी अवस्था में जा पकड़ा।

निकट ही था कि वौलसंग का खड्ग उसके शरीर से आर-पार निकल जाता कि उसी समय वौलसंग को अपनी पुत्री की याद हो आई। उसकी तलवार रुक गई। वह अपने हाथ से अपनी बेटी को बेवा न बना सका। उसने सिगीर को ललकारा और भाग जाने को कहा। उसी समय सिगीर का मंत्री चार सहस्र धनुर्धरों को लेकर आ पहुँचा जिन्होंने आते ही पृथ्वी पर धनुष गड़ाकर एक घुटना टेके प्रत्यंचा को कान तक खींचकर

मेघ के समान शरवर्षा आरम्भ कर दी। वौलसंग के थके हुए साथियों पर यह दूसरा प्रहार था। सिगीर की भागी हुई सेना अब फिर वापस आ गई, वौलसंग के साथियों में अब घबराहट फैल गई क्योंकि एक ओर तो शत्रु हाथोहाथ खड्ग चला रहे थे, दूसरी ओर उन्हीं के धनुर्धर तीरों से उन्हें मार रहे थे। वौलसंग अपने साथियों का साहस बढ़ाने को मुड़ा। सिगीर जो अब भी वहीं खड़ा हुआ था ऐसा अच्छा मौका भला कब छोड़ता। असावधान वौलसंग पर उसने पीछे से भयंकर प्रहार किया और उसे मार डाला। तत्पश्चात् नरसंहार तब तक जारी रहा जब तक कि वौलसंग का आखिरी साथी न मर गया। केवल सिगमन्ड और उसके भाई जीवित बचे। सिगीर ने सिगमन्ड की कमर से वह तलवार अब बलपूर्वक खोल ली और बड़ी शान के साथ उसे अपनी कमर में बाँध लिया। उसने उसका नाम ग्राम रक्खा।

सिगनी ने सब कुछ सुना और वह दुख से विह्वल होकर रोने लगी। उसने अपने पति से प्रार्थना की कि वह कम से कम उसके भाइयों को तो जीवन-दान दे दे। गौट लोगों के उस निर्दयी राजा ने अपनी स्त्री की प्रार्थना स्वीकार कर ली और उन्हें उस समय न मरने दिया। उसने अपने सैनिकों को आज्ञा दी कि सिगमन्ड और उसके भाइयों को बियाबान जंगल में ले जाकर किसी गिरे हुए सूखे और मजबूत पेड़ से बाँध दिया जाय। सिगनी ने सुना और वह दिल मसोसकर रह गई। परन्तु उसी समय उसने अपने गुप्तचरों को आज्ञा दी कि वह लोग उस जंगल में जाकर उन्हें देखें और सारी बातों की सूचना उसे समय-समय पर देते रहें।

जब रात्रि हुई और गहरा सन्नाटा छा गया तो एक खूँखार भूखी मादा भेड़िया उस जंगल में आई। अपने सामने इतना जीवित मांस देखकर वह बहुत प्रसन्न हुई। सिगमन्ड के एक भाई पर वह टूट पड़ी और उसे फाड़कर खा गई। गुप्तचरों ने दूसरे ही दिन प्रातःकाल सिगनी को इसकी सूचना दे दी। वह सिवा रोने के और भला कर ही क्या सकती थी।

दूसरी रात्रि को उसी मादा भेड़िया ने सिगमन्ड के एक और भाई को खा लिया। इसी प्रकार रातों पर रातें गुजरती गईं और सिगमन्ड का एक-एक भाई कम होता गया। आखिर जब सिगनी को मालूम हुआ कि अब केवल सिगमन्ड ही अकेला बचा है तो उसने उन्हीं गुप्तचरों को एक पात्र में शहद भर कर दिया और बोली : "तुम लोग अब तक मेरी सच्चे दिल से सेवा करते आये हो। मैं तुम्हारा एहसान कभी नहीं भूल सकती। मेरी एक इच्छा और है, यदि तुम उसे भी पूर्ण कर दो तो निश्चय ही कल प्रातःकाल तुम सब अतुल धन के स्वामी हो जाओगे। मैं तुम्हें इतना पुरस्कार दूंगी कि तुम्हारी तबीयत खुश हो जायगी···इस पात्र को लेकर सीधे उसी जंगल को जाओ जहाँ मेरा अकेला बचा हुआ अभागा भाई सिगमन्ड बँधा पड़ा है। तुम जाकर उसके शरीर से सारे वस्त्र उतार देना और फिर जब वह नंगा हो जाय तो इस शहद को उसके सारे शरीर में मल देना। यहाँ तक कि उसके सिर और मुँह के अन्दर भी यह शहद भर जाय।"

गुप्तचरों ने सुना और इस विचित्र आज्ञा पर आश्चर्य करते हुए उस पात्र को लेकर जंगल की ओर चले। उनकी समझ में नहीं आ रहा था कि भला इतने आसान

काम के लिये सिगनी उन्हें इतना पुरस्कार क्यों देने को तैयार थी। इसके अलावा वह इस काम को मूर्खतापूर्ण भी समझ रहे थे क्योंकि शहद लगाने में और भेड़िये द्वारा खाये जाने में भला क्या संबंध या बचाव हो सकता था। परन्तु जब वह सिगमन्ड के पास पहुँचे तो उन्होंने सारा सोचना-समझना छोड़कर सिगनी की आज्ञा का पूर्णतया पालन किया।

यहाँ तक कि जब सिगमन्ड ने वस्त्रों को बिलकुल उतार देने में आपत्ति की तब भी उन्होंने उसकी एक न सुनी और उसे जबर्दस्ती नंगा करके कहे अनुसार उसको शहद से मढ़ दिया। तत्पश्चात् वह छिप कर वहीं कहीं बैठ गये। जब रात हुई तो वही मादा भेड़िया, जिसको अब मनुष्य का रक्त पीने और मांस खाने की आदत पड़ गई थी छलाँगें मारती हुई सिगमन्ड के पास आई। उसने आते ही सिगमन्ड के शरीर पर मुँह मारा। अन्धकार इतना प्रगाढ़ था कि कुछ भी दिखाई नहीं पड़ता था। जैसे ही उसका मुँह सिगमन्ड के शरीर से लगा शहद की मीठी-मीठी सुगंध उसकी नाक में पहुँची और तब वह बड़े चाव से उसे चाटने लग गई। सिगमन्ड पत्थर की भाँति अचल होकर हथकड़ी-बेड़ी से बँधा खड़ा रहा। मादा भेड़िया अब उसे खाना भूलकर उसके सारे शरीर पर से शहद चाट रही थी। जब उसने सारा शहद चाट लिया तो मुँह ऊपर उठाकर सिगमन्ड के मुँह में भरे हुए शहद को पीने के लिये अपना मुँह घुसा दिया क्योंकि वहाँ से मधु की तीव्र सुगन्ध आ रही थी; जैसे ही मुँह के अन्दर भेड़िये ने अपनी जीभ चलाई सिगमन्ड ने उसे अपने मजबूत दाँतों से पकड़ लिया। भेड़िये ने इस अनायास आपत्ति से घबराकर छूटने का प्रयत्न किया। सिगमन्ड ने उसकी जीभ न छोड़ी। भेड़िये ने तब बड़े जोर से सिगमन्ड के बँधे हाथों पर अपने शरीर से धक्का दिया। सिगमन्ड ने बड़ी चतुराई के साथ हथकड़ियों के बीच उसके आगे के पैर फँसा लिये और दाँत से जीभ दबाता रहा। अब तो भेड़िया छूटने के लिये भीम प्रयत्न करने लगी। उसी समय बलिष्ठ सिगमन्ड ने भी हथकड़ी खींची। एक ओर भेड़िये का बल और दूसरी ओर पराक्रमी सिगमन्ड ने का सारा जोर हथकड़ियाँ तड़ाक से टूट गईं। मुक्त होते ही सिगमन्ड अपने बलिष्ठ हाथों में भेड़िये को खींच लिया और इतना दबाया कि साँस घुटकर वह मर गई और उसके हाथों पर उसका शरीर झूल गया।

सिगमन्ड ने उसे नीचे फेंक दिया और जल्दी-जल्दी अपनी बेड़ियाँ भी काट कर उसने भागने की सोची। परन्तु उसी समय जब उसकी निगाह उस भेड़िये की लोथ की ओर गई तो उसने देखा कि वहाँ भेड़िये के स्थान पर एक बूढ़ी स्त्री मरी पड़ी हुई थी। भेड़िये का नाम-निशान भी नहीं था। वह आश्चर्यचकित होकर उस विचित्र परिवर्तन को देखने लगा। तभी एक गुप्तचर ने आकर उसे बतलाया कि वह मादा भेड़िया वास्तव में राजा सिगीर की माँ थी जो स्वयं एक भयंकर जादूगरनी थी। मनुष्य का मांस और रक्त पीने के लालच से ही उसने भेड़िये का रूप धारण किया था। सिगमन्ड ने उसे तो वहीं छोड़ा और तब खुद जंगल में रहने के लिये ठिकाना ढूँढ़ने लगा। तत्पश्चात् उसने घने पेड़ों की छाया में जमीन के अन्दर अपने रहने के लिये एक स्थान बनाया और उसी में वह छिपकर रहने लगा। गुप्तचरों द्वारा उसने अपने बहिन के पास संदेश पहुँचा दिया कि वौलसंग की मृत्यु का बदला लेने के लिये वौलसंग का पुत्र अभी जीवित है। सिगनी

ने सुना और उसकी आत्मा संतोष से भर गई। वह उस शुभ घड़ी की आतुरता से प्रतीक्षा करने लगी जब उसका भाई उसके पति को मारकर उसके पिता का बदला ले।

सिगमन्ड को जंगल में रहते-रहते वर्षों बीत गये। गर्मी, सर्दी और बरसात समय-समय से आतीं और निकल जातीं। सिगमन्ड अपनी झोंपड़ी में अकेला समय काटता रहा। जंगली जानवरों का शिकार करके वह उनका मांस अग्नि में भूनकर खाता। कभी-कभी जंगल के फल इत्यादि ही खाकर अपनी क्षुधा को शान्त करता। पहाड़ी झरनों के स्फटिक जैसे स्वच्छ जल को पीकर और उसी में नहाकर वह नित्य नवीन स्फूर्ति का अनुभव करता। वह समय की प्रतीक्षा कर रहा था जब अपने पिता के हत्यारे को मारकर उसका प्रतिशोध ले सके। उसका निश्चय इतना दृढ़ था कि जंगल की उन तमाम तकलीफों को वह चुपचाप सहन करता चला जाता था।

इसी प्रकार दिन पर दिन बीतते चले जा रहे थे। उधर उस बीच सिगनी के दो पुत्र उत्पन्न हो चुके थे। वह बड़े प्यार से उनका लालन-पालन इस आशा से कर रही थी कि बड़े होकर उनकी धमनियों में बहने वाला वौलसंग का खून अवश्य उन्हें उसके (सिगनी के) पिता की हत्या का बदला लेने को प्रेरित करेगा। जब वह चलने-फिरने लायक बड़े हो गये तो उसने एक दिन उनकी असलियत की परीक्षा लेने का प्रयत्न किया। जाड़ों में पहनने के मोटे दस्ताने उसने उनके हाथों में पहना कर उन्हें उनके मांस में सी देना चाहा। परन्तु जैसे ही सुआ उनके मांस में घुसा वैसे ही वह दर्द और डर से चिल्ला उठे। सिगनी यह देखकर बहुत क्रोधित हुई क्योंकि उसके दिल में तब यह बात जँच गई कि बच्चों में परम वीर वौलसंग का असर कम था। सिगीर की तमाम पोच आदतें उनमें मौजूद थीं। फिर भी उस समय वह कुछ न बोली। उसने सोचा कि शायद आगे चलकर वह बहादुर बन जायँ।

जब बड़ा लड़का दस वर्ष का हुआ तो सिगनी ने गुप्तचरों द्वारा उसे चुपचाप सिगमन्ड के पास भेजा कि वह उसकी वीरता की परीक्षा ले। वह जानना चाहती थी कि उस लड़के ने अब भी बहादुरीपन सीखा है अथवा नहीं। सिगमन्ड ने उस लड़के को प्यार किया और वह उसे अपनी झोंपड़ी के अन्दर ले गया। नई जगहों में आकर वह लड़का भयभीत होकर चकित नेत्रों से इधर-उधर देख रहा था। जब दोपहर हुई तो सिगमन्ड ने चुपचाप अपने खाने के थैलों में एक जहरीला सांप रखकर बन्द कर दिया। तत्पश्चात् बाहर बैठे हुए उस लड़के के पास आकर वह बोला : "जब तक मैं जंगल में जाकर कुछ ईंधन ले आता हूँ, तुम खाने के थैले में से आटा निकाल कर रोटियाँ बना लो। मैं शीघ्र ही वापस आ जाऊँगा। तुम घबराना मत।" इतना कहकर वह बाहर चला गया। लड़का जिसके हाथों में उसकी माँ ने मोटे दस्ताने बचपन में ही जबर्दस्ती सी दिये थे, इस समय भूख से बिलबिला रहा था। मामा की आज्ञानुसार तुरन्त ही वह झोंपडी के अन्दर गया और उस थैले को उठाकर खोलना चाहा। अन्दर से साँप ने फुसकारी मारी। डर के मारे उसने थैला नीचे पटक दिया और भागकर बाहर आकर बैठ गया। रोटी बनाना तो दूर रहा वह उस थैले के पास जाने में भी अब डरता था।

जब सिगमन्ड लौटा और उसने देखा कि लड़का तो बाहर बैठा है तो उसका माथा ठनका। चुपचाप वह अन्दर गया। थैला पृथ्वी पर पड़ा हुआ था जिसके अन्दर साँप अब भी फुसकारी मारता हुआ बन्द पड़ा था। उसने लड़के को अन्दर बुलाया और उससे रोटी न बनाने का कारण पूछा। लड़के ने झट से उत्तर दिया : "इसके अन्दर कोई चीज चलती-फिरती है और छूने से फुंकार भरती है। मुझे अपना हाथ इसके अन्दर देते भय मालूम हुआ अतएव रोटियाँ न बना सका।"

सिगमन्ड ने सुना और सिर हिलाया पर बोला कुछ भी नहीं। दूसरे दिन उसने उन गुप्तचरों के साथ ही उसे सिगनी के पास वापस भेज दिया। वह समझ गया था कि लड़के में साहस की बहुत कमी है। कुछ दिनों बाद वह सिगनी से मिला तो उसने उससे कहा : "सिगनी, तेरा वह पुत्र वौलसंग कहलाने लायक नहीं है। उसकी धमनियों में वौलसंग का रक्त नहीं बल्कि पानी बहता है।"

सिगनी ने सुना और मन मसोस कर रह गई परन्तु उसी समय क्रोध के वशीभूत होकर उसने चिल्लाकर अपने भाई से कहा : "यदि ऐसा है तो उसे जीवित रहने का कोई अधिकार नहीं है।"

सिगमन्ड ने सुनते ही तलवार के हल्के हाथ से उस बच्चे को मार डाला। सिगनी तनिक भी न रोई।

दो वर्ष और बीत गये। अब सिगनी ने अपने दूसरे बेटे को शीतकाल में सिगमन्ड के पास परीक्षार्थ भेजा। परन्तु वह भी डरपोक ही निकला और उसी प्रकार सिगमन्ड द्वारा मारा गया।

सिगनी ने तब एक जादूगरनी से मित्रता की। उसने उसको बहुत सा धन इनाम में दिया। वह जादूगरनी कमाल का जादू जानती थी।

रूप बदलने में वह दक्ष थी। उसकी मदद से सिगनी ने एक युवती का रूप धारण किया जो उसके अपने असली रूप से बिलकुल विपरीत था। देखने में अब वह सिगनी या उसकी कोई दूर की मिलती-जुलती शक्ल वाली बहिन भी नजर नहीं आती थी। सिगनी के कहने से वह जादूगरनी अपना रूप बदल कर ठीक उसके जैसी बन गई। उस नकली सिगनी को राजा सिगीर के पास छोड़कर अब असली सिगनी उस नये रूप में सिगमन्ड के पास उस जंगल में पहुँची। सिगमन्ड से खाने को माँगा और प्रेम जताया और फिर तीन दिन और तीन रात उसके पास रही। जब वह लौटी तो उसने सिगमन्ड द्वारा गर्भ धारण कर लिया था। सिगमन्ड को इस बात का थोड़ा भी इल्म नहीं हो पाया कि वह असलियत में थी कौन। सिगनी प्रसन्न थी कि वौलसंग का रक्त अब उसके पेट में बड़ा हो रहा था जो निश्चय ही उसके पिता की मृत्यु का बदला लेगा।

यथासमय सिगनी का तीसरा पुत्र उत्पन्न हुआ। वह अपनी माँ की भाँति गोरा और सुंदर था। सिगनी ने उसका नाम सिन्फजौटल रक्खा। बच्चा बड़ा होनहार और बहादुर था। जब वह आठ-दस वर्ष का हुआ तो उसकी माँ ने उसे चुपचाप अपने पिता की हत्या का सारा वृत्तान्त कह सुनाया। उसने सिगीर की धोखेबाजी और अपने भाइयों का भेड़िये द्वारा खाया जाना भी बतलाया। सिगनी यह देखकर बहुत प्रसन्न हुई

और तब उसने उसे वौलसंग की वीर गाथायें सुना-सुनाकर उसका हृदय वीरता से भर दिया। एक दिन उसने उसकी परीक्षार्थ उसके हाथों में मोटे चमड़े के दस्ताने पहना कर सूओं से उसके गोश्त में सी दिये। सूए मांस में घुसकर आर-पार निकल गये और रक्त बहने लगा परन्तु वह लड़का केवल उत्सुकतावश उस तमाम कार्य को देखता रहा, मुँह से उसने उफ तक न की। सिगनी ने तब उन दस्तानों को फाड़ डाला और ऐसा करने में जो जोर लगाया तो सारे टाँके टूक गये और कलाई का मांस फटकर बाहर निकल आया। परन्तु वह लड़का क्या था सचमुच बहादुर ही था। उसके मुँह पर जरा भी शिकन नहीं आई और वह चुपचाप बैठा रहा। सिगनी का हृदय प्रसन्नता से भर उठा क्योंकि इतना बहादुर बेटा पाकर वह धन्य हो उठी थी। अब अपने बेटे का खून और फटा हुआ मांस देखकर वह खुद आहें भरने लगी।

सिन्फजौटल ने उसे ऐसा करते देखकर पूछा : "मां, तुम घबराती क्यों हो ?"

सुनकर सिगनी की छाती गर्व से फूल उठी और वह बोली : "मेरे बेटे, मैंने तुम्हें काफी तकलीफ जो दी है।"

लड़का हँसा और गर्व से बोला : "वौलसंग दर्द नहीं जाना करते।"

इसके थोड़े ही दिनों पश्चात् सिगनी ने अपने इस वीर पुत्र को अपने भाई सिगमन्ड के पास उसी भाँति परीक्षार्थ भेजा। सिगमन्ड ने उसे जो देखा तो वह उसके सुंदर और तेजस्वी मुख को आश्चर्य से देखता ही रह गया। तत्पश्चात् वह उसी प्रकार खाने के थैले में आटे के साथ जहरीला साँप बन्द करके उसे रोटी बनाने की आज्ञा देकर स्वयं जंगल की ओर चला गया।

कुछ समय बाद सिगमन्ड सिर पर ईंधन का बड़ा भारी गट्ठर लेकर लौटा तो उसने देखा कि सिन्फजौटल आराम से झोंपड़ी के अन्दर लेटा हुआ उसकी प्रतीक्षा कर रहा है। झोंपड़ी की दूसरी ओर एक कोने में लकड़ी की थाली में मोटी-मोटी कई रोटियाँ सिकी रक्खी हैं। मन ही मन वह उन्हें देखकर बहुत खुश हुआ और उस लड़के से पूछा : "तुझे थैले में क्या कुछ और भी मिला था ?"

स्वाभाविक भोलेपन से उसने उत्तर दिया : "कुछ चीज तेजी से बिलबिला जरूर रही थी परन्तु मैंने उसे रोटी बनाने की जल्दी में देखा नहीं। कुछ फुसकारी की आवाज भी उसने की थी, पर मैंने उसकी तनिक भी परवाह न करते हुए उसे आटे के साथ ही गूँथ डाला और सेंक दिया। तुम रोटियों को देख लो, तुमने जो कुछ भी थैले में रखा था वह तुम्हें अब निश्चय ही थैले में न मिलेगा।

वौलसंग का बेटा सिगमन्ड उस लड़के की ओजस्वी वाणी सुनकर बहुत संतुष्ट हुआ। मन ही मन वह समझ गया कि वौलसंग की मृत्यु का बदला लेने वाला यही है।

उसने उसको खींचकर अपनी छाती से लगा लिया और तब उसे सावधान किया कि वह उन रोटियों को न खाय क्योंकि उसमें साँप का हलाहल विष मिला हुआ था। परन्तु स्वयं उसने वह रोटियाँ खाईं। सिन्फजौटल से वह बोला : "मैं इन्हें खाकर हजम कर सकता हूँ क्योंकि मुझमें अपार शक्ति है। साँप का विष मेरा कुछ नहीं बिगाड़ सकता।"

अब सिगमन्ड ने सिगनी के उस पुत्र को अपने ही पास रखकर अस्त्र-शस्त्र चलाने की शिक्षा दी। धनुर्विद्या में भी वह उसे दक्ष बनाने लगा। सिगमन्ड खुश था कि जो कुछ भी वह उसे सिखाता उसे वह लड़का झट सीख लेता। थोड़े ही प्रयास में सिन्फ़जौटल प्रचंड धनुर्धर और अस्त्र-शस्त्र चलाने में निपुण बन गया। शीघ्र ही वह जवान हुआ। उस समय उस जैसा बलवान और सुंदर युवक दूसरा मिलना कठिन था। दोनों मामा और भानजे अब जंगल में गुजरने वाले यात्रियों को लूट लेते और उनकी हत्यायें किया करते। सिगनी का यह पुत्र हत्या करते समय जरा भी नहीं हिचकता था। कभी-कभी सिगमन्ड के हृदय में यह खयाल पैदा होता कि है तो आखिर यह सिगीर का ही पुत्र, कहीं किसी दिन मुझसे धोखा न कर बैठे। उसको इस बात का तनिक भी ख्याल और शक नहीं था कि वास्तव में वह उसी का पुत्र था। सिगमन्ड अपने आप कभी-कभी कहा करता : 'मेरा भानजा मेरा शिष्य तो है पर दिल का तो गौट ही है···क्या मालूम किसी दिन धोखा कर जाय।'

पर उसने अपने मन की भावना उस पर जाहिर न होने दी। प्रत्यक्ष में दोनों साथ-साथ ही रहते थे और प्रेमपूर्वक आपसी व्यवहार करते थे।

ऐसा हुआ कि अन्धकार से पूर्ण एक रात्रि में भटकते हुए वे दोनों बियाबान जंगल के बीच बने एक छोटे-से मकान में पहुँचे। अन्दर जाकर उन्होंने देखा कि उसमें डाकू लोग रहते थे जो इस समय सोये पड़े थे। दरवाजे के पास इनको भेड़िये की दो खालें पड़ी मिलीं। इन्होंने उन्हें उठाकर अपने शरीर और सिर पर ओढ़ लिया।

इनके आश्चर्य का ठिकाना न रहा जबकि इन्होंने देखा कि उन खालों को पहनते ही वह वास्तविक रूप छोड़कर अब खतरनाक भेड़िये बन गये हैं। वह मन में बहुत खुश हुए और वहाँ से उसी नये रूप में छलाँगें मारते हुए घने जंगल में घुस गये। सिन्फजौटल और सिगमन्ड ने आपस में यह शर्त मंजूर की कि भेड़िये होने के नाते अब उन्हें अलग-अलग रहकर ही गुजर करनी चाहिए। परन्तु यदि किसी एक पर मुसीबत आये तो दूसरा उसकी मदद के लिये अवश्य जाय। परन्तु क्योंकि वह लोग स्वयं काफी बलिष्ठ थे, इस-लिए उन्होंने यह भी तय किया कि यदि सात आदमियों से अधिक मनुष्य किसी एक पर हमला करें तभी वह एक-दूसरे की मदद माँगेंगे। सात आदमियों के लिये तो वह अकेले ही काफी थे। खुशी-खुशी अब दोनों भेड़िये विपरीत दिशाओं में जंगल में चले गये।

इसके थोड़े दिन बाद ही आठ आदमियों ने मिलकर सिगमन्ड (भेड़िया) को घेर लिया। वह जोर से भूँका और चिल्लाया। उसकी आवाज सुनकर सिन्फजौटल भागा हुआ उसकी मदद करने के लिए आ गया और तब दोनों ने मिलकर आठों आदमियों के उस जत्थे को मार डाला। तत्पश्चात् दोनों भेड़िये फिर अलग-अलग हो गये। परन्तु जिस दिन सिन्फजौटल (भेड़िया) को ग्यारह आदमियों ने घेरकर मार डालना चाहा तो वह अपने मामा की भाँति नहीं चिल्लाया बल्कि अकेला ही बड़ी बहादुरी के साथ उन सबसे लड़ता रहा। युद्ध में वह इतना भयंकर होकर आक्रमण कर रहा था कि उसको घेरने वाले ग्यारहों आदमी शीघ्र ही आक्रमण करना भूलकर अब भागने की फिराक में लगे। परन्तु अब उनको उससे बचकर जाना असंभव हो गया। वह उन पर झपटा और बारी-बारी

से उन सभी को मार डाला। उसने तब उनकी छाती फाड़कर उनका गर्म-गर्म लोहू पिया और फिर आराम से एक पेड़ के नीचे सो गया। जब वह सो रहा था, सिगमन्ड स्वतः उसे ढूँढ़ता हुआ उस ओर आ निकला। उसने देखा कि सिन्फजौटल आराम से सो रहा है और ग्यारह आदमियों की विकृत लोथें पास में ही पड़ी हैं। यह देखकर वह भीतर ही भीतर जल उठा।

उसने जब यह सोचा कि ग्यारह आदमियों के आने पर भी इसने मुझे नहीं बुलाया और स्वयं ही उनको मार डाला तो इसका मतलब है कि यह मुझसे भी कहीं अधिक बलवान है। वह भेड़िये के रूप में उस समय भेड़ियों की ही भाँति प्रचंड क्रोध से भर गया और तब सोते हुए अपने भानजे भेड़िये के ऊपर टूट पड़ा। उसने उसे इस बुरी तरह घायल कर दिया कि वह मरणासन्न हो गया। भानजे का सिर एक ओर लुढ़क गया और उसके शरीर से रक्त सहस्र धाराओं में बहने लगा। उसी समय सिगमन्ड को अपने किये पर भारी पश्चात्ताप हुआ और वह रोने लगा। वह उसे उठाकर अपने जमींदोज मकान के अंदर ले आया और दुखी होकर यह प्रार्थना करने लगा कि अब की बार किसी भी भाँति सिगनी का यह पुत्र बच जाय तो वह हमेशा के लिये उसका गुलाम बन जायगा। उसने कसम खाई कि आयंदा कभी वह भेड़िये का रूप धारण करके नहीं रहेगा। देर तक सिन्फजौटल के पास बैठा हुआ सिगमन्ड रोता रहा। अचानक उसकी निगाह झोंपड़ी से बाहर लड़ते हुए दो न्योलों पर पड़ी जो एक-दूसरे को बुरी तरह घायल कर रहे थे। एक न्योले ने तब दूसरे को इतना घायल कर दिया कि वह लुढ़ककर सिगनी के पुत्र की भाँति गिर गया। दूसरे न्योले ने तब झट से जंगल में जाकर एक रूखड़ी लाकर उसे खिलाई। खाते ही वह मरा हुआ न्योला फिर तगड़ा होकर लड़ने लगा। यह देखकर सिगमन्ड के हताश हृदय में आशा की एक नई किरण चमकी। वह झोंपड़ी से बाहर उस रूखड़ी को ढूँढ़ने निकला परन्तु देर तक ढूँढ़ने के उपरान्त भी वह उसे नहीं मिली तो एक बार फिर वह निराश हो गया। उसी समय ओडिन का एक गिद्ध, जो उसे संसार की सारी खबरें दिया करता था, उधर से उड़ता हुआ निकला। सिगमन्ड को रूखड़ी न मिलने से हताश देखकर उसे उस पर दया आई। उसने नीचे आकर अपनी उस पहचानी हुई रूखड़ी में से एक पत्ता चोंच से तोड़ा और आकाश में उड़कर ऊपर से वह पत्ता ऐसा साधकर नीचे फेंका कि वह आकर सीधा सिगमन्ड के पैरों के पास पड़ा। सिगमन्ड से उसे उठा लिया और खुशी-खुशी जाकर उसे पीस कर सिन्फजौटल के घावों पर लगा दिया। उसके लगाते ही सिन्फजौटल उठकर एकदम बैठ गया। अब उसके हरे घावों पर सूखे दाग बन गये थे। तत्पश्चात् दोनों भेड़िये अपने असली रूप को पुनः पाने के लिए प्रतीक्षा करते रहे। थोड़ी ही देर बाद उनके शरीरों से भेड़िये की खालें नीचे गिर पड़ीं। सिगमन्ड ने इन दोनों खालों को फाड़कर जला दिया जिससे कभी भविष्य में एक दूसरे को धोखा न हो जाय। मामा और भानजा एक बार फिर प्रेमपूर्वक उस जंगल में रहने लगे।

कुछ दिलों के उपरान्त सिगमन्ड ने सोचा कि अब समय आ गया है जब वौलसंग की हत्या का बदला गौट लोगों के राजा सिगीर से लेना चाहिये। उसे सिन्फजौटल की शक्ति का अब पूरा भरोसा हो गया था। एक दिन दोनों ने अस्त्र-शस्त्रों से सुसज्जित

होकर सिगीर के महल की ओर प्रस्थान किया। वहाँ जाकर चुपचाप वह दोनों महल के अंदर शराब के खाली पीपों में छिप कर बैठ गये। शाम के वक्त सिगीर के दो बच्चे वहाँ सोने की गेंदों को उछालते हुए खेलते आये। उन्होंने जो इन दोनों कठोर योद्धाओं को छिपे देखा तो वह चिल्लाये। सिन्फजौटल ने उसी समय तलवार निकालकर उन्हें काट डालना चाहा। परन्तु सिगमन्ड ने उसे व्यर्थ बच्चों का खून करने से मना कर दिया। बच्चे चिल्लाते हुए अन्दर की ओर भागे और उन्होंने सबको सावधान कर दिया। तुरन्त सशस्त्र सैनिकों को लेकर सिगीर उन दोनों की ओर आया। उन्हें देखकर नंगी तलवारें लेकर सिगमन्ड और सिन्फजौटल बाहर निकल आये। इतने अधिक शत्रुओं को मुकाबले पर देखकर भी उन्होंने हिम्मत नहीं हारी। भयानक युद्ध छिड़ गया। सिन्फजौटल ने सबसे पहले सिगीर के उन दोनों पुत्रों को मार डाला। तत्पश्चात् उसने और सिगमन्ड ने शत्रु की लाशों से पृथ्वी को पाट दिया। वह लोमहर्षण युद्ध करने लगे। परन्तु शत्रु इतने अधिक थे कि आखिर में उन्हें बन्दी बनना ही पड़ा। मजबूत जंजीरों से उन्हें बाँधकर सिगीर के सैनिकों ने उन्हें निर्दयतापूर्वक पटक दिया। सिगीर क्रोध से काँपता हुआ सभा भवन में पहुँचा और वहाँ उसने अपने सरदारों की सलाह से यह निश्चय किया कि उन्हें जीवित कब्र में गड़वाकर कठोरतम दण्ड दिया जाय।

दूसरे दिन सुबह पृथ्वी के अन्दर मोटे-मोटे अनगढ़ पत्थरों से दो कब्रें बगल-बगल में बनाई गईं और उनमें सिगमन्ड और सिन्फजौटल को पटक दिया गया। ऊपर से मिट्टी डालने के पूर्व ही कुछ फूस में गोश्त लपेटकर सिगनी वहाँ आई और उसने उसे कब्र में फेंक दिया। तत्पश्चात् उन्हें पत्थर से ढककर ऊपर से मिट्टी डालकर गाड़ दिया गया। सिगीर बहुत खुश था कि उसने शत्रुओं को कठोर दण्ड देकर समाप्त कर दिया था।

कब्र के अन्दर अँधेरे में सिगमन्ड और सिन्फजौटल आपस में बातें करने लगे। देर तक बातें करने के बाद सिगमन्ड को भूख लगी। उसने सिगनी का फेंका हुआ वह मांस, फूस से बने लंबे डंडे से खींचा। उसके आश्चर्य का ठिकाना न रहा जब उसने देखा कि मांस के अंदर एक तलवार की नोक घुसी हुई है। उसने जल्दी-जल्दी गोश्त को हटाया और फूस के डंडे को खोला। नीचे की ओर तलवार की मूठ कब्र के उस अँधेरे में भी चमकने लगी। उसको देखते ही खुशी की एक किलकारी सिगमन्ड के मुँह से निकल गई क्योंकि वह तलवार और कोई नहीं बल्कि वही ग्राम थी जो उसे किसी समय स्वयं ओडिन ने दी थी और जिसके पीछे आज तक वौलसंग के वंशजों और सिगीर में आपस में शत्रुता बढ़ती ही जा रही थी। अब उसको पाकर सिगमन्ड निर्भय हो गया और मजबूत हाथों से कभी वह तो कभी सिन्फजौटल पत्थर की मोटी दीवाल को उस तलवार से रेत-रेतकर काटने लगे। सारे दिन के परिश्रम के उपरान्त उन्होंने ऊपर के ढक्कन को काटकर बाहर निकलने का रास्ता बना लिया। जब रात हुई तो वह कब्र से बाहर निकले।

आज वौलसंग के मृत्यु के बदले का दिन आ गया था। सिगमन्ड और सिन्फजौटल का हृदय प्रतिशोध की ज्वालाओं में जल रहा था। उस अंधकार भरी रात्रि का उन्होंने पूरा फायदा उठाना चाहा। उसी विचित्र तलवार से देखते ही देखते उन्होंने बहुत-सी

लकड़ी काटकर सिगीर के महल के चारों तरफ चिन दीं और उसमें आग लगा दी।

आग धू-धू करके जल उठी। तेज हवा का झोंका आया और महल चारों ओर से उस गगनचुम्बी मृत्यु की लपटों से घिर गया। चटचटाकर लकड़ियाँ जल रही थीं और अर्राकर महल के खंड गिर रहे थे। चारों ओर हाहाकार मच गया। नीरव रात्रि में वह लपटें और मरते हुए मनुष्यों की चीत्कारें बहुत भयानक लगती थीं। राजा सिगीर जब जागा तो उसने देखा चारों ओर प्रलय मचा हुआ है। धू-धू करके अग्नि जल रही है। धुएँ से वह घुटा जा रहा था। वह क्रोध से तड़पने लगा और उसने चिल्ला कर पूछा : "वह कौन है जो अब मेरे विरुद्ध अग्नि लेकर आया है। यह तो निश्चय ही मुझे जला देगी···यह धोखा है।"

उसी समय सिगमन्ड और सिन्फजौटल उसके सामने नंगी तलवारें लेकर खड़े हो गये। उन्हें देखकर वह भय से चिल्लाया : "भूत, भूत,···अरे यह तो भूत बन गये। अब निश्चय ही मृत्यु नहीं टलेगी।"

सिगमन्ड हँसा और विजयी स्वर से बोला : "ओ दगाबाज आदमी ! आँखें खोल और देख कि तेरे सामने वौलसंग का पुत्र जीवित खड़ा है। तूने धोखेबाजी और नीचता का हमेशा आसरा लिया। परन्तु देख वौलसंग का रक्त कभी धोखा नहीं देता। आज भी मैंने बहादुरी से ही प्रतिशोध लिया है···मैं सिगमन्ड हूँ और यह देख मेरे साथ सिगनी का पुत्र सिन्फजौटल भी है। परन्तु यह तेरा पुत्र होते हुए भी बहादुर है। इसकी धमनियों में वौलसंग का पवित्र रक्त बहता है।"

इतना कहकर सिगमन्ड और सिन्फजौटल तो महल से बाहर निकल आये। परन्तु सिगीर उसी आग में जलकर मर गया। उस आग से महल में रहने वाले कोई भी न बचे क्योंकि दरवाजे पर सिगमन्ड और उसका भानजा खुद पहरा दे रहे थे जिन्होंने किसी को बचकर बाहर नहीं आने दिया। आग हरहराकर जल रही थी। बिजली की तरह उसी समय सिगमन्ड के दिमाग में उसकी बहिन की याद कौंध गई। वह अपने आपको धिक्कारने लगा कि अभी तक उसने अपनी बहिन को बचाने की बात ही नहीं सोची थी। अब वह बड़े जोर से चिल्लाया : "सिगनी मेरी प्यारी बहिन सिगनी ! शीघ्र अपने साथ जितना धन ले सको लेकर बाहर आ जाओ। मैं तुम्हें लेकर वौलसंग के देश को चला जाऊँगा जहाँ तुम अपना शेष जीवन आराम से काट सकोगी।"

उस भयंकर अग्नि में गिरती हुई इमारतों के शोर और मरते हुए आदमियों की भयानक चीत्कारों के ऊपर भी लपटों से घिरी हुई सिगनी ने अपने भाई की आवाज सुनी। वह चुपचाप उठी और द्वार की ओर खाली हाथों आकर खड़ी हुई। उसको देखकर सिगमन्ड ने हर्षध्वनि की परन्तु जब उसके अस्तव्यस्त वस्त्र, बिखरे हुए केश और गंभीर मुद्रा देखी तो वह ठिठककर खड़ा हो गया। रानी सिगनी गंभीर स्वर से बोली : "तुम जानते हो कि जब मेरे पति ने मेरे पिता को धोखे से मार डाला था तभी से प्रतिशोध की ज्वाला में मैं जला करती थी। इसी प्रतिशोध के कारण मैंने खुद अपने बच्चों को निर्दयतापूर्वक मरवा डाला था। सिन्फजौटल बहादुर है। वह मेरा बेटा है परन्तु आज मैं तुमसे कह देना चाहती हूँ कि उसका पिता भी वौलसंग का ही एक पुत्र है। उसकी

धमनियों में सिगीर का रक्त नहीं बहता। मैंने सब कुछ किया क्योंकि प्रतिशोध को ही मैंने अपना प्रथम कर्तव्य समझा था। न चाह कर भी जबर्दस्ती सिगीर के साथ मुझे अब तक जीवन व्यतीत करना पड़ा था। अब वह मर गया है परन्तु अब मेरे जीवन का उद्देश्य भी पूर्ण हो चुका है। मैं व्यर्थ जीवित नहीं रहना चाहती···मैं भी अब उसी के साथ जलकर मर जाऊँगी। तुम जाओ और संसार में पुरुषार्थ दिखाकर आनन्द भोगो। क्योंकि तुम्हारे जीवन का अब वास्तविक सबेरा है···बिदा!"

इतना कहकर उसने सिगमन्ड और सिन्फजौटल का प्यार से चुम्बन लिया और पलट कर उस धधकती अग्नि में घुस गई और अपने पति के साथ उसी में जल मरी।

वौलसंग की हत्या का बदला लिया जा चुका था। अब सिगमन्ड अपने पुत्र सिन्फजौटल को लेकर समुद्र पार करता हुआ अपने देश को लौटा। वौलसंग की मृत्यु के उपरान्त थोड़े दिन तो वहाँ की राजगद्दी खाली पड़ी रही परन्तु जब वर्षों तक कोई नहीं आया तो एक हूण सरदार राजा बन बैठा था। सिगमन्ड ने अपने पराक्रम से उस सरदार को द्वन्द्वयुद्ध में मार डाला और एक बार फिर उस हूणों के देश पर उसका झंडा फहराने लगा। वौलसंग की कीर्ति एक बार फिर खड्ग की चोट से उस देश की चट्टानों पर विद्युत की भाँति उज्ज्वल और प्रकाशवान होकर चमकने लगी। सिगमन्ड के कठोर शासन काल में हूणों का वह देश संसार का सर्वश्रेष्ठ देश माना जाने लगा। सिन्फजौटल अभी अविवाहित ही था।

सिगमंड का वंशज

पराक्रमी राजा सिगमंड का बेटा हैलगी जब अपनी स्त्री सिगरून के पिता हौगनी और उसके सब बेटों को मार कर उसी के राज्य का राजा हो गया और अपनी सुंदरी स्त्री के साथ वहाँ रहने लगा तो सिगमंड का सिगनी से उत्पन्न वौलसंग पुत्र सिन्फजौटल हूण देश को वापस आ गया। लौटकर उसने दूर-दूर तक अपने पिता का राज्य फैलाया। उसने कई भयानक युद्धों में अपूर्व वीरता दिखलाई और अपने पिता के खजाने को धनराशि से भर दिया। एक बार संध्या के समय जब वह अपने राज्य की सीमा पर घूम रहा था तो उसे पड़ोसी राजा की एक सुंदर पुत्री सरोवर के किनारे अपनी सखियों सहित बैठी मिली। उसकी सुंदरता को देखकर वह उस पर मोहित हो गया और उसने उससे विवाह के लिए उसी समय प्रस्ताव किया। सुंदरी उसे देखकर मुस्कुराई और बोली : "हे सुंदर पुरुष, तुम कौन हो जो संध्या समय इस निर्जन स्थान में अकेले घूम रहे हो? तुम्हारे रूप, हावभाव, आचरण और वस्त्रों से तुम कोई राजपुरुष मालूम होते हो। इससे पहले कि मैं तुम्हारे प्रस्ताव को स्वीकार करूँ मैं तुम्हारे बारे में सब कुछ जान लेना उचित समझती हूँ।"

सिन्फजौटल ने तनिक हँसकर मधुर मुस्कान के साथ उत्तर दिया : "हे प्रभात की किरणों के समान उज्ज्वल और पवित्र देवी तुम्हारे शरीर की स्निग्ध त्वचा, तुम्हारे उफनते हुए यौवन को रोकने में सचमुच ही असमर्थ है। गुलाब की पंखड़ियों जैसे तुम्हारे होंठ और चपल मीन की भाँति तुम्हारी आँखें नीली और समुद्र की भाँति गहरी हैं। मेरा नाम सिन्फजौटल है और मेरा काम तलवार चलाना है। हे सुंदरी, मुझे आज्ञा दो कि मैं तुम्हें अपने आलिंगन में लेकर तुम्हारे उष्ण यौवन की मादकता में कुछ क्षण अपने आप को भूलकर आनन्द से विभोर हो सकूँ।"

सिन्फजौटल का नाम उस समय देश देशान्तरों में विख्यात था। उसकी अपूर्व वीरता और सौंदर्य, पौरुष और डीलडौल इन सभी के कारण उन दिनों सुंदरियाँ उससे मिलने को लालायित रहती थीं। राजकुमारी ने अपने इतने पास और वह भी प्रणय-याचना करते हुए अब जो उसे पाया तो वह आत्मश्लाघा में गर्व से फूल गई। साथ ही साथ नारी सुलभ लज्जा के कारण उसके सुंदर कपोल आकर्ण लाल हो उठे। वह बोली : "हे राजकुमार तुम्हारे प्रस्ताव को मैं ठुकरा तो नहीं सकती परन्तु एक आपत्ति अवश्य है। तुम्हारे, पिता सिगमंड की रानी बौरगिल्ड का एक भाई है। वह व्यक्ति मुझसे विवाह करना चाहता है। वह पराक्रमी है और उसके पास अपार सेना भी है। मेरे पिता ने उससे विवाह कर देने का वचन भी दे दिया है। अतएव अब मैं तुमसे विवाह करने से मजबूर हूँ। काश तुम मुझे पहले मिले होते तो मेरे जीवन की कहानी कुछ और ही होती।"

यह कहते-कहते उसकी आँखों से आँसू बहने लगे क्योंकि वास्तविकता में अब जो

उसने सिन्फजौटल को देख लिया था तो वह उसे छोड़ना नहीं चाहती थी। सिन्फजौटल ने उसके आँसू देखकर अधीर होकर कहा : "कहानी तो अब भी वैसी ही बन सकती है जिस प्रकार हे सुंदरी, तुम उसे बनाना चाहो। तुम एक बार मुझसे हाँ कह दो और तब देखो कि मेरी तलवार रास्ते की तमाम अड़चनों को साफ करती हुई मुझे तुम तक कितनी शीघ्र पहुँचाती है…"

तब उसने अपनी तलवार म्यान से बाहर निकाल ली जो उस साँस के झुटपुटे में भी अपने तेज के कारण चमचमा उठी। फिर वह बोला : "हे सुंदरी, शपथ है मुझे इस तलवार की जो मैं तुम्हें अपनी न बना लूं। सुंदरी वह तो वौरगिल्ड का भाई ही है पर मैं तो वीर वौलसंग की संतान हूँ। सिंह का शिकार भेड़िया झपटकर नहीं खा सकता। एक बार तुम अपने मुख से मुस्कुराकर मुझे अनुमति दे दो। बस…"

यह सुनकर राजकुमारी मुस्कुराई और उसने न केवल अपनी अनुमति ही दी बल्कि आगे बढ़कर वह सिन्फजौटल के शरीर से सट कर खड़ी भी हो गई। सिन्फजौटल ने उसका प्रेमपूर्वक आलिंगन किया और तत्पश्चात् घोड़े पर बैठकर वह अपने घर वापस चला आया। दूसरे ही दिन प्रातःकाल से उसने अपने सौतेले मामा से युद्ध करने का प्रबंध किया। चुपचाप वह एक सेना लेकर वौरगिल्ड के भाई के राज्य पर चढ़ बैठा। अपूर्व साहस से उसने उसके अंगरक्षकों को मार कर उसके सामने पहुँचकर उसे युद्ध के लिए ललकारा। तत्पश्चात् मामा और भानजे में भयंकर युद्ध हुआ जिसमें भानजे ने मामा को मार डाला। उसने उसके खजाने को लूट लिया। विजयी होकर वह वहाँ से सीधा अपनी उसी प्रेयसी राजकुमारी के राज्य की ओर चला।

जाने के तीस दिन बाद जब वह हूण देश वापस आया तो अब उसके साथ उसकी वही प्रेयसी पत्नी बनकर आई थी। सिगमन्ड अपने पुत्र को स्त्री सहित देखकर बहुत खुश हुआ। परन्तु जब वौरगिल्ड को मालूम हुआ कि वह उसके भाई को मारकर उसकी मँगेतर से विवाह करके आया है तो वह अत्यंत क्रोधित हुई। प्रत्यक्ष में सिगमन्ड के भय से कुछ न कह सकने के कारण वह भीतर ही भीतर जल गई। तत्पश्चात् उसने कई उपाय ऐसे किये जिससे सिन्फजौटल मारा जाय परन्तु दैववश वह सब ही असफल रहे। इसके बाद उसने सिन्फजौटल पर कई झूठे इलजाम भी लगाये और सिगमन्ड से कहकर उसे देशनिकाला भी दिलाना चाहा परन्तु सिगमन्ड अपने वौलसंग पुत्र को बहुत अधिक चाहता था। स्त्री की बातों में आकर उसने उसे निकालना मुनासिब नहीं समझा। उसने रानी से कहा : "सिन्फजौटल वौलसंग के खून का खजाना है और क्योंकि अब हम सब खून से सम्बन्धित हैं हमें अपने ही खून को बहाकर व्यर्थ बुरा काम नहीं करना चाहिये।"

रानी ने उसकी बात सुनी और बनावटी हँसी हँसकर उसने उसकी बात से सहमत होने का कृत्रिम प्रयत्न किया। क्योंकि प्रत्यक्ष में सिगमन्ड की आज्ञा का उल्लंघन करना उसके लिए असम्भव था। परन्तु अपने हृदय में वह अपने भाई की मृत्यु का दुख नहीं भूली थी और बदस्तूर किसी न किसी प्रकार सिन्फजौटल को मारकर उसका बदला लेना चाहती थी।

दूसरे ही दिन उसने अपने भाई की मौत की गर्मी में मातम मनाने के हेतु

राजकीय पुरुषों को राजमहल में एक दावत दी। जब भवन सरदारों और योद्धाओं से खचाखच भर गया तो वह स्वयं इधर से उधर घूमती हुई उसकी परिचर्या करने लगी। उसने एक बहुत लम्बे पोले स्वर्णमंडित सींग में मीठी शराब भर कर सिन्फजौटल को पीने के लिए दिया। परन्तु उसने डर के मारे उसे लेने से इन्कार कर दिया। वौरगिल्ड इससे पहले कि क्रोध में भरकर उससे कुछ कहती सिगमन्ड ने हाथ बढ़ाकर उससे वह सींग ले लिया और उसे मुँह से लगाकर शीघ्र ही खाली कर दिया। अब वौरगिल्ड ने उस सींग को दुबारा सोने की झारी से शराब डालकर भर दिया और फिर सिन्फजौटल की ओर बढ़ाया। परन्तु पहले की भाँति सिगमन्ड ने बीच में ही उसे भी स्वयं ही लेकर पहले की तरह फिर पी लिया। उसको इतनी शराब पीते देखकर सब लोग आश्चर्यचकित रह गये। अब तीसरी बार वौरगिल्ड ने उस सींग को फिर भरा और सिन्फजौटल की ओर बढ़ाया, मजबूरी थी; वह उसे लेना पड़ा। जब उसने वह शराब पी तो उसके सिर में एकदम चक्कर आ गया। वह पृथ्वी पर गिर कर तड़पने लगा और शीघ्र ही मर गया। उस शराब में वौरगिल्ड ने तेज जहर मिला दिया था। इस तरह रानी ने अपने भाई की मृत्यु का बदला ले लिया।

राजा सिगमन्ड ने पुत्र को जो गिरते देखा तो वह दौड़ा हुआ उसके पास आया और दुख से पागल हो उठा। अपना सिर और छाती पीटकर वह उसकी लाश पर रोने लगा। आँसुओं से उसका सारा चदरा और कपड़े भीग गये। उसको इतना दुखी देखकर उनके सैनिक और सरदार लोग समझे कि अब वह नहीं बचेगा। इतने थोड़े समय में ही सिगमन्ड वृद्ध मालूम होने लगा। उसने उसे आहिस्ता से अपनी बाँहों पर उठा लिया। अपनी और सिगनी की उस सन्तान, जिसकी धमनियों में केवल वौलसंग का रक्त था, को उठाकर तब वह संध्या के धुँधलके में समुद्र के किनारे पहुँचा। वहाँ पहुँचकर उसने जैसे ही अपने हृदय में इच्छा की कि जल के दूसरी ओर वह उसे लेकर जाना चाहता था सामने ही एक नाव आती हुई दिखाई दी। सिगमन्ड अपने बेटे की लाश उठाये किनारे पर खड़ा हुआ उसकी प्रतीक्षा करने लगा। शीघ्र ही नाव को खेता हुआ नीले वस्त्रों से आच्छादित एक वृद्ध पुरुष किनारे आकर उसके सामने खड़ा हुआ। सिगमन्ड ने देखा कि वह बहुत ही वृद्ध था जिसकी सफेद दाढ़ी उसकी नाभि तक लटकती थी। उसके केवल एक आँख थी जिसको उसने अपने गोल टोप के चौड़े छज्जे से छिपाने का असफल प्रयत्न किया था। वह ओडिन था परन्तु सिगमन्ड ने उसे नहीं पहचाना। ओडिन ने उससे कहा, "सिन्फजौटल के शरीर को तुरन्त मेरी नाव में लिटा दे।"

सिगमन्ड ने तुरन्त उसकी आज्ञा का पालन किया और वौलसंग की पवित्र संतान को उस नाव में लिटा दिया। और जैसे ही उसने स्वयं उसमें चढ़ने का उपक्रम किया, बुड्ढे ने तीव्रगति से डाँड़ चलाते हुए नाव पानी में खींच ली और बिना मुड़े ही लापरवाही के साथ सिगमन्ड से बोला : "जगह नहीं है।"

नाव को आगे बढ़ाकर ले चला। अब सिगमन्ड के पास सुदूर पूर्व दिशा में खड़े हुए उत्तुंग पर्वतों के शिखरों पर होते हुए दूसरी पार जाने के सिवा और कोई चारा ही न था। अपने हृदय में वह उस बुड्ढे मल्लाह से बहुत क्रोधित हुआ। परन्तु अब कर ही

क्या सकता था। समुद्र के किनारे-किनारे तेज कदमों से वह उन पहाड़ों की ओर चला और साथ-साथ उसकी दृष्टि उस नाव पर लगी रही। परन्तु जब वह नाव बीच धार में पहुँची तो वायु में लोप हो गई।

सिगमन्ड ठिठककर खड़ा हो गया और उसने फिर आँख फाड़-फाड़ कर देखा। परन्तु न अब वहाँ नाव थी न वह बुड्ढा मल्लाह और न वह वौलसंग का वीर सिन्फजौटल। ओडिन अपने वंशज को लेकर चला गया था।

दुखी हृदय से सिगमन्ड अपने महल को लौटा। सारे नगर में गहरी उदासी छा गई थी। अब राजमहल में रात्रि के समय रोशनी नहीं होती थी, न सुंदरियाँ विचित्र वाद्य बजाकर गायन और नृत्य ही करती थीं। सिन्फजौटल के मातम में सिगमन्ड और उसके साथी सभी मौत की सी उदासी में डूब गये। एक दिन जब वौरगिल्ड कृत्रिम आँसू बहाती हुई उसके सामने से निकली तो वह क्रोध से तड़पता हुआ आपे से बाहर हो गया। सिन्फजौटल की हत्यारी को अब भी जीवित देखकर वह स्वयं अपनी भूल पर आश्चर्य करने लगा। उसने चिल्लाकर सैनिकों को आज्ञा दी और वौरगिल्ड को पकड़वाकर उसकी नाक और कान कटवाकर महल से बाहर निकाल दिया। उसने डौंडी पिटवा दी कि उसके राज्य में कोई भी वौरगिल्ड को खाना और पानी न दे। वौरगिल्ड भूखी-प्यासी तीन दिन में ही मर गई। सिगमन्ड ने उसकी लाश को दफनाने नहीं दिया बल्कि चील, कौओं, गीदड़ और कुत्तों से नुचवाकर उसका अन्त कर दिया।

एक वर्ष के उपरान्त सिगमन्ड ने अकेले रहने से उकताकर दूसरा विवाह करने की सोची। राजा इलाइम की पुत्री हर्जौडिस सुंदर नेत्रों वाली अनिन्द्य सुन्दरी थी। सिगमन्ड ने उसे एक दिन पहाड़ पर बर्फ पर फिसलकर खेल करते देखा था और तभी से वह उस पर रीझ गया था। अच्छा दिन देखकर उसने अपने दूत राजा इलाइम के पास इस उद्देश्य से भेजे। उधर हैंडिग के पुत्र राजा लाइनगी भी उसी सुंदरी राजकुमारी को अपनी रानी बनाना चाहता था। उसने भी अपने दूत उसी प्रकार राजा इलाइम के पास भेजे। इलाइम स्वतंत्र विचारों वाला आदमी था। उसने दोनों ही वरों की परवाह न करके अपनी पुत्री को पूर्ण स्वतंत्रता दे दी कि वह जिसको चाहे पसन्द करे। साथ-साथ उसने यह भी ऐलान करवा दिया कि यदि कोई हर्जौडिस की इच्छा के विरुद्ध उससे विवाह करना चाहेगा तो उसे वह स्वयं मार डालेगा। इलाइम बड़ा पराक्रमी राजा था और उसकी इस प्रकार की बातें बेमतलब नहीं मानी जाती थीं। परन्तु जब प्रश्न हर्जौडिस के सामने आया तो उसने हैंडिग के पुत्र को ठुकरा दिया और वौलसंग (सिगमन्ड) को ही अपना पति चुना। शीघ्र ही सिगमन्ड अपनी सेना सहित इलाइम के यहाँ पहुँचा और तब बहुत गाजे-बाजे और धूमधाम के साथ हर्जौडिस का विवाह उसके साथ हो गया। रात को जो दावत हुई वह बहुत जबर्दस्त और बड़ी थी। अति उत्तम, सुगन्धित और स्वादिष्ट मांस तथा पुरानी मीठी मदिरा परोसी गई। लायर (तारों का वाद्य) और बाँसुरी की तान से पग मिलाती हुई सुंदर नर्तकियों ने चित्ताकर्षक नृत्य किये। गरीबों को अन्न और वस्त्र बाँटा गया।

जब सिगमन्ड अपनी रानी को लेकर हूण देश को वापस लौटा तो राजा इलाइम भी उसके साथ-साथ उसे छोड़ने आया ।

राजा लाइनगी को जब यह सब समाचार मिला तो वह क्रोध से पागल हो उठा । उसने प्रतिज्ञा की कि यह वौलसंग वंश को पृथ्वी से मिटा देगा और उस स्त्री को पकड़ कर अपने पास ले आयेगा । उसने तुरन्त अपने दूतों द्वारा सिगमन्ड के पास युद्ध की सूचना भेज दी और कहा कि यदि वह युद्ध से बचना चाहता है तो फौरन दूतों के साथ हर्जौडिस को उसके पास भेज दे । सिगमन्ड ने जब यह बात सुनी तो एक बार तो लाइनगी की समुद्र जैसी विशाल वाहिनी और अपार शक्ति को याद करके वह थर्रा उठा; परन्तु फिर उसने हिम्मत की और उन दूतों को फटकार कर भगा दिया । उसने सोचा कि संसार में योद्धाओं को अनेकानेक उपहार आज तक मिले हैं परन्तु वह उन सबों में श्रेष्ठ है । क्योंकि उसे स्वयं असगार्ड के राजा ओडिन ने ग्राम जैसी तलवार दी है । उसका हृदय अब साहस और अपनी पुरानी वीरता के कारण आशाओं से भर उठा । आयु तो निश्चय ही अब उसकी ढल चुकी थी परन्तु ग्राम जैसी तलवार को लेकर अब भी वह युद्धभूमि में अखंड जौहर दिखा सकता था । उसने हिम्मत के साथ सेना का संगठन करना शुरू कर दिया । अब उसके हृदय से लाइनगी का डर बिलकुल जाता रहा । परन्तु फिर भी चौकसी के लिये उसने अपनी स्त्री को एक दासी और अपार धन राशि के साथ एक घने बीहड़ जंगल में छिपा दिया ।

समुद्र के तट पर अपनी विशाल वाहिनी लेकर लाइनगी आ डटा, जहाँ सिगमन्ड के चुने हुए बहादुरों ने उसका मुकाबला किया । वह थोड़े थे और लाइनगी की अपार सेना के सामने मुट्ठी भर मालूम होते थे; परन्तु उनकी वीरता अपूर्व थी । वह लोग तलवारें घुमाते हुए लाइनगी की सेना में घुस गये । जिस ओर वह लड़ते हुए निकल जाते उसी ओर भीड़ काई सी फट जाती थी । सिगमन्ड हाथ में खड्ग लेकर मृगों के झुण्ड में सिंह के समान लड़ रहा था । उसका शरीर और उसके हाथ खून से भीग गये थे । उसने शत्रुओं की इतनी हत्या की कि पृथ्वी को उनकी लाशों से पाट दिया और कमाल यह था कि उसके अपने शरीर पर एक छोटा-सा घाव भी नहीं हुआ था । उसको देख-देखकर उसके सैनिक दुश्मन जोश के साथ लड़ रहे थे । लाइनगी की सेना में इस भयंकर मारकाट से खलबली और घबराहट फैल रही थी जिसे वह स्वयं सँभालने का भीम प्रयत्न कर रहा था उसके हृदय में अपमान और क्रोध की ज्वालायें धधक रही थीं । परन्तु अब उसे क्रोध सिगमन्ड के सैनिकों से अधिक अपने ही लोगों पर हो रहा था क्योंकि वह गिनती में उनके इतने अधिक होने पर भी उनकी मार के सामने ठहर नहीं रहे थे ।

उसी समय हाथ में एक भारी भाला लिये हुए एक आँख से देखता हुआ भूरी टिपकियों वाले नीले वस्त्रों से आच्छादित और गोल बड़े छज्जों वाली टोपी से सिर ढाँपे एक वृद्ध पुरुष लाइनगी की ओर से सिगमन्ड के विरुद्ध आ खड़ा हुआ । उस वृद्ध की श्वेत दाढ़ी उसकी नाभि तक लटक रही थी । सिगमन्ड अपने मन में समझ गया कि अब जीत होना मुश्किल है क्योंकि वह और कोई नहीं स्वयं ओडिन ही था । ओडिन ने

अपने भाले गंगनर को लेकर सिगमन्ड पर भयानक आक्रमण किया। वौलसंग के पुत्र सिगमन्ड ने उसके वार को रोका और अपनी उस विचित्र तलवार ग्राम से ओडिन के भाले पर चोट की। परन्तु वह तलवार जिसने पत्थर तक काट डाले थे और जिसने बड़े-बड़े युद्धों में सिगमन्ड को विजय प्राप्त कराई थी अब गंगनर से लग कर दो टुकड़े हो गई। सिगमन्ड भय से भागा परन्तु शत्रु के सैनिकों ने उसे चारों ओर से घेर लिया। राजा इलाइम भी अपने दामाद के साथ घिर गया। शीघ्र ही सिगमन्ड और उसका श्वसुर मार डाले गये। उनके मरते ही उनकी सेनायें तितर-बितर होकर भाग गईं और जो रह गये उनकी वहीं हत्या कर दी गई। सारा समुद्र तीर उनके खून से रँग गया और लाशें इतनी फैल गईं कि वहाँ पर उनसे बचकर चलना दुष्कर हो गया। राजा लाइनगी अब रुका नहीं। वह बढ़ता ही गया और सिगमन्ड के राजभवन में पहुँचा। वह पहुँचकर वहाँ बहुत हताश हुआ जब उसे न तो खजाना मिला और न हर्जौडिस। उसने सारे राज्य में उसे ढूँढ़ने के लिये डौंडी पिटवा दी और बहुत प्रयास किया कि कहीं न कहीं वह मिल जाय। निरंतर खोज की गई परन्तु रानी हर्जौडिस और उस अपार धनराशि का कहीं पता न चला। लाइनगी ने तब अपना दिल को समझाया कि वह न मिले तो न सही वौलसंगों की शक्ति का तो हमेशा के लिये नाश हो गया है। आखिरी वौलसंग को उसने अपने हाथ से मारकर उस वंश का पृथ्वी से नामोनिशान मिटा दिया है और तब उसकी आज्ञा से पूरे राज्य में खुशियाँ मनाई गईं; स्थान-स्थान पर बाजारों में राजकोष से मुफ्त मदिरा बँटवाई गई और नर्तकियों का नृत्य कराया गया। राजा लाइनगी को यह मालूम नहीं था कि शीघ्र ही एक बार फिर वौलसंग का वंशज सूर्य की ज्योति की भाँति चमकने वाला है।

जब रात हुई तो हर्जौडिस अपनी दासी सहित युद्धभूमि में आई और अपने पति की लाश ढूँढ़ने लगी। काफी देर ढूँढ़ने के बाद कई लाशों से ढँका हुआ सिगमन्ड पड़ा था। उसकी स्त्री उसको इस तरह पड़ा देखकर मूर्च्छित होकर जमीन पर गिर पड़ी। थोड़ी देर बाद जब उसे होश आया तो वह फफक कर रोने लगी। उसने सिगमन्ड के हृदय पर अपना सिर रख दिया। परन्तु उसी समय वह चमक कर उसे देखने लगी क्योंकि सिगमन्ड का हृदय अब भी धीरे-धीरे चल रहा था और वह जीवित था। हर्जौडिस ने तुरन्त उसके मुख पर ठंडे पानी के छींटे दिये और गीले कपड़े से उसकी आँखें पोंछीं। थोड़ी देर बाद सिगमन्ड ने आँखें खोलीं और अपनी प्यारी पत्नी को अपने पास बैठी देख उसकी तड़पती हुई आत्मा को बहुत शान्ति मिली। वह बहुत घायल हो गया था और उसके शरीर से अजस्र धाराओं में रक्त बह चुका था। वह अत्यन्त क्षीण होकर पीला पड़ गया था। जब उसकी स्त्री ने उसकी शुश्रूषा करनी चाही तो वह बोला: "प्रिये! अब मेरी शुश्रूषा करना व्यर्थ है। मेरे यह घाव कभी नहीं पुर सकते। स्वयं ओडिन की यह इच्छा थी कि मैं मर जाऊँ। अतएव मृत्यु तो निश्चय ही है। ओडिन के ही कारण उसी की दी हुई तलवार ग्राम वह देखो टूटी हुई पड़ी है।"

तत्पश्चात् उसने अत्यंत क्षीण स्वर में अपनी स्त्री को वह टूटी हुई तलवार उठाकर दी और उसे हिफाजत के साथ अपने पास रख लेने की राय दी।

वह बोला : "हे, रानी तुम्हारे गर्भ में जो वौलसंग बड़ा हो रहा है जब वह पैदा होकर जवान हो जाय तो उसको मेरी यह तलवार देना। उस समय इसे गलवा कर कर उसके लिये नई बनवा लेना···तुम्हारा पुत्र निश्चय ही अत्यन्त वीर और पराक्रमी बनेगा जिसके शौर्य की गाथायें बहुत समय तक स्त्री और पुरुषों द्वारा गाई जायँगी···मैं अब बहुत थक गया हूँ। अब मैं अपने पूर्वजों के पास बहुत शीघ्र चला जाऊंगा।"

हिजौर्डिस मरते हुए राजा के पास सारी रात बैठी रही। उसने उससे सांत्वना भरे शब्द कहे। जब रात्रि बीत गई और भोर का प्रकाश फैलने लगा तो उसने अपने हाथ से मरते हुए राजा की आँखें बन्द कर दीं। राजा का शरीर एक बार हिला और फिर ठंडा पड़ गया। हिजौर्डिस उसकी लाश पर बैठकर फफक कर रोने लगी। जब उसकी निगाह समुद्र की ओर गई तो उसने देखा कि बहुत बड़ा जहाजी बेड़ा तीर की ओर चला आ रहा है। उसने शीघ्र उठकर अपनी दासी से कहा : "तू झट से मेरे कपड़े पहन ले और मैं तेरे कपड़े पहन लेती हूँ। अब से तू ही हिजौर्डिस है और पूछने पर मुझे अपनी दासी बताया कर।"

दासी ने स्वीकृति में सिर हिला दिया। तत्पश्चात् दोनों स्त्रियों ने अपने वस्त्र शीघ्र बदल लिये और वहीं एक स्थान पर बैठ कर उस जहाज के आने की बाट देखने लगीं। सामने मैदान लाशों से भरा पड़ा था जिन पर गिद्ध मँडरा रहे थे। रक्त से भीगी पृथ्वी लाल होकर सूर्य के प्रकाश में बहुत खतरनाक लग रही थी।

शीघ्र ही जहाजों का वह जंगी बेड़ा तीर पर आकर लगा और उसमें से सैकड़ों व्यक्ति उतर कर तीर पर आ गये। आने वाला डेनमार्क के राजा हिजालप्रिक का पुत्र राजकुमार ऐल्व था। उसने लाशों के बीच बैठी हुई इन दो स्त्रियों को देखकर आश्चर्य से उनसे पूछा कि वे कौन हैं। हिजौर्डिस, जो इस समय दासी का वेश धारण किये हुए थी, तुरन्त बोली : "मेरे साथ मेरी मालकिन राजा सिगमन्ड की रानी हिजौर्डिस खड़ी हैं और मैं इनकी दासी हूँ।"

ऐल्व ने यह सुनकर उस नकली हिजौर्डिस को घुटना टेक कर सलाम किया। दासी एक राजा को अपने सामने इस प्रकार झुकता देखकर घबरा गई और यह निकट ही था कि वह कुछ मूर्खता करके अपना और हिजौर्डिस का भेद खोल बैठती कि उसी समय असली हिजौर्डिस ने परिस्थिति सँभाल ली। वह एकदम बोल उठी : "अपने पति के मरने से स्वामिनी इस समय घबरा गई हैं। कुछ देर से इन्हें उसी दुख के कारण किसी भी बात का होश नहीं रह रहा है अतएव हे राजा ऐल्व ! आप इनकी बातों पर ध्यान न दें।"

तत्पश्चात् उसने राजा ऐल्व को सिगमन्ड के खजाने का भेद बतला दिया। राजा खजाने की बात सुनकर बहुत खुश हुआ। उसने तुरन्त जासूसों को भेजकर उस गड़े हुए धन पर फौरन कब्जा कर लिया और उस नकली रानी तथा नकली दासी को लेकर अपने राज्य को वापस चला आया।

ऐल्व को उन पर शक तो हो गया था और वह उस नकली हिजौर्डिस की बातों पर अपने मन में हँसता भी था परन्तु वह चुप ही रहा। उसने उनसे कोई छेड़छाड़ नहीं

की। परन्तु उसके पिता हिजालप्रिक की रानी अर्थात् उसकी माँ ने जब उन दोनों को देखा तो उसके दिल में यह बात पक्की हो गई कि अवश्य ही उन दासी और स्वामिनी में कोई बहुत बड़ा रहस्य है। उसने चुपचाप अपने पति से अपनी मन की शंका कही। राजा ने भी सुनकर दूसरे दिन चतुरतापूर्वक उनकी परीक्षा करने का निश्चय किया। रानी यह सुनकर चुप हो गई और असलियत जानने के लिये उत्सुक होकर समय की प्रतीक्षा करने लगी।

निश्चित समय पर राजा हिजालप्रिक ने उन दोनों स्त्रियों को अपने सामने बुलाया। जब वह आकर बैठ गईं तो उसने उनसे पूछा : "जाड़े के दिन में जब आकाश मेघाच्छादित हो रहा हो तो तुम कैसे पता चलाओगी कि अब भोर हो गई है और उठने का समय आ गया है।"

सुनकर नकली हिजौंडिस बोली : "भोर के समय मैं बहुत ज्यादा शराब पिया करती हूँ। यह मेरी आदत है और इसीलिये उस समय मेरा प्यास से गला चटकने लगता है और मैं स्वयमेव ही उठ बैठती हूँ।"

राजा ने आश्चर्य से उसकी ओर देखा जैसे वह उसकी बात पर विश्वास न कर रहा हो और माथे में बल डालकर बोला : "राजा की बेटी के लिये ऐसी आदत कुछ अजीब मालूम होती है।"

तत्पश्चात् उसने दासी का रूप धारण किये हुए असली हिजौंडिस से भी वही प्रश्न किया। सुनकर वह बोली : "मेरे पिता ने मुझे एक सोने की जादूई अँगूठी दी थी जो अब भी मेरे पास है। जाड़ों में जब भोर का समय होता है तो अँगूठी मेरी अंगुली पर बर्फ की तरह ठंडी हो जाती है और तभी मैं उठ बैठती हूँ।"

राजा यह सुनकर बड़े जोर से हँसा बोला : "सुन्दरी, दासियों के पिता उन्हें सोने की अँगूठियाँ नहीं दिया करते। तुम ही राजा की बेटी हो। अब और छिपाना व्यर्थ है। इस बात को तुम्हें हमसे पहले ही कह देना चाहिये था।"

अब हिजौंडिस के पास सिवा स्वीकार कर लेने के और चारा ही क्या था। उसने कबूल कर लिया कि वही सिगमन्ड की रानी है। और तत्पश्चात् उसकी मान-मर्यादा बहुत बढ़ गई। हिजालप्रिक के राज्य में उसका बहुत सत्कार हुआ। इज्जत के साथ वह अपनी दासी सहित वहीं रहने लग गई।

यथा समय हिजौंडिस के एक सुन्दर पुत्र उत्पन्न हुआ जिसका नाम सिगर्ड रखा गया। बच्चे को देखकर ही मालूम होता था कि वह वौलसंग की ही योग्य संतान है। उसकी आँखों में एक विचित्र चमक थी और उसके चेहरे पर राजसी ठाट झलकता था। राजा हिजालप्रिक उसे पाकर गौरव का अनुभव करने लगा। उसने बड़े चाव से उसका लालन-पालन किया। हिजौंडिस अपने पुत्र को देखकर खुशी से फूली न समाई।

सिगुर्ड बड़ा होकर बहुत बली और बहादुर बना। निडर और पराक्रमी योद्धाओं के तमाम गुण उसमें मौजूद थे। साथ ही साथ वौलसंग वंश का आत्मगौरव, कुशाग्र बुद्धि और बेधड़क बोली उसमें कूट-कूट कर भरी थी। सिगुर्ड का सौतेला बाप (उसकी माता का पहला पति) रैगिन एक बहुत चतुर लुहार था जिसका भाई फैफनर एक

भयंकर अजदहा था। रैगिन सिगुर्ड से बहुत खुश रहता था और उसने उसे विभिन्न कलाओं व मंत्रों के रहस्य और अनेक प्रकार की भाषाओं का ज्ञान कराया। एक दिन रैगिन ने उससे अकेले में पूछा : "तुम्हारे पिता ने एक बहुत बड़ा खजाना जंगल में छिपा कर रखा था जिसे हिजालप्रिक ले आया था। तब से वही उसकी रक्षा कर रहा है। क्या तुम्हें उसके बारे में कुछ मालूम है ?"

सिगुर्ड ने गंभीरतापूर्वक उत्तर दिया कि वह इस बारे में सब कुछ जानता था। उसने यह भी कहा कि राजा हिजालप्रिक पर उसे पूरा विश्वास था और वह जब चाहे उस खजाने को ले सकता था। रैगिन सुनकर चुप हो गया।

थोड़े दिनों बाद उसने सिगुर्ड से फिर छेड़छाड़ की। अबकी बार उसने उससे कहा कि राजा हिजालप्रिक से चढ़ने के लिये एक उम्दा घोड़ा माँगे। सिगुर्ड ने उसके कहे अनुसार राजा से जब अपनी इच्छा प्रकट की तो राजा ने हँसकर उससे कहा : "घुड़सालों में से तू जो घोड़ा चाहे उसे ही पसन्द करके ले ले।"

सिगुर्ड तब घुड़सालों में जाकर घोड़े देखने लगा। उसी समय एक लंबी सफेद दाढ़ीवाला एक आँख का वृद्ध पुरुष वहाँ आया जिसके नीले वस्त्रों पर भूरी टिपकियाँ चमक रही थीं। वह नंगे पैर था परन्तु सिर पर एक बड़े छज्जे वाला गोल टोप पहन रखा था। वह ओडिन था। परन्तु सिगुर्ड उसे नहीं पहिचानता था। उसने आकर अपने आठ पैर के स्लीपनर घोड़े की नस्ल का एक भूरे रंग का घोड़ा छाँटकर सिगुर्ड को चढ़ने को दिया। वह घोड़ा इतना बलिष्ठ और ऊँचा था कि उस पर चढ़कर बैठना साधारण मनुष्यों के लिये असम्भव था। उसको पाकर सिगुर्ड बहुत खुश हुआ और उसने उसका नाम ग्रेन रखा। घोड़े की गर्दन के अयाल और पूँछ के बाल पृथ्वी को छूते हुए लटकते थे। उस समय सारे संसार में उसके मुकाबले का दूसरा घोड़ा नहीं था।

इसी बीच राजा हिजालप्रिक के बेटे ऐल्व ने हिजौर्डिस, जो अब भी अत्यन्त सुन्दरी थी, को अपनी स्त्री बनाया। सिगुर्ड अब जवान हो चला था। परन्तु हिजौर्डिस अब भी इतनी कमनीय थी कि वह देखने से इतने बड़े युवक की माता नहीं मालूम होती थी। यह उसका तीसरा पति था।

एक दिन रैगिन ने सिगुर्ड को उसकी माता के खिलाफ भडकाना चाहा और कहा कि प्रसिद्ध वौलसंग सिगमन्ड की स्त्री को इस प्रकार फिर विवाह नहीं करना चाहिये था परन्तु सिगुर्ड पर इसका कोई असर नहीं हुआ बल्कि उसने उसी पर व्यंग छोड़ा और कहा : "पहिले पति तो तुम थे जब तुममें कुछ कमी थी तभी उसने मेरे पिता सिगमन्ड को वरा और तुम्हें छोड़ दिया···मुझे इन बातों में कोई सरोकार नहीं है।"

रैगिन ने तब उससे दूसरी बात छेड़ी। वह बोला : "हे सिगुर्ड तुम हो तो अभी युवक ही परन्तु बल में तुम कठोर योद्धाओं से भी अधिक हो। तुम्हारी बुद्धि प्रशंसनीय है। आज मैं तुम्हें एक ऐसी बात बताऊँगा जिसके बारे में तुमने आज तक कभी कुछ नहीं सुना है। एक बहुत बड़ा खजाना है जो यहीं से कुछ दूर पहाड़ की गुफा में बन्द है। एक भयानक अजदहा फैफनर उसकी निरंतर रखवाली करता है। तुम चलो और अपने अपूर्व कौतुक से उसे मार डालो। तुम बहुत बड़े खजाने के मालिक बन जाओगे।"

सिगुर्ड ने आश्चर्य से उसकी ओर देखा और पूछा : "अभी मैं इतना जवान भी नहीं हुआ हूँ फिर तुम मुझसे ऐसे कठिन काम करने को क्यों कहते हो ?"

सुनकर रैगिन देर तक चुप रहा। तत्पश्चात् वह बोला : "यह धन वास्तव में बहुत प्राचीन समय में इवेल्डे के पुत्र थजासे-वोलेन्ड द्वारा रखा गया था। इसकी रखवाली सैंकड़ों वर्ष तक अनद्वारी नाम के बौने ने की। परन्तु एक दिन कुटिल देवता लोक ने उस बौने को रैन के जाल में पकड़ लिया और उसे डरा-धमका कर उससे वह सारा खजाना छीन लिया। लेकिन चूंकि मेरे भाई औटर को मार दिया था इसलिए मेरे पिता हरीडमार ने उससे वह सारा धन हर्जाने में ले लिया। अपने पिता के हम तीन पुत्र थे। बीच का औटर तो मारा ही गया था अब बड़ा भाई फैफनर और मैं ही रह गये थे। कायदे से उस धन के हम ही हकदार थे। इससे पहले कि मेरा पिता उस धन को उठवाकर अन्दर रखवाता कि दुष्ट फैफनर ने उसको मार डाला और मुझे तथा मेरी बहिनों को मारकर भगा दिया और उस खजाने का जबर्दस्ती मालिक बन बैठा। परन्तु थोड़े दिनों में वह श्राप के कारण वह एक अजदहा बन गया और निर्जन पहाड़ की एक बड़ी गुफा में उसकी रखवाली कर रहा है। अब तू यदि उसे मार दे तो मैं तेरे लिये एक ऐसी तलवार बना दूं जिसके मुकाबले में सारे संसार में तुझे कोई जीत न सकेगा।"

सिगुर्ड यह सब सुनकर खामोश रहा। तत्पश्चात् वह बोला : "तो ला तलवार बना दे परन्तु ध्यान रखना कि मुझे उससे जबर्दस्त काम करने को है। इसलिये उससे बढ़कर तलवार और कोई न होने पाए।

रैगिन ने तत्पश्चात् अपनी लोहसारी में धौंकनी फूंककर एक अति उत्तम तलवार बनाकर उसको दी। सिगुर्ड ने लेकर वहीं उसकी लोहसारी में एक घन पर मारा और तलवार टुकड़े-टुकड़े होकर फैल गई। रैगिन यह देखकर लज्जित हुआ और अबकी बार उसने बहुत साफ लोहा लगाकर पहले से भी चौड़े फलक की एक मजबूत तलवार बनाई। परन्तु सिगुर्ड ने उसे भी घन पर मारकर टुकड़े-टुकड़े कर दिया। रैगिन नीचा सिर किये लज्जित बैठा रहा। सिगुर्ड अपनी माता के पास गया और उससे अपने पिता सिगमन्ड की तलवार के टुकड़ों को माँगा और उन्हें लेकर उसने रैगिन से उन्हीं को गलाकर एक तलवार बनाने को कहा। अनमने भाव से रैगिन ने उसे गलाया और तलवार बनाने लगा। जब लोहा गलकर लाल हो गया तो सिगुर्ड ने झपटकर रैगिन को पकड़ लिया और उसके दाहिने कंधे को मुँह में भरकर इतनी जोर से काटा कि वह चिल्लाकर पीड़ा से बेहोश हो गया और उसके कंधे से रक्त बहने लगा। सिगुर्ड ने उस टपकते हुए खून को उस लोहे पर डाला। उसने इस बात की खास कोशिश की कि रैगिन का एक बूंद खून भी पृथ्वी पर न गिरे। खून गर्म जोहे पर गिरकर चरचराने लगा। परन्तु उसने उसे तब तक उस पर डाला जब तक कि गला हुआ लोहा लाल नहीं हो गया। इसके बाद उसने पानी के छींटे देकर रैगिन को ठीक किया और उससे उस तलवार को पूरा करने के लिये कहा। रैगिन के बायें हाथ में ही उसकी सारी शक्ति थी। दाहिने कंधे से रक्त बह जाने के कारण अब उसका वह हाथ चल नहीं सकता था। अनमने भाव होने के कारण अब तक वह उसी दाहिने हाथ को ही चला रहा था। अब

मजबूरन उसे बायें हाथ में हथौड़ा लेकर वज्र शक्ति से उस तलवार को बनाना पड़ा। जब तलवार बनकर तैयार हुई तो उसके चमकते हुए लोहे में खून की लाल चमक अत्यन्त सुन्दर मालूम हो रही थी। रक्त ने ग्राम के लोहे में मिलकर उसे अद्‌भुत कठोर बना दिया था। सिगुर्ड ने उसे लेकर एक हाथ मोटे लोहे के घन पर घुमाकर मारा और तलवार उसे आर-पार काटती हुई निकल गई। उसे लेकर वह नदी किनारे पहुँचा। रैगिन से उसने ऊन का एक बड़ा गट्ठर मँगाया और उसे नदी के जल में भिगोकर गीला कर दिया। तत्पश्चात् पानी में खड़े होकर उस भीगे हुए ऊन के गट्ठर पर उस तलवार का एक भरपूर हाथ मारा और ऊन का वह गट्ठर उससे साफ दो टुकड़े होकर नदी में बह गया। उस तलवार की धार अत्यंत तीक्ष्ण और विकराल थी। अब भी उसका नाम ग्राम ही था। सिगुर्ड उसे पाकर बहुत खुश हुआ। अब जब तलवार बन गई तो रैगिन ने उससे फैफनर को मारने के लिये फिर कहा। परन्तु सिगुर्ड ने उसे ठहरने को कहा। वह बोला: "मैंने तुमसे जो कह दिया है वह मैं अवश्य करूँगा। परन्तु पहले मुझे अपने पिता की मृत्यु का बदला लेना है। यदि मैं अपना कर्त्तव्य पूरा कर सका और जीवित रहा तो अवश्य फैफनर को मारकर तुम्हारा कार्य पूरा करूँगा।"

सिगुर्ड धीरे-धीरे प्रचंड योद्धा बन गया। वह डीलडौल का बहुत बड़ा और युद्ध विद्या में बहुत दक्ष हो गया था। पिता की मृत्यु का बदला लेने जाने से पहले वह अपनी माता के भाई ग्राइमर के पास गया। ग्राइमर भविष्यवक्ता था। और उसे जीवन में आने वाली तमाम घटनाओं और नजूमियों की तमाम भविष्यवाणियों के बारे में सब कुछ मालूम रहता था। पहले तो ग्राइमर ने उसे टाला मगर जब वह अड़ गया तो उसके बारे में सब कुछ बतला दिया। तत्पश्चात् सिगुर्ड राजा हिजालप्रिक के पास गया और उसने उससे अपने पिता की मृत्यु का प्रतिशोध लेने के लिये एक जंगी बेड़ा तथा सैनिक माँगे। राजा ने सहर्ष उसे वह दे दिये। सिगुर्ड समुद्र में होकर उस बेड़े पर चढ़कर चला तो समुद्र में खलबली मच गई। भयानक तूफान आने लगे। समुद्र की भीम लहरों में जहाज हिलने लगे और तभी पास में समुद्र के बीच पृथ्वी दिखाई देने लगी। मल्लाहों ने उसी के पास लंगर डाल दिये और जहाजों को खींचकर तट की चट्टानों से बाँध दिया। उसी समय एक सफेद लंबी दाढ़ीवाला एक आँख का वृद्ध पुरुष भूरी टिपकियों से सुसज्जित नीले वस्त्र पहने और सिर पर एक बड़े छज्जेवाली गोल टोपी लगाये नंगे पैर उसके पास आया। उसने अपना नाम फजौलनर बतलाया। परन्तु वह वास्तव में हैला की रानी उर्द की अलायें-बलायें लिये हुए स्वयं ओडिन था। उसने आकर सिगुर्ड से कहा: "हे सिगुर्ड अपने जहाज पर मुझे भी पार ले चल।"

सिगुर्ड न जाने क्यों उससे ऐसा प्रभावित हुआ कि उसने अपने सेनापति को आज्ञा दी कि वह उस वृद्ध पुरुष को साथ ले ले और उसकी सेवा-शुश्रूषा का पूरा ध्यान रखे।

सेनापति ने उसे ले जाकर उत्तम भोजन कराया और तत्पश्चात् फजौलनर बैठकर होने वाले युद्ध के बारे में भविष्यवाणी करता हुआ गाना गाने लगा। उसने विचित्र मंत्रों का उच्चारण किया जिससे सारा तूफान बंद हो गया। उसके बताये हुए रास्ते से अब जहाज जा रहे थे। हैंडिंग के पुत्र राजा लाइनगी के राज्य में जब जहाज

पहुँच गये तो वह बुड्ढा गायब हो गया। लोगों ने उसे ढूँढ़ा भी परन्तु वह कहीं न मिला।

सिगुर्ड ने लाइनगी के राज्य में घुसकर लूट-मार और हत्या प्रारम्भ कर दी। राजा लाइनगी को जब उसका पता चला तो वह एक बहुत बड़ी सेना लेकर उससे लड़ने गया। दोनों सेनाओं में मुठभेड़ हुई जिसमें असंख्य सैनिक मारे गये। सिगुर्ड ने तीर मारकर लाइनगी का रथ तोड़ दिया और उसके घोड़ों को मार डाला। क्रोध से थरथराता लाइनगी तलवार लेकर सिगुर्ड पर झपटा। दोनों में भीषणद्वन्द्व युद्ध शुरू हो गया। सिगुर्ड ने ग्राम का एक भरपूर हाथ लाइनगी के सिर पर मारा। ग्राम उसके सारे शरीर को काटती हुई नीचे से निकल गई और लाइनगी दो टुकड़े होकर पृथ्वी पर गिर पड़ा।

सिगुर्ड ने अपने पिता की मृत्यु का बदला ले लिया। हैंडिंग की जो भी संतान उस समय उस भूमि में थीं उनको सिगुर्ड ने गिन-गिनकर मार डाला। लाइनगी की सेना अपने राजा को मरा हुआ देखकर भागी। परन्तु सिगुर्ड के सैनिकों ने उन्हें चारों ओर से घेर लिया। उस युद्ध में इतनी भीषण नरहत्या हुई कि भूमि पाँच-पाँच हाथ ऊँची लाशों से पट गई और खून की नदी बहने लगी। लाइनगी की राजधानी लूट ली गई। उसका सारा खजाना सिगुर्ड ने अपने कब्जे में कर लिया। नगर और राजमहल में आग लगा दी गई। युवा पुरुषों को और युवती स्त्रियों को पकड़ कर गुलाम बना लिया गया। बाकी आबाल-वृद्ध लोगों को ढकेल कर अग्नि में जला दिया गया। जब हैंडिंग के राज्य का नामोनिशान मिट गया और सारा नगर और राजमहल राख का एक बड़ा ढेर बन गया तो धौंसा बजाता हुआ सिगुर्ड हिजालप्रिक के पास वापस आया। वह अपनी विजय पर अत्यंत प्रसन्न था। इस विजय के कारण सिगुर्ड का नाम दूर-दूर तक फैल गया और आसपास के सभी राजा उसके युद्ध कौशल और उसकी वीरता का लोहा मानने लगे।

जब वह आराम से रहने लगा तो एक दिन मौका पाकर रैगिन उसके पास फिर आया और उसको अजदहे फैफनर को मारने की याद दिलाई। वह बोला : "हे वीर पुरुष, अब तुम अपना वायदा पूरा करो।"

सुनकर सिगुर्ड ने शान्तिपूर्वक उत्तर दिया : "जैसा मैंने तुमसे वायदा किया है वैसा ही मैं करने को तैयार हूँ।"

तत्पश्चात् रैगिन उसको लेकर सूर्य के प्रकाश में उज्ज्वलता के साथ चमकने वाले घास के मैदानों को पार करते हुए पहाड़ की उस गुफा के पास पहुँचा जहाँ उसका भाई वह भयंकर अजदहा फैफनर रहा करता था। रैगिन उससे बोला : "यहीं एक गड्ढा खोदकर उसमें छिप जाओ और जब अजदहा पानी पीने ऊपर निकले तो नीचे से तलवार भोंककर उसे मार डालो।"

"मूर्ख " फौरन सिगुर्ड बोल उठा, "तूने यह नहीं सोचा कि जब उस गड्ढे में अजदहे का खून भर जायगा तब मेरा क्या होगा···तब मैं डूब न जाऊँगा ?"

रैगिन ने उसकी ओर आश्चर्य से देखा और कहा : "वौलसंग के वंशज होकर तुम ऐसी डरपोक बातें कहते हो। मुझे तुम्हारी असलियत में कुछ फर्क मालूम पड़ता है।"

"खामोश," बड़े जोर से सिगुर्ड चिल्लाया जिसे सुनकर रैगिन पीछे की ओर भागा। अब वीर सिगुर्ड उसे वहीं छोड़कर अजदहे की माँद की ओर चला जहाँ उसे

वही नीले वस्त्रों को पहने हुए सफेद दाढ़ी लटकाये एक आँख वाला ओडिन मिला। उसने उसे एक गड्ढे के बजाय कई गड्ढे खोदने की सलाह दी। सिगुर्ड उसे पहचानता नहीं था परन्तु फिर भी उसकी सलाह उसे जँच गई और उसने कई गड्ढे बराबर-बराबर खोदकर अन्दर से सबको नालियों द्वारा मिला दिया जिससे अजदहे का खून उन सबमें फैल जाय और वह स्वयं उसमें न डूब सके। तत्पश्चात् एक गड्ढे में वह छिपकर बैठ गया और अपने शिकार के बाहर आने की प्रतीक्षा करने लगा।

समय आने पर फैफनर अपनी माँद से बाहर निकला। वह उस समय दहाड़ता हुआ और मुँह से जहर बहाता हुआ पृथ्वी को हिलाता हुआ आ रहा था। उसकी दहाड़ सुनकर दूर छिपा हुआ रेगिन डर से थर-थर काँपने लगा परन्तु सिगुर्ड तनिक भी नहीं डरा। जैसे ही उसके ऊपर से वह अजदहा दहाड़ मारता हुआ निकला उसने अपनी तलवार ग्राम नीचे से उसके शरीर में मूठ तक घुसेड़ दी और जितनी देर में कि अजदहा सँभले बिजली की फुर्ती के साथ उसे निकालकर अबकी बार उसे मूठ तक उसके हृदय में पुनः घुसेड़ दिया। अजस्र धाराओं से अजदहे के शरीर से रक्त बहने लगा और सिगुर्ड का सारा हाथ और शरीर उससे लाल हो गया। तब वह अन्दर ही अन्दर गड्ढों में भागता हुआ सबसे दूर के गड्ढे में जा पहुँचा। फैफनर बुरी तरह घायल हो गया था और अब वह पीड़ा और क्रोध से छटपटाता हुआ इधर-उधर लुढ़कने लगा। उसने अपने पास की तमाम वस्तुओं को नष्ट कर दिया परन्तु वह अपने मन में समझ गया था कि चोट करारी लगी है जिससे उसका बचना असंभव था। हताश होकर असहाय अवस्था में वह एक ओर लुढ़क गया और मृत्यु की प्रतीक्षा करने लगा। सिगुर्ड ने मौका देखकर गड्ढे से बाहर कदम रखा और ऊपर चढ़ गया और अजदहे की ओर आया। वह जानता था कि अजदहा अब उसका कुछ नहीं बिगाड़ सकता था।

जब वह करीब आ गया तो फैफनर ने उससे पूछा : "तुम कौन हो जो बिना डरे हुए इस प्रकार मेरे पास आ गये ? तुम्हारा क्या नाम है और तुम किसके पुत्र हो ?"

सिगुर्ड हँसा और मुँह बनाकर बोला : "डरना तो मैंने कभी सीखा ही नहीं। भला मैं तुमसे क्यों डरता ? अब रह गई यह बात कि मैं कौन हूँ तो सुनो···मेरे खानदान के लोग मनुष्यों में विचित्र माने जाते हैं। मेरा नाम हल्ला मचाने वाला पशु है। मैं बादशाह हूँ। मेरे माता-पिता कोई नहीं हैं और न कभी थे। यहाँ मैं तुम्हें मारने अकेला ही आया हूँ।"

फैफनर ने यह सुनकर कराह कर कहा : "मैं तुम्हारी चतुरता पर मुग्ध हूँ। निश्चय ही तुमने अपना और अपने खानदान वालों का नाम एकाएक न बताकर बहुत ही बुद्धिमानी की है क्योंकि ऐसा करना खतरे से खाली न था। शत्रु यदि जादू जानता हो तो नाम जानकर बहुत अहित कर सकता है। परन्तु मैं तुम्हें विश्वास दिलाता हूँ कि मैं ऐसा कोई जादू नहीं जानता। इस मरणासन्न अवस्था में झूठ नहीं बोलता। तुमने मुझसे ऐसी हालत में जो कुछ कहा है वह ठीक नहीं है। सच-सच सारी बातें मेरे मरने से पहले मुझे बता दो।"

तब सिगुर्ड ने उससे कहा : "मेरा नाम सिगुर्ड है और मैं पराक्रमी सिगमन्ड का बेटा हूँ।"

"वौलसंग !" अजदहा चिल्लाया, "निश्चय ही तुम बहादुर हो । तुम्हारा पिता सिगमन्ड अद्भुत वीर था परन्तु तुम मुझसे सच कहो कि क्या तुम नहीं जानते थे कि मनुष्य लोग मुझसे कितना भय करते थे ? ···मुझे उस व्यक्ति का नाम बताओ जिसने तुम्हें मुझे मारने के लिये मजबूर किया।"

परन्तु सिगुर्ड ने रैगिन का नाम उसे नहीं बताया । इस पर अजदहा बोला : "यह तमाम सोना अभिशप्त है । इसे लेकर कोई खुश नहीं रह सकेगा।"

सिगुर्ड ने बड़े इतमीनान से जवाब दिया : "हम तो इस खजाने को पूरी जिंदगी रखे रहेंगे । आखिर आदमी एक ही बार तो मरता है।"

सुनकर फैफनर चिल्लाकर बोला : "अरे लड़के, मुझे रैगिन ने धोखा दिया था। वह तुझे भी धोखा देगा। उसने मुझे तुझसे मरवा दिया और यदि तेरी मूर्खता जारी रही तो जीता तुझे भी न छोड़ेगा।"

यह कहकर वह एक बार तड़फड़ाया और फिर मर गया। उसके मरने के पश्चात् रैगिन हाथ में नंगी तलवार लिये छाती फुलाता अपने छिपने के स्थान से निकलकर वहाँ आया। परन्तु पास आकर जब उसने सिगुर्ड को खून से भीगा देखा और गड्ढों में भरा हुआ खून देखा तो भीतर ही भीतर वह भय से काँप गया परन्तु तब उसने दूसरी तरकीब से काम लिया । वह सिगुर्ड की खुशामद करने लगा और बोला : "आज तुमने मेरा प्यारा भाई मार डाला।"

परन्तु उसी समय जो सिगुर्ड ने उसे घूर कर देखा तो वह आगे बोला : "··हाँ, परन्तु इल्जाम तो मेरे सिर पर भी है।"

अब सिगुर्ड ने बिना हिचकिचाये अजदहे का हृदय फाड़ डाला। उसमें से बहुत-सा खून उछलकर बाहर निकला परन्तु रैगिन ने उसे नीचे गिरने न दिया और स्वयं मुँह लगाकर उसे पी गया । सिगुर्ड यह देखकर नाराज हुआ और बोला : "जब मैंने अजदहे को मारा था तब तो तू डर के मारे झाड़ी में छिप गया था और अब अपना गौरव जमाने आया है।"

रैगिन यह सुनकर तुरन्त बोल उठा : "फैफनर को मारने के लिये तलवार तो मैंने ही बनाई थी यदि मैं तलवार ही न बनाता तो फैफनर को तू कैसे मार सकता था ?"

सिगुर्ड यह सुनकर क्रोधपूर्वक बोला : "अरे मूर्ख, युद्धभूमि में मनुष्य की वीरता ही काम देती है। यदि वीरता न हो और तलवार चाहे जितनी अच्छी हो तब भी कुछ नहीं हो सकता।"

रैगिन चुप हो गया और एक बार फिर सिगुर्ड की खुशामद करने लगा। अब तक सिगुर्ड ने अजदहे का हृदय काटकर बाहर निकाल लिया था। रैगिन ने अब उससे कहा : "जब तक कि मैं जरा सोता हूँ क्योंकि खून के पीने से मुझे नशा चढ़ आया है, तू इस हृदय को मेरे लिये आग पर भून कर खाने लायक कर दे।"

यह कहकर रैगिन गुफा से बाहर चला गया। सिगुर्ड उस कलेजे को भाले की

नोक से छेदे हुए आग पर भूनने लगा। जब काफी देर तक मांस भुन गया और सिकुड़ कर लाल हो गया तो सिगुर्ड ने यह देखने के लिये कि अब भी कहीं खून तो उसके अन्दर नहीं चमचमा रहा है। उस पर उँगली लगाकर दबाकर देखा और जब उसमें से खून नहीं निकला बल्कि मांस पककर नरम हो गया और उसकी उँगली उसमें घुस गई तो उसने प्रसन्न मन से अपनी उस उँगली को स्वाद लेने की खातिर अपनी जीभ पर रखकर चाट लिया। जब उसने ऐसा किया और वह रस उसके मुँह में से उतरकर उसके पेट में गया बस उसी दम वह चिड़ियों की बोली समझने लग गया। तब उसने सुना कि कई चिड़ियाँ पेड़ की डालों पर बैठी हुई आपस में बातें कर रही थीं। एक चिड़िया कह रही थी : "यह जो सिगुर्ड अजदहे का कलेजा दूसरों के लिये भून रहा है उसे खुद ही खाकर परम ज्ञानी क्यों नहीं बन जाता ?"

दूसरी चिड़िया गाकर कहने लगी : "वह देखो रैगिन सो रहा है। वह बड़ा धोखेबाज आदमी है। अब वह सिगुर्ड से भी धोखा करेगा।"

तीसरी चिड़िया ने कहा : "सिगुर्ड को चाहिए कि वह रैगिन को मार कर सारे खजाने को अपने कब्जे में करे।"

सिगुर्ड खड़ा-खड़ा आश्चर्यचकित होकर उनकी बोली सुनता रहा। पहली चिड़िया ने फिर कहा : "अजदहे का खून पीकर रैगिन अब शीघ्र ही एक भयानक भेड़िया बन जायगा। सिगुर्ड बचना चाहे तो अब भी सावधान हो जाय। जिसके कान भेड़िये जैसे हो गये हैं, शीघ्र ही उसके दाँत भी वैसे ही हो जाएँगे।"

एक और चिड़िया बोली : "जिस आदमी ने अपने भाई को मरवा दिया उसको जीवित छोड़कर सिगुर्ड सचमुच पछतायेगा।"

तत्पश्चात् सारी चिड़ियाँ मिलकर समवेत स्वर में गाने लगीं : "वह देखो धोखे-बाज रैगिन सो रहा है। यह आखिरी दाँव है। देखें सिगुर्ड उसे मार पाता है या वही उसका खातमा कर देता है।"

सिगुर्ड कूद कर खड़ा हो गया और स्वतः बोला : "मैं ऐसा कच्चा नहीं हूँ जो रैगिन जैसे दुष्टों द्वारा मारा जा सकूँ। अभी मेरी मौत का दिन नहीं आया है।"

और तब वह नंगी तलवार हाथ में लेकर उस स्थान पर पहुँचा जहाँ रैगिन सो रहा था। उसने उसकी गर्दन काट दी। परन्तु तब उसे बहुत आश्चर्य हुआ जब रैगिन का कटा हुआ सिर जो एक ओर पड़ा था उठकर सीधा हो गया। उसने अपना मुँह खोलकर कुछ कहना ही चाहा था कि पेड़ पर बैठी हुई एक चिड़िया फौरन चिल्लाई : "अब यदि सिगुर्ड इस सिर के भी पाँच टुकड़े नहीं कर देगा तो यह उसको शाप देगा और इस सिर का शाप अवश्य सच्चा होगा।" तुरन्त ही दूसरी चिड़िया बोल उठी : "सिगुर्ड तू क्यों नहीं इसको भी काट डालता ?"

सिगुर्ड ने तुरन्त उस मुँह खोलने का उपक्रम करते हुए सिर को तलवार से काट कर पाँच टुकड़े कर दिये। तत्पश्चात् उसने फैफनर के हृदय का एक हिस्सा तो उसी जगह बैठकर खाया और बाकी को साथ ले जाने के लिए बाँध लिया। अजदहे की माँद में घुसकर सारा खजाना निकाला। सोने के बेहतरीन चमचमाते हुए छल्ले, भयानक प्रतीत

होने वाला भारी शिरस्त्राण हरोटे नाम की जगत् विख्यात तलवार, सुवर्ण का भारी ठोस कवच, नाना प्रकार के आभूषण और प्राचीनकाल के पुरुष और स्त्रियों की अति मूल्यवान पोशाकें—यह सब उसने अपने कब्जे में कर लिये।

सारे धन को उसने दो बड़े-बड़े संदूकों में बन्द कर दिया और उन्हें अपने मजबूत घोड़े ग्रेन की पीठ पर लाद दिया। उसी समय चिड़ियाँ फिर गाने लगीं : 'हे सिगुर्ड, सारे संसार की सर्वश्रेष्ठ सुंदरी यदि तुम चाहो तो तुम्हारी हो सकती है···"

"राजा गाइकी के महल तक जाने के लिये अति उत्तम मार्ग बना हुआ है। सुगन्धित फूलों से आच्छादित और हरी घास से शोभायमान मार्गों से होकर वहाँ पहुँचा जाता है। हे सिगुर्ड, तुम वहाँ क्यों नहीं जाते···?

"राजा गाइकी की एक सुंदर कन्या है, उसको प्राप्त करने के लिये तुम्हारे पास इतना सोना और धनराशि जब मौजूद है फिर क्यों नहीं जाकर उसे अपनाते···?"

'हिन्डरफिल नामक पहाड़ पर एक बहुत ऊँचा स्वर्णमंडित महल है जिसके चारों और खाई में पानी के बजाय अग्नि जला करती है···"

"उस जगह युद्ध की देवी अभिन्न सुंदरी ब्राइन हिल्ड जादू की नींद से बेखबर सो रही है जिसकी रक्षा के लिये उसके चारों ओर धधकती आग जल रही है···"

"वह देखो, उसकी नींद कैसी जादुई है जो उसे जागने नहीं देती। ओडिन द्वारा दिखाये हुए व्यक्तियों का अपमान करने का यह उसे दण्ड मिला है···।"

"ओडिन ने ब्राइन हिल्ड से उन पुरुषों में से किसी भी एक के साथ विवाह करने को कहा था परन्तु उसने उन सबको फटकार कर भगा दिया। क्रुद्ध होकर ओडिन ने उसे श्राप दिया और जादू की नींद से ऐसा सुला दिया कि वह अब जागती ही नहीं है··· सिगुर्ड जाकर अब उसे क्यों नहीं जगाता ? और क्यों नहीं उसे अपनी रानी बना लेता है ? वह तो सर्वथा इसी के योग्य है।"

सिगुर्ड ने सुना और ब्राइन हिल्ड से मिलने के लिये वह अत्यन्त व्याकुल हो उठा।

चिड़ियाँ गाती रहीं और उसको हिंडरफिल की यात्रा का पूरा विवरण तथा मार्ग की कठिनाइयों का विवरण सुनाती रहीं। वह आश्चर्यचकित होकर खड़ा-खड़ा उन्हें सुनता रहा। आखिर जब चिड़ियों ने सब कुछ कह लिया तो समवेत् स्वर से सबों ने उससे कहा : "जाओ···ओ।"

तुरन्त कूद कर वह अपने घोड़े पर चढ़ गया और अथक परिश्रम से हिंडरफिल की ओर विद्युत्-गति से चल दिया। मार्ग की हरियाली और सुगन्धित पुष्पों से आच्छादित घाटियों के सौंदर्य और उनकी महक लेने के लिये वह एक क्षण भी कहीं नहीं रुका बल्कि चलता ही चला गया। उसके जाने का लक्ष्य बस वही भयंकर लपलपाती शिखाओं वाली अग्नि से घिरी हुई और ओडिन द्वारा जादू की नींद में सोती हुई सुंदरी ब्राइन हिल्ड थी।

फ्रेंक लोगों के देश में हिंडरफिल नामक पहाड़ पर जब सिगुर्ड पहुँचा तो उसने देखा कि पहाड़ उज्ज्वल प्रकाश से जगमगा रहा है। उसकी आँखें एकदम उस तीव्र

प्रकाश को देखकर बन्द हो गईं परन्तु जब थोड़ी देर बाद पहाड़ के ऊपर अग्नि की ऊँची लपटों से घिरा हुआ एक जबर्दस्त किला उसे दिखाई दिया जिसकी छत ठोस और चमचमाते हुए सोने की बनी थी। उस ऊँचे किले की सबसे ऊँची और गगनचुम्बी मीनार पर सोने के चमकते हुए लट्ठे से बँधा हुआ एक नीला झंडा आकाश के मध्य में फहरा रहा था।

सिगुर्ड प्रशंसनीय साहस और वीरता के साथ ग्रेन की पीठ पर राजसी ठाठ से बैठा हुआ उस किले के पास पहुँचा और कुछ देर वहाँ खड़े होकर उस किले और अग्नि का सौंदर्य देखने लगा। फिर एकाएक उसे ध्यान आया कि वह ब्राइन हिल्ड से मिलने के लिये ही तो इतनी दूर आया है और तब मानो नींद से जाग उठा। उसने तुरन्त ग्रेन के एड़ लगाई और स्लीपनर की नस्ल का वह असली घोड़ा आग की चौड़ी खाई पार करता हुआ पलक मारते उसे लेकर किले के अन्दर दाखिल हो गया।

आग की लपटें जो वास्तव में जादू की लपटें थीं उसको तनिक भी न जला सकीं और न उसका मार्ग ही रोक सकीं। सिगुर्ड अब अपने घोड़े से उतरा और उसे वहीं छोड़ कर स्वयं अकेला उस निर्जन किले में अन्दर घुसा। काफी अन्दर जाने के बाद एक स्थान पर उसने देखा कि सुनहले बालों वाली अत्यन्त सुंदर स्त्री युद्धभूमि की देवी ब्राइन हिल्ड जादू की नींद में बेखबर पड़ी है। उसके बालों के सुनहरे छल्ले उन्मुक्त हवा में उड़ रहे हैं। शिरस्त्राण आदि सिर से खिसका पड़ा है परन्तु उसके शरीर पर भारी सुवर्ण का कवच अब भी मजबूती के साथ बँधा हुआ है। उसके रूप और लावण्य को देखकर सिगुर्ड उस पर मोहित हो उठा। उसने अपनी जादू की तलवार म्यान से बाहर निकाली और साध कर ऐसा हाथ ब्राइन हिल्ड की छाती के बीच मारा कि सोने का मोटा कवच कट कर टुकड़े-टुकड़े हो गया और उसके शरीर से निकल कर नीचे गिर गया। साथ ही ब्राइन हिल्ड का शरीर हिल उठा। सिगुर्ड ने अपनी तलवार से शीघ्र उसका शिरस्त्राण भी काटकर उसके शरीर से दूर पटक दिया। ब्राइन हिल्ड एकदम उठ बैठी···जैसे ही उसने अपनी विचित्र चमक वाली अद्भुत सुंदरता से परिपूर्ण आँखें खोलीं तो अपने सामने अपरिचित किन्तु हृष्टपुष्ट सुंदर युवक को देखकर वह लजा गई। और जाने कब से सोने के कारण उसके मुरझाये हुए पीले गाल अब आरक्त हो उठे। उसने धीरे से अपना मुँह खोला और एक अँगड़ाई ली। तत्पश्चात् वह बोली : "तुम कौन हो ?"

सिगुर्ड ने उसके प्रश्न का उत्तर न देते हुए गंभीर स्वर से उससे कहा : "तुम कब से सो रही थी ?"

सुंदरी ने आह भरी और बोली : "तुम कौन हो जिसने आकर मेरे कवच को काट डाला··तुम्हारे पास ऐसी कौन-सी शक्ति है जिसके द्वारा तुमने मेरी जादू की नींद को भगा दिया ?···क्या तुम ही सिगुर्ड हो ?" सिगमन्ड महान् का पुत्र सिगुर्ड मुझे मेरी नींद से जगाने आने वाला था···क्या तुम ही वह बहादुर हो जो अन्धकार का शिरस्त्राण और फैफनर को मारने वाली तलवार लेकर मुझे छुड़ाने आये हो ?"

सिगुर्ड ने उसके प्रेम रस से भरे नयनों को देखा और वह विह्वल हो उठा। उसने

उत्तर दिया : "हे सुंदरी, मैं ही सिगमन्ड का पुत्र सिगुर्ड हूँ। मैंने ही अपनी विचित्र तलवार से तुम्हारा कवच काटा है।"

"वौलसंग···! ! !" ब्राइन हिल्ड खुशी से चिल्लाई, "सचमुच ही सिवा तुम्हारे और कोई इस कार्य को नहीं कर सकता था।"

उस समय उस सुंदरी को देखकर सिगुर्ड प्रेम से विचलित हो गया। एक बार उसके हृदय में उसके सम्मुख अपना प्रेम प्रकट करने की बात आई परन्तु शीघ्र ही उसने अपनी इस कमजोरी को जोर से दबाकर संयम प्राप्त किया और बोला : "निश्चय ही मैं वौलसंग का वंशज हूँ। तुम इतनी अधिक बुद्धिमान और ज्ञान से परिपूर्ण हो कि मैं तुमसे तुम्हारा ज्ञान प्राप्त करने के लिये और तुम्हारी सुंदरता की एक झलक लेने के लिये इतनी दूर आया हूँ। हे सुंदरी तुम मुझे आदि से अन्त तक सभी बातों को विस्तारपूर्वक कहो।"

ब्राइन हिल्ड यह सुनकर बहुत प्रसन्न हुई और उसने मुस्कुराकर सिगुर्ड की ओर कटाक्ष किया। उसने अपने सुनहले केश अपनी पीठ की ओर फेंक लिये और एक बार फिर आँखें खोलकर प्रकृति के सौंदर्य को देखने लगी। उसने सूर्य की ओर देखा और हरे-भरे मैदानों की ओर गर्दन घुमाई। तत्पश्चात् भोर में उठी हुई चिड़िया के समान वह आनन्द से विभोर होकर गाने लगी। उसके कोमल और सुरीले कंठ से अद्‌भुत संगीत निकलने लगा। सिगुर्ड तन्मय होकर सुनने लगा। देर तक वह गाती रही तत्पश्चात् बोली : "ओडिन ने मेरे सामने कुछ लोगों को लाकर कहा था कि मैं उनमें से किसी एक के साथ विवाह कर लूँ। मेरे इनकार कर देने पर क्रुद्ध होकर उसने मुझे एक सींग की नोक से छू दिया। जब मुझे बेहोशी चढ़ने लगी तो वह बोला : 'युद्धभूमि में मैं कभी हारे हुए पक्ष की ओर सहायतार्थ नहीं जा सकूँगी और मैं तब तक बेहोश पड़ी रहूँगी जब तक कि सिगुर्ड नाम का मेरा प्रेमी आकर मुझे न जगा लेगा'···परन्तु उसी समय मैंने भी एक प्रतिज्ञा की थी और वह यह कि मैं कभी ऐसे पुरुष से विवाह नहीं करूँगी जो किंचितमात्र भीं डरना जानता हो।"

सिगुर्ड बोला : "हे सुंदरी तुम मुझे उस ज्ञान की बातें बताओ जिसके कारण तुम सारे जगत में विख्यात हो।"

"तुम्हें तो वह सारी बातें उलटे धन्यवाद दे-देकर सुनाने को तैयार हूँ किन्तु हे वीर पुरुष, इससे पहले आओ और मेरे साथ बैठकर देवताओं के पीने की मीठी पुरानी शराब पियो। मैं तो यह चाहती ही हूँ कि जो कुछ मैं तुम्हें बतलाऊँ उसे तुम सीखकर काम में ला सको। और बाद में जब मैं न भी रहूँ तो मुझे इन बातों के कारण याद किया करो।"

उसने उठकर एक बड़े बक्स में से सोने का एक बड़ा कटोरा निकाला और उसे चाँदी की झारी में रखी हुई पुरानी मीठी शराब से भरा। वह उसे उसकी ओर बढ़ाती हुई बोली : "इस शराब में विचित्र गुण हैं। इसमें आनन्द और दुख के गीत मिले हुए हैं। इसमें प्रशंसनीय बातें, ज्ञान के विचार, ओजस्वी भाषण, निर्मल हृदय में उत्पन्न प्रेम भरे विचार भी मिश्रित हैं। इसके पीने से म्यान में रखी हुई तुम्हारी तलवार युद्ध के देवता टायर को नरबलि चढ़ाने के लिये दो बार फड़क उठेगी। यह शराब जादू

से अभिमंत्रित है। इसके पीने से जब कभी तुम समुद्री मार्ग से जाओगे, हवायें सदा तुम्हारे पथ के अनुकूल बहा करेंगी। कभी तुम्हें तूफानों का सामना नहीं करना पड़ेगा। तुम्हें ऐसे मंत्रों का ज्ञान हो जायगा कि जिनके द्वारा व्यर्थ होने वाले रक्तपात को तुम रोक सकोगे। उनसे घायलों की सेवा भी हो सकेगी। और मैं तुमसे यह बात सत्य कहती हूँ कि इन मंत्रों के प्रयोग करने के साथ ही साथ बड़े घाव पलक मारते अच्छे हो जायँगे। जब ऐसा हो तो पूर्व दिशा की ओर झुकी हुई डालों वाले पेड़ पर तुम इन मंत्रों को मेरे कहने से लकड़ी पर गोद देना। जब किसी के पुत्र उत्पन्न हो तो तुम मंत्रों का उच्चारण करके उस शिशु के रक्षार्थं परियों को बुला सकोगे···और फिर मैं तुम्हें वह जादू भरे विचित्र मंत्र सिखाऊँगी जिनके द्वारा तुम देवताओं, बौनों और ज्ञानी वाना-देवताओं से जब चाहे मिलकर बातचीत कर सकोगे। मैं तुम्हें आदि से अन्त तक सृष्टि के पूरे इतिहास का ज्ञान कराऊँगी। लो इस शराब को पी लो।"

सिगुर्ड उसकी बातों से बहुत प्रभावित हुआ, वह बोला : "जन्म होने के पश्चात् मैं आज तक कभी नहीं डरा साथ ही तुम्हारी जैसी सुंदरी और ज्ञानी स्त्री भी मैंने आज तक कहीं नहीं देखी। मैं तुम्हें कभी नहीं भुला सकूँगा। जो कुछ तुम मुझे सिखाओगी उसे मैं इज्जत के साथ अपने दिल में छिपा रखूँगा।"

अब तक उस शराब का असर उस पर हो चुका था और जैसा कि ब्राइन हिल्ड ने कहा था वैसे ही उन सभी बातों का ज्ञान सिगुर्ड को हो गया। तत्पश्चात् ब्राइन हिल्ड ने उसे और भी कई मंत्र सिखाये। फिर वह उससे बोली : "यदि तुझे बुरी बातें सीखनी हो तो किसी कुमारी कन्या के प्रेम को देखकर सीख, पत्नियों को देखकर गलतियों का अन्दाज कर क्योंकि गलतियाँ सिवा और कोई नहीं करता, जो मनुष्य औरों के बारे में कठोर शब्दों का प्रयोग करे उनकी बातें न सुना कर क्योंकि उनमें कोई सार नहीं होता; छोटे आदमियों से कभी फैसला न करवा क्योंकि वह इसके योग्य नहीं होते; खतरों से सदा सावधान रह, क्योंकि जिन्दगी अनमोल है; जो मिला है उसे सँभाल कर रख क्योंकि यदि वह भी चला गया तो तेरे पास कुछ न रहेगा; जब तू दावत खाए तो खूबसूरत औरत के चक्कर में कभी न पड़ क्योंकि खूबसूरत औरत अन्दर से जहरीली नागिन से भी ज्यादा खतरनाक होती है; अपनी सौगन्धों का पूरा ध्यान रख और उन्हें प्राणपण से पूरी तरह निभा। यदि जुबान चली गई तो फिर जीवन में कोई सार नहीं रहता। ज्यादा शराब पीकर नशे में चूर साथी की सलाह न ले; और जिसके भाई को तूने मार डाला हो उस आदमी का कभी विश्वास न कर; तेरे भाग्य के बारे में मैं तुझे इस समय कुछ नहीं बतला सकती। परन्तु मैं चाहती जरूर हूँ कि तेरी स्त्री की ओर से कभी तेरे ऊपर कोई खतरा न आये।"

उसकी ज्ञानपूर्ण बातें सुनकर सिगुर्ड आश्चर्यचकित रह गया। परन्तु आखिरी बात स्त्री के बारे में सुनकर अब वह तुरन्त बोल उठा : "हे सुंदरी, तेरे सिवा मैं किसी अन्य स्त्री से कभी विवाह नहीं करूँगा। इस बात को तू क्यों कहती है कि मुझे अपनी स्त्री की ओर से भी सावधान रहना होगा। मुझे पूर्ण विश्वास है कि तेरी ओर से मुझे कोई खतरा कभी नहीं होगा।"

ब्राइन हिल्ड ने सुना और उसने गहरी साँस लेकर उत्तर दिया : "मैं तो पहले से ही तुम्हें अपना पति मान चुकी हूँ ।"

तत्पश्चात् सिगुर्ड ने ब्राइन हिल्ड को फैफनर के खजाने में मिली हुई जादू की वह विचित्र सोने की अँगूठी और स्वयमेव बढ़ने वाले छल्ले नजर किये और आपस में आजन्म वफादारी और मित्रता की शपथ ली ।

इसके बाद सिगुर्ड ब्राइन हिल्ड को अकेला छोड़कर अपनी राह चला गया। अब वह सीधा राजा गाइकी से मिलने उसके महल की ओर चला। उसको मालूम नहीं था कि शीघ्र ही वह अपने दिये हुए वचनों से झूठा पड़ जायगा। जिस सुंदरी से वह अब इतना प्रेम करता है उसी सुनहले बालों वाली ज्ञानमयी ब्राइन हिल्ड को वह भूल जायगा और किसी अन्य स्त्री के प्रेम-पाश में बँध जायगा। उस समय उसे यह भी मालूम नहीं था कि आने वाले जीवन में एक बार उसे पिछली बातों को बिलकुल भुला देने वाली शराब भी पीनी पड़ेगी। इस समय तो वह उन्मत्त हृदय से गाइकी से मिलने चला जा रहा था। उसके हृदय में केवल ब्राइन हिल्ड का प्रेम भरा हुआ था और वह अपनी प्रिया के उस अपूर्व सौंदर्य की छटा को याद करके निरंतर आनन्द का अनुभव कर रहा था।

अजदहे का खजाना

आइसलैन्ड में उन दिनों हरीडमार नाम का एक प्रचंड बौना राज्य करता था। उसका साहस और बल देश-देशान्तर में विख्यात था। उसकी वाहिनी समुद्र की भाँति विशाल थी। उसकी आज्ञा कठोर और सर्वथा मान्य थी। राजा हरीडमार के तीन पुत्र और तीन पुत्रियाँ थीं। पहला पुत्र फैफनर बहुत क्रोधी और पराक्रमी योद्धा था। दूसरों के हिस्सों को बलपूर्वक अपना लेना उसका शौक था। दूसरा पुत्र एक विचित्र जन्तु औटर था जो जल में रहा करता था। वहाँ वह सालमन मछलियों का शिकार करके अपना जीवनयापन करता था। अपने भाई फैफनर के डर से जल में रहकर ही उसने उससे मुक्ति पाई थी। वह बड़ा चालाक और दगाबाज था। तीसरे पुत्र का नाम रैगिन था। वह न फैफनर की भाँति बलवान था न औटर की भाँति चालाक। परन्तु उसके हाथों में कला जीवित होकर निवास करती थी। वह अद्‌भुत लोहार था जो अपनी कारीगरी द्वारा अनेकानेक अस्त्र-शस्त्र और सोने-चाँदी के वस्त्राभूषण बनाना जानता था। फैफनर से डरकर वह एक निर्जन गुफा में रहकर अपनी लोहसारी चलाया करता था।

एक बार आकाश मार्ग से ओडिन, होनर और लोक यात्रा को जा रहे थे। चलते-चलते वह राजा हरीडमार के स्थान पर आ पहुँचे। पर जब पहुँचे तो नदी के किनारे उन्होंने उस औटर को बालू पर गहरी नींद में सोते देखा। औटर ने थोड़ी ही देर पहले एक सालमन मछली खाई थी जिसके नशे में वह अब सो रहा था। लोक, जो प्रकृति से ही दुष्ट था, उसे ऐसे सोता देखकर आगे न बढ़ सका। अपने मन में उठे लालच को न दबा सकने के कारण उसने एक पैना पत्थर उठाकर तेजी से उस सोते हुए औटर के सिर में मारा। चोट करारी लगी और औटर तड़फड़ा कर मर गया। लोक ने हर्षध्वनि की और उसकी खाल उधेड़ ली। लंबी यात्रा से थके और भूखे होने के कारण उस मांस को भूनकर ओडिन, होनर और लोक, तीनों ने खाया। परन्तु औटर का मांस उसका छोटा शरीर होने के कारण इतना काफी नहीं था कि उन तीनों की क्षुधा मिटा सकता। आधी भूख से अब तीनों देवता पहले से भी ज्यादा परेशान हो गये। तब लोक ने हरीडमार के महल में जाकर भरपेट भोजन करने का प्रस्ताव रखा। ओडिन और होनर ने उसकी बात मान ली। तीनों हरीडमार के महल की ओर चले। लोक ने औटर की खाल अपने कंधे पर डाल ली। जब वे बौने हरीडमार के यहाँ पहुँचे तो उनका भव्य स्वागत किया गया। नाना प्रकार के भुने मांस और मदिरा से उनका सत्कार करने का प्रबंध किया गया। वे खाने की मेज पर जाकर बैठे उस समय बौने राजा की निगाह लोक के कंधे पर रखी औटर की खाल पर पड़ी। वह तुरन्त उसे पहचान गया और उसके क्रोध का पारावार न रहा। नंगी तलवार लेकर उसने ओडिन, होनर और लोक के सामने से वह तमाम भोजन फेंक दिया। उसने अपने सैनिकों को फौरन आज्ञा दी कि वह इन

देवताओं को फौरन बाँध ले। जब वह बाँध दिये गये तब उसने कर्कश स्वर से कहा : "तुमने मेरे पुत्र औटर को मार डाला है अब या तो तुम मुझे उसका भरपूर हर्जाना दो या मरने के लिये तैयार हो जाओ।"

ओडिन और होनर डर के मारे थरथर काँपने लगे और मन ही मन लोक को गालियाँ देने लगे। उन्होंने लोक की ओर आग्नेय नेत्रों से देखा और कहा : "हे दुष्ट, अब कोई उपाय कर वरना वृथा दो जानें जायँगी।"

सुनकर लोक थोड़ी देर चुप रहा। तत्पश्चात् हरीडमार से बोला : "ओ बौने राजा, मुझे बन्धनों से तुरन्त मुक्त कर दे जिससे मैं जाकर तेरे लिये हरजाने की रकम ला सकूँ। जब तक मैं रकम लेकर वापस न लौटूँ मेरे इन साथियों को धरोहर में रख ले।"

हरीडमार ने उसका प्रस्ताव मान लिया और उसे छोड़ दिया। लोक मुक्त होकर जंगल की ओर बढ़ा तो वह किसी बड़े खजाने को पाने के लिए बहुत चिंतित हो रहा था क्योंकि उसे ओडिन और होनर को अति शीघ्र छुड़ाना था। वह उत्तर दिशा की ओर चला। थोड़ी दूर जाने पर उसे याद आया कि बहुत पुराने समय का रखा हुआ वोलेन्ड का बहुत बड़ा खजाना वहीं कहीं आसपास किसी गुफा में छिपा पड़ा है। उसने यह भी सुन रखा था कि उस खजाने की रक्षा करने वाला अंगारे के समान नेत्रों वाला अजदहा बौना अब वहाँ नहीं रहा है क्योंकि समय पाकर बुड्ढा होकर अब वह मर चुका था। ढूंढ़ता हुआ लोक आखिर उस गुफा में जा पहुँचा। बाहर से वह गुफा बहुत भयानक और अँधेरी थी। उसके सामने एक बहुत गहरा कुण्ड था जिसमें अथाह जल भरा हुआ था। गुफा में पहुँचने के पहले जल में होकर जाना पड़ता था। उन दिनों उस गुफा की रखवाली एक अनद्वारी नामक खूँखार बौना भाले का रूप धारण करके गुफा के सामने जल से भरे हुए कुण्ड में डूब कर किया करता था। जो कोई भी उस जल में घुसता उसके शरीर में वह आरपार छिद जाता और उसे मार डालता था।

लोक ने जो गुफा सूनी देखी तो उसको शक हुआ कि हो न हो कहीं कुछ धोखा जरूर है। यह तो उसने भली प्रकार जान लिया कि गुफा में जाने के लिए जलमार्ग से जाना होगा। थोड़ी देर खड़ा-खड़ा वह कुछ सोचता रहा। तत्पश्चात् उसने निश्चय किया कि उस जल में ही कोई ऐसा भयानक जीव-जन्तु है जिसकी अवहेलना करना मृत्यु को बुलाना होगा। वह उलटे पैर वहाँ से चला और शीघ्र समुद्री तूफानों की देवी रैन के पास पहुँचा और उससे उसने उसका विचित्र जाल माँगा।

रन लोक की पुरानी प्रेमिका थी। उसने वह जाल तुरन्त उसको दे दिया। उसे लेकर लोक ने वापस आकर उस गुफा के सामने के जल में उसे फैला दिया। शीघ्र ही उस बड़े जाल ने पूरे कुण्ड का घेरा डाल दिया और जब लोक ने उसे खींचा तो भाला रूपी अनद्वारी दानव बाहर खिचा चला आया। लोक ने उसकी छाती पर नंगी तलवार रख पूछा : "भला तू कौन सी मछली है?"

तत्पश्चात् वह बड़े जोर से हँसा और फिर बोला : "चालाकी तो तूने काफी की और हत्या भी तू मनुष्यों के शरीरों में घुसकर खूब करता आया है परन्तु याद रख कि

मेरा नाम भी लोक है। मुझसे बचकर तू कहाँ जायगा।"

अनद्वारी ने उत्तर दिया : "मेरा नाम अनद्वारी है और मैं ओईन का पुत्र हूँ। नौर्न के शाप से वशीभूत होकर मैं भाला बनकर इस ठंडे पानी में दिन बिता रहा हूँ, भला तुमसे मेरा बैर क्या हो सकता है। तुम जहाँ चाहे जाओ और जो चाहे करो। मुझसे तुम्हारा क्या वास्ता ?"

परन्तु चतुर लोक उसकी बातों में न आया। वह बोला : "अब मैं आग जलाऊँगा और तेरे शरीर को उसमें रखकर गलाऊँगा।"

इतना कहकर उसने जाल को खींचकर कड़ा किया और उसे कसकर बाँधने के उपरान्त सूखी लकड़ियाँ बीनकर आग जलाने लगा। यह देखकर वह भाला चिल्लाया : "मुझे बचाओ, मुझे बचाओ ! लोक तेरी दुहाई है। मुझे मत मार। तू जो कहेगा मैं वही करने को तैयार हूँ।"

लोक ने तनिक हँसकर उत्तर दिया : "तो पहले अपने असली रूप में आ।"

तुरन्त ही अनद्वारी अपने असली रूप में प्रकट हो गया। उस भयानक और खूँख्वार लंबी छल्लेदार लाल दाढ़ी वाले और अंगारे के समान जलती हुई आँख वाले उस बौने को देखकर एक बार लोक मन ही मन डर गया। परन्तु उसको बँधा हुआ देखकर उसका डर जाता रहा। अब वह बोला : "दूसरी बात यह है कि अब तू मुझे वोलेन्ड का छिपा हुआ खजाना दे···तीसरी बात और सुन ले। छूटने से पहले तुझे कसम खानी पड़ेगी कि जो कुछ अब तू कहेगा छूटने के उपरान्त भी वही करेगा।"

बौने के पास कसम खाने के सिवा बचने के लिए और कोई चारा नहीं रह गया था। लोक ने जब उसे छोड़ दिया तो वह सीधा गुफा के अन्दर गया और अपने साथ लोक को भी लेता गया।

लोहे के बड़े-बड़े कड़ाहों में सोना और जवाहरात भरे रखे थे। परन्तु उन्हें देखने से यह मालूम पड़ता था कि शायद जब से वह रखे गये थे तब से अब तक उन्हें किसी ने छुआ तक नहीं था क्योंकि उन पर एक हाथ धूल जमी हुई थी। लोक के आज्ञानुसार अनद्वारी ने सब कड़ाहों पर से वह धूल झाड़ दी। तत्पश्चात् लोक ने उस सारे खजाने को अपने काबू में किया। वोलेन्ड के बनाये हुए उस सोने के विचित्र छल्ले को अनद्वारी ने अपने लिए रख लेना चाहा। यह वही छल्ला था जिसमें से स्वतः हर तीसरी रात्रि में वैसे ही सुवर्ण के छल्ले जुड़ते चले जाते थे। इस समय वह एक छल्ला न होकर एक से बनी हुई एक बहुत लम्बी जंजीर थी। जब लोक ने अनद्वारी से बाकी खजाने के अतिरिक्त वह भी माँगी तो उसने उसमें से एक छल्ला ही निकालकर रख लेना चाहा। परन्तु लोक ने उसे वह भी नहीं दिया और जबर्दस्ती छीन लिया। उसने अत्यन्त नीचतापूर्वक कहा : "ये सब मेरा है, इसमें से मैं एक कील भी नहीं छोड़ूँगा।"

बौना यह सुनकर अत्यंत क्रोधित हुआ और तब चिल्लाकर कहने लगा : "हे लोक तू भी कान खोलकर सुन ले···मेरा यह खजाना शापग्रस्त है। इसके द्वारा दो भाइयों की मृत्यु होगी और आठ राजाओं में भयंकर युद्ध होगा। मेरे सोने से कोई भी आदमी खुश नहीं रह सकता।"

इतना कहकर अनद्वारी गुस्से से पैर पटकता हुआ वहाँ से चला गया। लोक ने उसकी कोई परवाह न की। सारे खजाने को बाँधकर वह ले आया।

हरीडमार ने जब देवताओं को बाँधकर पटक दिया था तो शर्त यह रखी थी कि वह उसे हरजाने में इतना सोना देंगे जिससे उसके बेटे औटर की खाल बिलकुल ढक जायगी। जब लोक खजाने को लेकर लौटा तो उसने औटर की खाल भूमि पर बिछाकर उसको लाये हुए सुवर्ण से ढक दिया। वह खाल भी बहुत बड़ी थी जिस पर वह सारा सोना समा गया। लोक ने सब कुछ तो रख दिया परन्तु वोलेन्ड का वही विचित्र छल्ला अपने लिए बचाकर रख लेना चाहा। परन्तु उसी समय हरीडमार ने देखा कि औटर के एक मूंछ के बाल की जगह खाली थी। तुरन्त ही उसने लोक से वह छल्ला भी वहाँ रखवा लिया। मजबूरन बड़े अनमने भाव से लोक को वह वहाँ रख देना पड़ा।

बौने ने तब शर्त के मुताबिक देवताओं को मुक्त कर दिया। लोक को बौने पर बहुत क्रोध आ रहा था। जब वह ओडिन और होनर के साथ वहाँ से चलने लगा तो क्रोध से चिल्लाते हुए हरीडमार से बोला : "ओ दुष्ट बोने, अब तो तुझे काफी सोना मिल चुका है और शर्त के अनुसार मेरे कंधों पर सिर भी सलामत है। परन्तु याद रख कि इस सोने को लेकर न तू और न तेरी औलाद ही कभी खुश रह सकेंगी; इस सोने पर जो शाप है वह भी इसके साथ-साथ तुझ पर लागू हो।"

लोक इतना कहकर ओडिन और होनर के साथ चला गया। हरीडमार अपने उस नये आये हुए अतुल धन को देख-देखकर खुश हो रहा था। चमकते हुए सोने को देखकर उसकी खुद की आँखें भी एक विचित्र खुशी में चमक रही थीं। अभी उसने अपने सेवकों को बुलाकर उस धन को उठवाकर सुरक्षित स्थान में रखवाया भी नहीं था कि शापग्रस्त धन ने अपना असर दिखाना शुरू कर दिया। हाथ में नंगी तलवार लिए हुए क्रोध से लाल-लाल नेत्र फैलाये उसका परम पराक्रमी ज्येष्ठ पुत्र फैफनर उसके सामने आया। उसने आते ही पृथ्वी पर बड़े जोर से अपना पैर पटका और चिल्लाकर अपने बाप से वह सारा धन अपने लिए माँगा। हरीडमार ने लापरवाही के साथ उसे हाथ के इशारे से वहाँ से चले जाने के लिए आज्ञा दी। इस पर गुस्से से आगबबूला होकर उसने उस तलवार को खींचकर एक भरपूर हाथ बौने की गर्दन पर मारा। हरीडमार का सिर कंधे से अलग होकर छटककर दूर जा गिरा। वह मर गया। फैफनर ने जबर्दस्ती उसके राज्य और उसके धन पर अपना अधिकार कर लिया। उसी रात में स्वप्न में हरीडमार की आत्मा अपनी बेटियों के पास गई और अपनी मृत्यु का बदला फैफनर से लेने के लिए कहा। बाकी दो लड़कियाँ तो सुनकर चुप रहीं परन्तु एक जिसका नाम लिंगहीड था, बोली : "अव्वल तो एक स्त्री किस प्रकार एक पराक्रमी पुरुष को मार सकती है! दूसरे, भला कोई बहिन अपने भाई को मारे तो क्या यह न्याययुक्त कहा जा सकता है?"

यह सुनकर हरीडमार की आत्मा ने कहा : "तेरी लड़की के एक लड़का पैदा होगा और वह मेरी मृत्यु का बदला लेगा।"

दूसरे दिन प्रातःकाल ही फैफनर ने अपनी तीनों बहिनों और भाई को अपने राज्य से बाहर निकलवा दिया। तत्पश्चात् वह अकेला उस अपार धन-संपत्ति और

विशाल राज्य को भोगने लगा। परन्तु वह सुखी न रह सका। शीघ्र ही उस शाप के कारण उसके हृदय में अपार दुःख भर गया। लाख कोशिश करने पर भी प्रसन्नता की एक झलक वह नहीं पा सका। अन्त में इसी प्रकार रहते-रहते उसकी यह हालत हो गई कि वह निरंतर गूढ़ और बुरे विचारों में मग्न रहने लगा। उसकी छाती में भयंकर पीड़ा होने लगी। उसे ऐसा मालूम होता था मानो कोई अज्ञात शक्ति अपने मजबूत हाथों से उसके कलेजे को पकड़कर मरोड़े देती हो। और तब वह भयानक चीत्कार करता हुआ बेचैनी के साथ इधर-उधर भागता फिरता था। जब वह भोजन करने बैठता तो उसके सामने रखा हुआ उत्तम मांस एकदम सड़ी हुई लोथ की सी दुर्गन्ध देने लगता। उसकी मीठी शराब नालियों की गंदी कीचड़ से युक्त हो उठती। उसे भूख सताती परन्तु वह खा नहीं सकता था। उसके सेवक और सेविकायें उससे मन ही मन घृणा करते और जहाँ तक हो सकता था उससे दूर रहने का प्रयत्न करते। उसका कोई साथी नहीं था। उससे कोई स्त्री प्रेम नहीं करती थी। स्त्री के नाम पर उसकी कोई साथिन न थी। आखिरकार इस तरह वह रहते-रहते थक गया और एक दिन अपने सारे खजाने को लेकर एकान्त जंगल में चला गया। वह स्थान पहाड़ी था और वहाँ सदा उज्ज्वल प्रकाश फैला रहता था। फैफनर ने अपना खजाना एक गुफा में रख दिया और कभी क्रोध तो कभी शंका से युक्त होकर उस निर्जन स्थान में उस धन की पहरेदारी करता हुआ रहने लगा। धीरे-धीरे उसका रूप बदलने लगा। पहले हाथ, फिर पैर और फिर शरीर, इसी भाँति उसका रूप धीरे-धीरे पूर्णतया बदल गया। अब वह आदमी न रहकर एक बिना परों वाला भयानक अजदहा बन गया जिससे दुनिया के लोग डरते और नफरत करते थे। उस बुरे खजाने ने अपना असर उस पर पूरी तरह से दिखा दिया था।

लेकिन हरीडमार का जो सबसे छोटा पुत्र था वह गरीब हो गया था। उसके पास खाने को भी जब कुछ न बचा तो वह एक राजा के पास नौकरी करने चला गया। वह बड़ा चतुर लुहार था। राजा ने उसके लिए एक लोहसारी खुलवा दी जहाँ रात और दिन बैठकर लोहे को गलाकर वह नाना प्रकार के अस्त्र-शस्त्र बनाया करता, सोने और चाँदी को गलाकर विचित्र वस्त्राभूषण बनाता। वह अपने काम में इतना दक्ष था कि शीघ्र ही उसकी कारीगरी से संतुष्ट होकर राजा ने उसे धन और इज्जत से भरपूर कर दिया। अब वह दोनों वक्त उत्तम-उत्तम मांस खाता और मदिरा पीता था। उसने अपने बाहुबल और चतुरता से काफी धन कमाया। परन्तु रह-रहकर उसके हृदय में यह भावना बार-बार जाग्रत होती रहती थी कि उसके जालिम भाई ने जबर्दस्ती उसको अपने हक से महरूम कर दिया था। वह जान गया था कि फैफनर अब एक अजदहा बनकर उस अगाध धन-संपत्ति की रक्षा करता है। उसकी तीव्र इच्छा थी कि किसी भी भाँति वह इतना कमजोर था कि फैफनर के सामने डर के मारे कभी नहीं गया और उसी प्रकार मन ही मन कुढ़ता रहा। अवसर की बाट देखने लगा।

हरीडमार की भविष्यवाणी झूठी हो गई क्योंकि जब तक वह बदला लेने वाला पैदा हुआ तब तक फैफनर मर चुका था। इस प्रकार वह शापग्रस्त खजाना एक बार फिर अज्ञात स्थान में पड़ा रह गया। उसको भोगने वाला कोई न बचा।

इवैल्डे के पुत्र और हंस कुमारियाँ

देवताओं से युद्ध करने के पहले इवैल्डे के तीन पुत्रों ने तीन हंस कन्याओं से प्रेम किया था। उन हंस कन्याओं के गीत ग्रीष्म की सुंदर ऋतु में सुनने में बहुत अच्छे लगते थे। ऐसा हुआ कि एक बार जब तीनों भाई सुबह के वक्त पहाड़ी झील के किनारे बैठकर जंगल का मनोरम दृश्य देख रहे थे उसी समय उन्होंने आकाश में उड़ती हुई वर्फ की तरह सफेद चिड़ियों को देखा। उन्होंने गौर से देखा तो उन्हें पता चला कि सुंदर श्वेत हंस आकाश में बहुत ऊँचाई पर एक ओर उड़े चले जा रहे हैं। जिस ओर वह जा रहे थे वह दिशा भयानक भेड़ियों से पूर्ण थी परन्तु इवैल्डे के पुत्रों को जैसे किसी डर से वास्ता ही न था। उन्होंने झट अपने अस्त्र उठाये और उन हंसों का पीछा किया। दिन भर वह उनका पीछा करते रहे। संध्या समय उन्होंने देखा कि एकाएक हंस एक सुंदर झील के किनारे उतरे और फिर घनी झाड़ियों के कारण इन्हें आगे और कुछ न दिखाई दिया। यह लोग खामोश कदम रखते हुए उस झील के किनारे पहुँचे। वहाँ जाकर इन्होंने देखा कि तीन अपूर्व सुंदरियाँ जल में क्रीड़ा कर रही हैं। झील के किनारे तीन हंसों के चोले पड़े हुए हैं। इवैल्डे के पुत्र फौरन समझ गये कि हंसों के चोले उतारकर हंस कन्यायें स्नान में मग्न हैं। उस स्वर्ण अवसर को उन्होंने हाथ से न जाने दिया और शीघ्र उन चोलों पर अपना कब्जा कर लिया। तब चिल्लाकर उन स्त्रियों से बोले : "सुंदरियो, जल से बाहर निकल आओ क्योंकि हम तुम्हारे प्रेमी हैं और तुम्हें लिवाकर अपने साथ ले जाने को यहाँ खड़े हैं।"

यह सुनते ही तीर की तरह वह स्त्रियाँ किनारे की ओर आईं। परन्तु जब उन्होंने अपने चोलों को इन अनजान व्यक्तियों के कब्जे में देखा तो मजबूर होकर डर से थरथर काँपती हुई वह इनके कदमों पर गिर पड़ीं। वह नग्न थीं और उनकी सुंदरता को देखकर इवैल्डे के पुत्र विचलित हो उठे। उन्होंने उन स्त्रियों को आपस में बाँट लिया।

ईगिल-ओरवेन्डिल ने औब्रिन, स्वेगफिन-गजूकी ने स्वानह्वाइट और थजासे-वोलेन्ड ने औलह्वाइट नामक सुंदरियों को अपनी-अपनी स्त्री बना लिया। तत्पश्चात् वह उन्हें अपने घरों को ले गये और आनन्दपूर्वक रहने लगे। हंस कुमारियाँ बर्फ़ की तरह श्वेत, समुद्र की भाँति गंभीर नीले नेत्रों वाली और अग्नि के समान घुंघराले पिंगल केशों वाली थीं। उनका यौवन उनके रोम-रोम से प्रस्फुटित होता था। इवैल्डे के पुत्र उनकी सुन्दरता पर इतना रीझ गये कि सदा उन्हीं के सहवास में उन्हें सुखकर लगने लगा। हंस कुमारियाँ प्रत्यक्ष में तो प्रसन्न दिखाई देती थीं परन्तु उनके हृदय में इस प्रकार का बंधन असह्य था। इवैल्डे के पुत्रों ने उन सुंदरी स्त्रियों के हंस के चोले मजबूती से एक संदूक में बंद कर दिये थे जिसकी ताली वह सदा अपने पास रखते थे। उनके मन में हमेशा इस बात का धोखा बना रहता था कि चोलों को पा जाने पर वह सुंदरियाँ उड़कर चली जायेंगी।

सात वर्ष इसी प्रकार व्यतीत्त हो गये। इवैल्डे के पुत्रों ने हंस कुमारियों के साथ पहाड़ों, जंगलों और झीलों के तट पर अखंड विहार किया। परन्तु जब आठवाँ वर्ष प्रारंभ हुआ तब एक दिन भूल से थजासे अत्यधिक मदिरा पी जाने से जब बेहोश होकर सो रहा था उसी समय उसकी स्त्री औलह्वाइट ने उसकी कमर से उस बक्स की चाभी को निकाल लिया। वह चुपके से उसके पास से उठी और अपनी बहिनों को जाकर उसकी सूचना दी। तीनों ने मिलकर चुपचाप अपने-अपने चोले उस बक्स में से निकाल लिये। भोर से पहले ही तीनों हंस कुमारियाँ आकाश में ऊँची उड़कर लोप हो गईं। जब दिन चढ़ा और इवैल्डे के पुत्र जागे तो उन्होंने अपने पास औब्रिन, स्वान ह्वाइट और औल ह्वाइट तीनों हंस कुमारियों को नहीं पाया। वह घबराकर उन्हें ढूँढ़ने लगे परन्तु जब बक्स का ताला खुला देखा तो उनका माथा ठनका। ओरवेन्डिल ने दौड़कर बक्स का ढक्कन खोला और तुरन्त ही चीख मार कर उलटा गिर पड़ा। स्वेगफिन आगे बढ़ा और देखा कि खजाना लुट चुका है। चोले गायब थे, इससे प्रत्यक्ष था कि वह सुंदरियाँ उन्हें पहनकर हमेशा के लिए उन्हें छोड़कर चली गई थीं। उन्हें उनके विछोह से बहुत दुख हुआ क्योंकि ऐसी अद्भुत सुंदरियों को दुबारा पाना उनके लिये असंभव था। ओरवेन्डिल-ईगिल और स्वेगफिन-गजूकी तुरन्त पैरों में लंबे लोहे के जूते पहनकर बर्फ से ढकी हुई पहाड़ की चोटियों पर तेजी के साथ फिसलते हुए उन हंस स्त्रियों का पीछा करने लगे। परन्तु वह इनके हाथ न लगीं। थजासे-वोलेन्ड दुख में डूबा हुआ उनका पीछा भी न कर सका और घर पर ही पड़ा रहा।

जब देवताओं और दानवों का जाड़ों का युद्ध प्रारंभ हुआ तो वह अपने घर को छोड़कर एक ऊँचे पहाड़ की गहरी घाटी के मध्य भाग में स्थित एक बहुत बड़ी और काली तथा अँधेरी गुफा में जाकर रहने लगा। इसी स्थान पर बाद में उसने अपना खजाना भी जा छिपाया। और फिर उसने अपना जादू चलाकर उसे अचल भी कर दिया। एक तो थजासे को हंस सुंदरी जाने का दुख छेदे डाल रहा था दूसरे जब देवताओं ने उनके विरुद्ध यह युद्ध छेड़ दिया तो उसने क्रोधित होकर अपनी उस गुफा में एक लोहसारी खोली। उस समय उसे अपने पिता इवैल्डे की मृत्यु का बदला लेने की बात भी सूझी। बस उसने बेहतरीन लोहा गलाकर और उसे जादू तथा मंत्रों से अभिषिक्त करके उसने विश्वविजयी तलवार बनाई जिसके द्वारा बहुत समय पश्चात् उसके पुत्र स्विपगैड ने युद्धभूमि में देवताओं के सेनापति हाफ़-डान और उसके पिता महाबली थौर को मार भगाया था। थजासे ने उसी समय एक सोने का विचित्र छल्ला भी बनाया था जिसमें से हर तीसरी रात्रि उसी प्रकार के छल्ले और निकलते रहते थे। इस तरह वह छल्ले अनगिनत होकर स्वयं एक बहुत बड़ा खजाना बन गये थे। मौका पाकर जब एक दिन थजासे कहीं बाहर गया था माईमर ने वह तलवार और छल्ला उसकी गुफा में घुसकर चुरा लिया था और तब उन्हें ले जाकर नीफल-हीम की अँधेरी और सुरक्षित गुफाओं में छिपा दिया था। वह नहीं चाहता था कि थजासे देवताओं के विरुद्ध उस तलवार को उठाये। माईमर ने जब उस छल्ले को उठाकर देखा था तब उसमें उस समय तक सात सौ उसी प्रकार के छल्ले और लटके हुए थे और उनकी जंजीर इतनी मजबूत बन गई थी

कि जिससे वायु को भी बाँधा जा सकता था। थजासे उस तलवार के बिना देवताओं द्वारा युद्ध में मारा गया। उसे बहुत ही अधिक दुख था कि ऐसा दिव्य अस्त्र बनाने के बाद भी वह उसे काम में लाकर अपनी रक्षा नहीं कर सका था।

उधर ओरवेन्डिल हंस सुंदरी के वियोग में जब पागल होकर लौटा तो उसे अपना घर अच्छा नहीं लगा। वह सीधा ऐलीवेगर के किनारे जोटन-हीम के रास्ते में बर्फ से ढके हुए भयानक पहाड़ी दर्रे में अकेला रहने के लिए चला गया। जहाँ उसे कुछ ही दिनों बाद पराक्रमी दानव हाईमर के पास जाते हुए बिजलियों के देवता थौर और दुष्ट लोक मिले थे।

स्लेगफिन्-गजूकी स्वानह्वाइट के वियोग में अधिक जी भी न सका। रह-रहकर वह उसी की याद में घुला करता था। एक दिन सरोवर के किनारे उसने एक हंस को जल में तैरते देखा और वह उसकी ओर चला। हंस भी उसकी ओर बिना डरे हुए चला आया। गजूकी ने उसे पकड़ लिया और अपने शरीर में से आत्मा को निकालकर वह उस हंस के शरीर में घुस गया। तुरन्त ही वह आकाश की ओर उड़ा और नीचे से देखते हुए ओरवेन्डिल और थजासे की आँखों से ओझल हो गया।

उड़ते-उड़ते गजूकी का हंस सुदूर उत्तर में जहाँ भयानक जाड़ा पड़ता है पहुँचा। एक पेड़ पर बैठकर पास ही झील के किनारे उसने उन्हीं हंस कुमारियों को बैठकर प्रेम वार्तालाप करते हुए सुना। उस समय उसका हृदय अपनी स्वानह्वाइट से मिलने के लिए इतना उतावला हो गया था कि वह सब सुध-बुध भूलकर उसके पास जाकर उससे प्रेम करने लगा। औलह्वाइट जिसको असलियत का कुछ भी पता न था उस हंस के ऐसे बर्ताव से अत्यंत क्रुद्ध हो उठी। उसने अपनी बहिनों को इशारा किया और तब तीनों बेचारे स्लेगफिन (हंस) पर टूट पड़ीं और उसे मार डाला।

ओरवेन्डिल के पुत्रों ने जितना सुख और भोग-विलास हंस कुमारियों के सहवास में किया था उससे कहीं अधिक दुख उनके चले जाने के बाद पाया यहाँ तक कि वे तो मर गये परन्तु उन्हें वह स्त्रियाँ फिर नहीं मिलीं।

हैल्गी हँडिंग्स्बेन

हूण देश का राजा सिगमन्ड बहुत पराक्रमी और यशस्वी था। उसकी स्त्री का नाम बौरगिल्ड था जो अत्यन्त सुंदरी थी। सिगमन्ड अपनी रानी के साथ आनन्दपूर्वक राज्य करता था। उनके दो पुत्र थे जिनका नाम हैल्गी और हमंड था। जब हैल्गी पैदा हुआ तो दूर-दूर से नजूमियों ने आकर उसके बारे में भविष्यवाणी की थी कि वह आगे चलकर बहुत यशस्वी और पराक्रमी योद्धा बनेगा। यह बात आगे चलकर इतनी सच निकली कि जब हैल्गी केवल सोलह वर्ष का था उसने युद्धभूमि में अद्भुत पराक्रम दिखाकर शत्रुओं के दाँत खट्टे कर दिये थे। तदनन्तर अनेक युद्धों में उसने अपूर्व वीरता का परिचय दिया। उसके साहस और पराक्रम से प्रभावित होकर राजा सिगमन्ड ने उसे अपना सेनापति नियुक्त किया।

उन दिनों हँडिंग एक पराक्रमी राजा माना जाता था। उसके राज्य की सीमायें सिगमन्ड के राज्य से मिलती थीं। हँडिंग ने अपने जीवन काल में तब तक सौ युद्धों में विजय प्राप्त की थी। उसकी तलवार की धाक से सिर उठाने का साहस किसी को नहीं होता था। सिगमन्ड भी चतुरतापूर्वक हँडिंग से बिगाड़ न करके मैत्री रक्खा करता था क्योंकि ऐसे पराक्रमी पुरुष को शत्रु बनाकर रखना उसके लिए चिंताजनक और हानिकारक बात थी। हैल्गी ने एक दिन जब राजा हँडिंग के शौर्य और पराक्रम की गाथायें किसी कवि द्वारा सुनीं तो उसका जवान खून जोश मारने लगा। उस समय वह केवल 18 वर्ष का था। उसने निश्चय किया कि वह हँडिंग से लड़कर अवश्य उसका नाश करेगा।

वास्तविकता यह थी कि हैल्गी हँडिंग को छुटपन से ही जानता था। सिगमन्ड ने मैत्रीपूर्ण भाव बढ़ाने के लिए उसे छुटपन में हँडिंग के पास रहने के लिए भेज दिया था। वह हँडिंग के यहाँ ही बड़ा हुआ और युद्धविद्या में निपुण हुआ था। तत्पश्चात् वह उससे विदा लेकर अपने देश अपने पिता के शत्रुओं का नाश करने को आ गया था। अब तक उसके हृदय में अपने पालने वाले हँडिंग के प्रति कोई बैर नहीं था।

परन्तु जब चारणों ने उस दिन हँडिंग की वीर गाथायें गाईं तो एक अज्ञात ईर्ष्या के कारण उसका हृदय जलने लगा और तभी उसने हँडिंग के नाश करने का निश्चय किया।

हैल्गी ने दूतों द्वारा हँडिंग को युद्ध के लिए ललकारा। राजा हँडिंग इस समाचार को सुनकर क्रोध से आगबबूला हो गया। उसने तुरन्त अपने सैनिकों को आज्ञा दी कि वह जाकर उस लड़के को कत्ल कर दें। उस समय हैल्गी एक सूने मकान में छिप गया और एक दासी का भेष बनाकर चक्की से अनाज पीसने लगा। जब हँडिंग के सैनिक उसका पीछा करते हुए उस मकान में घुसे तो उन्होंने एक औरत को आटा पीसते देखा। वह

ताज्जुब से उसे देखने लगे। आपस में उन्होंने बातें कीं। एक ने कहा : "इस दासी की आँखें तो बड़ी खतरनाक हैं। यह कोई साधारण स्त्री नहीं मालूम होती।"

दूसरा बोला : "किसान की बेटी तो यह कभी नहीं हो सकती।"

तीसरे ने और भी अधिक आश्चर्य से कहा : "इसके हाथ तो देखो कितने मजबूत हैं···अरे यह तो तलवार चलाने के हाथ हैं।"

हैल्गी उनकी सभी बातें सुन रहा था और अपने को छिपाने का प्रयत्न करते हुए जल्दी-जल्दी चक्की चलाने लगा। नतीजा यह हुआ कि उसको यह अन्दाज तो रहा नहीं कि उसकी कितनी शक्ति से चक्की सफलतापूर्वक चल सकती है, और भूलकर जो उसने सारी ताकत उसमें लगा दी तो चक्की के भारी पाट टूटकर बिखर गये। वह इतना अधिक शक्तिशाली था कि चक्की के पाट उसके जोर को झेल न सके और टूट गये। सैनिकों ने जो यह विचित्र दृश्य देखा तो वह डर के मारे भागे। परन्तु फुर्तीले हैल्गी ने उन पर खींचकर उसी चक्की के टुकड़े ऐसे मारे कि वह सब वहीं ढेर हो गये। उनमें से एक भी जीवित नहीं बचा जो जाकर हँडिग को इस घटना की सूचना देता। हैल्गी ने तुरन्त अपना भेष उनमें से एक सैनिक का सा बनाया और हँडिग के शिविर में बेधड़क चला गया।

तीन दिन और तीन रात्रि वहाँ रहकर उसने हँडिग की सेना के सारे भेद प्राप्त कर लिए। तत्पश्चात् वह अपने देश लौट आया। शीघ्र ही उसने एक विशाल वाहिनी तैयार की और एक दिन अचानक ही उसने हँडिग की सेना पर धावा बोल दिया। हँडिग ने भी क्रुद्ध होकर हैल्गी को उसकी सेना सहित मार डालने का आदेश अपने सेनापति और सैनिकों को दे दिया। ऐसा घमासान युद्ध हुआ कि युद्धभूमि लोथों से पट गई और खून की नदियाँ बहने लगीं। हैल्गी ने अद्भुत पराक्रम दिखाया और सैकड़ों सैनिकों को मौत के घाट उतारता हुआ अंत में वह राजा हँडिग से जा भिड़ा। उस समय वह इतना दुर्धर्ष और विकराल लग रहा था कि उसे देखकर हँडिग जैसा दिलेर भी एक बार घबरा उठा। शीघ्र अपने को सँभालकर उसने साहस का आवाहन करते हुए म्यान से तलवार निकाली और तब तलवार पर तलवार बज उठी। तड़पती हुई तलवारें बिजली की भाँति चमकने लगीं। उनके उस द्वन्द्वयुद्ध में इतनी अधिक स्पर्धा थी कि देखने वाले भी साँस बाँधकर खड़े हो गये थे। वह युद्ध अद्भुत और प्रशंसनीय था। कोई भी वार बेजा नहीं होता था। परन्तु साथ ही साथ प्रत्युत्तर द्वारा खाली कर दिया जाता था। विद्युत् की भाँति पैंतरे बदल-बदलकर दोनों लड़ रहे थे। उनके उस युद्ध को देखकर हार-जीत का निश्चय करना दर्शकों के लिए असंभव था। हैल्गी ने बाईं ओर से तलवार घुमाकर हँडिग के सिर की ओर निशाना बाँधकर जो प्रचंड प्रहार किया तो पलक मारते हँडिग ने उसे अपनी तलवार पर झेल लिया। देर तक तलवारें आपस में जूझी रहीं और दोनों योद्धा उसी तरह जूझते हुए अपने स्थानों पर घूमते रहे। एक दूसरे को वह अपलक घूर रहे थे। उनके नेत्रों में घृणा और बैर झलक रहा था।

हठात् हैल्गी ने दाहिनी ओर कूद कर बिजली की फुर्ती से तलवार खींची और सिंह की भाँति वह हँडिग पर सशरीर टूट पड़ा और इतने में कि शत्रु पीछे हटकर सँभले उसने अपना दायाँ पैर हँडिग के पीछे अड़ा दिया। जब आगे से उसको शरीर का धक्का

लगा तो वह पीछे हटा परन्तु पीछे तो पहले से ही पैर अड़ा हुआ था। वह हड़बड़ाकर गिरा और तभी जो तलवार का हाथ हैल्गी ने उस पर चलाया तो रुण्ड से उसका मुण्ड कटकर अलग जा गिरा।

हैल्गी ने उसके गिरे हुए शरीर पर चढ़कर सिंहनाद किया। हँडिंग की सेना अपने राजा को मरा देखकर उखड़ गई। अब तो हैल्गी के सैनिकों ने उन्हें गिन-गिनकर मारना प्रारंभ किया। हैल्गी ने इस युद्ध में हँडिंग के कई पुत्रों को भी मार डाला और इस प्रकार उसने हँडिंग को जीतकर अपना यश चारों दिशाओं में फैला दिया। हँडिंग के कुछ पुत्र युद्ध से भाग गये और उन्होंने जंगल में जाकर यह शपथ ली कि जैसे भी होगा वह अपने पिता की मृत्यु का बदला जरूर लेंगे। हैल्गी ने हँडिंग के राज्य में खूब लूटमार की और उसके सैनिकों ने नगर में घुसकर इतनी हत्यायें और बलात्कार किये कि सारा नगर भय से कातर होकर त्राहि-त्राहि करने लग गया। तत्पश्चात् प्रसन्न मन से हैल्गी अपने देश वापस लौट आया। उसने, क्योंकि हँडिंग को मार डाला था, इसलिए लोगों ने उसका नाम अब हैल्गी हँडिंग्स्बेन रख दिया (अर्थात् हैल्गी-हँडिंग को मारने वाला)।

एक दिन हैल्गी ने निरंतर युद्धों की चर्चा से उकताकर एक भेड़िये की खाल ओढ़कर जंगल का रास्ता लिया। घने जंगल में पहुँचकर थका-माँदा वह एक पेड़ की घनी छाया में सो गया। वह काफी देर तक सोया पड़ा रहा। तत्पश्चात् घोड़े के भागने से टापों की आवाज सुनकर वह चमककर उठ बैठा। उसने देखा कि शाम के उस झुटपुटे में जंगल में एक ओर उज्ज्वल प्रकाश फैल रहा है। उसके मध्य में एक अनिन्द्य सुंदरी सफेद घोड़े पर चढ़ी हुई चली जा रही है जिसके साथ उसकी कई सुंदरी दासियाँ भी बलिष्ठ घोड़ों पर चढ़ी हुई उसके पीछे-पीछे चल रही हैं। हैल्गी उस सुंदरी को देखकर मोहित हो गया। वह तुरन्त उठकर उसके सामने पहुँचा और बोला : "हे सुंदरी मैं तुम्हारे रूप को देखकर व्याकुल हो उठा हूँ। मैंने अभी तक अनेक युद्धों में विजय प्राप्त की है। मेरे खड्ग के सामने कोई जीवित नहीं बचता है। मैं तुमसे प्रार्थना करता हूँ कि तुम मेरी स्त्री बनना स्वीकार करो।"

उसकी बातें सुनकर वह सुंदरी चुप रही। तुरन्त एक दासी ने उत्तर दिया : "हम तुम्हारी वीरता से खुश हैं। सिगमन्ड के पुत्र हैल्गी हँडिंग्स्बेन को कौन नहीं जानता। जिसमें हमारी स्वामिनी सिगरुन तो स्वयं ओडिन की एक वैलेकरी है (ओडिन की इच्छामात्र से कार्य करने वाली कन्या जो कि वीर आत्माओं को युद्धभूमि से स्वर्ग में ले जाती है) और यह हंस कन्या भी है, इससे कोई भेद संसार का छिपा नहीं रहता। यह राजा हौगनी की पुत्री है। यदि तुमने इसे अपने साथ विवाह करने के लिये राजी कर लिया तो समझ लो निश्चय ही तुम्हारे दिन अच्छे आ गये हैं।"

वह नौजवान इन बातों को सुनकर और भी चंचल हो उठा। उसने आगे बढ़कर सिगरुन के घोड़े की बाग पकड़ ली और एक बार फिर उससे अपने दिल की इच्छा प्रकट की। सिगरुन सब कुछ सुनकर धीरे से बोली : "मेरे पिता ने राजा ग्रेनमार के पुत्र हौडब्रौड से मेरा विवाह निश्चित कर दिया है और वह उसको वचन भी दे चुका है। जब

तक वह जीवित है मैं अन्य किसी पुरुष को वर नहीं सकती।"

"उसके मरने के बाद ..." बीच में ही हैल्गी बोल उठा, "तो मुझे वर सकोगी ?"

"......"

"मैं वचन देता हूँ कि मैं हौडब्रौड को अपनी तलवार से मौत के घाट उतार दूंगा परन्तु तुम भी मुझे वचन दो कि तब तुम मुझसे अवश्य ही विवाह कर लोगी।"

वैलेकरी उसके सुंदर रूप को देखकर उस पर पहले ही मोहित हो चुकी थी। उसकी आँखों में आँखें डालकर वह प्रेम भरे स्वर से बोली: "हे वीर पुरुष! हौडब्रौड तो स्वयं मुझे भी पसन्द नहीं है परन्तु पिता के वचन के कारण मैं इस समय मजबूर हूँ। यदि तुमने मुझे उससे बचा लिया तो निश्चय ही मैं तुम्हारी हो जाऊँगी।"

इतना कहकर वह अपना घोड़ा बढ़ाकर अपनी सखियों सहित चली गई।

हैल्गी अब अपनी प्रेयसी के बारे में सोचता हुआ और विरह की अग्नि में जलता हुआ अपने देश वापस आ गया। अब वह रात-दिन परिश्रम करके एक बड़ी जबर्दस्त सेना का निर्माण करने लगा।

शीघ्र ही उसने एक विशाल सेना संगठित कर ली। जाड़े के शुरू में वह समुद्र की भाँति अगाध सेना लेकर हौडब्रौड के राज्य की ओर चल दिया। ग्रेनमार्क, हौडब्रौड और सिगरुन के पिता इत्यादि उसके मुकाबले के लिये तैयार होने लगे। हैल्गी अपने साथ सिन्फजौटल को लेकर प्रचंड सेना सहित जहाजों पर चढ़कर समुद्र पार करने लगा। जब वह आधे रास्ते में पहुँचा तो उसके सैनिकों की चमकती सुनहरी पोशाकों को देखकर सोने के लालच से ईगर की पत्नी रैन ने भयंकर तूफान छोड़े जिससे जहाज डाँवाडोल होकर बुरी तरह हिलने लगे। सैनिकों में भय और त्रास से हाहाकार मच गया। जितना ही हैल्गी जहाजों को संभालने की कोशिश करता था उतना ही रैन उन्हें डुबोने के लिये अट्टहास करती हुई भयंकरतम तूफान छोड़ती रही। हैल्गी की प्रेयसी, ओडिन की वैलेकरी उसी समय वहाँ प्रकट हुई और उसने उस कठिन परिस्थिति से हैल्गी और उसके सैनिकों की रक्षा की। यदि वह न आती तो अवश्य ही जहाज डूब जाते। और तब रैन सैनिकों के शरीरों से बड़े चाव के साथ उस चमकते सुवर्ण को उतार लेती क्योंकि वह सोने को सबसे ज्यादा चाहती थी।

आखिरकार हैल्गी ग्रेनमार के राज्य में पहुँच ही गया जहाँ उसने उससे दुर्धर्ष युद्ध किया। एक ओर हैल्गी, सिन्फजौटल और अपनी सुसंठित प्रशस्त सेना सहित भीषण आक्रमण कर रहा था तो दूसरी ओर ग्रेनमार और हौडब्रौड अपनी विशाल सेना और सिगरुन के पिता राजा होगनी और उसकी सेना वीरता दिखा रहे थे। वैलेकरी उधर आसमान में लटककर हैल्गी की वीरता देख-देखकर खुश हो रही थी। वह वहाँ से अपने प्रेमी की रक्षा भी करती जाती थी। हैल्गी ने तलवार का एक ऐसा हाथ मारा कि हौडब्रौड के दो टुकड़े हो गये। उसके मरते ही ग्रेनमार और होगनी ने क्रुद्ध होकर हैल्गी पर अमानुषिक आक्रमण किया। परन्तु हैल्गी भला उनसे कब दबने वाला था। वैलेकरी की मदद से उसने उन दोनों को भी मार डाला। तत्पश्चात् उसने होगनी के सभी पुत्रों को गिन-गिनकर मारा। केवल एक पुत्र डैग को छोड़ दिया। सिगरुन अपने प्रेमी की

जीत पर बहुत खुश हुई। पराक्रमी हौडब्रोड का अन्त देखकर उसका हृदय आनन्द से खिल उठा। परन्तु साथ-ही-साथ वह अपने पिता और भाइयों की मृत्यु पर रोई भी। उसको रोता देखकर हैल्गी ने उसे समझाते हुए सांत्वना भरे शब्द कहे। वह उससे बोला : "हे सुंदरी ! इस तरह दुख मत करो, तुम्हें देखकर मेरा हृदय रोता है। नजूमियों ने पहले ही कह रखा था कि तुम्हें अपने जीवन में सभी सुख प्राप्त नहीं होंगे। मैंने तुम्हारे आत्मीय व्यक्तियों को मारा अवश्य है परन्तु यह बात भी तुम भली प्रकार जानती हो कि उनके बिना मरे तुम मुझे प्राप्त नहीं कर सकती थी। तुम्हारे तो यह भाग्य में ही लिखा है कि तुम्हारे कारण भीषण रक्तपात अवश्यंभावी है। तुम्हारे ही कारण योद्धागण आपस में जूझकर मरने के लिये अब तक उतावले होकर बैठे थे। हे मेरी प्रेयसी सिगरुन ! रोओ मत। बहादुर लोग निश्चित घड़ी में वीरतापूर्वक ही मरते रहते हैं।"

सिगरुन ने अपने प्रेमी का आलिंगन किया और रोते हुए उच्छ्वसित स्वर से बोली : "मुझे तुम्हारे सिवा संसार में और कोई नहीं चाहिये। यदि वह सभी जो मर चुके हैं जीवित भी रहते या अब जी उठें तब भी मुझे केवल हैल्गी की ही चाह है। मुझे वही सबसे ज्यादा प्यारा है।"

हैल्गी यह सुनकर बहुत खुश हुआ और तब वह अपनी नई नवेली स्त्री को लेकर अपने राज्य को चला आया। परन्तु थोड़े ही दिन बाद सिगरुन के जिद्द करने से वह उसके पिता के ही राज्य में आकर राज्य करने लगा। इस जीते हुए देश में एकछत्र सम्राट् बनकर वह अपनी रानी के साथ आनन्द भोगता हुआ सुखपूर्वक राज्य करने लगा। उसने डैग, जिसे वह जीवनदान दे चुका था, को बुलाकर प्रेमपूर्वक अपने ही पास रख लिया। आपस में तब दोनों ने मित्रता की शपथ ली। इस प्रकार हौगनी के पुत्र की ओर से हैल्गी निश्चित हो गया।

हौगनी का पुत्र डेग हैल्गी के सामने तो कसम खा आया था और उसने हैला की पवित्र नदी के जल की सौगन्ध भी खाई थी परन्तु हृदय में वह अपने बहनोई से अपने पिता की मृत्यु का बदला लेना चाहता था। बदले की भावना ने पवित्र शपथ को दबा लिया।

और तब मन-ही-मन उसने निश्चय किया कि किसी दिन मौका आने पर वह अपने बहनोई को अवश्य मारेगा।

ओडिन न मालूम क्यों डैग की ओर था। एक दिन चुपचाप आकर उसने अपना विचित्र और भारी भाला गंगनर हैल्गी को मारने के लिये दिया। डैग उसको पाकर बहुत खुश हुआ। एक बार हैल्गी जब घने जंगल में शिकार खेलने गया तो डैग भी उसके साथ गंगनर को लेकर चला। घने जंगल में पेड़ की ओट खड़े होकर जब निश्चित हैल्गी धनुष पर बाण चढ़ाकर एक सिंह की ओर निशाना बाँध रहा था उस समय पीछे से चुपचाप डैग ने ओडिन के उस भाले को कसकर उसकी पीठ में इतनी जोर से मारा कि भाला उसके शरीर को छेदकर आरपार निकल गया और सामने एक पेड़ में गड़ गया। हैल्गी तुरन्त मर गया। हरी घास पर उसकी लाश गिरकर थोड़ी देर तड़पी फिर शांत हो गई। डैग बहुत खुश था क्योंकि उसने अपने पिता हौगनी की मृत्यु का बदला

ले लिया था। घोड़े पर चढ़ा हुआ हंसते और खुश होते हुए वह अपनी बहिन के पास आया और उसके सामने अपनी शेखी बघारी। उसने कहा : "सिगरुन, मैंने अपने पिता की मृत्यु का बदला ले लिया है।"

सुनकर सिगरुन घबराई और उसने पुछा : "परन्तु मेरा पति कहाँ है ?"

डैग ने भयंकर अट्टहास करते हुए उत्तर दिया : "अरे वह तो जंगल में मरा पड़ा है। मैंने उसे मार डाला है। वह तो दुनिया का सबसे बड़ा बहादुर राजा था ही, परन्तु मुझे देख मैं उससे भी जबर्दस्त हूं, क्योंकि मेरे वार से वह नहीं बच सका।"

सिगरुन ने सुना और उसकी छाती में जबर्दस्त धक्का लगा। वह उस चोट को बर्दाश्त न कर सकी। मूच्छित होकर वह जमीन पर गिर पड़ी। डैग ने उसकी कोई परवाह न की और सोने की ऊँची कुर्सी पर बैठकर आनन्द से शराब पीने लगा। कुछ देर पश्चात् जब रानी सिगरुन की बेहोशी दूर हुई और उसने उसे इस प्रकार आनन्द मनाते हुए देखा तो वह क्रोध से चिल्ला उठी। ऊँचे स्वर में चिल्लाती हुई वह बोली : "ओ नीच डैग, तू मनुष्य नहीं कुत्ता है। हैला की पवित्र चमकती हुई धार की सौगन्ध खाकर भी तूने संसार के सामने बड़े वीर मेरे प्यारे पति हैल्गी से जो धोखा किया है तो मैं अब तुझे श्राप देती हूँ कि वही पवित्र जल जिसको हाथ में लेकर तूने सौगन्ध खाई थी अब तेरा नाश करेगा। समुद्र में जाते समय चाहे कितनी ही अनुकूल हवायें क्यों न चलें तू अपने जहाज सहित मेरी हाय से डूब जायगा···"

इतना कहकर सिगरुन रोती हुई अपनी छाती पीटने लगी और फिर बोली : "जब शत्रु तेरा पीछा करें तब तेरा घोड़ा ठोकर खाकर गिर जाय, युद्ध में अपनी तलवार से तू स्वयं ही घायल हो जाय···हैल्गी की मृत्यु का बदला तुझसे अवश्य लिया जायगा···भयानक जंगल में तू भेड़िया बनकर घूमे। तेरा जीवन शुष्क, नीरस और दुखमय हो जाय। जो कुछ भी तू चाहे वह तुझे न मिले। मैं श्राम देती हूँ कि तुझे खाने को केवल मरे हुए आदमियों की लोथें ही मिलें। तू सदा उनका सड़ा हुआ मांस ही खा और नालियों का गंदा जल पी।"

डैग यह सुनकर बोला : "तू मेरी प्यारी बहिन है। फिर भला क्यों अपने भाई को इस प्रकार बुरे वचन कहती है ? तुझे शायद मालूम नहीं है कि हैल्गी की मृत्यु का संबंध स्वयं ओडिन से है और ओडिन को किसी भी कार्य में नहीं रोका जा सकता। मुझे खुद उसी ने अपना गंगनर भाला देकर हैल्गी को मरवाया था ··तू इतना दुख मत कर मैं तुझे सोने की अँगूठियाँ दूंगा और तुझे और तेरे पुत्रों को अपना आधा राज्य भी सुख भोगने को दूंगा। जो मर गया सो मर गया। अब उसके लिये इतना क्यों रोती है।"

यह सुनकर सिगरुन बड़े जोर से रोई और अत्यन्त दुखी स्वर में बोली : "अब संसार में मेरे लिये सुख नहीं बचा है। अब न मेरे लिये दिन में चैन है न रात में आराम। मुझे अब अपने जीवन में कोई रस नहीं दिखाई देता है। हाय दुष्ट ! तूने मेरे जीवन को नीरस बना दिया। अब उस उज्ज्वल स्वरूप वाले अपने प्यारे पति को मैं कहाँ देख सकूंगी ? वह राजभवन में अत्यन्त हास्यप्रिय और युद्धभूमि में कठोर योद्धा था, जब वह लोगों की भीड़ में खड़ा होता तो झाड़ियों के बीच खड़े हुए ओक के मजबूत पेड़

की तरह सबसे ऊँचा और बलिष्ठ दिखाई देता था। हाय, अब मैं उसे कहाँ पाऊँगी? तुम सब कुत्ते हो, अकेला वही पुरुष सिंह था जिसको तुमने धोखे से मार डाला। निश्चय ही उसके प्रत्यक्ष खड़े होकर तुम उसे नहीं मार सके होगे।"

डैग सिर झुकाकर सिगरुन के पास से चला गया। तत्पश्चात् सिगरुन की आज्ञानुसार हैल्गी का शरीर बहुत धूमधाम के साथ दफना दिया गया। उसकी कब्र पर एक बहुत बड़ी यादगार बनाई गई जो विशाल और गगनचुंबी थी। हैल्गी की आत्मा सीधी वालहाल (वीर स्वर्ग) पहुँची जहाँ ओडिन ने उसे राजा बना दिया। वहाँ हैल्गी की आत्मा ने देखा कि हँडिंग की आत्मा जरखरीद गुलाम की तरह कठोर परिश्रम किया करती थी। ओडिन ने वहाँ उसे ऐसा ही कार्य सौंप रखा था। वह दिन भर लकड़ी फाड़ता था, शिकारी कुत्तों के शरीरों से कीड़े बीनता था, घोड़ों की मालिश करता था और रात्रि को सोने से पहिले सूअरों को भी उसे खाना खिलाना पड़ता था।

हैल्गी वालहाल में ऐश्वर्यपूर्ण महलों में रहने लगा। अद्भुत सुंदरियाँ और अनेक वैलेकरी उनकी सेवा में हाथ बाँधे सदा तत्पर खड़ी रहती थीं। मधुर संगीत और चित्ताकर्षक नृत्य की हृदय कंपित कर देने वाली झंकारों से वालहाल में उसका विशाल भवन सदा गूँजा करता था जिसकी दीवालें सोने की, छत चाँदी की और फर्श मणि-माणिक्यों से जड़ी हुई थी और जिसके स्तम्भ शुभ्र स्फटिक के बने हुए थे वहाँ सब कुछ उज्ज्वल आकाश में देदीप्यमान होकर चमका करता था। ऐसे महल में रहकर हैल्गी ने मर्त्यलोक की बातों को भुलाकर आनन्द से रहना चाहा।

परन्तु वह ऐसा न कर सका। रह-रहकर उसे अपनी प्यारी स्त्री सिगरुन की याद सताती थी। उधर जब सिगरुन उसकी याद में बिलख-बिलखकर रोती और उसके आँसू पृथ्वी पर गिरते तो उनके असर से एकदम हैल्गी के घाव फिर हरे हो जाते और उनमें से खून चूने लग जाता। उस समय वह स्वयं भी दुख से बेहाल हो जाता। वज्र खचित सुवर्ण के पलंग पर बहुमूल्य वस्त्र और गद्दों पर पड़े हुए जब वह दीवाल पर खूँटियों से टँगे मोती, पन्नों और नीलम के हारों को देखता तो उन सभी स्थलों पर उसे अपनी प्यारी सिगरुन ही दिखाई देती। सिगरुन की प्रत्येक आह वालहाल में जाकर उसके हृदय में आँधी की तरह टकराती और अत्यंत विह्वल और दुखी हो जाता। इतना ऐश्वर्य, हुकूमत और स्वर्ग का राज्य प्राप्त करके भी वह एक सिगरुन के बिना बेचैन, बेहाल और बेपनाह था।

आखिरकार एक दिन ऐसी अवस्था से उकताकर वह अपने घोड़े पर चढ़ा और रात्रि के समय कई साथियों को लेकर पृथ्वी पर बनी अपनी कब्र की ओर चला। उज्ज्वल प्रकाश में उसका मार्ग आलोकित हो रहा था। उस समय सिगरुन की एक दासी कब्र पर दीपक जलाकर वापस जा रही थी। उसने जो उज्ज्वल प्रकाश के बीच मरे हुए हैल्गी को घोड़े पर चढ़कर आते देखा तो वह घबराई और चिल्लाई: "हे मरे हुए मनुष्यो! तुम कहाँ से वापस आ गये? क्या युद्ध में मरे हुए योद्धा अब फिर से घर वापस आने लगे? ये सब क्या है··· कहीं दुनिया का अन्त तो नहीं आ गया?"

दुखी स्वर से हैल्गी ने उत्तर दिया: "संसार का अन्त अभी नहीं आया है। मरे

हुए योद्धा भी घर वापस नहीं आ सकते। परन्तु मैं मजबूरी में आया हूँ। सिगरुन के दुख से जब आँसू पृथ्वी पर गिरते हैं तो मेरे घाव पुनः हरे हो उठते हैं। तू जा और अपनी स्वामिनी को मेरे पास भेज जिससे उसका दुख कम हो और मेरे घावों से रक्त बहना बन्द हो जाय।"

दासी यह सुनकर भागी-भागी सिगरुन के पास पहुँची जो उस समय भी लेटी हुई अपने पति के विरह में रो रही थी। दासी ने उससे हाँफते हुए जल्दी-जल्दी कहा : "रानी, उठो और शीघ्र ही अपने पति की कब्र पर जाओ। वहाँ मरे हुए आदमी स्वर्ग से लौट आये हैं। हे रानी, तुम्हारा प्यारा पति भी वहीं तुम्हारी प्रतीक्षा में खड़ा है। उसके घावों से निरन्तर रक्त बह रहा है क्योंकि तुम्हारी आँखें निरन्तर अश्रु बहाया करती हैं। तुम अपने आँसू रोको और अपने प्रियतम के पास जाओ जिससे वह इस कठोर यातना में कुछ शान्ति पा सके।"

सिगरुन यह सुनकर एकदम उठ बैठी। उसने अपने आँसू पोंछे और बोली : "मैं इस अन्धकारपूर्ण रात्रि में भी अपने प्रियतम से मिलने अवश्य जाऊँगी। भगवान करे कि आज की रात्रि कभी समाप्त न हो। प्रातःकाल में उगने वाले सूर्य की रश्मियाँ रात्रि में पड़ी हुई ओस की बूँदों पर कल न चमकें···मैं उसके ठंडे ओंठों का स्पर्श करूँगी। मैं अपने प्यारे पति का आलिंगन करूँगी।"

तत्पश्चात् उतावले कदमों से भागती हुई सिगरुन हैल्गी की कब्र की ओर चली। उसने देखा कि कब्र के गोशे (बगल का पत्थर) पर उसका वीर पति चिन्तामग्न बैठा है। वह उदास है और उसके शरीर में अब जीवितावस्था की सी लालिमा नहीं रही है। उसका मुख पीला और शरीर बर्फ की तरह ठंडा और कठोर हो गया है। वह एक बार ठिठकी परन्तु फिर प्रेम के आवेश में अधीर होकर वह दौड़ती हुई उसके शरीर से जा लिपटी। वह उच्छ्वसित स्वर में बोली : "हे हैल्गी ! हे मेरे प्यारे पति ! यह तुम्हें क्या हो गया ? मृत्यु की यातना से तुम्हारे सुंदर पिंगल केश अब सन की तरह सफेद हो गये हैं। इनमें अब वह चमक और आकर्षण नहीं रहा जिसे देखकर तुम्हारी जीवितावस्था में सुंदरियाँ झूम उठती थीं। आह ! तुम्हारा तो सारा शरीर मृत्यु की ओस से भीगा हुआ है। तुम्हारे हाथ कितने ठंडे हैं और कितना रक्त अब भी तुम्हारे शरीर से बह रहा है। हे प्यारे हैल्गी मैं, कौन-सा उपाय करूँ जिससे तुम्हारा दुःख दूर हो ?"

हैल्गी ने सुना और वह धीमे स्वर से बोला : "हे फूलों जैसी सुकुमार रानी तुम्हारे आँसुओं ने मेरे शरीर को भिगो दिया है। तुम जब दुख से आँसू बहाती हो तो हे सुंदरी मेरे घाव हरे हो उठते हैं और उनमें से रक्त अजस्र धाराओं में बहने लगता है। सुवर्ण की ढेरी पर देदीप्यमान हीरे की भाँति अद्वितीय रूप से चमकने वाली तुम ! हे रानी ! नित्य रात्रि में सोने से पहले मेरी याद में रोना कभी नहीं भूलती। उस समय तुम्हारी आँखों से गिरे हुए आँसू वालहाल में मेरी छाती पर खून की बूँद बनकर गिरते हैं। वह ठंडी और पैनी बूँदें मेरे शरीर में घुस जाती हैं। तुम्हारा दुख असह्य और भारी है। इसलिए वह आँसू भी भारी बनकर मेरे शरीर को इतना दबाते है कि उसमें से रक्त

बाहर निकल आता है…अब जीवन नहीं रहा है और न राज्य ही रह गया है। परन्तु फिर भी इस प्रकार दुख न करो। मेरी याद में इस प्रकार रात और दिन रोकर मातम न मनाओ क्योंकि इससे तो उलटे मेरे घावों में पीड़ा ही होती है। मैं वालहाल में अकेला नहीं रहता। समझ लो कि वहाँ भी मरे हुए मनुष्यों की स्त्रियाँ होती हैं। बड़े-बड़े बादशाहों की मरी हुई सुंदरी पुत्रियाँ वहाँ मुझसे विवाह करने को उत्सुक हैं परन्तु मैं तुम्हारी याद में उन्हें नहीं अपना सकता…हे संसार की सर्वश्रेष्ठ सुंदरी, इस तरह रो कर अपने जीवन को बरबाद न करो!"

सिगरुन उसकी बातें सुनकर चुप रही और अपने हाथ के छुरे से उसने उसके लिये पृथ्वी खोदकर नरम मिट्टी की एक शैया बनाई और फिर धीरे से कहने लगी: "हे हैल्गी यह देख तेरी पत्नी ने बिना परिश्रम के ही तेरे लिये एक सुखमय शैया तैयार की है। हे वौलसंग के पराक्रमी पौत्र! हे संसार के सर्वश्रेष्ठ राजा! हे मेरे प्रियतम! अब तू इस पर सो जा, और मैं तेरी उसी प्रकार सेवा करूँगी जैसे तुम सचमुच ही जीवित हो क्योंकि अब भी मैं तेरी वैसी ही आज्ञाकारिणी और प्यारी पत्नी हूँ!"

हैल्गी ने सुना और वह खड़ा हो गया। उसने कहा: "हिम की भाँति श्वेत और गुलाब की पंखड़ियों के समान होंठों वाली हे संसार की सर्वश्रेष्ठ सुंदरी! तू उच्च वंश में उत्पन्न राजा हौगनी की पुत्री है। इस जीवितावस्था में यदि तू मरे हुए मनुष्यों का आलिंगन करेगी तो निश्चय ही प्रकृति के नियमों में सबसे बड़ा आश्चर्य होगा…नहीं ऐसा कभी नहीं होगा। जीवित व्यक्तियों की पवित्र और उष्ण देह का आलिंगन मृत व्यक्ति नहीं कर सकते…अब मैं जाता हूँ क्योंकि वह देखो क्षितिज के उस पार भोर की लालिमा फैल रही है। अब मैं अपने घोड़े पर चढ़कर देवताओं के चाँदी के बने हुए पुल को पार करता हुआ तीव्र गति से जाऊँगा। यागड्रैसिल (कल्पवृक्ष) की घनी डाल पर बैठा हुआ असगार्ड का सोने का मुर्गा जब बाँग लगायेगा तो वालहाल में सोये हुए योद्धा उठ बैठेंगे। मुझे उसके पहले ही वहाँ पहुँच जाना है।"

हैल्गी ने अपनी प्यारी स्त्री सिगरुन से एक बार फिर न रोने के लिये कहकर उससे विदा ली और अपने घोड़े पर चढ़कर वह आकाश की ओर उठा और थोड़ी ही दूर जाकर हवा में गायब हो गया। वह चुपचाप उठी और अपने महल में आ गई। अब सुबह हो चुकी थी।

दिन बीत गया और शाम आई। परन्तु आज सिगरुन बिलकुल नहीं रोई। उसकी आँखों से आँसुओं का गिरना बन्द हो गया। ऐसा मालूम होता था मानो अब उसके तमाम आँसू खत्म हो गये थे। उदास वह अवश्य थी परन्तु उसके मुँह से आह तक नहीं निकलती थी। उसका सुंदर मुख कठोर और गंभीर हो गया था। वह चुपचाप मानो किसी के आने की प्रतीक्षा कर रही थी। जब रात आधी बीत गई, भयानक सन्नाटा चारों ओर फैल गया और अन्धकार ही अन्धकार सब जगह व्याप्त हो गया तो वह अपनी कोमल शैया से उठी और कल की भाँति अपने पति की कब्र पर जाकर उसके आने का इंतजार करने लगी। गह बैठी रही और अंधेरे की वह घड़ियाँ बीतती चली जा रही थीं। आज उसका समय काटे नहीं कट रहा था। कई घंटे उस घोर अँधेरे में वह बैठी

रही और उसने समझा मानो कल की तो नहीं पर आज की रात कभी बीतने वाली न थी, परन्तु हैल्गी नहीं आया। उसके सामने विचित्र और संकटमय समस्या थी क्योंकि अब तो वह रो भी नहीं सकती थी और न आह खींच सकती थी।

जब भोर हुई और प्रकाश से धरती चमकने लगी, घास पर जमी हुई ओस की बूंदें सूर्य के आलोक से विचित्र रंगों में झिलमिलाने लगीं, तो वह उठी और भारी कदमों से अपने महल वापस चली आई। हैल्गी नहीं आया था।

फिर जब दिन बीता और रात आई तो सिगरुन फिर उसी प्रकार कब्र पर बैठ कर हैल्गी की प्रतीक्षा करने लगी। परन्तु वह फिर भी नहीं आया। सिगरुन विरह में गाने लगी। उसका सुरीला परन्तु दुख भरा स्वर सुनकर पेड़ों पर बैठे पक्षी तक रोने लगे। अब नित्य रात्रि समय सिगरुन अपने पति की कब्र पर बैठी हुई उसकी प्रतीक्षा किया करती थी। परन्तु न कभी उसे आना था न आया। उसकी दासी ने एक दिन उसे समझाया और सांत्वना भरे शब्दों में एक दिन उससे कहा : "हे दक्षिण के विस्तृत देशों की रानी! तुम्हारी सुंदरता के सामने चन्द्रमा भी अपना मुख बादलों में छिपा लेता है। शुभ्र नीहार और उज्ज्वल स्फटिक की भाँति तुम्हारा सुंदर शरीर पवित्रता की झलक से दमका करता है। हे रानी, रात्रि का अँधेरा अब बीत गया है। प्रभात के उज्ज्वल आलोक में एक बार अपने खोये हुए जीवन के सुख को फिर सँभाल लो। हैल्गी निश्चय ही बहादुर था और अब वालहाल के अक्षय स्वर्ग में वह सुख-साम्राज्य का राजा है परन्तु यह न भूलो कि वह अकेला ही वीर था। उस जैसे सहस्रों शूरवीर तलवार से कटकर स्वर्ग प्राप्त कर चुके हैं···उठो देखो, जीवन तुम्हें नवीन होकर आमंत्रित कर रहा है।"

परन्तु सिगरुन उसकी बातों से संतोष प्राप्त नहीं कर सकी। उसका हृदय फिर सुखी न हो सका। उसी प्रकार दुख में घुल-घुलकर एक दिन वह मर गई। और जब वह मरी तो हैल्गी की आत्मा घोड़े पर बैठकर वालहाल से एक बार फिर नीचे पृथ्वी पर आई और उसकी आत्मा को साथ लेकर वापस चली गई।

वालहाल के राजा हैल्गी को अपनी रानी सहित आते देख स्वयं ओडिन ने महोत्सव मनाने की आज्ञा दी। इस प्रकार दोनों प्रेमी हमेशा के लिये एक दूसरे से मिल गये। सभी वालहाल में एक नवीन यौवन और स्फूर्ति का अनुभव करने लगे। सर्वत्र आनंद ही आनंद छा गया।

देशभक्त हैलगे

स्वीडन के राजा ओलैव-ट्रिग के राज्य में प्रजा बहुत सुखी थी। उसके दरबार में हैलगे-थोरसन नामक एक सुंदर युवक था। वह बहुत बलिष्ठ और पराक्रमी भी था। उसके अंगों की सुंदरता अद्वितीय थी। एक दिन जब दरबार में उसने सुना कि नार्वे का राजा एरिक-ओडेन-सेकर स्वर्गभूमि में जाकर वहाँ के सुख लूटकर आया है तो उसके हृदय में भी वहाँ जाकर आनन्द भोगने की प्रबल इच्छा जाग्रत हुई। राजा ओलैव से तब उसने जाने की आज्ञा माँगी। राजा उसके साहस को देखकर बहुत प्रसन्न हुआ और उसने उसे जाने की सहर्ष आज्ञा दे दी। हैलगे अपने कुछ साथियों को लेकर उस अमर ज्योति से प्रकाशित जोर्ड-लिफन्डा-मन्ना नामक देश में गया जहाँ मनुष्य मरते नहीं थे और जहाँ आनन्द ही आनन्द सर्वत्र फैला रहता था। वहाँ की दिव्य छटा और सुंदरता को देखकर वह बहुत खुश हुआ। एक दिन वहाँ घूमते हुए वह एक घने जंगल में जा पहुँचा। उस समय वह अपने दिव्य विद्युत् के समान तेज चलने वाले ऊँचे और बलिष्ठ सफेद घोड़े पर चढ़ा हुआ था। जंगल के मध्य भाग में प्रसिद्ध दानव गिरौड के भाई गुडमन्ड और उसकी बारह पुत्रियों से वह मिला। गुडमन्ड और उसकी बारहों सुंदरी पुत्रियाँ लाल मखमल से बनी सुनहरी कामदार पोशाकें पहने हुई थीं। गुडमन्ड ने हैलगे का स्वागत किया। हैलगे उन बारहों युवतियों को देखकर बहुत खुश हुआ। उस समय वह सभी पिता और पुत्रियाँ ऊँचे बलिष्ठ और काले घोड़ों पर चढ़े हुए थे। तेरहों घोड़ों की जीन और लगामें सोने की थीं। हैलगे की सुंदरता को देखकर गुडमन्ड की बारहों पुत्रियाँ उसको प्रेम भरी दृष्टि से देखने लगीं। परन्तु सबसे छोटी जिसका नाम इंगेवोर्ग था और जो सबसे अधिक सुंदरी और नाजुक थी उसे देखकर अपने आपको काबू में न रख सकी। वह विद्युत गति से अपने घोड़े पर खड़ी होकर हैलगे की ओर कूदी। वह निश्चय ही पृथ्वी पर गिर पड़ती यदि हैलगे अपनी कठोर और बलिष्ठ भुजाओं पर उसे न टेक लेता। गुडमन्ड ने देखा और वह मन ही मन इंगेवोर्ग के उपयुक्त पुरुष को देखकर बहुत खुश हुआ। उसने तुरन्त उनका विवाह निश्चित कर दिया। तत्पश्चात् जंगल के बीच वहीं एक बहुत बड़ा शामियाना गाड़ा गया जिसमें नाना प्रकार के भोजनों से गुडमन्ड ने अपने वर-वधू और दरबारियों को दावत दी। एक दूसरे तम्बू में हैलगे और इंगेवोर्ग के रहने का प्रबन्ध किया था। तीन दिन तक जंगल में मंगल बना रहा। जब हैलगे अपनी स्त्री इंगेवोर्ग को लेकर स्वीडन लौटा तो गुडमन्ड ने उसे अगाध धन-सम्पत्ति दहेज में दी। इतने ऐश्वर्य को देखकर उसके सम्बन्धी और आत्मीय लोग चकित और विस्फारित नेत्रों से देखते ही रह गये। किसी को मालूम न पड़ा कि इतना धन एकाएक कहाँ से आ गया। इंगेवोर्ग की सुंदरता और लावण्य की चर्चा दूर-दूर तक फैल गई। डेनमार्क के राजा एरिक ने जब यह बात सुनी तो एक बड़ी सेना लेकर वह स्वीडन पर चढ़ बैठा;

घमासान युद्ध हुआ परन्तु हैलगे की वीरता के सामने वह ठहर न सका। हैलगे ने उसे अपनी तलवार से मार डाला और उसके शरीर के टुकड़े-टुकड़े करके अपने जंगली कुत्तों को खिला दिये। इंगेवोर्ग ने अपने पति का वीरता को देखकर बहुत अधिक प्रसन्नता प्रकट की। थोड़े दिनों के बाद एक दिन संध्या समय अपने सोते हुए पति को छोड़कर वह गायब हो गई और जादू के जोर से अपने पिता के पास पहुँची। बड़े दिन की छोटी रात जब आई तो हैलगे के घर दो अजनबी आकर उतरे। हैलगे, जो अपनी पत्नी के एकाएक गायब हो जाने से परेशान हो रहा था, उससे उसने चुपचाप कुछ बातें कीं। दूसरे दिन का जब भोर हुई तो न वहाँ हैलगे था और न वह दोनों ही अजनबी। उन्हें बहुत ढूंढ़ा गया परन्तु वह कहीं न मिले। उसका पिता और राजा ओलैव हैलगे के इस प्रकार गायब हो जाने से बहुत दुखी हुए। आखिरकार सबों ने यह समझ लिया कि किसी अज्ञात या दैवी शक्ति के प्रभाव से वह कहीं चला गया है और इस तरह अपने मन को शान्ति दी।

एक वर्ष बीत गया। एकाएक एक दिन रात्रि के अवसान में उन्हीं दोनों अजनबियों के साथ हैलगे, राजा ओलैव के दरबार में जाकर खड़ा हुआ। राजा ओलैव और उसके सारे दरबारी उसे देखकर खुशी से चीख उठे। उसने राजा को झुककर सलाम किया। राजा ने तब उससे पूछा कि वह इतने दिनों तक कहाँ गया था। हैलगे ने कोई उत्तर नहीं दिया। वह खामोश खड़ा रहा, उसी समय उसके दोनों साथियों ने राजा की वंदना की और दो बहुत बड़े सोने और जवाहिरातों से मढ़े खूबसूरत पोले सींग सिंहासन के सामने पड़ी हुई एक चाँदी के मेज पर रखे। तत्पश्चात् वह बोले : "पराक्रमी गुडमन्ड की यह भेंट राजा ओलैव स्वीकार करें," यह कहकर पीछे हटकर खड़े हो गये।

उल्काओं के उज्ज्वल प्रकाश में वह जड़ाऊ सींग विचित्र चमक से जगमगा रहे थे। राजा उन्हें देखकर बहुत खुश हुआ। दरबारी रीति के अनुसार तब राजा का गुरु अपने ऊँचे आसन से उठा और उसने राजा को आशीर्वाद देकर उन सींगों पर जादू के मंत्र पढ़े। तत्पश्चात् उन्हें शराब से भरवाकर उन दोनों अजनबियों को भी पीने को दिया। उन्होंने उन सींगों को तो हाथ में ले लिया परन्तु उन्हें मुँह से न लगाया, बल्कि आमने-सामने की दीवालों से दे मारा···बस गजब हो गया। एक बड़ी जोर का धड़ाका हुआ और दर्बार में जलने वाली सभी मशालें एकदम से बुझ गईं। भयानक अँधेरा छा गया और डरे हुए दर्बारी इधर से उधर भागने लगे। उनकी चीख और पुकारों से कुहराम मच गया। स्वयं राजा ओलैव ने घबराकर अज्ञात भय की आशंका से म्यान से अपनी तलवार निकाल ली। थोड़ी देर बाद जब बिगड़ी हुई परिस्थिति पर लोगों ने काबू पाया तो झटपट दुबारा मशालें जलाई गईं। प्रकाश फैल गया। और जो खलबली अंधकार के कारण फैल गई थी वह अब धीरे-धीरे शान्त होने लगी। प्रकृतिस्थ होकर उन लोगों ने वास्तविकता पर ध्यान दिया और तब वह हैलगे और उसके साथ अजनबियों को उनके स्थान पर देखने लगे। स्थान खाली पड़े थे। वह तीनों गायब हो चुके थे। सब लोग हैलगे के इस प्रकार गायब हो जाने से फिर चिन्तित हो उठे। और इस प्रकार की घटनाओं से आगे वाले खतरे की आशंकाओं से मन ही मन काँप उठे। उन्होंने ईश्वर

से प्रार्थनाएँ कीं कि वह उनके प्रिय हैलगे को उन्हें शीघ्र वापस दे दे।

गिरांड का भाई गुडमन्ड बड़ा जबर्दस्त जादूगर था। खाने-पीने, बात करने और स्पर्श मात्र, सभी चीजों पर उसे जादू करने का शौक था। उसकी सबसे छोटी लड़की इंगेवोर्ग जो हैलगे की स्त्री थी और स्वयं बहुत सुंदरी थी गुडमन्ड को बहुत प्यारी थी। अपने पति के साथ जाकर मानवों के उस देश में रहना वह कतई पसन्द नहीं करती थी। जब वह पहली बार हैलगे के साथ आई थी तो गुडमन्ड ने उसे एक विचित्र सोने की अँगूठी दी थी जिसके घिसने मात्र से वह जहाँ कहीं भी हो क्षण भर में अपने पिता के पास सशरीर वापस पहुँच सकती थी। उसी ने उन दो अजनबियों को भेजकर हैलगे को अपने पिता के जादू द्वारा अपने देश वापस बुला लिया था। परन्तु हैलगे जब आ गया था तो बार-बार लौट जाने को कहा करता था। एक दिन सुअवसर देखकर वह वहाँ से चल भी दिया। इंगेवोर्ग ने जब उसे न पाया तो वह अपने पिता के पास जाकर रोई, गुडमन्ड ने उसे बतख के परों से बना हुआ एक पंखा दिया और कहा : "जब तू इसे खोलेगी तेरा पति जहाँ भी होगा वहीं से उड़कर तेरे पास आ जायेगा।"

इंगेवोर्ग उसे पाकर बहुत खुश हुई। वह उसे लेकर अपने महल के एकान्त कक्ष में चली गई और वहाँ जाकर सारे किवाड़ बन्द कर दिये। तत्पश्चात् एक खिड़की खोल कर वह पलंग पर बैठ गई और उस पंखे को खोला। पंखे का खुलना था कि खिड़की की राह हैलगे खिंचा चला आया और उसके पास पलंग पर आकर बैठ गया। एक वर्ष बाद जो हैलगे उन्हीं दो अजनबियों को लेकर गुडमन्ड के द्वारा दिये गये सींगों को लेकर ओलैव के पास आया था तो उसमें भी एक बहुत बड़ा रहस्य था। और यदि जिस मतलब से वह सींग भेजे गये थे, वह पूरा उतरता तो निश्चय ही राजा ओलैव और उसके दरबारियों में से कोई भी जीवित न बचता यदि राजगुरु उन पर जादू करके उनके प्रभाव को नष्ट न करता। जब वह दीवाल से जाकर टकराये थे तो न केवल मशालें ही बुझ जातीं बल्कि उनके साथ-साथ सारे आदमियों की जीवन ज्योति भी बुझ जाती। बहुत दूर बैठे हुए गुडमन्ड ने अपने जादू के बल से जान लिया कि उसका तीर खाली गया है तो उसने उन दोनों अजनबियों को मंत्रबल से वहीं अदृश्य कर दिया और उसी समय इंगेवोर्ग ने पंखा खोलकर अपने प्रियतम को अपने पास बुला लिया था। तभी जब ओलैव के दरबार में मशालें जलाई गई थीं, वह तीनों ही गायब थे।

इंगेवोर्ग की सुंदरता और उसके यौवन की वासना दिन-प्रतिदिन बढ़ती ही जाती थी। हैलगे उसके रूप और यौवन पर आसक्त तो बहुत था परन्तु इस प्रकार अपने लोगों से दूर रहना पसन्द नहीं करता था। उसे रह-रहकर अपने आदमियों की याद आती थी। पहले तो वह ससुर और स्त्री के लिहाज में कुछ कहता-सुनता न था परन्तु अब फिर उसने झगड़ा करना शुरू कर दिया। धीरे-धीरे नौबत यहाँ तक आ गई कि वह इंगेवोर्ग को छोड़कर बार-बार भागने लगा। इंगेवोर्ग भी मामूली स्त्री न थी। बार-बार पंखा खोलने की झलत से परेशान होकर अब उसने उसे जो खोला तो फिर बन्द ही न किया।

उसे पूरी तरह खोलकर आरपार एक कील उसमें ठोंक दी। हैलगे अब चाहकर

भी उस स्त्री से अलग नहीं हो सकता था। परन्तु झगड़ा उसने बन्द नहीं किया। निरन्तर झगड़ा होता ही रहता था। वह कहता था : "तुम मेरे साथ चलो और हम अपने घर स्वीडन में जाकर रहेंगे।"

परन्तु वह थी गुडमन्ड की बेटी। भला साधारण मानवों के साथ जाकर वह कैसे रहती। इसी तरह झगड़ा बढ़ता ही गया। और एक दिन जब इनका वादविवाद हो ही रहा था तो हैलगे ने तैश में आकर इंगेवोर्ग को पीट डाला। क्रुद्ध सर्पिणी की भाँति वह उठी और उसने अपने दास-दासियों से कहकर हैलगे की आँखें निकलवा लीं और पंखा बंद कर दिया। गुडमन्ड को जब यह मालूम हुआ तो उसने उन्हीं दो आदमियों को जो पहले उसके साथ गये थे अब फिर उसके साथ कर दिया। जब वह उनके साथ जाने लगा तो इंगेवोर्ग बोली : "तेरा शरीर मेरा है, तू मुझे छोड़कर जाता है तो जा तेरी आँखें जो मेरे पास हैं उन्हीं में मैं अपनी सूरत देखकर सब्र कर लूंगी। मैं नहीं चाहती कि यह तेरे पास रहें जिनसे देखकर स्वीडन में जाकर तू किसी मानव स्त्री से प्रेम करने लगे और वह तेरे शरीर की स्वामिनी बन जाय। इसीलिए मैंने तुझे अंधा कर दिया है।"

गायब होने के दो वर्ष बाद ठीक उसी बड़े दिन की रात्रि के समय वह दोनों अजनबी हैलगे को लेकर राजा ओलैव ट्रिगबीसन के दर्बार में हाजिर हुए। और इससे पेश्तर कि कोई इनसे कुछ कहे या पूछे हैलगे को वहीं छोड़कर वे दोनों गायब हो गये। हैलगे निश्चल भाव से अपनी जगह खड़ा रहा। जब लोगों को मालूम हुआ कि वह अंधा हो गया है तो वह दुख से भर गये। राजा ओलैव ने उसके अंधे होने का कारण पूछा। उसने विस्तारपूर्वक सभी बातें बतलाईं। वह बोला : "हे राजा! मैं जब तक जादूगर गुडमन्ड के राज्य में रहा था। उसकी पुत्री इंगेवोर्ग मेरी स्त्री थी। तुम लोग निरन्तर मेरे लौटने के लिये ईश्वर से प्रार्थना किया करते थे, उसी के असर से मेरे मन में भी बार-बार भाग आने की इच्छा जाग्रत होती थी। लो मैं आ गया हूँ। मेरी स्त्री ने मेरी आँखें ले ली हैं क्योंकि वह नहीं चाहती थी कि मैं उसके सुंदर शरीर को देखने के उपरान्त किसी और स्त्री के रूप और यौवन को देख सकूं। गुडमन्ड के यहाँ सचमुच ही मेरे दिन अच्छे ही कटे। परन्तु अब सब कुछ खत्म हो चुका है क्योंकि मैं अन्धा हो गया हूँ। अब मेरे लिये सारा संसार अंधेरा है।"

इतना कहकर वह चुपचाप वहीं जमीन पर बैठ गया। उसके दुख को देखकर राजा ओलैव की सारी सभा रोने लगी। राजा ओलैव बोला : "हे हैलगे यह सच है कि हम सभी तुझे बहुत चाहते हैं। परन्तु इससे भी बड़ा सत्य यह है कि हमें तेरा यहाँ अन्धे होकर रहना एक क्षण भी पसन्द नहीं है। हम वादा करते हैं कि यदि अब तू फिर गुडमन्ड के पास जा सके तो खुशी-खुशी चला जा। हम तुझे प्रार्थनाओं से कभी वापस बुलाने का प्रयत्न नहीं करेंगे। वहाँ जाकर तू अपनी खोई आँखें पा ले और खुश रह।

राजा के इतने कहते ही वे दोनों अजनबी न जाने कहाँ से फिर वहीं उपस्थित हो गये और उन्होंने हैलगे से वापस चलने को कहा। उन्हें उसे विश्वास दिलाया कि उसके लौटते ही उसकी आँखें उसे वाप ा मिल जाएँगी। सारे दर्बार में निस्तब्धता छा गई। सभी के हृदय आधी खुशी और आधे रंज से भर गये थे। खुशी इस बात की थी कि

हैलगे को एक बार फिर गई हुई आँखें वाप्स मिल जायेंगी। रंज उससे होने वाले वियोग का था क्योंकि सभी को विश्वास था कि वह अबकी गया तो फिर कभी वापस नहीं आयेगा। हैलगे चुप था और उसी भाँति निश्चल बैठा था। आगन्तुक उसे लेकर चले जाने को आतुर हो रहे थे। राजा ओलैव की पूरी सभा साँस खींचे उसके जाने की प्रतीक्षा कर रही थी। परन्तु हैलगे न तो बोलता ही था न उठता ही था।

गुडमन्ड को जादू के बल से इन सभी बातों का पता अपने घर बैठे चला गया और तब वह इंगेवोर्ग से बोला : "तू यदि अपने पति को चाहती है तो शीघ्र जा और उसे लिवा कर ला क्योंकि यही समय है जब तू एक बार फिर उसे मोहित करके अपने प्रेम-पास में बाँधकर वापस ला सकती है और हाँ तू अकेली मत जा। अपनी ग्यारहों बहिनों को भी साथ लेकर जा।"

इंगेवोर्ग तुरन्त अपनी ग्यारहों बहिनों को लेकर सोने की जीन-लगामों से सुसज्जित काले दीर्घकाय घोड़ों पर बैठकर आकाश मार्ग से विद्युत्-गति से स्वीडन की ओर चली।

दर्बार में सन्नाटा छाया हुआ था। सभी लोग हैलगे का उत्तर सुनने को आतुर हो रहे थे। परन्तु वह अभी तक चुपचाप बैठा था। तभी दिव्य प्रकाश से दर्बार जगमगा उठा। उसकी चकाचौंध से सभी की आँखें मिच गईं। जब आँखें खुलीं तो उन्होंने देखा कि जवाहिरातों से जड़े सोने के चमकते हुए आभूषणों को पहनकर बारह सुन्दर स्त्रियों ने हैलगे को घेर रखा है। आश्चर्यचकित होकर वह उनकी ओर देखने लगे। सबों ने सुना, इंगेवोर्ग कह रही थी : "हे प्रियतम तुम वापस चलो, मैं तुम्हें लेने आई हूँ। तुम वापस चल कर अपनी आँखें पा जाओगे। आँखें पाकर तुम मुझे देखना क्योंकि मेरा यौवन अखण्ड है। यदि तुम अकेले मुझसे उकता गये हो और अन्य स्त्री चाहते हो तो मेरे साथ मेरी ग्यारह बहिनें यहाँ मौजूद हैं, इनके रूप और यौवन भी अखंड हैं, इनमें से किसी एक अथवा सभी को तुम अपनी स्त्रियाँ बना सकते हो। तुम जिस तरह भी चाहोगे उसी तरह रह सकोगे। मेरे पिता के पास अतुल वैभव है। संसार की ऐसी कोई निधि नहीं है जो अप्राप्य हो। तुम सब कुछ पा जाओगे। ऐश्वर्य और भोग-विलास की चरम सीमा को तुम प्राप्त कर सकोगे। परन्तु किसी मानवी स्त्री के साथ यहाँ तुम्हारे रहने में ही हमें एतराज है। तुम चलो और हमारे देश में आनन्द को प्राप्त करो।"

इतना कहकर उसने अपने पति का आलिंगन कर लिया। ओलैव और सभी दर्बारी उसके उज्ज्वल भविष्य को सुनकर बहुत प्रसन्न हुए। एक साथ बारह सुंदरी कामिनियाँ उसकी प्रेयसी बनने वाली थीं और फिर इतना वैभव।

हैलगे अब तक चुप था। अब उसने इंगेवोर्ग को अपने हाथों से दूर हटाया और धीरे से उठकर खड़ा हो गया। फिर एकाएक वह उच्च स्वर से चिल्लाया : "गुडमन्ड की बेटी तेरे जाल में अब मैं नहीं फँसूंगा। तेर रूप, यौवन और तेरी वासना में मैं दुबारा लिप्त नहीं होऊँगा। आज तू मुझे अपनी ग्यारह युवती बहिनों के यौवन से पराजित करने आई है, अपने पिता के वैभव से तू मुझे खरीदने आई है, तो सुन ले कि अब हैलगे इन सब चीजों से बहुत ऊँचा उठ चुका है। तूने मेरी आँखें छीन ली हैं इसलिये कि मैं

किसी अन्य स्त्री को देखकर उसके रूप और यौवन पर मोहित न हो सकूँ तो तू शौक से उन्हें अपने ही पास रख। मुझे उनकी आवश्यकता नहीं है। परन्तु मैं अब अपने देश को छोड़कर कहीं नहीं जाऊँगा···अब मैं तेरा गुलाम बनकर नहीं रह सकता। मैं अपने देश में स्वतन्त्र हूँ और अन्धा हूँ तो भी खुश हूँ।"

और तब उसने कड़ककर इंगेवोर्ग और उसकी बहिनों को निकल जाने को कहा। गुडमन्ड की बारहों लड़कियाँ इस अपमान को सुनकर क्रोध से थरथर काँपने लगीं। आग्नेय नेत्रों से उन्होंने सारे दरबार को जला देना चाहा परन्तु हैलगे के प्रभाव से ऐसा कुछ न हो सका। क्रोध से भनभनाती हुई और होंठों को चबाती हुई अपने घोड़ों पर चढ़कर वह गुडमन्ड के पास फिर वापस जा पहुँचीं और उससे अपने अपमान की सारी कथा कह सुनाई। गुडमन्ड बोला : "इंगेवोर्ग, उस पंखे को खोल।"

वह दौड़ी-दौड़ी घर के अन्दर गई और पंखे को ले आई। वह क्रोध से थरथरा रही थी, उसने झटके से उस पंखे को खोला। परन्तु हैलगे नहीं आया। उसने दूसरा झटका पंखे में दिया और पंखा बिखर कर टूट गया।

पुत्री ने पिता की ओर निराशा से देखा। गुडमन्ड ने सिर झुका लिया। अब हैलगे पर उसका कोई जादू नहीं चलता था। वह हार गया।

राजा ओलैव ने उठकर हैलगे को छाती से लगा लिया। उसकी जय-जयकारों से सारा राजमहल गूँजने लगा। सारे स्वीडन में हैलगे का देशप्रेम सूर्य की भाँति फैल गया।

हैला का सुख

हाफ़-डान के पुत्र हैडिंग ने जब समुद्री अजदहे को मार डाला तब वह रैगिन हिल्ड नामक भयानक दानव से राजा निथेरी की सुंदरी पुत्री को छुड़ाने गया। इस स्त्री पर परम सुन्दरी देवी फ़्रियैजा की असीम कृपा थी और इसके कारण उसका यौवन सदा एक-सा बना रहता था। इसके अतिरिक्त सुंदर देवता बाल्डर की कृपा से इसके शरीर से मदमत्त कर देने वाली खुशबू हमेशा निकला करती थी। उस समय सारे संसार में यह बात प्रसिद्ध थी कि निथेरी की कन्या के समान सुंदर, कोमलांगी और कोई नहीं है। सुदूर उत्तर में बर्फीले जौटन-हीम में रहने वाले विकराल दानव रैगिन हिल्ड ने जब उसकी सुन्दरता का वर्णन सुना तो उसने आकर राजा निथेरी को पकड़ लिया। राजा उससे बहुत कमजोर था, इसलिए उसका मुकाबला नहीं कर सका। शत्रु को देखकर वह भागा परन्तु रैगिन हिल्ड के हाथ से वह निकलकर न जा सका क्योंकि जब वह भाग रहा था तो रैगिन हिल्ड ने उसे पकड़ लिया और मार डालना चाहा। मृत्यु को इतने निकट से देखने से निथेरी डरकर थर-थर काँपने लगा। उसकी उस दयनीय अवस्था को देखकर चतुर रैगिन हिल्ड ने उससे प्राणों के बदले में उसकी सुंदर कन्या को माँगा। राजा को मजबूरन अपनी कन्या उस भयानक दानव को दे देनी पड़ी जो उसको लेकर वायुवेग से अपने देश चला गया। वह दानव बड़ा बदशक्ल और विशालकाय, कठोर और क्रोधी व्यक्ति था। उसके पराक्रम से सभी डरते थे और उसके सामने दबे रहते थे। परन्तु निथेरी की कन्या ने उससे विवाह करने की स्वीकृति नहीं दी। वह सदा उसका तिरस्कार ही किया करती थी। रैगिन हिल्ड जितना ही उस स्त्री को देखता था उतनी ही अधिक अभिलाषा उसको पाने की, उसके हृदय में जागृत होती थी। स्वयं राजा होने पर भी रैगिन हिल्ड उसके द्वारा सताया जाने लगा। जब हैडिंग को निथेरी की लड़की की सुंदरता और गिरफ्तारी का हाल मालूम हुआ तो उसने ओडिन का ध्यान किया और जौटन-हीम की तरफ चल पड़ा। शीघ्र ही वह वहाँ पहुँच गया और तब उसका रैगिन हिल्ड से भयानक युद्ध हुआ जिसमें उसने रैगिन हिल्ड को पकड़कर बीच से चीर दिया। तत्पश्चात् निथेरी की पुत्री को लेकर वह अपने देश लौटा।

हैडिंग सुंदर और नौजवान भी था। उसने उस स्त्री के साथ विवाह करना चाहा और यह बात उससे कही भी। स्त्री ने उसका प्रस्ताव सहर्ष स्वीकार कर लिया और तब बड़ी धूमधाम के साथ राजा हैडिंग का विवाह निथेरी की उस कन्या के साथ हो गया। निथेरी बहुत खुश हुआ कि उसकी लड़की दानव के चंगुल से छूटकर हैडिंग जैसे सुंदर और बलवान युवक की स्त्री हो गई है। उसने तब असंख्य धनराशि और पचासों सुंदरी दासियाँ हैडिंग के महल में भेजीं। इस तरह हैडिंग अपनी स्त्री के साथ आनन्दपूर्वक रहने लगा।

एक दिन शाम के समय जब कि दोनों स्त्री-पुरुष खाना खा रहे थे। एकाएक दीवाल में से किसी एक स्त्री की आत्मा बाहर निकली। उसकी शक्ल देखने से मालूम होता था कि वह बहुत उदास थी। वह हैडिंग के सामये आई और उसने उसको सफेद ताजा फूलों का एक गुच्छा दिया जिसमें विचित्र मदहोश करने वाली सुगन्ध फैल रही थी। हैडिंग और उसकी स्त्री उस गुच्छे को देखकर बहुत खुश हुए क्योंकि खुशबू के अतिरिक्त वह तनिक भी मुरझाया हुआ न था। वह आत्मा बोली : 'हे हैडिंग क्या तू इन फूलों के उगने के स्थान को देखना चाहता है ? हैडिंग की स्त्री ने सुनकर आश्चर्य सहित उससे पूछा : 'ये तो ग्रीष्म ऋतु में उत्पन्न होने वाले फूल हैं जिन्हें तू इस भरे जाड़े में कहाँ से लेकर आई है यह बात मुझे बता ?"

"तुझे नहीं•••" उँगली हिलाती हुई वह आत्मा बोली और फिर हैडिंग की ओर इशारा करते हुए उसने कहा : 'इसको ले जाकर वह स्थान दिखला सकती हूँ।"

हैडिंग जाने को तुरन्त तैयार हो गया और अपनी स्त्री की ओर विदा माँगने के लिये मुड़ा ही था कि उस आत्मा ने उसे जाने को तैयार देखकर उसके ऊपर झटके के साथ अपना लाल लबादा फेंका। एकदम बिजली की सी चमक उठी और हैडिंग की स्त्री की आँखें बन्द हो गईं। पलक मारते जब उसने आँखें खोलीं तो हैडिंग और स्त्री की आत्मा दोनों ही गायब थीं। वह घबराई और चिल्लाकर पीछे भागी परन्तु बेहोश गिर पड़ी। उसकी दासियाँ उसे उठाकर महल के अन्दर ले गईं।

जब हैडिंग ने आँख खोली तो उसने अपने को अन्धकार से पूर्ण एक ऊबड़-खाबड़ मार्ग में पड़े देखा।

उसी समय उस आत्मा ने उसके कान में कहा : "हैला का रास्ता यही है तू आगे बढ़ क्योंकि तुझे उस ग्रीष्म ऋतु में पैदा होने वाले फूल को लाना है।"

हैडिंग उठा और साहसपूर्वक उस अज्ञात और अन्धकार से पूर्ण पथ पर चलने लगा। उसके चारों ओर घना कुहासा छाया हुआ था। वायु बर्फ की तरह ठंडी थी। वह चलता गया और बर्फीली हवा के थपेड़े उसके शरीर से लगकर उसे हड्डी तक ठंड से कँपाने लगे। चलते-चलते अब वह एक ऐसे मार्ग पर आया जिसपर होकर निरन्तर आत्मायें हैला की ओर जाती रहती थीं। उनके पैरों से न कोई आवाज होती थी और न अन्धकार के कारण उनकी शक्लें ही दिखाई देती थीं। रास्ता बेहद धूल से भरा था जो उनके चलने से हमेशा उड़ा करती थी। वहाँ प्रत्येक वस्तु पर गर्द छाई रहती थी। हैडिंग चुपचाप आगे बढ़ा चला जा रहा था। वह खुद भी गर्द से ढँक गया था। आखिरकार तेज कदमों से चलते हुए वह एक नदी के किनारे पहुँचा जिसमें काला पानी तेजी के साथ बह रहा था। यह नदी पैने हथियारों से भरी हुई थी जिनकी नोकें ऊपर की ओर निकल रही थीं। हैडिंग नहीं जानता था कि जल के अन्दर वह हथियार पड़े थे और उसने तैर कर पार चले जाने की सोची। परन्तु उसी समय उसकी पथ दिखाने वाली स्त्री की आत्मा ने उसे ऐसा करने से रोका। और उसे लेकर, अँधेरे के कारण न दिखने वाले, नदी के ऊपर बने एक पुल पर होकर पार ले गई। नदी के उस पार जाकर हैडिंग ने देखा कि वह एक बहुत लम्बे-चौड़े मैदान में जा पहुँचा है जहाँ आमने-सामने खड़े होकर दिव्य

अस्त्र-शस्त्र से दो विशाल सेनायें आपस में भयानक युद्ध कर रही हैं। वह हैरत में रह गया और चुपचाप खड़े होकर उन्हें देखने लगा। दोनों ओर से प्रचंड योद्धा एक दूसरे को खड्ग के भीषण प्रहारों से मार रहे थे। उनको देखकर ऐसा मालूम होता था कि जैसे उनमें से किसी का भूल करके भी भय से परिचय न था। चोट खाकर गिरने पर न कोई कराहता था न उनके अस्त्र-शस्त्रों से किसी प्रकार कोई खड़खड़ाहट का शब्द ही होता था। वातावरण निस्तब्ध था। हैडिंग परेशान था कि ऐसा भयानक युद्ध इतनी खामोशी के साथ कैसे हो रहा है। योद्धा आपस में लड़ते हुए उसके पास से गुजर जाते थे। परन्तु उससे न कोई बोलता था, न उसे कोई देखता ही था। उसको घबराते हुए देखकर उसके कानों में वही आत्मा बोली : "यह लोग जीवित नहीं हैं। संसार में युद्ध-भूमि में बहादुरी के साथ तलवार से मरने वाले योद्धा लोगों की वीर आत्मायें यहाँ आती है और चूंकि उनमें जोश की कमी नहीं होती, यहाँ आकर भी वह इसी प्रकार आपस में लड़कर अपने मन के गुबार निकाला करती हैं। यह युद्ध निरन्तर चलता रहता है क्योंकि यहाँ मरने और खत्म होने का तो कोई प्रश्न ही नहीं उठता। बल्कि इसकी असलियत यह है कि ऐसी व्यवस्था इन्होंने स्वयं ही हैला की रानी प्रोसरपाइन से आज्ञा माँग कर की है···अब आगे बढ़ो और इन्हें लड़ने दो।"

हैडिंग आगे बढ़ा और उस आत्मा के कहने से युद्धभूमि के बीच से होता हुआ चलने लगा। उसके चारों ओर घमासान युद्ध हो रहा था। परन्तु न उसे किसी का स्पर्श लग रहा था न उसके मार्ग में उनके कारण किसी तरह को रुकावट ही आती थी। वह तो आत्माओं का एक छाया युद्ध था जो केवल दिखाई देता था और जिसमें मनुष्यों की भाँति कोई वास्तविकता नहीं थी।

वह बहुत दूर आगे निकल गया और एक पहाड़ पर चढ़ने लगा। पहाड़ काफी ऊँचा और सीधा चढ़ाई वाला था। जिसमें जगह-जगह अथाह मृत्यु के खड्ड थे जिनके बिल्कुल बगल से होकर एक-एक कदम रखकर ऊपर चढ़ने का मार्ग था। जंगली जानवरों से पहाड़ भरा हुआ था पर हैडिंग उन सबसे न डरा। पहाड़ की सीधी चढ़ाई चढ़ने से वह बहुत थक गया था, यहाँ तक कि उस भयानक जाड़े में भी उसका शरीर पसीने से भीग गया था; वह चढ़ता ही रहा। अब पहाड़ की चोटी थोड़ी ही दूर रह गई थी। उल्लसित मन से उसने तेजी के साथ कदम उठाये। जिस पगडंडी पर होकर वह जा रहा था ऊपर से उसी रास्ते उसी समय हाथों में रक्त से भीगी नंगी तलवारें लेकर एक के बाद एक कई दानव उतरने लगे। उस अन्धकार में भी उनके दिव्य वस्त्र और अस्त्र चमक रहे थे। हैडिंग घबराया क्योंकि यहाँ से भागने का रास्ता भी नहीं था। मरता क्या न करता ऐसा सोचकर उसने म्यान से अपनी तलवार निकाल ली और फिर प्रबल साहस से वह उनसे जूझने आगे लपका। परन्तु सामने से आने वाले जैसे बिलकुल बेखबर थे। न उनकी चाल में इसके बीच में खड़े होने से कोई रुकावट ही आई और न उन्होंने इसकी ओर कोई लक्ष्य ही किया। वह शान्त भाव से सीना फुलाये इसके शरीर से आरपार होकर नीचे उतर गये। हैडिंग को उनके शरीर का स्पर्श भी मालूम नहीं हुआ।

वह आश्चर्यचकित होकर थोड़ी देर तक मुड़कर नीचे जाते हुए उन शून्य शरीर

वाले योद्धाओं की ओर देखता रहा। और जब वह उसकी आँख से ओझल हो गये तब वह आगे बढ़ा। पहाड़ की चोटी पर चढ़ते ही उसने उस पार का मनोरम दृश्य देखा। उस ओर उज्ज्वल प्रकाश से पवित्र भूमि जगमगा रही थी। यहाँ सर्दी नहीं थी बल्कि मन्द मलयानिल शरीर से लग रही थी। उसके लगने से ही हैंडिग की सारी थकान जाती रही और तब वह पहाड़ के उस ओर उतरने लगा। उसने देखा कि दूर बहुत दूर एक बहुत बड़ा बाग खड़ा लहरा रहा है। उसके चारों ओर पक्की दीवाल खिंची हुई है और उसके अन्दर खुशनुमा, बेहतरीन फ़ूल महक रहे हैं। तभी उसके कानों में उस स्त्री की आत्मा ने फुसफुसाकर कहा : "यही वह बाग है जहाँ ग्रीष्म ऋतु में उगने वालें और विचित्र सुगन्ध में महकते हुए फूल सदा खिले रहते हैं। संसार की भाँति यहाँ ऋतु परिवर्तन नहीं होता। यहाँ हमेशा आनन्द का श्रोत बहता रहता है। कलकल निनाद करते झरने बहते रहते हैं जिनके पास ही घने तरुवरों की छाया में अनिन्द्य सुंदरियाँ तारों का बाजा बजाकर गायन और नृत्य किया करती हैं। यहाँ के फूल कभी नहीं कुम्हलाते·· हे हैंडिग वह जो सामने तू नीलासा चमकता पृथ्वी पर बिछा हुआ बड़ा बिस्तर देख रहा है, वह वास्तव में मदहोश कर देने वाली खुशबू से भरे हुए इस स्थान के विचित्र और असंख्य फूल हैं। इस चहारदीवारी के अन्दर हर कुछ जीवित हो उठता है। इसके अन्दर मृत्यु का प्रवेश नहीं है। इसको 'हैला का सुख' कहते हैं। परन्तु साथ-साथ यह बात भी निश्चित है कि एक बार इसके अन्दर घुसकर वापस नहीं आया जा सकता।"

हैंडिग ने सुना और उसका हृदय प्रसन्नता से भर उठा। अब राजा हैंडिग तेजी से कदम बढ़ाता हुआ उस बाग की ओर चला। जब वह वहाँ पहुँचा तो उसके आश्चर्य का ठिकाना न रहा क्योंकि जिस बाग को उसने मामूली तौर का बड़ा बाग, पहाड़ की ऊँचाई से देखा था वह पास से इतना बड़ा निकला कि जिसके विस्तार का अनुमान लगाना भी कठिन था। उसकी दीवाल इतनी ऊँची थी कि उस पर चढ़ना असंभव था। उसमें कहीं एक छेद भी नहीं था जिसमें होकर अन्दर की ओर देखा जा सकता हो। हैंडिग बाग के बाहर खड़ा होकर अब निराशा से भर उठा क्योंकि लाख प्रयत्न करने पर भी वह अन्दर का मनोरम दृश्य नहीं देख सकता था। तब उसने उस स्त्री की आत्मा को याद किया और जब वह आ गई तो उसने उससे अपनी इच्छा प्रगट की और कहा कि वह उसके लिये अधिक नहीं तो एक छोटा छेद ही उस दीवाल में पैदा कर दे जिसमें आँख लगाकर वह उस पार का दृश्य देख सके। यह सुनकर वह आत्मा बोली : "हे हैंडिग इस दीवाल की मोटाई का अनुमान करना भी संसार के मनुष्यों के लिये असम्भव है। इसके अन्दर हैला का सुख है और वह सुख इस तरह दीवाल में छेद करके प्राप्त नहीं किया जा सकता। सारी दुनिया में ऐसी कोई शक्ति नहीं है जो इस दीवाल में छेद कर सके।"

"फिर मैं कैसे अन्दर का हाल देख सकता हूँ ?" हैंडिग ने पूछा। आत्मा बोली : "उछलकर देखने का प्रयत्न कर।"

इतना कहकर उस स्त्री की आत्मा सशरीर होकर उस दीवाल को फाँदने के लिये उछलने लगी। हैंडिग उछलकर उसकी पीठ पर चढ़ गया। वह स्त्री दीवाल की

पूरी ऊँचाई तक तो उछल जाती थी जिससे हैडिंग भी बार-बार अन्दर के अद्भुत दृश्य को देख लेता था, परन्तु प्रयत्न करने पर भी दीवाल को लाँघकर वह अन्दर न जा सकी क्योंकि वह बुड्ढी थी। यदि जवान होती तो इतने प्रयत्नों से निश्चय ही वह दीवाल को लाँघ कर हैला के सुख में पहुँच गई होती। हैडिंग अब कई बार उस बाग को अन्दर से देख चुका था। अब हैडिंग ने मदहोश कर देने वाले खुशबू से भरे हुए सफेद फूलों के वैसे ही गुच्छे, जिनकी तलाश में वह आया था, लेने चाहे। बुढ़िया ने तब अपनी काँख में दबे हुए एक लाल मुर्गे को निकाल कर पृथ्वी पर खड़ा किया और हैडिंग की ओर हाथ से इशारा किया। हैडिंग ने तेज चाकू से उसकी गर्दन काट दी। तत्पश्चात् बुढ़िया के कहने से मुर्गे के सिर को दीवाल के ऊपर से बाग के अन्दर फेंक दिया।

हैडिंग आश्चर्यचकित रह गया जब उसने देखा कि दूसरे ही क्षण मुर्गे का वह सिर अन्दर से अपनी चोंच में उन्हीं खुशबूदार सफेद फूलों का एक बड़ा गुच्छा लिये हुए वापस आया और अपने कटे हुए धड़ पर आकर जुड़ गया। फूल उसने हैडिंग की ओर फेंक दिये और पैर ऊँचे करके एक तगड़ी बाँग लगाई। इससे पहले कि हैडिंग उसे दुबारा काटे वह मुर्गा और बुढ़िया दोनों उसकी आँखों के सामने से गायब हो गये। लाचार होकर हैडिंग ने सामने पड़ा हुआ सफेद फूलों का बड़ा गुच्छा उठाया और वापस चल दिया। अबकी बार वापसी में रास्ता दिखाने वाली वह आत्मा उसके साथ नहीं थी। इसी कारण उसे जगह-जगह भयंकर खतरों का सामना करना पड़ा।

पूरे एक वर्ष बाद वह अपने घर वापस लौटा जहाँ निथेरी की बेटी रात-दिन जाग कर उसके आने की प्रतीक्षा कर रही थी। हैडिंग ने उसे देखा और उसकी सारी यात्रा का थकान दूर हो गई। उसने प्रेम से अपनी स्त्री को आलिंगन में भर लिया और 'हैला के सुख' से लाये हुए उस बिना मुरझाने वाले मदहोश खुशबू से भरे फूलों के गुच्छे को उसके बालों में खोंस दिया। राजा निथेरी की वह सदा जवान रहने वाली सुन्दरी पुत्री जिसके शरीर से मदमत्त बना देने वाली खुशबू हमेशा निकला करती थी, इस नई खुशबू को पाकर प्रफुल्लित हो उठी। तत्पश्चात् हैडिंग सुखपूर्वक राज्य करने लगा और उसकी रानी उसे सदा प्यार करती रही।

उटगार्ड-लोक का अभिशाप

डेनमार्क का राजा गौर्म अपने समय में बहुत विद्वान् और साहसी माना जाता था। ज्ञान प्राप्ति के लिये वह बड़ी से बड़ी तकलीफें हँस-हँसकर झेल लेता था। इसी ज्ञान प्राप्ति के लिये भयंकर मार्गों, गरजते तूफानों और खतरनाक सरदी को झेलता हुआ वह गिरोड के देश को गया था जहाँ उसने अमर लोगों का देश देखकर कभी न मरने की यातना देखी थी। तब से उसका ज्ञान मनुष्य की आत्मा के सम्बन्ध में काफी बढ़ गया था। जब वह अपने सेनानियों को लेकर अपने देश को लौट रहा था तब रास्ते में उसको बहुत कठिनाइयों का सामना करना पड़ा। उस समय जबकि भीषण तूफानों से और समुद्र की भीम लहरों के थपेड़ों से अतल समुद्र की हरहराती छाती पर उसके जहाज डुगल उठे थे और मृत्यु उसकी आँखों के सामने इतनी पास आ चुकी थी, और जब उसके सभी साथी देवी-देवताओं से उस खतरे से छुटकारा पाने के लिये मनौतियाँ मनाने लगे थे तब उसके प्रार्थना करने पर सुदूर उत्तर में बर्फीले जौटन-हीम में स्थित जादू की नगरी के भयानक और विशालकाय दानव उटगार्ड-लोक ने उनकी रक्षा की थी, और तभी सारे तूफान थम गये थे। राजा गौर्म को अब जब कि उसे लौटे काफी दिन हो गये थे। एका-एक उसी उटगार्ड-लोक की याद हो आई थी। उसने निश्चय किया कि अपने वचन के अनुसार अब वह उसके पास भेंटें भिजवायेगा। एक दिन भरे दरबार में उसका जिक्र किया। उसने पूछा : "पराक्रमी उटगार्ड-लोक, जिसकी शक्ति से सुदूर के तूफान बन्द हो जाते हैं, मुझ पर विशेष कृपा रखता है। मैंने उसको वचन दिया है कि जहाँ भी वह हो मैं उसके लिये बहुमूल्य नजरें भेजूंगा। क्या तुम लोगों में से कोई भी बतला सकता है कि वह कहाँ रहता है ?"

दरबारी लोग यह सुनकर सोच में पड़ गये क्योंकि उन्हें इस सम्बन्ध में कुछ भी मालूम नहीं था। यहाँ तक कि कुछ लोगों ने तो उटगार्ड-लोक का नाम ही नहीं सुना था। उसी समय एक बौना जोकि बहुत वृद्ध था और कमर से झुका था, लकड़ी टेकता और मुश्किल से चलता हुआ दरबार में आया। उत्सुकता और आश्चर्यपूर्वक सभी ने उस अपरिचित व्यक्ति की ओर देखा। इससे पहले कि कोई उससे कुछ पूछे वह स्वयं राजा गौर्म से दृढ़ स्वर में बोला : "उटगार्ड-लोक उस देश में रहता है जहाँ कभी दिन नहीं उगता। वहाँ सदा रात्रि बनी रहती है। सुदूर उत्तर दिशा की ओर गिरोड के देश से भी आगे अन्धकार से पूर्ण समुद्र के बीच उटगार्ड-लोक रहता है। उसके पीछे एक भारी चट्टान है। वहाँ इतनी सर्दी है कि चारों ओर बर्फ ही बर्फ दिखाई देती है। उटगार्ड-लोक का शरीर बर्फ की तरह ठंडा और कठोर है।"

इतना कहकर लकड़ी टेकता हुआ वह बौना दरवाजे से बाहर निकल गया और गायब हो गया। दरबारी लोग जो मन में थौरकिल से उसकी प्रतिष्ठा और पद के

कारण जलते थे आश्चर्य से उस बौने की बातों पर विचार करने लगे।

उन्होंने राजा गौर्म को सलाह दी कि वह वहाँ थौरकिल को ही भेज दें। और उन्होंने उस समय अपनी बात पक्की करने के लिये थौरकिल के साहस, समुद्री यात्रा के ज्ञान, और सुदूर उत्तर में स्थित बर्फीले मैदानों की जानकारी इन सब बातों को कहकर उसकी बहुत प्रशंसा की। राजा गौर्म ने फौरन थौरकिल को वहाँ जाने का हुक्म दे दिया। थौरकिल मन ही मन उसको सुनकर बहुत कुढ़ा। उसने अपने मन में सोचा कि इतनी लम्बी और भयानक यात्रा से सम्भव है वह कभी वापस न आ सके। वह यह भी जानता था कि उसके शत्रु दरबारियों ने ही राजा को बहकाकर उसी का नाम लिवा दिया है। वह बोला : "मेरे लिये यह सौभाग्य का विषय है कि उटगार्ड-लोक के पास जाने के लिये दरबारियों ने मुझे चुना है। मैं उनको इसके लिये धन्यवाद देता हूँ। परन्तु भला अकेला जाकर मैं वहाँ कर ही क्या सकता हूँ, इसलिये हे राजा गौर्म यह परम आवश्यक है कि मेरे साथ यह सभी दरबारी भी जाएँ।"

यह कहकर उसने आशा भरी निगाहों से राजा की ओर देखा। दरबारी झगड़ने लगे और अकेले थौरकिल को भेजने पर ही जोर देने लगे परन्तु राजा ने उनकी एक न सुनी और आज्ञा दी कि थौरकिल के साथ उन्हें भी जाना ही पड़ेगा। उसकी आज्ञा का उल्लंघन करने का साहस किसी में नहीं था।

थौरकिल उन्हें लेकर जहाजी बेड़े पर सवार हुआ और जहाज के लंगर उठा दिये गये। यह यात्रा बहुत भयानक सिद्ध हुई। समुद्र की उत्तुंग तरंगों के बीच भयानक तूफानों से आलोड़ित जहाज जब उस अन्धकार देश की ओर बढ़ा चला जा रहा था, थौरकिल उटगार्ड के रूप और उसके चारों ओर दूर-दूर तक फैले हुए विकराल दानवों के बारे में सोच रहा था। रास्ते में खाना समाप्त हो गया। थौरकिल के शत्रु वे दरबारी भूख से तड़प-तड़पकर मरने लगे परन्तु यात्रा का तो जैसे कोई अन्त ही न था। थोड़े ही दिनों बाद उजाला पीछे छूट गया। निरन्तर रात्रि का ही अन्धकार व्याप्त रहने लगा। अब मल्लाह डर-डर कर जहाज के पतवार चलाने लगे थे क्योंकि उन्हें डर था कि उस अँधेरे में जहाज समुद्र के अंदर किसी चट्टान से टकरा न जाय। आखिरकार जहाज किनारे से आ लगा और थौरकिल तथा उसके साथी अँधेरे में टटोलते हुए जहाज से नीचे उतर पड़े। वे लोग एक पहाड़ के पास पथरीली चट्टान पर उतर पड़े थे। सामने ही काला और सीधा खड़ा हुआ भयानक पहाड़ था। थौरकिल अपने साथियों को लेकर उस पहाड़ पर चढ़ने लगा। जब उन्होंने आधे पहाड़ की ऊँचाई तय कर ली तो सामने ही एक छोटा-सा बंद दरवाजा दिखाई दिया।

थौरकिल के साथी डर के मारे थर-थर काँप रहे थे। उस भयानक जाड़े में भी वह पसीने-पसीने हो रहे थे। थौरकिल ने बल लगाकर उस दरवाजे को अपनी ओर खींचा। आश्चर्य की बात थी कि वह दरवाजा हलके से खींचने पर ही खुल गया। अब ये लोग उसके अन्दर घुस गये। गहरी कलौंच की तरह अँधेरी उसके अंदर एक बहुत बड़ी काली गुफा थी। वह इतनी लंबी, चौड़ी और ऊँची थी कि उस अंधकार में उसके ओर-छोर का कुछ पता भी नहीं लगता था। दरबारी लोग थौरकिल से गिड़गिड़ाकर

वहीं से लौट चलने की प्रार्थना करने लगे। परन्तु वीर थौरकिल जो अपनी बात का धनी था, उन डरपोक बातों को सुनकर अपने निश्चय से नहीं हटा। उसने उन्हें बहुत डाँटा। वह बोला : "डेनमार्क से चलने के पूर्व ही हम सब जानते थे कि उटगार्ड-लोक की नगरी अन्धकार से पूर्ण होगी। अब यदि इस अन्धकार को देखकर हम लोग वापस भाग चलें तो यह हमारे लिये बड़े शर्म की बात होगी। वीर पुरुष वही होता है जो अपने वचन को निभाता है। साफ-साफ सुन लो कि मैं तो इसी घनघोर अन्धकार में आगे बढ़ूँगा और मेरे साथ तुम सभी लोगों को चलना होगा। एक बात और भी है और वह यह कि तुम लोगों ने जानबूझ कर मुझे जब इस खतरे में भेजने के लिये राजा गौर्म को मजबूर किया था तो यदि अब मेरे भाग्य में मृत्यु लिखी है तो मैं अकेला ही न मरकर तुम सबको साथ लेकर मरूँगा।"

उसी समय थौरकिल को ऐसा मालूम हुआ कि उसका कोई साथी उस गुफा से वापस भागने के लिये तेज कदमों से द्वार की ओर भागा जा रहा है। वह क्रोध से भर उठा। अपनी म्यान से तलवार निकालकर वह चीते की भाँति छलांग मारता हुआ द्वार पर जा पहुँचा और कड़ककर बोला : "खबरदार जो किसी ने जरा भी भागने का प्रयत्न किया वरना जान से मार दूँगा।"

अब दरबारी भागने का इरादा बिलकुल छोड़ चुके थे और आई-गई का विचार मन में रखते हुए अपने नेता थौरकिल के साथ गुफा के अन्दर की ओर ही चले। थोड़ी दूर जाने के बाद ही क्षीण प्रकाश कहीं से आने लगा और तब इन्होंने देखा कि उस विशाल गुफा के दोनों ओर लोहे की काली-काली, भारी और लंबी चौकियाँ पड़ी हैं जिन पर एक ओर भयंकर दानव और दूसरी ओर विशालकाय खतरनाक दानवियाँ निश्चल भाव से पड़ी हैं।

यह लोग उन्हें देखकर भय से सिहर उठे। थौरकिल की आज्ञा से दरबारियों ने अपनी-अपनी मशालें जला लीं जिनसे चारों ओर प्रकाश फैल गया तब उन्होंने देखा कि गुफा की भूमि पर भयानक सर्प हजारों की तादाद में बिलबिला रहे थे। उनके मुख से काला और दुर्गन्धपूर्ण विष नीचे गिरकर गुफा की भूमि में कीचड़ फैला रहा था। किसी प्रकार उससे बचते और उछलते हुए यह लोग आगे बढ़े और गुफा के एक ओर मोटी चट्टान में बने हुए एक छोटे दरवाजे पर पहुँचे। यहाँ विष मिश्रित थूक की दुर्गन्धपूर्ण एक नदी बह रही थी जिसके अन्दर जहरीली मछलियाँ और कीड़े बह रहे थे। नदी चौड़ी न थी और इतनी गहरी भी न थी कि उसे पार न किया जा सके। परन्तु उसकी धार काफी तेजी के साथ बह रही थी। थौरकिल और उसके साथियों ने आपस में एक दूसरे की कमर बाँध ली। उस स्थान की भेजा सड़ा देने वाली दुर्गन्ध से बचने के लिये उन्होंने अपने मुँह और नाक कसकर कपड़े से बाँध लिये। तत्पश्चात् उन्होंने उस नदी को पार किया। परली पार पहुँचकर जब वह उस दरवाजे के अन्दर घुसे तो उस स्थान को विचित्र और दुर्गन्धमय भाप से पूर्ण पाया। थोड़ी देर बाद जब निगाह जमी तो इन्होंने देखा कि इस भाप के दूसरी ओर उटगार्ड-लोक मोटी लोहे की जंजीरों द्वारा पहाड़ की चट्टान में बँधा पड़ा है। वह इतने लंबे समय से वहाँ पड़ा था कि उसके केश

और दाढ़ी के बाल सींगों की तरह कठोर और खड़े हो गये थे। उसको देखकर सबों को भय से रोमांच हो आया। उटगार्ड-लोक की ऐसी भयानक दशा देखने की भी किसी को आशा न थी। थौरकिल ने तो अपनी तलवार निकाली और उसके सिर का एक बाल काट दिया। उस बाल को, जो बहुत लंबा, मोटा और कठोर था, उठाकर अपने थैले में बतौर सबूत के रख लिया। उसमें भी बेहद बदबू थी। परन्तु उसी समय उनके ऐसा करने से उन पर भयंकर सर्पों ने आक्रमण कर दिया। साँप उन पर ढेर का ढेर जहर उगलने लगे। जहाँ-जहाँ वह विष इनके शरीर से लगता वहीं-वहीं अंग शिथिल हो जाते। कइयों के हाथ-पैर और कइयों के सिर उसके स्पर्शमात्र से बेकार हो गये। परन्तु फिर भी थौरकिल व उनके साथी हिम्मत के साथ उन विषधरों से लड़कर अपनी रक्षा कर रहे थे। उनके बहुत से साथी तो मारे जा चुके थे और अब थोड़े से जो बचे थे, वे घबड़ाकर भागने का उपक्रम कर रहे थे। तभी थौरकिल ने इशारा किया और उलटा भागा। उसको देखकर उसके साथी भी उलटे पाँव भागे। उन्होंने बड़ी कठिनाई के साथ उस थूक की नदी को पार किया।

विषधरों ने हवा में उड़कर इनका पीछा किया। ये भागते ही रहे और जब तक ये लोग अपने जहाजों में चढ़कर वापसी यात्रा के लिये चल न दिये तब तक वह इन्हें नुकसान पहुँचाते ही रहे। जब उनका जहाज समुद्र के बीच में पहुँचा तब थौरकिल ने उटगार्ड-लोक के लिये भेजी गई भेंटों को याद किया और सोचा कि राजा गौर्म के कहे मुताविक उन्हें तो उसने उटगार्ड-लोक को दिया ही नहीं। तब उसे अपनी की हुई गलती के लिये अफसोस होने लगा। परन्तु अब हो भी क्या सकता था। थौरकिल को अब अपने हृदय में पहली बार भय का आभास हुआ और उसने उन भेंटों को उठाकर समुद्र की अतल गहराइयों में फेंक दिया और उटगार्ड-लोक का नाम स्मरण करके कहा : "हे सींगों जैसे बाल वाले दानव! हे दुर्गन्ध के जन्मदाता! मैं अपने मालिक राजा गौर्म की ओर से यह भेंट तेरे लिये समुद्र में छोड़ रहा हूँ। तू इन्हें लेकर राजा को कृतार्थ कर।"

उसी समय एक भयंकर सर्प समुद्र में से निकला और उसने बहुत-सा विष अपने फन से थौरकिल के चेहरे पर फेंका। विष इतना तेज था कि थौरकिल का चेहरा पूरी तरह जल गया।

जब यात्रा समाप्त हुई तो बचे हुए तीन दरबारियों सहित थौरकिल डेनमार्क में वापस आया। समुद्र के विष से और उन सर्पों के काटने से उनके भी चेहरे जलकर बदल चुके थे। जब ये लोग दरबार में पहुँचे तो उन्हें किसी ने नहीं पहचाना। इनकी कथाओं को सुनकर किसी ने उन पर विश्वास नहीं किया। अन्त में जब थौरकिल ने अपने थैले में से उटगार्ड-लोक का सींग जैसा दुर्गन्धमय बाल निकाला और राजा गौर्म से उस अन्धकार से पूर्ण देश के वीभत्स दृश्य कहकर सुनाये तो वह घबरा गया और चकित-विस्फारित नेत्रों से थौरकिल का जला हुआ चेहरा देखने लगा। और जब थौरकिल का दिया हुआ उटगार्ड-लोक का सींग जैसा बाल उसने देखा तो भय से चीत्कार करता हुआ वह नीचे गिर पड़ा। उसे तनिक भी ध्यान नहीं था। सींग की बदबू बराबर उसके दिमाग में घुस

रही थी । थोड़ी देर बाद उसने तीन हिचकियाँ लीं और भय से थर-थर काँपता हुआ गिरा और मर गया । उसकी लाश पर थौरकिल झुककर बैठ गया और दुख से रोने लगा ।

वास्तव में उटगार्ड-लोक गौर्म और थौरकिल से क्रोधित हो गया था और इसीलिये उसने उनका इतना बड़ा अहित किया । थौरकिल ने अपने मालिक को मरा हुआ देखकर आत्महत्या कर ली । उटगार्ड-लोक का अभिशाप राजा और सेनापति दोनों को ले बैठा ।

कपटी प्रिया

स्वीडन और जीलेन्ड का राजा रोरिक बड़ा प्रतापी था। उसकी दो रानियाँ थीं और दोनों ही अत्यंत सुंदरी थी। रूथेनिया के राजा की लड़की ऋन्डा जब अपने पति ओडिन को छोड़कर भागी थी तो समुद्र तीर पर रोरिक ने उसकी सुंदरता को देखकर उसे अपना लिया था। रोरिक की पहली स्त्री उसे देखकर ईषा से जलने लगी। परन्तु जितना वह ऋन्डा से जलती थी उससे अधिक रोरिक के प्रेम में मुग्ध रहा करती थी। इसलिये वह उसे छोड़कर कहीं न जा सकी। रोरिक प्रचंड योद्धा था। युद्धभूमि में जब वह अपनी विकराल गदा लेकर शत्रु के समूह पर टूट पड़ता था तो उसकी भीषण मार से मैदान साफ हो जाता था। और पलक मारते ही जब वह लोथों से पटी पृथ्वी पर खड़े होकर भयंकरता से गरजता तो उसके भय से शत्रु सिर पर पैर रखकर भाग जाते थे। ऊँचे डीलडौल का रोरिक अपनी बलिष्ठ भुजा से खड्ग घुमा कर देवताओं की बलि के लिये खड़े बैल के गले पर जब एक वार करता तो एक ही हाथ में उसे काट डालता था। उसकी एक खास आदत सभी देशों में दूर-दूर तक प्रसिद्ध थी कि प्रतिशोध लेने में वह भयंकर था। अपने शत्रु को युद्धभूमि में जब वह हरा देता था तो उसका सीना अपने हाथ से फाड़कर उसका गरम-गरम लहू मुँह लगाकर पी जाता था। उनका रौद्र रूप देखकर शत्रु थर्रा उठते थे।

इन सब बातों के साथ-साथ वह बड़ा चतुर भी था। अपनी स्त्रियों से वह एक-सा बर्ताव करता और एक-सा ही प्रेम प्रदर्शित किया करता था ताकि उनमें आपस में झगड़ा न हो। वह बड़ा चतुर राजनीतिज्ञ भी था। अपने राज्य के एक बड़े सूबे जटलेन्ड के प्रबन्ध के लिये उसने वहाँ दो सेनापति नियुक्त किये। यह दोनों ही वहाँ के सामन्त नियुक्त हुए थे और आपस में भाई-भाई थे। बड़े भाई का नाम होरवेन्डिल और छोटे का नाम फेंग था। उनके पहले जटलेन्ड का शासक उसका पिता गर्वेन्डिल था।

अपने समय में होरवेन्डिल अपने शौर्य के कारण कीर्ति पा गया था। जटलेन्ड का प्रधान शासक वही था क्योंकि उसका छोटा भाई फेंग राज्य के शासन मे तब तक कोई हस्तक्षेप नहीं करता था। होरवेन्डिल की बड़ी इच्छा थी कि जंगी बेड़ा लेकर वह समुद्रों पर शासन करे। उसने तब एक जबर्दस्त बेड़ा तैयार किया और अपने मनोरथ सफल करने के लिये समुद्र की चौड़ी छाती को चीरता हुआ अपने जंगी बेड़े को लेकर वह घर से निकल पड़ा।

नार्वे का राजा कौल उन दिनों समुद्र का सम्राट् माना जाता था। उसके पराक्रम और जहाजी शक्ति को सुनकर आसपास के तमाम देश भय से थर्रा उठते थे। जब उसने सुना कि जटलेन्ड का शासक होरवेन्डिल उसके अखण्ड समुद्री साम्राज्य में उपद्रव मचाने लगा है तो उसी क्षण वह भी अपना जंगी बेड़ा लेकर शत्रु से लोहा लेने चल पड़ा।

समुद्र के बीच में दलदल से पूर्ण एक टापू था जहाँ घनी घास उगी रहती थी। इसी टापू पर दोनों प्रतिद्वन्द्वियों की मुठभेड़ें हुईं। कौल को देखकर होरवेन्डिल ने क्रोध से उन्मत्त होकर चिल्लाकर कहा : "गर्वेन्डिल का पुत्र होरवेन्डिल तुझसे आज दो-दो हाथ करने के लिये आया है। यदि तू वीर है तो मुझसे द्वन्द्व युद्ध करने के लिये आगे बढ़।"

एक क्षण भी न बीता होगा कि उसकी तलवार पर एक दूसरी तलवार बज उठी। होरवेन्डिल ने देखा कि आग्नेय नेत्रों से उसे घूरता हुआ उसका शत्रु नार्वे का राजा कौल अपनी तलवार उठाये हुए साक्षात् मृत्यु का अग्रदूत बनकर सामने खड़ा है। बिजली की तरह पैंतरा बदलकर होरवेन्डिल ने अपने को बचाया और फिर कौल से भिड़ गया। उसने अपनी ढाल फेंक दी और दोनों हाथ से तलवार की लम्बी मूठ को पकड़कर जो भयानक हमला कौल के ऊपर किया तो कौल घबड़ा गया क्योंकि उसने उसे इतना बलवान कभी नहीं समझा था। होरवेन्डिल ने अपनी तलवार को घुमाकर अब कौल की ढाल पर दे मारा। उसने इतनी शक्ति से प्रहार किया कि ढाल दो टुकड़े होकर नीचे गिर पड़ी। कौल भागा परन्तु उसी समय होरवेन्डिल ने ताक कर भागते हुए कौल के पैर में अपना भाला घुसा दिया। भाला बड़े वेग से जाकर उसकी एड़ी में घुस गया और कौल वहीं गिर पड़ा। तभी झपटकर होरवेन्डिल उसके पास जा पहुँचा और उसे मार डाला। अपने स्वामी रोरिक की आदत के अनुसार उसने अपने शत्रु का रक्त, उसकी छाती फाड़कर नहीं पिया बल्कि उस सर्वप्रिय सम्राट् की मृत्यु के बाद बड़े सम्मान के साथ उसकी अंतिम क्रिया की। उसकी अर्थी बहादुरों की तरह निकाली गई और राजसी ठाट-बाट के साथ उसे दफनाया। उसकी यादगार में एक बहुत ही आलीशान कब्र बनवाई।

इसके पश्चात् होरवेन्डिल ने और भी कई युद्ध किये और शत्रुओं को परास्त करके अपनी कीर्ति को देश-देशान्तर में फैलाया। प्रबल पराक्रमी योद्धा होने के बावजूद उसने अपने राजा रोरिक से कभी मुँह न मोड़ा। युद्धों में लूटी हुई बहुमूल्य वस्तुओं को वह सदा रोरिक की सेवा में भेजता था। राजा रोरिक होरवेन्डिल से इतना खुश था कि कभी उसके कहे को नहीं टालता था। उसने खुश होकर उसे जटलेन्ड का राजा बना दिया और उसके सम्मान में उसे कई उपाधियाँ भी दीं। अपनी सुंदरी बेटी राजकुमारी गेरूथा से उसने होरवेन्डिल का विवाह भी कर दिया। इस तरह होरवेन्डिल अपनी युवती पत्नी गेरूथा के साथ आनन्दपूर्वक जटलेन्ड में रहने लगा।

अब तक तो फैंग ने अपने भाई होरवेन्डिल का कभी विरोध नहीं किया था, परन्तु जब रोरिक ने उसे जटलेन्ड का राजा बना दिया और अपनी पुत्री गेरूथा से उसका विवाह कर दिया और इन सब के अतिरिक्त उसका सम्मान भी इतना बढ़ा दिया कि देश-देशान्तर में उसकी ख्याति फैलने लगी तो भयानक ईर्ष्या से उसका हृदय जलने लगा। उसने निश्चय किया कि जैसे भी हो वह होरवेन्डिल की हत्या करेगा। इस काम के लिये उसने चतुरतापूर्वक एक युक्ति सोची। मुकाबले पर खड़ा होकर वह होरवेन्डिल को मार नहीं सकता था क्योंकि प्रथम तो वह राजा था, दूसरे वह फैंग से अधिक सशक्त

था। यदि आगे-पीछे वह उसे धोखे से मार भी डालता तो प्रजा भड़क उठती क्योंकि होरवेन्डिल बड़ा लोकप्रिय था। एक बार रात्रि के समय होरवेन्डिल जब अपनी पत्नी गेरूथा के साथ अपने महल में सो रहा था, फेंग चुपचाप नंगी तलवार हाथ में लेकर अँधेरे में दुबकता हुआ वहाँ पहुँचा और सोते हुए होरवेन्डिल को उसने मार डाला। सोती हुई गेरूथा के हाथों को उसने कसकर बाँध दिया और तब उस अंधकारपूर्ण रात्रि में मगर की खाल से बनी हुई चाबुक से उसे मारना शुरू किया। वह घबड़ाकर जागी और समझी कि उसका पति ही उसे मार रहा है और तब उसने जब कि कोड़े ने उसके सुंदर शरीर से जगह-जगह खाल खींच ली थी, गिड़गिड़ाकर अपने मारने वाले से रुकने के लिये कहा। क्रोध से भरकर वह आपे से बाहर हो गई। पराक्रमी राजा रोरिक की बेटी इस प्रकार पीटे जाने से अपमानित होकर चिल्लाई : "ओ नीच होरवेन्डिल ! मेरे पिता रोरिक ने सचमुच ही बड़ी गलती कि जो तुझ जैसे नीच व्यक्ति के साथ मुझे ब्याह दिया। मैं अपने पिता से कहकर तेरी इस दुष्टता का बदला तुझे जरूर दिलवाऊँगी।"

परन्तु तब भी मारने वाले का हाथ न रुका तो वह दर्द से कराहती हुई बोली : "हाय मुझे कोई बचाओ।" तो फेंग ने चाबुक मारना छोड़कर अपने पैरों से उछल-कूद कर यह कहते हुए कि 'ठहर जा क्यों मारता है ?' उस अन्धकार भरे कमरे में उसके सामने ऐसे शब्द किये, जिससे प्रतीत होता था मानो मारते हुए आदमी को पकड़कर कोई दूसरा व्यक्ति जबर्दस्ती रोक रहा हो। थोड़ी देर बाद उसने स्वयं ही एक भयंकर चीत्कार की और तब पृथ्वी पर गिरकर ऐसा शब्द किया मानो मारने वाले को बचाने वाले ने अब नीचे पटक दिया हो। गेरूथा दर्द से बेहाल थी परन्तु अब जब उसने किसी के गिरने का शब्द सुना तो वह चिल्लाई। शीघ्र ही चारों ओर से उसकी दासियाँ और सहेलियाँ मशाल लेकर उसके महल के अन्दर घुस आईं। इसी बीच फेंग ने मौका देखकर होरवेन्डिल की लाश को पृथ्वी पर पटक दिया और उसके दाहिने हाथ में चाबुक पकड़ा दी और अपने कंधे में तलवार से एक घाव कर लिया। जब दासियाँ उल्कायें लेकर अन्दर भागीं तो उनके कोलाहल से द्वार-रक्षक, नगरपाल और अन्य सैनिक भी जो उस समय नगर की रक्षा के हेतु इधर-उधर गश्त लगा रहे थे महल के अन्दर आशंका समझकर भागते चले आये। जो सैनिक उस समय उस किले में सो रहे थे भगदड़ का शब्द सुनकर वह भी अपने अस्त्र-शस्त्रों को उठाकर एकदम राजा के कक्ष की ओर भागे। शीघ्र ही सैकड़ों उल्काओं के प्रकाश में उन्होंने देखा कि एक ओर सुंदरी गेरूथा लहूलुहान होकर अस्तव्यस्त और फटे कपड़ों से लिपटी पड़ी है और दर्द से कराह रही है तथा दूसरी ओर राजा होरवेन्डिल हाथ में चाबुक पकड़े मरा पड़ा है और उसकी छाती में जड़ तक एक भुजाली घुसी हुई है। रक्त चारों ओर फैला हुआ है। सैनिक यह देखकर स्तब्ध रह गये परन्तु उसी समय होरवेन्डिल के पास पड़े हुए फेंग को जब उन्होंने हिलते हुए देखा तो समस्या सुलझने के बजाय और जटिल हो गई। फेंग जब थोड़ी देर बाद उठकर बैठा तो उसने दर्द से कराहते हुए अधनंगी अवस्था में पड़ी हुई सुंदरी तरुणी गेरूथा की ओर देखा। सैनिक अब परिस्थिति को अपनी बुद्धि के अनुसार समझकर नंगी तलवारें लेकर

प्रतिशोध की हुंकारें लेते हुए फेंग की ओर बढ़े क्योंकि उन्होंने समझा कि वही वह व्यक्ति था जिसने राजा की हत्या की थी और बीच-बचाव करने वाली रानी की यह दुर्दशा की थी। चतुर फेंग इस बात को समझ गया। वह बोला : "निश्चय ही मैंने इस दुष्ट होरवेन्डिल की हत्या की है परन्तु इसने स्वयं मुझे ऐसा करने को मजबूर किया था। मुझे मालूम था कि आज रात्रि के समय चाबुकों से यह अपनी रानी गेरूथा को जान से मार डालने का निश्चय कर चुका था और इसीलिये राजा रोरिक की पुत्री को बचाने के हेतु लुक-छिपकर मैं भी यहाँ आया था। परन्तु मेरे आने में कुछ देरी हो गई क्योंकि तब तक गेरूथा को चाबुक से मार-मारकर इसने बेहाल कर दिया था। रानी ने क्रोध में भरकर इसे कुछ धमकियाँ भी दी थीं जिनको मैं साफ-साफ नहीं सुन पाया था क्योंकि उस समय मैं बाहर के कक्ष में था। जब रानी ने दर्द से कराह कर मार की उस घोर यातना को सहते हुए, 'कोई मुझे बचाओ' यह शब्द कहे थे ठीक उसी समय मैं यहाँ आ पहुँचा था। मैंने तब उसे झपट कर रोकना चाहा पर जब वह न रुका तो मैं उससे भिड़ गया। हम लोग देर तक युद्ध करते रहे, परन्तु तब उसने अपनी भुजाली से मेरे कंधे पर वार किया···" और अपना घायल कंधा दिखाते हुए फेंग ने एक दिखावटी कराह भरी। इसके बाद फिर कहना शुरू कर दिया : "मैंने समझा कि निश्चय ही यह मुझे मार डालेगा। मैं पीछे हटा और बचने का उपक्रम करने लगा। वह मेरे पीछे भागा पर अन्धकार में न दिखने के कारण वह ठोकर खाकर गिरा, तभी रानी ने घबरा कर हल्ला मचाया। थोड़ी ही देर बाद बाहर से भगदड़ की आवाज आई और आती हुई उल्काओं के क्षीण प्रकाश में मैंने देखा कि होरवेन्डिल भुजाली को तो दूर फेंक चुका है पर रानी की ओर उसकी हत्या करने के लिये हाथों को उठाये बढ़ रहा है। मैंने और समय नष्ट करना ठीक न समझा। झपट कर उस भुजाली को उठा लिया और राजा की छाती में उसे घसेड़ दिया। यदि मैं इसे न मारता तो निश्चय ही प्रचंड पराक्रमी हमारे स्वामी रोरिक की पुत्री का वध यह दुष्ट कर देता और उस हालत में जटलेन्ड का सारी प्रजा को रोरिक की क्रोधाग्नि में भस्म हो जाना पड़ता···मैंने जटलेन्ड के प्रति अपना कर्त्तव्य पूरा कर दिया है। अब मैं मरने के लिये तैयार हूँ।"

प्रजा स्तब्ध होकर उस विचित्र घटना को सुन रही थी। जब फेंग ने कथा समाप्त की तो किसी को बोलने का साहस न हुआ। रानी गेरूथा की चेतना अब पूर्णतया वापस आ चुकी थी। प्राय: नंगी अवस्था में पड़े हुए उसे अब लज्जा अनुभव हुआ। फटे वस्त्रों में से फूटकर निकलने वाले यौवन को छिपाने का निष्फल प्रयत्न करती हुई वह बोली : "जो कुछ फेंग ने कहा है उसका एक-एक शब्द सत्य है। मुझे अगर यह न बचाता तो अवश्य ही यह दुष्ट होरवेन्डिल मेरी हत्या कर देता। परन्तु मुझे आश्चर्य है कि एका-एक रात्रि के इस गहन अन्धकार में इसने मुझे मारने का क्यों निश्चय कर लिया···" और तब वह फेंग से बोली : "तुम कहते हो कि तुम्हें पहले से मालूम था कि वह आज रात को मेरी हत्या करने वाला था तो निश्चय ही तुम यह भी जानते होगे कि किस कारण उसने ऐसा घृणित निश्चय किया था।"

फेंग यह सुनकर थोड़ी देर चुप रहा। प्रजा निस्तब्ध उसके उत्तर की प्रतीक्षा

करने लगी। उल्कायें फरफराकर जल रही थीं और उनका हिलता हुआ प्रकाश रह-रहकर उस स्वर्णमय रत्नों से आच्छादित कक्ष को चमका देता था। चारों ओर गहन नीरवता छाई हुई थी।

समुद्र तट पर रहने वाले एक मछुए की नवयुवती सुन्दरी स्त्री को अकेला पाकर एक बार फेंग ने छेड़ा था। परन्तु जब वह उसकी बात न मानी और उसने चिल्ला कर अपने पति को बुलाया था तो राजा होरवेन्डिल के भय से फेंग वहाँ से भाग आया था। वह डरता था कि यदि मछुए ने राजा से शिकायत कर दी तो निश्चय ही वह उसे दण्ड दिए बिना नहीं रहेगा। परन्तु अपने मन में वह अपने इस अपमान को भूला न था। अब उसने मौका देखकर उस स्त्री से भी, जिसका नाम ओली था, बदला लेने की एक युक्ति सोची। तब वह धीरे-धीरे बोला : "राजा होरवेन्डिल प्रत्यक्ष में जितना अच्छा लगता था वास्तव में वैसा न था। कुछ दिन हुए समुद्र तीर पर वह मुझे साथ लेकर जहाजों का निरीक्षण करने के लिए गया था। वहाँ से लौटते समय फेटर नाम के मछुए की स्त्री ओली को वस्त्र उतारकर नहाते देखा। मैं तो शर्म के मारे वहीं से लौटना चाहता था परन्तु होरवेन्डिल उस पर आसक्त हो गया। मुझे लौट जाने की आज्ञा देकर उसने उस स्त्री से प्रेम की भिक्षा माँगी। वह स्त्री जो वास्तव में एक चुड़ैल है और प्रत्यक्ष में अत्यन्त कमनीय रूप धारण किए रहती है, उसकी ओर देखकर मुस्कुराई और राजा को उसने अपने प्रेमपाश में बाँध लिया। राजा उसके रूप और यौवन को देखकर इतना विकल हो उठा कि उसने उससे अपनी रानी बनने के लिए कहा। परन्तु ओली जो चुड़ैल थी, उसने उसका प्रस्ताव यह कहकर ठुकरा दिया कि रानी गेरूथा के रहते हुए वह उसकी नहीं बन सकेगी। अब राजा के सामने केवल दो रास्ते रह गये थे : या तो ओली को छोड़ दे, परन्तु यह उसके लिए उसके सुन्दर शरीर को अपनाये बिना असम्भव था। दूसरा रास्ता यह था जो उसने करना चाहा। यदि मैं बीच में आ जाता तो निश्चय ही वह पूरा हो जाता और तब पवित्र रानी गेरूथा की जगह वह चुड़ैल ओली ले लेती। यही कारण था रानी ! कि रात्रि के अन्धकार में जब तुम नींद से बेखबर थी वह तुम्हें मार डालना चाहता था। तुम्हें खड्ग से न मारकर जो वह कामान्ध नराधम कोड़ों से मारना चाह रहा था तो उसके पीछे भी ओली की ही चाल थी। इस तरह वह चाहती थी कि मरने के बाद तुम्हारी आत्मा भी शान्तिपूर्वक स्वर्ग में न जा सके क्योंकि जैसा कि हम सभी जानते हैं—वहाँ केवल खड्ग द्वारा मारे गये लोगों की आत्मायें ही पहुँच पाती हैं।"

दुष्ट फेंग इतना कहकर चुप हो गया। रोरिक की बेटी क्रोध से फुँफकारती हुई उठी। उसे इस समय अपने शरीर के नग्न प्रदर्शन की लज्जा की याद नहीं रह गई थी। फेंग ने उसके मांसल यौवन को उज्ज्वल आकाश में चमकते हुए जो देखा तो वह अन्दर ही अन्दर विचलित हो उठा और उसने एक ठंडी आह भरी जिसे दर्शकों ने दर्द की कराह समझा। गेरूथा ने अपने पति होरवेन्डिल की लाश पर थूक दिया और प्रजा की ओर मुँह करके बोली : "राजा रक्षक होता है। फेंग ने मेरी रक्षा की है।"

इतना कहकर वह सिर झुकाकर खड़ी हो गई। सैनिकों में एकदम इतनी देर के

बाद खोई हुई चेतना वापस आ गई और उसी समय उन्होंने फेंग का नाम लेकर जयघोष किया। उस वज्र निनाद से रात्रि के उस अन्धकारपूर्ण गहरे सन्नाटे में वह महल गूँज उठा। गेरूथा ने तब आगे बढ़कर होरवेन्डिल का सोने का मुकुट उसके सिर पर रख दिया, तभी बिजली-सी कौंध गई और म्यानें खड़खड़ा उठीं। एक साथ उल्काओं के फरफराते प्रकाश में सैकड़ों नंगी तलवारें चमक उठीं। सैनिकों ने उन्हें आकाश की ओर उठाकर राजा फेंग का अभिवादन किया। इसके बाद देर तक उसका नाम लेकर प्रजा जय-जयकार करने लगी।

फेंग जटलेन्ड का राजा बन गया और सबने उसे निर्विरोध अपना राजा मान लिया। उसी समय उसने एक बड़ा दरबार किया। उसने वस्त्र भी नहीं बदले। उसके कंधे पर अब भी जमा हुआ खून लग रहा था। दरबार सैनिकों से खचाखच भरा हुआ था। रानी गेरूथा अब भी उन्हीं फटे हुए वस्त्रों को पहने लहूलुहान अवस्था में खड़ी थी। राजा ने हाथ उठाया तो समुद्र की तरंगों की भाँति उठता हुआ कोलाहल शान्त हो गया। स्तब्ध होकर निर्निमेष नेत्रों से सब उसे देख रहे थे। हवा से उल्कायें फरफरा रही थीं। तभी नीरवता को भंग करते हुए फेंग ने ऊँचे स्वर में कहा : "सैनिको और वीरो! तुमने मुझे राजा बनाया है इसके लिए मैं तुम्हें धन्यवाद देता हूँ। अब से शत्रुओं से मैं तुम्हारी रक्षा करूँगा।"

सैनिकों और प्रजा ने जयघोष किया। जब कोलाहल शान्त हुआ तो फेंग ऊँचे स्वर से फिर बोलने लगा : "राजा बनकर न्याय करना मेरा कर्त्तव्य है। मेरी पहली आज्ञा यह है कि जिस ओली के कारण दुष्ट होरवेन्डिल ने सुन्दरी रानी गेरूथा को मार कर हम सब पर विपत्ति भेजनी चाही थी, उस चुड़ैल ओली को उसके पति फेटर सहित इसी समय धधकती आग में जिन्दा जला दिया जाय।"

राजाज्ञा का फौरन पालन हुआ और सैनिक समुद्र-तीर की ओर भागे। फेटर उस समय ओली के साथ सो रहा था। सैनिकों ने उन्हें बलपूर्वक पकड़ लिया। पति-पत्नी उस समय अचानक आक्रमण से घबड़ा गये। परन्तु जब सैनिक उन्हें पकड़कर खींच ले चले तो वह चिल्लाने लगे और छूटने का निष्फल प्रयत्न करने लगे। शीघ्र ही सैनिक उन्हें घसीटते हुए दरबार में ले आए। उनींदी ओली जब घसीटकर रानी गेरूथा के सामने लाई गई उस समय वह प्रायः नग्न ही थी क्योंकि मार्ग में सैनिकों ने उसके सारे वस्त्र फाड़ डाले थे। गेरूथा ने देखा, वह वास्तव में अनिन्द्य सुन्दरी थी। ओली को उस नग्न अवस्था में देखकर फेंग की कही हुई बातों का रानी गेरूथा को अब पूर्ण विश्वास हो गया। उसने सोचा कि यदि वह चुड़ैल न होती तो भला इतने आदमियों के बीच वह नंगी होकर क्यों आती। प्रतिशोध की आग भड़क उठी और पतले स्वर से वह कड़क उठी : "जला दो इसे और इसकी राख को हवा में उड़ा दो। जल्दी करो क्योंकि यह चुड़ैल भाग न जाय।"

बेचारी ओली और उसका पति जबर्दस्ती धधकती आग में भयानक चीत्कारों के बीच जला दिये गये। उनको यह भी न बताया गया कि किस अपराध के कारण उन्हें यह दण्ड मिला था।

फेंग अपने ऊँचे सिंहासन से अब नीचे उतर आया और उसने भरी सभा में रानी गेरूथा से विवाह का प्रस्ताव किया।

रानी जब बिना बोले हुए उसकी ओर कृतज्ञता मिश्रित प्रेमपूर्ण नेत्रों से देखने लगी तो उसने उसे हाथ पकड़कर उठाया और उसे लेकर पुनः अपने ऊँचे स्वर्णमय सिंहासन पर जा बैठा। उसने हाथ उठाकर रानी गेरूथा को सबके बीच अपनी रानी घोषित किया। सैनिकों और प्रजा में हर्ष की लहर दौड़ गई। जयजयकारों से दरबार समाप्त हुआ। दुष्ट फेंग ने एक ही चाल में अच्छे राजा होरवेन्डिल को मार डाला, उसकी रानी अपना ली और भोली-भाली ओली को निरपराध जलवाकर अपनी प्रतिहिंसा पूर्ण की। सबसे बड़ी बात यह थी कि उसकी दुष्टता को कोई जान भी न सका और वह जयजयकारों के बीच लोकप्रिय राजा मान लिया गया। पहली रात्रि का वह दुष्ट सामंत आज निर्विरोध प्रजापालक मान लिया गया।

परन्तु होरवेन्डिल और गेरूथा का पुत्र ऐमलैथ जो अभी बच्चा ही था अपने हृदय में फेंग को पवित्र राजा न मान सका। वह अपनी माता गेरूथा से भी नफरत करने लगा था क्योंकि उसने अपने असली पति के हत्यारे से सहर्ष प्रणय स्वीकार कर लिया था।

जिस दिन होरवेन्डिल की हत्या की गई थी उस समय ऐमलैथ उसी किले के एक दूसरे भाग में सो रहा था। रात्रि के गहन अन्धकार में तब वह चौंककर उठ बैठा जब बर्फ के समान ठंडे हाथों से किसी ने उसके माथे पर हाथ फेरकर उसे जगाया था। उसने देखा कि उस अन्धकार भरे कक्ष में दिव्य प्रकाश से जगमगाते हुए शरीर और वस्त्र को धारण किये हुए उसका पिता होरवेन्डिल उसके सामने खड़ा है। वह घबराकर उठ बैठा और अपने पिता से उस असमय आने का कारण भोलेपन से पूछा क्योंकि तब तक उसे वास्तविकता का कोई ज्ञान ही नहीं था। उसके पिता होरवेन्डिल की आत्मा ने उससे केवल थोड़े-से शब्द कहे थे जिनकी याद वह जीवन भर न भूल सका था। उसने कहा था : "मेरे बेटे ऐमलैथ ! मैं मर चुका हूँ। मुझे फेंग ने धोखे से मारा है। तू मेरी मौत का बदला उससे ले," और तब वह उसके सामने से गायब हो गया। ऐमलैथ अभी बच्चा ही था इसलिए अपने प्रबल पराक्रमी चाचा फेंग का मुकाबला नहीं कर सकता था। खासकर जबकि उसकी माता गेरूथा भी फेंग की ओर ही थी। परन्तु ऐमलैथ जितना छोटा था उतना ही चतुर भी था। उसने पागलपन का ढोंग रचा ताकि कभी फेंग उसके हृदय के भावों को जानकर उसे मरवा न डाले। वह सदा बहकी-बहकी बातें करने लगा और अपने मुँह पर कीचड़ लगाए रहता था। धधकती आग के सामने बैठकर अकसर सूखी-सूखी छोटी टहनियों को उसमें फेंकता और जब अग्नि प्रज्वलित होकर ऊपर उठती तो उसकी ओर काँटेदार टहनियाँ दिखा-दिखाकर कभी हँसता तो कभी ऊटपटाँग बकता। जब लोग उससे उसके हँसने का कारण पूछते तो विचित्र मुद्रा बनाकर आँखें फिराता हुआ कहता कि वह अपने बाप की मौत का बदला ले रहा है। इसी तरह वह पागल बना हुआ दिन बिताने लगा।

परन्तु कुछ लोग दरबार में ऐसे भी थे जिनका खयाल था कि असलियत में

ऐमलैथ पागल नहीं है और जानबूझकर ऐसा बना हुआ है। ऐसे लोग अधिकतर वह थे जो फैंग के खासोखास आदमी थे। इसी बीच फैंग का गेरूथा से एक पुत्र उत्पन्न हुआ। बड़ा होकर वह लड़का अपने दुष्ट पिता से बिल्कुल विपरीत बना। उसका पिता जितना दुष्ट और धोखेबाज था उतना ही वह लड़का नेक और सीधा-सादा बना। वह अभी छोटा बच्चा ही था परन्तु बुद्धि का तेज और विचारों का शुद्ध था। वह अपने पिता और उसके दुष्ट साथियों की चालों को पहचानता था और ऐमलैथ से उसे बड़ा स्नेह था। जब उसको मालूम हुआ कि उसके पागलपन पर लोग शक करने लगे हैं तो उसने चुपचाप उसे पहले से ही आगाह कर दिया कि वह सावधान रहे।

फैंग के चाटुकारों ने तब ऐमलैथ की परीक्षा करने की ठानी। जबकि ऐमलैथ नगर से बाहर एक सरोवर के किनारे बैठा हुआ पागल बनकर जल में पत्थर पर पत्थर फेंके चला जा रहा था और बेमतलब की बातें अपने आप से ही कह रहा था। दरबारी लोग एक घोड़ा लेकर उसके पास पहुँचे। ऐमलैथ ने उन्हें देखकर हँसना शुरू कर दिया। इस पर एक आदमी ने उससे कहा : "तू राजा बेटा होकर इस तरह दर-दर ठोकर खाता फिरता है यह देखकर हमें बहुत दुख होता हैं। क्यों नहीं तू अपने बाप के राज्य को अपने चाचा फैंग को मार कर प्राप्त कर लेता ?"

ऐमलैथ यह सुनकर सिर के बल रेत पर खड़ा हो गया और उसने कोई जवाब नहीं दिया। वह चतुर था, समझ गया कि उसकी परीक्षा हो रही है। तब एक दूसरे दरबारी ने उससे कहा : "हे ऐमलैथ, तेरे चढ़ने के लिये हम घोड़ा लाये हैं, तू इस पर चढ़ जा और अपने चाचा फैंग पर आक्रमण कर दे।"

यह सुनकर ऐमलैथ कूद कर उठा और घोड़े पर उल्टा चढ़ गया। उसका सिर घोड़े की पूँछ की तरफ था और उसकी पीठ घोड़े की गर्दन की तरफ। वह घोड़े की पूंछ पकड़कर उसे चलाने लगा। परीक्षक निराश हो चुके थे क्योंकि इससे बढ़कर पागलपन और क्या हो सकता था और जब इस विचित्र तरीके से ऐमलैथ घोड़े को हाँककर ले चला तो एक भेड़िया उसके सामने से निकल गया। उसको देखकर दरबारियों ने ऐमलैथ से कहा : "देख, कितना सुंदर घोड़े का बच्चा जा रहा है।"

"सुंदर तो है परन्तु मुझे दुख है कि मेरे चाचा के घुड़सालों में ऐसा सुंदर घोड़ा एक भी नहीं है।" फौरन ऐमलैथ ने उत्तर दिया।

उसका उत्तर सुनकर कहने वाला खिसिया गया। जब वे समुद्र के किनारे पहुँचे तो वहाँ एक जहाज के बड़े पतवार को देखकर एक दरबारी ने कहा : "ऐमलैथ देख यह चाकू कितना तेज है ?"

ऐमलैथ यह सुनकर समुद्र की ओर देखने लगा फिर उसने धीरे से समुद्र की ओर उंगली उठाकर उत्तर दिया : "इतने बड़े मांस के टुकड़े को काटने के लिये चाकू को इतना बड़ा और तेज अवश्य होना चाहिये।"

फिर रेत के ढूहों को देखकर उन्होंने उससे कहा, "वह देख कितना खाने का पदार्थ पड़ा हुआ है।" ऐमलैथ ने उस ओर देखा और हाथ उठाकर खुश होता हुआ

बोला : "ईगर और रैन की नौ पुत्रियों ने चक्की में पीस कर इसको कितना महीन और अच्छा कर दिया है।"

फँग के भेजे हुए आदमी हार कर लौट गये क्योंकि वह अपने मन की बात पूरी न कर सके। परन्तु इसके बाद भी ऐमलैथ का पीछा जारी रहा। एक रात जब ऐमलैथ अपने कक्ष में घूम रहा था, फँग के साथियों ने एक सुंदरी कन्या को उसके पास भेद लेने के लिये भेजा। ऐमलैथ ने उस स्त्री के साथ इतना अच्छा बर्ताव किया कि वह सारी शत्रुता भूलकर उसकी दासी बन गई। जब वह लौटकर गई और दरबारियों ने उससे ऐमलैथ के बारे में पूछा तो असलियत को छिपाकर उसने झूठ बोल दिया और कह दिया कि वह तो वास्तव में ही पागल था।

कुछ दिन ऐसे ही बीत गये। इसके बाद एक दरबारी जो बहुत चालाक था फँग के पास पहुँचा और उससे कहा : "ऐमलैथ की असलियत जानने का मैंने एक नया उपाय सोचा है जिससे मुझे पूर्ण विश्वास है कि हम वास्तविकता को जान जाएँगे। किसी बहाने से हे राजा तुम कहीं बाहर चले जाओ और उस पगले को उसकी माँ गेरूथा के साथ अकेले कमरे में छोड़ दो। मैं छिपकर कहीं बैठ जाऊँगा और माँ-बेटों में जो बातें होंगी मैं सुनता रहूँगा। यह निश्चित है कि माँ और बेटे के बीच कोई भेद छिपा हुआ नहीं रह सकता। अकेला पाकर वह जरूर रानी गेरूथा से कुछ न कुछ कहेगा।"

फँग उसकी सलाह से सहमत हो गया और उसी समय कुछ आवश्यक काम बताकर गेरूथा से बिदा हो गया। महल के बाहर जाकर उसने वहाँ बैठे ऐमलैथ से जाते-जाते कहा : "हे ऐमलैथ ! कार्यवश मैं बाहर जा रहा हूँ, गेरूथा अकेली है, वह रात को शायद डरे इसलिये तुम उसके पास चले जाओ और उसके साथ रहो। जब तक मैं वापस न आ जाऊँ तुम वहीं रहना।"

यह कहकर वह चला गया और ऐमलैथ अपनी माँ के प्रासाद की ओर चल पड़ा।

इसी बीच गेरूथा की निगाह बचाकर वह दरबारी घास की एक ढेरी के नीचे छिप गया। जब ऐमलैथ गेरूथा के पास पहुँचा उस समय वह अपने महल के पिछले हिस्से में अकेली बैठी हुई अपने पालतू बाज को काट-काटकर मांस खिला रही थी। उस मैदान में पास ही, वह घास की ढेरी थी जिसमें वह दरबारी दुबका हुआ पड़ा था। ऐमलैथ ने अपनी माँ को जो अकेली देखा तो वह समझ गया कि कुछ न कुछ गड़बड़ अवश्य है। चतुर तो वह था ही, उसने अपना पागलपन बनाये रखना ही उचित समझा। जाते ही उसने उच्च स्वर से मुर्गे की तरह बाँग लगाई और तालियाँ बजा-बजाकर चिड़ियों के पर फड़फड़ाने का सा शब्द करने लगा। कूद कर वह अपनी माँ के सामने पहुँचा और उसको उलटा होकर सलाम किया और फिर बहुत ही गलत स्वरों से चिल्ला-चिल्लाकर ऊटपटाँग गाना गाने लगा। उसकी माँ उसके पागलपन को देखकर दुख से रोने लगी पर उसने उसकी ओर कोई ध्यान नहीं दिया और कूदकर उस घास की ढेरी पर चढ़ गया। जब वह वहाँ नाचने लगा तो उसके पैरों के नीचे से कुछ कठोर स्पर्श हुआ। चतुर ऐमलैथ फौरन समझ गया कि नीचे कोई छिपा हुआ है और तब वह और भी जोर से लातें पटकता हुआ

उछलने-कूदने लगा। उसकी प्रचंड लातों से चोट खाकर दरबारी जब घास के अन्दर से कराहने लगा तो वह बड़ी जोर से हँसा और रानी गेरूथा से बोला : "मेरे पैरों का स्पर्श पाकर यह घास जीवित हो उठी है और अब बोल रही है।"

म्यान से तलवार निकालकर फौरन उसने घास की ढेरी में घुसेड़ दी। तलवार उस दरबारी के कलेजे के आरपार हो गई और वह बड़ी जोर से चीख कर मर गया। ऐमलैथ ने घास हटाकर उसकी लाश को बाहर निकाला और घृणा से उसके ऊपर थूकते हुए उसके टुकड़े-टुकड़े कर डाले। तत्पश्चात् गर्म पानी में उन टुकड़ों को उबाला और वहीं सूअरों के दरबों में जाकर उन टुकड़ों को उन्हें खिला दिया। रानी गेरूथा उसके इस पागलपन से अत्यन्त दुखी होकर रो रही थी। जब ऐमलैथ लौटा तो अब उसको निश्चय हो गया उसकी माँ के सिवा कोई दूसरा व्यक्ति उस कक्ष में उसकी बातें सुनने वाला न था। गम्भीर मुद्रा से गेरूथा के सामने वह पहुँचा और उसकी ओर उँगली उठाकर क्रोधोन्मत्त होकर वह बोला : "ओ बेशर्म औरत, रो-रोकर अपने दोष को छिपाने का प्रयत्न न कर। अपने पति के हत्यारे की प्रिया बनकर तूने जो पाप किया है उसे मैं कभी क्षमा नहीं कर सकता। वेश्याओं की भाँति उस हत्यारे को प्रसन्न रखने के लिये तूने जो अपना शरीर बेचा है तो याद रख कि तेरे इस काम को देवता लोग देख रहे हैं जो तुझे निश्चय ही पूरा दण्ड देंगे। बाजारू औरतों की तरह अपने पति की याद भूल-कर अब जो तू इस दुष्ट के साथ वासना से पूर्ण क्रीड़ा करती है तो तेरी गिनती नीच जन्तुओं में भी नहीं की जा सकती मुझसे न पूछ कि मैं पागल बनकर क्यों मूर्खतापूर्ण बातें करता फिरता हूँ। मैं इस बात से भी नहीं डरता कि अपने प्रेमी से कहकर मेरे पिता की भाँति मेरी भी हत्या करवा दे। याद रख ओ दगाबाज औरत कि मैं चाहे जितना भी पागल और मूर्खता का ढोंग करता हूँ परन्तु मेरे हृदय में पिता की हत्या का बदला लेने की भावना लबालब भरी हुई है। मैं उपयुक्त मौका देख रहा हूँ और जब मुझे मिल जाएगा उस समय तेरे प्रेमी को जीवित नहीं छोड़ूँगा। वह बड़ा धूर्त और चालाक है इसलिए यह परम आवश्यक है कि मैं उसे चालाकी से ही मारूँ। तू जो मेरे पागलपन के लिये रो रही है इससे कहीं अच्छा होता यदि तू अपने काले कारनामों पर रोती। जबकि अपने असली पति के मरने पर तुझे मातम के काले वस्त्र पहनने चाहिए थे तूने जवाहरातों से जड़े सोने के आभूषण और सुंदर रंग-बिरंगे वस्त्र पहनकर अपने आपको एक बहुत ही सस्ती वेश्या साबित किया है। तुझे देखकर मेरा दाहिना हाथ फड़कने लगता है और मन यही करता है कि मैं तेरी हत्या कर दूँ। परन्तु फिर जब सोचता हूँ कि ओ बदजात औरत तू ही मेरी माँ है तो शर्म से मेरा सिर झुक जाता है···"

गेरूथा ने जो अब तक अपने पुत्र के पागलपन पर रो रही थी उसको इस प्रकार गंभीर वाणी में बोलते देखा तो आश्चर्यचकित रह गई। परन्तु फिर जब फेंग को गालियाँ देते और उस पर लांछन लगाते हुए सुना तो वह हड़बड़ाकर स्तब्ध रह गई। परन्तु शीघ्र ही वह चतुर स्त्री समझ गई कि वास्तव में उसका पुत्र पागल नहीं था। अपने ऊपर इतने बड़े लांछन सुनकर वह क्रोध से लाल हो उठी और बोली : "ऐमलैथ तलवार को म्यान से बड़ा नहीं होना चाहिये नहीं तो वह उसमें नहीं समा सकती। इंसान

को अपनी सीमा से बाहर नहीं जाना चाहिये क्योंकि इसी में उसकी कुशल है। ओ हत्यारे बाप के मूर्ख बेटे पराक्रमी राजा गेवार की बेटी को तूने वेश्या और सस्ती बाजारू औरत कहा है यह बातें खाली नहीं छोड़ी जा सकतीं। या तो तू इसका सबूत दे नहीं तो अपनी मृत्यु निश्चित जान।"

ऐमलैथ ने जो उसके पिता की आत्मा ने उससे कहा था सब बातें उससे कहीं। तत्पश्चात् उसने कहा : "अब तू समझ ही गई होगी कि तुझे पाने के लिये और राज्य को हथियाने के लिये दुष्ट फैंग ने कैसे-कैसे भीषण षड्यन्त्र रचे थे। अब भी यदि तेरा हृदय परिवर्तन हो जाये और तू किये का पश्चात्ताप करे तो बिगड़ी बात सुधर सकती है। मेरे पागलपन का रहस्य फैंग से न कह। उलटे उसी के भेद मुझसे चुपचाप देती रह। यदि तूने ऐसा नहीं किया और अपने प्रेमी फैंग से अब भी लिपटी रही तब तो निश्चय ही तेरे समान शरीर बेचने वाली घृणित वेश्या और कोई नहीं होगी···"

गेरूथा असलियत को जानकर अब रोने लगी पश्चात्ताप से उसका सिर नीचा हो गया और उसके नेत्रों से झर-झर कर आँसू बहने लगे। अपने पति होरवेन्डिल की याद करके वह खूब रोई। उसके हृदय में बहुत दुख हुआ और वह प्रतिहिंसा की आग में जलने लगी। फैंग से बदला लेने का निश्चय उसने किया और इस काम में मदद करने का वचन अपने बेटे ऐमलैथ को दिया। जब ऐमलैथ वहाँ से चला गया तो वह देर तक बैठी-बैठी फैंग से बदला लेने के उपाय सोचने लगी।

थोड़े दिनों बाद राजा फैंग ने जब अपने उस दरबारी को नहीं पाया तो उसने उसे ढूंढ़ने की आज्ञा दी। जब दास और दासियाँ उसे ढूंढ़ती हुई फिरने लगीं तो ऐमलैथ ने अपना पागलपन दिखाते हुए उनसे कहा : "उसको तो मैंने गन्दी मोरी में से नीचे गिरते देखा था जहाँ गन्दे सुअर उसकी बोटी-बोटी नोचकर खा गये थे।"

उसकी बात सुनकर सभी हँस दिये। परन्तु थोड़े दिनों बाद उन्हें मालूम हुआ कि उस दरबारी का वास्तविक अन्त उसी तरह हुआ था। फैंग अब समझ गया कि उसका भतीजा बहुत खतरनाक है। यदि रोरिक और गेरूथा का भय उसे न होता तो वह उसे फौरन ही मरवा डालता। प्रत्यक्ष में उसकी हत्या करने का उसे साहस न हुआ। उसने एक दूसरी युक्ति सोची। अपने मित्र ब्रिटेन के राजा के पास उसने उसे भेजा, वह उससे बोला : "ऐमलैथ, मेरे बेटे ! तू वहाँ जाकर मेरी ओर से ब्रिटेन के राजा का अभिवादन कर और उसे हमारी मित्रता का परिचय दे।"

ऐमलैथ जाने को तैयार हुआ पर छिपकर रात्रि के समय गेरूथा से मिला। गेरूथा ने उसे बुद्धिमानी की बातें बतलाईं और मार्ग में उसकी रक्षा के हेतु अपना हाथ उसके सारे शरीर और सिर पर फेरा। चलते वक्त ऐमलैथ ने कहा : "हे माता, यदि मैं एक वर्ष के अन्दर नहीं लौटा तो समझ लेना कि मैं मर गया और तब तू मेरे लिये मातम मनाना और दीवारों पर काले परदे लटका देना।"

राजा फैंग ने ऐमलैथ के साथ दो दरबारियों को और भेजा। उनके हाथ में उसने एक बड़ी लकड़ी की ढाल ब्रिटेन के राजा को भेंट देने को दी। उस ढाल पर पीछे की तरफ छोटे-छोटे अक्षरों में ब्रिटेन के राजा को फैंग ने यह सन्देश लिखकर भेजा कि वह

ऐमलैथ को मरवा डाले। दरबारियों को उसने आज्ञा दी थी कि किसी भी हालत में वह उस डाल को मार्ग में न खो दें। एर साधारण-सी लकड़ी की ढाल को इतने नियन्त्रणों द्वारा भेजा जाना देखकर ऐमलैथ को शक हुआ। और मार्ग में जब रात्रि के समय वह दोनों दरबारी गहरी निद्रा में सो रहे थे तो उसने चुपचाप उठकर उस ढाल पर खुदा हुआ लेख पढ़ा। उसने चुपचाप अपनी कमर से एक तेज चाकू निकाला और ढाल का वह हिस्सा छील दिया जिस पर वह लेख अंकित था। और उसके बदले में छिली हुई जगह पर यह लिख दिया कि ब्रिटेन का राजा ऐमलैथ के साथियों को देखते ही फौरन उन्हें फाँसी पर चढ़ा दे और ऐमलैथ से एक सुंदरी राजकुमारी का विवाह कर दे। फिर वह चुपचाप आकर अपनी जगह सो गया। जब भोर हुई तो तीनों उठकर आगे चल दिये। किसी को पता ही न चला कि ऐमलैथ ने कब और क्या उस ढाल पर लिख दिया था।

जब वे ब्रिटेन के राजा के यहाँ पहुँचे और राजा ने जटलेन्ड के राजा फेंग का संदेश पढ़ा तो उसने ऐमलैथ को और उसके साथियों को प्रेमपूर्वक अपने दरबार में बिठाया और उसी समय किसी को फाँसी पर नहीं लटकवाया। फेंग की भेजी हुई भेंटें उसने रख लीं और रात्रि के समय तीनों को दावत पर बुलाया।

बहुत बड़ी दावत दी गई और तरह-तरह के गोश्त और शराबें परोसी गईं। परन्तु सभी को यह देखकर आश्चर्य हुआ कि ऐमलैथ ने न तो कुछ खाया और न पिया। राजा ने दो-एक बार उससे खाने के लिये कहा और वह भी उत्तर में सिर हिलाता रहा। परन्तु फिर भी खाया-पिया उसने कुछ नहीं। जब दावत खत्म हो गई और सब लोग सोने चले गये तो राजा ने ऐमलैथ के उस विचित्र व्यवहार का पता लगाने के लिये एक दास को आज्ञा दी कि वह छिपकर उन तीनों के सोने के स्थान में जाये और उनकी बातें सुने।

सोने से पहले ऐमलैथ के साथियों ने उसके बुरे व्यवहार के लिये उसे फटकारा और कहा कि इस तरह ब्रिटेन के राजा से मित्रता करने के बजाय उसने उसका अपमान किया है। यह सुनकर शाहजादा ऐमलैथ बोला : "दावत में कोई भी पदार्थ खाने-पीने योग्य न था। गोश्त में मनुष्यों की सड़ी हुई लोथों की बास आ रही थी, रोटी पर खून था और शराब में लोहे के जंग की बास आती थी। खुद राजा ही ऐसा मालूम होता है जैसे कि पहले गुलाम रहा हो। क्योंकि उसकी आँखें वैसी ही हैं और रानी तो निश्चय ही कोई बहुत ही नीचे घराने की औरत मालूम होती है।"

उसके साथियों ने समझा कि शाहजादा अपने पागलपन में बक रहा है परन्तु उधर जब उस दास ने जाकर राजा से सब बातें कहीं तो वह सोच में पड़ गया। उसने अपने मन्त्री को बुलाया और यह पूछा कि जिस अनाज की रोटियाँ बनाई गई थीं वह अनाज पैदा कहाँ हुआ था। मन्त्री ने जाँच करके उसे बताया कि जहाँ वह अनाज पैदा हुआ था वह किसी जमाने में एक युद्धभूमि रही थी। राजा को सुनकर आश्चर्य हुआ कि इसी कारण रोटियों में खून की बदबू आई थी। तब उसने उस सूअर के गोश्त के बारे में पूछा कि जब वह जीवित था क्या खाया करता था। उसको बताया गया कि कटने से

एक दिन पहले ही एक डाकू के शरीर को काट कर उसका मांस उस सुअर को खिलाया गया था। राजा स्तंभित रह गया क्योंकि गोश्त में मनुष्य की लोथ की बदबू का कारण भी अब साफ हो गया था। अब उसने शराब की बाबत जाँच की कि किस पानी में जौ उबाल कर वह बनाई गई थी। मन्त्री ने उसे एक कुआँ दिखाया और कहा कि उसके पानी से ही जौ उबाल कर खींची गई थी। राजा ने उस कुएँ को उलीचने की आज्ञा दी और और तब तो उसके आश्चर्य का ठिकाना ही न रहा जब देखा कि कुएँ के पेंदे में बहुत-सी तलवारें और लोहे के अन्य अस्त्र जंग से भरे पड़े हुए थे जिनके कारण पानी में जंग की बदबू हो गई थी।

राजा ने शाहजादे ऐमलैथ को तब सचमुच ही बहुत बुद्धिमान माना। परन्तु अभी उसके मन में शक बाकी था। वह चुपचाप अपनी माँ के पास गया जिसने उससे कहा कि वास्तव में ही वह पहले एक दासी थी। राजा मन ही मन ऐमलैथ के गुणों का कायल हो गया। दूसरे दिन उसने उसका बड़ा सम्मान किया और कहा : "हे शाहजादे सचमुच ही तू बड़ा बुद्धिमान है। तेरी बुद्धि और ज्ञान को देखकर मैं बहुत ही खुश हुआ हूँ। दावत के खाने और शराब के बारे में जो कुछ तूने कहा सभी सच निकला है। परन्तु अभी एक बात ऐसी है जिसका उत्तर तुझे देना है। रानी को जो तूने नीचे घराने की बताया है उसका क्या कारण है।" यह सुनकर शाहजादा गम्भीरतापूर्वक बोला : "तीन कारणों से यह बात मैंने जानी थी। दासियों की भाँति, चलते समय रानी ने अपने सुंदर वस्त्रों को अपने सिर पर ओढ़ लिया था। दूसरी बात यह है कि चलते वक्त रानियों की भाँति जमीन पर घिसटते हुए अपने शानदार घाघरे को उसने अपने हाथों से ऊपर उठा लिया था, जिससे जाहिर होता है उसे अपने कपड़ों के बिगड़ जाने की कितनी चिन्ता है। ऐसा व्यवहार रानियाँ नहीं किया करतीं। और तीसरी बात यह थी कि खाना खाने के बाद जब सींक से उसने अपने दाँत कुरेदे तो दाँतों के बीच से निकले हुए टुकड़ों को थूके बिना वह उन्हें चबाकर खा गई थी। इन तीनों ही बातों से मैं समझ गया था कि यह कोई नीचे घराने की स्त्री है जिसमें महानता और उदारता का भारी अभाव है।"

राजा, ऐमलैथ की बातें सुनकर इतना अधिक प्रभावित हुआ कि अब उसने ढाल पर लिखी हुई बातों पर अमल करना ठीक समझा। भरी सभा में ऐमलैथ को सम्मानित किया गया। बड़ी धूमधाम के साथ राजा ने अपनी बेटी का विवाह उसके साथ कर दिया। साथ ही ढाल पर लिखे अनुसार उसके दोनों साथियों को फाँसी पर लटकवा दिया जिसको सुनकर ऐमलैथ ने बनावटी क्रोध का प्रदर्शन किया और राजा से उसके इस व्यवहार के लिये कहा-सुनी भी की। राजा अपने दामाद को असन्तुष्ट नहीं करना चाहता था और उसने समझा कि सचमुच ही वह अपने साथियों के मारे जाने से दुखित है। उसे खुश करने के लिये उनके हरजाने में उसने बहुत-सा सोना दिया। ऐमलैथ मन ही मन बहुत खुश हुआ क्योंकि इस तरह एक जरा-सी चाल से उसने बहुत-सा धन कमा लिया था। इसके बाद उस सोने को गलवा कर उसने दो पोले लकड़ी के डंडों में भरवा लिया।

अपनी स्त्री को वहीं छोड़कर वह अपने देश को, शीघ्र वापस आने का वचन

देकर चला। जब वह वापस जटलेन्ड पहुँचा उस वक्त एक वर्ष से ज्यादा बीत चुका था। उसकी माँ, राजा फैंग और सभी दरबारियों ने उसे मरा समझ लिया था। फैंग को तो पूर्ण विश्वास था कि ब्रिटेन के राजा ने उसे जीवित न छोड़ा होगा। वह उसका परम प्रिय मित्र था, इसलिये उसे पूर्ण आशा थी कि उसके लिखे अनुसार राजा ने ऐमलैथ को अवश्य ही मरवा दिया होगा। परन्तु मन में खुश होते हुए भी गेरूथा का ध्यान रखते हुए उसने भी मातम मनाया। सारे दरबार में मातम मनाता गया और दीवारों पर काले कपड़े टाँग दिये गये। गेरूथा पुत्र-शोक से बहुत दुखी थी और सदा रोती रहती थी।

ऐमलैथ ने जटलेन्ड में प्रवेश करते ही अपने चेहरे पर कीचड़ लगा ली और अपने वस्त्रों को भी हास्यास्पद भाँति से पहना। अपना पाजामा और चोगा उसने उलटा पहन लिया। ऐसी हालत में दोनों लकड़ियों को बजाता हुआ वह फैंग के दरबार में पहुँचा। फैंग उसे देखते ही एक ही निगाह में पहचान गया और पीला पड़ गया। परन्तु शीघ्र ही उसने अपने आपको सँभाल लिया। और किसी ने चाहे उसका वह क्षण भर का विकृत मुँह न देखा हो परन्तु ऐमलैथ की तेज निगाहों ने फौरन उसे देखकर समझ लिया कि वह घबरा गया है। मातम मनाने वालों के बीच में जब वह एकाएक जा पहुँचा तो सभी लोग भयभीत होकर आश्चर्य से उसे देखने लगे। पहले तो उन्होंने उसे ऐमलैथ का भूत समझा और उन पर भयानक आतंक छा गया। परन्तु जब वह बोला और उसने वही पागलपन दिखाया तो बाद में उनका भय जाता रहा। वह हँस-हँस कर एक दूसरे को ताना देने लगे कि किस प्रकार राजा फैंग ने उनसे उपहास किया और उन्हें मूर्ख बनाया था।

राजा हैरान था कि वह जिसे मर जाना चाहिये था, सामने जीवित खड़ा था। और उसके दूत, जिन्हें वापस आना चाहिये था, गायब थे। आशंका से उसका हृदय काँप उठा। अब उससे न रहा गया। उसने ऐमलैथ से पूछा कि उसके दोनों साथी कहाँ रह गये थे। यह सुनकर ऐमलैथ पागलों की भाँति हँसा और तब एक-एक करके उसने वह दोनो डंडे ऊपर उठाये और कहा : "ये हैं।"

सब लोगों ने उसे यथापूर्व पागल समझा। परन्तु असलियत को कोई न समझ सका। शाहजादा आज बहुत खुश था। दरबार में चारों ओर वह हँसता फिर रहा था। सुंदर स्त्रियों को छेड़ता हुआ और पुरुषों से अभिवादन प्राप्त करता हुआ उन्मत्त होकर वह शराब पीने लगा। थोड़ी ही देर बाद वह ऐसा बनने लगा मानो नशे में चूर हो गया हो। परन्तु वास्तव में वह नशे से बहुत दूर था। मीठी और पुरानी शराब का बड़ा पात्र हाथों में लेकर वह सभी दरबारियों को पिलाने लगा। वह लोग खुश हो ऐमलैथ द्वारा भरे हुए जामों को पीने लगे। वह पिलाता रहा, और वे पीते रहे। यहाँ तक कि वह सभी नशे में चूर होकर नाचने लगे। इसी बीच दिखाने के लिये ऐमलैथ ने अपनी तलवार दो एक बार निकाली और अपनी उँगलियाँ काट लेने का बनावटी प्रदर्शन किया। और तब उन दरबारियों ने उससे तलवार छीन कर म्यान सहित सामने की दीवाल पर टाँग दी। अब ऐमलैथ ने और शराब डाली और पिलाता गया। दरबारी लोग पीते चले गये।

अब वह इतनी ज्यादा पी गये थे कि नशे से बेखबर होकर वह वहीं चौकियों पर लुढ़क कर सो गये। उन्हें देखकर ऐमलैथ खुश हुआ क्योंकि उसका षड्यंत्र सफल होता जा रहा था ।

अब वह उठा और अपने डंडों की मदद से उसने दीवार पर लटके हुए तमाम परदों को खींचकर नीचे गिरा दिया। फिर उन्हें आपस में बाँध कर सोये हुए दरबारियों पर इस तरह फैलाकर बाँध दिया कि वह लोग उसमें लिपट गये। तत्पश्चात् दूर खड़े होकर उसने उन कपड़ों में आग लगा दी। जब आग धधक उठी तो दरवाजा बन्द करके वह वहाँ से चल दिया। अब वह सीधा फैंग के सोने के कमरे की ओर चला। चुपचाप वह अन्दर घुस गया और सबसे पहले उसने दीवार पर टँगी हुई फैंग की तलवार पर कब्जा किया। उस अच्छी तलवार को अपनी कमर में बाँध कर अपनी टूटी हुई तलवार उसने उस जगह टाँग दी। इसके बाद वह सीधा फैंग के पलंग के पास पहुँचा और राजा को हिलाकर उसने जगाया। वह गहरी नींद में सोया हुआ था और जो इस तरह जगाया गया तो हड़बड़ाकर उठ बैठा। अपने सामने ऐमलैथ को देखकर वह बहुत नाराज हुआ क्योंकि उसने उसको कच्ची नींद में ही जगा दिया था। वह उसकी ओर उनींदे और क्रोधपूर्ण नेत्रों से देख ही रहा था कि उसने अपनी लकड़ियाँ बजाते हुए उससे कहा : "तेरे सारे दरबारी लोग आग में जिन्दा जला दिये गये हैं। अब तेरी मदद करने वाला कोई भी नहीं बचा है। अब सावधान हो जा क्योंकि देख मैं लकड़ियाँ लेकर तेरे पास अपने बाप की मौत का बदला लेने के लिये आ गया हूँ।"

फैंग ने कूद कर दीवाल से टँगी हुई तलवार उठा ली। जैसे ही उसे म्यान से बाहर निकाला तो उसके छक्के छूट गये क्योंकि उस तलवार में फाल ही न थी। वह केवल एक मूठ थी जो म्यान के ऊपर अटका कर रख दी गई थी। लकड़ियों को दूर फेंक कर ऐमलैथ नंगी तलवार लेकर उसकी ओर झपटा और जितनी देर में कि वह बचने का उपाय करे उसने उसके ऊपर भीषण प्रहार किया और उसकी गर्दन काट दी।

इस प्रकार ऐमलैथ ने अपने बाप का बदला चाचा को मार कर ले लिया। अब वह वहाँ से भागा और छिप गया क्योंकि वह यह जानना चाहता था कि प्रजा और सैनिक राजा फैंग की मृत्यु के बारे में जानकर क्या करते हैं। परन्तु शीघ्र ही जब उसे मालूम हो गया कि वे लोग उसके लिये दुखी नहीं हैं बल्कि उनमें से कुछ लोग तो खुशियाँ मना रहे हैं कि ऐसे जालिम राजा का अन्त हो गया है तो वह निडर हो गया और अपने छिपने के स्थान से निकल कर सब लोगों के बीच जा पहुँचा। अपने पिता के मित्रों को इकट्ठा करके उसने उनसे कहा : "मेरे पिता होरवेन्डिल की मृत्यु पर तुम लोग रोये थे परन्तु आज रोने का कोई कारण नहीं है। फैंग बहुत बुरा आदमी था जिसका मर जाना ही अच्छा था। इस दुष्ट ने तुम्हारे मित्र की हत्या की थी···" फैंग के दाहिने हाथ को उठाता हुआ वह बोला : "यह वही हाथ था जिसने होरवेन्डिल को मारा और तुम लोगों को गुलाम बना दिया। अब यह कुत्ते की तरह मरा पड़ा है जिसे देखकर किसी की आँखों में आँसू नहीं आते। इसी दुष्ट से बदला लेने के लिये छुटपन से ही मैंने पागलपन का ढोंग रचाया था। लोगों को मालूम नहीं था कि छिपे तरीके से किस प्रकार मेरा चाचा

और उसके दरबारी लोग मुझे मारने की चेष्टा किया करते थे। इसने मेरी माँ तक को बहका रखा था। आज वह अच्छा दिन आया है जब मैंने पृथ्वी पर से एक दुष्ट को खो दिया है। यह पापी था क्योंकि इसने केवल ईर्ष्या के कारण अपने पिता के समान बड़े भाई की धोखे से हत्या की और माता के समान उसकी स्त्री से ज़ानबूझकर व्यभिचार किया। कौन है तुममें से ऐसा जो मेरे दुख-दर्द से भरे वर्णन को सुनकर मुझसे सहानुभूति नहीं रखेगा!"

उसकी बातें सुनकर कोई नहीं बोला। सब स्तब्ध खड़े रहे तो वह फिर कहने लगा: "मैंने अपने देश की लाज रखी है, मैंने अत्याचारों का अन्त कर दिया है, मैंने अपनी माँ की इज्जत का बदला लिया है और अपने पिता की मौत का प्रतिशोध किया है, जो तुमने खोया था वह मैंने फिर पा लिया है, और उसे अब फिर तुम्हें देता हूँ। जो हो गया सो हो गया क्योंकि जो कुछ हुआ वह सब तुम्हारी भलाई के लिये हुआ है, अब तुम्हारी मर्जी। चाहे मुझे मेरे नेक कामों का बदला दो चाहे न दो। अब कसाई के राज्य का अन्त हो गया है।"

उसकी बातों का असर उन लोगों पर इतना अधिक हुआ कि जैसे ही वह बोल चुका उन्होंने बार-बार उसका नाम लेकर जयजयकार किया। उस भीम गर्जन से सारा आकाश हिल उठा और चारों ओर खुशी की लहरें फैल गईं। राजा होरवेन्डिल का सोने का ताज उसके योग्य बेटे ऐमलैथ के सिर पर रख दिया गया। उसके नाम का झंडा सारे देश मे घुमाया गया। गरीबों को खैरातें बाँटी गईं और जगह-जगह खुशी के उत्सव मनाये गये।

राजा ऐमलैथ सुयोग्य शासक था। उसने अपने देश की भूमि को प्रथम बार नापा और करों के लेने में भी सुव्यवस्था स्थापित की। वह प्रचंड योद्धा भी था। उसकी बुद्धि और उसका ज्ञान प्रशंसनीय था। वह सुखपूर्वक राज करने लगा। उसने एक बहुत बड़ी ढाल बनवाई जिस पर उसने अपने तमाम कारनामे खुदवाये। देश के सबसे अच्छे कारीगरों द्वारा वह बनाई गई थी इसलिये वह बहुत नायाब थी। उसके साथियों की ढालों पर उसकी आज्ञा से सोना मढ़ा गया और उन सब पर ऊपर की ओर ऐमलैथ का नाम खोदा गया।

जब राज्य की व्यवस्था ठीक हो गई, अनुशासन और न्याय का पालन ठीक तरह से होने लगा और सेना का भी अच्छा संगठन हो गया तब एक दिन राजा ऐमलैथ अपने जंगी बेड़े में सवार होकर अपने बेहतरीन योद्धाओं के साथ ब्रिटेन की ओर चला। जब वह वहाँ पहुँचा तो वहाँ के राजा ने उसका भव्य स्वागत किया। तत्पश्चात् उसने फैंग का कुशल क्षेम पूछा क्योंकि वह उसका परम प्रिय मित्र था। जब ऐमलैथ ने उसे बताया कि वह उसकी हत्या कर चुका है तो वह सुनकर दुख से उदास हो गया।

पहले किसी समय ब्रिटेन के राजा और फैंग ने आपस में प्रतिज्ञा की थी कि उन दोनों में से पहले मारे जाने वाले का बदला दूसरा लेगा। इस प्रतिज्ञा की याद आते ही और फैंग का मरना सुनकर वह इसलिये उदास हो गया क्योंकि अब उसे अपनी ही बेटी के पति को मारकर अपना वचन निभाना था। खून के रिश्ते से शपथ की पवित्रता को

वह अधिक मानता था। परन्तु अपने हाथ से अपने दामाद का खून करने के बजाय उसने उसे मारने की एक तरकीब सोची। उसने ऐमलैथ से कहा : "हे वीर, तुम तो जानते ही हो कि मेरी पत्नी मर चुकी है परन्तु क्योंकि मैं अभी वृद्ध नहीं हुआ हूँ और पुत्र की कामना करता हूँ। अतएव एक और विवाह करना चाहता हूँ। स्काटलैण्ड में एक कुँवारी रानी रहती है। मैंने सुना है कि वह एक उच्च वंश की सुंदरी स्त्री है, मैं उससे विवाह करके सुखपूर्वक जीवन व्यतीत कर सकूंगा, क्योंकि मेरी लड़की, जो तुम्हारी स्त्री है, उसको तो तुम अपने साथ अपने देश को ले जाओगे और तब मैं अकेला ही रह जाऊँगा। इसलिये यदि तुम मेरी सहायता करके मेरा विवाह उक्त रानी से करवा दो तब फिर मैं आराम से जीवन व्यतीत कर सकूंगा और मेरी चिन्ता का कोई कारण नहीं रहेगा। मेरी ओर से तुम उस रानी के पास जाओ और उसे राजी करके उसे मेरे लिये अपने साथ लिवा लाओ।"

ब्रिटेन का राजा यह जानता था कि जिस रानी के बारे में उसने ऐमलैथ से कहा था वह ऐसी कट्टर स्त्री थी जो विवाह और प्रेम के नाम से ही नफरत करती थी और जो भी उसके पास इस इरादे को लेकर जाता उसे मरवा डालती थी। यह बात ऐमलैथ भी जानता था परन्तु अपने देश से इतनी दूर ब्रिटेन के राजा की आज्ञा का उल्लंघन करने का साहस उसे नहीं हुआ। वह तुरन्त अपने साथियों और ब्रिटेन की सेना को साथ लेकर स्काटलैण्ड की ओर चल पड़ा।

स्काटलैण्ड की रानी के राज्य में पहुँचकर लोगों से उसने रानी की अद्भुत सुंदरता का वर्णन सुना। साथ ही साथ जब उसे बताया गया कि वह बहुत कठोर हृदय की स्त्री है तो भय मिश्रित दुख से वह परिपूर्ण हो उठा। भय उसे अपनी मृत्यु का था और दुख इसलिये था कि इतनी सुंदरी और जवान होकर भी प्रेम से वह इतनी घृणा करती थी।

जब वह नगर के बाहर पहुँचा तो संध्या उतर कर रात्रि का आगमन हो चुका था। इसलिये वह वहीं घास से भरे उपवन में अपने साथियों सहित विश्राम के हेतु ठहर गया। रात्रि के उस अन्धकार में प्रथम तो वह उस नये नगर में प्रवेश नहीं करना चाहता था, दूसरे यदि वह चाहता तो भी न कर पाता क्योंकि रानी की कठोर आज्ञा थी कि सायंकाल के पश्चात् नगर के द्वार बन्द कर दिये जायँ। उस आज्ञा का उल्लंघन करना सरल नहीं था क्योंकि उसका मूल्य सिर देकर चुकाना पड़ता था। थका-माँदा ऐमलैथ सो गया। अपनी ढाल से उसने अपना सिर ढक लिया ताकि उसकी रक्षा भी होती रहे और रात्रि के समय जंगल में विचरने वाली जादूगरनी और चुड़ैलों की कुटिल निगाहें भी उसके ऊपर न पड़ सकें।

स्काटलैण्ड की रानी हरमटरूड के दूत और भेदिये रात-दिन नगर के चारों ओर बाहर और भीतर घूमा करते थे। कोई भी नया व्यक्ति उनकी नजर में आता तो वह शीघ्र अपनी रानी को सूचना देते थे। जब वह घूमते हुए इस उपवन में पहुँचे तो उन्होंने एक स्थान पर ढाल से मुँह ढके हुए ऐमलैथ को सोता पाया। उन्होंने चुपचाप उस ढाल को उठा लिया और उलट-पुलट कर देखने लगे। जो संदेश ब्रिटेन के राजा ने ऐमलैथ के

हाथों स्काटलैण्ड की रानी के लिये लिख कर भेजा था वह भी उसी ढाल के पीछे एक स्थान पर खोंसा हुआ था। भेदिये उस संदेश और ढाल दोनों को लेकर अपनी रानी के पास पहुँचे और सारा वृत्तान्त कह सुनाया। रानी ने उत्सुक होकर ऐमलैथ की बड़ी ढाल पर खुदे हुए उसके कारनामे और उसकी वीरता जब पढ़ी कि किस प्रकार उसने अपनी बुद्धि और पराक्रम से अपने पिता की मृत्यु का बदला अपने दुष्ट चाचा को मारकर लिया था तो वह पत्थर के दिल वाली रानी भी विचलित हो उठी और उसके हृदय में एक ऐसी नई टीस होने लगी जिसका आज तक उसे कभी अनुभव नहीं हुआ था। उस अज्ञात व्यक्ति के प्रति उसके हृदय में प्रेम उमड़ आया और तब उसने अपने जीवन में पहली बार स्त्री सुलभ लज्जा का अनुभव किया। उसकी कठोरता और कर्कश वाणी दया और मधुर भाषण में बदल गये। उसने तब उस ढाल को पलटकर देखा और ब्रिटेन के राजा का भेजा हुआ संदेश पढ़ा। उसमें लिखा था : "हे रानी, मैं ब्रिटेन का राजा तुझसे विवाह करना चाहता हूँ। मेरी इस प्रार्थना को तू मत ठुकरा क्योंकि तेरी क्रोधाग्नि शान्त करने के लिये भी मैंने प्रबन्ध कर दिया है। जो व्यक्ति यह संदेश लेकर तेरे पास पहुँचे उसे तू फौरन मरवा डाल और बाद में मेरी हो जा।"

रानी ने तुरन्त एक तेज चाकू लेकर लकड़ी पर खुदे हुए उन अक्षरों को खोद-कर फेंक दिया और उस जगह चतुरतापूर्वक महीन अक्षरों में लिख दिया कि 'हे रानी, मेरी यह प्रबल इच्छा है कि जो भी व्यक्ति इस पत्र को लेकर तेरे पास पहुँचे तू उसी से विवाह करके मेरे मन की इच्छा को पूर्ण कर।' इसके बाद उन्हीं भेदियों द्वारा रानी ने वह ढाल और नया लिखा हुआ संदेश उसी स्थान पर रख आने को भेज दिया। ऐमलैथ अभी सो ही रहा था जब भेदियों ने लाकर वह ढाल उसके सिर के करीब रखी। परन्तु भेदिये जो घबरा गये थे जल्दी कर बैठे। ढाल को रखते समय उन्होंने जोर से झुका दिया कि वह एमलैथ के माथे में लग गई जिससे वह जाग गया और तुरन्त उठ बैठा। वह चीते की फुर्ती के साथ झपटा और उस भेदिये को पकड़ लिया। फिर अपने आदमियों को जगाकर उसने आज्ञा दी कि वह उसे बाँधकर पटक दें। तत्पश्चात् वह अपनी ढाल और संदेश को लेकर रानी के पास पहुँचा। रानी उससे मिलने के लिये पहले से ही आतुर बैठी थी। जैसे ही ऐमलैथ ने मिलने की आज्ञा माँगी फौरन उसे महल के अन्दर सम्मान-पूर्वक ले जाकर बिठाया गया। महल के कोने के एक कमरे में रानी उससे अकेली मिली। वह गंभीर मुद्रा में बड़ी शान के साथ आई और एक ऊँचे सोने के सिंहासन पर बैठ गई। ऐमलैथ उसको देखते ही खड़ा हो गया और जब रानी बैठ गई तो उसने घुटने टेक कर उसे सिजदा किया। इसके बाद उसने उसके पीछे लटकते हुए बड़े सुनहरे कपड़ों को आँखों से लगाकर उसे चूमा।

रानी हरमटरूड ऐमलैथ की सुंदरता को देखकर मन ही मन प्रसन्न हो रही थी परन्तु अपनी शान के खिलाफ उसने उससे पहले बोलना उचित नहीं समझा। ऐमलैथ ने तब खड़े होकर उससे कहा : "हे स्काटलैण्ड की सुन्दरी रानी मुझे मालूम है कि तू विवाह और प्रेम के नाम से इतना चिढ़ती है कि जो कोई भी तेरे पास इन इच्छाओं को लेकर आता है जिन्दा वापस नहीं जाता, परन्तु फिर भी अपनी हथेली पर सिर रखकर मैं आज

तेरे पास इसलिये आया हूँ क्योंकि ब्रिटेन के राजा ने तुझसे विवाह करने की इच्छा प्रकट की है। वह मेरा श्वसुर है इसलिये यह मेरा कर्त्तव्य भी है कि उसकी इच्छा पूरी करने के लिये मैं अपनी जान भी खतरे में डाल दूँ। यदि मेरी बातें सुनकर तू क्रोधित हो उठी हो तो अपने जल्लादों को बुला क्योंकि मैं मरने को तैयार हूँ।"

रानी ने गंभीर स्वर से पूछा, "केवल जुबानी संदेश लेकर आये हो या कोई पत्र भी साथ में है?"

यह सुनकर ऐमलैंथ ने अपनी ढाल के पीछे से निकालकर ब्रिटेन के राजा का दिया हुआ वह लिखित संदेश रानी के सामने सिर झुकाकर रख दिया। उसे तनिक भी नहीं मालूम था कि कब और किसने उस संदेश को बदलकर दूसरा ही संदेश उस पर लिख दिया था।

उत्तर की प्रतीक्षा में चुपचाप वह खड़ा रहा। बनावटी मुद्रा से रानी ने उस अपने ही बदले हुए संदेश को उसके सामने ऐसे पढ़ा जिससे वह पहली ही बार उसे पढ़ रही हो और जब उसे पढ़ लिया तो आँखें मीचकर उस पत्र को माथे से लगाया। फिर देर तक वह वैसे ही चुपचाप बैठी रही। लज्जावश वह सोच रही थी कि किस तरह बात शुरू की जाय परन्तु ऐमलैंथ उसके इस व्यवहार से आश्चर्यचकित रह गया। वह जो अपनी गर्दन कटाने आया था अब रानी के सद्व्यवहार को देखकर चकित रह गया। जब रानी ने उस पत्र को उठाकर अपने माथे से लगाया तो वह समझा कि ब्रिटेन के राजा से वह रानी जो कठोर कही जाती थी विवाह करने को प्रस्तुत हो गई है।

वह बोला कुछ नहीं क्योंकि शीघ्र बोलकर वह कोई नई आफत मोल लेना नहीं चाहता था। उसने साथ-साथ यह भी सोचा कि सम्भव है रानी की यह कोई प्रतिहिंसा करने की नई चाल हो। कुछ देर बाद रानी ने आँखें खोलीं और बोलने का उपक्रम करने लगी। परन्तु बोलने से पहले ही उसके शुभ्र कपोलों पर गहरी लालिमा छा गई और अपनी लंबी पलकों से नेत्रों को छुपाकर नीचे देखती हुई धीमे स्वर से बोली: "परन्तु इससे पहले कि मैं इस संदेश का उत्तर दूँ मैं तुम्हारी यह विचित्र ढाल देखना चाहती हूँ।"

ऐमलैंथ बड़ा ज्ञानी था परन्तु इस समय उसकी बुद्धि ने उसका तनिक भी साथ न दिया। उसकी समस्या हल होने के बजाय और जटिल हो गई। ब्रिटेन के राजा से विवाह और उसकी ढाल का भला क्या सम्बन्ध हो सकता था, वह हैरत में रह गया। पूछना चाहकर भी वह न पूछ सका क्योंकि उसका साहस ऐसा नहीं हुआ और चुपचाप उसने अपनी ढाल रानी के सामने रख दी परन्तु अब उसे कुछ शक अवश्य होने लगा था। वह यह समझा कि शायद रानी उसे मरवाने के पहले उसके बारे में सब कुछ जान लेना चाहती थी। पहले पढ़े हुए उसकी वीरता के उल्लेख उस ढाल पर रानी ने अब फिर दिखावे के लिये पढ़े। और जब पढ़ चुकी तो बोली: "मुझे मंजूर है।"

ऐमलैंथ इस उत्तर को सुनकर खुश हुआ। उसने देवताओं का स्मरण किया कि इतनी सुगमता से उसका कार्य सिद्ध हो गया। तब रानी ने ताली बजाई और तुरन्त

चालीस दासियाँ आकर उपस्थित हुईं। रानी ने उनसे मंत्री को बुलवाने की आज्ञा दी। जब वह आ गया तो उसने आज्ञा दी कि ढाल पर लिखे हुए वीर ऐमलैथ के कारनामों को पढ़कर जोर से सुनाये।

मंत्री वृद्ध और कूटनीतिज्ञ था। राजनीति में वह चतुर खिलाड़ी था तथा स्त्री के हृदय की बातों को जानने में वह दक्ष था। रानी की आँखों में नई चमक देखकर वह तुरन्त समझ गया कि बर्फ ही नहीं पिघल गई बल्कि ज्वालामुखी अब विस्फोट करना चाहता है। उसने उच्च स्वर में ऐमलैथ के यश की गाथा और भी बढ़ा-चढ़ा कर कहना प्रारम्भ कर दिया।

ऐमलैथ, जो इस विचित्र नाटक को सुनने के लिये तैयार नहीं था, हैरान होकर उस सारी गाथा को सुन रहा था। तभी एक दासी फूलों से हुई एक डलिया लाई और उसने उस पर पुष्पवर्षा की और उसको ले जाकर एक ऊँची सोने की चौकी पर बिठाया। जब मंत्री उस ढाल पर खुदी हुई गाथा को सुना चुका तो उसके पश्चात् रानी ने उसे ब्रिटेन के राजा का पत्र पढ़ने को दिया। ऐमलैथ घबरा कर अपने स्थान से उठ खड़ा हुआ। उसने वृद्ध मंत्री को कहते हुए सुना, "यह राजा ब्रिटेन की प्रार्थना है कि रानी हरमटरूड उसी व्यक्ति से विवाह कर ले जो उसका संदेशा लेकर उसके पास पहुँचे।" उसने रानी की ओर देखा और वह उस समय धीरे-धीरे मुस्कुरा रही थी। वह उठा और मंत्री के पास चला आया, क्योंकि उसे उस पढ़े हुए पत्र पर विश्वास नहीं हो रहा था। परन्तु जब स्वयं उसने उसे पढ़ा तो ब्रिटेन के राजा द्वारा किये गये इस उपहास से वह बहुत प्रसन्न हुआ क्योंकि वह तो अब भी यही समझे हुए बैठा था कि वह लिखित संदेश उसी का था। उसने ऊँचे स्वर से तब कहा : "हे सुंदरी रानी, तुमने जो मुझसे विवाह करना स्वीकार किया है तो मेरे लिये एक सौभाग्य की बात है परन्तु शायद तुम्हें मालूम नहीं है कि मेरा विवाह हो चुका है। ब्रिटेन के राजा की बेटी मेरी स्त्री है ऐसी हालत में जबकि मेरी स्त्री जीवित है मैं तुमसे किस प्रकार विवाह कर सकता हूँ!" रानी ने यह सुनकर दुबारा ताली बजाई जिसे सुनकर मंत्री सहित सारी दासियाँ वहाँ से चली गईं। और जब वे ही दोनों केवल उस कमरे में रह गये तो वह बोली : "हे राजा ऐमलैथ, तुम्हारे पराक्रम का झंडा जटलेन्ड के आकाश के मध्य में उड़ रहा है। तुम्हारे शौर्य का वर्णन सुनकर मेरे ठंडे हृदय में भी अब वासना की आग जल उठी है। मुझे आंश्चर्य है कि तुम जैसे उच्च वंश का राजा उस गुलाम वंश की लड़की से कैसे विवाह कर सका है। शायद तुमको मालूम नहीं कि ब्रिटेन के मौजूदा राजा की माँ दासी थी। दूसरी बात यह कि उस दासी के पुत्र की स्त्री जो कि तुम्हारी स्त्री की माँ है, एक बहुत ही नीचे घराने की स्त्री है जो पहले जरखरीद गुलाम थी। अपनी पुरानी आदतों के अनुसार चलते समय अब भी वह अपने कपड़े और घाघरा हाथों से उठाकर चलती है क्योंकि उसे कपड़ों के फटने और मैले होने का डर लगा रहता है। हम असली रानियाँ किसी चीज की परवाह नहीं करती हैं क्योंकि हमारी इच्छामात्र से हर चीज हमारे सामने तैयार रहती है। उस दासी की पुत्री से जो तुमने विवाह सम्बन्ध स्थापित किया है तो उच्च वंशों की रीति के अनुसार वह विवाह नहीं कहा जा

सकता। ऐसे तो राजाओं की सैकड़ों दासियाँ चहेती होती हैं। वह सुंदरी हो सकती है परन्तु हम लोगों में, जैसाकि तुम जानते हो, सुंदरता से कहीं अधिक वंश का ध्यान रखा जाता है। तुम मुझसे विवाह करके अपने और मेरे वंश का गौरव ऊँचा करो। मैं तुम्हारे लिये उपयुक्त रानी हूँ क्योंकि तुम्हारे राज्य से मेरा राज्य भी बड़ा है। मुझसे विवाह करके तुम दोनों देशों पर सुखपूर्वक राज्य करो, मैं तो कहूँगी कि उस दासी की बेटी को छोड़ दो, परन्तु यदि तुम उसकी सुंदरता पर रीझ गये हो तो मुझे इसमें भी कोई एंतराज नहीं है कि वह भी रही आए।"

रानी उठी और उसने ऐमलैथ का हाथ पकड़कर अपनी बगल में बिठा लिया। वह उससे प्रेमपूर्वक बातें करने लगी। विवाह की तैयारियाँ बड़ी धूमधाम के साथ होने लगीं जिसमें बहुत खैरात बाँटी गई। जगह-जगह विचित्र वाद्य बजने लगे और नगाड़ों की चोटों के बीच रानी हरमटरूड का विवाह राजा ऐमलैथ से हुआ। खुशी में एक बहुत बड़ी दावत दी गई।

थोड़े दिन वहाँ रहने के पश्चात् अपनी नई स्त्री और सेना के साथ राजा ऐमलैथ ब्रिटेन की ओर लौटा। जब वह मार्ग में ही था, उसे अपनी पहली स्त्री मिली। अपने पति के साथ दूसरी स्त्री को देखकर वह अत्यन्त कुपित हुई। उसने उसे खूब फटकारा। रानी हरमटरूड उसकी सुंदरता को देखकर स्तब्ध रह गई। अब तक वह केवल खुद को ही संसार की सबसे बड़ी सुंदरी समझा करती थी। उस स्त्री की सुंदरता को देखकर उसका ऐसा भ्रम जाता रहा। ब्रिटेन के राजा की बेटी बोली : "हे ऐमलैथ, तुमने मेरे रहते हुए जो दूसरी स्त्री से सम्बन्ध स्थापित कर लिया है इससे मुझे बहुत दुख हुआ है। इस समय ईर्ष्या और क्षोभ के कारण मेरा हृदय फटा जा रहा है। जी तो ऐसा करता है कि तेज तलवार लेकर इस चुड़ैल का सिर काट लूं। परन्तु फिर यह सोचकर कि तुम स्वयं ही इसे पसन्द करके लाये हो और इससे प्रेम करते हो, मेरा हाथ रुक जाता है। तुम्हारे बर्ताव के कारण जितनी मुझे घृणा हुई है उससे कहीं अधिक मेरे हृदय में तुम्हारे लिये प्रेम लहरा रहा है। इसी कारण इसके होते हुए भी मैं तुम्हें छोड़ नहीं सकती। तुमसे जब मेरा पुत्र उत्पन्न होगा निश्चय ही वह स्काटलैण्ड की रानी कहलाने वाली इस तुच्छ स्त्री से इसके इस व्यवहार का बदला लेगा। भले ही यह रानी हुआ करे परन्तु इसका व्यवहार वेश्याओं जैसा निन्दनीय है।"

और यह कहकर उसने ऐमलैथ के शरीर को अपनी भुजाओं में भरकर उसके कानों में मुँह लगाकर आगे आने वाले खतरे से उसे आगाह किया। उसने फुसफुसाकर कहा : "हे मेरे प्रिय पति ! मेरे पिता के पास तू निर्भय होकर कतई मत जा क्योंकि वह तुझे मार डालने को उद्यत है। अपने वचन के अनुसार अपने मित्र फेंग की मृत्यु का बदला वह तुझे मारकर लेना चाहता है। इसलिये तू अभी से सावधान हो जा जिससे आगे तुझे पछताना न पड़े।"

रानी हरमटरूड जिसने ऐमलैथ से ब्रिटेन के राजा की बेटी के बारे में बहुत सी बातें स्काटलैण्ड में बैठकर निरादरपूर्वक कहीं थीं अब उसके सामने डर से जबान भी न खोल सकी। भयभीत होकर चकित नेत्रों से वह अपनी सौत को देखती रह गई।

राजा ऐमलैथ से मिलने के लिये ब्रिटेन का राजा नगर के बाहर आ गया था। भव्य स्वागतों से उसका सम्मान किया गया और गाजे-बाजों से उसका जुलूस निकाला गया। ब्रिटेन का राजा उससे गले मिला और उसने इस प्रकार अपनी खुशी का प्रदर्शन किया, परन्तु यह सब दिखावटी बातें थीं। एक तो वह इसी बात पर आश्चर्य कर रहा था कि विवाह के नाम से चिढ़ने वाली हरमटरूड ने उसे बिना मरवाये कैसे छोड़ दिया। दूसरे कहाँ तो वह स्वयं उससे विवाह करना चाहता था और कहाँ यह कि खुद उसका दामाद ही उसे ब्याह लाया। तीसरी बात यह थी कि अपनी बेटी के रहते हुए एक दूसरी स्त्री से जो ऐमलैथ ने विवाह कर लिया था तो वह बहुत नाखुश था। फैंग की मृत्यु का बदला तो वह लेना ही चाहता था, इन तीनों ने मिलकर उसका निश्चय और भी पक्का कर दिया। जैसे ही वह छाती मिलाकर अलग हुआ उसने धोखे के साथ उसकी पीठ पर तलवार से आक्रमण किया। वह इतनी जोर का वार था कि ऐमलैथ मर गया होता यदि अपनी पहली स्त्री के कहे अनुसार वह सावधान न रहता। उसने अपने वस्त्रों के अन्दर लोहे का जाल पहन रखा था जिससे टकराकर वह तलवार टुकड़े-टुकड़े होकर गिर पड़ी। अब ऐमलैथ भी अपनी तलवार लेकर अपने श्वसुर पर झपटा तो वह दासी का बेटा भाग गया।

ऐमलैथ की और ब्रिटेन के राजा की सेना में युद्ध छिड़ गया। ऐमलैथ के पास बहुत थोड़े आदमी थे क्योंकि वह परदेश में था। ब्रिटेन के राजा के पास आदमियों की कमी नहीं थी, उसकी भयंकर सेना ने ऐमलैथ और उसके साथियों पर ऐसा आक्रमण किया कि वह लोग जान बचाकर सिर पर पैर रखकर भागे।

उसके काफी आदमी मारे गये। जब रात्रि हुई तो ब्रिटेन के राजा की सेना लौट आई और विश्राम करने लगी। ऐमलैथ ने, जिसके पास बहुत थोड़े आदमी बच गये थे, प्राण बचाने और युद्ध में विजय प्राप्त करने के लिये एक विचित्र युक्ति सोची। रातोरात अपने साथियों को लेकर वह युद्ध-भूमि से हजारों मरे हुए सैनिकों के शरीरों को उठा लाया और उसने उन्हें घोड़ों की पीठ पर बिठा कर कस दिया। फिर उन्हें अपनी सेना के पीछे खड़ा कर दिया। इतने मुर्दों को खड़ा करके उसने अपनी सेना का रूप भयंकर बना दिया। जब भोर हुई और सूर्य की प्रथम किरणें उसकी उस नकली विशाल सेना पर पड़ीं तो दूर से उसे देखकर ब्रिटेन की सेना घबड़ा उठी। आज तक उन्होंने इतनी बड़ी सेना कभी नहीं देखी थी। भयभीत होकर ब्रिटेन के सैनिक भागने लगे। उनकी सेना में खलबली मच गई। जिसका जिधर दाँव पड़ता था उसी ओर भाग निकलता था। उपयुक्त मौका देखकर ऐमलैथ अपने डेन सैनिकों को लेकर उन पर भयंकर प्रहार करता हुआ टूट पड़ा। वे लोग उस समय ऊँचे और बलिष्ठ घोड़ों पर चढ़े हुए थे, उनके हाथ में एक लम्बी तलवार और दूसरे में तेज भाला था। अपने दाँतों से घोड़ों की लगाम पकड़े हुए वह भीषण संग्राम करने लगे। उनके प्रचंड आक्रमण और अजेय बाहुबल से भयभीत होकर ब्रिटेन की सेना हाहाकार करने लगी। सैनिक उनकी तलवारों की मार से कट-कटकर युद्धभूमि में गिरने लगे। ऐमलैथ ने अपूर्व साहस से भागते हुए ब्रिटेन के राजा को पकड़ लिया और अपने भाले से गोद-गोदकर मार डाला। तत्पश्चात्

उसकी आज्ञा से वह नगर लूटा गया। सैनिकों ने नगर में घुसकर भयानक अत्याचार किये, असंख्य धनराशि लूट में इकट्ठी की गई। आबाल-वृद्ध सभी की निर्मम हत्याओं से प्राचीन नगर की दीवारें काँप उठीं। परन्तु सैनिक हत्या करते थकते नहीं थे। स्त्रियों का इतना अपहरण हुआ और उनके साथ वीभत्सतापूर्वक बलात्कार किया गया। ऐसा मालूम होने लगा कि संसार से मनुष्यता ही उठ गई हो। जब सब कुछ हो चुका तो राजा ऐमलैथ की आज्ञा से नगर के ध्वंसावशेष में आग लगा दी गई। उधर जब आग से जलकर पीड़ित मनुष्य हाहाकार कर रहे थे, ऐमलैथ अपनी दोनों सुंदरियों के साथ डेन सैनिकों के मध्य सोने की पालकी पर सवार होकर समुद्र-तीर की ओर चला जा रहा था जहाँ लूटी हुई असंख्य धनराशि से लदे हुए उसके जहाज खड़े थे। अपनी स्त्रियों के हाथ पकड़े हुए जंगी बेड़े के सबसे बड़े जहाज में वह चढ़ गया। उसने मुड़कर देखा। सुदूर पृथ्वी पर ब्रिटेन जल रहा था जिसकी ऊँची लपटें लपलपाकर आसमान को चुनौती दे रही थीं। अपनी तलवार से उसने तीर से बँधे हुए जहाज का बन्धन झटके के साथ उसी क्षण काट दिया। मल्लाहों ने दौड़कर लंगर उठा लिये। समुद्र की भीम तरंगों पर उसका जहाज थिरकने लगा। मणि-माणिक्य और स्वर्ण की ढेरियों से लदा हुआ प्रचंड पराक्रमी जटलेन्ड के राजा का जंगी बेड़ा समुद्र की छाती पर तैर चला।

जब वह अपने देश पहुँचा तो उसका वहाँ पर भव्य स्वागत हुआ। वह अपनी दोनों रानियों को लेकर न्याय करता हुआ सुखपूर्वक रहने लगा।

उन्हीं दिनों स्वीडन और जीलेन्ड का राजा रोरिक जो ऐमलैथ का नाना लगता था मर गया। उसके बाद उसका दत्तक पुत्र विगलैक गद्दी पर बैठा। वह ब्रिटेन के राजा का पुराना मित्र था। जब उसने ऐमलैथ द्वारा किये गये ब्रिटेन पर अत्याचारों का हाल सुना तो वह क्रोध से पागल हो उठा। अपने ही अधीन एक छोटे से राजा का इतना दुस्साहस वह सहन न कर सका। तुरन्त ही उसने आज्ञा दी कि ऐमलैथ अपनी दोनों स्त्रियों सहित दरबार में हाजिर होकर अपने किये की माफी माँगे और बतौर हरजाने अपनी दूसरी रानी हरमटरूड को उसे भेंट दे दे। जब ऐमलैथ ने यह सुना तो उसने उस दूत को एक तेज छुरा दे दिया। परन्तु मुँह से कुछ नहीं कहा। जब दूत उस छूरे को लेकर राजा विगलैक के पास पहुँचा तो वह उसको देखकर फौरन समझ गया कि युद्ध अवश्यंभावी है। एक विशाल सेना लेकर उसने ऐमलैथ पर हमला कर दिया। इसके बाद ऐमलैथ ने अपने ज्ञान द्वारा यह जान लिया था कि इस युद्ध में वह जीत न सकेगा। उसने अपनी दूसरी रानी हरमटरूड से यह बात कही और बोला : "प्रिये, इस होने वाले युद्ध में मेरी मृत्यु हो जायगी, ज्ञान द्वारा इस बात का पता मैंने चला लिया है। तुम अभी सुंदरी और यौवन से परिपूर्ण हो अतएव यह अच्छा होगा, कि तुम मेरे सामने ही अपने लिये कोई दूसरा उपयुक्त पति चुन लो।"

रानी हरमटरूड ने यह सुनकर वीरतापूर्वक उत्तर दिया : "स्त्री का प्रेम निष्कलंक होता है। वह एक बार प्रेम करने के उपरान्त अपने प्रेमी को कभी नहीं छोड़ सकती। मैं ऐसा करने के लिये हरगिज तैयार नहीं हूँ। मैं मृत्यु से नहीं डरती इसलिए तुम्हारे साथ युद्धभूमि में चलूँगी और यदि तुम मर गये तो वहीं आत्महत्या कर

लूंगी ।" राजा यह सुनकर बहुत प्रसन्न हुआ और उसने अपनी प्रेयसी को हृदय से लगा लिया ।

भयानक युद्ध हुआ जिसमें विगलैक की विशाल वाहिनी ने ऐमलैथ की डेन सेना को चारों ओर से घेर लिया । काले और ऊँचे घोड़ों पर चढ़े हुए विगलैक के प्रचंड योद्धाओं ने ऐमलैथ की सेना को इतना मारा कि चारों ओर भीषण हाहाकार फैल गया । उसी समय सैनिकों के ऊपर से घोड़ा कुदाकर विगलैक ऐमलैथ के सामने आ पहुँचा और तब दोनों राजाओं में घोर द्वन्द्वयुद्ध हुआ । उनके अस्त्र-शस्त्रों के टकराने से बिजली की भाँति अग्नि निकलती थी और उनकी प्रचंड हुंकारों से वायुमंडल व्याप्त हो गया । ऐमलैथ ने कसकर अपना भाला विगलैक पर फेंका । विगलैक का घोड़ा विद्युत् गति से बाईं ओर घूम गया । विगलैक बाल-बाल बच गया और भाला सनसनाता हुआ उसकी जगह से निकल गया । क्रुद्ध होकर उसने पूरी शक्ति लगाकर अपनी विशाल देह को एक बार घोड़े पर सीधा किया और दाहिने हाथ को आकाश की ओर उठाकर अपने लम्बे और भारी खड्ग से ऐमलैथ के सिर पर भीषण प्रहार किया । उसके मोटे लोहे के शिरस्त्राण को काटता हुआ वह खड्ग ऐमलैथ पर इतनी जोर से बैठा कि उसके सिर और कंधों को फाड़ता हुआ उसके हृदय तक चला गया । रक्त के फव्वारे बहने लगे । ऐमलैथ मरकर गिर गया । राजा विगलैक ने खून से भीगी तलवार को उसके शरीर से बाहर खींचा और उसी के वस्त्रों पर उलट-पुलट कर उसका रक्त पोंछ दिया । अब उसने जो मुड़कर देखा तो पास ही रानी हरमटरूड खड़ी दिखाई दी जो भय से थरथर काँप रही थी । वह अपने दिये हुए वचनों को बिलकुल भूल गई । बिजली की तरह ध्यान में उसके यह बात आई कि ऐमलैथ तो मर चुका है क्यो न विगलैक को अपने प्रेमपाश में बाँध लिया जाय । वह एक बार ऐमलैथ से किये गये वादों को याद करके मुस्कुराई फिर फौरन आगे बढ़कर राजा विगलैक से बोली : "हे प्रचंड योद्धा, सूर्य की भाँति तेरा यश देश-देशान्तर में फैल रहा है । ऐमलैथ वास्तव में बड़ा क्रूर और दुष्ट राजा था । जब तेरे दूत तेरा संदेशा लेकर आये थे मैं तो उसी समय तुझ पर आसक्त हो गई थी और तेरे पास चली आने को तैयार थी । इस मूर्ख से मैंने कहा भी था कि वह मुझे तेरे पास भेजकर अपने प्राणों की रक्षा करे । अब शीघ्र तू मुझे अपने साथ ले चल क्योंकि इतने दिनों से विरह की अग्नि में जलते हुए अब मैं एक पल भी तेरे बिना नहीं रह सकती इसलिये मैं स्वयं तुझसे मिलने के लिये यहाँ युद्धभूमि में आई हूँ ।"

राजा विगलैक जो पहले से ही उसकी सुंदरता पर मुग्ध हो चुका था अब उसकी इन बातों को सुनकर अत्यन्त प्रसन्न हुआ और उसने हाथ बढ़ाकर बैठे ही बैठे हरमटरूड को पकड़ कर अपने घोड़े पर चढ़ा लिया । वह हँसी से किलकारती हुई राजा विगलैक से चिपट कर बैठ गई । चलते समय विगलैक ने ऐमलैथ की लाश पर थूका तो उसने भी घृणा से मुँह बनाते हुए अपने नये पति को प्रसन्न करने के लिये अपने पुराने पति पर थूक दिया । परन्तु विगलैक पर सम्पूर्ण अधिकार प्राप्त करने की आशा उसकी पूरी न हो सकी क्योंकि जब विगलैक जटलेन्ड को जीतकर अपने देश लौटा तो मार्ग में ऐमलैथ की पहली स्त्री उसे भागती हुई मिली । राजा ने उसकी सुंदरता को देखकर अट्टहास

किया और सैनिकों द्वारा उसको पकड़वा लिया। वह बहुत रोई और उसने छूटने की प्राणपण से चेष्टा की। परन्तु राजा विगलैक ने उसे न छोड़ा और बलपूर्वक उसे भी अपनी रखेल बना लिया। रानी हरमटरूड के मन की बात पूरी न हो सकी क्योंकि यहाँ भी राजा विगलैक की अन्य स्त्रियों के साथ-साथ उसकी पुरानी शत्रु भी उसकी सौत बन गई थी।

जब मैदान साफ हो गया तो एक गरीब किसान ने एक खेत में गड्ढा खोदकर राजा ऐमलैथ को गाड़ दिया। जहाँ आगे चलकर ऐमलैथ के पुत्र ने एक भव्य स्मारक बनाया। आज भी जटलेन्ड में वह स्मारक खड़ा है और किसी समय के प्रतापी राजा ऐमलैथ की याद दिलाता है।

□□